Knaur.

Knaur.

Über den Autor:
James Sheehan, geboren 1950, ist seit 28 Jahren Rechtsanwalt und Strafverteidiger. In einem weltweit aufsehenerregenden Prozess um Sterbehilfe vertrat er 2005 die Eltern der Komapatientin Terry Schiavo. Er lebt in St. Petersburg, Florida. *Der Todeskandidat* ist sein erster Roman.

James Sheehan

Der Todeskandidat

Thriller

Aus dem Amerikanischen von
Susanne Stopfel

Knaur Taschenbuch Verlag

Die amerikanische Originalausgabe erschien zuerst im September 2005
unter dem Titel »The Mayor of Lexington Avenue«
bei Yorkville Press, New York, und dann im Februar 2007
in einer überarbeiteten Taschenbuchausgabe bei
St. Martin's Press, New York.

Deutsche Erstausgabe August 2007

Redaktion: Ilse Wagner
Umschlaggestaltung: ZERO Werbeagentur, München
Umschlagabbildung: Corbis
Satz: Adobe InDesign im Verlag
Druck und Bindung: Nørhaven Paperback A/S
Printed in Denmark
ISBN 978-3-426-63598-8

2 4 5 3 1

Zum Andenken an meine Eltern,
Jack Sheehan und Mary Tobin Sheehan,
die mir alles gaben, was ich brauchte,
um im Leben zu bestehen – bedingungslose Liebe.
Ihr lebt immer in meinem Herzen.

Erster Teil

1

Januar 1986, Bass Creek, Florida

Lucy fischte gern am hellen Tag. Es machte ihr Spaß, ihre Beute zu sehen, aber noch wichtiger war es, dass die Beute sie sah. Den Blick der Beute auf das Augenfutter lenken, während sie sachte, sachte den Haken setzte. Sie hatte Rudy in dem Moment am Haken, als sie zum ersten Mal seinen Laden betrat, in ihren ultrakurzen Jeansshorts und dem engen Tanktop.

»Hypnotisieren und an Land ziehen«, hätte sie zu ihrer Gruppe gesagt, wenn sie Kurse gegeben hätte. Rudy wäre Lehrbeispiel Nummer eins gewesen. Er konnte den Blick nicht von ihr abwenden, und verbergen konnte er sein Interesse auch nicht. Glücklicherweise war nur noch ein weiterer Kunde im Laden, ein alter Mann, bei dem Rudy abrechnete, ohne auch nur hinzusehen. Lucy wusste, dass sie ihn an der Angel hatte, ohne einen Blick in seine Richtung werfen zu müssen.

»Gewicht an der Schnur. So macht man das, meine Damen. Es liegt alles im Gespür. Und ihr müsst Geduld haben. Nicht zu früh anreißen, sonst entwischt er euch. Lasst ihn ein bisschen zappeln, bis er außer Atem ist. Dann habt ihr ihn. Immer erst fangen – zurückwerfen könnt ihr ihn immer noch.«

Rudy hätte selbst ein bisschen fischen können, wenn er gewusst hätte, wie das ging. Anders als Lucy, bei der alles in einem kleinen straffen Körper Platz fand, war Rudy groß; die olivfarbene Haut seines wie gemeißelten Gesichts wurde noch betont von intensiven braunen Augen und gerahmt von dickem, kohlschwarzem Haar, das glänzte wie Seide – Haar von der Sorte, das Frauen sich für sich selbst erträumten. Lucy war nicht die erste Frau, die versucht hatte, den jungen Rudy an die Angel zu bekommen. Sie tauchten jeden Abend in dem Gemischtwarenladen auf, in dem er arbeitete, Frauen jeder Form und Größe und jeden Alters, aber Rudy hatte dies bisher nicht einmal zur Kenntnis genommen.

Lucy hatte diese Wirkung auf Männer aus den Barrios, wo sie auch ging und stand. Hier war man am Stadtrand von Bass Creek, einer Kleinstadt mitten in Florida, nördlich des Lake Okeechobee. Hier lebten vor allem Mexikaner, Kolumbianer, Indianer, Puertoricaner – die meisten von ihnen Pflücker, Saisonarbeiter. Sie lebten in Trailern oder in den Unterkünften, die die Plantagenbesitzer zur Verfügung stellten – Ytongbaracken mit fließendem Wasser.

Aber Rudy lebte nicht im Barrio, er war kein Saisonarbeiter, und er war auch kein Pflücker. Er war als Junge nach Bass Creek gekommen, zusammen mit seiner Mutter Elena Kelly. Eine Weile hatten sie in einem heruntergekommenen Motel gelebt, bis Elena eine Stelle als Zimmermädchen im Bass Creek Hotel gefunden hatte, dem größten Hotel der Stadt, direkt unter der neuen Brücke über den Okalatchee River.

Alle Welt war von der Aussicht auf die neue Brücke begeistert gewesen, als es sich herumsprach, dass sie gebaut werden würde. Die alte Zugbrücke war hässlich, unpraktisch und schwerfällig; jede Viertelstunde staute sich der Verkehr, wenn sie hochgezogen wurde, um den steten Strom von Flussbooten durchzulassen. Die neue Brücke würde modern und elegant sein und hoch genug, dass selbst die größten Segler ungehindert passieren konnten. Von der neuen Brücke erwartete man sich Jobs und Einkünfte. Unglücklicherweise kam es anders. Auswärtige Unternehmer wurden mit dem Bau beauftragt, und sie schickten ihre eigenen Leute. Die Bauarbeiter waren die Woche über da und wohnten in den Hotels, aber sie waren ein übler Haufen, tranken und stritten und machten die Stadt unsicher. Elena, vermutlich die hübscheste Frau in Bass Creek, blieb nach Einbruch der Dunkelheit bei abgeschlossener Tür zu Hause. Rudy bemerkte die Veränderung an ihr, verstand sie aber nicht.

Als die Brücke schließlich fertiggestellt war, reisten die Bauarbeiter ab, und die Autos rauschten in einem ununterbrochenen Strom vorbei. Es war nicht mehr nötig, anzuhalten, um die Segelboote vorbeizulassen. Es gab keinen Grund mehr, in dieser kleinen Stadt haltzumachen, sich umzusehen, etwas zu essen und vielleicht über Nacht zu bleiben. Bass Creek war für Touristen auf dem Weg nach Miami oder Fort Lauderdale ein Rastplatz an einem freundlichen Fluss gewesen. Die alte Brücke war das Komma gewesen, das sie dazu veranlasste, innezuhalten. Jetzt war die Unterbrechung nicht mehr nötig, und die Bewohner von Bass Creek, die keine Orangenplantagen besaßen und ihren Lebensunterhalt im Dienstleistungssektor verdienten, traf der Verlust am härtesten.

Ja, es gab nach wie vor die Fischer, aber die Fischerei auf dem Lake Okeechobee war nicht mehr annähernd das, was sie vor fünfzehn oder zwanzig Jahren gewesen war. Überfischung und Wasserverschmutzung machten dem alten See zu schaffen. Elena hatte in den Jahren, bevor die neue Brücke gebaut worden war, hart gearbeitet und gutes Geld verdient. Und Bass Creek war ein Ort gewesen, an dem es sich leben ließ.

Jetzt hatte die Stadt ihre Lebendigkeit verloren. In der Hauptstraße hatten Läden dichtgemacht. McDonald's und Burger King hatten draußen am Highway gebaut und ein paar Kunden zurückgeholt, aber die wenigsten von ihnen fanden den Weg in die Stadt.
Das Bass Creek Hotel war mit seinen drei Stockwerken das größte Gebäude der Stadt. Vor dem Bau der neuen Brücke hatte der gelbe Anstrich im Nachmittagslicht geleuchtet wie die Sonne selbst. Zu Elenas Arbeitsvertrag hatten zunächst ein Zimmer im Hotel und Mahlzeiten im Speisesaal für sie und ihren Sohn gehört. Als sie den Posten des Managers übernommen hatte, nachdem der alte Manager sich davongemacht hatte, übernahm sie zugleich auch die große Wohnung an der Rückseite des Gebäudes, mit zwei Schlafzimmern und einer vollständig eingerichteten Küche. Sowohl sie selbst als auch Rudy hatten die Wohnung geliebt. Aber jetzt war das Hotel von der Sonne abgeschirmt und vom Rest der Stadt abgeschnitten, ein düsterer, trostloser Ort.

»Was kostet das?« Lucy beugte sich über den Ladentisch, eine Flasche Cola Light so in der Hand, dass das Preisschild deutlich zu erkennen war. Rudy versuchte, sich auf ihre leuchtend weißen Zähne zu konzentrieren, die mit einem Klumpen Kaugummi kämpften, aber mit ihrem tief ausgeschnittenen engen Top bot Lucy ihm einen sehr viel exotischeren Anblick. Er konnte nicht anders, als einen raschen Blick hinzuwerfen. Der Laden war jetzt leer.
»Wie viel?« Lucy brach den Bann.
»Oh. Sorry. Neunundneunzig Cent. Sonderangebot.«
»Sicher? Du machst das nicht bloß meinetwegen, oder?« Lucy lehnte sich noch weiter vor, und Rudy sah den vollständigen Umriss ihrer Brüste. Er war dankbar dafür, dass der

Kassentisch ihn von der Taille abwärts verbarg, aber Lucy wusste trotzdem Bescheid. Der Haken saß.

»Nein, nein. Das ist der richtige Preis«, sagte er mit kippender Stimme.

»Na, das glaube ich dir aber nicht.« Sie verschränkte die Arme fest vor den Brüsten, als sie sich vorbeugte. Rudy rechnete damit, dass sie jeden Moment herausspringen und auf dem Kassentisch landen würden. Der Mund stand ihm offen vor Erregung. »Ich nehme nie einen Gefallen an, ohne etwas dafür zu geben«, fuhr sie fort. »Komm doch heute Abend zu mir in den Trailer. Mercer Street vierundvierzig. Wann du willst, ich bin da.« Rudy nickte nur. Er war zu überwältigt, um sprechen zu können.

Sobald sie gegangen war, griff er nach einem Bleistift und schrieb sich die Adresse auf. Rudy war attraktiv, und sein Lächeln konnte ein ganzes Zimmer aufleuchten lassen, aber er war langsam. »Nicht zurückgeblieben, einfach langsam«, hatte der Arzt zu Elena gesagt, als sie ihren Sohn im Alter von vier Jahren zur Untersuchung gebracht hatte; er hatte damals noch nicht ein einziges Wort gesprochen. Es folgte noch medizinisches Kauderwelsch über Sauerstoffmangel bei der Geburt, aber Elena war zu schockiert gewesen, um die Details zur Kenntnis zu nehmen. Irgendwann hatte sie gelernt, damit umzugehen, und Rudy beigebracht, das Gleiche zu tun. Sich die Dinge sofort aufzuschreiben, das war eine seiner Methoden. Sich aus gefährlichen Situationen herauszuhalten war eine weitere. Etwas warnte ihn, dass Lucy gefährlich war, aber das Drängen eines anderen Körperteils war alles, was Rudy wahrnahm.

Er machte den Laden nachts um elf Uhr zu und rannte beinahe zur Mercer Street hinüber. Es gab keine Straßenlaternen, und eine Weile konnte er Nummer vierundvierzig nicht fin-

den, aber dann sah er den Trailer; er stand ein Stück von der Straße zurückgesetzt im Schatten.
Als er vor ihrer Tür stand und sich für den Moment wappnete, in dem er anklopfen würde, war er so aufgeregt wie ein Junge beim ersten Date – was nicht allzu weit von der Realität entfernt war. Ja, natürlich war er während seiner Highschoolzeit mit Mädchen ausgegangen, aber viele waren es nicht gewesen. Er wusste auch, warum. Er hatte das viel zu laute Flüstern in seinem Rücken gehört. Niemand legte sich mit ihm an, weil er die ersten paar Jungen zum Schweigen gebracht hatte, die ihm Dinge wie »Dumbo« oder »Depp« oder »Mongo« ins Gesicht sagten, aber das Flüstern hatte nicht aufgehört. Tatsächlich hatte Rudy es nie über den sprichwörtlichen ersten Kuss hinaus geschafft. Dies war ein Teil seines Lebens, über den er nicht nachzudenken versuchte, den er hinter einer verschlossenen Tür verborgen hielt – einer Tür allerdings, deren Schloss Lucy innerhalb von Sekunden geknackt hatte.
Sie wartete auf ihn, kam aber nicht gleich an die Tür. »Erwartung aufbauen«, hätte sie zu ihrer Zuhörerschaft gesagt. Lucy hatte einen Doktortitel, wenn es um Männer ging; das jedenfalls glaubte sie.
Sie hatte den rubinroten Lippenstift aufgetragen. Sie hob ihn grundsätzlich für Abende wie diesen auf. Rudy bemerkte es kaum. Als sie die Tür öffnete, sah er nichts weiter als einen durchsichtigen weißen Teddy, der kaum die wunderbaren Brüste verbarg, an die er gedacht hatte, seit sie sie ihm in dem Laden zum ersten Mal gezeigt hatte. Er nahm sich zusammen, damit er nicht zu zittern begann. Lucy trat näher, so dass er ihr Parfüm riechen konnte.
»Sind die für mich?«, fragte sie überrascht, als sie nach unten sah und den Strauß billige Blumen bemerkte, die Rudy sich

von der Theke gegriffen hatte, als er aus dem Laden rannte. Einen kurzen Augenblick lang war sie gerührt. Es kam nicht allzu oft vor, dass Männer ihr Blumen mitbrachten. Rudy war so gebannt, dass er vergessen hatte, dass er sie in der Hand hielt.

»Oh, die? Yeah, die hab ich dir mitgebracht.«

»Danke!« Lucy griff nach seiner Hand, führte ihn durchs Wohnzimmer und zum Sofa. »Entspann dich. Ich stelle die hier ins Wasser, ich bin gleich zurück.«

In der Küche warf sie die Blumen auf die Anrichte und kam sofort zurück, zwei beschlagene Gläser in der Hand. Sie wollte ihren neuesten Fang an Land ziehen, und Alkohol half immer.

»Ich habe nur Bier da«, log sie, als sie ihm das Glas aushändigte. In Rudys Kopf ertönte ein Alarmsignal. Alkohol war eine weitere von den Gefahren, vor denen seine Mutter ihn gewarnt hatte. Aber aus irgendeinem Grund konnte er nicht nein sagen, brachte es nicht über sich, die Stimmung zu ruinieren. Er nahm das Bier und schluckte hastig einen Mundvoll hinunter.

Lucy rutschte neben ihn und zog die Füße hoch. Rudy fürchtete sich davor, nach unten zu sehen, fürchtete sich davor, herauszufinden, ob sie irgendetwas darunter trug. Sie saßen da und machten eine halbe Stunde lang Konversation, während Rudy nervös an seinem Bier nippte und Lucy zunehmend ungeduldig wurde. Irgendwann nahm sie sein Glas und ging in die Küche, um nachzufüllen.

Sie hatte keinerlei Schulbildung, aber sie kannte die Welt. Gleich bei den ersten paar Worten, die er gesagt hatte, hatte sie gewusst, dass er einfach ein Junge im Körper eines Mannes war, und zunächst hatte sie mehr oder weniger beschlossen, es bei dem einen Bier bewenden zu lassen. Aber sie kam über die Aufregung in seinen Augen nicht hinweg. Es war lang her, seit sie diese Art von Erwartung gesehen hatte. *Vielleicht macht es Spaß*, dachte sie. *Und er ist so schön* ... Sie goss einen Schuss Jack Daniel's in sein zweites Bier.

Der Jack Daniel's erfüllte seinen Zweck. Rudy begann sich zu entspannen, berührte mit der Handfläche behutsam ihr Gesicht, massierte ihr den Nacken, während er ihre leidenschaftlichen Küsse erwiderte. Er schob die Hand langsam bis zur Kante ihres Teddys vor, und dann endlich liebkoste er diese warmen, vollkommenen Brüste. Wellen ekstatischen Vergnügens durchzuckten ihn, und er spürte, wie ihm das Blut aus dem Kopf wich.

Schlagartig wurde ihm alles zu viel. Plötzlich war ihm schwindlig, in seinem Kopf drehte sich alles, und sein Magen rumorte. Er wusste, ihm würde übel werden. Er sprang auf, lief in Richtung Tür, um hinaus und an die Luft zu kommen, aber noch im Aufstehen rammte er mit dem Knie den Sofatisch und warf sein Bierglas um. Er hatte das Gleichgewicht bereits verloren, als er nach dem Glas griff; er erwischte es in dem Augenblick, in dem er selbst auf dem Boden auftraf, und schlug es in Scherben. Die Stimmung war endgültig und unrettbar ruiniert.

»Tut mir leid«, stotterte er, während er auf seine Hand hinuntersah; sie blutete heftig aus einem hässlichen Schnitt, und das Blut tropfte auf den Teppich. »Ich mache das sauber.« Ihm war immer noch übel, aber der Zwischenfall hatte den Brechreiz vertrieben, zumindest für den Augenblick. Lucy starrte auf das zerbrochene Glas und das Blut auf dem Teppich hinunter und unterdrückte das Bedürfnis, loszuschreien.

»Schon okay, ich erledige das. Aber ich glaube, du gehst jetzt besser.« Ohne auf die Antwort zu warten, half sie ihm auf die Beine und schob ihn zur Tür. Unterwegs griff sie nach ein paar Papiertüchern und drückte sie ihm in die immer noch blutende Hand. »Ich melde mich«, sagte sie, während sie ihn nicht allzu rücksichtsvoll zur Tür hinausschob und sie hinter ihm schloss.

Rudy torkelte ein paar Häuser weit die Straße entlang, bis er sich nicht mehr beherrschen konnte; dann kotzte er auf einen Grasflecken, der stellvertretend für den Vorgarten von Carlos und Pilar Rodriguez stand.

Weiter im Süden der Mercer Street trank Geronimo Cruz gerade ein Bier mit zweien seiner »Freunde«, Raymond Castro und José Guerrero. Geronimo stammte aus Texas und hatte immer ein Messer dabei. Ray und José verbrachten ihre Zeit nur deshalb mit ihm, weil Geronimo sie sich ausgesucht hatte und sie Angst hatten, die Ehre auszuschlagen.

Ray und José hatten eines Abends vor etwa einem Monat auf der Treppe vor Rays Wohnung gesessen, als Geronimo auftauchte.

»Habt ihr 'ne Cerveza übrig?«, hatte er gefragt.

»Klar«, antwortete Ray. Mehr war gar nicht nötig gewesen. Danach wurden sie ihn nicht mehr los. Er kam jeden Abend vorbei, und er kam immer mit leeren Händen. Er erzählte ihnen von Männern, die er niedergestochen, und von Frauen, die er vergewaltigt hatte, und ständig schwenkte er sein Messer mit der gezackten Klinge. Beide Männer wünschten sich, ihm nie begegnet zu sein.

Sie wussten, dass er sich mit Lucy traf, weil er damit prahlte. Zwei oder drei Abende pro Woche sahen sie zu, wie er nach ein paar Bier zu ihrem Trailer hinüberschlenderte. Sie kannten Lucy und kannten auch ihre Vorliebe für Männer wie Geronimo. Sie gingen davon aus, dass sie mit ihm umgehen konnte.

An diesem Abend waren sie beim dritten Bier, als Rudy die Straße entlanggetorkelt kam und auf den Rasen der Rodriguez' zu kotzen begann. Geronimos Augen wurden schmal. »Scheiße, wer ist das?«

»Weiß ich nicht«, antwortete Ray. »Hab ihn zu Lucy reingehen sehen, bevor du aufgetaucht bist.« Die Worte kamen heraus, bevor er sie sich überlegt hatte. Ray hätte sich ohrfeigen können, als ihm aufging, was er getan hatte. Geronimo stellte sofort sein Bier ab und verschwand in den Schatten, als er zu Lucys Trailer hinüberging.

»Melde mich später«, sagte er, ohne sich umzusehen. Wenige Augenblicke später stand er vor Lucys Tür.

»Was machst du hier?«, fragte sie, als sie auf sein Klopfen hin öffnete.

»Wer war das, der da rausgekommen ist?«

»Geht dich nichts an. Ich bin dir keine Auskünfte schuldig.« Es juckte ihm in den Fingern, ihr mit dem Handrücken eine zu scheuern, aber das wäre zu einfach gewesen. Er beschloss, das Spiel eine Weile mitzuspielen.

»War einfach bloß neugierig, das ist alles.« Er klang nicht allzu überzeugend, aber sie wollte ihn auch nicht allzu sehr reizen. Wie Ray und José hatte sie einen gesunden Respekt vor Geronimo.

»Es war der Junge aus dem Gemischtwarenladen. Er war betrunken. Er ist einfach vorbeigekommen.« Sie hatte gerade erst die letzten Scherben aufgesammelt.

»Wie lang war er hier?«

»Bloß ein paar Minuten. Ich hab ihn nach Hause geschickt.« Geronimo wusste, dass sie log. Den durchsichtigen kleinen Teddy hatte sie auch getragen, als er das erste Mal vorbeigekommen war. Er erwartete nicht von der Schlampe, dass sie ihm treu war, aber Lügen konnte er nicht tolerieren. Lucy merkte, dass er sie durchschaute. »Jedenfalls bin ich froh, dass du gekommen bist«, sagte sie, während sie ihn auf die Lippen küsste und sich an ihn drängte. Als er die Arme um sie legte und den Kuss erwiderte, sprang sie hoch, schlang die Beine um seine Taille und stieß einen Seufzer aus. Er trug sie ins Schlafzimmer, ließ sie aufs Bett fallen und zerrte ihr den Teddy über den Kopf.

Sekunden später waren sie nackt und vollkommen miteinander beschäftigt. Lucy war auf den Knien, hatte den Kopf gesenkt und stöhnte in die Laken. Es war heftig, fast brutal, aber sie genoss es.

Kurz vor dem Höhepunkt kam ihr der Gedanke, dass sie für einen Mann wie Geronimo geschaffen war. Im gleichen Moment griff Geronimo nach unten und holte das gezackte Messer aus der Hosentasche. Als Lucy zu einem letzten Ekstaseschrei den Kopf hob, packte er sie mit der linken Hand am Haar, riss ihr den Kopf zurück und schnitt ihr mit einem einzigen Schnitt die Kehle durch. Die Gewalt der Bewegung und Lucys instinktive Reaktion führten dazu, dass sich ihr Oberkörper herumdrehte und sie, das Gesicht nach oben gerichtet, aufs Bett fiel; Blut spritzte in alle Richtungen.

»Anlügen lass ich mich von keiner Schlampe«, sagte er der Toten ins Ohr.

2

»Bringen Sie all diese Leute hier raus. Schicken Sie sie nach Hause, wenn's geht. Ich will keinen hier drinhaben außer denen, die ich reinrufe.« Die bellende Stimme gehörte Sergeant Wesley Brume von der Polizei von Bass Creek. Er stand in der Tür von Lucys Trailer. Es wimmelte von Polizisten und Nachbarn. Morde geschahen in Bass Creek nicht jeden Tag.

Der Anruf war um sechs Uhr abends eingegangen. Eine von Lucys Kolleginnen, Brenda Carrero, war auf dem Heimweg bei Lucy vorbeigegangen, weil sie an diesem Tag nicht zur Arbeit erschienen war. Für Lucy war das höchst ungewöhnlich. Ihre Aufgabe war es, die Anwesenheit und die Arbeitsleistung der Pflücker zu überwachen, und so nahm sie es auch bei sich selbst recht genau, wenn es darum ging, sich krankzumelden oder aus einem anderen Grund nicht zur Arbeit kommen zu können. Brenda hatte mehrere Minuten lang geklopft, aber keine Antwort bekommen. Sie hatte Lucys Namen gerufen. Immer noch keine Antwort. Vielleicht waren es die Hunde, die um den Trailer herumstrichen, oder vielleicht auch die Fliegen, sie konnte es sich selbst nicht erklären, aber aus irgendeinem Grund hatte sie versucht, die Tür zu öffnen. Sie war unverschlossen. Ein fauliger Geruch trieb ihr entgegen, als sie eintrat, etwa so, als wäre ein Nagetier unter den Trailer gekrochen und dort verendet.

»Lucy?«, rief Brenda leise und besorgt, während sie einen

Blick in die Küche warf und dann zögernd durchs Wohnzimmer und nach hinten zum Schlafzimmer ging. Was sie als Nächstes sah, brannte sich ihr fürs Leben ins Gehirn ein, ein Bild, das noch Monate später ihre Alpträume heimsuchen würde.

Lucys Bett war karminrot. Und in der Mitte lag auf dem Rücken, als werde sie ausgestellt, Lucy selbst. Brendas Blick richtete sich mechanisch zuerst auf das Blut, den klaffenden Schnitt quer über die Kehle, wo Fleisch und Gewebe glatt durchtrennt worden waren. Dann fiel er auf Lucys Gesicht. Das arme Mädchen schien mit einem Schrei gestorben zu sein.

Als ihr Gehirn zur Kenntnis nahm, was ihre Augen sahen, begann Brenda Carrero selbst zu schreien. Sie stürzte aus dem Trailer, als sei der Tod hinter ihr her, und stolperte die Straße entlang, bis ein Nachbar, Hector Aviles, sie aufhielt.

»Was, was? Warum schreien Sie? Beruhigen Sie sich!« Brenda wollte sich losreißen und konnte nicht, und so versuchte sie es loszuwerden.

»Sie ist tot! Sie ist tot! Blut überall. O mein Gott! Lucy!« Sie schrie und schlug um sich, während Hector sie festzuhalten und zu beruhigen versuchte. Dann sank sie zu Boden, wimmerte und murmelte immer wieder Lucys Namen. Hectors Frau war aus ihrem Trailer gestürzt, als sie den Lärm hörte, und beugte sich über Brenda, um ihr leise zuzuflüstern: »Es ist gut, es ist doch gut.« Dann sah sie besorgt zu ihrem Mann auf, und er lief die Straße entlang, auf Lucys Trailer zu. Er wurde langsamer und blieb dann stehen und starrte zu der offenen Tür des Trailers hinüber und zu den Hunden, die am Eingang herumschnupperten.

Die Polizei von Bass Creek bestand aus sieben Männern, den Polizeichef eingeschlossen. Es gab keine Mordkommission, nur zwei Ermittler: Del Shorter, dessen Aufgabe die Spurensicherung war, und Wesley Brume, dessen Aufgabe es war, ihn bei dieser Arbeit anzuleiten. Brume spielte an jedem Mordschauplatz die Hauptrolle.
Es gab in Wesley Brumes Leben mehrere Konstanten. Er war immer klein und dick gewesen, und er hatte sein ganzes Leben in Bass Creek verbracht. Die einzige Gelegenheit, bei der er die Stadt jemals für längere Zeit verlassen hatte, waren seine vier Jahre bei den Marines gleich nach der Highschool gewesen.
An der Highschool hatte Wes sich niemals mit den Grenzen abgefunden, die die Natur ihm gesetzt hatte. Er hatte es bei den Football-, Basketball- und Baseballmannschaften versucht und es nie über die erste Vorauswahl hinaus geschafft. Aber seine Entschlossenheit war unerreicht. Ob er versuchte, den Weg freizublocken, einen Korbleger zustande zu bringen oder einen Curveball zu erwischen, Wes gab alles, keuchte und grunzte vor Anstrengung und lag jedes Mal daneben. Seine Mitschüler hatten sich über die Geräusche, die er bei seinen sportlichen Aktivitäten von sich gab, so amüsiert, dass sie ihn den *Grunt* getauft hatten. Es war spöttisch und scherzhaft gemeint, aber Wes trug den Spitznamen wie einen Orden und nahm sich vor, genau das zu sein, was er dem Namen nach bereits war – ein Grunt, ein Infanterist bei den Marines.
Er diente zwei Jahre lang in Vietnam und bekam das Purple Heart und einen Bronze Star für Tapferkeit. Als er nach Hause zurückkam, war die Polizei der ideale Arbeitsplatz für ihn. Wes hatte gelernt, dass man respektiert wurde, auch wenn man klein und dick war, solange man eine Schusswaffe trug

und keine Angst davor hatte, zu schießen oder beschossen zu werden.
Obwohl viele Einwohner von Bass Creek arm waren und ein großer Teil der Bevölkerung nicht dauerhaft in der Stadt lebte, war die Verbrechensrate nicht sehr hoch – ein paar Raubüberfälle, Einbrüche, Drogendelikte und Fälle von häuslicher Gewalt. Die Einheit verbrachte den größten Teil ihrer Zeit damit, die Fahrer zur Verantwortung zu ziehen, die mit überhöhter Geschwindigkeit auf die neue Brücke und die großen Städte auf der anderen Seite zujagten. In den zweiundzwanzig Jahren, die Wes jetzt bei der Polizei war, hatte er nur mit sieben Mordfällen zu tun gehabt, und in fünf dieser Fälle waren Identität und Aufenthaltsort des schuldigen Ehemannes nicht schwer herauszufinden gewesen.
Nichtsdestoweniger waren Wes und Del in der Technik der Spurensicherung bewandert; sie hatten jede Gelegenheit genutzt, das Geld der Steuerzahler für jedes Seminar auszugeben, das sich mit dem Thema befasste, egal, ob es in San Francisco oder Scotland Yard stattgefunden hatte. Unglücklicherweise war das theoretische Wissen kein Ersatz für Erfahrung vor Ort.
Als die beiden Männer Lucys Trailer betraten und die Leiche in ihrem Blut liegen sahen, war Dels erste Reaktion der Wunsch, Brenda Carrero auf die Straße hinaus zu folgen. Das Gedränge einheimischer Zuschauer an der Tür verhinderte dies; er entschied sich für die zweite Möglichkeit, nämlich zur Toilette zu stürzen und sich die Seele aus dem Leib zu kotzen. Grunt hielt stand. Er hatte in 'nam Schlimmeres gesehen.
Nachdem Del kreidebleich wieder zum Vorschein gekommen war, zogen sie Plastikhandschuhe über und begannen mit der Arbeit. Die Kontaminationsgefahr gehörte zu den

Aspekten, die ihnen von den Fachleuten eingebleut worden waren. Wes schickte zwei Uniformierte los, um die Nachbarschaft abzugrasen und herauszufinden, ob einer der Nachbarn in den letzten paar Tagen etwas Ungewöhnliches gesehen oder gehört hatte. Zu diesem Zeitpunkt hatten sie keine Ahnung, wann Lucy gestorben war.

»Schreiben Sie alles wortwörtlich auf, was man Ihnen sagt«, unterwies Wes die beiden Polizisten, wobei er den Wortlaut eines seiner Seminarleiter übernahm. »Man kann nie wissen, was noch wichtig wird.«

Als Nächstes machte Del Fotos – von der Leiche, von dem Schlafzimmer und von jedem Zentimeter des Trailers. Sie suchten nach Hinweisen auf einen Einbruch oder einen Raub, fanden aber nichts. Das Haus war makellos, bis auf die Leiche und das Blut auf dem Bett und ringsum sowie einen Blutfleck auf dem Wohnzimmerteppich. Wes ging um die Leiche herum auf der Suche nach klaren Hinweisen, zum Beispiel einem Messer oder Fuß- und Handabdrücken in dem Blut, fand aber nichts, das mit bloßem Auge zu sehen gewesen wäre. Die Leiche wollte er nicht berühren. *Überlassen wir das dem Gerichtsmediziner*, sagte er sich selbst. Del war derjenige, der den Müll durchsuchte und das zerbrochene Glas mit den Blutflecken darauf fand. Es war der einzige Hinweis, den sie hatten – außer dem Blutfleck auf dem Teppich und natürlich dem Blut auf und rings um Lucys Leiche.

Harry Tuthill, der Gerichtsmediziner, traf eine halbe Stunde später ein. Harry hatte seinen Posten als Gerichtsmediziner von Cobb County seit fünfundzwanzig Jahren inne, aber der Anblick der Leiche überwältigte sogar ihn.

»Herrgott!«, rief er, zu Wes gewandt. »Wer, zum Teufel, richtet denn so was an?«

»Weiß ich nicht, Doc. Wir haben nichts gefunden.« Inzwi-

schen hatte Harry sich wieder etwas gefangen – er brauchte nie sehr lang – und fand, der Zeitpunkt sei gekommen, um der allgemeinen Anspannung mit etwas Humor zu begegnen.
»Sehen wir mal – ich würde sagen, die Todesursache war eine Schnittwunde in der Kehle.«
»Ach nee, Doc. Sagen Sie mir doch was, was ich nicht weiß.«
Harry gab es auf. Er hasste es, mit beschränkten Beamten zusammenarbeiten zu müssen.

3

1957, New York City

Der Sommer in der Stadt war heiß und schwül und manchmal geradezu unerträglich, aber nicht für einen Siebenjährigen, der etwas zu erledigen hatte. Johnny verließ das Haus jeden Morgen um neun Uhr auf dem Weg in die Sommerschule im PS1, zusammen mit seinem Kumpel Mikey, der weiter oben im selben Wohnblock in der Nähe der Third Avenue lebte. Manchmal kam auch Patty, ein weiteres Nachbarskind, mit – aber nur, wenn Johnnys Mutter ihn ausdrücklich anwies, sie abzuholen und mit ihr zusammen zur Schule zu gehen. Er und Mikey mochten keine Mädchen, Punktum, obwohl er unter massivem Druck wohl hätte zugeben müssen, dass Patty anders war als die meisten Mädchen. Sie trug keine Kleider und trödelte nicht herum und jammerte nicht, sie sollten auf sie warten. Sie hielt mit ihnen Schritt in ihren Bluejeans oder Shorts und hatte einen eigenen Spalding, den sie im Gehen aufprallen ließ und wieder fing. Mikey mochte sie mehr, als er selbst sie mochte, und holte sie immer in seine Mannschaft – mit gutem Grund, denn sie war eine bessere Sportlerin als die meisten Jungen.

Oft begannen sie den Tag im Haus mit einer Runde Pingpong, Tischhockey oder Mühle, bevor die Großen auftauchten. Die Großen kamen immer später, aber wenn sie kamen, rissen sie sich alles unter den Nagel und schoben die jüngeren Kids einfach zur Seite. Mikey allerdings wurde nicht angerempelt. Paulie Cane hatte es ein Mal versucht. Mikey rempelte zurück. Als Paulie wieder auf ihn losging, boxte Mikey ihn ins Gesicht, sprang ihn an und riss ihn zu Boden, bevor ein Betreuer sie trennte. Paulie war damals zwölf Jahre alt gewesen, Mikey erst acht.

»Ich krieg dich noch, Kelly«, brüllte Paulie.

»Jederzeit«, gab Mikey zurück, keine Spur von Angst in der Stimme. Johnny, der vollkommen schockiert danebenstand, hatte nicht den geringsten Zweifel daran, dass Mikey es ernst meinte.

»Komm schon. Gehen wir nach Hause«, hatte Johnny gesagt, nachdem der Betreuer Paulie weggeführt hatte. »Die Typen meinen's ernst.«

»Ich auch, Johnny. Ich auch.«

Er ging nicht nach Hause, und Paulie hatte es nie wieder bei ihm versucht. Aus irgendeinem Grund hatte Paulie gewusst, dass man sich mit Mikey nicht anlegte, ganz gleich, wie alt er war.

Den Nachmittag verbrachten sie im Freien beim Faustball oder im dritten Stock beim Völkerball. Die jüngeren Kids hatten eine eigene Halle für Völkerball. Mikey war immer einer der Mannschaftskapitäne, und Johnny war seine erste Wahl, obwohl er nicht zu den besten Sportlern gehörte. Patty war viel besser, aber Mikey konnte sie immer noch als Zweite oder sogar Dritte ins Team holen, weil sie ein Mädchen war. Darauf zählte Mikey. Er sorgte dafür, dass Johnny sich gut fühlte, ohne die Stärke seiner Mannschaft zu opfern. Johnny mutmaßte genau das. Und das war einer der Gründe dafür, dass er damit leben konnte, wenn Patty mitkam.

Manchmal schwänzte Johnny ihr eigenes Spiel, um die älteren Typen auf dem großen Spielfeld zu beobachten. Er liebte es, zuzusehen, wenn Joey Maier einen die Baseline entlang geschlagenen Ball mit der rechten Hand abfing und ihn an »Spider« weitergab. Hier durfte man nicht über die Köpfe der Fielder schlagen. Man musste den Ball geradewegs durchboxen, und die kürzeste Entfernung und beste Position, wenn man es versuchen wollte, war die dritte Baseline entlang, die von Joey überwacht und geschützt wurde. An ihm kam kaum jemals ein Ball vorbei. Er gab ihn unter der Hand an Spider weiter, der unweigerlich den Staubsauger gab. Er fing den Ball immer mit derselben Hand, der Linken. Er verfehlte ihn nie.
Sie waren seine Idole gewesen. Er verbrachte Stunden damit, ihnen nachzueifern – er warf den Gummiball gegen die Betonwand, die seinem Haus gegenüberlag, fing den vom Boden abprallenden Rückball mit der rechten Hand, warf ihn zurück und erwischte ihn im Flug mit der Linken. In diesen Augenblicken war er Joey und Spider zugleich.
An den Samstagvormittagen kauerten sie bei Mikey zu Hause vor dem Fernseher. Es war ein Schwarzweißgerät, vierzehn Zoll vielleicht, mit einer Menge flackernder weißer Linien. Von den Kellys gab es eine ganze Meute, sechs Kinder insgesamt, und sie verteilten sich über das Sofa, die Sessel und den Fußboden und verfolgten gebannt das Samstagvormittagsprogramm: *Fury* und *Flicka*, *Oskar die Supermaus*, *Der Lone Ranger*, *Die Texas-Ranger*, *Roy Rogers* und *Sky King*.
Johnny suchte sich immer einen Platz auf dem Fußboden. Mrs. Kelly ging zwischen ihnen hindurch und verteilte schweigend Schüsseln mit Frühstücksflocken. Johnny bekam Raisin Bran, weil Mrs. Kelly wusste, dass das seine Lieblingssorte war.

Am Sonntag nach der Kirche spielten die Teenager Stickball vor seinem Häuserblock, schlugen den kleinen Gummiball, den Spalding, atemberaubende Strecken, manchmal drei, vier Gullydeckel weit, mit dem Besenstiel, den jemand sich von seiner Mutter geborgt hatte. Nur zwei Typen aus der Nachbarschaft schafften es mehr als drei Gullydeckel weit – der große Joe Coyle von der anderen Straßenseite und Jimmy Hayes aus dem Nachbarhaus. Die Leute hingen aus den Fenstern, nur um zu sehen, wie die beiden spielten. Jahre später wurde Coyle am College ein Football-Halfback und Hayes ein Basketballstar, aber in Johnnys Augen hatten sie ihre besten Tage in seiner Straße verlebt.

Es war der einzige Abschnitt seines Lebens, in der das Dasein diesen Zauber gehabt hatte. Keine Sorgen, keine Probleme. Ein erfülltes Leben. Das sollte sich bald ändern.

4

Die Nachricht von dem Mord an Lucy Ochoa verbreitete sich wie ein Lauffeuer in Bass Creek. Zuerst wusste Rudy nicht, wer sie war, denn Lucy hatte ihm gegenüber nie ihren Nachnamen erwähnt. Aber als die Kunden im Lauf der nächsten Woche im Laden ein und aus gingen, über die junge Frau sprachen und sie beschrieben, begann er sich Gedanken zu machen. Mit Sicherheit wusste er es erst, als die *Bass Creek Gazette* sich endlich ein Foto von Lucy beschafft hatte und es auf der Titelseite veröffentlichte, eine Woche nachdem man ihre Leiche gefunden hatte. Rudy war entsetzt. Er ging zum Redaktionsgebäude, das nur einen Häuserblock vom Hotel entfernt an der Oak Street lag, und kaufte die Zeitungen der vergangenen Woche. Dann las er sorgfältig alle Artikel über den Mord an Lucy Ochoa durch.

Dem Gerichtsmediziner zufolge war der Mord am Mittwoch, dem sechzehnten Januar, oder am frühen Morgen des siebzehnten geschehen. Rudy rechnete in Gedanken zurück. *Das war der Abend, als ich bei ihr war!* Das Datum erschreckte ihn noch mehr. Der Gerichtsmediziner ging davon aus, dass der Zeitpunkt des Todes zwischen zehn Uhr abends und zwei Uhr morgens liegen musste. Rudy wusste, dass er den Laden um elf Uhr abgeschlossen hatte und dann direkt zu Lucys Trailer gegangen war, aber er wusste nicht, wann er ihn wieder verlassen hatte. Er las weiter: Man hatte ihr die Kehle durchgeschnitten, wahrscheinlich mit einem Messer.

Es gab keine Anzeichen für einen Einbruch oder einen Raubüberfall.
Nachdem er all das gelesen hatte, setzte Rudy sich hin und dachte lange und gründlich nach. Er war zu dem Zeitpunkt, zu dem der Mord geschehen sein sollte, am Mordschauplatz gewesen. Aber Lucy war es gutgegangen, als er sie zum letzten Mal gesehen hatte. Sie hatte offenbar kein Problem damit gehabt, ihn zur Tür hinauszuschieben. Sollte er mit dem, was er wusste, zur Polizei gehen? Der Gedanke machte ihm Angst. Sie waren nett und höflich, wenn sie zu ihm in den Laden kamen, aber er hatte gesehen, wie sie eines Abends einen Typen auf der Straße zusammengeschlagen hatten, einen Mann, von dem er wusste, dass er ein harmloser alter Säufer war, und sie machten es auch bei anderen unschuldigen Leuten so – das hatte er im Fernsehen gesehen.
In diesem Augenblick traf ihn wie eine Kugel in den Kopf die Erkenntnis, dass er am Ende sogar verdächtigt werden könnte und dass die Polizisten vielleicht versuchen würden, ihn zu einem Geständnis zu bewegen, wie sie es bei Leuten im Fernsehen machten. *Ich gestehe gar nichts,* sagte er sich. *Was soll ich machen? Soll ich das Mom erzählen?* Dann würde er ihr auch erzählen müssen, warum er bei Lucy gewesen war – und dass er getrunken hatte. Das würde nicht funktionieren. Schließlich beschloss er, gar nichts zu tun. *Niemand weiß, dass ich bei ihr zu Hause war,* dachte er und versuchte umgehend, sich keine Gedanken mehr darüber zu machen.
Gegen Ende der Woche hatte die Polizei alle Blutproben analysiert: die von Lucys Leiche, die an dem Bett und auf dem Teppich und an den Glasscherben. Die Nachbarn waren befragt worden, aber die meisten von ihnen hatten in dieser Nacht nichts Ungewöhnliches gesehen oder gehört. Pilar Rodriguez erinnerte sich, gesehen zu haben, dass sich gegen

Mitternacht eine dunkelhaarige Person auf ihren Rasen erbrochen hatte, aber sie hatte das Gesicht nicht erkennen können. Vielleicht war es der Junge aus dem Gemischtwarenladen gewesen – Rudy hieß er –, aber sie war sich wirklich nicht sicher. Ein paar Häuser weiter sagte ein junger Mann namens Ray Castro, dass er jemanden gesehen hatte – einen großen dunkelhaarigen jungen Mann, der kurz nach elf in Lucys Trailer gegangen war und keine Stunde später aus dieser Richtung die Straße entlanggestolpert war, um in den Vorgarten der Rodriguez' zu kotzen. Sein Freund José Guerrero hatte das Gleiche gesehen. Es war zwar noch ein dritter Mann an diesem Abend dabei gewesen, ein Typ namens Geronimo, aber keiner der beiden kannte seinen Familiennamen, und er blieb unauffindbar. Und keiner der beiden anderen erwähnte seine Beziehung zu Lucy oder die Tatsache, dass er in die Richtung ihres Trailers verschwunden war, nachdem sie alle den dunkelhaarigen Mann gesehen hatten.
Die einzige Bombe – und vorläufig war es noch keine, denn Harry Tuthill hatte nur einem einzigen Menschen davon erzählt, und das war Wesley Brume – war die beiläufige Bemerkung des Gerichtsmediziners zu Brume hin, dass Lucy an diesem Abend Geschlechtsverkehr gehabt hatte. Er hatte eine Spermaprobe genommen und nach Anzeichen für eine Vergewaltigung gesucht. Es gab keine.
Am Donnerstagmorgen, dem vierundzwanzigsten Januar, wurde Wes Brume ins Büro von Clay Evans IV. bestellt, des für den Bezirk Cobb County zuständigen Generalstaatsanwalts, um die Indizien im Mordfall Lucy Ochoa zu besprechen. Die Staatsanwaltschaft war nur ein paar Häuser von der Polizei entfernt; Brume hatte es also nicht weit. Der Mord an der Frau hatte bereits im ganzen Bundesstaat für Schlagzeilen gesorgt, und Clay lag daran, dass er aufgeklärt und der Täter

vor Gericht gestellt wurde, während das Interesse noch anhielt. Es passierte einfach zu oft, dass die Presse über den Mord berichtete, nicht aber über das gerichtliche Nachspiel. Wenn man früh genug einen Verdächtigen fand, ließ sich die Geschichte noch eine Weile am Leben halten. Aber die einzige sichere Methode, die Presse bei der Stange zu halten, war eine Gerichtsverhandlung. Journalisten liebten Gerichtsverhandlungen so sehr, wie andere Leute Sex liebten, und brachten der Öffentlichkeit bei, sie ebenfalls zu lieben. Und Clay wünschte sich verzweifelt einen Anteil an der Publicity.

Clay Evans IV. war ein echter WASP – weiß, angelsächsischer Abstammung, Protestant. Ein blaublütiger WASP der fünften Generation. Urgroßpapa war Gouverneur gewesen. Sein eigener Vater war Senator für Cobb County und schließlich auch Staatssekretär des Bundesstaates Florida gewesen. Früher einmal hatten sie auch Geld gehabt – Zitronenpflanzungen, so weit das Auge reichte. Aber Großpapa, das schwächste Glied der Dynastie, hatte das Land zu einem ungünstigen Zeitpunkt verkauft, den größten Teil des Geldes verprasst und seinen Nachkommen nur das blaue Blut und die Arroganz hinterlassen. Clays bedauernswerter Vater – der Dritte – war durch die Umstände gezwungen gewesen, seinen Lebensunterhalt mit Arbeit zu finanzieren.

Der Vierte war in die Fußstapfen seines Vaters getreten, zunächst im Grundstudium an der University of Florida und dann an der juristischen Fakultät. Er war kein guter Student; er verbrachte den größten Teil seiner Zeit mit Golfspielen und Partys und hätte es aus eigener Kraft nie in die juristische Fakultät geschafft, aber es gab Qualifikationen und Qualifikationen. Urgroßpapa, der Gouverneur, war seinerzeit an der University of Florida ein großer Sportler vor dem Herrn gewesen und hatte ebenfalls die juristische Fakultät besucht.

Daddy hatte das Gleiche getan, und Daddy war sowohl mit dem Dekan der Universität als auch mit dem amtierenden Gouverneur befreundet.

Clay widmete sich der Juristerei mit der gleichen Lässigkeit, die er auch beim Grundstudium an den Tag gelegt hatte. Als er drei Jahre lang seinen Sitz gewärmt hatte, bekam er den juristischen Abschluss und irgendwann, nach drei vergeblichen Versuchen, auch die Zulassung als Anwalt.

Trotz seiner katastrophalen Vorgeschichte verfügte Clay über Vorzüge, die für einige der großen Sozietäten Floridas von Interesse waren. Er hatte die Größe und das dicke braune Haar seines Vaters geerbt und dazu eine umgängliche Art, und vor allem hatte er einen Stammbaum, der ihm den Zugang zu den Zentren der Macht in Tallahassee sicherte. Als die Angebote kamen, wog Clay sie sorgfältig gegeneinander ab und kam zu dem Schluss, dass das Leben es nach wie vor gut mit ihm meinte.

Er entschied sich für die Firma Eppley, Marsch & Maloney in Miami einfach deshalb, weil er wusste, dass es sich in Miami leben ließ. Unglücklicherweise wartete dort die Wirklichkeit auf den Vierten. Man erwartete bei Eppley, Marsch & Maloney, dass alle Kollegen siebzig bis achtzig Stunden die Woche arbeiteten, und die Konkurrenz unter den jüngeren Mitgliedern der Firma war mörderisch. Der Vierte brauchte nicht lang, um festzustellen, dass das Leben in einer großen Sozietät nichts für ihn war. Also rief er Dad an.

»Kannst du mir nicht irgendwo einen Posten besorgen?«, jammerte er dem Dritten vor. »Ich halte das hier nicht mehr aus.«

»Ich sehe mal, was sich machen lässt«, antwortete der Dritte. Zwei Wochen später rief er zurück.

»Der Generalstaatsanwalt von Cobb County geht demnächst

in den Ruhestand. Ich glaube, die Stelle könnte ich dir beschaffen.«
»Wie viele Staatsanwälte haben die da, fünf? Da verschwinde ich doch vollkommen in der Versenkung. Kannst du mir nicht was Besseres besorgen?« In diesem Moment wünschte sich der Dritte, bereits vor Jahren die Zeit und Mühe investiert zu haben, die es gekostet hätte, seinen Sohn zu erwürgen. Er erwog, den Jungen daran zu erinnern, dass er hier den Posten eines Generalstaatsanwalts angeboten bekam, ohne jemals einen Fall bearbeitet zu haben, aber er wusste, dass er es beim Vierten gar nicht erst mit rationalen Argumenten zu versuchen brauchte, also verlegte er sich auf Manipulation.
»Das ist ein Trittstein, Junge. Wahrscheinlich weißt du's nicht mehr, aber ich war auch mal Generalstaatsanwalt von Cobb County. Mach den Job ein paar Jahre lang – damit du was im Lebenslauf stehen hast, sozusagen –, und danach finde ich schon irgendwas für dich. Der Gouverneur ist ein guter Freund von mir, und wenn er wieder gewählt wird, was sehr wahrscheinlich ist, bleibt er noch sechs Jahre im Amt.«
Das Argument überzeugte. Clay nahm die Stelle an und leitete bald eine Behörde, die sich auf das Ausstellen von Strafzetteln wegen überhöhter Geschwindigkeit, auf Ladendiebstähle und gelegentlich sogar auf größere Eigentumsdelikte spezialisiert hatte. Dann allerdings geschah etwas, das weder der Dritte noch der Vierte hatte voraussehen können. Gouverneur Hal Bishop wurde beim Fremdgehen erwischt und nach der ersten Amtszeit abgewählt. Der Mann, der ihn ablöste, war Republikaner und konnte den Dritten nicht ausstehen.
Der Vierte saß auf dem Trockenen, und zwar bereits seit zehn Jahren, als Wesley Brume sein Büro betrat, um die Ermittlungen im Mordfall Lucy Ochoa zu erörtern. Dieser Fall

konnte für ihn zu dem Sprungbrett werden, das ihn endlich und ein für alle Mal aus Cobb County hinausbefördern würde. Er musste den Fall kontrollieren, publik machen und vor allem gewinnen.

Keiner der beiden Männer mochte den anderen. Wes hielt Clay für einen aufgeblasenen Trottel, Clay Wes für einen beschränkten Bullen, allerdings einen beschränkten Bullen, den man unter den richtigen Umständen manipulieren konnte.

»Was haben Sie bisher?«, fragte Clay, nachdem die Formalitäten des Händeschüttelns und der Konversation abgehakt waren. Er hatte die Akte gelesen, aber er wollte die jüngsten Entwicklungen hören, und er wollte sie aus erster Hand erfahren.

»Na ja, wir haben die Blutproben analysiert und uns in der Nachbarschaft umgehört. Wir haben einen Verdächtigen, einen Jungen, der in einem Gemischtwarenladen ein paar Straßen weiter arbeitet. Eine Nachbarin hat ihn erkannt, und zwei Leute haben ihn ziemlich genau beschrieben.«

Es war eine höchst optimistische Beschreibung des Materials, aber Wes konnte höchst optimistisch sein, wenn die Umstände es erforderten.

»Wir haben ein Profil von ihm erstellt – keine Vorstrafen. Jeder, mit dem wir geredet haben, scheint ihn zu mögen. Er wohnt bei seiner Mutter. Er ist ein bisschen langsam. Ich bin hingegangen und habe mit dem Leiter von seiner Highschool geredet und mir die Zeugnisse angesehen. Der Mann hat bestätigt, dass der Junge einen niedrigen IQ hat, aber er hat gearbeitet, und seine Mutter hat sich sehr engagiert, sowohl bei seiner Erziehung als auch in der Schule. Die beiden letzten Jahre hat er nicht mehr mithalten können, also haben sie ihn in ein berufsvorbereitendes Programm gesteckt und ihm statt einem Abschlusszeugnis eine Anwesenheitsbescheinigung ausgestellt.«

Der Vierte wartete gespannt auf das Fazit. Eine Biographie wollte er nicht.

»Haben Sie ihn festgenommen?«

»Nein. Ich wollte erst mit Ihnen reden. Wir wollen da nichts vermasseln.«

»Sie haben mit Sicherheit genug Material, um ihn zu verhören. Nehmen Sie eine Blutprobe, prüfen Sie sie auf Übereinstimmungen. Stellen Sie ihn in die Reihe und lassen Sie ihn von den Nachbarn identifizieren.«

Clay machte Anstalten, sein Büro zu verlassen. Es war als ein Signal an Wes gedacht, dass die Besprechung beendet war, aber der untersetzte Ermittler rührte sich nicht von der Stelle.

»Es gibt da ein Problem«, sagte er, bevor der Vierte aus dem Zimmer eilen und weiß Gott wohin verschwinden konnte.

Clay blieb abrupt stehen und fuhr herum.

»Ein Problem? Was für ein Problem?« Jetzt steckte er in der Vorgesetztenrolle und starrte auf den dicklichen kleinen Ermittler hinunter. Wes hätte den Dreckskerl am liebsten einfach stehenlassen, aber dies war wichtig.

»Sie wissen von der Spermaprobe?«, fragte er.

»Natürlich.« Harry Tuthill hatte ihn an diesem Vormittag informiert.

»Wir haben die Blutgruppe daraus analysiert. Das Blut im Wohnzimmer und an den Scherben ist Blutgruppe 0 positiv, aber das in dem Sperma ist Blutgruppe AB.«

Clay drehte diese Information in Gedanken hin und her. *Zwei Leute haben diesen Mord begangen? Unwahrscheinlich. Bei einem Raubüberfall oder einem Einbruch vielleicht, aber nicht hier. Das könnte ein Problem werden*. Ein Gedan-

ke stellte sich im wendigen Hirn des Vierten ein, aber er würde mehr Informationen brauchen, um ihn weiterverfolgen zu können.
»Holen Sie den Jungen gleich jetzt zum Verhör. Wenn er so dumm ist, wie Sie sagen, legt er vielleicht ein Geständnis ab. Das erste Verhör machen Sie ohne Video und Kassettenrekorder. Wenn Sie irgendwas aus ihm rauskriegen, können Sie's ihn immer noch auf Band wiederholen lassen. Und wenn er nicht so richtig mit der Sprache rauswill, steht Ihr Wort gegen seines.«
Wes wusste ganz genau, was Clay mit alldem meinte. Er hatte genau diese Taktik selbst schon ein paar Mal angewandt. Es war seltsam, dies war eine Seite, die er an Clay noch nie gesehen hatte. In der Regel kümmerte es Clay einen Dreck, wie die Sache endete. Er ging zur Tür, aber der Vierte rief ihn zurück.
»Wer weiß noch von den Blutproben?«, fragte er.
»Bloß ich und Harry.«
»Erzählen Sie niemandem davon. Ich rede mit Harry.«
»In Ordnung«, antwortete Wes. Er wusste, dass der Vierte etwas plante, hätte aber nicht sagen können, was.

5

Rudy hatte ein morgendliches Ritual, bevor er zur Arbeit ging. Nach dem Frühstück nahm er sein Boot und fuhr zum Fischen auf den Okalatchee hinaus. Die Bezeichnung »Boot« war etwas übertrieben – es war im Grunde ein altes Dingi, das er einem der Segelbootbesitzer abgekauft hatte, die über Nacht am Flussufer anlegten. Der Besitzer hatte ein Schild mit der Aufschrift »Dingi zu verkaufen« an den Mast gehängt und wollte einhundertfünfundzwanzig Dollar.

»Ich habe fünfunddreißig in bar in der Tasche«, hatte Rudy zu ihm gesagt. Er verfügte über die Direktheit seiner Mutter und über einen Teil ihres Verhandlungsgeschicks, das er sich im Lauf der Jahre zugelegt hatte, indem er sie beobachtete.

Der Besitzer des Bootes, ein leitender IBM-Angestellter im Ruhestand, amüsierte sich über Rudys Versuch, ihn mit dem Bargeld zu locken. Er brauchte weder das Geld noch das Geschäft, sah aber eine Gelegenheit, dem Jungen einmal in seinem Leben zu einem Sieg zu verhelfen. Er verschränkte die Arme und rieb sich mit der rechten Hand das Kinn. Sie standen auf dem Bootssteg, und Rudy warf verstohlene Blicke zu dem Dingi hin, *seinem Boot*. Irgendwann beschloss der ältere Mann, dass er jetzt genug Spannung aufgebaut hatte, und gab nach.

»Du bist da ganz schön hart im Verhandeln, Junge, aber wenn du das Geld jetzt dahast, muss ich dir das Boot wohl verkaufen.« Rudy hätte ihn beinahe umarmt. Er hatte ihm geholfen, das Dingi von dem Segelboot aus zu Wasser zu lassen, und fünf Minuten später war es unten, und Rudy fuhr den Fluss hinunter. Das war jetzt drei Jahre her, und mittlerweile konnte Rudy den kleinen Motor mit geschlossenen Augen auseinandernehmen und wieder zusammenbauen. Dies war etwas, das er in die Hände nehmen und in Gedanken beherrschen konnte.

Der Okalatchee bot Rudy eine tägliche Zuflucht vor der Welt. Die Vögel sahen ihn nicht an, als hielten sie ihn für beschränkt. Niemand brüllte ihn an, wenn er sich beim Wechselgeld verrechnete. Draußen auf dem Fluss fühlte er sich zu Hause. Die Angelrute war nur ein Vorwand. Obwohl er sie gelegentlich auswarf und von Zeit zu Zeit sogar ein, zwei Fische fing, fuhr er in der Regel herum und erkundete die Gegend. Wenn er den richtigen Ort für den Tag gefunden hatte, stellte er den Motor ab, ließ das Boot treiben, beobachtete und lauschte. Er blieb nicht auf den größeren Wasserstraßen. Der Fluss hatte tausend gewundene kleine Nebenarme, die nirgendwohin führten, und Rudy war entschlossen, sie alle zu erkunden. Sobald er das Hauptbett des Flusses hinter sich ließ, war er in einer Welt aus dicken Mangroven und hohen Kiefern, deren Wurzeln tief unter der Wasserfläche lagen – einer Welt, in der der Gator das Wasser beherrschte und der Fischadler die Bäume.

Der Fischadler war nicht wie der Gator. Er gestattete den Reihern, in seinen Gewässern zu wildern, und den anderen Vögeln, zu singen und zu fliegen. Seine Herrschaft war freundlich und gütig. Aber wenn er sich in die Luft erhob, die weiße Brust vorgestreckt, die mächtigen braunen Flügel ausgebreitet, dann gab es keinen Zweifel, wer der König dieser Gefilde war. Manchmal stellte Rudy sich vor, ein Fischadler zu sein und hoch über dem ganzen Chaos zu sitzen,

stolz und mutig. Als Fischadler brauchte er sich nicht zu fürchten.
Für Rudy war dies die wirkliche Welt, eine Welt, die sich nicht verändert hatte, seit Gott sie geschaffen hatte. Die andere Welt war vergänglich, unwirklich; ihr war die Harmonie mit dem Universum verlorengegangen.

Während Rudy sich darauf vorbereitete, zur Arbeit zu gehen, nachdem er den Donnerstagmorgen auf dem Fluss verbracht hatte, stand Wesley Brume im Gemischtwarenladen und redete mit Rudys Boss.
»Ich will den Jungen mit zum Verhör nehmen, wenn er heute Nachmittag auftaucht«, teilte er dem Ladenbesitzer Benny Dragone mit.
»Wozu?«, fragte Benny. Er konnte Bullen nicht ausstehen, am allerwenigsten den dicken kleinen Dreckskerl, der da vor ihm stand. Er hatte Wes schon ein paar Mal in Aktion erlebt.
»Das kann ich Ihnen nicht sagen. Polizeiintern.«
»Das können Sie mir nicht sagen. Weiß seine Mutter davon?«
»Wer sind Sie, sein gottverdammter Vater oder was? Geht hier irgendwas vor, von dem ich nichts weiß?« Wes begann sich aufzuplustern.
»Nein, ich passe bloß ein bisschen auf den Jungen auf. Ich will nicht, dass ihr Typen ihn fertigmacht. Sie wissen, dass er da oben nicht ganz da ist. Ich lasse Sie nicht ohne Erlaubnis seiner Mutter mit ihm reden.«
»Ach nein? Sollen wir stattdessen Sie fertigmachen? Soll ich Ihnen vielleicht gleich mal das Gesundheitsamt vorbeischicken? Ihre Klos überprüfen lassen oder Ihren Kühlraum?«

»Moment mal. Wir brauchen hier doch nicht gleich drastisch zu werden. Ich hab bloß eine Frage gestellt, das ist alles.« Benny stammte aus Chicago. Er wusste, was passieren konnte, wenn die Bullen einem die Behörden auf den Hals hetzten.

Wes merkte an Bennys Gehabe, dass er gewonnen hatte.

»Nichts für ungut, Benny. Ich will einfach ein bisschen mit dem Jungen reden. Wenn Sie eine Weile hierbleiben können, wüsste ich es zu schätzen. Ich schicke ihn wieder her, sobald ich kann.«

Benny überlegte eine Minute lang. Die Sache stank. Er hatte die Gerüchte gehört, denen zufolge Rudy in der Mordnacht in Lucys Haus gewesen sein sollte. Es war in der ganzen Nachbarschaft erzählt worden. Er war sich sicher, dass die Bullen die Geschichte mit Absicht herausgelassen hatten, und jetzt wollten sie also mit Rudy reden. Er wusste auch, dass Rudy zu dumm war, um sich zu verteidigen. Aber was konnte er tun? Es gefiel ihm vielleicht nicht – aber er hatte ein Geschäft, um das er sich kümmern musste.

»In Ordnung«, sagte er gefügig. »Aber geht nicht so hart mit ihm um.«

»Nein, nein, Benny. Sie können sich auf mich verlassen.« *Klar doch*, dachte Benny. *Ich kann mich drauf verlassen, dass du mich mitten in der Nacht irgendwo über ein Waschbecken halten würdest.*

Wes war wieder da, als Rudy zum Arbeiten erschien. Benny stellte ihn vor.

»Er will dich mit auf die Polizeiwache nehmen und mit dir reden. Es dauert nicht lang. Ich springe hier für dich ein, und du verlierst deswegen nichts von deinem Gehalt, das verspreche ich.«

Benny kam sich vor wie der Türsteher am Kolosseum, der

den Löwen den nächsten Christen zum Fraß vorwarf. Er sah, wie Wes dastand und sich die Lippen leckte. Rudy merkte, dass Benny sich Sorgen machte, aber er kam gerade erst vom Fluss, und er hatte einen Fischadler gesehen. Er hatte gesehen, wie der Vogel von seinem Ansitz hoch oben herabglitt und mit den Klauen einen Fisch aus dem Wasser zog. Rudy fühlte sich wie der Fischadler, stark und furchtlos. Heute würde ihn niemand übervorteilen.

»Schon okay, Benny. Ich gehe, kein Problem.« Benny verfolgte, wie der Junge dem fetten kleinen Bullen vorausging.

Sobald Wes' nicht gekennzeichneter Ford vom Parkplatz verschwunden war, griff Benny zum Telefon und rief Elena an. Er hatte Elena immer gemocht. Seit seine Frau Maria gestorben war, hatte er davon geträumt, mit Elena zusammen zu sein. Es war einer seiner Gründe dafür gewesen, den jungen Rudy einzustellen. *Warum sollte ich sonst einen Jungen im Laden beschäftigen, der Probleme damit hat, auf einen Dollar rauszugeben?* Aber Elena hatte weder für ihn noch für irgendeinen anderen Mann einen Blick übrig.

»Elena«, sagte er, als sie im Hotelfoyer ans Telefon ging. »Ich bin's, Benny. Die Polizei hat Rudy gerade zum Verhör abgeholt. Sie fahren ihn auf die Wache.«

Elena war alarmiert, aber nicht allzu sehr. Bei ihrer Arbeit im Hotel hatte sie den Klatsch über Rudy und Lucy, der sich wie ein übler Geruch im Barrio ausbreitete, noch nicht gehört.

»Aber Benny, was könnte die Polizei denn von meinem Rudy wollen?«, fragte sie leichthin, fast so, als versuchte sie Benny zu beruhigen und nicht er sie.

»Die wollen ihn zu der Mordsache hier im Barrio befragen.«

In Elenas Ohren klang das halbwegs nachvollziehbar. Rudy arbeitete spätabends im Laden. Vielleicht hatte er irgendwas gehört. Aber wieso auf der Polizeiwache?

»Gibt es da irgendwas, das Sie mir nicht sagen?«, fragte sie, und jetzt klang ihre Stimme eine Spur besorgter als zuvor. Benny zögerte. Er brachte es ganz einfach nicht über sich, ihr zu erzählen, dass ihr Sohn des Mordes an Lucy Ochoa verdächtigt wurde.

»Nein. Ich mache mir Sorgen, das ist alles. Ich traue diesen verdammten Bullen nicht. Und Rudy – manchmal ist er selbst sein schlimmster Feind.«

Es waren nicht die Worte, sondern das Zögern in seiner Stimme, das sie vermuten ließ, dies könne ernster sein, als Benny zugeben wollte. Um sicherzugehen, beschloss sie, sich von ihrer Oberkellnerin Teresa vertreten zu lassen und sich auf den Weg zur Polizei zu machen, um selbst herauszufinden, was da vor sich ging. Sie bedankte sich bei Benny und legte auf.

Fünf Minuten später hatte sie Teresa Anweisungen gegeben und stieg in ihren verbeulten alten Camry, um die paar Straßen weit zu fahren. Der Nachmittag war schön und angenehm kühl, denn es ging ein leichter Wind. Sie wäre lieber zu Fuß gegangen, aber es war keine Zeit zu verlieren.

Die Rezeptionistin versicherte Elena höflich, dass jeden Moment jemand kommen und ihr Auskunft geben würde, und bat sie, sich zu setzen. Das Wartezimmer war ein kleiner Raum mit wenigen Stühlen und einer Tür, die wahrscheinlich in die Diensträume führte. Rudy war irgendwo dort drinnen, aber die Tür war geschlossen. Ein Schild an der Wand daneben teilte mit, dass die Tür abgeschlossen war und nur von Angestellten benutzt werden konnte. *Ist ja fürchterlich,* dachte Elena. *Die versuchen wohl den Anschein zu erwecken, die Leute* wollten *unbedingt da rein.* Allerdings gab es im Augenblick tatsächlich nichts, das sie sich mehr wünschte.

Die einzige Möglichkeit war, die junge Frau an der Theke zu bitten, dass sie sie einließ. Sie beschloss, noch ein wenig zu warten, wenigstens ein paar Minuten. Sie warf einen Blick auf die Uhr über dem Schreibtisch der Rezeptionistin. Es war 3:16 Uhr nachmittags.
Nach ein paar Minuten ging sie zu der Theke mit dem Fenster hinüber. »Bitte, Miss, könnten Sie vielleicht noch mal dort anrufen und ihnen sagen, dass ich hier bin? Ich möchte wirklich nicht, dass jemand mit meinem Sohn redet, wenn ich nicht dabei bin.« Die Rezeptionistin warf ihr einen schrägen Blick zu, griff aber zum Hörer und benachrichtigte jemanden am anderen Ende.
»Und könnten Sie bitte auch notieren, dass ich um drei Uhr sechzehn hier angekommen bin?« Elena wusste selbst nicht, weshalb sie es sagte. *Vielleicht wird es noch wichtig,* dachte sie sich.

In den Diensträumen bereitete Wesley Brume mittlerweile sein Verhör vor. Er führte Rudy in den dafür bestimmten Raum, drei mal dreieinhalb Meter groß und kahl, mit olivgrünen Wänden und Betonboden. Das Mobiliar bestand aus einem Metalltisch in der Mitte, umgeben von vier Metallstühlen. Es gab keinen Einwegspiegel, durch den andere Beamte die Darbietung hätten verfolgen können, aber auf dem Tisch stand ein Kassettenrekorder, und ein Videorekorder war fest an der Wand installiert, um jeden Gesichtsausdruck des Befragten festzuhalten. Grunt hielt sich an seine Anweisungen und ließ beide Geräte ausgeschaltet. Er winkte Rudy zu einem der Stühle und setzte sich ihm gegenüber, einen gelben Notizblock und einen Stift vor sich. Er händigte Rudy ein Dokument aus, in dem seine Miranda-Rechte dargelegt wurden, und sagte ihm, er solle es unterschreiben. »Das ist bloß eine Formalität«, versicherte er ihm. Rudy tat so, als lese er das Dokument durch, warf in Wirklichkeit aber kaum einen Blick darauf; dann unterschrieb er es mit seinem Namen.

Wes hatte das Verhör in Gedanken mehrmals durchgespielt, bevor er Rudy abholte. Er beschloss, für den Anfang die Leine locker zu lassen – vielleicht schaffte Rudy es ja, sie sich selbst um den Hals zu legen. Er beugte sich vor und sprach leise, beinahe im Flüsterton.

»Weißt du, warum du hier bist, Rudy?«

»Nein, Sir.«

»Ich möchte dir ein paar Fragen über den Mord an Lucy Ochoa stellen. Hast du Lucy gekannt?« Rudy zögerte einen Moment lang. Er wusste, dass er nicht lügen konnte.

»Ja, Sir.«

»Erzähl mir alles, was du über den Mord an ihr weißt.« Rudy war erleichtert, weil sich die Frage nicht auf ihn persönlich bezog. Dies war eine Frage, die er ohne zu zögern beantworten konnte. Als er zu sprechen begann, begann Grunt zugleich, auf seinen gelben Block zu schreiben. Rudy sah zur Decke und versuchte, sich alles ins Gedächtnis zu rufen, das er in der Zeitung gelesen hatte.

»Ich weiß, dass der Mord zwischen zehn Uhr abends und zwei Uhr morgens in der Nacht vom sechzehnten Januar passiert ist.« Seine Augen waren fast geschlossen, als er zurückdachte. »Ich weiß, dass sie sie im Schlafzimmer gefunden haben und dass sie nackt war. Ich weiß, dass ihre Kehle mit einem Messer durchgeschnitten war. Ich weiß, dass sie auf dem Bett gelegen hat.« Rudy zögerte; inzwischen hatte er die Augen ganz geschlossen, als er in seinem Gedächtnis nach weiteren Dingen suchte, die er gelesen haben könnte. Wes wartete geduldig. Er notierte auf seinem Block, dass Rudy

die Augen geschlossen hatte, während er sprach, »als riefe er sich ein vergangenes Ereignis ins Gedächtnis«.
»Das ist alles«, sagte Rudy mit einem zufriedenen Lächeln. »Das ist alles, was ich weiß.«
»Das ist gut. Sehr gut.« Wes spielte das Spiel mit – ihm war klar, dass seine Rolle die des zufriedenen Lehrers war. Hier war Manipulation gefragt. Kein unvoreingenommener Beobachter der Unterhaltung hätte Rudy jemals dieses Mordes verdächtigt. Aber Grunt gehörte nicht in diese Kategorie. Er hatte seine Entscheidung bereits getroffen. Was er jetzt noch tat, war Verpackung – er musste die bestehenden Lücken füllen, um eine hungrige Jury zufriedenzustellen.
»Also, Rudy«, fuhr er fort, »ich muss dir jetzt ein paar persönliche Fragen über diesen Abend stellen. Es ist wichtig, dass ich von jedem weiß, der in der Nähe des Mordschauplatzes war, damit ich die wirklich Verdächtigen herausfinde. Das verstehst du, oder?«
Rudy nickte. Er begann sich in Gesellschaft von Officer Brume wohl zu fühlen.
»Ein paar von den Nachbarn sagen, dass du kurz nach elf Uhr in der Mordnacht in der Mercer Street warst – stimmt das?«
»Ja, Sir.« Rudy empfand ein wenig Angst und sogar Verlegenheit bei dem Eingeständnis, aber zugleich war er erleichtert. Froh, es loswerden zu können, vor allem in einer netten Unterhaltung wie dieser.

Elena hatte mittlerweile zwanzig Minuten lang im Warteraum gesessen. Sie war zunehmend ungeduldiger geworden, und jetzt begann sie zu vermuten, dass tatsächlich irgendetwas nicht stimmte. Sie ging wieder zu dem Fenster hinüber.
»Ich warte jetzt seit zwanzig Minuten. Ich möchte wissen, wo mein Sohn ist«, sagte sie mit fester Stimme.

»Es tut mir leid, Ma'am«, sagte die Frau. »Ich frage noch mal nach.« Elena blieb vor dem Fenster stehen und sah zu, wie die Frau anrief. Einen Moment später legte sie wieder auf und sagte: »Jemand kommt raus und redet mit Ihnen.« Elena blieb, wo sie war. Wenn nicht augenblicklich jemand durch diese Tür herauskam, würde sie selbst etwas unternehmen – sie wusste nur nicht, was. Sie wusste lediglich, der Zeitpunkt für Höflichkeit war vorbei. Wenige Augenblicke später kam ein Mann durch die Tür, die zu den inneren Räumen führte. Er trug schwarze Hosen, ein kurzärmeliges weißes Hemd und eine schwarze Krawatte, die er am Kragen gelockert hatte. Elena schätzte ihn auf Mitte dreißig. Er selbst war so wenig bemerkenswert wie seine Kleidung – weder groß noch klein, weder dünn noch dick, weder attraktiv noch unattraktiv. Das perfekte Gesicht in der Menge.

»Ma'am, ich bin Del Shorter.« Er streckte die Hand aus; Elena griff steif danach. Del zeigte zu den Stühlen des Wartezimmers hinüber. Elena stellte fest, dass er die Tür wieder hinter sich geschlossen hatte. Sie setzte sich widerwillig hin.

»Ma'am«, begann Del, »mein Partner, Detective Brume, spricht im Augenblick gerade mit Ihrem Sohn. Wir ermitteln im Mordfall Lucy Ochoa, und Ihr Sohn ist möglicherweise in der Lage, uns zu helfen. Er arbeitet in der Nähe in einem Geschäft. Er könnte das Mädchen gekannt haben oder wissen, ob sie mit jemandem zusammen in den Laden gekommen ist. Vielleicht hat er sie an diesem Abend sogar gesehen. Dies sind Dinge, die wir wissen müssen. Wir brauchen Beschreibungen. Wir zeigen ihm Fotos. Er könnte uns eine große Hilfe sein.«

Es war eine direkte, aber plausible Lüge, etwas, das zu Elenas eigenen Überlegungen passte. Aber sie war nicht willens, einfach dazusitzen und zu warten. Rudy war zu angreifbar.

»Ich akzeptiere, was Sie sagen, aber ich möchte Rudy sehen. Ich wäre gern dabei, wenn Sie ihn befragen.«

»Es tut mir leid, Ma'am, aber das ist gegen die Vorgehensweise dieser Abteilung.« Del wusste, dass er sich auf dünnem Eis bewegte, und so lieferte er Details nach. »Technisch gesehen ist dies eine Befragung im Rahmen unserer Ermittlungsarbeit, also haben wir Rudy über seine Rechte informiert; ich nenne sie Ihnen jetzt auch. Er hat das Recht zu schweigen, einen Anwalt hinzuzuziehen …« Elena unterbrach.

»Mr. Shorter, Sie verstehen das nicht. Rudy ist ein bisschen langsam. Wenn jemand ihm eine Frage stellt, wird er sie beantworten, ganz gleich, ob Sie ihn über seine Rechte aufgeklärt haben oder nicht. Ich bin seine Mutter, und ich will nicht, dass er Fragen beantwortet.«

»Es tut mir leid, Ma'am. Er ist volljährig, und das sind Entscheidungen, die er selbst treffen muss. Aber Sie können einen Anwalt für ihn finden, und wenn sein Anwalt uns mitteilt, dass wir nicht mit ihm reden können, werden wir selbstverständlich aufhören.« Jetzt verstand Elena endlich. Hier wurde gemauert. Und warum sollten sie mauern, wenn ihr Sohn nicht verdächtigt wurde? Sie starrte Del Shorter wütend an.

»Sie werden mich also nicht zu ihm lassen?«

»Nein, Ma'am.«

»Und Sie werden weiter mit ihm reden?«

»Ja, Ma'am.«

Elena wandte sich ab, um zu gehen. Sie musste augenblicklich einen Anwalt finden. *Aber wen kenne ich da?* Dann kam ihr ein Gedanke. »Haben Sie hier ein öffentliches Telefon?«, fragte sie.

»Ja, Ma'am, gleich neben der Haustür.«

Im Verhörzimmer verlief Wes' Unterhaltung mit Rudy bemerkenswert glatt.

»Rudy, warst du an diesem Abend in Lucy Ochoas Haus?«

»Ja, Sir.«

»Wann?«

»Ich bin mir nicht sicher, aber ich mache den Laden um elf zu, und dann bin ich direkt hingegangen.«

Rudy wusste, bei der nächsten Frage würde es darum gehen, was er in Lucys Haus getan hatte und wann er es wieder verlassen hatte. Dies war absolut nicht so verlaufen, wie er es sich vorgestellt hatte.

Er fühlte sich erleichtert, fast behaglich. Er würde Wes erzählen, was passiert war, und dann würde er nach Hause gehen. Aber unglücklicherweise stellte sein neuer bester Freund Wesley Brume nicht die Frage, die jetzt hätte kommen müssen.

»Du hast sie umgebracht, stimmt's, Rudy.« Es war keine Frage; es war eine Feststellung.

Etwas in Rudys Gehirn sprang jäh an, als er den Satz hörte – als sei er auf einem langsam eingestellten Laufband, und plötzlich hatte jemand auf einen Knopf gedrückt, und alles ringsum sprang auf Warpgeschwindigkeit.

»Nein, nein, nein, habe ich nicht«, antwortete Rudy überstürzt mit kippender Stimme. »Sie hat mich eingeladen. Wir haben ein paar Bier getrunken. Mir ist schlecht geworden – ich habe versucht, aus dem Haus rauszukommen, aber ich bin über den Sofatisch gefallen. Hab das Glas zerbrochen und mich in die Hand geschnitten. Dann hat sie mich rausgeschmissen.«

Grunt sorgte dafür, dass der Druck nicht nachließ.

»Du hast sie gewollt, stimmt's? Du bist hingegangen, um sie zu bumsen, richtig?«

»Nein, nein, nein, so war das nicht. Ich meine, irgendwie ja, aber ich habe gehofft, sie wollte mich.«

»Und als sie nicht wollte, bist du wütend geworden. Du hast sie mit ins Schlafzimmer genommen. Du hast ihr die Kehle aufgeschlitzt. Du hast sie aufs Bett gelegt und ihr beim Sterben zugesehen.«

»Nein, nein, nein!« Rudy begann zu weinen; die Tränen rannen ihm über die Wangen. »Ich könnte das nicht tun, nicht bei Lucy, überhaupt bei niemandem.« Jetzt weinte er wirklich.

Grunt entschied sich für etwas Schonung. Er reichte Rudy sein Taschentuch. Rudy nahm es und wischte sich die Tränen vom Gesicht.

In diesem Moment kam Del herein und flüsterte Grunt etwas ins Ohr. Wes wirkte eine Spur irritiert.

»Bis sie jemanden gefunden hat, bin ich hier fertig«, sagte er zu seinem Partner. Als Del den Raum verließ, wandte er sich wieder an Rudy.

»Tut mir leid, Rudy, aber ich musste das tun. Ich musste dich testen.« Rudy nickte, als verstehe er, aber er verstand es absolut nicht. Wes wartete noch ein paar Sekunden, um sicherzugehen, dass Rudy sich beruhigt hatte, bevor er weitermachte.

»Warum bist du hingegangen, Rudy?«

»Lucy hat mich eingeladen.«

»Um elf Uhr nachts?«

»Sie hat gesagt, ich soll vorbeikommen, wenn ich freihabe, ganz gleich, wann das war.«

»Du bist ja nicht hingegangen, um Konversation zu machen – hast du gedacht, es fällt was ab für dich?« Er hatte die gleiche Unterstellung schon einmal ausgesprochen, aber diesmal lächelte Wes, als er die Frage stellte – als wären sie zwei

Highschoolkumpel, die sich über ein bisschen Sex verständigten. Rudy biss an.

»Yeah, habe ich.« Sein Lächeln war zögernd und verlegen, aber er begann sich wieder zu entspannen.

»Was hatte sie an bei sich zu Hause?«

»Ein kleines weißes Nachthemd.«

»Durchsichtig?« Wes hatte wieder das Lächeln aufgesetzt.

»Ziemlich.« Rudy lächelte zurück. Jetzt gehörte er endlich dazu.

Wes nahm sich ein paar Momente, um die Unterhaltung zu notieren. Neben dem »kleinen weißen Nachthemd« machte er ein Sternchen. Er erinnerte sich, es in der Mordnacht neben Lucy Ochoas Leiche gesehen zu haben.

»Warst du wütend auf sie, Rudy, als du bei ihr abgeblitzt bist?«

»Nein. Ich war draußen, bevor ich gewusst habe, was los war.«

»Warst du frustriert, dass nichts dabei rausgekommen ist?«

»Ein bisschen.«

»Aber nicht wütend?«

»Nein, Sir.«

»Was würde dich wütend machen – wütend genug, um jemanden umzubringen?«

»Nichts. Ich glaube nicht.«

»Was, wenn jemand deine Mutter umbrächte?«

Rudy erstarrte. »Ja, das würde mich wütend genug machen, jemanden umzubringen.«

»Was, wenn jemand deine Mutter vergewaltigte?«

»Ja.« Rudy wurde wütend, wenn er nur daran dachte.

»Sagen wir mal, du wärst mit Lucy verheiratet, und jemand vergewaltigte Lucy, deine Frau.«

»Yeah, den könnte ich umbringen.« Rudy dachte an ein paar

von den Typen in der Schule, die sich über ihn lustig gemacht hatten. Manchmal hatte er das Gefühl, auch die hätte er umbringen können. Plötzlich ging ihm auf, dass er in der Lage sein könnte, jemanden umzubringen. Und in diesem Moment begann Grunt mit der Vorarbeit zu seiner besten Hypothese.

»Rudy, ist es möglich, dass Lucy irgendetwas gesagt oder getan hat, das dich so wütend gemacht hat, dass du sie hättest umbringen können, und du dich einfach nicht erinnern kannst?«

»Ich hab Ihnen schon gesagt, dass ich sie nicht umgebracht habe.« Jetzt konnte Wes den Ärger hören.

»Ich weiß, dass du sie nicht umgebracht hast, aber ist es vielleicht möglich, dass sie irgendwas zu dir gesagt hat, das dich so wütend gemacht hat, dass du sie hättest umbringen können?«

Rudy spürte den Druck – er verursachte ihm ein Brennen in der Brust.

»Ich weiß nicht, was Sie mich da fragen, Mr. Brume. Würde, könnte, hätte – ich war an dem Abend nicht wütend auf Lucy.« Rudy brüllte jetzt.

»Das weiß ich, Rudy. Und du hast auch Lucy nicht umgebracht. Ich weiß das. Aber du könntest wütend genug werden, um jemanden umzubringen, der deine Mutter umgebracht oder vergewaltigt hätte, und du könntest wütend genug werden, um jemanden umzubringen, der Lucy umgebracht hätte, wenn sie deine Frau wäre. Was ich von dir wissen will, ist: Könnte Lucy oder irgendjemand sonst etwas sagen, das dich so wütend machen würde, dass du sie umbringen könntest?«

In Gedanken kehrte Rudy sofort zu seinen spottenden Mitschülern zurück. Er schloss die Augen und dachte an sie, stellte sie sich vor. Er blieb über eine Minute lang bei dieser Erinnerung.

»Ich nehme mal an«, sagte er, ohne die Augen zu öffnen. Seine Stimme war ruhig.

»Dann hätte Lucy an diesem Abend theoretisch also etwas zu dir sagen können, das dich so wütend gemacht hätte, dass du sie hättest umbringen können?«

»Ich nehm's mal an.« Die Augen waren immer noch geschlossen. Er war jetzt müde und verwirrt. Er wollte einfach nach Hause gehen.

»Vergisst du manchmal Dinge, wenn du wütend bist?«

»Ich nehm's an.« Die Augen waren immer noch geschlossen. Rudy hatte Kopfschmerzen. Er wollte, dass es aufhörte.

»Wenn du theoretisch an diesem Abend wütend auf Lucy warst und irgendetwas getan hättest, würdest du dich dann vielleicht nicht mehr daran erinnern?«

»Ich weiß nicht, vielleicht. Ich weiß nicht mal, wovon Sie jetzt reden.«

Grunt nahm sich einen Moment Zeit, um auf seinen Block zu schreiben: »Sie hätte ihn wütend genug gemacht haben können, um sie umzubringen. Er könnte sie umgebracht haben. Er erinnert sich nicht.« Es wurde Zeit, dies zu Ende zu bringen.

»In Ordnung, Rudy, du kannst jetzt gehen. Jemand wird reinkommen und eine Blutprobe abnehmen. Es dauert nur einen Moment. Brauchst du ein Taxi nach Hause?«

»Nein, ich laufe.« Er brauchte frische Luft.

Rudy war froh, dass es vorbei war. Er hatte keine Ahnung, dass der Alptraum gerade erst begann.

Grunt ging zur Tür und drehte sich dann noch einmal um.

»Eine Frage noch, Rudy. Bist du im Besitz von Messern?«

»Natürlich.«

»Was ist mit Sägemessern – hast du ein Sägemesser?«
»Ich weiß nicht, was Sie meinen.«
»Du weißt schon, die Sorte mit kleinen Zacken in der Klinge.«
»Kann schon sein, dass ich so eins habe. Einer von den Hotelgästen hat mir mal eine alte Anglerkiste geschenkt, und in der waren ein paar Messer. Ich glaube, eins davon hatte so eine Klinge.« Aus der einen Frage waren mehrere geworden.
»Wo ist diese Anglerkiste?«
»In meinem Zimmer unter dem Bett. Warum?«
»Nur so.« Wes verließ den Raum.

6

Austin Reaves war ein flotter alter Vogel. Er war ein entwurzelter Yankee, dessen Eltern viele Jahre zuvor nach Fort Lauderdale gezogen waren. Er war damals erst sechzehn gewesen, aber vierzig Jahre später galt er in Bass Creek immer noch als Yankee. Diejenigen, die ihn gut kannten, bezeichneten ihn als etwas viel Schlimmeres – einen Aasgeier. Er war Anwalt und hatte sich auf Testamente und Treuhandschaften spezialisiert. Keine sehr lukrative Arbeit in Cobb County, aber sie war nicht anstrengend und ermöglichte es ihm, seine Rechnungen zu zahlen, und sie ließ ihm zugleich die freie Zeit, die er für seine wahren Leidenschaften brauchte – dem Angeln und guten Getränken. Er war ein großer, kräftiger Mann mit dickem rotbraunem Haar, in dem sich keine graue Strähne fand. Keine Probleme, sagte er, wenn die Leute ihn auf seine unverwüstliche Haarfarbe ansprachen. Der Rest seiner Person passte zu seinem Alter.

Jedes Wochenende und jeden Mittwoch war Austin mit seinem Boot draußen auf dem See. Jeden Nachmittag Schlag drei Uhr traf man ihn dabei an, wie er seinen breiten Hintern auf seinen Lieblingsbarhocker im Bass Creek Hotel wuchtete. Die Getränke im Bass Creek waren etwas teurer als anderswo in der Stadt, aber Austin ging niemals anderswohin. Er liebte die alte Bar, die Südstaatenatmosphäre, die von den eichenvertäfelten Wänden hing wie Louisianamoos, die ihn rief und einhüllte und tröstete, wenn er Trost brauchte – was jeden Tag um drei Uhr der Fall war. Er war keineswegs der Einzige. Viele gutsituierte Trinker hatten im Bass Creek ihre zweite Heimat gefunden. Schließlich war es auch der beste Ort der ganzen Stadt, wenn man nach ein paar Highballs ein Steak wollte.

Austin saß an seinem üblichen Platz und genoss einen langen und tief befriedigenden Zug an einer echten kubanischen Zigarre, als der Anruf von Elena kam.

»Moment mal, Elena. Immer mit der Ruhe. Ich verstehe kein Wort von dem, was Sie da sagen, Mädchen. Noch mal von vorn, langsamer, und, um Gottes willen, sprechen Sie Englisch.« Wie sooft, wenn sie aufgeregt war, war Elena in ihr individuelles Spanglisch verfallen. Sie zwang sich zur Ruhe.

»Es ist Rudy. Sie haben ihn bei der Polizei und verhören ihn wegen dem Mord an diesem Mädchen im Barrio. Ich habe ihnen gesagt, sie sollen aufhören, aber sie sagen, nur Rudy selbst oder sein Anwalt kann sagen, dass er nicht mehr reden will. Ich will, dass Sie seinen Anwalt machen und dort anrufen und ihnen sagen, sie sollen aufhören, meinen Sohn zu verhören. Ich komme und hole Sie ab, und wir gehen zusammen zur Polizei.«

»Ich würde wirklich gern helfen, Elena, aber ich habe keine Ahnung von diesen Sachen. Ich mache Testamente – Testamente und Treuhandverträge.«

Elena hatte keine Zeit für unwichtige Einzelheiten. »Austin, es ist mir egal, was Sie machen. Ich will, dass Sie jetzt bei der Polizei anrufen und ihnen sagen, sie sollen aufhören, mit meinem Sohn zu reden. Ich hole Sie in fünf Minuten ab.« Sie legte auf, bevor er weiterprotestieren konnte.

Austin saß in der Patsche, und dabei hatte er noch kaum angefangen zu trinken. Er kannte Elena und Rudy aus der Bar, aber nicht gut genug, um Risiken für sie einzugehen.

Dafür kannte er niemanden gut genug. Andererseits wollte er sich Elena nicht zur Feindin machen. Einen Anruf erledigen, zur Polizei fahren – das war einfach, und es würde ihn in seiner Lieblingsbar zu einem Helden machen. Außerdem kam auf längere Sicht vielleicht ein profitables Unternehmen dabei heraus. Er griff zum Telefon und rief an.

Austin konnte sich ausgesprochen Respekt gebietend anhören, wenn es nötig war. Innerhalb weniger Sekunden sprach er mit Del Shorter und dann mit Wesley Brume. Wes' Unterhaltung mit Rudy war gerade zu Ende, aber es war noch keine Blutprobe genommen worden, als Austin nachdrücklich verlangte, von allem Weiteren abzusehen.

Austin stand vor dem Hotel, als Elena wenige Minuten später auftauchte. Er hatte sich einen schnellen Lord Calvert gegönnt, bevor er die Bar verließ, und fühlte sich mittlerweile sehr wohl in seiner Rolle als Verteidiger der Unschuldigen.

»Ich hab denen schon die Klauen gestutzt«, sagte er zu Elena. »Wir holen Rudy in null Komma nichts da raus.« Elena schloss aus seiner Wortwahl, dass Austin mittlerweile die Schwelle zwischen leicht beschwipst zu gründlich alkoholisiert überschritten hatte, und sank etwas in sich zusammen, als er sich auf den Beifahrersitz setzte.

Aber Rudy kam bereits die Straße entlang, als sie sich der Polizeiwache näherten. Jetzt musste Elena Austin davon abhalten, hineinzugehen und »denen mal gründlich die Meinung zu geigen«. Sie überredete ihn stattdessen dazu, mit ihr und Rudy ins Hotel zurückzukehren. Während Austin auf Kosten des Hauses ein Porterhouse verspeiste, erzählte Rudy ihnen die ganze Geschichte.

Elena hatte das Gefühl, als habe sie ihr ganzes Leben damit verbracht, die Schwierigkeiten vorauszusehen, denen ihr Sohn ausgesetzt sein würde, wenn er heranwuchs. So hatte sie zum Beispiel gewusst, dass seine Mitschüler sich über ihn lustig machen würden, weil er »anders« war, und deshalb hatte sie ihn mit sechs Jahren zu einem Karatekurs angemeldet. Als er vierzehn war, hatte er den braunen Gürtel, und damit entfiel ein großer Teil der direkten Provokationen von seinen männlichen Klassenkameraden. Sie baute ihm ein Gerüst aus Struktur und Routine: Komm nach der Schule immer gleich nach Hause, sagte sie. Leg mir immer eine Nachricht hin, wo du bist, mit wem du zusammen bist; ruf mich an, wenn es später wird; geh Fremden und unbekannten Situationen aus dem Weg. Sie nahm ihn mit in die Hotelbar, als er zwölf war, und erzählte ihm, was der Alkohol im Leben der Menschen anrichtete, dass er eine Droge war und süchtig machte. Sie sagte zu ihm, er solle sich die Gesichter an der Bar ansehen und jeden Tag überprüfen, ob sie sich veränderten. Die Botschaft war beim jungen Rudy angekommen, als er die tagtägliche Seifenoper verfolgte. Der Star der Serie saß in diesem Augenblick neben ihm und aß ein Steak.
Elena hatte gute Arbeit geleistet. Aber trotz all dem Training und der Vorbereitung war Rudy geradewegs in die Katastrophe geschlittert. Aber dies war nicht der richtige Zeitpunkt, um sich Vorwürfe zu machen. Die einzige wichtige Frage war: Was tun wir jetzt?
Überraschenderweise war es Austin, der die richtige Richtung vorgab.
»Ihr braucht einen erstklassigen Anwalt, und zwar gleich. Jemanden, der nicht von hier und der auf dieses Zeug spezialisiert ist.« Das Steak hatte ihn nüchterner gemacht. »Ich weiß auch die richtige Adresse. Tracey James. Ihr Hauptquartier

ist in Vero Beach, aber sie hat mehrere Zweigstellen, eine davon in Bass Creek. Sie ist Strafrechtsexpertin, und wenn ihr wollt, rufe ich sie an.«

Elena hatte von Tracey James gehört. Wer hätte das nicht? Sie war die bekannteste Anwältin der Gegend, vielleicht des ganzen Staates. Elena hatte ihre Plakatwände am Highway gesehen und ihren Namen mit Foto in großen Anzeigen im Telefonbuch.

»Würden Sie das tun, Austin?«

»Ja sicher, gleich morgen früh. Aber ich muss Sie warnen, Elena, sie ist sehr teuer.«

»Darum kümmern wir uns, wenn es so weit ist«, sagte sie. Im Augenblick hatte sie an Wichtigeres zu denken als an Geld.

7

Sommer 1960

Wir gehen im Juli ins Pfadfinderlager. Warum meldest du dich nicht auch an?«

»Wer sind *wir?*«, fragte Johnny.

»Meine Brüder und ich«, antwortete Mikey. Mikey hatte zwei ältere Brüder, Danny und Eddie. Eddie war achtzehn Monate älter als Mikey, und Danny war sechzehn Monate älter als Eddie. Irische Drillinge.

»Geht nicht. Du kennst meine Eltern doch. Die müssten sich das erst ein Jahr lang überlegen.«

Johnnys Vater war Bankangestellter. Mr. Kelly dagegen war Feuerwehrmann, ein großer, wuchtiger Kerl, der sich vor nichts fürchtete. Er hatte seinen Söhnen die gleiche Selbstsicherheit mitgegeben.

»Sag dir was.« Mikey hatte eine Inspiration. »Ich frag meine Mutter, ob sie mit deiner Mutter reden kann. Der fällt irgendwas ein. Sie sagt ihr, dass meine Brüder auf dich aufpassen und den ganzen Mist.«

»Macht sie das?«

»Klar. Meine Mom hat eine Schwäche für dich. Manchmal mehr als für mich, glaube ich.« Johnny sah ihn an, um herauszufinden, ob das ernst gemeint war. Mikey schickte sein Multimillionen-Dollar-Lächeln in seine Richtung. Mikeys

Lächeln. Es war wie ein Zauberstab. Mikey sah aus wie ein Heiliger, wenn er lächelte.

Zwei Tage später fand Johnnys Gespräch mit seinen Eltern im Wohnzimmer ihrer winzigen Vierzimmerwohnung statt. Er konnte kaum glauben, dass sie auch nur erwogen, ihn mitgehen zu lassen. Aber natürlich musste sein Vater ihm ein paar Hindernisse in den Weg legen.

»Du darfst aber bei der Lektüre nicht zurückfallen.«

»Ich nehme die Bücher mit, Dad.«

»Und du musst jemanden finden, der als Ministrant für dich einspringt.« An der nächsten Straßenecke war ein Kloster; er und Mikey wechselten sich als Ministranten in der Frühmesse ab.

»Ich weiß. Ich kümmere mich darum.« Der Widerstand bröckelte. Er spürte, wie die Entscheidung näher kam. Seine Mom war bereits gewonnen.

»Ich vertraue den Kelly-Jungen. Sie werden sich kümmern.«

»Die beiden Älteren sind ein bisschen wild für meinen Geschmack«, sagte sein Dad und stand eine Minute lang einfach nur da, die Hände in die Hüften gestützt. Johnny spürte, wie das Pendel wieder zurückschwang – aber es gab nichts, was er tun konnte.

»In Ordnung«, sagte sein Vater schließlich, als treffe er die Entscheidung, den Dritten Weltkrieg auszulösen. »Du kannst gehen. Aber wenn du mit dem Lesen zurückfällst und wenn du irgendwelchen Ärger kriegst, war dies das letzte Mal. Verstehst du mich?«

»Ja, Sir.« Er war so aufgeregt, dass er kaum an sich halten konnte. Zwei Wochen von zu Hause fort – zwei Wochen! Er sagte es sich immer und immer wieder.

Das Pfadfinderlager Ondawa Lake lag in einer wunderschönen waldigen Gegend im Norden des Staates New York, vier Busstunden von der Stadt entfernt. Es waren immer zwei- bis dreihundert Jungen da, meist Gruppen aus der Stadt. Etwa vierzehn Jungen aus Johnnys und Mikeys Pfadfindergruppe brachen von Manhattan aus auf ins Lager. Angeführt wurden sie von John Miller, dem Scoutmaster, und seinem Assistant Scoutmaster Tom Daly.

Die Gruppe hatte einen eigenen kleinen Zeltplatz, eine Lichtung mit einer großen Feuerstelle in der Mitte. Auf einer Seite standen zwei hölzerne Schuppen und auf der anderen zwei Reihen weißer Leinwandzelte. Am Rand der Lichtung, etwa fünfzig Meter vom nächsten Zelt entfernt, stand ein Klohäuschen.

»Immer zu zweit. Sucht euch eure Zelte aus«, brüllte Scoutmaster John Miller, und die Jungen stürmten auf die Zelte zu, Johnny dicht hinter Mikey her. Sie suchten sich ein Zelt in der Mitte einer Reihe aus. Eddie und Danny nahmen eines in der Reihe gegenüber, dreißig Meter entfernt.

Jedes Zelt stand auf einem hölzernen Sockel und enthielt zwei Pritschen. Auf jeder Pritsche lagen ein großer und ein kleiner Sack aus grobem Stoff. Die Jungen wurden angewiesen, ihr Gepäck unter den Betten zu verstauen und die Säcke mitzubringen. Sie gingen, stolperten und rannten einen schmalen Waldweg entlang zu einer weiteren Lichtung, in deren Mitte ein Heuschober stand.

»Der große Sack ist eure Matratze und der kleine das Kopfkissen«, erklärte Mr. Miller. »Stopft sie aus.« Woraufhin die Jungen sich auf den Heuschober stürzten.

Für Johnny, der Heuschnupfen hatte, war dies kein vielversprechender Anfang. Er schlief nicht gut in dieser ersten Nacht. Seine Nase war verstopft, der Mund trocken, das Gesicht verschwollen, und die Grillen zirpten unaufhörlich. Auf der anderen Seite des Zeltes, keinen Meter von ihm entfernt, schlief Mikey tief und fest, als sei er in der Wildnis aufgewachsen.

Irgendwann mitten in dieser ersten Nacht musste Johnny dringend aufs Klo. Er öffnete die Zeltklappe und spähte hinaus in eine Dunkelheit, wie er sie noch nie erlebt hatte. Das Klohäuschen schien ihm hundert Meilen entfernt zu sein. Wer wusste schon, was alles im Wald lauerte? Als er dort stand, verängstigt und erschöpft, und sich mit einer Hand über die triefende Nase wischte, wünschte er sich, sein Vater hätte nein gesagt. Aber für solche Wünsche war es jetzt zu spät. Die kühle Nachtluft traf auf seinen halbnackten Körper, und die Natur übernahm die Kontrolle. Er ließ die Hose fallen und pinkelte vom Zeltsockel hinunter, wobei er sich Mühe gab, vor dem Eingang keine Pfütze zu produzieren.

Etwa eine halbe Stunde später hörte er im Halbschlaf, wie Mikey das Gleiche tat.

Nach der ersten Nacht wurde es besser. Im Lager gab es einfach alles. Baseballfelder, Basketballfelder, Wälder, die es zu erforschen galt – im Tageslicht selbstverständlich –, und den größten See, den sie jemals gesehen hatten. Sie waren Stadtkinder, und so verbrachten sie so viel Zeit auf dem See wie möglich, schwammen und ruderten. Es war eine verblüffende Erfahrung, dass sie zum See gehen und jederzeit ein Ruderboot oder ein Kanu nehmen konnten.

Es gab auch gewisse Rituale. Jeden Morgen versammelte sich die gesamte Mannschaft vor dem Frühstück auf dem Paradeplatz zu Fahneneid und Reveille, und jeden Abend nach dem Essen versammelte man sich zu *God Bless America* und Zapfenstreich. Bei diesen Anlässen mussten alle Pfadfinder in Uniform erscheinen: kragenlose kurzärmelige Hemden mit

Halstuch, kurze Pfadfinderhosen und Kniestrümpfe mit Quasten. Sie hassten die Uniformen und vor allem die kurzen Hosen, aber damit waren sie nicht allein. Die übrigen Stadtjungen, vor allem die Meute aus Harlem, konnten den Shorts auch nichts abgewinnen.

Gegen Ende der ersten Woche hatte Johnny sich an das Landleben und sogar an das mit Heu ausgestopfte Bettzeug gewöhnt. Er schlief mit offenem Mund und einem Glas Wasser in Reichweite. Wenn sein trockener Mund ihn weckte, trank er einen Schluck Wasser und schlief wieder ein. Wenn er zum Bersten voll war, ging er hinaus vors Zelt und pinkelte. Manchmal stolperten er und Mikey gleichzeitig ins Freie. Bei diesen Gelegenheiten veranstalteten sie einen Wettbewerb im Weit- und Langpinkeln. Sie wussten nicht, dass sie dabei beobachtet wurden.

Am Samstagabend wurde auf dem Paradeplatz ein großes Feuer angezündet. Alle Gruppen fanden sich ein. Man röstete Marshmallows und trank Limo. Als es dunkel wurde, begannen die Scoutmaster Gruselgeschichten zu erzählen. In einer davon ging es um eine gefährliche Wildkatze, die sich in den umliegenden Wäldern herumtrieb. Das machte sogar Mikey Angst; auf dem Weg zurück zu ihrem Zeltplatz klammerte er sich an Johnny. In dieser Nacht und nach all der Limo wachten sie mehrmals zum Pinkeln auf.

Nach dem zweiten Wettbewerb dieser Art bekamen sie Besuch. Johnny lag auf der Pritsche, das Gesicht zur Wand, als Assistant Scoutmaster Tom Daly hereinkam und sich neben ihn legte. Johnny war im Halbschlaf. Nach ein paar Sekunden griff Daly nach seinem Arm und zog ihn zu sich herüber. Johnny sprang auf, wobei er fast das Bett und das ganze Zelt umgerissen hätte. Mikey wachte augenblicklich auf.

»Was machst du da?«, brüllte Johnny.

»Du weißt genau, was ich da mache«, sagte Daly im Aufstehen. Er war ein großer Mann mit Gewichthebermuskeln, eine imposante Gestalt, wie er da im Zelteingang stand. Johnnys Reaktion hatte ihn überrascht.
»Nein, tu ich nicht«, sagte Johnny.
Daly wandte sich an Mikey.
»Sag du's ihm, was ich hier mache. Ich bin in einer Viertelstunde zurück, und dann seid ihr gefälligst besser vorbereitet.«
»Was hat er gemacht?«, fragte Mikey, sobald Daly verschwunden war.
»Meinen Arm nach hinten gezogen, bis ich seinen Schwanz berührt habe.«
»Nee. Das ist ja dermaßen eklig.«
»Was machen wir jetzt, Mikey? Ich hab Angst. Der kommt wieder.«
Mikey dachte einen Moment lang nach. »Nimm dein Kopfkissen und die Decke«, sagte er dann. »Wir machen, dass wir hier rauskommen.«
Sie rannten zum Zelt von Eddie und Danny hinüber und erzählten ihnen, was passiert war. Mikeys Brüder waren erst dreizehn und vierzehn Jahre alt, aber sie waren tough.
»Bleibt hier«, sagte Eddie. »Kriecht unter unsere Betten. Versteckt euch hinter den Rucksäcken. Da kann er euch nicht sehen.«
»Was, wenn er das Zelt durchsuchen will?«, fragte Johnny. Er versuchte einen Plan für jede mögliche Situation zu entwickeln. Er war immer noch wie im Schock.
»Dann sagen wir ihm, er soll sich ins Knie ficken«, antwortete Danny. Das war das letzte Wort in der Sache, und Johnny fühlte sich wieder sicher. Er war nicht allein.

Eine halbe Stunde später tauchte Assistant Scoutmaster Daly am Zelteingang auf.
»Habt ihr zwei Johnny und Mikey gesehen?«, fragte er. Eddie setzte sich auf.
»Nö. Hast du in ihrem Zelt nachgesehen?«, fragte er ohne viel Interesse.
»Yeah. Da sind sie nicht.«
Danny setzte sich ebenfalls auf. »Da können wir dir nicht helfen«, sagte er, während er Daly ins Gesicht sah. Dannys rechtes Auge schwamm etwas; in der Nachbarschaft hatte es ihm den Spitznamen »Dizzy« eingebracht. Wenn er jemanden mit diesem unsteten Auge ansah, konnte das etwas verstörend wirken, so muskulös der andere auch sein mochte.
Daly wusste, dass die beiden logen. Wäre ihr Bruder wirklich verschwunden gewesen, wären die beiden augenblicklich aus dem Bett gesprungen. Aber er sah an Dannys Blick auch, dass sie nicht blufften. Wenn er einen Schritt in ihr Zelt tat, würde er es mit diesen Jungen zu tun bekommen. Er hatte keine Angst vor ihnen – es waren immer noch Kinder –, aber er hatte schon zu viel Aufmerksamkeit erregt. Er schloss die Eingangsklappe und ging.
Etwa eine Minute lang sagte niemand etwas.
»Meint ihr, der kommt noch mal zurück?«, fragte Johnny schließlich.
»Nee«, sagte Danny. »Für heute hat der genug.«
»Und was ist mit morgen?«, hakte Johnny nach.
»Nur mit der Ruhe, Johnny«, sagte Eddie. »Morgen lassen wir uns irgendwas einfallen. Wir lassen euch nicht im Stich.«
Es war die Antwort, die Johnny gebraucht hatte. Es wurde wieder still, aber nur ein paar Minuten lang.
»Wieso ich?«, fragte Johnny dann. »Warum hat er mich ausgesucht?«

Danny hatte den Eindruck, dass es Zeit wurde, einen leichteren Ton anzuschlagen. »Vielleicht findet er, du siehst besser aus als Mikey.«
»Ich glaube, der hat gesehen, dass wir zusammen pinkeln«, bemerkte Mikey. »Hat sich wohl gedacht, wir sind ein Homopärchen.«
»Schlaft jetzt, ihr zwei. Wir reden morgen darüber«, ordnete Eddie an.
»Das kommt raus dabei, wenn man kurze Hosen trägt«, merkte Danny an. Die anderen kicherten kurz. Sie wussten, dass er es ernst meinte.
Danach schliefen sie ein, alle mit Ausnahme von Johnny. Er lag auf dem Boden unter Eddies Bett und fragte sich, warum Assistant Scoutmaster Daly ihn für einen Homo hielt. Was hatte er eigentlich getan?

Am nächsten Morgen hielt sich Johnny beim Essen in der Nähe von Danny und Eddie auf. Assistant Scoutmaster Daly saß auf seinem üblichen Platz beim Scoutmaster und redete und lachte, als wäre nichts geschehen. Er warf nicht einmal einen Blick in ihre Richtung, als sie hereinkamen.
»Guckt ihn euch an da drüben«, sagte Danny, als sie die Warteschlange vor der Essensausgabe hinter sich hatten und an ihrem Tisch saßen. »Dem würde ich gern die Zunge rausschneiden.«
Eddie sah die Dinge praktischer. »Wir werden den Typen loswerden müssen«, sagte er.
Vinny Schaeffer, ein weiterer Junge aus der Nachbarschaft, saß in der Nähe. »Wovon redet ihr eigentlich? Was ist hier los?« Eddie und Danny ignorierten die Frage, aber Mikey erzählte Vinny von den Ereignissen des Vorabends.
»Boah!«, rief Vinnie. »Der Typ muss weg.«

Johnny konnte es kaum fassen, dass sie allen Ernstes darüber sprachen, einen Assistant Scoutmaster loszuwerden. Er hatte schon wieder Angst.

»Wenn er nach dem Frühstück seinen kleinen Waldspaziergang macht, folgen wir ihm«, sagte Danny leise, als sie alle die Köpfe zusammensteckten. »Wir greifen ihn uns, bevor er sich einen runterholt oder was es sonst ist, das er da draußen macht.« Johnny fragte sich, was sie zu tun vorhatten, wenn sie sich Daly gegriffen hatten, aber darüber verlor niemand ein Wort.

Tatsächlich machte sich Daly nach dem Frühstück auf den Weg in den Wald, und die Jungen folgten ihm in sicherer Entfernung. Danny hatte sein Jagdmesser dabei. Nach etwa einer Viertelmeile blieb Daly stehen und setzte sich dann auf einen frischen Baumstumpf. Danny winkte den anderen zu, sie sollten weiter nach vorn schleichen. Sie verteilten sich und bewegten sich lautlos auf den Assistant Scoutmaster zu, der offenbar in Gedanken war. Auf Dannys Handzeichen hin stürmten sie los und stürzten sich auf ihn. Er war so überrascht, dass er keine Hand rührte, um sich zu verteidigen. In einer Sekunde hatten sie ihn am Boden, und Danny hatte das Messer in der Hand, die Klinge mit der flachen Seite gegen die Kehle des Assistant Scoutmasters gedrückt, die Schneide zum Kinn.

»Beweg dich nicht, sonst schneide ich dich noch«, sagte er mit einer Stimme, die fast nach Vorfreude klang. Als wollte er ihn dazu herausfordern, sich zu bewegen.

Daly sah in die feindseligen Augen hinauf, sah das Lächeln des Teufels selbst auf Dannys Gesicht und spürte den kalten Stahl an der Kehle. Er rührte sich nicht.

Danny konnte die Furcht in seinen Augen sehen und auf seiner Haut spüren.

»Ich und die Jungs, wir haben uns überlegt, was wir mit dir machen sollen«, fuhr Danny fort. »Sie wollen dich melden. Ich? Ich will dir einfach den Schwanz abschneiden und ihn dir in den Mund stecken.« Er drückte die Klinge fester gegen die Kehle des Mannes. »Aber wir haben uns auf einen Kompromiss geeinigt, sozusagen. Du verschwindest heute von hier. Erfinde irgend 'ne Scheißausrede. Das könnt ihr Homos doch. Und wir kriegen dich nie wieder zu sehen. Kapiert?«

Johnny hielt Dalys rechtes Bein fest. Es rührte sich nicht. Der Mann versuchte gar nicht, zu kämpfen. Johnny fragte sich, wann und wo dieser Plan ausgeheckt worden war. Er war seit dem vergangenen Abend jede Minute mit Danny, Eddie und Mikey zusammen gewesen, und es hatte keine Diskussion darüber gegeben. Er sah zu Mikey hinüber, der das andere Bein festhielt und aufmerksam zuhörte. Er sah Mikey keinerlei Verwirrung an. Assistant Scoutmaster Daly nickte langsam, den muskulösen Körper reglos auf dem Boden ausgestreckt.

»Guter Junge«, sagte Danny, während sein rechter Unterarm den Kopf des Mannes am Boden hielt. »Jetzt gehen wir weg, und du bleibst ein paar Minuten lang genau da, wo du bist, Okay?« Daly nickte langsam, so gut er konnte. »Und dann wirst du verschwinden.« Danny stand auf, hielt das Messer aber weiter auf sein am Boden ausgestrecktes Opfer gerichtet. Die anderen Jungen ließen seine Arme und Beine los und begannen, sich zurückzuziehen. Johnny rechnete damit, dass Daly aufspringen und sie mit seiner schieren Masse überwältigen würde, aber er blieb einfach liegen, bis sie außer Sicht waren.

Sie lachten noch, als sie das Lager erreichten.

»Ich glaub's nicht, dass er einfach dagelegen und sich das gefallen lassen hat«, sagte Eddie.

»Er hat sich in die Hosen gemacht«, kicherte Danny. »Ihr hättet seine Augen sehen sollen.«
»Wir hätten die Unterwäsche auf braune Flecken untersuchen sollen.« Vinnie lachte so sehr, dass er die Worte kaum herausbrachte. »Du hast mir Angst gemacht, Danny. Ich hab gedacht, du schneidest ihn wirklich.«
»Hättest du's gemacht?«, fragte Johnny.
»Zum Teufel, nein!«, antwortete Dizzy. »Wisst ihr eigentlich, was mein alter Herr mit mir anstellen würde, wenn ich dem Typen was getan hätte?«
»Vielleicht würde er es verstehen, wegen dem, was vorher passiert ist?«, fragte Johnny.
»Nee«, schaltete Eddie sich ein. »Danny hat recht. Dad gehört zur alten Schule. Armee und so. Mit so was geht man zum Vorgesetzten. Er würde erst Danny vermöbeln und dann Mikey und mich, weil wir Deppen mitgemacht haben.«
Danny, Eddie und Mikey begannen wieder zu lachen. Depp gehörte zu den Lieblingsausdrücken ihres Vaters.
Daly erschien an diesem Tag nicht zum Abendessen, aber Danny hatte immer noch nicht genug. Nach dem Essen marschierte er kühn zum Scoutmaster hinüber.
»Wo ist eigentlich Mr. Daly?«, fragte er in aller Unschuld.
»Musste abreisen. Irgendeine Krise in der Familie«, antwortete der Scoutmaster, ohne aufzusehen.
Danny drehte sich zu den anderen Jungen am Tisch um und hob die Daumen. Es war vorbei.

8

Am nächsten Morgen, es war ein Freitag, erschienen Wes und Del in Clay Evans' Büro, um ihn auf den neuesten Stand zu bringen.

Clay musterte die beiden in ihrer schwarzweißen Kluft und fragte sich, von welchem Planeten sie eigentlich stammten. *Vielleicht hätte ich das in Miami doch lieber durchstehen sollen. Inzwischen könnte ich Partner in einer Sozietät sein, statt in diesem Loch in der Pampa festzuhängen und mit ein paar Irren arbeiten zu müssen.* Und gerade da, als wolle er Clays Überlegungen das Ausrufezeichen hinzufügen, legte Wes den Daumen an ein Nasenloch und schneuzte sich aus dem anderen. Er wischte sich den von der Nase hängenden Rotz mit dem Handrücken aus dem Gesicht. Del merkte es nicht einmal. Ein paar Minuten zuvor war Clay an dem Punkt seiner tagtäglichen Überlegungen angelangt gewesen, an dem er sich sagte, dass aus dem karrieretaktischen Manöver vielleicht doch noch etwas werden konnte. Als Wes die Vorstellung damit beendete, dass er die Hände in die Taschen schob, gab Clay es auf.

»Wie ist das Verhör gelaufen?«, fragte er halbherzig.

»Bestens!«, antwortete Wes. »Der Junge hat zugegeben, dass er da war. Hat ein paar Bier mit ihr getrunken. Er hat gesagt, er ist aufgestanden und wollte gehen, weil ihm schlecht war, und dann ist er über den Sofatisch gefallen und hat sich an seinem zerbrochenen Glas geschnitten. Das Blut und die

Fingerabdrücke sind also von ihm. Er sagt, danach hat sie ihn rausgeschmissen, aber er sagt außerdem, er hätte sie auch umgebracht haben können, und kann sich einfach nicht dran erinnern.«

Der letzte Teil erregte schlagartig Clays Aufmerksamkeit. Plötzlich sah Wes nicht mehr aus wie ein Alien.

»Er hat allen Ernstes gesagt, er hätte sie umgebracht haben können, und kann sich nicht dran erinnern?«

»Yep.«

»Haben Sie ihn verhaftet?«

»Nein. Ich hab ihn nach Hause gehen lassen.«

»Sie haben was?«

»Seine Mutter ist mitten im Verhör aufgetaucht«, schaltete Del sich ein. »Sie hat verlangt, dabei sein zu dürfen, und dann, dass wir aufhören. Ich hab ihr gesagt, das geht nicht, aber sie könnte ja einen Anwalt hinzuziehen. Ein paar Minuten später hat Austin Reaves angerufen und verlangt, dass wir das Verhör abbrechen.«

»Austin Reaves? Macht der nicht Testamente?«

»Yeah«, meldete Wes sich wieder. »Aber er trinkt im Bass Creek Hotel. Wir haben uns überlegt, dass die Mutter wahrscheinlich schnell einen gebraucht hat, und er war der Einzige, den sie kennt.«

Clay überlegte einen Augenblick. Austin Reaves war wahrscheinlich nur ein Lückenbüßer gewesen. Diese Leute hatten kein Geld. Wahrscheinlich konnten sie sich einen Strafverteidiger für die Verhandlung nicht leisten, und das bedeutete, sie würden den guten alten Charley Peterson als Pflichtverteidiger kriegen. In einem solchen Fall Charley als Anwalt zu haben, war, als spielte man mit einem vollständig geladenen Revolver russisches Roulette. Clay lächelte zum ersten Mal an diesem Tag.

»Habt ihr eine Blutprobe genommen?«
»Yeah. Wird ein paar Tage dauern, bis wir die Ergebnisse haben. Vielleicht Montag oder Dienstag. Ein Sägemesser hat er auch.«
»Ich verstehe nicht ganz.«
»Der Gerichtsmediziner sagt, die Messerwunden stammen von einem Sägemesser, Sie wissen schon, einem mit gezackter Klinge. Na ja, und der Junge hat mir erzählt, er hat eines. Hat mir auch gesagt, wo er es aufbewahrt.«
»Der ist wirklich dumm, oder?«
»Yep.« Sie lachten alle drei.
»Warten Sie die Untersuchungsergebnisse ab und lochen Sie ihn dann ein. Und rufen Sie diese Journalistin an, die Sie kennen, Wes – wie heißt sie doch gleich?«
»Pam Brady?«
»Yeah, genau die. Ich will, dass sie ein Foto von dem Jungen macht, für die Titelseite. Damit unsere Zeugen auch wissen, wen sie bei der Gegenüberstellung aussuchen müssen.« Sie lachten wieder. Aber es war ein unbehagliches Lachen, denn ein dickes Problem saß wie ein unsichtbares weißes Kaninchen mitten in ihrem Szenario. Clay wusste, es wurde Zeit, das Problem anzusprechen.
»Del, würden Sie uns einen Moment allein lassen?« Clay ging mit Del bis zur Tür und schloss sie hinter ihm. Als sie allein waren, zog er seinen Stuhl dichter an Wes heran.
»Wie sicher sind Sie sich, dass der Junge es getan hat?«, fragte er.
»Todsicher«, antwortete Wes. »Er war da. Hat draußen gekotzt, als es vorbei war. Er war's. Ich glaube nicht, dass er es mit Absicht getan hat, aber er war's. Wahrscheinlich war er sauer, weil er bei ihr abgeblitzt ist.« Jetzt war es Clay, der die Hintergrundinformation wollte.

»Erzählen Sie mir was über diese Lucy Ochoa.«
»Saisontätigkeit, kommt schon seit Jahren her. Ein Mal verheiratet. Geschieden. Ziemlich freizügig. Die Nachbarn sagen, da sind immer jede Menge Typen gekommen und gegangen. Schwer, da den Überblick zu behalten. Aber diesen Jungen aus dem Gemischtwarenladen hatten sie da noch nie gesehen.«
»Und Sie sind sich sicher, er war's?«
»Absolut.«
Clay brauchte diese Bestätigung, bevor er weiterging. Er war ein meisterhafter Manipulator – Manipulation war wahrscheinlich das Einzige, was er wirklich beherrschte. Er hatte es im Blut. Er hielt nicht viel von dem dicken kleinen Deckskerl, der da vor ihm saß, aber nach zehn Jahren las er in Wes wie in einem offenen Buch. In Wes Brumes Leben gab es keine Zwischentöne. Bei ihm war alles so schwarz-weiß wie die Kleidung, die er jeden Tag trug. Als seine Frau beschlossen hatte, wieder zu arbeiten, nachdem ihr zweites Kind in die Schule gekommen war, hatte Wes sie verlassen, weil er der Ansicht war, dass eine Frau ins Haus gehörte. So einfach war das.
»Keine Anzeichen für eine Vergewaltigung?«, fragte Clay, obwohl er die Antwort kannte.
»Nichts.«
»Sie wissen ja, was ein Strafverteidiger aus diesen zwei unterschiedlichen Blutgruppen machen wird.«
Es war, als schwenkte man eine rote Fahne vor einem Bullen. Wes hasste Strafverteidiger. Sie manipulierten Tatsachen und Indizien, ermutigten ihre Mandanten zum Lügen – alles, was ihnen zum Sieg verhalf, selbst wenn das bedeutete, dass man einen Verbrecher wieder laufenließ. Er hörte das Arschloch schon reden, irgendeinen Phantomficker ins Spiel bringen,

der auch für den Mord verantwortlich war, während sein Mandant, der einfach nur auf eine Tasse Tee vorbeigekommen war, natürlich vollkommen unschuldig war. Wes' Gesicht lief rot an. Er verstand einfach nicht, wie die Verfassung dazu kam, diesen dreckigen Parasiten auch noch das Recht auf einen Dreck fressenden Anwalt zu garantieren.

Alles, was er zu Clay sagte, war »Yeah, ich weiß«. Aber Clay hatte auch den Rest mitbekommen. Es wurde Zeit, eine Lösung anzubieten. Langsam.

»Nehmen wir mal an, das Blut von diesem Jungen passt zu dem Blut auf dem Teppich und dem Blut auf dem Glas, was eine ziemlich wahrscheinliche Annahme ist nach dem, was er Ihnen erzählt hat. Können Sie mir folgen?« Wes nickte.

»Und nehmen wir weiter an, dass wir anhand der Befunde davon ausgehen müssen, dass keine Vergewaltigung stattgefunden hat. Sie muss wohl etwas früher an dem Abend Sex gehabt haben, meinen Sie nicht auch, Wes?« Clay merkte, dass Wes sich diesen Teil nicht weiter überlegt hatte. Aber Clay würde ihm auf die Sprünge helfen.

Wes nickte wieder, wenn auch eine Spur unsicher.

»Ich glaube, unter diesen Umständen könnten wir die Spermaprobe als Beweisstück bei den Mordermittlungen ganz ausschließen. Stimmen Sie mir da zu?«

Jetzt hatte Wes verstanden. Es war brillant. Es hatte keine Vergewaltigung gegeben; also würde man ihnen dieses Detail gar nicht erst liefern. Man würde ihnen gar nicht erst die Gelegenheit geben, die Jury mit diesem ganzen Voodoo-Dreck von »berechtigtem Zweifel« durcheinanderzubringen. Und schließlich war es bei einer Schlampe wie dieser absolut nachvollziehbar, dass jemand sie früher am Tag gebumst haben musste.

»Ich bin ganz Ihrer Meinung.«

»Gut. Aber wir müssen das für uns behalten. Können Sie dafür sorgen, dass Del den Mund hält?«
»Kein Problem. Aber was ist mit dem Gerichtsmediziner?«
»Harry Tuthill? Machen Sie sich wegen Harry keine Sorgen, das erledige ich.«
Nachdem sie jetzt offiziell Mitverschwörer waren, hatte Clay noch ein paar andere Haushaltsfragen zu besprechen.
»Legen Sie eine eigene Vergewaltigungsakte an.«
»Warum vergessen wir das mit der Spermaprobe nicht einfach?«
»Nein, zu gefährlich.« Er wusste, dass Harry sich niemals darauf einlassen würde, Beweisstücke zu vernichten, erwähnte das aber Grunt gegenüber nicht. »Wenn das Ganze jemals zur Sprache kommt, können wir unseren Standpunkt erklären, aber wenn wir Beweismaterial vernichten, sieht das ganz schlecht aus.«
»Aber warum eine Vergewaltigungsakte anlegen, wenn wir auf dem Standpunkt stehen, dass es keine Vergewaltigung gegeben hat?«
»Wir haben keinen Grund zu der Annahme, dass es eine gegeben hat, aber wir führen die Ermittlungen weiter. Das verhindert, dass dieses Material der Öffentlichkeit zugänglich gemacht werden muss. Sonst könnte jeder Zeitungstrottel sämtliche Informationen anfordern, die wir in dem Trailer gefunden haben, und wir müssten sie rausrücken. Zum Teufel, die würden mehr von uns kriegen, als wir der Verteidigung geben müssen! Wir würden schlecht dastehen. Im Moment müssen wir die Information unter Verschluss halten, und das ist die beste Methode. Wenn der Staub sich erst mal gelegt hat; deklassifizieren wir sie. Die Bundespolizei macht so was doch dauernd.«
Wes war nicht zum ersten Mal beeindruckt von der Art und

Weise, wie Clay jedes Detail bedacht hatte. Er war unverkennbar begabt für solche Fragen. Wes schüttelte den Kopf, als er Clays Büro verließ. Er konnte kaum fassen, wie gut die Besprechung verlaufen war. Auf einen Staatsanwalt wie diesen hatte er sein ganzes Leben lang gewartet.

9

Während Clay Evans IV. die Vorarbeiten dafür erledigte, aus dem Leben ihres Sohnes einen Trittstein für seine Karriere zu machen, traf Elena ihrerseits Vorbereitungen für einen ersten Besuch im Büro von Tracey James. Austin hatte den nötigen Anruf erledigt und ein Treffen am nächsten Dienstag ausgemacht. Elena war vollkommen verblüfft, dass er ihr so schnell einen Termin besorgt hatte. Austin hatte sich nicht die Mühe gemacht, dabei zu erwähnen, dass er selbst kein unbeteiligter Beobachter war.

»Ihr Hauptquartier ist in Vero Beach«, hatte er zu Elena gesagt. »Wenn Sie am Dienstag mit ihr reden wollen, müssen Sie dorthin.«

»Das mache ich auch, Austin. Und ich danke Ihnen, dass Sie das arrangiert haben.«

»Kein Problem, Elena. Hab ich wirklich gern für Sie getan.«

Und für mich natürlich auch.

Die Fahrt schreckte Elena nicht im Geringsten. Rudy stand unter Mordverdacht. Hätte man Elena mitgeteilt, sie müsse zu Fuß nach Vero Beach gehen, um ihm zu helfen, hätte sie es ohne zu zögern getan.

Tracey James' Hauptquartier war ein sehr repräsentatives zweistöckiges Gebäude nordwestlich von Vero. Es war ursprünglich als Pflegeheim gebaut worden, aber als die Finanzierung für das Projekt ausblieb, stand das Gebäude leer, bis Tracey es entdeckte und für einen Spottpreis erwarb. Es waren nicht einmal viele Renovierungsarbeiten nötig gewesen. Im ersten und zweiten Stock befanden sich außer der Cafeteria nur Patientenzimmer; hier brachte Tracey ihre Sachverständigen unter. Es waren vor allem das Erdgeschoss und die Fassade, bei denen Änderungen erforderlich waren. Vor dem Gebäude hatte Tracey eine kreisförmige Zufahrt mit einem Springbrunnen in der Mitte anlegen lassen. Zu beiden Seiten standen riesige identische Steine mit den eingemeißelten Worten »The James Law Firm« und »Let the James Gang fight for you!«. Das ohnehin bombastische Portal erhielt zusätzliche Säulen. Im Inneren entstanden ein prachtvolles Foyer mit Marmorboden und eine repräsentative Treppe. Der Empfangstisch, ein antiker Mahagonitisch mit einem Telefon darauf, nahm die Mitte des immer leeren Wartezimmers ein.

Tracey ließ zwischen allen Terminen eine Stunde Zeit – eine Methode, die jedem Mandanten den Eindruck vermittelte, dass er etwas Besonderes war. Zur vollen Stunde wurde der solcherart Erwählte einen schmalen Gang entlang zu Traceys Büro geleitet, das ein Drittel des Erdgeschosses einnahm und dessen gesamte Westseite aus einem riesigen bodentiefen Fenster bestand. Das Fenster öffnete sich auf einen farbenprächtigen Blumengarten, einen Garten, in den Tracey nie einen Fuß gesetzt hatte. Sie hätte nicht eine der Blumen benennen können, die dem üppigen Boden entsprossen. Der Garten war mit der Absicht angelegt worden, dem Mandanten Ruhe und Vertrauen einzuflößen. Der prachtvolle Orientteppich, die Urkunden an den Wänden, der weiße Mahagonischreibtisch, das weiche blaue Ledersofa mit den passenden Sesseln – jedes Stück war zu dem Zweck ausgewählt, dem Besucher mitzuteilen, dass er sich in Gesellschaft einer großen Juristin befand.

Elena stammte aus Puerto Rico; sie war in einer schäbigen Farmbaracke als Tochter eines Kleinpächters zur Welt gekommen. Als sie fünf Jahre alt gewesen war, war ihre Familie nach New York gezogen, und sie war auf den Straßen von Spanish Harlem aufgewachsen. Mit zweiundzwanzig Jahren, als sie schließlich begriffen hatte, dass ihr Ehemann ein hoffnungsloser Alkoholiker war, hatte sie ihren Sohn und zweihundert Dollar genommen und war nach Florida gegangen, um ganz von vorn anzufangen. Sie hatte in schmutzigen Unterkünften ohne Heizung und fließendes Wasser gelebt. Sie hatte für die übelsten Leute gearbeitet, die man sich vorstellen konnte. Sie war nicht leicht zu beeindrucken, und als sie in dem weichen Ledersessel saß, in den Garten hinaussah und darauf wartete, dass die Königin zur Audienz erschien, hatte sie das gleiche unbehagliche Gefühl, das sie manchmal im Berufsverkehr in der U-Bahn beschlich – dass jemand gleich nach ihrer Handtasche greifen würde. In diesem Augenblick betrat Tracey das Zimmer durch eine Tür hinter ihrem Schreibtisch, ein viel zu reizendes Lächeln im Gesicht. Elena zog instinktiv die Handtasche dichter an sich.

Tracey nahm ihre Mandanten kaum je zur Kenntnis. Selbstverständlich sah sie ihnen in die Augen, wenn der Moment für Wahrhaftigkeit gekommen war, aber das gehörte ganz einfach zu ihrer Show. Sie seifte sie ein, und wenn sie sie als Anwältin engagiert hatten und gegangen waren, konnte sie sich an nichts mehr erinnern, bis sie sich das nächste Mal mit ihnen treffen musste. Aus irgendeinem Grund war es bei Elena anders. Tracey betrat mit ihrem üblichen Lächeln das Zimmer und schickte sich an, die üblichen Phrasen von sich zu geben, und bei Elenas Anblick geriet sie jäh ins Stocken. Tracey wusste nicht einmal genau, warum. Vielleicht war es Elenas natürliche Schönheit und der auffällige Kontrast zwischen den beiden Frauen. Elena war dunkel, mit einer Haut von einem cremigen Karamellton und seidigem, rabenschwarzem Haar. Selbst im Sitzen sah man ihr an, dass sie groß und schlank war, dabei aber die Kurven einer Frau hatte. Aber es war mehr als das. Vielleicht war es die Art, wie Elena sie ansah – als sehe sie ihr geradewegs in die Seele.

Tracey wusste nicht, dass Elena und ihr Sohn die größte Herausforderung ihrer gesamten Karriere werden würden, dass die Art und Weise, wie sie diese Frau und diesen Fall anging, einer der entscheidenden Momente ihres Lebens sein würde.

Tracey Goldberg hatte als Hauptfach am College Marketing belegt, womit sie in die Fußstapfen ihres Vaters trat. Ihre Mutter war bei ihrer Geburt gestorben, und seither hatte es immer nur sie und ihren Vater gegeben. Dad war Geschäftsmann gewesen, und Tracey hatte für sich selbst das Gleiche geplant.

»Mach dein eigenes Ding«, hatte Dad ihr geraten. »Du wirst nie reich, wenn du für jemand anderen arbeitest.«

Tracey nahm sich den Rat ihres alten Herrn zu Herzen. Sie beschloss, das Rechtswesen zu ihrem Geschäft zu machen. Sie konnte eine eigene Firma gründen, ihr eigener Chef sein. Bevor sie einen Fuß in ihr erstes juristisches Seminar setzte, hatte sie bereits einen vorläufigen Marketingplan erstellt, der die Tücken des Marktes identifizierte und Abhilfe erwog.

Sie bereiste den Bundesstaat und sah sich die kleinen, erfolgreichen Firmen an. Verletzungen der Person, das war das Spezialgebiet, bei dem für die kleine Kanzlei die besten Gewinne winkten. Durch Werbung sicherte man sich die besten Fälle.

»Die Erfahrung ist der einzige wirkliche Lehrer«, hatte ihr Vater ihr wieder und wieder eingeschärft. Ihre letzte Unterhaltung über dieses Thema hatte einen Monat vor seinem Tod stattgefunden. »Leg dich nicht fest, bevor du genau weißt, worauf du dich einlässt. Sieh dir jeden Winkel und jedes Detail an. Du kannst die Risiken nie ganz eliminieren, aber du kannst sie minimieren.«

Auch diesmal hatte sich Tracey an den weisen Rat ihres Vaters gehalten. Nach dem Abschluss hatte sie zunächst klein angefangen. Sie hatte zwei Jahre im Büro des Generalstaatsanwalts in Fort Lauderdale verbracht und dort einfache Vergehen und weniger schwere Verbrechensfälle bearbeitet. Die Erfahrungen dort hatten ihr eine gewisse Selbstsicherheit vor Gericht verschafft, obwohl sie nicht vorhatte, sich allzu oft dort aufzuhalten, nachdem sie sich einmal selbständig gemacht hatte. Sie hatten ihr außerdem gezeigt, dass es in den großen Städten zu viele Anwälte gab, die alle an demselben Knochen herumzerrten. Der Weg zum Erfolg führte hinaus aus den großen Ballungsgebieten, aber da lag das Problem: Wie verdiente man Geld weit weg von den Zentren des Geldverdienens?

Es gab im Inneren des Bundesstaates viele kleine Städte, die gute juristische Dienstleistungen hätten brauchen können. Ein noch nicht angezapfter Markt, aber riskant. Man konnte sich nicht einfach irgendeine Stadt aussuchen und versuchen, dort sein Glück zu machen. Man würde verhungern. Man brauchte eine Operationsbasis, die groß genug war, um die Versorgung sicherzustellen, während man zugleich seine Fühler in die kleinen Städte ausstreckte.

Und damit stand Traceys Plan fest. Sie entschied sich für Vero Beach als Hauptquartier – eine verschlafene Stadt an der Ostküste Floridas, deren Bevölkerung im Wesentlichen aus Rentnern bestand, aber groß genug, um eine Kanzlei zu unterhalten. Tracey nahm einen ansehnlichen Bankkredit auf und begann Werbung zu machen – zunächst in den Gelben Seiten, dann im Radio, dann auf Plakatwänden. Das Fernsehen war ihr fürs Erste noch zu teuer. Obwohl sie zunächst Schadensersatz- und Schmerzensgeldfälle im Visier hatte, vernachlässigte sie das Strafrecht darüber nicht ganz. Auch das gehörte zu ihrem Plan.

Es gab noch andere Aspekte, die berücksichtigt werden mussten. Tracey war recht attraktiv, aber wenn sie sich von der Masse abheben wollte, musste etwas geschehen. Dies war ihre eigene Einschätzung der Dinge, eine ehrliche marktwirtschaftliche Analyse, die auf keinerlei persönlicher Unsicherheit beruhte – das jedenfalls sagte sie sich selbst. Sie war hochgewachsen und hielt sich durch tägliche Workouts und eine strenge Diät in Form, aber ihre Nase war zu groß, und ihre Brüste waren winzig. Dementsprechend ging ein Teil des Kredits in eine Nasenkorrektur und Implantate, das mausbraune Haar wurde platinblond, und aus Tracey Goldberg wurde Tracey James – *Let the James Gang fight for you!* Jetzt erschien Traceys Ganzkörperfoto neben jeder ihrer Anzeigen. Die Jungs in den blauen Anzügen hatte sie weit hinter sich gelassen.

Die Anfragen trafen fast augenblicklich ein. Tracey instruierte die beiden Mädchen, die das Telefon bedienten, jeden potenziellen Mandanten unter die Lupe zu nehmen. Zu diesem Zweck verwendeten sie einen detaillierten Fragebogen, den Tracey sich von einer anderen Kanzlei »geliehen« hatte. Später sah sie sich die Antworten an und entschied, bei wem sich das Anhören lohnte und bei wem nicht. Ihre Recherchen im Anschluss an das Studium hatten sie gelehrt, ins Mittelfeld zu zielen: nicht die kleinen watteweichen Fälle und auch nicht die großen Millionen-Dollar-Fälle, sondern diejenigen im Wert von fünfzig- bis hunderttausend Dollar, von denen es dazwischen so viele gab. Wenn die Schuldfrage klar war (das ließ sich mit Hilfe des Fragebogens feststellen) und die Versicherungssituation zufriedenstellend, konnten diese Fälle geklärt werden, ohne dass man jemals einen Gerichtssaal betreten musste. Manchmal wurden sie vielleicht für weniger beigelegt, als der Mandant hätte bekommen können – aber ihr ging es um Masse, nicht um Menschen.

Aufgrund der Anzahl von Anrufen, die bei ihr eingingen, heuerte Tracey zwei Schadenssachverständige im Ruhestand an, die mit den ausgewählten Mandanten sprachen, die medizinischen Gutachten und Informationen über Versicherungsfragen beschafften und schließlich Schadensersatzforderungen erstellten. Sie selbst teilte sich zehn Minuten für jeden Mandanten zu. Innerhalb eines Monats hatte sie fünfundzwanzig gute Fälle. Nach einem Jahr waren es dreihundert, und sie hatte sechs Sachverständige, die die Forderungen bearbeiteten.

Auch die Sachverständigen waren eine Idee, die sie sich »geborgt« hatte – von einem Anwalt in Tampa, dem sie nie auch nur begegnet war. Bei einem Besuch der diversen Büros von Mr. Dale Willingworth hatte sie jedes Mal nur mit dem jeweiligen Kanzleimanager gesprochen. Es war weit und breit kein Anwalt zu sehen gewesen, aber in den Büros wimmelte es von Schadenssachverständigen. Sie erfuhr, dass die Sachverständigen das Vorgehen in Schadensersatzfragen in- und auswendig kannten, beurteilen konnten, was ein Fall wert war, ihn im besten Licht präsentieren konnten und wussten, wie man am meisten Geld herausschlug. Wenn das Auswahlverfahren gut genug war und der Fall innerhalb des anvisierten Bereichs lag, war ein Anwalt theoretisch überflüssig.

Als sie an jenem Tag Tampa hinter sich ließ und die riesigen Plakatwände am Highway bestaunte, auf denen die Kanzlei

Willingworth beworben wurde (»Sie brauchen einen Anwalt?«), hatte Tracey sich gefragt, ob Mr. Willingworth überhaupt existierte. Sie hatte laut aufgelacht bei dem Gedanken und war dabei fast auf die Überholspur geraten. Man stelle sich vor – eine Kanzlei ohne Juristen.

Zwei Jahre nachdem sie ihren Universitätsabschluss gemacht hatte, war sie die erfolgreichste Anwältin ihres Gebiets in Vero Beach, obwohl sie niemals auch nur eine Beschwerde eingereicht oder einen Antrag vorgetragen hatte und niemals vor einem Richter erschienen war. Eines hatte sie getan, um glaubwürdig zu bleiben – sie hatte einige Strafrechtsfälle übernommen. Anders als Schadensersatzfälle mussten Strafrechtsfälle vom Anfang bis zum Ende von einem Anwalt betreut werden, weil ein großer Teil davon im Gerichtssaal stattfand. Aber ebenso wie bei den zivilrechtlichen Fällen suchte Tracey sich auch bei den Strafrechtsfällen die Mandanten aus. Ernstere Fälle nahm sie nur an, wenn der Mandant wohlhabend und zahlungswillig war. Der Vorschuss betrug fünfzehntausend Dollar und war sofort zu zahlen; bei Kapitalverbrechen waren es fünfundzwanzigtausend. Wenn auf dem entsprechenden Konto noch fünftausend Dollar waren, musste der Vorschuss aufgestockt werden. Geschah das nicht, war die James-Gang fort, sobald das Geld fort war. Es gab keine Ausnahmen; es gab keinen Einsatz der guten Sache wegen. Sie ließ sich von jedem Mandanten ein Dokument unterschreiben, in dem klargestellt wurde, dass der Mandant die Regeln kannte. Tracey hatte das gleiche Motto wie ihr Anwaltskollege Abraham Lincoln: »Die Zeit des Anwalts ist sein Warenbestand.« Anders als Abe jedoch war sie entschlossen, sich für jede Sekunde bezahlen zu lassen.

Daddy wäre stolz auf sie gewesen.

Die James Law Firm bestand seit fünf Jahren, als Elena zum

ersten Mal dorthin kam. Seit den gar nicht so bescheidenen Anfängen hatten die Dinge sich dramatisch verändert. Die Kanzlei hatte expandiert; man hatte Büros in den kleinen Städten im Inneren Floridas. Tracey hatte Zweigstellen in zehn Städten von Arcadia bis Okeechobee. Kanzleien ohne Anwälte – oder jedenfalls ohne Anwälte, die sie bezahlt hätte. In jeder Stadt verhandelte sie mit einem ortsansässigen Anwalt, der ihr Kanzleiräume zur Verfügung stellte, wenn sie sie brauchte, und sicherte sich eine lokale Telefonnummer sowie eine 800-Nummer. Ihr Foto erschien auf der Rückseite des Telefonbuchs und in mehreren ganzseitigen Anzeigen im Inneren ebenso wie auf Plakatwänden an den Zufahrtsstraßen – ein sorgfältig gestaltetes Ganzkörperporträt. Tracey trug ein enganliegendes marineblaues Kostüm, das seidige blonde Haar fiel ihr auf die Schultern, ein Lächeln lag auf den rubinroten Lippen. Die Textzeile blieb immer gleich – *Let the James Gang fight for you!* –, und die großen fetten Buchstaben standen immer auf exakt der gleichen Höhe wie Traceys Brüste. Man musste erst das Kleingedruckte ganz unten in der Anzeige lesen, um zu erfahren, dass es ihre Dienste als Anwältin waren, die Tracey anbot.

Wenn jemand in einem dieser lokalen Büros anrief, verwendete die Sekretärin des ortsansässigen Anwalts den gleichen Fragebogen, den auch die Rezeptionistinnen in Vero benutzten. Er wurde dann ans Hauptquartier gefaxt. Wenn die Firma den Fall anzunehmen beschloss, erhielt der Anwalt als Vermittlungsgebühr fünfundzwanzig Prozent der Schmerzensgeldsumme oder bei einem Strafrechtsfall fünfundzwanzig Prozent des Vorschusses. Natürlich erhielt er oder sie auch eine vollständige Kopie sämtlicher Entwicklungen in dem Fall, um eventuellen Anfragen der Anwaltskammer Genüge zu tun.

Traceys Kollege in Bass Creek war kein anderer als Austin Reaves.
Im Hauptquartier galt die Regel, dass man Mandanten in Strafrechtsfällen so schnell wie möglich einlud, um den Fall rasch vor Gericht bringen zu können und weil sie bar zahlten – je schwieriger und teurer der Fall, desto schneller kam der Termin für das erste Gespräch. Selbst eine so erfolgreiche Juristin wie Tracey James musste ihre laufenden Kosten decken.

»Elena, ist das richtig?« Tracey streckte die Hand aus. Elena zögerte eine Sekunde lang, folgte dann aber ihrem Beispiel.
»Ja, das ist richtig.« Tracey setzte sich nicht hinter ihren Schreibtisch, sondern in den weichen Ledersessel Elena gegenüber. Der persönliche Touch.
»Ich habe Ihre Akte gelesen, Elena. Ist Ihr Sohn schon festgenommen worden?«
»Ja. Gestern haben sie ihn verhaftet.«
»Und die Anklage?« Es war nicht so sehr die Frage als vielmehr die Tatsache, dass sie sie beantworten musste, die Elena solche Schwierigkeiten machte. Sie brachte die Worte kaum heraus.
»Vorsätzlicher Mord.«
Tracey hätte sich beinahe die Lippen geleckt wie eine Löwin, die sich darauf vorbereitet, eine hilflose Gazelle zu reißen. Mord, das war der Idealfall, der Fünfundzwanzigtausend-Dollar-Vorschuss. Sie bekam wenig Mordfälle, sie wusste selbst nicht, warum. Vielleicht fielen die eher in Miami an. Vielleicht konnten Kleinstadtbewohner unter Mordverdacht es sich nicht leisten, sich einen eigenen Anwalt zu nehmen. Auf die Möglichkeit, dass sie keine Mordfälle bekam, weil sie in ihrem ganzen Leben noch keinen bearbeitet hatte, war

Tracey noch nie gekommen. Darüber dachte sie auch jetzt nicht nach. Es ging ihr darum, an den Vorschuss in Elenas Handtasche heranzukommen. Wie mühsam Elena sich um Fassung bemühte, merkte sie nicht.
Tracey stand auf und begann im Zimmer auf und ab zu gehen, als denke sie angestrengt nach.
Elena allerdings war nicht beeindruckt. Die Nasenkorrektur war zu offensichtlich, die Titten zu groß, obwohl der Anblick sie an den Knoten erinnerte, den sie selbst vor ein paar Wochen in ihrer Brust entdeckt hatte. Es schien ihr bereits sehr lang her zu sein, aber jetzt konnte sie sich nicht darum kümmern. Im Augenblick beobachtete sie diese Plastikperson, die da durchs Zimmer stelzte. Elena würde Rudys Leben ganz sicher nicht dieser Frau anvertrauen!
Tracey merkte, dass es nicht funktionierte, dass etwas mit ihrer Präsentation nicht stimmte. Sie änderte die Taktik, etwas, das sie *niemals* tat – sie setzte sich hin und hielt ein paar Sekunden lang ganz einfach den Mund. Sie griff nach Rudys Akte, die ihre Sekretärin ihr auf den Schreibtisch gelegt hatte. Sie hatte sie bereits gelesen. Plötzlich erschien aus der hintersten Schublade ihrer Erinnerung ein kleines Bild von einer dunkelhaarigen Frau. Es war das einzige Bild ihrer Mutter, das sie jemals gesehen hatte. Es hatte auf der Kommode ihres Vaters gestanden. Als kleines Mädchen hatte sie sich anhand dieses Bildes eine Traumvorstellung von ihrer Mutter geschaffen: wunderschön, mit langem schwarzem Haar und einem strahlenden Lächeln. Elena sah dieser Frau zum Verwechseln ähnlich. Zum ersten Mal sah Tracey einen ihrer Mandanten in einem anderen Licht. Dies war eine Frau, die versuchte, ihren Sohn vor einer lebenslangen Gefängnisstrafe, vielleicht vor dem Tod zu bewahren.
»Ich habe keine Ahnung, was die eigentlich für Argumente

vorbringen wollen, Elena. Können Sie mir ein bisschen mehr erzählen?«

Er war schwer, aber Elena erzählte ihr alles, was sie wusste: von dem ersten Tag an, als die Titelseiten gebrüllt hatten, dass einer jungen Frau die Kehle durchgeschnitten worden war, bis zu dem Gespräch mit Rudy, bei dem er ihr erzählt hatte, dass er dort gewesen war, dass er getrunken hatte, dass er gefallen war und sich geschnitten hatte. Tracey hörte aufmerksam zu und stellte von Zeit zu Zeit eine Frage. Ihr war klar, woher die Anklage ihre Argumente nehmen würde, und sie sah auch, dass dieser Fall nicht einfach zu gewinnen sein würde. Ihr erster Gedanke war, den Rückzug anzutreten. Schwierige Fälle konnten ihre makellose Erfolgsstory ruinieren. Ihr Ruf war nicht auf brillanter Gerichtssaalrhetorik begründet. Aber ebenso sah sie Elena – so stark, so entschlossen – eine schöne und überzeugte Mutter. Tracey konnte sie nicht einfach so stehenlassen. Noch nicht.

»Jemand muss in diesem Haus gewesen sein, nachdem Rudy gegangen ist, Elena. Wenn wir diese Person finden, ist Rudy frei. Mein Ermittlerteam ist das beste. Mein Chefermittler Dick Radek war zwanzig Jahre lang Detective bei der Polizei von Miami, zehn davon beim Morddezernat. Wir drehen jeden Stein um. Bis wir fertig sind, kennen wir jeden Menschen in der Nachbarschaft mit Vornamen.«

Sie klang so aufrichtig, als sie es sagte, dass Elena ihr zu glauben begann, und mit gutem Grund – es war die Wahrheit. Tracey hatte das beste Ermittlerteam zwischen Miami und Jacksonville. Fast alle ihre Fälle gewann sie über die Ermittlungsarbeit, indem sie Steine umdrehte, über die die Polizei lediglich gestolpert war.

Aber ganz überzeugt war Elena nicht.

»Die Polizei hat doch schon ermittelt …«

»Das bezweifle ich nicht«, unterbrach Tracey. »Aber die Polizisten in solchen Kleinstädten sind berüchtigt für ihre Faulheit. Sobald sie das Blut Ihres Sohnes in dem Trailer gefunden haben, haben sie die Ermittlungen abgebrochen. Sie brauchen nur einen einzigen Verdächtigen, um kompetent auszusehen.«
In Elenas Ohren klang das plausibel. Sie war sich sicher, dass es stimmte. Es waren diese Worte und noch etwas anderes – etwas, das sich geändert hatte, seit Tracey ins Zimmer geschlendert war –, das ihr das Gefühl gab, Tracey sei die richtige Person für diese Aufgabe. Elena spürte ihre Aufrichtigkeit. Und sie spürte noch etwas anderes, etwas, das Tracey sonst so erfolgreich vor der Welt verbarg – Verletzlichkeit. Vielleicht nicht unbedingt das, was sie sich bei der Anwältin erhoffte, die ihren Sohn vertreten sollte; vielleicht aber das, worauf sie bei dem Menschen gehofft hatte.
Jetzt, da sie überzeugt war, war Elena an der Reihe, ihre Sache darzulegen.
»Ich habe nicht viel Geld.« Das war ein Satz, den Tracey schon tausend Mal gehört hatte. In der Regel war er zusammen mit der Erscheinung des Mandanten, dem Auto, das er fuhr, und seinem Beruf ihr Stichwort dafür, ihn zur Tür zu geleiten und entschuldigend zu sagen, dass sie ihm nicht helfen konnte. Elena konnte sie das nicht antun.
»Hören Sie«, unterbrach sie wieder. »In der Regel verlange ich einen Vorschuss von fünfundzwanzigtausend Dollar für Fälle wie diesen. Ich habe diesen Vorschuss noch nie verringert« – auch dies war wieder die reine Wahrheit –, »aber ich glaube an die Unschuld Ihres Sohnes. Ich glaube, wir können Mittel und Wege finden, um diese Unschuld zu beweisen. Ich bin bereit, meinen Vorschuss auf fünfzehntausend zu verringern, aber wenn dieses Geld verbraucht ist, dann *müssen*

Sie es aufstocken. Bei dieser Regel kann ich keine Ausnahme machen.«
»Fünf habe ich dabei«, sagte Elena.
»Das kann ich nicht akzeptieren. Gehen Sie nach Hause. Reden Sie mit Ihren Angehörigen, Ihren Freunden. Versuchen Sie das Geld aufzubringen. Aber tun Sie es schnell. Die Zeit ist Ihr Gegner.«
Bei Tracey James reichten Gefühle nur bis zu einem bestimmten Punkt.

10

Rudy hatte das gesamte Wochenende auf dem Fluss verbracht – gefischt, im Boot gelegen, nachgedacht. In einem der schmalen Wasserwege lag ein altes zweistöckiges Hausboot; es war gesunken, ragte aber noch halb aus dem Wasser wie ein altes Schiff, bevor es endgültig den Kiel nach oben dreht und sinkt. Rudy liebte es, dort vor Anker zu gehen und sich zu überlegen, was hier geschehen sein könnte. Manchmal war das Hausboot ein Bordell gewesen. Zwei Männer hatten sich um dieselbe Frau gestritten, hatten die Revolver gezogen und zu schießen begonnen. Eine der Kugeln hatte ein Loch in den Rumpf geschlagen, das erst am nächsten Morgen bemerkt wurde, als es zu spät war. Manchmal hatte das Boot auch als Versteck für die Dillinger-Gang gedient und war bei einem Schusswechsel mit dem FBI beschädigt worden. Vielleicht lagen immer noch einige der Leichen im Inneren. Deshalb trieb sich auch der Gator immer hier herum. Er versuchte herauszufinden, wie er an die Leichen kam, ohne danach im Bootsinneren festzusitzen.

An diesem Samstagmorgen allerdings drehten sich Rudys Gedanken nicht um das Hausboot. Er dachte über Lucy nach. Warum sollte irgendjemand Lucy umbringen wollen? Es ergab keinen Sinn. Er verstand es einfach nicht. Und jetzt sagten Momma und Austin, dass er vermutlich wegen des Mordes verhaftet werden würde. Was würde die Polizei sagen? *Sie hat ihn rausgeworfen, und er ist ausgerastet und hat*

sie umgebracht? Würden die Leute das allen Ernstes glauben? In diesem Augenblick sah er einen Fischadler über die Wasseroberfläche gleiten. Er ließ sich jäh fallen und stürzte in das trübe Wasser hinunter; Sekunden später tauchte er wieder auf, einen Fisch in den Klauen. Es war ein prachtvoller Anblick, etwas, das Rudy schon oft verfolgt hatte. Es war eine Art von Mord, aber ein Mord mit gutem Grund. Die stummen Tiere dieser Welt brachten einander nicht ohne Grund um. Leute taten das vielleicht – töten ohne Grund. Aber so war Rudy nicht. Er war eher wie ein Fischadler oder wie der Gator. Und er hatte ganz einfach keinen Grund, Lucy umzubringen – verstanden die das eigentlich nicht?
Einen kurzen Augenblick lang erwog Rudy, es hier zu Ende zu bringen, hier an diesem Ort, den er so sehr liebte. Im Gefängnis würde er es nicht lang aushalten, das wusste er. Sie würden merken, dass er *anders* war, und er würde ständig auf der Hut sein müssen. Gott sei Dank, dass er mit Karate weitergemacht hatte. Er war sich sicher, dass es im Gefängnis nicht allzu viele schwarze Gürtel geben würde. Letzten Endes war seine Mutter der Grund dafür, dass er nicht mit den Gators schwimmen ging. Sie kämpfte für ihn; er konnte ihr so etwas einfach nicht antun.
Sie kamen am Montagvormittag um elf, als die Ergebnisse des Bluttests vorlagen. Die beiden Ermittler hatten zwei Uniformierte dabei, und aus irgendeinem Grund schien auch eine Journalistin einen Tipp bekommen zu haben – sie war da und hatte einen Fotografen mitgebracht. Elena hatte angeregt, er sollte zu Hause bleiben. Sie wussten beide, warum, aber keiner von ihnen redete darüber – sie hatten das Ganze schon zu Tode besprochen. Elena wollte nicht, dass er draußen auf dem Fluss war, wenn sie kamen. Die Idioten würden einen Zirkus veranstalten, mit Polizeibooten und Hubschrau-

bern. Rudy würde sich widerstandslos verhaften lassen – vorläufig. Die wirkliche Schlacht würde im Gerichtssaal stattfinden.
Sie legten ihm die Handschellen direkt vor der Tür des Hotels an, damit der Fotograf ein gutes Bild für die Morgenzeitung bekam. Lasen ihm währenddessen seine Rechte und Privilegien vor, eine zwecklose Übung, denn Grunt hatte seine Aussage bereits aufgenommen und ihn gleich eine Einverständniserklärung unterschreiben lassen. Dann setzten sie ihn auf die Rückbank eines Mannschaftswagens. Sie hatten auch einen Durchsuchungsbeschluss, aber sie durchsuchten nicht die ganze Wohnung. Sie gingen geradewegs zu der Anglerkiste unter dem Bett, öffneten sie, um sich zu vergewissern, dass der Inhalt den Angaben entsprach, und nahmen sie mit. Sie waren nach wenigen Minuten wieder verschwunden, es dauerte kaum lang genug, dass sich eine kleine Menschenmenge sammeln konnte. Die Journalistin, Pam Brady, wollte sich eigentlich an Elena wenden und sie fragen, was sie über all das dachte und empfand, aber sie überlegte es sich anders, als sie die Glut in Elenas Augen sah. Diese Augen sagten ihr alles, was sie wissen musste. Elena hätte sie alle am liebsten angespuckt – die Polizei, die Presse, die Gaffer. Ihre Nachbarn. Sahen sie eigentlich nicht, dass dies eine Familientragödie war? Wussten sie nicht, was sie und Rudy durchmachten?
Als sie am nächsten Tag von ihrem Treffen mit Tracey James zurückkam, rief Elena ihre Schwester in New York an. Sie musste versuchen, das Geld aufzutreiben, und ihre Schwester war der einzige Mensch, an den sie sich wenden konnte.
»Marguerite, ich brauche zehntausend Dollar«, sagte sie nach einem kurzen Austausch der üblichen Phrasen.
»Wofür?«, fragte Marguerite, während sie sich geeignete

Sätze zu überlegen begann, um ihre Schwester abzuwimmeln. Elena erzählte ihr die ganze Geschichte.
»Mein Gott, Elena, was machen wir jetzt?«
»Ich habe eine Anwältin, eine gute, aber sie will fünfzehntausend Dollar als Vorschuss.«
»Das ist bei diesen Wegelagerern bloß der Anfang. Sie werden das Geld ausgeben und mehr verlangen.«
»Vielleicht, aber ich glaube, mit dieser Frau kann ich arbeiten.«
»Frau? Du hast dir eine Frau für diesen Fall ausgesucht? Baby, für so was brauchst du einen Mann.«
Es ging schon wieder los. Die große Schwester teilte ihr mit, was sie zu tun hatte, und kritisierte die Entscheidungen, die sie bereits getroffen hatte. *Baby* war nicht einfach nur eine Anrede, die in ihren Unterhaltungen auftauchte. Das Wort hatte in ihrer Beziehung eine sehr spezifische Bedeutung und war einer ihrer Gründe gewesen, New York zu verlassen. Elena biss sich auf die Zunge.
»Sie ist die bekannteste Strafrechtsspezialistin hier in der Gegend. Außerdem, darum geht es jetzt nicht. Ich habe sie schon angeheuert. Kannst du mir helfen oder nicht? Ich habe niemanden, an den ich mich sonst wenden kann.« Sie versuchte sachlich zu bleiben; sie wollte nicht betteln. Aber Marguerite war ihre ältere Schwester, und sie spürte ihre Verzweiflung, so viel Mühe sich Elena auch gab, sie zu verbergen.
Marguerite hatte eine gute Stelle. Sie arbeitete seit fünfzehn Jahren für UPS – sie war eine der ersten Frauen in dem Job gewesen. Unglücklicherweise war ihr Lebensstil nicht eben bescheiden.
»Elena, ich kann wahrscheinlich fünftausend Dollar zusammenkratzen, aber das ist alles.« Im Hörer wurde es still. Mar-

guerite konnte die Tränen trotzdem hören. »Überlegen wir uns das mal einen Moment lang. Irgendwen muss es noch geben. Was ist mit der Bank?«

»Marguerite, ich brauche dieses Geld morgen.«

»Was ist mit Mike?«

»Was soll mit ihm sein?«

»Inzwischen geht's ihm gut. Er ist seit Jahren von der Flasche weg, hat einen ordentlichen Job.«

»Marguerite, er hat seit sechzehn Jahren nichts von Rudy und mir gesehen und gehört.«

»Und? Er ist immer noch der Vater. Mike weiß, warum du gegangen bist. Er weiß, dass es seine Schuld war. Er hat's mir sogar gesagt.«

»Müssen wir jetzt unbedingt über meinen Exmann reden? Ich brauche Hilfe.«

»Warum nimmst du dir nicht den Tag zum Überlegen, Elena, und ich tu's auch. Wenn uns niemand anderes einfällt, rufe ich Mike an. Ich lasse mich auf nichts ein. Ich werde ihm einfach erzählen, dass der Junge in Schwierigkeiten steckt und dass du angerufen und um fünftausend Dollar gebeten hast und ich sie nicht hatte. Danach kann er selbst entscheiden.« Elena überlegte einen Moment lang. Sie war so verzweifelt, dass alles gut klang – selbst die Möglichkeit, sich an den Mann zu wenden, dem sie die letzten sechzehn Jahre aus dem Weg gegangen war.

»In Ordnung«, sagte sie zu ihrer Schwester. »Ich rufe dich morgen an.«

Das »In Ordnung« nahm Marguerite als stillschweigende Erlaubnis, Mike anzurufen – was sie tat, sobald sie aufgelegt hatte. Sie und Mike lebten nach wie vor im selben Stadtviertel. Sie hatte das Geschehen von weitem verfolgt, in den Jahren, als er sich um Kopf und Kragen getrunken hatte. Sie

hatte auch verfolgt, wie er sich selbst aus der Gosse gezogen und sich den Weg zurück erkämpft hatte, Zentimeter um Zentimeter. Er war seit neun Jahren bei den Anonymen Alkoholikern und hatte eine gute Stelle bei der Telefongesellschaft. Manchmal trafen sie sich vormittags zum Kaffee.
Marguerite betrachtete Mike als Freund, aber ihre Loyalität galt Elena. Elena wollte nicht, dass Mike erfuhr, wo sie und Rudy waren, und Marguerite respektierte diesen Wunsch. Das bedeutete nicht, dass sie Mike bei ihren vormittäglichen Kaffeepausen nicht von Zeit zu Zeit wissen ließ, was sein Sohn machte.
Mike ging beim zweiten Klingeln ans Telefon.
»Mike, hier ist Marguerite.« Er erkannte die Stimme, obwohl sie ihn so gut wie nie anrief.
»Was ist los, Marguerite?«
»Nicht viel.« Sie versuchte die Sache herunterzuspielen. Sie wusste, wenn Mike die ganze Wahrheit erfuhr, würde er alles tun, um herauszufinden, wo sein Sohn war. Aber diese Entscheidung musste Elena treffen, nicht Marguerite. »Ich habe gerade mit Elena geredet. Sie hat mir erzählt, dass Rudy Schwierigkeiten hat, und sie hat mich gebeten, ihr fünftausend Dollar zu leihen. Mike, so viel Geld habe ich nicht.«
»Was für Schwierigkeiten?«
»Ich weiß nicht, und ich habe auch nicht gefragt. Sie hat gesagt, es ist nicht so schlimm.« Sie war sich ziemlich sicher, dass ihre Unbekümmertheit überzeugend klang. Am Telefon zu lügen war viel einfacher, als jemandem ins Gesicht zu lügen.
Mike merkte, dass sie mehr wusste, aber Marguerite war seine einzige Verbindung zu seinem Sohn – er durfte sie nicht vergraulen. Dies war eine Gelegenheit, aber er würde nach ihren Regeln spielen müssen.

Als Elena ihn verlassen hatte, war er zunächst fuchsteufelswild gewesen. Beinahe wütend genug, um etwas zu tun, das er dann den Rest seines Lebens bereut hätte. *Wie konnte sie mir das antun?* Aber er hatte nicht versucht, sie oder seinen Sohn zu finden. Er hatte keine Zeit dafür gehabt. Es hatte eine andere Geliebte in seinem Leben gegeben, eine, die er schon seit Jahren kannte, eine Geliebte, um die jeder seiner Gedanken kreiste.

Erst als er Jahre später zur Besinnung gekommen war, hatte er die Puzzleteile richtig zusammengesetzt. Elena hatte ihm nichts angetan. Er war es, der ihr etwas angetan hatte, ihr und seinem Sohn: während seiner Sauftouren tagelang nichts von sich hören zu lassen, betrunken nach Hause zu kommen, zu brüllen und zu schreien, sturzbetrunken unter den Augen der Nachbarn auf der Vortreppe zu liegen, das Haushaltsgeld für Alkohol auszugeben. Es war ein Wunder, dass sie überhaupt so lang geblieben war. Sie hatte ihn angefleht, mit dem Trinken aufzuhören. Hatte ihm gesagt, dass sie ihn liebte, dass sie ihm helfen würde. Er hatte sie zur Seite geschleudert wie ein Spielzeug, das ihm nicht mehr gefiel. Er brauchte sie nicht. Er brauchte überhaupt niemanden – bis der totale Absturz kam.

Oh, es war schwierig gewesen da unten im Morast, als er zum ersten Mal seit langer Zeit sein Spiegelbild in der schmutzigen Oberfläche gesehen hatte, schwieriger noch als der lange Weg zurück. Aber er wusste, wenn er sich nicht die Zeit nahm, sich selbst in seiner ganzen grotesken Verzerrung zu sehen, dann würde er niemals ganz zurückfinden. Er wusste auch, wenn Elena ihn nicht verlassen hätte, wenn sie ihm weiterhin die Krücke geboten hätte, an die er sich klammern konnte, dann hätte er niemals in diesen Spiegel gesehen.

Jetzt lebte er in der Hoffnung, es auf irgendeine Art wiedergutzumachen. Dies war das erste Mal, dass überhaupt ein Kontakt zustande gekommen war. Das erste Mal, dass sie ihn brauchten. Er antwortete sofort, ohne Vorbehalte und Bedingungen.

»Ich kann das Geld bis morgen beschaffen«, sagte er zu Marguerite.

»Wirklich? Oh, Mike, das ist wunderbar.«

»Ich gehe morgen gleich als Erstes auf die Bank. Wir treffen uns im Coffeeshop – sagen wir um neun, oder Viertel nach neun.«

»Das ist okay. Mike, ich weiß, Elena und Rudy werden es zu schätzen wissen.« Sie wollte gern mehr sagen; sie hätte gern gesagt, dass sie Elena ermutigen würde, sich bei ihm zu melden, ihn wissen zu lassen, wo sie war. Damit er seinen Sohn wenigstens besuchen konnte. Aber dies war nicht ihre Entscheidung, und sie wollte keine falschen Hoffnungen wecken.

Sie rief Elena gleich darauf zurück – es war nicht nötig, dass sie sich die ganze Nacht wegen des Geldes Sorgen machte.

»Warum hast du das getan?«, wollte Elena wissen.

»Weil ich wusste, dass es die einzige Möglichkeit ist. Ich habe ihm nicht gesagt, wo du steckst, und er hat nichts davon gesagt, dass er Rudy sehen will. Ich habe nur gesagt, dass du nach dem Geld gefragt hast und dass ich's nicht habe. Das ist alles. Wir treffen uns morgen um neun. Gib mir deine Bankdaten, und ich überweise das Geld gleich anschließend.«

Elena schwieg eine lange halbe Minute lang. Dann holte sie tief Luft und sagte: »Danke, Marguerite, du hast recht. Ich nehme an, eine andere Wahl habe ich nicht.«

11

Sobald sie den Vorschuss von fünfzehntausend Dollar erhalten hatte, den Elena persönlich bei ihr abgab, machte Tracey James sich an die Arbeit.

Als Erstes rief sie Dr. Harold Victor Fischer an, einen forensischen Psychiater, mit dem sie schon öfter zusammengearbeitet hatte. H. V. hatte einen makellosen Ruf und schien immer in der Lage zu sein, Tracey mit genau der Expertenmeinung zu versorgen, die sie brauchte. Dann ging sie in den ersten Stock hinauf und sprach mit Dick Radek, ihrem Ermittler. Danach bereitete sie die nötigen Dokumente vor – die Mitteilung, mit der sie das Gericht darüber informierte, dass sie Rudy vertreten würde, und einen Antrag auf Offenlegung, mit dem die Anklage aufgefordert wurde, ihr alles belastende Material zukommen zu lassen, das gegen Rudy vorlag.

Ihr Plan war einfach, aber durchdacht. Dr. Fischer würde sich mit Rudy treffen und eine »unabhängige« psychiatrische Evaluation durchführen. Er würde dann zu Protokoll geben, dass Rudy aufgrund seiner begrenzten intellektuellen Fähigkeiten und seines Wesens gar nicht in der Lage gewesen war, die Antwort zu verweigern, als man bei der Polizei mit dem Verhör begann. Weil die Ermittler von dieser begrenzten intellektuellen Fähigkeit gewusst hatten, hätten sie mit dem Verhör gar nicht erst beginnen dürfen. Zumindest hätten sie, als seine Mutter vor Beginn des Verhörs erschien und verlangte, dass die Befragung sofort abgebrochen werden sollte, auf ihren Wunsch eingehen müssen. Mit diesem Gutachten bewaffnet würde Tracey dann beantragen, dass Rudys Aussage für unzulässig erklärt wurde. Sie wusste nicht, was gegen Rudy vorlag, aber von Elena wusste sie, dass Rudys Blutgruppe 0 positiv war – er teilte sie also mit Millionen anderer Menschen. Wenn seine Aussage und die Blutgruppe alles waren, was die Anklage aufzubringen hatte, und sie mit dem Antrag durchkam, würde er freigelassen werden. Wenn ihn die Nachbarn gesehen hatten, würde sie Dick mit den Leuten reden lassen und so herausfinden, was genau sie zu sagen vorhatten. Es war ein provisorischer Plan, der auf Vermutungen aufgebaut war, aber bis auf weiteres war es das Beste, was sie tun konnte.

Tracey hatte Dick Radek angewiesen, jemanden für zwei Wochen nach Bass Creek zu schicken; er sollte sich im Barrio umhören und so viel wie möglich über den Mord, die Nachbarn und Lucy selbst herausfinden.

Sobald Tracey Wes Brumes Akte in die Finger bekam, würden Dicks Leute jeden einzelnen Zeugen noch einmal befragen. Vielleicht war der Polizei etwas entgangen. Vielleicht fand sie heraus, wer zum Zeitpunkt des Mordes in Lucys Haus gewesen war.

Elena stand vor einem neuen Problem, als sie nach der zweiten Fahrt nach Vero Beach nach Hause zurückkehrte. Ihr Boss, Philip Randle, saß in ihrem Büro und wartete auf sie. Sobald sie ihn sah, wusste sie, es würde Ärger geben. Philip war der Manager und Partner in einer Firma, der außer dem Hotel noch mehrere andere Gebäude im ganzen Bundesstaat gehörten. Er erschien alle sechs Wochen an einem Montag, um mit ihr zusammen die Bücher durchzugehen und zu besprechen, was es eventuell zu besprechen geben könnte. Von dem Tag an, als er ihr die Stelle angeboten hatte, hatte Phil vollstes Vertrauen in Elenas Fähigkeiten gesetzt. Er blieb in der Regel keine drei Stunden; dann verschwand er wieder über die Brücke, zurück nach Miami, wo er wohnte.

Aber heute hatte Phil einen säuerlichen Ausdruck im Gesicht, der Bände sprach.

»Wir müssen Ihnen kündigen«, sagte er unvermittelt, nachdem sie die üblichen höflichen Floskeln ausgetauscht hatten. Elena hätte gern nach dem Grund gefragt, aber sie kannte ihn schon. Sie hätte gern um eine zweite Chance gebeten, aber sie war zu stolz zum Betteln. Sie saß einfach auf ihrem Bürostuhl und starrte Phil an. Er fühlte sich verpflichtet, eine Erklärung zu liefern.

»Ich war's nicht, Elena. Ich habe mich dagegen ausgesprochen. Sie haben hier vom ersten Tag an großartige Arbeit geleistet, und ich schreibe Ihnen eine Empfehlung, ganz gleich, wo Sie als Nächstes anfangen. Jemand hat meinen Partnern und mir eine Ausgabe von dieser Zeitung geschickt. Sie wissen schon, die mit dem Foto von Rudys Verhaftung auf der Titelseite. Jeder einzelne von meinen Partnern hat mich angerufen. Die kennen Sie nicht, Elena. Für sie ist das einfach eine geschäftliche Frage, und dieses Foto war denkbar schlechte Werbung für das Hotel. Ich habe versucht, es ihnen auszureden, aber es hat nichts genützt.«

Elena sagte nichts. Sie sah Phil weiterhin ins Gesicht, bis er das Bedürfnis hatte, die Stille mit Worten zu füllen. »Sie wollen, dass Sie sofort gehen, aber ich gebe Ihnen ein Wochengehalt als Übergangszahlung zusammen mit meiner Empfehlung.« Er reichte ihr einen Umschlag und machte eine Bewegung, als wolle er sie zum Abschied in den Arm nehmen. Elena erstarrte, tat einen Schritt rückwärts und starrte ihn wütend an. Phil verstand. Er wandte sich zur Tür, drehte sich aber noch einmal um.

»Wir schicken morgen jemanden als Aushilfsleiterin vorbei. Sie heißt Alice Stevenson. Bitte geben Sie ihr die Schlüssel und zeigen Sie ihr den Laden.« Er wartete nicht auf die Antwort.

12

Als Clay Evans das Schreiben erhielt, in dem Tracey James ihm mitteilte, dass sie Rudy vor Gericht vertrat, hätte er sich fast in die Hosen gemacht, gleich hier und jetzt. Er hatte sie nie als Gegnerin gehabt – niemand von seinen Leuten hatte das –, aber er hatte ihre Plakatwände im ganzen Bundesstaat gesehen.

Er hatte manövriert und manipuliert, um diesen Fall zu einem Heimspiel für sich selbst zu machen, in der Annahme, dass der gute alte Charley Peterson den Jungen verteidigen würde. Charley als Anwalt zu haben, das war, als würde man von einem Toten vertreten, was bei Mordfällen gar nicht so unpassend wirkte – ein Toter, der den demnächst Toten vertrat. Clay hatte vor sich hin gekichert, als ihm das Bild das erste Mal eingefallen war. Jetzt kam ihm die Sache nicht mehr so komisch vor. Er hatte Befunde vorenthalten. Er hatte sich auf eine langwierige und verbissene Schlacht mit dem Gerichtsmediziner, Harry Tuthill, eingelassen, den er hatte überreden müssen, seinen Bericht abzuändern – und alles in der Annahme, dass er Charley Peterson Sand in die trägen alten Augen streuen konnte. Und jetzt hatte er Tracey James am Hals. *Es ist noch nicht zu spät. Ich könnte das noch in Ordnung bringen. Oder die Anklage fallenlassen. Oder … Tracey James ist ein richtiger Star – jede Menge Publicity. Wenn ich wirklich hier rauswill, werde ich auch mal was riskieren müssen …*

Seine Unterredung mit Harry Tuthill war nicht so glatt verlaufen, wie er es sich erhofft hatte. Harry war wie er selbst – ein alter Blaublüter in der Sackgasse seines Jobs. Sie hatten an den Freitagnachmittagen oft ein paar Drinks zusammen genommen und ihren unwürdigen Platz in der Welt beklagt, wozu meist gehörte, über Bass Creek und den größten Teil der trübseligen Existenzen dort herzuziehen. Clay hatte geglaubt, sich auf Harry verlassen zu können, aber Harry stellte sich quer. Er hatte die sechzig hinter sich und stand kurz vor der Pensionierung. Harrys Schlupfloch hatte sich vor langer Zeit geschlossen.

»Sie wollen, dass ich Informationen aus meinem Bericht weglasse? Das ist illegal.«

»Sehen Sie mal, Harry, Sie wissen doch, was die mit diesen Informationen machen, wenn sie sie mal haben. Der Junge kann doch gleich wieder nach Hause gehen.« Aber diesmal sprach Clay nicht mit den bereits Überzeugten.

»Ist mir egal, Clay, ich bin bloß der Gerichtsmediziner. Ich schreibe einen Bericht über das, was ich entdeckt habe, und überlasse die Entscheidungen anderen Leuten. Es ist eine Tatsache, dass diese Frau Sperma im Körper hatte – ich kann das nicht einfach verschweigen.«

»Sie stimmen mir doch darin zu, dass es keinerlei Anzeichen für eine Vergewaltigung gegeben hat?«

»Ja.«

»Und Sie wissen, dass die Blutgruppe von dem Blut am Fußboden und das Sperma zu zwei verschiedenen Leuten gehören.«

»Ja.«

»Und was schließen Sie daraus?« Clay übte für den Gerichtssaal.

»Entweder hatte sie Sex mit einem Bekannten, bevor sie umgebracht wurde, oder ihr Liebhaber hat sie unmittelbar nach dem Sex umgebracht.«

»Und das mit der anderen Blutgruppe? Wie erklären Sie sich das?«

»Gar nicht. Das ist nicht meine Aufgabe.«

»Überlegen Sie doch mal einen Moment, Harry. Haben Sie jemals erlebt oder gehört, dass ein Liebhaber seine Geliebte direkt nach dem Sex umbringt, ohne dass es Zeichen für einen Kampf gibt – verwüstetes Zimmer, Bissspuren, Kratzer?«

»Natürlich habe ich das, Clay. Jetzt angeln Sie wirklich nach Strohhalmen. Außerdem haben wir den Liebhaber nicht gesehen. Vielleicht hat er ja Bissspuren oder Kratzer.«

»Aber es gibt keine Hinweise auf einen Streit in ihrem Schlafzimmer.«

»Sehen Sie mal, sie ist im Schlafzimmer umgebracht worden. Sie hatte an diesem Abend Sex gehabt. Sie könnte Sex mit jemandem gehabt haben, der dann gegangen ist, und dann hätte Rudy vorbeikommen und sie umbringen können. Oder Rudy hätte vorbeikommen und wieder gehen können, und dann ist jemand anderes gekommen, hat mit ihr geschlafen und sie dann umgebracht. Das sind die beiden Möglichkeiten, und eine ist so plausibel wie die andere. In beiden Fällen hätte sie nicht mit dem Menschen gekämpft, der sie umgebracht hat, und es gibt keine Hinweise auf einen Einbruch.«

»Da irren Sie sich, Harry. Wir haben das zerbrochene Glas im Mülleimer und das Blut auf dem Teppich – eine andere Blutgruppe als das Sperma. Wir haben durchaus Hinweise auf einen Kampf mit *einem anderen Menschen als ihrem Liebhaber.*« Es war eine korrekte Analyse, und Harry überlegte.

»Ich nehme an, da haben Sie recht. Es gibt Hinweise, die bedeuten könnten, dass sie mit Rudy gekämpft hat, und das würde ihn verdächtig machen – wenn es einen Kampf gegeben hat.«

»Sie wissen genauso gut wie ich, dass es Rudy war, Harry. Und so, wie es jetzt aussieht, wissen wir beide, dass es wahrscheinlich nicht mal zur Anklageerhebung kommen wird. Der Junge marschiert geradewegs hier raus, wenn Sie mir nicht helfen, Harry.« Harry zögerte eine Minute lang, bevor er Clays Angebot, zu seinem Mitverschwörer zu werden, ein zweites Mal ablehnte.

»Nein. Nein. Ich kann's nicht tun, Clay.«

»Moment mal, Harry. Gerade haben Sie über irgendwas nachgedacht. Sie haben sich überlegt, wie es gehen könnte, stimmt's?« Harry antwortete nicht sofort. Er dachte immer noch nach. Schließlich begann er laut nachzudenken.

»Sind Sie sicher, dass Charley Peterson diesen Fall bearbeitet?«

»Ja, bin ich«, log Clay. Es war eine höchst verständliche Lüge. Er war sich ziemlich sicher, dass die Mutter es sich nicht leisten konnte, selbst einen Anwalt anzuheuern, und damit blieb nur Charley. Er wusste, worauf hinaus Harry wollte. Wenn Charley Peterson den Fall übernahm, brauchte man es vielleicht nicht so genau zu nehmen.

»Der Bericht ist noch nicht vollständig. Die toxikologischen Analysen sind noch im Gang. Wir könnten einen vorläufigen Bericht veröffentlichen. Ich könnte den Spermafund im ursprünglichen Vorbericht versehentlich vergessen, ihn aber im Nachtrag dann erwähnen. Damit gäbe es kein Problem. Ich könnte den ergänzenden Bericht eine Weile verzögern, aber danach sind Sie auf sich gestellt. Jeder, der nach dem Bericht fragt, kriegt ihn. Und wenn Charley Peterson den Fall nicht nimmt, dann ist es aus mit dieser Abmachung.«

Clay war geradezu ekstatisch gewesen. Harry hatte ihm sogar noch mehr geliefert, als er gehofft hatte: eine legitime Methode, Beweismaterial vorzuenthalten. In seinem normalen Grad der Alkoholisierung konnte Charley Peterson das Wort *Nachtragsbericht* nicht einmal buchstabieren. Danach fragen würde er in einer Million Jahre nicht, schon gar nicht angesichts der Tatsache, dass die toxikologischen Analysen mit der Todesursache nichts zu tun hatten.

Clays ursprüngliche Begeisterung angesichts von Harry Tuthills Kompromiss gehörte jetzt der Vergangenheit an. Alles hatte sich dramatisch geändert, seit die berühmte – in seinen Augen eher berüchtigte – Tracey James auf der Bildfläche erschienen war. Es gab keine Möglichkeit, den Nachtragsbericht vor ihr geheim zu halten.

13

Harold Viktor Fischer hatte ein altes, zweistöckiges viktorianisches Haus am Rand von Vero Beach gekauft, das ihm als Büro und Hauptquartier diente. Der größte Teil von Vero war ein typisches Beispiel für eine ungehemmt wuchernde Stadt im Florida-Stil – Hochhäuser, Trailerparks und einförmige, standardisierte Wohnhäuser, ein Block am nächsten wie ein außer Kontrolle geratenes Monopolybrett. Die US1 verlief mitten durch die Stadt, auf beiden Seiten gesäumt von Schnellrestaurants jeder nur erdenklichen Kette; die grellbunten Schilder ragten in unterschiedlicher Höhe auf wie psychedelische Unkräuter auf einem ungepflegten Rasen. H. V.s Haus hob sich gegen all das ab in seiner kultivierten, wohlhabenden Eleganz, was ganz seinen Absichten entsprach – sich abzuheben jedenfalls. Kultiviertheit war nicht seine hervorstechende Eigenschaft, obwohl H. V. die Prätentionen dafür mitbrachte.

Ursprünglich hatte er sein Büro in Miami gehabt, aber die Konkurrenz dort war mörderisch. Sein ganzes Geld war in die Werbung gegangen. Er war nicht zweisprachig, und alles in Miami schien auf dem Kopf zu stehen. Die große Mehrheit der Bewohner war vollkommen unzurechungsfähig, und H. V. stellte fest, dass er bei einem typischen Fall den halbwegs Gesunden dabei half, sich gegen den tobenden Wahnsinn ihrer Umwelt durchzusetzen. Es war eine außergewöhnliche Erfahrung und eine, die er niemals vergessen sollte, aber als Dauerzustand fand er sie höchst unbefriedigend – und sie begann sich nachteilig auf seine eigene Psyche auszuwirken. Also zog er nach Vero, und es war, als ziehe man vom Mars wieder auf die Erde um.

H. V.s Gründe dafür, dass er sich Vero ausgesucht hatte, ähnelten denen von Tracey. Er war die Konkurrenz von Miami los, aber die Stadt war groß genug, um ihm hinreichend zahlungskräftige Kundschaft zu bieten. Bei H. V. lag die Betonung auf *zahlungskräftig*. Ihm ging es bei alldem ums Geld.

Er wurde forensischer Psychiater, was bedeutete, dass er die Leute nicht mehr zu behandeln oder zu »heilen« brauchte – er verkaufte seine Dienste als Sachverständiger für Fragen von Ursache und Wirkung und allem, was dazwischen lag, an den Höchstbietenden. Bald nach seinem Umzug nach Vero fand er Tracey, oder sie fand ihn.

Sie waren das perfekte Paar. Tracey beförderte Mandanten durch ihr Büro wie Baumstämme durch eine Papiermühle, und unterwegs machte ein erheblicher Prozentsatz von ihnen H. V.s Bekanntschaft. Tracey und H. V. waren sich einig in der Ansicht, dass jeder Mensch, der durch einen anderen zu Schaden kam, dabei auch ein psychisches Problem bekommen hatte.

Weil Tracey ihre Fälle in der Regel frühzeitig zum Abschluss brachte, musste H. V.s Anteil an der Arbeit selten öffentlich gemacht werden; man wusste also wenig über die Gutachten, die er ausstellte. Wäre sein gesamtes Werk öffentlich zugänglich gewesen, hätte man dort Hunderte von Gutachten lesen können, die bestätigten, dass Traceys Mandanten an allem Möglichen – von Depressionen bis zu exotischeren Leiden wie posttraumatischen Störungen – litten, die ihre Erfahrungen ihnen zugefügt hatten. Diese Gutachten hatten Hunderttausende von Dollar in Form von Schadensersatz- und Schmerzensgeldzahlungen zur Folge sowie ansehnliche Honorare für H. V. selbst – nicht, dass er sie nicht verdient hätte. Bei den seltenen Gelegenheiten, bei denen er tatsächlich in den Zeugenstand gerufen wurde, war H. V. unweigerlich gut vorbereitet, überzeugend, präzise und unmöglich ins Kreuzverhör zu nehmen. Seine Qualifikationen waren makellos – er hatte einen ersten Abschluss an der Cornell und den medizinischen Abschluss an der Penn gemacht. Fragte man ihn, ob er schon früher mit Ms. James zusammengearbeitet hatte, lautete seine Antwort unweigerlich: »Ich glaube, ja, aber an den Namen des oder der Mandanten oder an das Datum kann ich mich wirklich nicht erinnern. Ich habe mit vielen Anwälten zu tun.«

In der modernen Welt relativer Wahrheiten nannte man es selektive Erinnerung.

Rudy war etwas anders als H. V.s durchschnittliche Mandanten. In H. V.s Gutachten in Kriminalfällen ging es in der Regel um Unzurechnungsfähigkeit oder Prozessunfähigkeit. Aber in Rudys Fall wollte Tracey eine ungewöhnliche Theorie ausprobieren: dass Rudy aufgrund seiner begrenzten Intelligenz nicht in der Lage gewesen war, seine Miranda-Rechte zu verstehen *und* auf ihren Gebrauch zu verzichten. Hier ging es nicht nur um seine intellektuellen Fähigkeiten, ein Argument, von dem Tracey wusste, dass sie damit möglicherweise nicht durchkommen würde. Es ging um intellektuelle Fähigkeiten in Verbindung mit Naivität.

Tracey wollte in der Lage sein, dem Richter gegenüber zu argumentieren, dass Rudy aufgrund seiner intellektuellen Minderbemittelung ganz einfach nicht in der Lage gewesen war, Wesley Brume die Antwort zu verweigern, wenn dieser ihm eine Frage stellte – vollkommen unabhängig davon, dass

Wesley ihn über sein Recht zu schweigen aufgeklärt hatte. Dies war ein schwieriges Unterfangen, und H. V. hatte freie Hand, was die Ausgaben anging, und die Absicht, diese Tatsache zu nutzen. Als Erstes stand ein Ausflug nach Bass Creek und ein Gespräch mit seinem Patienten auf der Tagesordnung.

Rudy war seit etwa drei Wochen im Gefängnis von Cobb County, als H. V. auftauchte. Wie jeder andere Mensch auch hatte Rudy die Horrorgeschichten über das Leben im Gefängnis gehört und mit dem Schlimmsten gerechnet. Aber stattdessen ging es dort sehr ruhig zu – beinahe langweilig. Es gab wenig Häftlinge in dem Gefängnis, und Rudy gewöhnte sich rasch einen festen Tagesablauf an: Frühstück morgens um sieben, danach erst Karateübungen, dann Liegestützen und Situps. Der Wachmann hatte ihm erzählt, Rudy würde im wortwörtlichen Sinne um seinen Arsch kämpfen müssen, wenn er erst ins Staatsgefängnis verlegt wurde, und Rudy wollte vorbereitet sein. Nachmittags verlegte er sich auf kardiovaskuläre Übungen, spielte Basketball oder joggte im Trainingsraum.

Elena kam nachmittags. Sie durfte ihn jeden Tag besuchen, weil es ein Bezirksgefängnis war, aber ihre Besuche waren für Rudy sehr schwierig. Er war daran gewöhnt, seine Mutter in den Arm zu nehmen und zu küssen. Sie jeden Tag zu sehen, ohne sie berühren zu dürfen, war eine Folter. Vielleicht wäre es sogar besser gewesen, wenn sie weniger häufig gekommen wäre, aber niemand hätte einen von ihnen von dieser Möglichkeit überzeugen können. Elena hatte Rudy niemals verhätschelt. Sie wusste, dass ihr Sohn länger brauchen würde als andere junge Männer, aber sie hatte sich immer gewünscht, dass er auf eigenen Füßen stand. Jetzt war er im Gefängnis, und es war zumindest ein Stück weit ihre Schuld. Dies war Neuland für sie. Sie wusste nicht, ob Rudy stark genug war, um dies durchzustehen. Sie wollte, dass er wusste, sie war für ihn da – jeden Tag.

Nachts hatte er die Bücher und Zeitschriften, die Elena ihm mitbrachte. Manchmal allerdings träumte er mitten in der Nacht von staatlichen Gefängnissen und davon, dass eine Gang von Typen ihn angriff. Sie würden ihn »Blödmann« und »Dumbo« nennen und ihn festhalten, um ihm die ultimative Demütigung zuzufügen. Rudy wachte jedes Mal auf, bevor dies geschah. Dann lag er zitternd und schwitzend stundenlang wach und fürchtete sich davor, die Augen zu schließen.

Ich werde das nie zulassen, sagte er sich. *Die würden mich erst umbringen müssen.* Dann dachte er an den Fischadler. Wie er hoch über allen anderen in der Luft stand, um im genau richtigen Moment herabzustoßen und zu töten. Oder an den Gator, der immer geduldig abwartete, nie die Ruhe verlor. *Ich werde so sein wie die. Furchtlos und bereit zu töten.* Erst dann konnte er wieder einschlafen.

Sein erster Besucher außer seiner Mutter war Tracey James. Sie kam in der zweiten Woche. Sie musste ihn zu diesem Zeitpunkt nicht persönlich treffen, musste auch seine Geschichte nicht von ihm selbst hören. Sie wollte ihn einfach nur in Augenschein nehmen, sich ein Bild von seiner geistigen Beschränktheit machen, damit sie dem Richter gegenüber Beobachtungen aus erster Hand anführen konnte, wenn der richtige Zeitpunkt dafür gekommen war. Anders als gewöhnliche Besucher, die mit den Insassen durch eine Scheibe sprechen mussten, traf sich Tracey mit Rudy in einem Raum, in dem sie sich einander gegenübersetzen und reden konnten.

»Ich bin deine Anwältin«, sagte sie, nachdem sie sich vorgestellt hatte. Rudy lächelte.
»Ich weiß. Meine Mutter hat mir von Ihnen erzählt. Sie sagt, Sie sind die beste von allen.« Jetzt war es Tracey, die lächelte und sogar eine Spur errötete.
»Das weiß ich nicht. Aber wir tun unser Bestes, um dich hier rauszuholen.«
»Ich weiß.« Rudy wiederholte die Worte mit so viel Überzeugung, dass Tracey verblüfft war. Die meisten ihrer Mandanten waren etwas weniger zuversichtlich und dafür etwas nuancenreicher und anspruchsvoller in der Wortwahl. Sie hatte das Gefühl, eine Warnung anbringen zu müssen.
»Ich kann nichts garantieren. Es besteht eine Möglichkeit, dass wir verlieren.«
»Ich weiß«, wiederholte er. Er lächelte sie immer noch an. »Aber Sie werden Ihr Bestes tun.«
Tracey wusste nicht, was sie auf diese freundliche, vollkommen sachliche Feststellung hin sagen sollte. »Ja, also, ich habe ein paar Fragen, die ich dir stellen möchte, und ich will, dass du einfach nur die Frage beantwortest, sonst nichts. Wir unterhalten uns weiter, wenn ich eine Kopie von deiner Aussage an die Polizei geschickt habe, aber lass uns für den Moment einfach bei den Fragen bleiben. Okay?«
»Natürlich«, sagte Rudy. Er hatte immer noch das Lächeln im Gesicht. *Weiß er eigentlich nicht, wo er ist?*, fragte sich Tracey.

Später am gleichen Tag stellte Tracey einen Antrag auf Freilassung auf Kaution. Sie hatte sich kurz gefragt, ob sie den Antrag überhaupt stellen sollte. Elena war kaum in der Lage gewesen, den verringerten Vorschuss aufzubringen, und sie hatte keinen Grundbesitz, den sie als Garantie angeben konnte. Bei einem Kapitalverbrechen würde die Kaution mindestens hunderttausend Dollar betragen. Elena konnte diese Summe weder selbst aufbringen noch jemanden finden, der für sie bürgte. Praktisch gesehen war der Antrag Zeitverschwendung. Allerdings war er eine Zeitverschwendung, die man berechnen konnte, und Zeit zu schinden war Traceys Spezialität.

Bei ihrem ersten Treffen war H. V. nicht weiter überrascht gewesen, Rudy so zuversichtlich zu sehen, obwohl er im Gefängnis saß. Er hatte während seiner Zeit als Assistenzarzt in Connecticut ein Jahr lang mit behinderten Kindern gearbeitet und dabei festgestellt, dass sie immer fröhlich waren. Er erinnerte sich an den Kommentar eines Kollegen, als sie gemeinsam ein Klassenzimmer voller Kinder beobachtet hatten, die lachten und ihre Späße machten:

»Und *das* sollen die Behinderten sein? Na, das bezweifle ich aber.«

Es war H. V. in dem Augenblick wieder eingefallen, als Tracey ihm von Rudy und von dessen Unfähigkeit erzählte, nein zu Detective Brume zu sagen. Keines der Kinder, an die er sich erinnerte, hätte die Unterhaltung verweigern können oder wollen. Der schwierige Teil würde sein, das einem Richter zu erklären.

H. V. versuchte bei diesem ersten Treffen, Rudys Zuversicht zu teilen. Er setzte ein Lächeln auf und streckte die Hand aus.

»Hi, Rudy, ich bin Harry Fischer.« Er verwendete den Namen Harry niemals bei sich selbst. Er hatte Jahre gebraucht, um das »H. V.« bei Kollegen und Patienten und den paar Freunden, die er hatte, zu etablieren. Aber dies war ein seltener Anlass – Feldforschung – und ein außergewöhnlicher

Auftrag, der einen anderen und flexibleren Ansatz erforderte. Er musste erreichen, dass Rudy sich in seiner Gegenwart vollkommen entspannt fühlte.
»Hi, Harry«, antwortete Rudy, während er ihm die Hand schüttelte. Harry schien ein netter Typ zu sein, wirkte aber eine Spur unbehaglich in seinen Jeans, dem T-Shirt und den Laufschuhen. »Kann ich Ihnen irgendwas anbieten, Harry? Kaffee? Tee?«
H. V. sah sich eine Spur verwirrt um. Sie befanden sich in einem kleinen Raum mit einem Tisch, demselben Raum, in dem sich Rudy in der Woche zuvor mit Tracey James getroffen hatte. H. V. fragte sich, wie es kam, dass der Junge Getränke bestellen konnte. Rudy beobachtete, wie er sich umsah, sagte aber nichts weiter.
»Die würden welchen bringen?«, fragte H. V. schließlich. Er sah das Lächeln, das sich auf Rudys Gesicht auszubreiten begann, und wusste, dass man ihn drangekriegt hatte. Jetzt blieb ihm nichts mehr übrig, als über sich selbst zu lachen.
Sie lachten viel an diesem Tag. Harry machte das Treffen Spaß. Es erinnerte ihn an einen Abschnitt seiner Karriere, als er mit Kindern gearbeitet und Freude daran gehabt hatte, als er sogar etwas bewirkt hatte. Er verabschiedete sich mit dem Eindruck, dass Rudy sehr viel klüger war, als sein IQ nahelegte – aber er hatte tatsächlich die wunderbare Naivität der geistig Zurückgebliebenen. Er selbst brauchte nicht mehr überzeugt zu werden. Aber jetzt musste er das Gericht davon überzeugen, dass Rudy sich ebenso wenig hätte weigern können, mit Wesley Brume zu reden, wie ein Hund sich weigern konnte, die Katze zu jagen, die ihm über den Weg lief.
Vor diesem Tag bei Gericht allerdings hatte H. V. noch eine Menge Arbeit zu leisten. Er musste schulische und ärztliche Dokumente beschaffen und studieren, noch ein paar Mal mit

Rudy reden, psychologische und Intelligenztests durchführen. Das meiste davon war Schaumschlägerei, Dekor für die Meinung, die er ohnehin hatte. Aber es erfüllte einen wichtigen Zweck – es würde sein astronomisches Honorar rechtfertigen.

14

1966

Der Sommer in New York war brütend heiß gewesen, und dieser Abend Ende August war keine Ausnahme. Johnny war in seinem Zimmer in der von der Eisenbahn gestellten Vierzimmerwohnung seiner Eltern; er lag am offenen Fenster im Bett und versuchte einzuschlafen.

»Du schläfst doch nicht, oder?« Er erkannte Mikeys Stimme, die von der Feuerleiter her erklang.

»Nein. Aber heute Abend nicht, Mikey. Ich kann nicht. Ich bin zu müde.« Den ganzen Sommer über hatten die Jungen ihren Eltern abends gute Nacht gesagt, waren ins Bett gegangen und hatten sich dann durchs Fenster und die Feuerleiter hinunter davongemacht, auf die Straße und in die Freiheit hinaus. Sie taten es nicht jeden Abend, sondern meist nur am Freitag und Samstag, aber in dieser Woche war es anders gewesen, und Johnny war erschöpft.

»Ich will auch nicht weggehen. Ich wollte dir bloß sagen, ich hab einen Job für uns gefunden, wenn die Schule wieder losgeht.« Es war das Wort »uns«, das Johnny veranlasste, sich im Bett aufzusetzen. Mikey organisierte ständig Jobs für »uns« – etwa den bei Jimmy, dem Schuhmacher. Johnny liebte den Job, aber Mikey verdiente das meiste Geld.

»Ich verdiene dreißig Dollar am Tag, an den Samstagen

manchmal vierzig«, hatte er Johnny erzählt, als er ihn als Assistenten rekrutiert hatte. Johnny hatte vergessen zu fragen, wie viel er selbst verdienen würde. Und das war nicht Mikeys einziger Job. In den Wintermonaten arbeitete er bei der Reinigung Schuler an der Lex, nur ein paar Läden von Jimmy entfernt, wo er die Wäsche ausfuhr.

Johnny wollte protestieren, gab es dann aber auf. Wenn Mikey eine Idee hatte, war er so überzeugt und enthusiastisch, dass es keinen Zweck hatte, sie ihm ausreden zu wollen; warum sollte er es also auch nur versuchen?

»Was ist das für ein Job?«, fragte er, immer noch mit halb geschlossenen Augen. Mikey lehnte sich mit dem Rücken an die Feuerleiter und zog die Beine an, bis seine Knie auf gleicher Höhe waren wie seine Schultern. Er trug nichts als seine Fruit-of-the-Loom-Hosen; Mikey zog niemals ein Unterhemd an.

»Wir machen die Türsteher in der Kirche.«

»Bitte? Wir? Türsteher? Das ist was für reiche alte Männer. Die nehmen uns nie. Außerdem habe ich genug von der Kirche, das reicht mir fürs Leben.«

Seine Antwort ließ Mikey nicht einmal innehalten. »Ist alles abgemacht. Ich habe schon mit Tom geredet. Wir haben den Job.« Typisch Mikey. Tom Roney war ein Bestattungsunternehmer, der so ziemlich jeden prominenten New Yorker der Vergangenheit beerdigt hatte. Er betreute die Türsteher als eine Art Dienst an der Öffentlichkeit. Aus irgendeinem Grund sprach Mikey von ihm als von »Tom«. »Wir kriegen acht Dollar pro Messe. Vier Messen pro Woche. Und wir brauchen nicht die ganze Zeit da rumzuhängen. Wir müssen den Leuten bloß ihre Plätze zeigen, ihnen irgendwann zwischendrin ihr Geld abnehmen und sie am Schluss wieder rauslassen. Das ist alles.«

»Wie bist du da drangekommen?«
»Bin letzte Woche nach der Kirche Tom begegnet. Er hat mir erzählt, dass er ein paar Türsteher sucht. Hat mich gefragt, ob ich irgendwen wüsste. Ich hab ein bisschen nachgefragt, so nach den Zeiten und dem Geld, und dann habe ich gesagt, wir beide nehmen den Job.«
»Warum machst du so was, ohne mich zu fragen?«
»Hey, morgen wäre er vielleicht weg gewesen. Man muss das Eisen schmieden, solange es noch heiß ist. Du kannst's dir ja immer noch anders überlegen.« Er machte eine kurze Pause – Johnny hatte gewusst, dass er das tun würde. »Wirst du aber nicht. Das ist ein einfacher Job. Leicht verdientes Geld.«
Johnny nickte nur. Wirklich ganz einfach, erst den ganzen Samstagabend auf den Beinen zu sein und dann am Sonntag früh aufzustehen. Er sagte nichts, sondern lächelte nur vor sich hin. Er wusste, es würde Spaß machen. Alles, was er mit Mikey zusammen tat, machte Spaß.
Sie fingen in der darauffolgenden Woche in der Acht-Uhr-Messe an und brachten es tatsächlich fertig, pünktlich zu sein: schwarze Anzüge, schwarze Krawatten, schwarze Schuhe, weiße Hemden. Sehr weiße Gesichter, jedenfalls bei Johnny.
Er hatte gekotzt, bevor er an diesem Morgen aus dem Haus ging. Er war jetzt sechzehn, Mikey war siebzehn, und sie hatten angefangen zu trinken – sich Mut für die Tanzveranstaltungen am Samstagabend anzutrinken. Vielleicht würden sie ein Mädchen treffen. Vielleicht konnten sie sogar ein bisschen knutschen, wobei Johnny schon froh gewesen wäre, es nur bis zum Treffen zu bringen. Man brauchte viel Mut für so was. Er jedenfalls. Mikey machte einfach das Trinken Spaß. »Mut«, das waren zwei Halbe Colt-45-Malzbier. Von

Colt-45 bekam man schneller den nötigen Schub als von dem üblichen Zeug, aber es wurde einem auch erheblich schneller schlecht davon. Seinen ersten Tag in dem neuen Job verbrachte Johnny damit, dass er die Leute zu ihren Plätzen wies, kotzte, die Kollekte einsammelte, kotzte, und die Leute nach der Messe aus der Kirche geleitete, um dann zu kotzen. Bisher verlief der Job genau wie erwartet.

Pater Charles Burke war der für die Gemeinde St. Francis zuständige Priester, ein großer, warmherziger Ire mit einer Vorliebe für guten Scotch. Auch er gehörte zu Mikeys Fans. Tatsächlich war er es, der Mikey nach der Neun-Uhr-Messe eines Sonntags seinen Spitznamen gab. Johnny hatte gerade Mikeys Mutter die Treppe hinuntergeleitet, weil Mikey zu diesem Zeitpunkt verhindert war. Er war an der Reihe damit, »die Schüssel zu umarmen«, wie sie es liebevoll nannten.

»Guten Morgen, Mary«, sagte Pater Burke in seinem schönsten irischen Singsang. (Er war in der Jerome Avenue in der Bronx geboren.) »Und wo ist der Bürgermeister der Lexington Avenue?« Er sah Johnny dabei an, der keine Ahnung hatte, wovon der Mann redete.

»Wer?«, fragte Mary Kelly.

»Der junge Michael. Der Bürgermeister der Lexington Avenue eben.« Er wiederholte den Titel, als sei es selbstverständlich, dass sie ihn erkannten.

»Und warum nennen Sie ihn so, Pater Burke?«, fragte sie. Sie standen auf dem Gehweg vor der Kirche. Es war ein schöner warmer Sonntagvormittag, aber Mary Kelly, Mutter dreier Söhne, hatte das Gefühl, dass gleich eine sehr dunkle Regenwolke über sie hinwegziehen würde. Der Bürgermeister der Lexington Avenue, das war die Einleitung zu etwas Unerfreulichem, dessen war sie sich sicher.

»Ja nun, Mary«, sagte Pater Burke, »der Junge ministriert für diese Leute hier. Er lässt sie an den Sonntagen in die Kirche hinein und wieder heraus. Er liefert ihnen die Wäsche ins Haus und poliert ihnen die Schuhe, und alles mit diesem Lächeln. Er kennt alle Welt, und alle Welt kennt ihn. Er ist beliebter als ich, dabei habe ich Gott und die Kanzel auf meiner Seite.«

»Herzlichen Dank auch, Pater Burke«, sagte Mary und fragte sich dabei, worauf all das hinauslief. Sie sollte es bald erfahren.

»Er ist jetzt siebzehn, Mary. Hat er sich je überlegt, Priester zu werden? Er würde einen wunderbaren Priester abgeben. Vielleicht sollten Sie es ihm gegenüber einmal erwähnen.« Johnny wäre am liebsten unter das Auto gekrochen, an dem er gerade lehnte. Er hatte keine Ahnung, warum Pater Burke ein solches Thema anschneiden musste, während er danebenstand. Er hoffte nur, dass er selbst nicht als Nächster dran sein würde. Seine Mutter hatte bereits Ideen dieser Art geäußert. Ein einziges Wort von Pater Burke, und sie würden ihn ins Priesterseminar verfrachten. Dabei hatte er noch nicht mal Sex gehabt. Er starrte hinunter auf den Asphalt und wartete darauf, dass Mrs. Kelly ihren jüngsten Sohn, seinen besten Freund, ausliefern würde. Aber immer noch lieber er als ich, war der Gedanke, der ihm dabei durch den Kopf schoss.

Aber Mary Kelly hatte nicht vor, Mikey an den geistlichen Stand auszuliefern, weder an diesem Vormittag noch zu irgendeinem anderen Zeitpunkt. Sie verstand durchaus, wie die Leute auf den Gedanken kommen konnten, Mikey habe etwas Engelhaftes an sich – das rote Haar, die Sommersprossen, das Lächeln –, dieses Lächeln. Er hatte eine kleine Lücke zwischen den Vorderzähnen, die es noch bezaubernder wirken ließ. Damit war nicht gesagt, dass es nicht aufrichtig gewesen wäre. Mikey besaß eine Lebensfreude und eine Menschenliebe, die einzigartig waren. Aber er war kein Engel. Ebenso wenig war dieser lange, picklige Sechzehnjährige neben ihr, Mikeys engster Freund, einer. Sie waren Jungen, und sie waren unterwegs in viele Richtungen auf einmal, aber keine dieser Straßen führte zum Priestertum, dessen war Mary Kelly sich sicher!

»Ich danke Ihnen für die Anregung, Pater Burke. Sie können sich darauf verlassen, dass ich mit Michael und meinem Mann darüber reden werde.« Pater Burke lächelte zurück, aber er erkannte sehr viel deutlicher als Johnny, dass sie nicht interessiert war.

Johnny konnte es nicht abwarten, Mikey von der Unterhaltung zu erzählen. Er fand ihn auf der Toilette – der im zweiten Stock, die sonst kein Mensch benutzte.

»Braucht nicht gerade einer reinzukommen, wenn man reihert«, hatte Mikey gleich am ersten Morgen erklärt, als sie nach einem Ort gesucht hatten, an dem Johnny sich in Ruhe die Seele aus dem Leib kotzen konnte.

Mikey hing noch über der Schüssel, schien aber fertig zu sein. Es mochte noch zu ein paar Würglauten reichen, aber es kam offensichtlich nichts mehr hoch.

»Gerade ist was ziemlich Übles passiert«, sagte Johnny. Mikey war nicht in der richtigen Stimmung für Späße. Er hatte Kopfschmerzen.

»Nämlich?«

»Pater Burke hat zu deiner Mutter gesagt, du würdest einen guten Priester abgeben. Er hat gesagt, sie soll mit dir reden, und sie hat gesagt, sie wird's tun – auch mit deinem Dad.« Bei allem Elend reichte es bei Mikey zu einem matten Auflachen, obwohl er sich nicht von der Schüssel entfernte. Er lachte nicht so sehr über das, was Johnny sagte, als über die Art, wie

er es sagte. Als seien seine Eltern drauf und dran, ihn in eine Tasche zu stecken und bei Pater Burke abzugeben.
»Was ist daran so komisch?«, fragte Johnny, etwas ärgerlich auf Mikey, weil der die Sache weniger ernst nahm als er selbst.
»Meine Mutter war einfach bloß höflich zu Pater Burke. Sie redet deswegen nicht mit mir, und mein Dad tut's auch nicht. Es hat nichts zu bedeuten.« Johnny war eine Spur enttäuscht über Mikeys Reaktion, und so erzählte er ihm auch die andere Hälfte noch.
»Er hat dich den Bürgermeister der Lexington Avenue genannt.«
»Wer?«
»Pater Burke. Er hat gesagt, du kennst mehr Leute als er, dabei hat er die Kanzel.«
Mikey lächelte nur.
»Das gefällt mir«, sagte er. »Der perfekte Spitzname für dich.«
»Wieso mich? Er hat das nicht über mich gesagt, er hat's über dich gesagt.«
»Ist doch egal, was er gesagt hat. Du bist der Bürgermeister der Lexington Avenue. Du kennst genauso viele Leute wie ich. Außerdem, ein Bürgermeister muss klug sein und wissen, wie man die Dinge schmeißt. Das bist du, Johnny, nicht ich. Die Leute sehen zu dir auf. Die wissen, dass du etwas hast, was wir anderen nicht haben.«
»Wirklich?«, fragte Johnny. »Ich?«
»Yep. Deswegen ist das mit dem Bürgermeister der Lexington Avenue genau richtig für dich. Ich mache jetzt eine Voraussage, Johnny. Irgendwann tust du etwas Großes – so wie das, was ein Bürgermeister tut. Ich bin mir nicht sicher, was es ist, oder auch nur, ob es eine bestimmte Sache ist, aber es

ist etwas, bei dem es um dich und um mich geht. Und wenn es vorbei ist – weil du's nämlich zu Ende bringen wirst, ganz gleich, was es ist, du bringst alles zu Ende, was du anfängst –, dann will ich, dass du dich an diesen Tag erinnerst und an das, was ich dir gesagt habe.«

»Komm schon, Mikey. Du machst mir Angst mit diesem Visions-Voodoo-Mist. Warum vergessen wir nicht einfach, was Pater Burke gesagt hat?«

»Nein. Sag, dass du dich daran erinnern wirst.«

»Komm schon, jetzt hör aber auf.«

»Sag's, Johnny.«

»In Ordnung, ich werde mich daran erinnern. Ich versprech's.«

»Gut. Und wenn Pater Burke den anderen Teil von den Leuten kennen würde, die wir kennen, dann hätte er für uns beide auch einen anderen Namen gefunden.«

Der »andere Teil« waren die Leute aus der Nachbarschaft, die Pater Burke nie kennenlernen würde. Der Laden von Jimmy, dem Schuhmacher, war ein fabelhafter Ort, um solche Leute zu treffen. Ebenso wie die Straßen zwischen zwei und sechs Uhr morgens, wenn die Eltern glaubten, dass man im Bett war.

Jimmy, der Schuhmacher, war in Wirklichkeit Flickschuster. Den Ehrentitel eines Schuhmachers hatten ihm die Nachbarn gegeben, weil er bei seiner Arbeit so gut war. Alle Welt hatte einen Spitznamen. Nur an den Samstagen hatte Jimmy einen weiteren Job, einen, in dem er niemals gut sein würde. Jimmy Donatello spielte etwa so gern, wie er atmete, und obwohl er hart arbeitete und ein fabelhafter Flickschuster war, versuchte er doch, sich von der Arbeit nicht am Glücksspiel hindern zu lassen, vor allem an den Samstagen nicht.

Der vordere Teil des Ladens enthielt eine große lärmende

Maschine, die Jimmy für die Arbeit brauchte. Mikey betreute die Schuhputzkabine – zwei erhöhte Sitze, von denen jeder mit den sogenannten »goldenen Steigbügeln« ausgestattet war, auf die der Kunde die Füße stellte. Mikey achtete darauf, die Füße genau richtig zu positionieren, bevor er mit der Arbeit begann.

»Das Schlimmste, was passieren kann«, erklärte er seinem Protegé Johnny, »ist, dass einer von ihren Füßen von dem Steigbügel abrutscht. Also stell sie fest da rein. Ramm den Absatz richtig fest.«

Alles wirklich Interessante fand im Hinterzimmer statt, das größer war als der vordere Laden. Es begann um acht Uhr morgens, wenn Jimmy öffnete. Artie war der Erste, der auftauchte. Nach Artie konnte man die Uhr stellen. Er war meist vor den Jungen und manchmal auch vor Jimmy da. Weil Johnny in der Hackordnung ganz unten stand, war es am Samstagvormittag seine erste Aufgabe, einen Block weiter zu Petes Restaurant zu gehen und Kaffee und Zigaretten zu holen. Er liebte diese frühen Morgen am Wochenende, wenn die Stadt eben erst aufwachte und die Straßen leer waren, mit Ausnahme der Ladenbesitzer, die emsig wie die Ameisen arbeiteten, um sich und ihre Geschäfte auf den Tag vorzubereiten. Es hatte etwas Sauberes, Frisches, Heiteres an sich. Pete begann die Kaffeebecher zu füllen, sobald er ihn zur Tür hereinkommen sah. Worte waren unnötig. Die Bestellung lautete an jedem Samstag gleich – Jimmy nahm Milch und ein Stück Zucker, Artie schwarz ohne Zucker und die Jungen Standard (Milch, zwei Stück Zucker).

Wenn Johnny in den Laden zurückkehrte, hatte die erste Runde Black Jack begonnen. An der Ladentür war eine kleine Glocke; Jimmy konnte vom Hinterzimmer aus also hören, wenn jemand den Laden betrat. Er hatte ein bemerkenswertes Talent dafür, den Spieltisch zu verlassen, den Kunden zu bedienen und dort weiterzumachen, wo er aufgehört hatte. An den Samstagen allerdings verfügte er über den Luxus eines Mikey, der inzwischen seit Jahren hier arbeitete. Er konnte nicht nur die Maschinen bedienen und Schuhe reparieren, er kannte auch die Kunden. Jimmy war stolz darauf, zu wissen, welches die Schuhe des Kunden waren, ohne einen Blick auf den Abholschein werfen zu müssen. Mikey hatte ihn genau beobachtet und sich die gleiche Fähigkeit erworben. An den Samstagen war es mehr oder weniger er, der den Laden betrieb, und während er sich um die Kunden kümmerte, putzte Johnny Schuhe. Die Jungen lebten für die Samstage.

Vito und Carmine tauchten um zehn Uhr auf, und man begann zu würfeln. Zu diesem Zeitpunkt war das Hinterzimmer voll – was bedeutete, es waren allerhöchstens zehn Typen dort. Der Rauch war so dick, dass man kaum etwas sah, und es war dunkel bis auf ein paar Lichter in den Ecken, wo gespielt wurde. Eine echte Lasterhöhle. Alle redeten gleichzeitig, und Geld ging von Hand zu Hand, während Sätze wie »Zwanzig auf den hier« fielen. Bei den seltenen Gelegenheiten, bei denen man sie nach hinten ließ, waren die Jungen vollkommen fasziniert von der Darbietung.

Vito war ihr Star. Vito war cool. Er war immer makellos gekleidet und ließ sich immer die Schuhe putzen, bevor er nach hinten ging. Es lag nicht nur daran, dass er ein üppiges Trinkgeld gab, obwohl auch das half. Vito nahm sie allen Ernstes zur Kenntnis, verbrachte etwas Zeit in ihrer Gesellschaft, zeigte Interesse an ihrem Leben. In den Augen aller anderen waren sie einfach nur Jungen, obwohl sich das änderte, als Mikey erzählte, Johnny sei der Bürgermeister der Lexington Avenue. Danach wollte alle Welt sich von Euer Ehren die

Schuhe putzen lassen. Zunächst fühlte Johnny sich sehr unwohl. Er kam sich vor wie ein Schwindler, weil Pater Burke Mikey gemeint hatte, aber er begann, sich mit der Sache auszusöhnen, als die Dollarscheine seine Taschen ausbeulten.

»Und, habt ihr schon welche von den Highschoolmädchen gebumst?«, fragte Vito jede Woche.

»Yeah. Drei diese Woche«, antwortete Mikey. Manchmal änderte er auch die Zahl. Es kam nicht darauf an. Vito wusste, dass er log.

»Hört auf den alten Vito«, sagte er – er war zu diesem Zeitpunkt etwa fünfunddreißig. »Ihr müsst ihnen gegenüber immer nett sein. Behandelt sie mit Respekt, und ihr könnt euch nicht vor ihnen retten. Und gut anziehen müsst ihr euch. Die werden ja nicht mit Pennern ausgehen wollen.« Dann lachte er, und die Jungen lachten mit, und er scharwenzelte ins Hinterzimmer. Vito war ein Dandy mit seinen Seidenhemden und Sharkskinhosen, aber es war ihnen klar, dass man es mit ihm nicht verderben sollte.

Gegen ein Uhr erschien schließlich Frank. Er kam niemals allein, und er betrat den Laden nie, bevor Jimmy hinausging und ihn hereinbat. Um diese Zeit ging manchen von den Typen das Geld aus, und Frank war da, um ihre Taschen aufzufüllen.

Frank war ein Kredithai, und seine Ankunft sorgte immer für Aufruhr. Wenn Jimmy hinausging, um ihn hereinzuholen, verschwanden ein paar von den Typen hastig durch die Ladentür, die Schultern nach vorn gezogen, den Hut in die Stirn gedrückt. Sie grüßten Frank nie, und er ignorierte sie ebenfalls.

»Frank ist ein Gentleman«, erklärte Jimmy den Jungen eines Tages, als alle gegangen waren. »Er versucht nie, sein Geld einzutreiben, wenn er bei mir im Laden ist.« Offensichtlich waren die Männer, die jede Woche verschwanden, sobald Frank auftauchte, über diesen Teil der Abmachung nicht unterrichtet worden.

Das Glücksspiel war nur ein Teil dessen, was der Laden zu bieten hatte. Jimmys Neffe arbeitete zwei Straßen weiter in Doc Feeneys Tierklinik. Doc kam regelmäßig zum Schuheputzen, aber nur nachmittags und nur unter der Woche, niemals am Wochenende. Er setzte sich immer auf denselben Stuhl, stemmte seine am Tag zuvor bereits polierten Trotteurs in die goldenen Steigbügel und philosophierte über das Leben. Bei Doc gab es zwei Konstanten: Er war immer betrunken, obwohl die meisten Leute es nicht merkten, und er schloss alle Anwesenden in die Unterhaltung mit ein.

»Warum raucht ihr Jungs?«, fragte er Mikey und Johnny eines Nachmittags, eine Zigarette zwischen den gelben Fingern. Doc hatte die Angewohnheit, die Asche bis in alle Ewigkeit an der Zigarette hängen zu lassen. Er klopfte sie nie ab und ließ auch nicht zu, dass sie von allein abfiel.

»Weil wir's mögen«, sagte Mikey. Mikey war Erwachsenen gegenüber respektvoll, aber niemals unterwürfig.

»Yeah. Aber es bringt euch um. Wenn ich damals gewusst hätte, was ich heute weiß, hätte ich nie angefangen.«

»Warum hören Sie nicht auf?«, fragte Mikey.

»Kann nicht. Außerdem mag ich's zu sehr. Wenn ich schon gehen muss, warum nicht wegen etwas, das ich mag?«

Hier schaltete sich Jimmy ein. »Hey, man geht, wenn die Zeit kommt. Da war ein Typ aus der Nachbarschaft, wissen Sie, ein reicher Typ aus der Park Avenue, so reich wie Sie, Doc.« Sie lachten alle; Doc stammte aus der Westchester Avenue. »Hab ihm immer die Schuhe repariert. Der Typ ist jeden Tag joggen gegangen – rüber zum Park und um den See rum. Hat nie geraucht, nie getrunken. Jedes Mal, wenn er hier reingekommen ist, hat er Orangensaft getrunken. Ist mit fünfunddreißig auf der Straße umgefallen. Wenn der Zeitpunkt kommt, dann kommt er.«

»Wenn meiner kommt, will ich blau sein«, sagte Doc. Johnny und Mikey sahen sich an. Dies immerhin war ein Wunsch, von dem sie wussten, dass er in Erfüllung gehen würde.

Carl arbeitete bei Doc. Er arbeitete seit zwanzig Jahren in der Tierklinik, und ebenso wie sein Arbeitgeber war er immer betrunken. Der Unterschied war, dass man es Carl ansah. Er war ein Schwarzer, und Doc hatte ihn in eine blaue Uniform gesteckt, wahrscheinlich damit die Leute glaubten, er sei eine Art Hausmeister. Sein Hosenboden hing immer weit unter dem Hintern, was man nicht sehen konnte, weil er das Hemd immer über der Hose trug. Carl hatte nur noch einige wenige Zähne, und ihre Farbe war eine Mischung aus Grüngelb und Dunkelbraun. Seine Zigarette, eine Lucky Strike, hing ihm zwischen den Lippen, als würde sie herausfallen, sobald er den Mund öffnete, was er pausenlos tat. Im ersten Jahr ihrer Bekanntschaft hatten die Jungen kein Wort von dem verstanden, was er sagte, was teilweise an seiner Sprechweise lag und teilweise an seinem Zustand permanenter Alkoholisierung. Irgendwann setzte das Verständnis ein, wie bei Leuten, die ins Ausland ziehen und allmählich zu verstehen beginnen, was die Leute ringsum sagen. Eine Art Osmose vielleicht. Als sie ihn schließlich verstanden, stellten sie fest, dass Carl ausgesprochen komisch sein konnte.

Auch Doc war komisch auf seine süffisante Art, aber Doc war ein Aristokrat – makellos manikürte Hände, makellose weiße Zähne, teuer gekleidet. Der Gedanke, dass die beiden eng zusammenarbeiteten, war einfach umwerfend.

Erst als Jimmys Neffe Tony eine Stelle in der Tierklinik

antrat, erfuhren die Jungen – und Jimmy –, wie eng die Zusammenarbeit zwischen Doc und Carl tatsächlich war.

»Carl macht alles einschließlich der Operationen«, erzählte Tony. »Der Doc und Carl stellen zusammen die Diagnose, und dann geht Doc und trifft sich in seinem Büro mit den Leuten. Carl kriegen sie nie zu sehen. Er kommt durch die Hintertür zur Arbeit.«

»Im Ernst?«, fragte Jimmy. Er war ebenso überrascht wie die Jungen.

»Yeah«, sagte Tony. »Ich bin der Assistent, aber ich habe keine Ahnung. Carl gibt ihnen die Betäubungsspritze und schneidet sie auf und plappert die ganze Zeit über sonst was. Wenn diese Leute aus der Park Avenue jemals rauskriegen, wer ihre Tiere operiert, landen wir alle im Gefängnis.«

»Gibt's doch nicht«, murmelte Jimmy. »Der alte Doc hat mehr Mut, als ich gedacht hätte. Ich glaube nicht, dass Carl es auch nur in die vierte Klasse geschafft hat.«

Mikey hatte recht – Pater Burke hatte keine Ahnung.

15

Joaquin Sanchez kaufte sich das Boot mitsamt dem Anhänger an dem Tag, an dem er aus dem Polizeidienst von Miami ausschied. Es war ein gebrauchtes Boot von sechsundzwanzig Fuß Länge; es hatte einen Außenbordmotor, einen einzigen Sitz und ein kleines Segeltuchdach. Joaquin brauchte keine Gesellschaft und wollte auch keine. Ebenso wie Rudy machte ihm nichts im Leben mehr Freude, als allein auf dem Wasser zu sein – zu beobachten, zu empfinden, zu einem Teil der Natur zu werden. Fische zu fangen war nebensächlich. Joaquin hatte eine Hütte in der Nähe von Indianatown an einem kleinen Nebenfluss, der in den Okeechobee mündete. Wenn er Zackenbarsch oder Mahi fischen wollte, lud er das Boot auf den Anhänger und fuhr von seinem Zuhause in Homestead auf die Florida Keys hinaus. Es war ein einsames Leben, aber eines, das er von ganzem Herzen genoss.

»Nach fünfundzwanzig Jahren als mexikanischer Bulle in einer kubanischen Stadt habe ich das Recht, nichts zu tun«, sagte er eines Tages am Telefon zu seinem Freund und früheren Partner Dick Radek. Es war ein Scherz, aber es war zugleich auch mehr als das. Nur Dick, der zwanzig Jahre lang auf Streife und als Ermittler an seiner Seite gewesen war, verstand sowohl die humorvolle als auch die ernste Seite der Bemerkung. Es gab viele Ebenen der Diskriminierung. Kubaner, ihrerseits oft von den Weißen verachtet, ließen sich kaum jemals eine Gelegenheit entgehen, dem mexikanischen Polizisten das Leben schwerzumachen, einfach dafür, dass er seinen Job tat.

Inzwischen war Dick unter die privaten Ermittler gegangen und verdiente gutes Geld bei irgendeiner Staranwältin in Vero Beach. Meist redeten sie ein Mal die Woche miteinander. Sie hatten einander zu lang den Rücken gedeckt und zu oft das Leben gerettet, um sich jetzt aus den Augen zu verlieren.

»Ich werde so eine Art Exfrau von dir sein«, hatte Dick angekündigt, als Joaquin den Dienst quittierte. »Du wirst mich im ganzen Leben nicht mehr loswerden.«

Joaquin lachte. »Mach dich nicht kleiner, als du bist, mein Freund. Du siehst viel besser aus als meine Ex.«

Von Zeit zu Zeit, wenn Dick bei einem Auftrag Unterstützung brauchte, rief er Joaquin an. Er tat dies zum Beispiel, zehn Minuten nachdem Tracey ihm den Auftrag in Bass Creek übertragen hatte.

»Hey, Partner, willst du dir was dazuverdienen?«

»Eigentlich nicht. Nach all den Jahren als leitender Angestellter bei Exxon und dieser Multimillionen-Dollar-Abfindung brauche ich das Geld nicht. Aber erzähl's mir trotzdem – bin ich diesmal wieder an der Reihe damit, die Ehefrau zu bespitzeln? Sieht sie gut aus? Hat sie Bambusvorhänge?«

Dick lachte schallend. Er hatte Joaquin Jahre zuvor hinzugezogen, als er an einem Scheidungsfall gearbeitet hatte. Eine Weile hatte Tracey damit experimentiert, die Reichen und Berühmten bei ihren Scheidungen zu vertreten.

Joaquins Aufgabe hatte darin bestanden, die umwerfend schöne Ehefrau zu beobachten, deren Ehemann sie verdächtigte, ihn zu betrügen.

Aus irgendeinem Grund hatte sie ihr Badezimmer mit Bambusvorhängen ausgestattet. Sie sahen hübsch aus, aber nachts, wenn die Lichter eingeschaltet wurden, waren sie, na ja, ziemlich durchsichtig. Joaquin hatte Dick gleich am nächsten Morgen angerufen.

»Ich bin verliebt«, schwärmte er.

»Was ist passiert?«

»Du meinst, nachdem sie mit ihrem Striptease am Badezimmerfenster fertig war?«

»Du machst ja wohl Witze.«

»Mache ich nicht. Komm heute Abend vorbei. Ich besorge das Popcorn.«

An diesem Abend hatten Dick und Joaquin sich am Fernglas abgewechselt, während Mrs. Jane Ashland splitternackt durchs Badezimmer tanzte. Sie waren sich vorgekommen wie Teenager, die zum ersten Mal eine nackte Frau sehen.

»Dieser Auftrag ist nicht so hübsch«, sagte Dick, womit er sie beide in die Gegenwart zurückbrachte.

»Hör auf, um den Brei rumzureden, Dick. Was ist los?«

»Hast du irgendwas von einem Mord gelesen, der vor einem Monat in einem kleinen Kaff namens Bass Creek passiert ist?« Dick kannte die Antwort bereits. Joaquin war Ermittler beim Morddezernat gewesen; er las die Berichte über jeden Mord, der in den Zeitungen auftauchte, und er kannte fraglos auch die Details.

»Die Frau, der sie im Bett die Kehle durchgeschnitten haben? Haben sie nicht gerade den Jungen aus dem Lebensmittelladen verhaftet?«

»Unseren Mandanten, meinst du.«

»Unseren Mandanten. Verstehe. Okay, du hast gewonnen – was soll ich machen?«

»Der Mord ist im Barrio passiert. Tracey will, dass ich hinfahre und dort rumhänge und alles rausfinde, was ich kann, praktisch die polizeilichen Ermittlungen noch mal von vorn mache, nur gründlicher. Ich habe gerade den Polizeibericht gekriegt. Du kannst dir's vorstellen – er ist ziemlich dünn. Diese Trottel würden doch nicht mal ein Nilpferd in einem Ameisenhaufen finden. Na, jedenfalls nehme ich an, ich würde da auffallen wie ein bunter Hund, du aber nicht.«

»Du meinst, es gibt noch einen Unterschied unter uns außer der Tatsache, dass ich viel besser aussehe?«

»Yeah, du bist viel länger draußen in der Sonne gewesen als ich. Was meinst du? Wird wahrscheinlich zwei Wochen oder so dauern.«

»Auf den Plantagen arbeite ich aber nicht«, stellte Joaquin klar.

Dick lachte. Mit Joaquin zu reden tat ihm gut; es waren fast die einzigen Gelegenheiten, bei denen er noch lachte.

»Du *kannst* gar nicht auf den Plantagen arbeiten, Joaquin. Du bist zu alt. Kein Mensch würde dich einstellen. Such dir einfach die entsprechende Tränke und häng dort herum. Lern die Leute aus der Nachbarschaft kennen. Wir brauchen mehr Zeugen.«

»Erzählst du mir jetzt, wie man ermittelt?«

»Ist auch nichts anderes als das, was ich die letzten zwanzig Jahre getan habe.«

Vier Tage später, es war ein Montag, trafen Joaquin und sein Boot in Bass Creek ein. Er mietete sich für zwei Wochen im Skyline Motel ein. Sollte jemand fragen, dann war er ein Lastwagenfahrer im Ruhestand, der für ein paar Wochen zum Fischen in die Stadt gekommen war. Und er hatte vor zu fischen. Er war seit langem nicht mehr auf dieser Seite des großen Sees gewesen.

Joaquin verbrachte den ersten Abend damit, sich im Barrio

herumzutreiben und die Atmosphäre in sich aufzunehmen. Er hatte den Polizeibericht studiert und sich die Namen der Straßen und der Zeugen notiert. Seine erste Station war der Gemischtwarenladen, in dem Rudy gearbeitet hatte. Benny Dragone stand an der Kasse. Joaquin nahm ein Paket Red-Man-Kautabak, ein paar Dosen Cola und eine Tüte Chips aus den Regalen.

»Was beißt denn so zurzeit?«, fragte er Benny.

»Hab nicht viel Ahnung vom Fischen, tut mir leid«, antwortete Benny, während er die Einkäufe eintippte.

Joaquin ließ sich nicht abschrecken. »Gibt's hier irgendwo einen Laden, wo ich meinen Arsch auf ein paar Bier parken kann?«

Benny sah nicht einmal auf. »Rosa's ist zwei Blocks weiter. Ist aber nichts Besonderes. Bier- und Weinkneipe.«

»Das tut's für mich. Ich brauche nichts Schickes. Danke für den Tipp.« Joaquin ging, mit der Absicht, als Nächstes die Mercer Street und den Mordschauplatz anzusteuern. Er hatte eigentlich etwas genauer nachfragen wollen, aber Benny hatte nicht gerade funkelnde Konversation gemacht und hatte ihm gegenüber fast etwas misstrauisch gewirkt. Joaquin beschloss, auf Nummer sicher zu gehen, und wandte sich deshalb zunächst in Richtung Motel, nur für den Fall, dass Benny ihn beobachtete.

Was Benny tat. Er sah Joaquin durchs Ladenfenster nach, sah ihn die zwei Blocks weit zum Skyline gehen. Sah das Boot auf dem Anhänger, das davor geparkt war. Erst jetzt entspannte er sich. Er wusste nicht, warum, aber heutzutage misstraute er so ziemlich jedem.

An diesem Abend machte Joaquin einen Spaziergang, der im Rosa's endete. Benny hatte ihn nicht angelogen, der Laden war nicht gerade luxuriös – ein Loch in der Mauer mit ein paar Hockern an der Bar, einer Dartsscheibe und ein paar Tischen weiter hinten. Joaquin nahm sich einen der Hocker und bestellte eine Cerveza bei der Frau mittleren Alters, die hinter der Bar stand und ungefähr so gesprächig zu sein schien wie Benny. Die nächste halbe Stunde trank er schweigend, bis die Bar sich zu füllen begann. Rosa wurde lebhafter, als die Atmosphäre lebhafter wurde.

»Noch eine Cerveza?«, fragte sie ihn.

»Klar.« Einige der Stammgäste, die gerade erst hereingekommen waren, musterten ihn wachsam. Joaquin wusste, es wurde Zeit, mit seiner Geschichte herauszurücken. Er begann eine Unterhaltung mit dem Mann neben ihm, der sich ebenfalls als eine Art Fischer herausstellte.

»Ich fange Frösche«, erzählte Geraldo Martine nach ein paar Bier. »Verkauf sie an die großen Restaurants. Was man so eine Delikatesse nennt.« *Auch eine Art, sich den Lebensunterhalt zu verdienen,* hätte Joaquin beinahe gesagt. Aber er wusste, Geraldo würde es als Beleidigung auffassen, und so hielt er den Mund.

»Und wie fängt man die?«

»Man muss im Dunkeln losfahren, immer am Ufer entlang. Man kann sie hören, und man sieht die Augen. Die leuchten, weißt du.« Joaquin wusste es nicht. Er war sich nicht einmal sicher, ob Geraldo das Ganze nicht in diesem Moment erfand. So nickte er einfach und versuchte, so interessiert auszusehen wie möglich. »Dann leuchtet man ihnen mit einem Scheinwerfer genau in die Augen. Das lähmt sie. Und dann erwischt man sie mit einer langen Stange. Nur schnell muss man dabei sein.«

Joaquin nickte wieder. »Würde dir gern mal dabei zusehen.«

»Sei um vier Uhr morgens an der Bootsanlegestelle, irgendein Morgen, und ich nehme dich mit raus.«

»Kann gut sein, dass ich darauf zurückkomme«, versicherte Joaquin und wurde dann ganz nebenbei seine eigene Story los – dass er im Ruhestand und zum Fischen nach Bass Creek gekommen war. Danach zahlte er seine zwei Bier und ging. Er wusste, Geraldo würde alle anderen informieren.

Jetzt schien es ungefährlich zu sein, auf dem Rückweg ins Motel einen Umweg durch die Mercer Street zu machen. Er ging an Pilar Rodriguez' Haus vorbei, dessen Rasen Rudy ein paar Wochen zuvor mit dem Inhalt seines Magens gedüngt hatte. Das Haus lag im Dunkeln. Er ging weiter die Straße entlang bis zu Lucy Ochoas Trailer, in dem es ebenfalls dunkel war und der verlassen aussah. Joaquin wusste, dass er das auch noch eine ganze Weile bleiben würde. Er ging weiter zu Ray Castros Unterkunft, in der Hoffnung, ihn und José Guerrero auf der Vortreppe sitzen und Bier trinken zu sehen. Im Inneren war Licht, aber draußen sah er niemanden, mit dem er hätte schwatzen können. Einen Moment lang stand er dort und sah zurück in die Richtung des verlassenen Trailers. Den Trailer selbst konnte er nicht erkennen, weil er etwas zurückgesetzt war, aber der Pfad, der zur Tür führte, war keine hundert Meter entfernt. Nach seiner Lektüre des Polizeiberichts war Joaquin zu der Überzeugung gekommen, dass der Schlüssel zu diesem Fall irgendwo im Umfeld von Ray Castro, José Guerrero und diesem mysteriösen Typ namens Geronimo lag, den die beiden erwähnt hatten. Er roch es anhand des Berichtes – die Männer sagten nicht die Wahrheit. Und warum war dieser Geronimo plötzlich verschwunden? Wenn er eine Verbindung zwischen Lucy Ochoa und Ray, José oder Geronimo finden konnte, wäre das ein guter Anfang. Danach musste er dann nur noch die hundert Meter abdecken und einem von ihnen seine Anwesenheit in der Mordnacht in Lucys Trailer nachweisen.

Er beschloss, nur vormittags zu fischen. Am Spätnachmittag würde er spazieren gehen, vielleicht ein paar von den Nachbarn kennenlernen, einen Schwatz über Lucy anfangen – wer mit ihr befreundet gewesen war, solche Details eben. Er hatte nicht vor, Ray oder José oder Pilar noch einmal zu befragen, bevor er nicht alle Informationen gesammelt hatte, die er finden konnte. Natürlich, sollte er ihnen bei seinen Spaziergängen begegnen, dann würde er versuchen, die Unterhaltung in die richtige Richtung zu lenken.

Um vier Uhr am nächsten Morgen stand er am Bootssteg und wartete auf Geraldo, der erst gegen fünf auftauchte. Er hielt Geraldo für redselig. Vielleicht, nur vielleicht würde er in den frühen Morgenstunden auf dem See etwas über die Leute erfahren, hinter denen er her war. Geraldo bemerkte ihn zunächst gar nicht; er war damit beschäftigt, sein kleines Boot zu Wasser zu lassen. Joaquin trat von hinten an ihn heran.

»Hab dir doch gesagt, ich komme auf die Einladung zurück«, sagte er beinahe im Flüsterton. Geraldo, der vollkommen in Gedanken versunken gewesen war, fuhr fast aus der Haut vor Schreck.

»Herrgott, du hast mich erschreckt«, sagte er ohne ein Zeichen des Erkennens. Joaquin half ihm auf die Sprünge.

»Ich bin Joaquin. Wir haben uns gestern Abend im Rosa's kennengelernt. Du hast mich eingeladen, mit dir rauszufahren.«

Geraldo zögerte einen Moment lang und überlegte offenbar, ob er demnächst irgendwo ans Ufer gespült werden würde, wenn er den Typen jetzt mit auf sein Boot nahm. Dann ging irgendwo in seinem Hirn ein schwaches Licht an, und sein Misstrauen verflog.

»Oh, yeah, jetzt weiß ich's wieder«, sagte er. »Ich hole nur eben die Stange und den Scheinwerfer, und wir fahren los. Tut mir leid, dass ich so spät dran bin.«

»Kein Problem.«

Sie machten sich auf den Weg in Geraldos Ruderboot, das mit einem kleinen Motor ausgestattet war. Es dauerte etwa zwanzig Minuten, bis sie den See erreicht hatten. Geraldo bog nach links ab, schaltete den Motor aus und zog ihn aus dem Wasser. Dann ruderte er los und hielt auf das Ufer zu.

»Der Motor verscheucht sie«, flüsterte er. »Müssen richtig leise sein.« Es waren die ersten Worte, die er gesprochen hatte, seit sie den Steg verlassen hatten. In der Nähe des Ufers zog Geraldo die Ruder ein und ließ das Boot treiben. Mit der linken Hand griff er nach dem Scheinwerfer, mit der Rechten nach einer langen Stange, deren Ende zugespitzt war wie ein Speer. Er musterte den Küstenstreifen mit einer Intensität, die Joaquin verblüffte.

Joaquin war daran gewöhnt, vor Anbruch der Morgendämmerung draußen auf dem Wasser zu sein, das Boot treiben zu lassen, zu horchen, nichts als ein gelegentliches Plätschern oder einen springenden Fisch zu hören – aber dies war ganz anders.

Es war kein Mond zu sehen. Der See hinter ihnen war wie eine riesige, leere schwarze Leinwand; das Ufer sah wie ein Dschungel aus. Ein kühler Wind wehte über das Wasser, der die fünfzehn Grad der Luft viel kälter wirken ließ. Joaquin in seinem kurzärmligen T-Shirt hatte die Arme um den Körper gelegt. Vom Ufer drangen die Geräusche huschender Geschöpfe herüber. Frösche rülpsten; Grillen zirpten. Es machte den erfahrenen alten Ermittler eine Spur nervös. Halb rechnete er damit, dass sich das Ding aus dem Sumpf aus dem trüben Wasser erheben und sie beide verschlingen würde. Und in diesem Moment schaltete Geraldo plötzlich den

Scheinwerfer an und stach mit der Stange nach etwas am Ufer.
»Hab ihn«, flüsterte er. »Der Erste für heute.« Er zog einen recht großen Frosch ins Boot und schob ihn von der Stange herunter in etwas, das aussah wie ein Schuhkarton. Er wiederholte den Vorgang noch etwa zwanzig Mal, bevor der Horizont hell zu werden begann. Dann versenkte er ohne ein Wort den Motor wieder ins Wasser, ließ ihn an und machte sich auf den Heimweg. Nicht ein einziges Mal während der ganzen Fahrt hatte Joaquin die Augen eines Frosches gesehen – oder auch nur den Frosch selbst, bevor Geraldo ihn aufspießte. Und nicht ein einziges Mal sagte Geraldo ein Wort außer »hab ihn«, auch auf der Heimfahrt nicht. Offenbar hob der Mann sich die Gesprächigkeit für das Rosa's auf.
Am Steg angekommen, packte Geraldo rasch zusammen. »Muss die hier ins Restaurant bringen, damit ich zu einer brauchbaren Zeit ins Rosa's kann.« Und damit war er verschwunden, während Joaquin dastand und sich fragte, was Geraldo mit dieser Arbeit eigentlich verdienen konnte.
Am dritten Abend seines Aufenthalts waren die misstrauischen Blicke verschwunden, und Joaquin begann sich im Rosa's zu Hause zu fühlen.
Geraldo war mittlerweile sein bester Freund. Offenbar war dies irgendwo da draußen in der kalten Dunkelheit geschehen. Geraldo hatte zwar keine nützlichen Informationen für Joaquin, aber er stellte ihn allen anderen vor. Inzwischen hatte Joaquin einen festen Tagesablauf. Am späten Nachmittag ging er durch die Straßen in der Nähe der Mercer, unterhielt sich mit den Nachbarn und hoffte, ein paar nützliche Brocken aufzuschnappen. Abends war er unweigerlich im Rosa's. In der ersten Woche hatte er ein paar Mal Pilar gesehen, aber

nie eine Gelegenheit gehabt, mit ihr zu sprechen. Ray und José waren nirgends aufzutreiben. Erst am Mittwoch der folgenden Woche brachte Joaquins Arbeitstag etwas Greifbares mit sich.

Sein Name war Pablo Gonzalez. Er war einer von Rosas Stammkunden, ein großer, wuchtiger Mann mit breitem Gesicht, dicken Lippen und flacher Nase. Er saß in der Regel am entgegengesetzten Ende der Bar, gegenüber der Stelle, wo Joaquin sich eingenistet hatte. Joaquin hatte Pablo gelegentlich dabei ertappt, dass er ihn anstarrte. Es war kein freundlicher Blick – Joaquin war ein Eindringling in Pablos Höhle. Aber an diesem Mittwochabend kam Pablo herein und setzte sich neben Joaquin, der bereits sein erstes Bier vor sich stehen hatte. Zunächst sagte Pablo nichts, aber nach ein paar Gläsern geriet er ins Reden. Er stammte aus Kuba, hatte in seiner Jugend Baseball gespielt, war jetzt aber ein Fan des Footballklubs Miami Dolphins.

»Dieser Billy Purcell, Mann, was aus dem für ein Pitcher geworden wäre«, sagte Pablo kopfschüttelnd.

Joaquin nickte. Er war selbst ein Fan des Dolphins-Quarterbacks. »Eines Tages kommt der noch ganz groß raus«, fuhr Pablo fort. Joaquin stimmte wieder zu. Irgendwann, nach ein paar Bier und dem Austausch einiger Sportgeschichten, als der Alkohol sich so weit auswirkte, dass sie glaubten, Freunde zu sein, erzählte Pablo Joaquin von seiner Fahrt übers Meer nach Amerika. Es war der entscheidende Augenblick im Leben des Mannes gewesen.

»Wir sind gleich nach Einbruch der Dunkelheit los, in einer mondlosen Nacht«, sagte Pablo. »Diese Arschlöcher lügen dich immer an, wenn sie dein Geld nehmen. Man hätte meinen können, wir machen einen Ausflug mit einer regelrechten Yacht, nicht vierzig von uns auf einem Boot, das gerade mal für zehn Leute groß genug war. Es war kalt, und die Wellen waren hoch. Das Boot war ein Haufen Schrott, und der Motor hat dauernd ausgesetzt. Ich habe gewusst, wir würden es nicht schaffen. Kurz vor Morgengrauen hat uns ein Sturm erwischt, und das Boot ist umgekippt. Wir waren noch Meilen vor der Küste, ich hab nicht gewusst, wie viele. Ich hab einen von den Reifen gepackt, die seitlich ans Boot geschnürt waren, und vier andere haben das Gleiche getan. Wir haben uns in die Richtung gestoßen, in die das Boot zuletzt gefahren war. Und gebetet. Ich jedenfalls.« In diesem Augenblick legte Pablo Joaquin die Hand auf den Arm. »Mein Freund, ich sage dir, ich war mir sicher, ich würde sterben in dieser Nacht. Ich habe darauf gewartet, dass mir ein Hai die Beine abreißt. Aber wir haben es durch die Nacht geschafft und die brennende Sonne am nächsten Tag und die nächste Nacht. In dieser zweiten Nacht hat es mich nicht mehr gekümmert. Die See, die Haie – wer wollte, konnte mich haben. In der nächsten Morgendämmerung sind wir an den Strand gespült worden. Erschöpft, ausgetrocknet. Es waren nur noch drei von uns übrig. Die beiden anderen waren einfach in die Nacht davongetrieben. Ich habe sie überhaupt nicht gekannt, aber ich denke jeden Abend an sie. Ich sehe sie in meinen Träumen. Ich kenne jeden einzelnen Zug ihrer Gesichter, obwohl ich sie nicht gekannt habe, als sie noch am Leben waren. Ich halte immer noch Verbindung zu den beiden anderen.« Er schwieg, als hätte die Geschichte ihm von neuem alle Lebenskraft genommen.

Auch Joaquin sagte eine Weile nichts. Er kannte diese Geschichten. Jetzt war er an der Reihe.

»Wir hatten kein Meer zu überqueren, bloß einen kleinen Fluss, der an manchen Stellen trügerisch sein konnte. Ich habe von Leuten gehört, die in ein Loch getreten und nie wieder aufgetaucht sind – von der Strömung nach unten gezogen. Wir hatten Wälder und offene Flächen zu überqueren und Grenzposten, die einen abgeschossen haben wie hölzerne Enten bei einem Scharfschützenwettbewerb. Ich hab's geschafft. Ein paar von meinen Freunden nicht.« Pablo drückte seinen Arm, als er fertig war. Danach schwiegen beide eine ganze Weile und tranken ihr Bier.

»Und jetzt leben wir wie die Könige, was?« Pablo lachte.

»Eher wie die Bettler.«

»Stimmt«, antwortete Joaquin. »Aber was haben wir für eine Wahl? Kuba? Mexiko?« Pablo nickte nur, den Kopf gesenkt. Er liebte seine Heimat, aber er wusste, dass er nie mehr zurückkehren konnte.

»Yep. Ich nehme mal an, das ist das Beste, was man über Amerika sagen kann: Was haben wir für eine Wahl? Aber es wird immer schlimmer – Drogen und Verbrechen überall, sogar in so einer kleinen Stadt wie dieser.« Und da war es, es hing vor ihm in der Luft – eine Gelegenheit. Joaquin ergriff sie ohne Hast.

»Ich hab von dem Mord gehört, der vor ein paar Wochen hier passiert ist.«

»Bloß zwei Ecken weiter«, sagte Pablo mit einem Nicken zur Tür hin. »Ein junges Mädchen – sie haben ihr die Kehle durchgeschnitten. Man möchte den Drecksack packen, der das getan hat, und mit bloßen Händen erdrosseln, weißt du, was ich meine?« Joaquin nickte.

»Gott sei Dank *haben* sie den Typen ja erwischt«, half er nach. Pablo brauchte keine Unterstützung.

»Einen Dreck haben die. Diese Idioten könnten den richtigen Typen nicht finden, wenn er sie in den Arsch beißen würde. Die haben diesen Jungen eingesperrt, weil er dumm ist.«

»Was?«, fragte Joaquin und versuchte überrascht auszusehen.

Er hasste es, mit Pablo solche Spiele zu spielen, sagte sich aber, dass sie beide das Gleiche wollten.

»Yeah.« Jetzt begann Pablo sich aufzuregen. »Die haben diesen zurückgebliebenen Jungen eingelocht – ich nehme mal an, er ist nicht richtig behindert, aber langsam ist er. Netter Junge, würde – könnte – keiner Fliege was tun. Er arbeitet in dem Laden weiter unten. Sie sind hingegangen – Frick und Frack, der ganze Stolz von Bass Creek – und haben den Jungen fertiggemacht, und irgendwann hat er's dann angeblich zugegeben. Der wirkliche Killer ist inzwischen viele Meilen weit weg.«

»Wer ist der wirkliche Killer?«, fragte Joaquin. Es war die logische nächste Frage. Pablo sah ihn an. Sah sich um. Er merkte, dass er die Geschichte angefangen hatte und sie nun zu Ende bringen musste. Er beugte sich dichter zu Joaquin und sagte aus dem Mundwinkel: »Ein Typ, heißt Geronimo – du weißt schon, wie der Indianerhäuptling.«

»Kein Familienname?«, fragte Joaquin.

»Nicht dass ich wüsste.«

»Woher weißt du, dass dieser Typ es war?« Joaquin versuchte, sich nicht wie ein Polizist anzuhören, aber er wollte seine beste – vielleicht seine einzige – Spur nicht verlieren. Er bestellte noch zwei Bier und holte eine kleine Edelstahlflasche aus der hinteren Hosentasche. »Schließt du dich auf einen Schluck an?«

Pablo lächelte. Dieser Joaquin war in Ordnung. Er nahm einen großen Schluck, spülte mit Bier nach, wischte sich mit dem Unterarm über den Mund und nahm seine Geschichte wieder auf.

»Gibt da einen Typen, den ich kenne, er heißt Ray und hat in der Mercer Street gewohnt. Hat an den meisten Abenden mit einem Kumpel auf der Vortreppe rumgesessen und Bier getrunken. Er sagt, dieser Geronimo ist dauernd vorbeigekommen und hat Bier geschnorrt.« Pablo beugte sich weiter vor und fuhr in seinem Verschwörerton fort: »In der Nacht von dem Mord war er auch da.«

Joaquin reichte seinem neuen besten Freund die Stahlflasche, auf die Möglichkeit hin, dass dieser etwas Unterstützung brauchte, um den Rest der Geschichte zu erzählen. Pablo nahm den nächsten langen Zug. »Anscheinend hatte Geronimo was laufen mit dieser Frau, die dann umgebracht wurde. Lucy hieß sie. Sie war ein bisschen freizügig, um ehrlich zu sein. Jedenfalls, der Junge aus dem Laden war an dem Abend bei ihr im Trailer – Ray und sein Freund haben ihn reingehen sehen, und alle haben hinterher gesehen, wie er aus der Richtung gekommen ist, die Straße runtergestolpert ist und dann in irgendeinen Vorgarten gekotzt hat. Ray hat gesagt, Geronimo war sauer, als er rausgekriegt hat, dass der Junge bei Lucy gewesen war, und ist selber hingegangen. Er muss hinter einem anderen Haus verschwunden sein oder so was, weil sie nicht gesehen haben, dass er wirklich zu ihr reingegangen ist. Aber sie wissen, dass er's war. Er ist gleich danach verschwunden. Sie sagen beide, er war ein ziemlich übler Typ. Ist immer mit einem Messer rumgelaufen.«

Joaquin nahm selbst einen Schluck aus der Flasche. »Haben sie das der Polizei erzählt?«

»Eher nicht. Sie haben gesagt, dass er bei ihnen war, aber das ist alles.«

»Warum?«

»Du weißt schon. Die Latinos – in dieser Gruppe erzählen wir der Polizei nicht mehr, als wir unbedingt müssen. Und sie hatten Angst, Geronimo würde sie umbringen. Sie haben ja nicht gewusst, dass diese Idioten den Jungen vor Gericht stellen würden.«

»Und was ist jetzt? Geronimo ist verschwunden, und ein unschuldiger Mann sitzt im Gefängnis.«

»Jetzt wär eine gute Gelegenheit, aber die Jungs hatten Angst. Sie hätten Geronimo reinreiten können, und er hat es gewusst. Sie sind längst weg – aus dem Land weg. Ray war aus Guatemala und ist dahin zurückgegangen. Der andere Typ, das weiß ich nicht – Nicaragua vielleicht. Aber ich glaube nicht, dass irgendwer die noch mal findet.« Er machte eine Handbewegung zu der Flasche hin, goss sich Whiskey ins Bier und leerte sein Glas. Er wirkte erleichtert.

Aber Joaquin war noch nicht fertig.

»Warum erzählst du der Polizei nicht, was du weißt?«

»Ich, ein versoffener alter Kubaner? Amigo, glaubst du allen Ernstes, die würden sich irgendwas von dem anhören, was ich zu sagen habe?«

»Warum hat dieser Typ, Ray, dir das erzählt?« Jetzt hörte er sich wirklich an wie ein Polizist, aber Pablo war inzwischen hinreichend betrunken, um es nicht mehr zu merken.

»Ich hab seinen Vater gekannt. Wir waren Freunde. Er hat es irgendwem erzählen müssen. Es brennt einem im Magen wie heißer Teer. Man muss es jemandem erzählen. Ich hab's dir erzählen müssen. Jetzt ist es geschafft. Ich hoffe bloß, dieser Junge kommt da wieder raus.«

Danach war die Unterhaltung zu Ende. Joaquin bestellte noch zwei Bier, und sie saßen einfach da und tranken die letzte Runde, ohne zu sprechen. Joaquin wusste, für heute war seine Undercoverarbeit beendet.

Er beschloss, noch einen weiteren Tag in der Stadt zu bleiben. Er wollte mit Pilar sprechen und ein letztes Mal die Nachbarschaft durchkämmen.

Am nächsten Morgen um acht Uhr stand er bei Pilar Rodriguez vor der Tür.

»Ma'am, mein Name ist Joaquin Sanchez. Ich bin privater Ermittler.« Er zeigte ihr seine Lizenz. »Ich ermittle im Mordfall Lucy Ochoa.«

»Arbeiten Sie für Elena?«, fragte sie eifrig. Sie war um die sechzig, mit zerfurchtem Gesicht und wuchtigem, dickem Körper.

»Ja, Ma'am, für ihre Anwältin.«

»Sagen Sie Elena oder ihrer Anwältin, dass ich Rudy nicht identifizieren kann. Ich hab das auch der Polizei schon gesagt. Sagen Sie Elena, ich *werde* ihn nicht identifizieren. Ich hab mich versprochen an dem Abend, das ist alles. Ich will ihr das auch selbst sagen, ich hab's nur noch nicht geschafft.«

Joaquin schwatzte noch eine Weile mit ihr und versuchte dann, sich höflich zu empfehlen. Aber Pilar war wie eine batteriebetriebene Redemaschine; es war unmöglich, sie abzuschalten, wenn sie einmal angefangen hatte. »Sie haben sie gefeuert, wissen Sie. Das arme Ding. Haben sie aus dem Hotel rausgeschmissen und alles. Kein Respekt. Die behandeln einen wie einen Hund, auch wenn man sich die Finger blutig gearbeitet hat für die. Ich weiß Bescheid. Sie hat wieder einen Job gefunden, als Kellnerin drüben in Silver Creek, ungefähr fünf Meilen von hier. Sie lebt in einem runtergekommenen alten Trailer zwei Straßen weiter. Ich hätte schon längst bei ihr vorbeigehen sollen.«

Joaquin wusste nicht, ob sie jemals wieder Luft holen würde. Er wartete geduldig, den linken Fuß hinter dem rechten, bereit, loszulaufen, sobald sich die Gelegenheit ergab. »Es ist eine Schande, wie sie mit ihr umgehen«, sagte Pilar. »Es ist zum Weinen.« Und wie auf das Stichwort hin begann sie zu weinen.

Joaquin hatte ein entsetzlich schlechtes Gewissen, aber er

wusste auch, dass dies seine Chance war. Er tätschelte Pilar tröstend die Schulter und stürzte dann zu seinem Pick-up.

»Es tut mir so leid, was Sie durchgemacht haben«, rief er über die Schulter zurück, bevor er die Auffahrt hinunterrannte.

Am Freitagmorgen hängte er frühzeitig sein Boot ans Auto und fuhr geradewegs zurück nach Vero. Dick Radek wartete schon auf ihn, als er eintraf.

»Irgendwas gefangen?«

»Jede Menge, aber nicht das, was du haben willst.« Joaquin erzählte ihm von Pablo, Ray Castro, José Guerrero und Geronimo. »Dieser Typ, dieser Geronimo, hat's getan, aber es ist keiner da, der's ihm anhängen könnte. Ich habe den letzten Tag damit verbracht, jeden in der Nachbarschaft zu befragen, der mit mir reden wollte. Niemand kennt seinen Familiennamen, und niemand hat ihn jemals mit Lucy zusammen gesehen. Sagen sie jedenfalls.«

»Wir können nicht mal eine Verbindung zu dem Mädchen etablieren?«

»Nichts. Anscheinend sind sie nie ausgegangen. Er ist einfach bei ihr im Trailer aufgetaucht.«

Dick schlug angewidert mit der Faust auf den Tisch.

»Das ist wirklich übel. Wir wissen, wer der Killer ist, aber wir können es nicht beweisen. Hast du irgendeine Vorstellung, wie wir den Typen finden könnten?«

»Nicht ohne Familiennamen. Wir könnten die Lohnlisten für die Pflücker durchsehen. Vielleicht rauskriegen, wo er gewohnt hat, und versuchen, an die Quittungen für die Miete zu kommen. Aber diese Typen sind doch alle illegal da. Es ist fast sicher, dass es nichts Schriftliches gibt. Wird alles unter der Tischplatte abgemacht.«

»Yeah, aber versuchen müssen wir's trotzdem. Sonst noch

was?« Joaquin erzählte ihm von der Unterhaltung mit Pilar und der Mühe, die er gehabt hatte, sich zu empfehlen.

»Gute Arbeit, Joaquin. Du hast alles abgedeckt, was es abzudecken gab.«

»Ich schicke dir den schriftlichen Bericht. Halt mich auf dem Laufenden«, sagte er, während er zur Tür ging.

»Mache ich«, antwortete Dick. »Ich ruf dich nächste Woche an.« Sobald Joaquin gegangen war, ging Dick hinunter ins Erdgeschoss, um mit dem Boss zu reden.

Tracey war nicht so enttäuscht, wie Dick es erwartet hatte. »Alles hat immer auch eine gute Seite – sogar dies hier, Dick.«

»Wieso das?«

»Na ja, wir haben den Killer nicht gefunden, und wahrscheinlich werden wir auch die zwei Leute nicht finden, die ihn identifizieren könnten.« Dick nickte. So weit war es ihm klar. »Aber Clay Evans hat seinerseits keine Zeugen, die aussagen könnten, dass Rudy am Mordschauplatz war. Zwei sind verschwunden, und wenn Pilar Rodriguez Wort hält – und ich habe das Gefühl, sie wird's tun –, wird der Dritte nicht in der Lage sein, Rudy zu identifizieren. Das bedeutet, wenn wir Rudys Geständnis aus dem Verkehr ziehen können, kommt er frei.«

»Was ist mit dem Blut?« Es war eine Frage, die er sich auch selbst hätte beantworten können, wenn er einen Moment nachgedacht hätte, aber Traceys Tempo konnte ein wenig anstrengend sein.

»Ach ja, natürlich, das Blut«, sagte Tracey mit einem amüsierten Lächeln. »Das wird ihnen nicht viel weiterhelfen. Rudy hat die häufigste Blutgruppe der Welt. Das Blut ist vollkommen bedeutungslos. Nur auf das Geständnis kommt es an.«

Aber in einer anderen Hinsicht gab die Unterhaltung Tracey zu denken, und dies war etwas, das sie Dick nicht mitteilte. Wenn Elena ihre Stelle verloren hatte und in einem Trailer im Barrio lebte, wie Pilar gesagt hatte, dann war sie vollkommen mittellos. Sie würde kein zusätzliches Geld auftreiben können, und der Vorschuss war fast verbraucht. *Sie hat das Geld das letzte Mal auftreiben können*, sagte sich Tracey. *Vielleicht schafft sie es noch ein Mal.*

16

Trotz seiner anfänglichen Befürchtungen (vorsichtig ausgedrückt) angesichts der Entdeckung, dass Tracey James Rudy vertreten würde, war der Vierte von Tag zu Tag zuversichtlicher geworden, als die Dinge ihren Lauf nahmen. Er würde Harry Tuthill immer noch dazu bewegen müssen, am Ball zu bleiben, aber er hegte keinen Zweifel daran, dass es ihm gelingen würde. Schließlich war Harry bisher an seiner Seite geblieben.

Tracey hatte einen Antrag auf Freilassung auf Kaution gestellt, der ganz einfach ein Witz war. Die Kaution wurde auf hundertfünfzigtausend Dollar festgelegt, und Rudy blieb im Gefängnis. Sie hatte außerdem angerufen, um ihn darüber zu informieren, dass ihr Psychologe Rudy im Gefängnis besuchen würde.

»Was haben Sie für Gründe dafür, eine psychologische Evaluation machen zu lassen?«, fragte er, wohl wissend, dass er sich nicht weigern konnte, den Besuch zu gestatten. Sie versuchte also eine Verteidigung entweder auf der Grundlage von Unzurechnungsfähigkeit oder von Prozessunfähigkeit aufzubauen.

»Ich möchte nachweisen, dass Rudy nicht in der Lage war, das Gespräch mit Detective Brume zu verweigern.«

Clay hätte am Telefon beinahe zu lachen begonnen. »Ich bin mir nicht sicher, ob ich mit dieser Argumentation vertraut bin.«

»Ich bin mir nicht sicher, ob sie jemals angeführt wurde.«

»Na ja, Sie haben fraglos das Recht, dieses Argument vorzubringen. Warum schicken Sie mir nicht einfach das Dokument, und ich leite es an den Richter weiter.«

»Wunderbar.«

Es gab nur einen Bezirksrichter in Cobb County, Gabriel Wentwell, und Clay hatte oft genug mit ihm zu tun gehabt, um zu wissen, dass der Antrag, den Tracey da einzureichen vorhatte, geradewegs in Richter Wentwells Papierkorb fliegen würde. Wentwell war in vielerlei Hinsicht ein bewundernswerter Mann – distinguierte Militärlaufbahn, Diakon in der Kirche, aus guter Familie stammend und ein guter Jurist. Seine Amtszeit als Richter war von der gleichen farblosen Beständigkeit geprägt wie der Rest seines Lebens. Bei Richter Wentwell gab es keine Überraschungen – keine Politik, keine Favoriten. Er war nicht der Typ Mann, der sich übermäßig für irgendeine neue Theorie engagieren würde. Er würde höflich zuhören und eine angemessene Pause einlegen, um sich die Sache zu überlegen, und dann würde er sie beiseiteschieben und sich an die bekannten traditionellen Vorgehensweisen halten.

Clay wusste nicht und interessierte sich auch nicht dafür, welches Material die Gegenseite vorlegen würde, um ihre Sache zu vertreten. Er platzte schon wieder vor Zuversicht, und er konnte an nichts anderes denken als an den Spaziergang, den dies letzten Endes darstellen würde. Aber es gab noch andere Dinge, von denen er nichts wusste und die ihn vielleicht hätten stutzen lassen. Er wusste nicht, dass Ray Castro und José Guerrero die Stadt verlassen hatten, weil Wes es ihm nicht erzählt hatte. Ebenso wenig wusste er, dass Pilar Rodriguez zur Gegenüberstellung erschienen war und Rudy nicht hatte identifizieren können. Seinem Wissensstand nach hatte er drei Zeugen, die nur darauf warteten, aufgerufen zu werden.

Elena hatte Rudy nicht erzählt, dass sie ihre Stelle verloren hatte und aus dem Hotel hatte ausziehen müssen. Sie glaubte, es würde ihn zu sehr aufregen, aber damit unterschätzte sie ihren Sohn. Rudy kam im Bezirksgefängnis und mit der Routine, die er sich zugelegt hatte, gut zurecht. Er hatte sich mit den Wachmännern und mit einigen der anderen Gefangenen angefreundet, von denen einer, Juan Morales, ein Gefängnisveteran war. Ebenso wie Rudy selbst war Juan Puertoricaner – ein kleiner, dünner, schnell sprechender, kettenrauchender Schwindler, der sämtliche Antworten wusste. Er hatte Rudy unter seine Fittiche genommen und gab ihm eine Reihe sehr brauchbarer Ratschläge für den Fall, dass er unter die Räder des staatlichen Gefängnissystems geriet.

»Am Anfang gibst du dich ein bisschen durchgeknallt. Die meisten von denen haben Angst vor Spinnern. Du willst einfach nur in Frieden gelassen werden. Ich sag's dir nicht gern, aber du bist jung und siehst gut aus, die werden an dir kleben wie Scheiße an Fliegenpapier.« Rudy versuchte, sich Scheiße an Fliegenpapier vorzustellen, aber es gelang ihm nicht. Er hatte keine Ahnung, wovon Juan eigentlich redete, aber Juan war nicht zu bremsen. »Sie werden's gleich am Anfang wissen wollen. Du kannst drauf warten oder selbst den Anfang machen.«

»Den Anfang?«

»Yeah. Du weißt schon, einem kräftig in den Arsch treten. Nimm dir einen Weißen vor. Den Schwarzen und Latinos wird's gefallen. Verprügel ihn gründlich, aber nicht zu übel. Du willst ja keinen Rachefeldzug oder so.«

»Wie fange ich Streit mit einem an, den ich nicht kenne?«

»Wenn er in deine Richtung schaut, sagst du: ›Guckst du mich an? Hey, guckst du mich an?‹ Sag's beim zweiten Mal lauter, so dass dich jeder hört. Die Dusche ist optimal für so was, weil da jeder kapiert, was du meinst. Dann haust du ihm eine rein und hörst nicht auf, bis er am Boden liegt. Such dir einen großen Typen aus. Den größten, härtesten weißen Typen, den du findest.«

Rudy wusste es zu schätzen, dass Juan sich die Zeit nahm, ihn auf das Leben im Gefängnis vorzubereiten. Nur eines verwunderte ihn etwas: Juan war etwa eins sechzig groß und wog im besten Fall hundertdreißig Pfund, und im Gegensatz zu Rudy konnte er nicht Karate. Wie hatte er das alles überstanden? Aber irgendetwas teilte ihm mit, er sollte lieber nicht fragen.

Und so kam Rudy durchaus zurecht, aber am Gesichtsausdruck seiner Mutter bei ihrem letzten Besuch merkte er, dass etwas nicht stimmte, und es hatte nichts mit dem zu tun, was ihm widerfuhr. Am Anfang war sie mit der Situation wie eine Kämpferin umgegangen, und als Tracey den Fall übernahm, war sie sogar zuversichtlich gewesen. Jetzt war sie immer traurig und ließ die Schultern hängen. Wenn er sich nach dem Hotel und den Stammgästen erkundigte, waren die Antworten kurz und sagten ihm nicht viel. In der Regel sprach sie gern über die buntgemischte Schar von Gästen, die das alte Hotel tagtäglich mit Leben erfüllten. Rudys erste Eingebung war gewesen, eine direkte Frage zu stellen, aber auch hier sagte ihm etwas, dass er es lieber lassen sollte.

17

Sobald H. V. Tracey Bescheid gab, dass er so weit war, reichte sie ihren Antrag auf Nichtzulassung von Rudys Geständnis ein und setzte eine entsprechende Anhörung an. Sie sorgte dabei dafür, dass ihr genügend Zeit blieb, um alle Zeugen zu präsentieren. Der Antrag selbst war sehr allgemein gehalten und nannte nur die Grundtheorie, die sie Clay gegenüber bereits erwähnt hatte. Sie wollte ihm nicht mehr Material liefern, als sie unbedingt musste, und damit Gefahr laufen, dass er merkte, was auf ihn zukam. Allerdings hätte der Vierte aufwachen müssen, als sie einen Antrag auf Anhörung alles vorliegenden Materials über einen ganzen Tag stellte.

Tracey fuhr das schwere Geschütz auf; es war nun Sache von Richter Wentwell, zu entscheiden, ob sie die richtigen Waffen gewählt hatte.

Der Vierte versuchte inzwischen verzweifelt, seinen Bemühungen frühzeitig etwas Publicity zu verschaffen. Er rief eine *sehr* gute Freundin bei einem der Fernsehsender von Miami an, konnte sie aber nicht davon überzeugen, dass die Sache es wert war, ein Nachrichtenteam zu einer Vorverhandlung zu schicken.

»Keine Sorge, Clay, zu der Verhandlung selbst schicke ich jemanden«, versicherte ihm Stacey Wilson. »Noch besser, ich komme selbst. Ich war schon eine ganze Weile nicht mehr draußen im Feld. Meinst du, du kannst ein bisschen Zeit für mich erübrigen, wenn ich schon die ganze Strecke nach Bass Creek komme?«

»Verlass dich drauf, Liebling – vor allem, wenn du schon zu dieser Anhörung kommst.« So leicht gab Clay nicht auf.

»Clay, Liebling, ich kann nicht. Hör zu, ich rufe eine Freundin bei der Schwesterfirma in Vero an. Wenn es Tracey James ist, wird es sie interessieren. Ich sage ihr, sie soll jemanden vorbeischicken. Du musst den Richter bloß dazu kriegen, dass er sie in den Gerichtssaal lässt.«

»Mache ich. Danke, Stacey, Wir sehen uns in ein paar Monaten bei der Verhandlung.« Clay wusste genau, dass Richter Wentwell unter keinen Umständen Kameras in seinem Gerichtssaal dulden würde. Er hatte Clay gegenüber mehrfach erwähnt, dass er den Medienleuten keine Gelegenheit geben würde, seinen Gerichtssaal in einen Zirkus zu verwandeln. Clay hatte nicht vor, auch nur zu fragen – am Ende würde das den alten Herrn noch ärgern. Aber es war vollkommen unnötig, das Stacey zu erzählen. Er wollte einfach nur, dass ein Nachrichtenteam auftauchte; die Publicity, die er brauchte, konnte er sich durch Interviews auf den Stufen des Gerichtsgebäudes sichern.

Es dauerte drei Wochen, bis die ganztägige Anhörung vor Richter Wentwell zustande kam. Tracey nutzte die Zeit, um sich vorzubereiten. Diese Anhörung würde eine Miniaturversion der Verhandlung selbst sein. Es war drei Jahre her, seit sie ihren letzten Prozess geführt hatte; es war damals um ein kleineres Vergehen gegangen, und die eigentliche Verhandlung hatte einen halben Tag gedauert. Sie brauchte diese Anhörung, und sie musste sie gewinnen, obwohl sie sich nicht ganz sicher war, warum. Die Unsicherheit irritierte sie. Unsicherheit war nicht gerade ihre beste Verfassung. Sie wusste immer, was sie wollte, und sie legte sich einen Plan zurecht, um es zu bekommen. Vielleicht war es Elena und die vage Verbindung zu ihrer Mutter. Vielleicht war es Rudy selbst oder vielleicht auch der Wunsch, einmal wirklich Anwältin zu sein und keine Geschäftsfrau. Sie wusste es ganz einfach nicht. Sie wusste nur, dass diesmal noch etwas anderes sie trieb außer dem Geld – und es trieb sie um. Sie hoffte, das Gefühl würde nicht zu lang anhalten.

Am Tag der Anhörung waren keine Menschenmengen vor dem Gerichtsgebäude, und auch der Saal war leer. Es war nicht so, dass es niemanden interessiert hätte. Die Leute aus dem Barrio waren zu hundert Prozent auf Rudys Seite, aber sie mussten arbeiten. Kelly McDowell von dem Sender in Vero Beach stand mit ihrem Kamerateam auf der Treppe vor dem Gerichtsgebäude und fragte sich, warum, um alles in der Welt, sie sich eigentlich darauf eingelassen hatte, eigens aus Vero anzureisen, um *das* zu verfolgen. Tracey James war der einzige Grund, weshalb es auch nur entfernt interessant war. Wenn sie ein Interview mit Tracey bekommen konnte, war die Fahrt vielleicht nicht komplett umsonst gewesen.

Was Tracey anging, so war Kelly McDowell so ziemlich der letzte Mensch, den sie sehen wollte. Sie mochte es nicht, im Scheinwerferlicht der Medien zu stehen, wenn die Gefahr bestand, dass sie verlieren würde. Aber sie wusste, sie würde Kelly nicht entwischen können, und so nahm sie sich vor, das Beste daraus zu machen.

Clay hatte das Gerichtsgebäude erreicht, bevor Tracey erschien. Kelly brauchte ihn nicht in die Ecke zu treiben, um ihr Interview zu bekommen – er riss ihr das Mikrofon geradezu aus der Hand. Er lächelte strahlend, war groß und elegant in seinem anthrazitfarbenen Anzug, selbstbewusst und siegessicher wie ein Quarterback vor dem großen Spiel. Kelly brauchte nur noch mitzulächeln.

Nicht lang nachdem Clay durch die Tür verschwunden war, erschien Tracey mit Elena. Traceys graues Kostüm über einer hellblauen Bluse war sowohl atemberaubend als auch ein Bild der Professionalität, aber Elena übertraf sie noch in einem konservativen, aber enganliegenden marineblauen Kleid, das sie erst am Tag zuvor in einem Secondhand-Laden gekauft hatte.

Trotz ihrer Bedenken fand Tracey genau den richtigen Ton, als Kelly sich an sie wandte. »Wie wichtig ist denn nun diese heutige Anhörung?«, fragte Kelly – ein in einem perfekten Bogen hingeworfener Softball, den Tracey nur noch zurückzuschlagen brauchte.

»Sie ist außerordentlich wichtig. Wir sind der Ansicht, dass Detective Brume Rudys verfassungsmäßig garantierte Rechte verletzt hat, als er ihn verhörte. Rudy ist ein wundervoller junger Mann, aber er ist intellektuell etwas beeinträchtigt. Er ist langsam. Nicht zurückgeblieben, aber langsam. Er war bei diesem Verhör ganz entschieden benachteiligt – einem Verhör übrigens, das weder auf Band noch auf Video aufgezeichnet wurde. Seine Mutter Elena, die mich heute begleitet, hatte darum gebeten, zum Schutz ihres Sohnes dem Verhör beiwohnen zu dürfen. Diese Bitte wurde ihr abgeschlagen.« Sie hatte dieses Interview nicht gewollt, aber sie hatte genug Selbsterkenntnis, um zu merken, dass es sich sehr gut anließ – es war wie eine Generalprobe für die Art und Weise, wie sie Rudy dem Gericht präsentieren wollte. Als sie die Aussage beendet hatte, wartete sie nicht auf weitere Fragen, sondern griff nach Elenas Arm und führte sie die Stufen hinauf und in das Gebäude hinein.

Weil Zeugen unter Eid aussagen würden und der Anlass eher einer Hauptverhandlung ohne Jury gleichen würde als einer einfachen Anhörung, hatte Richter Wentwell beschlossen, das Ganze nicht in seinen Diensträumen, sondern im Gerichtssaal abzuhalten. Es gab noch einen weiteren Grund. Hier ging es um einen Mord, der im ganzen Bundesstaat durch die Medien gegangen war. Seit der Tat schien das Interesse der Öffentlichkeit zwar nachgelassen zu haben, aber der Richter war der Ansicht, dass eine Anhörung, bei der es um die Nichtzulassung von Aussagen in einem Fall von dieser Bedeutung ging, öffentlich und in aller Form stattfinden sollte.

Clay Evans bemerkte Elena, sobald sie den Gerichtssaal betrat. Sie sah wirklich exquisit aus in dem blauen Kleid. *Vielleicht könnte ich für ein bisschen Entgegenkommen auf »lebenslänglich« runtergehen.* Der Gedanke war ihm kaum durch den Kopf geschossen, als er sich schon ins Gedächtnis rief, dass es hier immerhin um seine Karriere ging. Im Augenblick würde die Fleischeslust zurückstehen müssen. Tracey sah ja auch nicht gerade übel aus, obwohl er spürte, dass die Frau hart sein konnte. Vielleicht konnte er sie mit seiner Brillanz vor Gericht beeindrucken. Herrgott, er fühlte sich gut heute.

Als die Anwälte sich gesetzt hatten, ließ der Gerichtsdiener den Richter wissen, dass alles bereit war. Im richtigen Moment klopfte der Richter daraufhin drei Mal an die Tür, um seinerseits dem Gerichtsdiener mitzuteilen, dass er so weit war. Der Gerichtsdiener forderte alle Anwesenden auf, sich zu erheben, und der Richter betrat den Gerichtssaal.

Richter Wentwell war ein großer Mann, fast so groß wie Clay, mit kerzengerader Haltung und dichtem weißem Haar. Elena, die direkt hinter Tracey auf der Zuhörerbank saß, hatte sekundenlang das Gefühl, in der Kirche zu sitzen, wenn der Bischof an den Altar trat. Rudy war nicht anwesend. Tracey hatte ihr erklärt, es sei am besten, wenn er nicht im Gerichtssaal erschien. Er brauchte nicht zu hören, was H. V. über ihn zu sagen hatte, und Richter Wentwell brauchte nicht zu sehen, wie attraktiv er war und wie intelligent er wirkte.

Das Gerichtsgebäude von Cobb County hatte nur zwei Säle – einen kleineren für gewöhnliche Vergehen, Anklageerhebungen und Ähnliches und einen großen, Richter Wentwells Reich, in dem die großen Zivilprozesse und schwerwiegenden Strafprozesse verhandelt wurden. Es war ein weitläufiger alter Saal mit Reihen von Eichenbänken für die Zuhörer und sogar einer Galerie. Der Richter thronte auf einer Estrade aus Mahagoniholz. Der Zeugenstand war etwas unterhalb zu seiner Rechten angebracht. Die Bänke der Jury, die heute leer blieben, befanden sich zur Rechten des Zeugenstands. Die Tische der Anwälte standen vorn und in der Mitte, so dass der Richter auf sie herabsehen konnte, ohne den Kopf drehen zu müssen.

»Sind wir so weit?«, fragte Richter Wentwell, nachdem alle Anwesenden sich wieder gesetzt hatten. Clay sprang auf.

»Die Anklage ist so weit, Euer Ehren«, sagte er knapp.

Tracey gab sich eine Spur bedächtiger. »Die Verteidigung ist bereit, Euer Ehren.«

»Ms. James, Sie haben den Antrag gestellt, bitte beginnen Sie.«

»Danke, Euer Ehren. Die Verteidigung ruft Wesley Brume in den Zeugenstand.« Der Gerichtsdiener verließ den Saal, um Wes aus dem Zeugenzimmer zu holen.

Dass Wes aufgerufen wurde, kam für Clay nicht weiter überraschend. Tracey musste die Umstände des Verhörs darlegen, und Wes war der Einzige, der dies tun konnte, weil Rudy nicht aussagen würde. Was Clay nicht wusste, war, dass Tracey für diesen Vormittag eine Partie Tischtennis plante, bei der sie Wesley Brume die Rolle des Balls zugedacht hatte.

Sie begann sehr höflich damit, dass sie ihn bat, dem Richter seinen Namen zu nennen und anzugeben, wie lang er schon bei der Polizei war und welche Aufgaben er im Lauf seiner Karriere übernommen hatte. Sie hatte keine Ahnung, dass der Richter Wes bereits recht gut kannte. Jahre zuvor hatte Wes den Richter wegen Geschwindigkeitsüberschreitung an den Straßenrand gewinkt – etwas, das Richter Wentwell sich niemals zuschulden kommen ließ.

»Brennt's irgendwo?«, hatte Wes den distinguierten Juristen gefragt, als er ans Fahrerfenster trat. »Sie glauben wohl, für Sie gilt das Gesetz nicht, oder was? Ein paar Tage im Loch, und Sie wissen's besser. Na kommen Sie schon, lassen Sie mich mal die Papiere sehen.« Es waren die üblichen Bemerkungen, die er an jedermann richtete – er fühlte sich gut, wenn er sie sagte, und sie machten das routinemäßige Fangen von Rasern vergnüglicher. Der Richter reichte ihm den Führerschein, ohne aufzusehen. Die Leute waren seit Jahren in seinen Gerichtssaal gekommen und hatten versichert, dass sie sich an die Vorschriften gehalten hatten und dass Officer Wesley Brume sie höchst unhöflich behandelt hatte, genau das also, was er selbst gerade erfahren hatte, und genau das, was Wesley Brume jedes Mal bestritten hatte. Wes las währenddessen den Namen auf dem Führerschein und wusste, dass er bis zum Hals in der Scheiße steckte. Er erwog, den Rückzug anzutreten, so zu tun, als habe er die ganze Zeit gewusst, wer der Richter war, aber der schuldbewusste Ausdruck auf seinem runden Gesicht hatte ihn bereits verraten.

»Hi, Richter, wie geht's?«, war dementsprechend alles, was ihm einfiel.

»Sehr gut, Officer Brume. Bitte machen Sie doch weiter mit dem Strafzettel.«

»Wenn ich's mir so ansehe, Richter, ich glaube, ich hab das

falsche Auto angehalten. Es war der Kerl vor Ihnen.« Vor Richter Wentwell war kein anderes Auto gewesen, und sie wussten es beide. Der alte Mann warf Wes einen langen Blick zu und fuhr davon.

Am nächsten Tag erhielt der Polizeichef einen mit Boten bei ihm abgegebenen Brief des Richters, der den ganzen Vorfall detailliert beschrieb und verlangte, dass man Wesley Brume die Autorität aberkannte, Strafzettel zu verteilen, und all seinen Beamten erklärte, weshalb es wichtig war, denjenigen Strafzettel zu geben, die tatsächlich zu schnell fuhren. Es verstand sich von selbst, dass der Polizeichef nicht gut auf die Sache reagierte.

Die ganze Angelegenheit war auch Clay nicht bekannt, und er saß in unerschütterlicher Selbstsicherheit da, als Tracey Wes eine harmlose Frage nach der anderen stellte. Das allerdings sollte sich ändern.

»Officer Brume, warum haben Sie meinen Mandanten zum Verhör abgeholt?«

Das war einfach zu beantworten. »Drei Zeugen haben ihn als verdächtig identifiziert.«

»Diese drei Zeugen sind Pilar Rodriguez, Ray Castro und José Guerrero?«

»Ja.«

»Entspricht es den Tatsachen, dass Sie diese drei Leute nicht verhört haben?«

»Ja, das stimmt. Officer Barbas hat sie verhört.« In Clays Augen schien die ganze Angelegenheit sehr gut zu verlaufen. Das Tempo war glatt und rhythmisch. Wes beantwortete die Fragen rasch und ohne zu zögern.

»Ich habe Officer Barbas' Bericht über die Befragung der beiden Männer hier in der Hand. Dort steht, sie haben einen großen Mann mit dunklem Haar beschrieben, ist das korrekt?«

»Ja.«

»Sie haben meinen Mandanten also nicht identifiziert?«, fragte Tracey, während sie Wes unmittelbar ins Gesicht sah.

»Nein, aber ihre Beschreibung stimmte mit seinem Aussehen überein, und Mrs. Rodriguez hat gesagt, der Mann, der sich auf ihrem Rasen erbrochen hat, hätte ausgesehen wie der Junge, der in dem Gemischtwarenladen arbeitet. Sie hat sogar seinen Namen genannt, Rudy.«

»Aber sie hat nicht gesehen, wie dieser Mann, der aussah wie Rudy, aus Lucy Ochoas Trailer kam?«

»Nein.«

»Und entspricht es nicht den Tatsachen, dass sie Rudy bei einer Gegenüberstellung nicht identifizieren konnte?«

»Das ist korrekt.« Jetzt war es Clay, der Wes anstarrte. *Warum hast du mir das nicht gesagt, du Idiot?*

Wes musste den Patzer wiedergutmachen. »Wenn ich das erklären dürfte.« Tracey wusste, was jetzt kam. Sie hatte auf die Tatsache hingearbeitet, dass *letzten Endes* niemand Rudy identifiziert hatte, ohne die entsprechenden Fakten in einen zeitlichen Zusammenhang zu bringen. Und Wes würde diese Strategie jetzt ruinieren. »Zu dem Zeitpunkt, als wir Ihren Mandanten zum Verhör abgeholt haben, hatte Mrs. Rodriguez gesagt, dass der Mann, der auf ihren Rasen gekotzt hatte, ausgesehen hatte wie Rudy, und er entsprach auch der Beschreibung, die die beiden anderen Männer uns gegeben hatten. Ich glaube, damit waren genug Verdachtsmomente gegeben, um ihn zu verhören.«

»Haben Sie ihm seine Rechte vorgelesen?«

»Natürlich. Ich hab ihn ein Dokument unterschreiben lassen, in dem die Rechte aufgeführt sind.«

Das war dem Richter wichtig. »Haben Sie das Dokument mitgebracht?«, fragte er.
»Ja, Sir.«
»Lassen Sie mal sehen.« Wes zeigte dem Richter das Dokument.
»Ist dies die Unterschrift Ihres Mandanten?«, fragte er Tracey.
»Ja, Euer Ehren.«
»Warum sitzen wir dann also hier, Ms. James?«
»Ich möchte Ihnen demonstrieren, wie die Unterschrift zustande kam und warum sie nicht zugelassen werden sollte.«
»Dann kommen Sie bitte zur Sache, Ms. James. Verschwenden Sie unsere Zeit nicht mit bedeutungslosen Fragen.« Es war entschieden eine Ohrfeige, etwas, woran Tracey ganz und gar nicht gewöhnt war.
»Bevor Sie meinen Mandanten abgeholt haben, haben Sie mit dem Leiter seiner Highschool, Mr. Bill Yates, gesprochen, ist das richtig?«
»Ja.«
»Und Mr. Yates hat Ihnen erzählt, dass Rudy intellektuell etwas beeinträchtigt war, dass er in der Schule nicht mit den anderen Schülern mithalten konnte, richtig?«
»Ja.«
»Sie haben ihn bis in die zehnte Klasse versetzt, obwohl sie das eigentlich schon nicht mehr hätten tun sollen, und haben ihm danach nur noch eine Anwesenheitsbescheinigung ausgestellt, richtig?«
»So ziemlich.« Die Antwort war Tracey nicht gut genug. Zu viel Platz zum Herauswinden.
»So ziemlich? Würden Sie einen Aspekt der Frage gern qualifizieren?«
»Nein, sie ist korrekt.«

»Sind Sie sich sicher?«
»Ja.«
»Hat Mr. Yates Ihnen sonst noch etwas über Rudy erzählt?«
»Nein.«
»Sind Sie sich sicher?«
»Ja.«
»Er hat Ihnen nicht erzählt, dass Rudy sehr entgegenkommend ist, dass er Ihnen in allem zustimmen würde, was Sie sagen, dass Sie ihn fairerweise nicht verhören sollten, wenn nicht entweder seine Mutter oder ein Anwalt anwesend ist – der Schulleiter hat nichts von alldem gesagt?« Tracey begann Druck auszuüben. Grunt stemmte sich dagegen, ganz wie sie gehofft hatte.
»Nein. Ich erinnere mich nicht, dass er irgend so was gesagt hätte.«
»Sie erinnern sich nicht, dass er es gesagt hätte, oder er hat es nicht gesagt? Was von beiden trifft zu, Officer Brume?«
»Detective Brume.«
»Okay. Was von beiden trifft also zu, *Detective* Brume?« Sie begann bereits, ihm an die Substanz zu gehen.
»Er hat nichts davon gesagt«, antwortete Grunt trotzig. Er würde sich von diesem Miststück doch nicht herumkommandieren lassen.
Am Tisch der Anklage legte Clay die linke Hand an die Stirn. Er wusste, wie dies weitergehen würde.
»Sie haben Rudy in dem Gemischtwarenladen abgeholt, in dem er gearbeitet hat, richtig?«
»Ja.«
»Haben Sie mit seinem Arbeitgeber geredet?«
»Ja.«
»Hatte er Bedenken, Rudy mit Ihnen gehen zu lassen?«
»Ein bisschen.«

Tracey stürzte sich sofort darauf. »Was bedeutet ›ein bisschen‹, Mr. Brume? Hatte er Bedenken, oder hatte er keine?«

»Es bedeutet, dass er zuerst nicht wollte, dass ich Rudy mitnehme, aber als wir miteinander geredet hatten und ich ihm gesagt habe, wie wichtig die Ermittlungen sind, hat er mir zugestimmt, dass Rudy mit mir kommen sollte.«

»Sie meinen damit, er hat zugestimmt, nachdem Sie ihm mit dem Gesundheitsamt gedroht hatten?«

»Das ist nicht wahr. Das würde ich niemals tun.« Wes wagte es nicht, zum Richter hinüberzusehen. Er hatte exakt die gleichen Worte bei einer Anhörung in einer Strafzettelsache gebraucht.

»Wollte Mr. Dragone Rudys Mutter anrufen, um ihr zu sagen, was passiert war?«

»Daran kann ich mich nicht erinnern.«

»Haben Sie ihm davon abgeraten, das zu tun?«

»Daran kann ich mich nicht erinnern.« Wes war auf eine neue Antwort verfallen. Er erinnerte sich, dass sie bereits von einem ehemaligen Präsidenten sehr wirkungsvoll eingesetzt worden war.

Tracey hielt das Tempo aufrecht – ihr war klar, dass der Richter sich bereits fragen mochte, worauf hinaus all das lief. Sie nahm den Polizeibericht vom Tisch und behielt ihn in der Hand.

»Sie haben Rudy also mit zum Polizeirevier genommen?«

»Ja.«

»Und dort haben Sie mit dem Verhör begonnen?«

»Ja.«

»Und Ihrem Bericht zufolge haben Sie mit dem Verhör um drei Uhr achtzehn nachmittags begonnen, richtig?« Sie zeigte ihm den Bericht. Wes warf einen Blick darauf.

»Ja, das ist korrekt.«

»Und ist es nicht auch korrekt, Officer Brume, dass noch vor Beginn Ihres Verhörs Rudys Mutter bei der Polizei eintraf und verlangte, ihren Sohn sehen zu dürfen, und dass Sie ihren Sohn nicht verhören sollten, ohne dass sie dabei anwesend ist?«
Der Vierte sprang auf. Es war seine erste Gelegenheit, Tracey zu unterbrechen.
»Einspruch, Euer Ehren. Vielfachfrage.« Der Einspruch war berechtigt, aber unter den gegebenen Umständen bedeutungslos. Es war keine Jury anwesend, und Richter Wentwell war sich durchaus im Klaren darüber, dass es sich um eine Vielfachfrage handelte.
»Abgewiesen. Machen Sie weiter, Ms. James.«
»Soll ich die Frage wiederholen, *Officer* Brume?«, fragte Tracey.
»*Detective* Brume. Nein, ich erinnere mich an die Frage. Meines Wissens traf die Mutter erst im Polizeirevier ein, als ich mit dem Verhör fast fertig war.«
»Als sie eintraf, hat sie da verlangt, dass das Verhör abgebrochen wird?«
»Ja.«
»Aber Sie haben es nicht getan?«
»Nein.«
»Warum nicht?«
»Er hatte sich bereit erklärt, mit mir zu reden. Er ist volljährig, und sie ist keine Anwältin.«
»Haben Sie ihm gesagt, dass seine Mutter draußen saß und ihn sehen wollte, bevor er weitere Fragen beantwortet?«
»Nein.«
»War der Grund dafür der, dass Sie wussten, er würde nicht weiter mit Ihnen reden, wenn er wüsste, dass seine Mutter draußen ist?«

»Nein. Ich war sowieso fast fertig. Zu diesem Zeitpunkt hätte es keinen Unterschied gemacht.«

»Sie hatten aber noch keine Blutprobe genommen, oder?«

»Nein.«

Tracey wechselte wieder das Thema. »Wo hat dieses Verhör stattgefunden?«

»Im Verhörzimmer unserer Polizeiwache.«

»Ich habe von diesem Raum gehört. Er ist mit einer Videokamera ausgestattet, ist das richtig?«

»Ja.«

»Und Sie haben in diesem Raum auch Audioaufzeichnungsgeräte, korrekt?«

»Ja.«

»Aber Sie haben keines von beiden eingesetzt?«

»Nein, habe ich nicht.«

»Hat es einen Grund gegeben, weshalb Sie es nicht getan haben, *Officer* Brume?«

Jetzt war der Vierte wieder auf den Beinen. »Einspruch, Euer Ehren. Sie schikaniert den Zeugen. Er hat ihr jetzt wiederholt gesagt, dass er Detective ist.« Es war Pech für Clay, dass die Schikane Richter Wentwell bestens amüsierte.

»Er mag Detective sein, Mr. Clay, aber er ist auch ein vereidigter Polizeibeamter. Ich wüsste nicht, inwiefern es eine Schikane darstellen sollte, einen Polizeibeamten mit ›Officer‹ anzureden. Einspruch abgewiesen. Fahren Sie fort, Ms. James.«

»Danke, Euer Ehren. Soll ich die Frage wiederholen, Officer Brume?«, erkundigte Tracey sich höflich, als sie sich wieder an den dicken kleinen Polizisten wandte.

»Nein. Es hat keinen speziellen Grund gegeben. Wir verwenden die Videokamera nur selten. Und ich hatte gerade kein Band da.«

»Was hätten Sie tun müssen, um die Videokamera zu verwenden – einfach nur ein Band holen?«
»So ziemlich.«
»Ist das ein ›Ja‹, Officer Brume?«
»Ja.«
»Wo war die Videokassette?«
»Im Geräteraum.« Er wich aus, aber Tracey störte es nicht weiter – die Ausweichmanöver wären einem Zweijährigen aufgefallen.
»Und der Geräteraum ist wo?«
»Am anderen Ende des Gangs.«
»Und das Bandaufnahmegerät – hätten Sie im Geräteraum auch eine Kassette dafür gefunden?«
»Ja.«
»Können Sie etwas spezifischer werden, Officer Brume? Wie lang hätten Sie gebraucht, um den Gang entlangzugehen, das Videoband oder die Audiokassette oder beides zu holen und sie einzulegen, bevor Sie mit dem Verhör anfangen?«
»Drei bis fünf Minuten«, antwortete Grunt lässig. Es war diese sorglose Einstellung, die in Clay Evans den Wunsch weckte, ihn zu erdrosseln. *Merkt dieser Idiot eigentlich wirklich nicht, worauf hinaus sie will?*
»Ist es richtig, dass diese Aufzeichnungsgeräte sich zu dem Zweck im Verhörzimmer befinden, um bei Verhören eingesetzt zu werden?«
»Natürlich.« *Was für eine dumme Frage*, dachte Wes.
»Ist es richtig, dass mein Mandant, als Sie ihn zum Verhör abgeholt haben, bereits ein Verdächtiger in einem Mordfall war?«
»Ja.«
»Und er war zu diesem Zeitpunkt der einzige Verdächtige?«
»Ja.«

»Und ist es richtig, Detective Brume, dass dies in den über zwanzig Jahren, die Sie jetzt bereits als Polizeibeamter bei dieser Abteilung tätig sind, das abscheulichste Verbrechen ist, bei dem Sie jemals ermittelt haben?« Sie hatte ihn mit voller Absicht *Detective* genannt. Sie begann ihn mit dem Respekt zu behandeln, der ihm zustand – so schien es ihm jedenfalls.

»Gar keine Frage«, antwortete er. Jetzt hatte sie ihn in der Ecke. Es wurde Zeit, die Bombe zu zünden.

»Sie hatten also diese anspruchsvolle technische Ausrüstung spezifisch zu dem Zweck angeschafft, sie bei Verhören einzusetzen, Sie ermitteln in dem abscheulichsten Verbrechensfall, den Sie jemals bearbeitet haben, und Sie treffen die bewusste Entscheidung, gerade dieses Verhör weder auf Video noch auch nur auf Band aufzunehmen – ist das richtig?«

»Nein, das ist nicht richtig«, sagte Wes, als ihm zu spät aufging, welche Grube er sich da gegraben hatte. Tracey gab ihm keine Gelegenheit, wieder herauszuklettern, indem sie ihn bat, seine Antwort zu erläutern. Stattdessen wechselte sie wieder das Thema.

»Haben Sie Rudy eine schriftliche Aussage ablegen lassen?«

»Nein, aber ich habe ihn meine Notizen durchlesen und unterschreiben lassen.«

»Haben Sie ihm gesagt, er soll sie unterschreiben?«

»Ja, natürlich.«

»Hatte er Gelegenheit, Änderungen vorzunehmen?«

»Ich verstehe nicht.«

»Es ist doch sehr einfach, *Officer* Brume – haben Sie ihm Gelegenheit gegeben, Ihre Notizen zu überarbeiten?«

»Natürlich nicht.«

»Sie haben ihn einfach unterschreiben lassen.«

»Ja.«

»Keine weiteren Fragen, Euer Ehren.« Das jähe Ende der Fragestunde überraschte den Vierten. Er hatte damit gerechnet, dass Tracey den Zeugen über den Fragen und Antworten, die er sich notiert hatte, auseinandernehmen würde, aber Tracey ging es nur um das Verfahren, nicht um den Inhalt.
Jetzt war Clay an der Reihe. Seine erste Aufgabe war, Wes' Wunden zu kauterisieren, schon um weitere Blutungen zu verhindern. Einen direkten Treffer hatte Wes nicht abbekommen, aber er blutete aus vielen kleinen Schrammen. Der Vierte konnte jetzt entweder einen unrühmlichen Schlussstrich ziehen und den armen Mann aus dem Zeugenstand holen, etwas, das sehr viel Selbstdisziplin erfordert hätte, oder weitere Fragen stellen, die Grunt noch schwererem Beschuss aussetzen würden. Clay entschied sich für die zweite Möglichkeit, erhob sich langsam und legte sich die Fragen zurecht, während er zum Pult ging. Er musste die fette kleine Kröte irgendwie rehabilitieren.
»Detective Brume, ist während Ihren zwanzig Jahren bei der Polizei Ihre Glaubwürdigkeit jemals in Zweifel gezogen worden?« Tracey war augenblicklich auf den Beinen.
»Einspruch, Euer Ehren. Der Charakter von Officer Brume steht in diesem Prozess nicht zur Debatte, obwohl seine Glaubwürdigkeit in diesem speziellen Fall es tut.« Klassisches Prozessanwaltskauderwelsch, ein Satz, den vermutlich kein Außenstehender verstand. Aber Tracey ging es nicht um die kleine Gruppe von Normalbürgern, die das Geschehen von der Galerie aus verfolgten. Der einzige Mensch im Raum, dessen Reaktionen ihr im Augenblick wichtig waren, war Richter Wentwell, und der verstand mit Sicherheit, was sie da sagte.
»Die Verhandlung wird für zwanzig Minuten unterbrochen. Ich möchte die Anwälte und die Gerichtsschreiberin in mei-

nen Diensträumen sprechen.« Der Richter erhob sich und verließ den Saal. Clay und Tracey folgten ihm in seine Diensträume. Als sie sich alle gesetzt hatten und die Gerichtsschreiberin so weit war, begann der Richter:
»Ich habe es nicht für nötig gehalten, diese Information zu Beginn der Anhörung publik zu machen, aber die Zeugenvernehmung ist jetzt an einem Punkt angelangt, an dem ich Ihnen einige relevante Tatsachen mitteilen muss, von denen ich mir sicher bin, dass Sie sie nicht kennen.« Tracey und Clay sahen einander fragend an und wandten sich dann wieder dem Richter zu, der ihnen daraufhin von seiner kleinen »Raser«-Episode mit Wes Brume erzählte.
»Ich stimme Ms. James dahin gehend zu«, fuhr der Richter fort, »dass Officer Brumes Glaubwürdigkeit hier zur Debatte steht, nicht sein Charakter. Allerdings, Mr. Evans, angesichts der Tatsache, dass ich festlegen werde, was der Jury an Beweismaterial vorgelegt wird, ist es meine Pflicht, Ihnen mitzuteilen, dass mein Eindruck von Officer Brumes Glaubwürdigkeit *und* seinem Charakter bereits ein Stück weit vorgeprägt ist. Ich glaube nicht, dass dies meine Entscheidung bei den juristischen Aspekten dieser Anhörung oder der Verhandlung selbst beeinflussen wird. Nichtsdestoweniger werde ich, wenn Sie es wünschen, den Fall abgeben.«
Clay zitterte fast vor Wut, als Richter Wentwell fertig war. Er wäre am liebsten mit einer Bazooka in den Gerichtssaal zurückgekehrt und hätte Wesley Brume in die ewigen Jagdgründe befördert. *Wie konnte er mir das antun? Wie konnte er mir diese Geschichte mit dem Richter verschweigen?* Aber das war vorbei und nicht mehr zu ändern. Jetzt musste Clay eine sehr schwerwiegende Entscheidung treffen, eine Entscheidung, die sich mit Sicherheit auf den Ausgang dieses Falls auswirken würde.

Tracey auf dem Stuhl neben ihm versuchte verzweifelt, nicht zu lächeln. Die Dinge hatten sich ganz entschieden in ihrem Sinne entwickelt. Und ihre besten Zeugen hatten noch nicht einmal ausgesagt. Andererseits blieb Clay jetzt kaum eine andere Wahl, als den Richter zu bitten, den Fall abzugeben, und sie wusste nicht, ob sie Richter Wentwell wirklich verlieren wollte.

Sekunden vergingen. Der Richter wartete geduldig, während Clay sich die Sache überlegte. Richter Wentwell war ein Law-and-order-Mann. Er würde sich strikt an das Gesetz halten. Er würde sich nicht gleich einer neuen Theorie anschließen, selbst wenn er nicht ein einziges Wort glaubte, das aus dem Mund dieser fetten kleinen Kröte kam. Und ein neuer Richter würde in seinen oder ihren Auffassungen vielleicht weniger konservativ sein.

»Richter, ich glaube, dieses Gericht ist in der Lage, persönliche Ansichten in legalen Fragen beiseitezulassen. Ich werde Sie nicht bitten, von dem Fall zurückzutreten.« Tracey war verblüfft. Der Richter wandte sich als Nächstes an sie.

»Ms. James, haben Sie dazu etwas zu sagen?«

»Nein, Euer Ehren. Ich glaube, Ihre Offenheit hat uns alles Nötige gesagt. Genau wie der Anklagevertreter bin ich mir sicher, dass Ihre persönlichen Erfahrungen mit Officer Brume Ihre Entscheidungen in diesem Fall nicht beeinflussen werden.«

Aber natürlich bist du dir da sicher, gab der Vierte in Gedanken zurück und hoffte dabei, die richtige Entscheidung getroffen zu haben.

Minuten später waren sie wieder im Gerichtssaal, und Clay stand am Pult.

Richter Wentwell nahm den Faden wieder auf.

»Mr. Evans, fahren Sie bitte fort.«

»Keine weiteren Fragen, Euer Ehren.« Der Richter wusste, dass Grunt ein Lügner war; es hatte keinen Zweck, den Mann jetzt noch rehabilitieren zu wollen. Wes verließ den Zeugenstand; er war sich nicht sicher, wie die Dinge standen, aber nach dem Ausdruck auf Clays Gesicht hatte er den Eindruck, dass der sich über irgendetwas ärgerte.

»Rufen Sie Ihren nächsten Zeugen auf, Ms. James.«

Tracey hatte die Argumentation der Anklage mit der Zeugenaussage von Grunt vorgeführt; jetzt hatte sie vor, sie zu zerlegen.

Sie begann damit, dass sie den Leiter von Rudys Highschool, Bill Yates, in den Zeugenstand rief. Nachdem er sich vorgestellt und erklärt hatte, dass er seinen Posten während Rudys gesamter vierjähriger Highschoolzeit innegehabt hatte, kam Tracey ohne Umschweife zur Sache.

»Mr. Yates, hat Detective Wesley Brume Sie vor ein paar Monaten besucht?«

»Ja.«

»Und könnten Sie dem Gericht den Grund für diesen Besuch mitteilen?«

»Er wollte etwas über Rudy wissen – wie er als Schüler gewesen war.«

»Und was haben Sie ihm erzählt?«

»Ich habe ihm erzählt, dass Rudy ein sehr netter und motivierter junger Mann ist, aber eine Spur langsam. Nicht eigentlich geistig behindert, aber langsam. Ich glaube, sein IQ liegt um die achtzig oder etwas niedriger. Wir sind eine kleine Schule. Wir haben keine Spezialprogramme für Schüler wie ihn, also haben wir einfach unser Bestes getan. Nach zwei Jahren haben wir ihn in ein Berufsvorbereitungsprogramm geschickt. Er hat keinen Highschoolabschluss, nur eine Teilnahmebescheinigung.«

»Hat Detective Brume Ihnen gesagt, warum er sich nach Rudy erkundigt hat?«
»Ja. Er hat gesagt, Rudy sei möglicherweise unter den Verdächtigen bei dem Mord an der jungen Frau im Barrio.«
»Und was haben Sie dazu gesagt?«
»Ich habe ihm gesagt, da müsste er sich irren. Ich habe Rudy sehr gut gekannt, und ich glaube nicht, dass er zu so etwas imstande wäre.«
»Hat Detective Brume Ihnen gesagt, dass er Rudy verhören würde?«
»Ja.«
»Was meinten Sie dazu?«
»Ich habe gesagt, wenn er irgendetwas in dieser Art vorhätte, sollte er Rudys Mutter kontaktieren oder zumindest dafür sorgen, dass Rudy einen Anwalt hat. Ich habe ihm erklärt, dass Rudy ein sehr liebenswürdiger und sehr naiver Mensch ist. Er würde einfach nicht wissen, wie er sich selbst schützen kann. Er würde jede Frage beantworten, die man ihm stellt, selbst wenn es nicht in seinem Interesse wäre, zu antworten.«
»Gibt es einen Grund dafür, dass Sie dem Detective all das gesagt haben?«
»Ja. Ich bin davon ausgegangen, dass die Ermittlungen fair verlaufen sollten, und ich war der Ansicht, dass er diese Dinge wissen sollte.«
»Danke, Mr. Yates. Ich habe keine weiteren Fragen.«
Richter Wentwell sah Clay an. »Kreuzverhör, Mr. Evans?«
»Ja, Euer Ehren.« Clay war sich sicher, dass dies ein Zeuge war, bei dem er punkten konnte. Er stand auf, blieb aber hinter seinem Tisch stehen.
»Mr. Yates, konnte Rudy lesen und schreiben?«
»Ja.«

Clay ging zur Richterbank und griff nach der von Rudy unterschriebenen Einverständniserklärung. Er reichte das Dokument dem Schulleiter.
»Und könnte er Ihrer Ansicht nach dieses Dokument lesen und verstehen?« Mr. Yates setzte seine Brille auf und las das Schriftstück durch.
»Ja, ich glaube, das könnte er.«
»Und selbst wenn er ein sehr entgegenkommender Mensch ist – wenn Detective Brume ihm dieses Dokument vorgelegt hätte, bevor er mit dem Verhör anfing, und wenn Rudy dieses Dokument gelesen hätte –, hätte er Ihrer Ansicht nach *verstanden*, dass er das Recht hatte, nicht mit Detective Brume zu reden?«
Bill Yates zögerte einen Moment lang.
Er erkannte, dass Clay Evans ihn in die Ecke manövriert hatte. Er wollte Rudy nicht schaden, aber er musste die Frage ehrlich beantworten.
»Ja. Ich glaube, er hätte verstanden, dass er das Recht hat, die Unterhaltung mit Officer Brume zu verweigern, aber ...« Clay schnitt ihm das Wort ab, bevor er weitersprechen konnte.
»Danke, Mr. Yates. Ich glaube, Sie haben meine Frage beantwortet. Eine Frage noch: Kann Rudy Ihrer Meinung nach zwischen richtig und falsch unterscheiden?«
»Ja, ich glaube, das kann er.«
»Danke. Keine weiteren Fragen, Euer Ehren.«
Auch Tracey hatte keine. Clay hatte Boden gutgemacht, aber sie würde nicht behaupten, dass Rudy nicht in der Lage war, zu verstehen, was er unterschrieb.
»Rufen Sie Ihren nächsten Zeugen auf, Ms. James.«
Tracey ersetzte Bill Yates im Zeugenstand durch Benny Dragone.
»Detective Brume wollte Rudy von der Arbeit wegholen und

mit zum Verhör nehmen«, erklärte er auf ihre Frage hin. »Ich hab ihm gesagt, ich würde ihn nicht mit Rudy reden lassen, bevor ich nicht Rudys Mutter Bescheid gesagt hatte.«

»Warum haben Sie ihm das gesagt?«

»Ich habe gewusst, dass er Rudy für einen Verdächtigen bei dem Mord an diesem Mädchen hält, und ich habe ihm nicht getraut. Ich habe gewusst, dass Rudy dieser Natter einfach nicht gewachsen ist.«

»Einspruch.« Clay versuchte, empört zu klingen, obwohl er Bennys Meinung von Wes voll und ganz teilte.

»Stattgegeben«, sagte Richter Wentwell, ohne auf Widerspruch zu warten. Er sah auf Benny hinunter. »Mr. Dragone, bleiben Sie bei den Tatsachen. Die abfälligen Bemerkungen brauchen wir nicht.«

»Ja, Euer Ehren. Tut mir leid.«

Aber Tracey ließ eine solche Gelegenheit nicht vorbeigehen. »Die Person, die Sie gerade eben als Natter bezeichnet haben, Mr. Dragone – wer war das?«

»Einspruch.«

»Abgewiesen. Wir müssen hier Klarheit schaffen. Diese Frage ist zulässig, Ms. James.«

»Danke, Euer Ehren. Möchten Sie, dass ich die Frage wiederhole, Mr. Dragone?«

»Nein. Die Natter, von der ich geredet habe, ist Wesley Brume.«

»Danke, Mr. Dragone. Wie hat Detective Brume reagiert, als Sie ihm gesagt haben, Sie würden ihn nicht mit Rudy reden lassen, bevor Sie nicht Rudys Mutter angerufen hätten?«

»Er hat mir gedroht.«

»Er hat Ihnen gedroht? Wie hat er das gemacht?« Tracey tat ihr Bestes, um überrascht zu klingen, als hätte sie nicht bereits gewusst, was als Nächstes kommen würde.

»Er hat gedroht, mir das Gesundheitsamt zu einer Inspektion in den Laden zu schicken. Ich habe schon verstanden, was er damit gemeint hat.«
Tracey beschloss, an diesem Punkt aufzuhören. Man konnte dies vorläufig in der Luft hängen lassen und abwarten, ob Clay die Courage hatte, es aufzunehmen. »Keine weiteren Fragen, Euer Ehren.«
»Ihr Zeuge, Mr. Evans.«
»Danke, Euer Ehren. Mr. Dragone, musste Detective Brume Sie Ihres Wissens nach um Erlaubnis bitten, bevor er Rudy zum Verhör mitnimmt?«
»Nein, natürlich nicht.«
»Er hätte also auch einfach in den Laden kommen und Rudy zum Mitkommen auffordern können, ohne auch nur guten Tag zu sagen?«
»Nehme ich an, ja.«
»Aber er war höflich genug, mit Ihnen zu sprechen und Ihnen zu erklären, was er vorhatte?«
»Höflich würde ich das nicht unbedingt nennen.«
»Wie auch immer – er hat Ihnen erklärt, was er vorhatte?« Der Vierte spuckte die Frage förmlich aus.
»Yeah, ich nehm's an«, antwortete Benny fast widerwillig. Es war wohl diese unbestimmte Antwort, die Clay hinreichend ärgerte, dass er sich etwas zu weit vorwagte.
»Und Sie ›nehmen an‹, dass Officer Brume, weil er das Gesundheitsamt erwähnt hat, nachdem er sich in Ihrem Laden umgesehen hatte, damit eine Drohung aussprach?«
»Nein, das ist keine Annahme. Das ist eine Tatsache.« Clay hatte bei Benny den falschen Knopf erwischt. »Ich bin aus Chicago. Ich verstehe eine Drohung, wenn ich eine höre. Jeder Idiot weiß das – wenn ein Bulle einem Ladenbesitzer sagt, dass er irgendwas von einem will, und man weigert sich,

und dann sagt er, er benachrichtigt das Gesundheitsamt – das ist eine Drohung.«

»Das ist also Ihre Ansicht?« Es war die einzige Antwort, die Clay einfiel, obwohl er dafür sorgte, dass sie vor Sarkasmus troff.

»Yeah«, antwortete Benny. »Meine und die von tausend anderen Leuten, die dieselbe Frage gestellt gekriegt haben.«

Darauf gab es für Clay nichts mehr zu sagen, und so stand er einfach nur da und musterte Benny verächtlich, in der Hoffnung, den Richter überzeugen zu können, dass Benny ein unkooperativer Dreckskerl war, der Anwälte beleidigte.

»Ich habe keine Fragen mehr an diesen Zeugen, Euer Ehren.«

Tracey rief ihre nächste Zeugin auf, eine weitere Überraschung für den Vierten, der sich allmählich wie ein angeschlagener Boxer zu fühlen begann.

»Die Verteidigung ruft Maria Lopez.« Der Name sagte dem Vierten überhaupt nichts.

»Ich bin Rezeptionistin bei der Polizei«, sagte Maria zu Tracey. Sie erzählte dem Richter, dass Elena am vierundzwanzigsten Januar um 3:16 Uhr nachmittags in der Polizeistelle erschienen war. Sie kannte den Zeitpunkt so genau, weil Elena darauf bestanden hatte, dass sie ihn notierte.

»Was ist passiert, nachdem Elena – Ms. Kelly – sich dort eingefunden hatte?«

»Nichts. Ich sollte ihr sagen, sie sollte sich hinsetzen und warten.«

»Wie lang?«

»Vielleicht zwanzig Minuten. Dann ist Detective Shorter herausgekommen und hat mit ihr geredet.«

»Ist er von allein gekommen, oder mussten Sie ihn eigens holen?«

»Ich musste ihn anrufen. Ms. Kelly hat darauf bestanden, dass ich ihm Bescheid sage, dass sie da ist.«
»Durfte sie danach ihren Sohn sehen?«
»Nein.«
»Keine weiteren Fragen.«
Auch Clay hatte keine.
Tracey ließ nicht locker. Auf Maria Lopez folgte Elena, die Marias Aussage fast wortwörtlich wiederholte und lediglich die wesentlichen Punkte der Unterhaltung mit Del Shorter hinzufügte.
»Er hat mir gesagt, dass mein Sohn ein sehr wertvoller Zeuge sein könnte, weil er in diesem Laden arbeitet. Ich habe ihm zuerst fast geglaubt, aber als er immer weitergeredet und irgendwann dann zugegeben hat, dass er mich nicht zu meinem Sohn lassen würde, war mir klar, dass er mich die ganze Zeit nur hingehalten hatte. Detective Shorter hat mich buchstäblich angelogen über das, was da vor sich ging.«
Die letzte Aussage konnte Clay so nicht stehenlassen. »Ich beantrage, den letzten Satz zu streichen, Euer Ehren. Das ist eine subjektive Meinung.«
»Ich glaube, es steht der Zeugin frei, eine Meinung darüber abzugeben, ob sie glaubt, belogen worden zu sein«, sagte Tracey.
»Ich lasse es zu«, entschied der Richter. »Antrag abgewiesen. Haben Sie weitere Fragen, Ms. James?«
»Nein, Euer Ehren.«
»Kreuzverhör, Mr. Evans?«
Clay hätte es gern bei Elena versucht – vor allem hätte er gern durch Rudys Mutter etablieren lassen, dass Rudy lesen, schreiben und Entscheidungen treffen konnte. Aber diese Aussagen hatte er bereits von dem Schulleiter bekommen, und es war immer gefährlich, einen Zeugen der Gegenseite

zu lang im Zeugenstand zu lassen. »Keine Fragen, Euer Ehren.«

Womit die Bühne frei war für Harold Victor Fischer. Er kam selbstsicher hereingeschritten in einem dunkelblauen Anzug mit weißem Hemd und roter Krawatte, seinem Poweroutfit. Tatsächlich entsprach H. V. selbst diesem Bild nicht besonders gut. Er war verhältnismäßig groß, hielt sich aber wie ein Sack voller Kartoffeln, und Bauch und Schultern waren eher schlaff als straff – mehr Marshmallow-Man als Superman.

Tracey begann ihn unverzüglich aufzubauen, indem sie ihn bat, seine Qualifikationen zu nennen – Cornell, die medizinische Fakultät der Penn University und so weiter. Als sie fertig war, gab sie H. V. ganz einfach die Zügel frei. Im Zeugenstand, wenn sein Expertenwissen gefragt war – das war die Gelegenheit, bei der H. V. zu einer eindrucksvollen Gestalt wurde.

»Haben Sie Gelegenheit gehabt, mit Rudy zu sprechen, Doctor?«

»Ja, ich habe mich etwa zweieinhalb Stunden lang mit ihm unterhalten.«

»Und sind Sie zu einer Ansicht gekommen, was diesen Fall betrifft?«

»Ja.« Und los ging es. »Ich habe mich nicht nur mit Rudy unterhalten, ich habe eine ganze Reihe von Tests durchgeführt, darunter auch den Wechsler-Intelligenztest. Ich habe mir seine gesamte medizinische Vorgeschichte und seine Schulzeugnisse angesehen.

Rudy hat einen IQ von fünfundsiebzig. Das bedeutet, er ist nicht wirklich geistig zurückgeblieben, aber er ist ein Borderline-Fall. Er hat viele Eigenschaften der Zurückgebliebenen, einschließlich des Affekts. Was meine ich nun mit Affekt?« Sich selbst Fragen zu stellen war eines von H. V.s charakteristischen Stilmitteln. »Ich meine damit, dass Rudy immer ein Lächeln im Gesicht hat, die Welt immer mit offenen Armen begrüßt hat – nein, immer noch begrüßt, selbst unter den augenblicklichen Umständen. Er ist ein fröhlicher Mensch, sehr beeinflussbar, sehr naiv.

Es gibt Fallstudien über zurückgebliebene Kinder und ihre Unfähigkeit, unter ähnlichen Umständen die richtige Entscheidung zu treffen – meist handelte es sich um Teenager, die der Gesellschaft durchschnittlicher anderer Teenager ausgesetzt waren. Ich erinnere mich im Besonderen an einen Fall. Eine Gruppe von Teenagern aus Ohio hatte einen zurückgebliebenen Schüler in ihrer Klasse davon überzeugt, dass sie seine Freunde waren. Sie haben ihn auf eine hohe Brücke mitgenommen und dazu überredet, von dort aus in den Fluss zu springen. Sie haben ihm versichert, sie würden ihm alle ins Wasser folgen. Der Sprung war es nicht, der ihn umgebracht hat. Er ist ertrunken, weil er nicht schwimmen konnte – etwas, das er seinen neuen Freunden gegenüber nicht erwähnt hatte.

Ich erwähne gerade diese Fallstudie, weil die Analogie so passend ist. Rudy hat mir während unserer Unterhaltung erzählt, dass er Detective Brume mochte, dass er geglaubt hat, Detective Brume wäre sein Freund. Ein normaler Mensch wäre unter diesen Umständen mit Sicherheit nicht zu dieser Ansicht gelangt. Wenn man sich einem Menschen wie Rudy gegenüber freundschaftlich gibt, ist er nicht in der Lage, sich zu weigern, wenn man etwas Bestimmtes von ihm will. Er konnte sich nicht weigern, mit Detective Brume zu reden, nachdem Detective Brume zu seinem Freund geworden war. Ich bin der Ansicht, dass Detective Brume dies instinktiv wusste. Aus meiner Unterhaltung mit Rudy ging klar hervor, dass Detective Brume versuchte, ein freundschaftliches Ver-

hältnis zu Rudy aufzubauen, bevor er auch nur auf den Mord zu sprechen kam.
Unter diesen Umständen konnte Rudy sich nicht weigern, seine Fragen zu beantworten.«

H. V. war ein Veteran auf seinem Gebiet. Er wusste, je mehr er sagte, desto mehr Munition lieferte er der Gegenseite fürs Kreuzverhör. Wenn H. V. seine Expertenmeinung in der relevanten Frage geäußert hatte, verstummte er ganz einfach und wartete darauf, dass die Gegenseite zum Angriff überging.
Der Angriff fand nicht statt. Clay Evans hatte nicht das geringste Bedürfnis, sich auf einen intellektuellen Schlagabtausch mit Harold Victor Fischer einzulassen – den er vermutlich sowieso verloren hätte. Er verlegte sich stattdessen darauf, ein paar grundlegende Tatsachen noch einmal herauszustellen, damit der Richter sie nicht vergaß.
»Doctor, kann Rudy lesen und schreiben?«
»Ja.«
»Kann er richtig und falsch unterscheiden?«
»Ja.«
Clay nahm das schriftliche Geständnis von dem Gerichtsdiener entgegen, der es in der Hand hatte, und reichte es H. V.
»Konnte er dieses Dokument lesen und verstehen?« H. V. warf einen Blick auf das Geständnis. Er hatte eine Kopie davon bereits unter den Dokumenten gefunden, die Tracey ihm geschickt hatte.
»Es lesen, ja. Es verstehen, ja. Aber Sie haben nicht verstanden, worauf ich …« Clay unterbrach ihn mitten im Satz.
»Sie haben meine Frage beantwortet, Doctor, vielen Dank.«
Das konnte Tracey so nicht stehenlassen. Sie ließ sich auf eine Zweitvernehmung ein.

»Was ist es, das Mr. Evans nicht verstanden hat, Doctor?«

»Worauf es hier ankommt, ist, dass Lesen und Verstehen nicht die einzigen Aspekte sind, die man berücksichtigen muss, wenn man bei einem Menschen wie Rudy von ›Einverständnis‹ spricht.« Dies war eine Aussage, die Tracey bei ihrem zweistündigen vorbereitenden Gespräch am Tag zuvor nicht von H. V. gehört hatte. Sie war sogar H. V. selbst neu – er war erst in diesem Augenblick im Zeugenstand auf sie verfallen. Bis jetzt waren sich Tracey und H. V. darüber einig gewesen, dass Rudy die Fähigkeit hatte, zu lesen *und* sein Einverständnis zu erklären, hatten sich aber auf die Argumentation geeinigt, dass sein entgegenkommendes Wesen ihm nicht erlaubte, ein Gespräch mit jemandem zu verweigern, den er als Freund betrachtete. Jetzt war H. V. im Begriff, die Argumentation zu ändern und eine Frage der *Befähigung* daraus zu machen, und Tracey begriff sofort, dass dies für den Angeklagten die sehr viel bessere Argumentation war. Clay Evans hatte offenbar die Gabe, Menschen selbst im Kreuzverhör noch zu neuen Höchstleistungen anzuspornen, dachte sie und versuchte, sich das Lächeln zu verkneifen.

H. V. fuhr fort: »Bei einem zurückgebliebenen Menschen oder einem Menschen, der ein Borderline-Fall ist, muss man auch die Umstände in Betracht ziehen, unter denen das Geständnis gemacht wurde. Wenn zwischen dem Fragesteller und dem Angeklagten ein Vertrauensverhältnis etabliert war, dann hatte der Angeklagte meiner Ansicht nach nicht die *Befähigung*, die Aussage zu verweigern. Und dementsprechend hatte er auch nicht die *Befähigung*, sein Einverständnis zu erklären.«

Jetzt hatte H. V. sein intellektuelles Fahrwasser gefunden. Er hatte einen Durchbruch geschafft, hier und jetzt in diesem

Zeugenstand. Er sagte nicht nur für Geld aus, er sagte für die Wahrheit aus. Er glaubte aufrichtig an das, was er sagte, und er glaubte aufrichtig daran, dass das, was er sagte, Rudy das Leben rettete. Er wandte sich zum Richter und begann ihn direkt anzusprechen.

»Euer Ehren, mit Ihrer Erlaubnis möchte ich eine Analogie anbringen. Hier liegt ein ähnlicher Fall vor wie bei einem angefochtenen Testament, bei dem es um ungerechtfertigte Einflussnahme geht. Die Frage ist nicht notwendigerweise, ob die ältere Person, die das Testament macht, in der Lage ist, Entscheidungen über ihren Besitz zu treffen. Sie ist eher, ob die betreffende Person aufgrund ihres Alters eine *eingeschränkte* Befähigung zu einer solchen Entscheidung hat und ob diese Tatsache in Kombination mit der Vertrauensstellung, die der Begünstigte des Testaments hat – einer *treuhänderischen* Stellung –, den Testator der Befähigung beraubt, eine *freiwillige* Entscheidung über seinen Besitz zu treffen.«

Es war ein höchst intellektuelles juristisches Argument, und er hatte es denkbar einfach ausgedrückt. Tracey war vollkommen überwältigt. Es war eine perfekte Analogie, und sie selbst wäre nicht im Traum darauf gekommen. *Welches logische Argument könnte man dagegen anführen?*

Eines war sicher – das logische Gegenargument fand sich in diesem Augenblick nicht im Kopf von Clay Evans. Er hatte schon genug Schwierigkeiten damit, auch nur zu verstehen, wovon H. V. da eigentlich redete. Aber Richter Wentwell gab ihm die Gelegenheit, in den Ring zu steigen, wenn er dies wollte.

»Mr. Evans, angesichts der Tatsache, dass dieses Argument der eingeschränkten Befähigung mehr oder weniger während der zweiten Vernehmung aufgebracht wurde, gebe ich Ihnen Gelegenheit zu einem zweiten Kreuzverhör.« *Nicht drauf einlassen! Nicht drauf einlassen!*, schrie eine Stimme in Clays Hirn. Aber Clay hatte sein ganzes Leben lang die falschen Entscheidungen getroffen; er würde nicht gerade in diesem Augenblick damit aufhören. Er beschloss also, einem intelligenten Argument mit Sarkasmus und Häme zu begegnen.

»Geht es hier um die Anfechtung eines Testaments, Doctor?«

»Natürlich nicht.«

»Ist Rudy ein alter Mann?«

»Nein.« Es war hässlich und beinahe dumm, aber wie ein Blinder, der durch ein Minenfeld geht, trat der Vierte schließlich doch noch auf etwas, das einen kleinen Knall von sich gab.

»Habe ich hier irgendwas verpasst? Wie lang hat dieser Junge, dieser Rudy, Detective Brume gekannt?«

»Ich glaube nicht, dass sie sich vor dem Verhör schon kannten.«

»Und das Verhör hat wie lang gedauert?«

»Achtunddreißig Minuten nach den Protokollen, die ich gesehen habe.«

»Und in diesen achtunddreißig Minuten, sagen Sie, hat sich eine *treuhänderische Beziehung* herausgebildet?«

»In gewisser Weise, ja.«

»Was bedeutet das, ›in gewisser Weise, ja‹?« Es war eine offene Frage, und H. V. ließ sich die Einladung nicht entgehen.

»Es bedeutet, dass der Ermittler, der fraglos der intellektuell Überlegene war, sich in diesem Verhörzimmer bei Rudy eine Vertrauensposition aufbaute. Er gab vor, Rudys Freund zu sein. Rudy glaubt immer noch, dass Detective Brume sein Freund ist. Er glaubt immer noch daran, dass Detective Brume ihm helfen will.«

»Wollen Sie damit sagen, dass Detective Brume Rudy belogen hat?« Der Vierte stellte die Frage in einem so ungläubig überraschten Ton, dass Tracey beinahe laut aufgelacht hätte. H. V. war möglicherweise der einzige Zeuge, der noch nicht ausgesagt hatte, dass Grunt ein Lügner war.

»Ganz und gar nicht«, antwortete H. V. »Er hat die Situation lediglich zu seinen Zwecken genutzt.« Clay fasste die Antwort als Zugeständnis auf. Er war fertig, starrte H. V. aber noch einen Augenblick an, wie er es auch bei Benny Dragone schon getan hatte.

»Ich habe keine weiteren Fragen an diesen Zeugen«, sagte er schließlich zum Richter, als habe er H. V. gerade in Grund und Boden gestampft.

»Keine weiteren Zeugen«, sagte Tracey, als Clay sich setzte. Der Richter sah auf die Uhr an der Wand. Es war zehn nach zwei, und alle Welt war hungrig und müde.

»Mr. Evans, wollen Sie einen Widerlegungszeugen aufrufen?« Clay überlegte nur eine Sekunde lang. *Wen soll ich da aufrufen? Noch mal Grunt? Del Shorter?*

»Nein, Euer Ehren.«

»Dann machen wir doch eine Mittagspause. Kommen Sie bitte um drei Uhr wieder. Wenn Sie zurückkommen, möchte ich die beiden Anwälte und die Gerichtsschreiberin in meine Diensträume bitten. Ms. James, die Mutter des Jungen kann mitkommen, wenn sie es wünscht. Das Gericht vertagt sich bis drei Uhr nachmittags.« Der Richter erhob sich und verließ den Saal.

Tracey und Elena gingen zum Mittagessen in eines der beiden kleinen Restaurants auf der anderen Straßenseite, die sich auf schnelle Sandwiches für die Juristen und Gerichtsangestellten spezialisiert hatten. Elena war sehr nervös und brannte darauf, eine Reihe von Fragen stellen zu können, aber sie wartete geduldig, bis Tracey bestellt hatte und den ersten Schluck Kaffee trank.

»Sie waren prachtvoll heute.«

»Danke, Elena.«

»Und Dr. Fischer war auch wunderbar. Ich glaube, er hat die Situation auf den Punkt gebracht.«

»Das hat er auch. Und seine Analogie war ein Glanzstück. Ich muss das recherchieren, aber ich glaube nicht, dass jemand diese Analogie schon mal gebracht hat.«

»Glauben Sie, der Richter wird sie akzeptieren?«, fragte Elena.

»Das weiß ich nicht.«

»Warum hat er gesagt, er will uns in seinen Diensträumen sprechen?« Tracey hatte eine Vorstellung davon, was der Grund sein könnte, und sie gefiel ihr nicht. Aber sie beschloss, lieber keine Spekulationen zu äußern und Elena unnötig zu verängstigen.

»Ich weiß es nicht, Elena. Wir werden einfach abwarten müssen.« Die Kellnerin kam mit den Sandwiches, und sie aßen schweigend.

Richter Wentwell war noch im Talar, als er das Anhörungszimmer betrat – etwas, das sowohl Clay als auch Tracey überraschte. In der Regel waren Besprechungen in den Diensträumen weniger förmlich. Vielleicht wollte er die Förmlichkeit beibehalten, weil Elena anwesend war. Vielleicht hatte er auch andere Gründe.

Das Zimmer war ein rechteckiger Raum neben dem privaten Büro des Richters; ein langer Tisch stand im rechten Winkel vor einem Schreibtisch. Der Raum unterschied sich kaum von hundert ähnlichen Anhörungszimmern, die Tracey in ihrer Laufbahn bereits gesehen hatte. Der Richter saß hinter dem Schreibtisch, die Anwälte saßen an beiden Seiten des Tischs. Elena setzte sich neben Tracey. Die Gerichtsschreiberin hatte ihren eigenen Platz, rechts vom Richter.

Tracey beobachtete pflichtschuldig Richter Wentwells Lippen und wartete darauf, dass er zu sprechen begann.

»Ich habe Sie für diesen Nachmittag in meine Diensträume gebeten, weil ich meine Entscheidung getroffen habe.« Er sah die beiden Anwälte an. »Ich weiß, dass Sie beide Abschlussplädoyers vorbereitet haben, um mir bei der Entscheidung zu helfen, aber ich brauche sie nicht. Ich habe alle Aussagen gehört.« Der Richter machte eine Pause, um sich die Gedanken zurechtzulegen. Elena war so nervös, dass sie mit den Fingernägeln ein Loch in den Sitz grub.

»Ich teile Ihnen diese Entscheidung hier mit, weil ich den größten Teil dessen, was hier besprochen wird, unter Verschluss halten werde.« Eine Aussage, die Traceys Vermutungen bestätigte. »Ich teile Ihnen hiermit meine Befunde für diese Anhörung und die eventuell anschließende Berufung mit. Wenn es bei diesem Fall zur Verhandlung kommt, wird die Jury nicht an diese Befunde gebunden sein. Sie wird nicht einmal von ihnen wissen. Allerdings entscheide ich, dass die Jury alles hören wird, was auch ich gehört habe.

Ich befinde, dass Schulleiter Yates, Mr. Dragone und Ms. Lopez glaubwürdige Zeugen sind. Sie hatten absolut kein Motiv dafür, dieses Gericht in die Irre zu führen. Dagegen bin ich zu dem Schluss gekommen, dass Officer Brume ein auf der ganzen Linie unglaubwürdiger Zeuge ist. Im Besonderen möchte ich darauf hinweisen, dass Schulleiter Yates Officer Brume riet, dafür zu sorgen, dass Rudy zu seiner eigenen Sicherheit beim Verhör entweder von seiner Mutter oder von seinem Anwalt begleitet wurde. Ich befinde zudem, dass Mr. Dragone von Officer Brume bedroht wurde.« Der Richter warf Clay Evans einen grimmigen Blick zu. »Auch ich erkenne eine Drohung, wenn ich eine höre.« Er machte eine Pause, um sicherzustellen, dass das angekommen war. »Ich stelle fest, dass Rudys Mutter Elena bei der Polizei eintraf, bevor das Verhör begann. Auf der Grundlage dessen, was ich gehört habe, hege ich keinen Zweifel, dass Detective Shorter sie in der Frage, weshalb Rudy vernommen wurde, angelogen hat.

Am bedenklichsten war in den Augen dieses Gerichts Detective Brumes Eingeständnis, dass er beschlossen hat, das verfügbare Video- und Audioaufnahmegerät nicht zu verwenden, das eigens für Verhörzwecke angeschafft worden war. Hätte er dieses Gerät verwendet, hätte ich das Verhör verfolgen und die tatsächlich gestellten Fragen und ihre Antworten begutachten können. Dies ist von umso größerer Bedeutung angesichts des vollkommenen Mangels an Aufrichtigkeit, den Officer Brume bei seiner heutigen Aussage erkennen ließ.

Allerdings kann ich trotz der erwähnten Schlussfolgerungen die Verwendung des Geständnisses nicht untersagen. Die einzige relevante Frage in einer Anhörung zu diesem Zweck ist die, ob der Angeklagte über seine Rechte informiert wurde, zu denen auch das Recht auf einen Rechtsbeistand gehört, und ob er freiwillig darauf verzichtet hat, sie wahrzunehmen. Es ist offenkundig, dass Rudy über seine schriftlich niedergelegten Rechte informiert wurde, sie verstand und auf ihre Wahrnehmung verzichtet hat. Seine Mutter ist keine Anwältin. Sie hatte nicht das Recht darauf, bei der Befragung anwesend zu sein. Die Art und Weise allerdings, wie mit ihr umgegangen wurde, ist ein relevanter Aspekt bei der Beurteilung der Glaubwürdigkeit und Objektivität der beteiligten Polizeibeamten. Dr. Fischers Aussage interessiert mich sehr, und ich treffe keine Entscheidung im Hinblick auf Rudys *Befähigung*, einem Verhör durch Officer Brume zum gegebenen Zeitpunkt zuzustimmen. Ich bin der Ansicht, dass beide Parteien zu dieser Frage aussagekräftige Unterlagen erstellen und sie vor der Verhandlung dem neuen Richter vorlegen sollten.«

Beide Anwälte sahen ihn überrascht an. Der Richter erwiderte die fragenden Blicke.

»Jawohl, ich habe beschlossen, mich für befangen zu erklären und den Fall aus diesem Grund abzugeben. Ich wäre nicht in der Lage, hier als unparteiischer und fairer Vermittler zu agieren. Meine eigenen Erfahrungen mit Officer Brume machen mir dies unmöglich. Ein anderer Richter, vermutlich ein Richter im Ruhestand, wird ernannt werden, der den Fall weiterführt. Ich glaube nicht, dass sich daraus schwerwiegende Verzögerungen ergeben.

Noch einmal, das einzige Ergebnis dieser Anhörung wird eine schriftliche Anweisung sein, den Antrag auf Nichtzulassung des Geständnisses abzuweisen. Was meine Befunde angeht, so sind Sie alle zu Stillschweigen verpflichtet. Ich werde eine Diskussion dieser Ergebnisse in der Presse nicht tolerieren.« Er starrte die beiden Anwälte an; sie nickten. »Ich lege allerdings fest, dass alles Material, das heute präsentiert wurde, einschließlich des Gutachtens von Dr. Fischer, in der Verhandlung der Jury vorgelegt werden darf. Ich glaube daran, dass zwölf intelligente Männer und Frauen durchaus zu dem Schluss kommen könnten, dass der *Gehalt* des Geständnisses, so wie es von Officer Brume niedergeschrieben wurde, in Anbetracht all dieser Tatsachen und Umstände unwahr ist. Diese Anhörung ist beendet.«

Es sah Richter Wentwell nicht ähnlich, nach einer Entscheidung keine Fragen oder Erklärungen zuzulassen, aber der alte Herr hatte genug. Vor allem war er zu angewidert von der Zeugenaussage von Brume. Er sah einen Augenblick lang zu Elena hin, bevor er aufstand und den Raum verließ. Der Blick war anders als die lüsternen Seitenblicke, die sie den ganzen Tag über vom Vierten aufgefangen hatte. Es war ein mitfühlender Blick, als wolle er sagen: *Mehr kann ich nicht tun. Jetzt liegt es nicht mehr in meiner Hand.*

Elena hatte früh gelernt, ihre Gefühle vor der Welt zu verbergen. Dort, wo sie aufgewachsen war, witterten die Geier jede Verletzlichkeit. Aber als sie an diesem Tag das Gerichtsgebäude verließ, zitterte sie. Tracey legte einen Arm um sie und zog sie dicht an sich, etwas, das sie noch nie zuvor bei einer Mandantin getan hatte. Das Korsett der Geschäftsfrau um jeden Preis, das sie trug, begann sich zu lockern.

»Elena, ich weiß, dass Sie enttäuscht sind, aber das sind keine schlechten Nachrichten. Wir haben eine Chance, wenn wir den neuen Richter davon überzeugen können, auf Dr. Fischer zu hören. Und selbst wenn es zur Verhandlung kommt, wir haben all dieses Material.« Ihre Argumente trafen auf taube Ohren. Elena hatte immer an Amerika geglaubt, an die Verfassung und das Geschworenensystem. Sie glaubte sogar an die Todesstrafe, denn wenn eine Jury einen Menschen zweifelsfrei schuldig sprach, musste er schuldig sein. Jetzt sah sie zum ersten Mal wie in einer Vision, wie illusorisch all das war. Keiner von den Leuten aus dem Barrio würde auf der Geschworenenbank sitzen. Sie waren alle nicht als Wähler eingetragen. Rudy würde von Leuten gerichtet werden, die nichts über ihn oder seine Lebensumstände wussten. Sie würden zu hören bekommen, dass er in Lucys Haus gewesen war, dass sein Blut dort gefunden worden war, dass er sich hinterher draußen erbrochen hatte – und das würde alles sein, was sie zu hören brauchten. Alles andere, all das über

Officer Brumes Glaubwürdigkeit und Rudys Rechte, würde ihnen absolut nichts bedeuten.

»Ich glaube, wir könnten diesen Fall trotz des Geständnisses gewinnen«, sagte Tracey; sie gab sich immer noch Mühe, überzeugend zu klingen. »Sehen Sie mal, ich bleibe über Nacht hier in der Stadt. Wir treffen uns gleich morgen früh und reden darüber, wie wir von hier aus weitermachen, okay?«

Elena nickte nur. Sie wusste, worum es in der morgigen Diskussion gehen würde. Jetzt war Tracey zu einem Teil ihrer Vision geworden.

18

Sie würden sich um neun Uhr vormittags in Austin Reaves' Kanzlei treffen. Beide Frauen wollten auf die Verhandlungen vorbereitet sein, von denen sie wussten, dass sie stattfinden würden.

Ein Feuer brannte in Tracey, ein leidenschaftlicher Wunsch, Elena zu helfen und Rudy vor dem elektrischen Stuhl zu bewahren. Aber zugleich fürchtete sie sich. Statt sich auf die Flamme einzulassen, ließ sie zu, dass die Furcht sie verzehrte. Dies war einer ihrer großen Tage vor Gericht gewesen, aber seither hatte sie sich selbst eingeredet, dass es ihr um Geld und ums Gewinnen ging, nicht um die gute Sache. Spät am Abend, als sie über ihrem dritten Scotch saß – etwas, das sie sehr selten tat –, kam ihr die Erkenntnis, dass dies ein hoffnungsloser Fall war. Sie musste irgendwie da raus. Sie beschönigte es vor sich selbst: *Ich habe Rechnungen zu bezahlen und Angestellte mit Familie, die auf mich angewiesen sind. Ich habe eine Verpflichtung ihnen gegenüber.* Wenn Elena nur noch zehntausend Dollar aufbringen konnte, würde sie am Ball bleiben. Diese Summe wäre für einen solchen Fall immer noch ein Sonderpreis, aber mit diesem Kompromiss konnte sie leben. Dies war die richtige Entscheidung, versicherte sie sich selbst. Den vierten Scotch würde sie trotzdem brauchen.

Elena wusste, dass Tracey über Nacht blieb, um am nächsten Morgen über Geld zu reden. Sie erinnerte sich an den ursprünglichen Vorschuss. Es würde noch einmal mindestens zehntausend Dollar kosten, vielleicht mehr. *Wo kriege ich das Geld her?* Ihr erster Gedanke war ihre Schwester Marguerite. Aber Marguerite hatte sich schon bei dem ersten Vorschuss verausgabt. *Wer noch? Mike.* Mike hatte das letzte Mal fünftausend Dollar beigesteuert. Vielleicht hatte er noch mehr. *Aber ich kann doch einen Mann, dessen Kind ich seit siebzehn Jahren von ihm fernhalte, nicht um Geld bitten*, sagte sie sich. *Was sollte ich ihm denn sagen? ›Dich zu verlassen war die richtige Entscheidung, aber jetzt sitzt dein Sohn unter Mordverdacht im Gefängnis‹? Was für eine Mutter war ich eigentlich?* Sie verwarf den Gedanken, ihn anzurufen, aber als die Verzweiflung wuchs, kam er ihr immer wieder in den Sinn. *Ich kann ihn nicht anrufen*, sagte sie sich. *Ich kann nicht mit ihm reden.* Ihre Ängste kollidierten mit ihrem Wissen um das, was sie für Rudy tun musste. Sie beschloss, stattdessen Marguerite anzurufen. Sie würde Marguerite die Idee in den Kopf setzen. Marguerite würde ihrerseits Mike anrufen.

»Aber sag ihm nicht, wofür ich es brauche«, sagte sie, nachdem sie ihre Schwester gebeten hatte, mit Mike zu reden. Marguerite wollte zuerst widersprechen – *Irgendwas musst du dem Mann aber sagen!*

Aber dann merkte sie, dass es keinen Zweck hatte. Wenn der richtige Zeitpunkt kam, würde sie Mike alles erzählen, was er wissen musste. Aber sie konnte ihm nicht *alles* erzählen. Er würde sich am gleichen Abend noch ins Flugzeug setzen, und Elena war nicht in der richtigen Verfassung, um ihn zu treffen.

»In Ordnung«, sagte sie zu Elena. »Ich rufe dich später zurück.«

Eine Viertelstunde später hatte sie Mike am Telefon.

»Elena braucht mehr Geld.«
»Wofür?«, fragte Mike. Diesmal brauchte er mehr Informationen.
»Ich kann's dir nicht sagen.« Mike war wütend. Er hätte am liebsten ins Telefon gebrüllt, aber er sorgte dafür, dass seine Stimme ruhig blieb.
»Das ist nicht fair, Marguerite. Wenn Rudy in Schwierigkeiten steckt und Elena meine Hilfe braucht, habe ich das Recht darauf, zu wissen, worum es hier überhaupt geht.«
»Ich weiß, ich weiß, Mike, aber ich kann einfach nicht. Es ist ernst, und Elena ist verzweifelt. Ich bin mir sicher, wenn du dieses Mal noch helfen kannst, kannst du Rudy irgendwann auch treffen.«
»Das ist nicht gut genug.« Sein Tonfall wurde ärgerlicher. »Ich habe das Gefühl, ich werde hier erpresst, weil ich meinen Sohn sehen will.«
»So ist es nicht, Mike. Ich würde es dir selbst erzählen, wenn ich glaubte, dass es richtig ist. Elena ist im Moment vollkommen überlastet. Sie könnte die Situation mit Rudy und dir wirklich nicht handhaben. Vertrau mir in dieser Sache. Im Moment brauchen wir einfach das Geld.«
Mike wusste nicht, was er tun sollte. Ein Stück weit vertraute er Marguerite, aber dies wurde allmählich lächerlich. Andererseits war ihm inzwischen hinreichend klar, dass Rudy in ernsthaften Schwierigkeiten steckte, und es klang plausibel, dass Elena sich nicht gleichzeitig mit Rudys Problemen und mit ihm befassen konnte. Er beschloss, noch abzuwarten. Irgendwann würde er verlangen, seine Rolle spielen zu dürfen. Er brannte darauf, zu erfahren, was mit seinem Sohn los war.
»Ich kann sowieso nicht viel tun. Die letzten fünftausend waren alles, was ich an Ersparnissen hatte, und Kredite be-

komme ich seit Jahren nicht mehr. Eine Kreditkarte habe ich nicht.«

»Ich weiß, was du meinst«, sagte Marguerite. »Meine sind alle überzogen.« Einen Moment lang schwiegen sie beide.

»Ich nehme an, sie braucht das Geld gleich?«, fragte er.

»Yeah.«

»Gib mir ein paar Stunden. Ich rufe dich heute Abend noch zurück.«

Nick Mangione aß an fünf Abenden pro Woche im Julio's. Es war ein kleines italienisches Restaurant mit vielleicht zwanzig Tischen an der Ecke Ninety-Third/Second.

Auf der Straße hieß es, dass Nick das Gebäude und vielleicht auch ein Teil des Restaurants gehörte, aber niemand wusste Genaueres. Von sieben bis neun Uhr abends und Montag bis Freitag saß Nick an seinem Tisch im hinteren Teil des Lokals und sprach mit jedem, der zu ihm kam. Er war kaum zu verfehlen. Der Witz, den man sich – im Flüsterton wohlgemerkt – über Nick erzählte, lautete, er sei sechs Fuß hoch und sechs Fuß breit. Wer sich beim Erzählen dieses Witzes erwischen ließ, fand sich allerdings bald sechs Fuß unter der Erde wieder.

Mike war fünf Zentimeter größer als Nick, aber nicht annähernd so breit. Er hatte einmal einen athletischen Körper gehabt, der jetzt aber von Jahren des Alkoholmissbrauchs und eines Mangels an Training verwüstet war. Er aß nie im Julio's. Das Essen war gut, und die Preise waren moderat, aber er aß einfach nicht in Lokalen. An diesem Abend ging er geradewegs zu dem Tisch an der Rückwand. Nick war allein.

»Mike, *paisan*, lang nicht gesehen! Setz dich. Angie, besorg Mike einen Teller Spaghetti!« Nick gab Anweisungen, als gehörte der Laden wirklich ihm. Aber er freute sich aufrichtig,

Mike zu sehen. Sie kannten sich seit vielen Jahren. Als Mike sich den Stuhl an den Tisch zog, goss Nick ihm ein Glas Rotwein ein.

»Nein, danke«, sagte Mike und betrachtete den Wein, als sei er Gift.

»Wie geht's, Mike? Bitte erzähl mir, dass das ein Freundschaftsbesuch ist und sonst nichts.« Er hatte Mike zu dessen schlimmsten Zeiten gesehen und ihm ein paar Mal aus der Klemme geholfen. Sie waren immer noch nicht ganz quitt.

»Ist es nicht.«

»Nein, Mike, du hängst nicht wieder an der Flasche, oder?«

»Hat nichts damit zu tun, Nick. Mein Junge hat Ärger. Er braucht Geld.«

»Was für eine Sorte Ärger?«

»Ich weiß nicht.« Mike zog eine Zigarette heraus und zündete sie an.

»Du weißt es nicht? Will er's dir nicht erzählen?« Mike hätte sich in den Hintern treten können. Er hätte wissen müssen, dass Nick Fragen stellen würde, und er hätte sich eine Geschichte zurechtlegen sollen. Jetzt blieb ihm nichts mehr übrig, als die Wahrheit zu sagen.

»Ich habe nicht mit ihm geredet. Seine Mutter hat Marguerite angerufen.«

»Diese puertorikanische Schlampe. Du weißt noch, wie sie dich das letzte Mal in den Rinnstein getreten hat, oder?« Mike hörte sich so etwas eigentlich von niemandem an, aber es kam nichts dabei heraus, wenn er sich mit Nick anlegte.

»Sieh mal, Nick, es geht da nicht um sie, es geht um meinen Jungen.«

»Wie alt ist er jetzt?«

»Neunzehn.« Gerade da stellte Angie einen großen Teller Spaghetti und Fleischklößchen vor Mike hin.

»Mange, mange«, sagte Nick, während er mit den Händen gestikulierte wie ein wohlwollender Despot. Mike begann zu essen, während er auf die nächste Frage wartete. Er wusste, wie sie lauten würde.

»Wie viel?«, fragte Nick schließlich.

»Zehntausend Dollar.«

»Michael, Michael.« Die Hände flogen schon wieder. »Zehntausend Dollar! Ich weiß noch, wie ich dir ein paar hundert geliehen habe, damit du es über den Monat schaffst, und du hast die nicht zurückzahlen können. Jedem anderen hätte ich die Beine brechen müssen. Mike, ich habe ein Geschäft. Was hast du für eine Sicherheit anzubieten?«

»Mich. Ich bin ein guter Arbeiter. Ich habe einen ordentlichen Job …« Nick unterbrach ihn.

»Weißt du, wie viel du mir zahlen musst für zehntausend Dollar?«

»Wie viel?«

»Zweihundertvierzig Dollar die Woche. Wahrscheinlich verdienst du nicht viel mehr als das. Es ist ein Todesurteil, Mike. Ich müsste dich umbringen für dieses Geld.«

»Ich brauche es«, sagte Mike. »Ich weiß nicht genau, was für Schwierigkeiten er hat, aber es ist etwas Ernstes.« Nick sah ihn einfach nur an. Der arme Kerl tat ihm leid. Hatte sich aus der Gosse herausgearbeitet, und jetzt sprang er geradewegs wieder hinein. Das wollte er nicht mit seinem Gewissen vereinbaren müssen. Andererseits, sie kannten sich wirklich schon lang.

»Ich sag dir was, Mike. Ich leihe dir zweieinhalbtausend, und du zahlst mir hundertfünfundzwanzig die Woche, fünfundzwanzig Wochen lang. Aber wenn du einem Menschen davon erzählst, werde ich dir die Zunge rausschneiden müssen.« Nick lächelte, als er es sagte – die Art von Lächeln, die

einen wissen ließ, dass er vielleicht einen Scherz machte. Vielleicht aber auch nicht.
Mike wusste, dass es vorbei war. Er würde das Geld nicht bekommen, jedenfalls nicht das ganze Geld. Er nahm einen Zug von seiner Zigarette.
»Wie ist es mit fünf, Nick?« Nick antwortete nicht gleich. Er sah Mike einfach nur an. Trank einen Schluck Wein.
»Weißt du, du bist schon ein durchgeknallter Typ. In Ordnung, fünf. Du zahlst mir das Gleiche, sechzig Wochen lang, aber wenn du eine Zahlung verpasst, behandle ich dich wie alle anderen.« Mike nickte. Er hatte lang genug in diesem Stadtviertel gelebt, um sich über die Details im Klaren zu sein. »Wann brauchst du es?«
»Heute Abend.«
»In Ordnung. Komm um zehn wieder. Jetzt iss deine Spaghetti auf und erzähl mir, was du so getrieben hast die letzten paar Jahre.«

Mike rief Marguerite um halb zehn an und teilte ihr die schlechte Nachricht mit.
»Es muss eben reichen«, sagte Marguerite. »Und ich weiß auch, wo du es herhast, Mike. Niemand erwartet von dir, dass du dir den Schädel einschlagen lässt dafür.« Mike antwortete nicht. In Gedanken sah er den kleinen Rudy vor sich. Er fragte sich, wie er wohl aussah, jetzt als erwachsener Mann. *Ob ich ihn je zu sehen kriege?*
Marguerite rief sofort Elena an erzählte ihr das Wesentliche.
»Ich werde sie eben überreden müssen, fünftausend zu nehmen«, sagte Elena zu ihrer Schwester.
Marguerite zögerte, bevor sie antwortete. Sie wusste nicht, ob dies der geeignete Zeitpunkt war, aber es musste gesagt werden.

»Weißt du, er ist zu einem Kredithai gegangen, um das Geld zu kriegen.«
»Warum sagst du mir das?«
»Ich glaube, du solltest es wissen, das ist alles.«

Elena war ein paar Minuten zu früh in Austin Reaves' Kanzlei eingetroffen, um sich umsehen zu können, bevor Tracey auftauchte. Sie war schwarz gekleidet, wieder ein Stück aus dem Secondhand-Laden. Sie hatte einmal in einer Frauenzeitschrift gelesen, dass Schwarz eine Powerfarbe war, und sie brauchte für die bevorstehenden Verhandlungen jede Unterstützung, die sie sich verschaffen konnte.
Tracey fegte pünktlich um neun herein. Auch sie trug Schwarz, ein Kostüm. Sie bat Elena in ein leeres Büro und setzte sich dort hinter den Schreibtisch, ganz entschieden eine Machtposition. An den dunklen Schatten unter ihren Augen erkannte Elena, dass Tracey nicht gut geschlafen hatte. Das war ein gutes Zeichen. Vielleicht hatte Rudys Fall diese dicke Mauer durchstoßen.
Tracey versuchte, Elenas Blick so weit wie möglich auszuweichen. Sie wollte nicht an ihre Mutter denken und an das eine kleine Bild auf der Kommode ihres Vaters. Sie wollte sich nicht an die schöne dunkelhaarige Frau ihrer Kinderträume erinnern müssen. Dies war eine geschäftliche Angelegenheit. Dies war ihr wahres Ich. Oder vielleicht doch nicht? Sie hatte zur Sicherheit ihren Vater mitgebracht – er saß auf ihrer rechten Schulter. Sie brauchte seine Stimme der Vernunft, für den Fall, dass Elenas Augen ihr zusetzen würden.
Sie begann damit, dass sie sich darüber ausließ, wie gut die Anhörung am Vortag verlaufen war. Damit hatte Elena gerechnet. Danach sprach sie über zusätzliches Beweismaterial, das sie vorlegen konnten, wenn es zur Verhandlung kam.

»Ich glaube, wir können uns auf diesen Kerl Geronimo konzentrieren. Ich glaube, er ist der Mörder. Wir können die Unfähigkeit der Polizei, Geronimo zu finden, in einen Zusammenhang mit dem Wunsch bringen, Rudy zum Schuldigen zu machen. Ich kann mir vorstellen, die Jury springt auf die faulen Arbeitsmethoden von diesem dicken kleinen Bullen an. Ich glaube nicht, dass er es denen sehr schwer machen wird.«

Es war eine gute Ansprache, und sie zeigte die gewünschte Wirkung. Auch diesmal hatte Tracey Elenas Hoffnungen belebt. Was sie nicht erwähnte, war, dass ihre einzige vor Gericht *zulässige* Information die war, dass Geronimo ein paar Häuser weiter ein Bier getrunken hatte. Joaquin Sanchez' Unterhaltung mit Pablo in Rosas Bar war Hörensagen und würde mit Sicherheit nicht zugelassen werden.

Elena antwortete nicht, und ein paar Sekunden lang schwiegen sie beide. Das Thema Geld hing im Raum wie ein Falke, der über einem wendigen Beutetier in der Luft steht. Irgendwann musste Tracey niederstoßen.

»Elena, wir müssen uns über den Vorschuss unterhalten. Das Geld ist verbraucht – mehr als verbraucht. Sie erinnern sich ja an die Abmachung. Der Vorschuss muss aufgefüllt werden.« Tracey war bereit, zehntausend zu akzeptieren, wenn auch nicht gleich jetzt.

Elena hatte eine Antwort parat. »Ich habe meine Stelle verloren, ich musste aus meiner Wohnung ausziehen, ich habe einen Knoten in der Brust, und ich kann es mir nicht mal leisten, zum Arzt zu gehen, Herrgott noch mal.« Auch sie legte ihre fünftausend noch nicht auf den Tisch. Tracey seufzte. Dies würde nicht einfach werden.

»Elena, ich weiß, dies ist für Sie sehr schwer gewesen.« *Einen Scheißdreck wissen Sie!*, hätte Elena am liebsten geschrien, aber sie beherrschte sich. »Aber ich leite eine Firma. Ich habe ein Büro voller Leute, die Familien haben und ihren Lebensunterhalt von mir beziehen. Ich kann nicht ohne Bezahlung arbeiten.« Tracey hörte die Worte, die aus ihrem Mund kamen. Sie wusste, wie hohl all das klang. Sie wusste, dass es auch nicht um Geld für sie selbst gehen sollte. Aber jetzt flüsterte Daddy ihr ins Ohr, um ihr mitzuteilen, dass sie das Richtige tat. Sie hatte keine Wahl. »Ein Fall wie dieser, Elena, würde normalerweise vom Anfang bis zum Ende mindestens fünfzigtausend Dollar kosten. Deswegen frage ich in der Regel nach einem Vorschuss von fünfundzwanzigtausend Dollar, bevor ich auch nur anfange. Sie haben mir fünfzehntausend gezahlt. Zahlen Sie noch mal zehntausend, und das ist alles, was Sie mir jemals zahlen müssen. Sie bekommen meine Dienste zum halben Preis. Weiter kann ich nicht gehen.«

Elena saß einfach nur da. Jetzt war der Zeitpunkt gekommen.

»Vielleicht schaffe ich es, fünf vom Vater meines Sohnes zu bekommen. Er hat seinen Sohn siebzehn Jahre lang nicht gesehen, aber ich glaube, unter diesen Umständen könnte ich ihn überreden, mir das Geld zu geben. Aber viel hat er nicht.«

Tracey durchschaute das Spiel. Sie wusste sofort, dass Elena die fünftausend bereits hatte, mehr aber nicht. *Wahrscheinlich hat sie gestern Abend herumtelefoniert. Sie ist eine intelligente Frau. Sie hat gewusst, was heute Morgen zur Sprache kommen würde*. Im tiefsten Inneren wollte Tracey Elena zu ihrem Recht verhelfen. Was bedeuteten schon diese zusätzlichen fünftausend Dollar? Sie brauchte nichts weiter zu tun, als ja zu sagen. Sie würden beide gewinnen. Aber da war ja auch noch Daddy. Sie konnte ihn hören, wie er da auf ihrer rechten Schulter saß. *Schluck den Köder nicht, Liebes. Lass sie damit nicht durchkommen!* Wieder ein Seufzer.

»Es tut mir leid, Elena. Fünftausend reichen nicht.« Tracey hoffte, dass Elena noch ein paar tausend in der Hinterhand hatte. Wenn ja, würde Tracey sie nehmen. Wie viel auch immer! Und zum Teufel mit Daddy.

Aber Elena saß einfach nur schweigend da. Einen Augenblick später stand sie auf und ging aus dem Zimmer; Tracey blieb mit ihrem Geist zurück.

19

Juli 1967

Johnny, wach auf!«, flüsterte Mikey von seinem Posten auf der Feuerleiter, wo er direkt neben Johnnys Bett in die Hocke gegangen war. Es war halb zwölf an einem Samstagabend.

»Pssst, ich bin doch wach«, antwortete Johnny. »Meine Mom ist erst vor einer halben Stunde ins Bett gegangen, und mein Dad sitzt noch vor dem Fernseher.«

»Komm schon, der wird ja wohl nicht nach dir schauen, bevor er schlafen geht. Keine Gefahr.« Mikey konnte sich sehr überzeugend anhören, wenn er es versuchte. Aber er hatte recht, Johnnys Vater kam niemals nachsehen, bevor er ins Bett ging.

»In Ordnung, Moment noch.« Zwei Minuten später kletterte er durchs Fenster auf die Feuerleiter hinaus. Dann stahlen sie sich die Stufen hinunter und durch den Hofdurchgang hinaus in die Lexington Avenue wie zwei Kater auf einem mitternächtlichen Streifzug. Zehn Minuten später waren sie in der Eighty-Sixth Street.

Die Durchgänge dienten ihnen häufig dazu, in der Nachbarschaft voranzukommen. Sie lagen zwischen den Hinterhöfen der Gebäude an einer Straße und denen der Gebäude in der Parallelstraße. Alle Höfe hatten Zäune und Geländer, oft stießen sie auch direkt aneinander. Alle Zäune waren unterschiedlich – und unterschiedlich hoch. Die Höfe zu nutzen bedeutete, die Zäune zu überwinden und trotzdem die Richtung zu halten. Beide Jungen waren Experten in dieser Art der Fortbewegung.

Etwas früher an diesem Tag hatten sie in der Eighty-Sixth Street dabei geholfen, die verschiedenen Teile der Sonntagszeitung zu einem gigantischen Sandwich zu kombinieren. Es war ein Ritual, das zum Samstagabend dazugehörte. Hölzerne Tische wurden aufgebaut, und das Falten begann. Die Jungen wurden nicht dafür bezahlt und wussten nicht einmal, für wen sie arbeiteten. Es war einfach etwas, das man tat.

Es gab gewissermaßen eine Belohnung. Wenn die Zeitungen zu Bündeln sortiert und mit Kupferdraht verschnürt waren – und nachdem die Jungen nach Hause gegangen und dann zurückgekommen waren –, hatten sie das Privileg, die Fahrt mit »Cuz« mitmachen zu dürfen. Manchmal waren sie nur zu zweit, manchmal kamen Eddie und Danny mit oder die Curtins, zwei Brüder aus der Nachbarschaft, mit denen sie befreundet waren.

Cuz war ein kleiner Mann, der immer in Bewegung war, immer redete, immer lächelte. Er hatte seinen Spitznamen bekommen, weil er selbst alle Welt Cuz nannte. Es schien ganz selbstverständlich, dass die Jungen ebenso antworteten. Niemand wusste, wie er wirklich hieß.

Als Cuz so weit war, luden sie die Zeitungen hinten in seinen Laster, einen kleinen Kastenwagen ohne Hintertür, und sprangen selbst hinein. Cuz' Route wurde in einem planlosen, regellosen Rennen von der Eighty-Sixth durch die Straßen Harlems abgefahren. Bei jedem kleinen Süßwarenladen oder Zeitungskiosk hielt Cuz an und schrie zu den

Jungen nach hinten, wie viele Zeitungsbündel sie abladen sollten. Sie warfen die Bündel auf den Gehweg hinaus, und Cuz preschte wieder los. Es war mitten in der Nacht, es war gefährlich, und es war jedes Mal die Fahrt ihres Lebens. Cuz jagte durch die Straßen, und die Jungen saßen entweder auf den Bündeln und rauchten, oder sie klammerten sich an die Handgriffe hinten am Auto und spielten Rodeo, während Cuz durch jedes Schlagloch der Straße preschte. Sie verschwendeten keinen Gedanken daran, dass sie nur ein einziges Mal den Halt zu verlieren brauchten, und ihr Leben würde ein tragisches Ende nehmen. Ebenso wenig tat es Cuz.

In dieser Samstagnacht waren nur Johnny und Mikey an Bord, und sie hingen die gesamte Fahrt über an den Handgriffen. Johnnys Fuß rutschte mehrmals ab, aber er hielt sich fest. Es war wie ein Rausch. Danach gingen sie zu Fuß nach Hause, immer noch aufgedreht und auf der Suche danach, etwas zu tun. Es war drei Uhr morgens.

»Hey, sieh dir das an!« Mikey rief Johnny zu einem kleinen roten Mustang-Cabrio, das auf der Straße geparkt war. »Die Schlüssel stecken.« Er wartete, bis Johnny herangekommen war und sie gesehen hatte, wartete darauf, dass Johnny Vorschläge machte. Johnny zögerte. Es war eine wilde Idee, aber er fürchtete sich. Mikey wartete immer noch. Ach, zum Teufel, dachte Johnny.

»Was meinst du, Mikey, machen wir doch eine Spritztour.« Mikey hörte weniger Begeisterung, als er gern gehört hätte. Er beschloss, Zeit zu schinden, bis er sie bekam.

»Ich weiß nicht. Es ist gefährlich.«

»Wir bringen es zurück. Parken es wieder an dieser Stelle. Es ist keiner da. Keiner wird merken, dass es überhaupt weg war.«

»Und willst du auch fahren?«, provozierte Mikey.
»Na klar, ich fahre.« Johnny hatte in seinem ganzen Leben noch kein Auto gefahren.
Die ersten paar Blocks waren am schlimmsten – der Mustang schoss ruckartig vorwärts und blieb stehen, schoss vorwärts und blieb stehen. Schließlich übernahm Mikey das Kommando, nachdem ihm klar geworden war, wie gut seine Aussichten darauf standen, irgendwann durch die Windschutzscheibe zu fliegen.
»Lenk langsam hier rüber. Jetzt stell es ab. Vorsichtig.« Johnny unternahm einen letzten Versuch, sie beide umzubringen, bevor er die Bremse anzog und das Auto abstellte.
»Ich fahre«, erklärte Mikey, während er die Beifahrertür öffnete und ausstieg. Mikey hatte auf der Farm seines Großvaters in Patchogue schon oft ein Auto gefahren.
Es dauerte nicht lang, bis sie die Lexington Avenue entlanggesegelten, das Verdeck offen und die Anlage aufgedreht. Um diese Zeit waren keine anderen Autos unterwegs; sie hatten das Rampenlicht ganz für sich allein.
Der Polizist in dem Streifenwagen bemerkte sie, als sie an der Ecke Forty-Fifth/Lex vorbeijagten. Ihre Geschwindigkeit hätte ihn nicht geweckt; die Musik tat es. Außerdem stellte er fest, dass einer der Scheinwerfer dunkel war.
Im Mustang spielten die Stones gerade »Satisfaction«, so laut das Radio es wiedergeben konnte, als Mikey rein zufällig in den Rückspiegel sah und die blitzenden Lichter entdeckte – die Sirene hätte er unmöglich hören können. Er fragte sich einen Augenblick lang, was er falsch machte. Er fuhr nicht zu schnell – ein paar Meilen über der erlaubten Höchstgeschwindigkeit vielleicht, aber das galt allgemein als vertretbar. Dann kam er schlagartig in die Wirklichkeit zurück: Er saß in einem gestohlenen Auto! Wahrscheinlich waren die

Einzelheiten schon an alle Streifen durchgegeben worden! Zum Nachdenken blieb keine Zeit. Mikey trat das Gaspedal durch.
Johnny saß auf dem Beifahrersitz und bediente sein imaginäres Schlagzeug, als Mick aufheulte; er nahm die Krise erst zur Kenntnis, als er fast auf den Rücksitz geschleudert wurde.
»Was ist los?«, brüllte er. Die Nadel auf dem Tacho zeigte auf siebzig, achtzig. Plötzlich riss Mikey das Auto nach rechts und jagte die Thirty-First Street hinauf in Richtung Park Avenue; dort bog er auf zwei Rädern erneut nach rechts ab und fuhr Richtung Stadtzentrum.
Johnny war fassungslos. Was, zum Teufel, war eigentlich los? Mikey hatte ihm keine Antwort gegeben; er war zu sehr mit Fahren beschäftigt. Nach ein paar Sekunden sah Johnny sich um. Er zählte vier blitzende Lichter etwa drei Blocks hinter ihnen.
»Heiliger Bimbam, Mikey!«
»Wie weit hinter uns?«, brüllte Mikey.
»Drei Blocks, aber sie holen auf!«
»Wir müssen was tun!« In Johnnys Ohren klang das nach einer guten Idee. Sie waren bei neunzig Meilen die Stunde, und das blanke Entsetzen, das sie hinten an Cuz' Kleinlaster nicht gespürt hatten, hatte sie jetzt plötzlich am Kragen. »Pass auf«, schrie Mikey über das Dröhnen des Radios hinweg. »Ich trete gleich auf die Bremse. Steig aus und renn. Such dir einen Durchgang!«
Er hatte die Bremse kaum angetippt, als das Heck wild zu schlingern begann. Mikey überlegte es sich anders, nahm aber den Fuß vom Gas. Sobald das Auto etwas langsamer wurde, trat er wieder auf die Bremse und schaltete auf Parkstellung. Das Auto machte doch tatsächlich Anstalten, auf

den Gehweg zu hüpfen; es hörte sich dabei an, als sei es am Ersticken.
Johnny sprang heraus, während das Auto noch mit dem Tod rang. Er rannte, so schnell er konnte, in östlicher Richtung die Thirty-Fifth entlang, jagte ein paar Kellerstufen hinunter, und dann kam er in einem Durchgang wieder heraus, ohne hinter sich ein Anzeichen von Verfolgern zu sehen. Er hatte es geschafft.
Mikey hatte weniger Glück. Er versuchte aus dem Auto zu springen, als der Wagen noch schlingerte, rutschte aus, fiel hin und schlug dabei mit der Schulter auf dem Asphalt auf. Der Schmerz war fast unerträglich. Er versuchte, sich auf die Füße zu kämpfen, aber die Polizisten hatten ihn bereits eingeholt; sie hatten die Waffen gezogen.
»Hoch und an die Mauer, Arschloch, und die Hände über den Kopf.«
»Ich kann nicht. Ich glaube, ich hab mir die Schulter ausgerenkt.«
»Probier den Scheiß bei uns gar nicht erst aus«, knurrte einer der Männer, während er nach Mikeys linkem Arm griff und ihn nach oben riss. Mikey stieß einen schrillen Schrei aus und verlor das Bewusstsein.
»Waren die nicht zu zweit?«, fragte einer der Beamten, als sie auf den Krankenwagen warteten.
»Glaub ich nicht. Wir hätten den anderen ja wenigstens wegrennen sehen.«

Mikey war zu diesem Zeitpunkt achtzehn Jahre alt, also volljährig und schuldfähig, und die Anklage lautete auf schweren Autodiebstahl.
Sein Anwalt überredete ihn und seine Eltern, sich auf einen Vergleich einzulassen – drei bis fünf Jahre Haft. »In höchs-

tens ein, zwei Jahren ist er draußen«, versicherte ihnen der Anwalt.

Johnnys Name wurde nie auch nur erwähnt. Er sprach ein paar Mal mit Mikey, bevor der Vergleich akzeptiert wurde, aber ihre Unterhaltungen waren immer steif und verlegen. Mikey bekam die Strafe für sie beide – was gab es da noch zu sagen?

20

Tracey hatte noch eine weitere Karte auszuspielen, bevor sie das Gericht wissen ließ, dass sie Rudys Verteidigung offiziell niederlegte. Sie schrieb einen Brief an Clay Evans, dem sie Joaquin Sanchez' Bericht über seine Unterhaltung mit Pablo Gonzalez beilegte.

Aus dieser Unterhaltung geht hervor, dass der wirkliche Mörder der erwähnte Mann namens Geronimo ist. Wenn Sie herausfinden können, wer er ist, und seine Vorgeschichte überprüfen – vielleicht befindet er sich zurzeit in einem Gefängnis –, dann haben Sie Ihren Mörder. Der Junge, den Sie zurzeit festhalten, ist unschuldig – eine Tatsache, die uns beiden bekannt ist.
Lassen Sie den Jungen frei oder verschieben Sie wenigstens den Prozess, bis wir gemeinsam untersuchen konnten, wer und wo dieser Geronimo ist. Lassen Sie uns zusammenarbeiten, damit hier der Gerechtigkeit Genüge getan wird.
Mit freundlichen Grüßen

Tracey James

Tracey wartete danach noch zwei Wochen, in der Hoffnung, dass sich entweder Clay Evans oder Elena bei ihr melden würde. Wenn Elena nicht einfach aufgestanden wäre und das Zimmer verlassen hätte, hätte sie sich vielleicht umstimmen lassen und die fünftausend genommen – das jedenfalls sagte sie sich selbst. Sie würde sie vielleicht auch jetzt noch nehmen, sie wusste es einfach nicht, aber Elena musste sich bei ihr melden.

Elena hatte nicht die Absicht, Tracey James anzurufen. Und Clay Evans amüsierte sich bestens über den Brief. Er wollte ihn gleich wegwerfen, beschloss dann aber, erst in Wesley Brumes Büro vorbeizuschauen. Er wollte sichergehen, dass Brume nicht irgendwelche Informationen über diesen Geronimo besaß, die er bequemerweise zu erwähnen vergessen hatte. Clay war immer noch wütend über die Gedächtnislücken, die Brume bei der Anhörung vorgeführt hatte. Erst als Brume sich über den Brief lustig machte, hatte Clay das Gefühl, ihn guten Gewissens in den Reißwolf werfen zu können.

Tracey hatte auch ihren schriftlichen Vertrag mit Elena beigelegt, der die Bedingungen für ihre Vertretung Rudys bis hin zu ihrer Niederlegung des Falles darlegte. Richter Richardson, dem der Fall inzwischen übertragen worden war, gab ihrem entsprechenden Antrag statt – nach einer kurzen Anhörung, der Elena auf eigene Entscheidung nicht beiwohnte. Damit lag Rudys Leben jetzt in den Händen von Charley Peterson, dem Pflichtverteidiger.

Charley Peterson hatte seinen Posten seit zehn Jahren inne. Er war kein Dummkopf; er hatte sein Studium in Georgetown mit Auszeichnung abgeschlossen, aber im Lauf der Jahre hatte sich in seinem Leben ein Abgrund aufgetan, ein Trockengebiet, das ständig bewässert werden musste – mit Wodka. Wodka war sein bevorzugtes Gift, einfach deshalb, weil er an den Mythos glaubte, dass man Wodka nicht roch. Er bewahrte eine Flasche in seinem Schreibtisch auf, und wenn er einen Drink brauchte oder wollte, schloss er die Tür ab und goss sich einen ein. Er täuschte damit niemanden außer sich selbst. Seine Vorliebe für Wodka war im ganzen Büro und im Gericht bekannt. Es hieß allgemein, dass man Charley am Morgen erwischen musste, wenn man sich wirklich über einen Fall unterhalten wollte. Am Nachmittag bekam man kaum noch etwas Sinnvolles aus ihm heraus. Oh, er konnte sprechen, ohne dass die Worte ineinanderliefen, und er konnte ein Gespräch führen, das halbwegs vernünftig klang. Aber wenn man gültige Antworten auf seine Fragen haben wollte, brauchte man einen Termin am Vormittag.

Vielleicht hatte Charley sich einfach die falsche Branche ausgesucht. Vielleicht hätte er Steuersachen bearbeiten sollen. Er sah aus wie ein Spezialist für Steuerfragen. Er war ein kleiner dünner Mann mit schütterem blondem Haar, der auf den ersten Blick nicht viel Zuversicht einflößte, obwohl Charley in seinen Anfangsjahren gar kein übler Prozessanwalt gewesen war. Tatsächlich war er gut genug gewesen, um den Posten des Pflichtverteidigers zu bekommen, ohne dass er nennenswerte politische Beziehungen gehabt hätte. Aber irgendetwas war zu irgendeinem Zeitpunkt schiefgegangen, und Charley war aus dem Tritt geraten und hatte schließlich vollkommen die Orientierung verloren. Was es gewesen war, wusste niemand.

Charley hatte Rudys Fall in den Zeitungen verfolgt, einfach weil er dort besprochen wurde, meist auf der Titelseite. Er verspürte kein besonderes Interesse an diesem Fall und hatte auch keine Meinung über Rudys Schuld oder Unschuld. Rudys Anwalt zu sein war das Letzte, was er sich gewünscht hätte, aber als Tracey James sich aus der Sache zurückzog, ging der Fall an das Büro des Pflichtverteidigers.

Er hätte ihn einem seiner vier Mitarbeiter zuweisen können,

aber nur zwei von ihnen hatten Erfahrung mit wirklichen Kriminalfällen, und keiner hatte jemals ein Kapitalverbrechen bearbeitet. Charley konnte machen, was er wollte, dieser Aufgabe würde er nicht aus dem Weg gehen können. Die Öffentlichkeit verfolgte dies. Die Öffentlichkeit wollte den Klatsch, der aus dem Gerichtsgebäude drang, nicht glauben.
Er brauchte zwei Wochen, um die Akte einschließlich des Protokolls der Vorverhandlung durchzugehen. Seine erste Amtshandlung als Rudys neuer Anwalt war, an einer Statusbesprechung teilzunehmen, bei der er Richter Richardson mitteilte, er würde in einem Monat bereit sein, den Fall zu verhandeln. Charley war der Ansicht, einen Vergleich zustande bringen zu können, bei dem die Anklage auf Totschlag oder vielleicht sogar auf Körperverletzung mit Todesfolge heruntergestuft würde. Schließlich war es ein Indizienprozess, und das Material der Anklage war reichlich dürftig – wobei Charley nicht einmal wusste, wie dürftig es tatsächlich war. Er forderte Tracey James' Akte nicht an, las die Berichte ihrer Ermittler nicht und bekam ihren Brief an den Vierten nicht zu sehen. Nichtsdestoweniger war er zuversichtlich, etwas arrangieren zu können. Er hatte in der Vergangenheit gut mit Clay Evans zusammengearbeitet, vor allem deshalb, weil Clay ebenso faul war wie Charley selbst und sie beide dazu neigten, sich zu arrangieren, statt die Mühsal eines Verfahrens vor Gericht auf sich zu nehmen. Erst nach der Statusbesprechung begriff Charley, dass Clay diesen Fall anders anging. Clay wollte die Gerichtsverhandlung, und er wollte die Publicity.
»Ich werde mich nicht mal auf Totschlag einlassen«, sagte Clay zu Charley, als sie sich endlich zusammensetzten. Charley nahm ihn beim Wort.
Tatsächlich wäre Clay, wenn Charley auf Totschlag plädiert

hätte, nichts anderes übriggeblieben, als es zu akzeptieren. Tracey James hatte die Schwächen im Material der Anklage allzu deutlich gemacht. Die Gefahr einer Niederlage war einfach zu groß, als dass er einen solchen Kompromiss hätte ablehnen dürfen. Aber der Kompromissvorschlag kam nicht. Stattdessen begann Charley, sich auf die Verhandlung vorzubereiten. Er schloss die Bürotür ab, öffnete die unterste Schreibtischschublade und holte eine Flasche und ein Glas heraus.

Zweiter Teil

21

August 1996

Ihr Herz hämmerte – sie war zehn Minuten zu spät dran, der Kaffee war nicht gekocht, die Zeitungen waren nicht besorgt, und sie saß nicht mit einem breiten Lächeln hinter ihrem Schreibtisch wie ein braver Cockerspaniel, der auf sein Herrchen wartet. Sie bewegte sich in Overdrive in dem Versuch, noch rechtzeitig fertig zu werden. Nicht, dass er ihre Bemühungen jemals zur Kenntnis nehmen würde. Das Miststück nahm kaum jemals auch nur zur Kenntnis, dass sie da war. Aber wenn sie nicht fertig wurde, wenn nicht alles makellos war – *das* würde sie zu hören bekommen. Nicht von ihm selbst, natürlich. Gott wusste, mit dem Fußvolk gab er sich nicht ab. Nein, er würde es seiner Chefsekretärin, Ms. Corinne Singleton, mitteilen, und sie würde es wiederum Rick Woods mitteilen, dem Büromanager, der das Gesindel unterhalb des Rangs einer Chefsekretärin beaufsichtigte, und Rick würde sie zu einem kleinen Schwatz in sein Büro bestellen. Sie war keine Jungfrau mehr. Sie kannte die Nummer Wort für Wort.

»Nancy, könnten Sie einen Moment zu mir ins Büro kommen«, sagte er irgendwann im Lauf des Vormittags, wenn die Beschwerde bei ihm angekommen war. Er sagte es immer beiläufig, wenn er an ihrem Tisch vorbeikam. Beim ersten

Mal hatte sie nicht gewusst, ob sie alarmiert oder entzückt sein sollte. Vielleicht wollten sie ihr eine Gehaltserhöhung geben oder etwas in dieser Art. Angesichts der Blicke, die die anderen Mädchen ihr zuwarfen, hatte sie diese Möglichkeit allerdings rasch ausgeschlossen.

»Corinne hat mich wissen lassen, dass Mr. Tobins Kaffee nicht fertig war, als er heute Morgen ins Büro kam. Und während der *Miami Herald* und die *New York Times* auf seinem Schreibtisch gelegen haben, hat die *Cobb County Press* gefehlt.« Nancy sah ihm einfach nur ins Gesicht wie ein trotziger Teenager im Büro des Rektors. *Die Aufzählung kannst du dir sparen, Kumpel. Und auf die mea culpas brauchst du gar nicht erst zu warten, also können wir vielleicht gleich zum Strafmaß kommen.* Rick verabscheute das. Er wollte echte Reue sehen. Die anderen ließen wenigstens den Kopf hängen und taten so, als seien sie zerknirscht.

Dieser Morgen gestaltete sich eine Spur besser als andere Tage, an denen sie zu spät dran gewesen war. Sie wurde beinahe fertig. Der Kaffee war gemacht; eine Tasse stand auf seinem Schreibtisch. Und die Zeitungen waren da – alle mit Ausnahme der verdammten *Cobb County Press*. Das schäbige kleine Provinzblatt wurde nicht mal ins Haus geliefert; sie musste eigens hinuntergehen und zwei Blocks weit zu einem Laden laufen, der es führte, um es dort jeden Morgen zu kaufen. Sie hätte es auf dem Weg hierher mitnehmen können, aber da war sie bereits vollkommen panisch gewesen. Jetzt war es zu spät.

Um Punkt neun Uhr setzte sie sich hinter ihrem Schreibtisch in Positur, klebte sich ihr schönstes Lächeln ins Gesicht und wartete darauf, dass der alte Miesepeter an ihr vorbeikam.

»Guten Morgen, Mr. Tobin«, zwitscherte sie im passenden Moment, so wie sie es jeden Morgen tat. Er sah nicht in ihre

Richtung – das tat er niemals. Die einzige Antwort war ein winziges Kopfnicken. In den ersten zwei Monaten ihrer Anstellung hier hatte sie das Kopfnicken nicht einmal bemerkt. Sie war sich sicher gewesen, dass er sie vollkommen ignorierte. Sie erfuhr die Wahrheit erst, nachdem sie sich eines Vormittags bei Corinne ausgeheult hatte.

»Oh, aber er ignoriert Sie mit Sicherheit nicht, Liebes«, sagte Corinne, die treue Vasallin. »Er nickt. Sie müssen genau hinsehen, aber er nickt.« Als ob das einen Unterschied machte.

Aber auch Corinne hatte es nicht leicht. Sie würde ihm die Aktentasche abnehmen und ihn in dem süßlichen, freundlichen, professionellen Tonfall grüßen müssen, den sie im Lauf der Jahre zur Perfektion entwickelt hatte. *Eine Büromutti*, hatte Nancy entschieden, *behandelt ihn so, wie seine Mutter es getan hat, als er zwei war. Nur dass sie dabei züchtige Kleider trägt und nie mit ihm schimpft. Büromuttis haben keine wirkliche Macht.*

Und jeden Morgen fragte er als Nächstes: »Sind schon Anrufe gekommen?« Und Corinne richtete ihm die Nachrichten aus, und er verschwand für den Rest des Tages in seinem Büro, ohne auch nur in die Nähe eines Lächelns oder einer freundlichen Bemerkung zu kommen. Aber Corinne schien es nicht zu stören. Sie hatte die Loyalität gepachtet.

Jack Tobin war einer der drei Seniorpartner (»Die großen Drei«) bei Tobin, Gleason und Gardner, einer Hundert-Mann-Sozietät in Miami. Die beiden anderen, Tom Gleason und Jim Gardner, waren tot. *Vielleicht liegt es daran, dass er immer so muffig durch die Gegend rennt*, dachte Nancy. *Er weiß, dass er auch bald dran ist.* Aber zugleich wusste sie, dass es daran nicht liegen konnte. Sie war vierundzwanzig, sie war auf durchtrainierte Körper fixiert, und obwohl sie sich alle Mühe gab, konnte sie nicht umhin, zu sehen, dass

Jack Tobin – der mit Sicherheit auf die fünfzig zuging – einen durchtrainierten Körper hatte. Der Mann hielt sich kerzengerade und trug kein Gramm Fett mit sich herum. Sein kurzes, fast punk-kurzes graues Haar lichtete sich oben und war an anderen Stellen nicht mehr vorhanden, aber seine Haut war straff, leicht gebräunt und gesund. Er sah gut aus – auf kantige Art attraktiv wie ein alter Marineinfanterist. Seine Augen waren von einem schönen Blau, aber es fehlte ihnen das Leben.

Mit all dem Geld, dachte sie – *wenn er sich mal ein Lächeln abringen würde, könnte er mit diesen Vogue-Models ausgehen, halb so alt wie er, die am South Beach rumhängen. Vielleicht tut er's ja, vielleicht ist die steinerne Fassade bloß für die Angestellten da.* Herrgott, sie konnte das Miststück wirklich nicht ausstehen.

Als er an diesem Morgen an ihrem Schreibtisch vorbeikam, sah Jack Tobin das Lächeln, hörte die Begrüßung und wusste sofort, dass sie zu spät dran gewesen war. Es waren die Augen. An den Augen merkte man es immer. Die meisten Männer sahen niemals hin, aber er war seit über zwanzig Jahren Prozessanwalt; es war seine Aufgabe, hinzusehen – auf die Augen, die Hände, die Haltung. Und hinzuhören – die Worte *und* den Tonfall. Die Wahrheit ergab sich niemals allein aus den Worten.

Es störte ihn nicht weiter. Um solche kleinen Ärgernisse kümmerte sich Corinne. Er brauchte es mittlerweile gar nicht mehr zu erwähnen. Corinne wusste, sie musste nach der *Cobb County Press* Ausschau halten. Wenn die nicht da war, war Nancy zu spät dran gewesen. So hieß sie – Nancy – da war er sich fast sicher. Sie war seit fast einem Jahr bei der Firma, ein niedliches Mädchen, soweit er es beurteilen konnte. Er sah in der Regel nur die obere Hälfte, wenn sie hinter ihrem Schreibtisch saß. Sie hatte rotbraunes Haar. Das gefiel ihm. Die Farbe hatte Tiefe. Er verabscheute Blondinen, zumindest theoretisch. Zum richtigen Zeitpunkt und am richtigen Ort konnte er jeden Menschen lieben. Und hatte es getan. Er war nicht immer unglücklich gewesen, nur die letzten fünf Jahre, aber all das würde sich ja bald ändern.

Er bezog die *Cobb County Press* seit etwa einem Jahr. Veränderungen brauchten bei ihm ihre Zeit. Es hatte mit einer Idee begonnen – genaugenommen mit der Idee eines anderen Menschen. Dann gerann sie zu einem Traum und verfestigte sich zu konkreten Plänen. Jetzt war sie drauf und dran, Wirklichkeit zu werden. Er liebte die Juristerei, liebte sie aufrichtig. Er liebte es, einen guten Fall zu bearbeiten. Aber er verachtete die großen Firmen, die reichen Mandanten, den ganzen medientauglichen Müll. All das war niemals seine Sache gewesen. Er war ein guter Anwalt, aber der Erfolg hatte ihn in eine Position befördert, in die er nicht gehörte. Er hatte zwanzig Jahre gebraucht, um die Entscheidung zu treffen, dass er gehen würde, aber jetzt war er im Begriff, es zu tun.

Cobb County lag an der nordwestlichen Ecke des Lake Okeechobee, etwa in der Mitte des Staates Florida. Es war der kleinste Bezirk des Staates, hatte eine Bevölkerung von nicht einmal fünfzehntausend Menschen, von denen die meisten in der Kleinstadt Bass Creek lebten. Verglichen mit Miami war der Ort winzig, aber er hatte immerhin seinen McDonald's und seinen Burger King, und es ging das Gerücht, dass auch Kentucky Fried Chicken in naher Zukunft ein Restaurant eröffnen würde. Im Winter strömten Leute aus allen Himmelsrichtungen herbei, die nicht vorhatten zu bleiben, Alte und Junge, Reiche und Arme – allerdings hauptsächlich Arme. Zitrusfrüchte waren das lokal angebaute Produkt, und zur Erntezeit trafen die Pflücker ein, viele davon illegal, aus Mexiko, Kolumbien, Guatemala und anderen Ländern südlich der Grenze.

Jack war in New York City aufgewachsen, aber im Herzen war er ein Ureinwohner Floridas, ein Cracker. Seit zehn Jahren hatte er seine Wochenenden und Ferien mit Fischen und Rudern auf dem See verbracht. Seit fünf Jahren hatte er es allein getan, seit seine dritte Frau Renée ihn verlassen hatte. Sie hatte ihm mitgeteilt, dass sie nicht einen erfolgreichen Anwalt aus Miami geheiratet hatte, um ihre Wochenenden in einem schäbigen Provinznest zu verbringen, während er fischen ging. Die Frau hatte nicht ganz unrecht, aber Jack hatte nicht vor, die eine Sache im Leben aufzugeben, die ihm wirklich Freude machte, und so hatten sich ihre Wege getrennt. Es war keine bewusste Entscheidung gewesen, aber danach hatte er sich abgeschottet.

Sein Plan war, eine kleine Kanzlei in der »Innenstadt« von Bass Creek zu eröffnen.

Er würde jeden vertreten, der zur Tür hereinkam, unter der einzigen Bedingung, dass er an den Menschen und seine Sache glauben musste. Er würde zu dem sprichwörtlichen Provinzanwalt werden, und er war sich sicher, es würde ihm Spaß machen. Das Geld brauchte er nicht mehr, aber es gab etwas anderes, das er brauchte. Wie hatte es Bob Marley doch genannt – »Redemption«? Wiedergutmachung – wobei er sich nicht ganz sicher war, für was. Für all die Leute vielleicht, deren legitime Ansprüche er im Lauf der Jahre vor Gericht abgeschmettert hatte im Interesse der blutsaugenden Versicherungsgesellschaften, die er vertrat. Er hatte sich immer gesagt, dass er einfach seinen Job machte, aber im Grunde wusste er es besser. Zum Teufel, jeder wusste es besser. Er war ganz einfach eine gutbezahlte Hure, nur dass er statt

seines Körpers seine Seele verkaufte. Man konnte das nur eine gewisse Zeitlang machen, und er hatte es länger durchgehalten als die meisten anderen.
Jack hatte der Sozietät im vergangenen Jahr gekündigt, und sie hatten über ein halbes Jahr lang verhandelt, bevor sie sich auf eine Auszahlungssumme von zwanzig Millionen Dollar geeinigt hatten – genug, damit tausend Leute oder mehr ihr Leben zufrieden in Cobb County beschließen konnten. Aber es war ein Haken dabei. Es war immer ein Haken dabei. Als Prozessanwalt wusste er das instinktiv. Den perfekten Fall gab es nicht.
An diesem Haken war er selbst schuld. Er hatte an einer dieser Geldbeschaffungsveranstaltungen teilgenommen, die er nicht ausstehen konnte, und war für ein paar Minuten hinaus ins Freie gegangen, um ein paar Worte mit seinem alten Freund Bob Richards zu wechseln, der rein zufällig der Gouverneur des Bundesstaates Florida war, und dabei hatte er es verpatzt. Es gab keinen anderen Ausdruck dafür – er hatte es verpatzt. Er war mit Bob Richards befreundet auf die Art, wie man mit mächtigen Leuten und Politikern befreundet sein kann – sie tranken zusammen, machten Konversation und betrieben ihre Netzwerke mit anderen Leuten ihres Typs. Weiter ging es nicht. Aber jetzt war er bei einer Geldbeschaffungsveranstaltung, er, ein Meister davon, sich nicht in die Karten sehen zu lassen, und erzählte dem Gouverneur von seinen Zukunftsplänen.
»Da macht so ein Gerücht die Runde, dass Sie die Firma verlassen wollen«, bemerkte Bob beiläufig, als sie zu zweit draußen auf der Terrasse standen. Es war Herbst geworden in Miami, und dies war einer der ersten Abende ohne die tropische Sommerhitze. Etwa dreiundzwanzig Grad, ein leichter Wind, ein klarer Himmel – die Art von Abend, die sehr

bald in den feuchten Träumen der Einwohner von Buffalo auftauchen würde.

»Yeah, es wird Zeit, dass ich gehe. Den jungen Wilden Platz mache.«

»Und was wollen Sie als Nächstes tun? Ich kann Sie mir nicht als Ruheständler vorstellen.« Da war es. Er hätte die Schultern zucken können. Er hätte irgendeine nichtssagende Bemerkung machen können, zum Beispiel: »Ich werd mich schon dran gewöhnen.« Aber nein, er musste natürlich ehrlich sein.

»Ich gehe auch nicht in den Ruhestand. Ich mache einen kleinen Laden in Cobb County auf. Das ist der Plan, ich werde Provinzanwalt.«

»Cobb County«, sagte der Gouverneur nachdenklich. »Wenn ich mich recht entsinne, hört der alte Harry Parker vom Bezirksgericht demnächst auf.« Das war Bob, der Vollblutpolitiker. Er fand sich auf keinem Spreadsheet zurecht, erkannte ein Umweltschutzanliegen nicht einmal dann, wenn es einen Satz machte und ihn in den Hintern biss, aber er kannte jeden freien und demnächst freien politisch relevanten Posten des Bundesstaates.

»Ich will nicht Richter werden«, teilte Jack ihm ohne Umschweife mit.

»Das weiß ich«, sagte Bob, sah zu den Sternen hinauf und rieb sich das Kinn. »Außerdem hab ich die Stelle schon für Bill Sampson vorgesehen, den Generalstaatsanwalt für den Bezirk, aber jetzt wird natürlich Bills Posten frei. Jack, Sie würden begeistert sein! Es ist ein kleiner Laden – nur noch vier andere Staatsanwälte, keine Hektik. Sie würden Prozessarbeit machen. Was sagen Sie dazu?«

Das war Bob, der Vollblutverkäufer. Was hätte Jack noch sagen können? Ein klares Nein wäre vielleicht angebracht gewesen. Aber er hatte noch nie eine Gelegenheit ungenutzt verstreichen lassen. Es war Prozessarbeit, und er würde nicht erst ein Büro einrichten und Angestellte einstellen müssen. Und er würde ein paar Monate freihaben, bevor er anfing. Also sagte er ja. Nicht gleich an diesem Abend. Er schwankte und zögerte etwas, und mehrere Anrufe vom guten alten Bob waren erforderlich, aber irgendwann gab Jack nach. Und damit war die Sache erledigt. Der Traum, den er so lang gehegt hatte, war geplatzt und durch den Traum eines anderen Menschen ersetzt worden. Warum er das zugelassen hatte, wusste er selbst nicht. Vielleicht war es Schicksal.

Als er auf dem Weg zu seinem Büro an Nancy vorbeiging, spürte Jack instinktiv, dass etwas nicht stimmte. Er gab es nur sehr ungern zu, aber er war ein Gewohnheitstier, und jemand hatte seinen Tagesablauf durcheinandergebracht. Er erkannte das Problem wenig später. Corinne erschien nicht, um ihm die Aktentasche abzunehmen und ihm die telefonischen Mitteilungen auszurichten. Einen Moment lang erwog er, Nancy zu fragen, wo sie war; dann entschied er sich dagegen. Stattdessen betrat er sein Büro und rief Rick Woods an. Er war eine Spur nervös, eine Spur besorgt. Corinne hatte noch nie gefehlt, war noch nie auch nur zu spät zur Arbeit erschienen.

»Rick, wo ist Corinne? Sie ist nicht hier«, sagte er, als Rick abnahm.

»Nur keine Aufregung, Jack. Sie hat sich krankgemeldet. Anscheinend hat Corinne zum ersten Mal in ihrem Leben die Grippe. Du wirst dir den Tag über irgendwie mit Nancy behelfen müssen.« Rick hörte sich eine Spur ungeduldig an. Der Deal mit Jack war perfekt. Jack würde die Firma bald verlassen – je früher, desto besser, fand Rick –, und es bestand keine Notwendigkeit mehr, jedem seiner Wünsche nachzukommen. Jack legte auf. Er überlegte, ob er Nancy hereinrufen sollte, aber er wusste, dass sie bereits unterwegs sein musste, um die *Cobb County Press* zu besorgen. Selbst Nancys Verfehlungen gehörten inzwischen schon zu seinem täglichen Ritual. Aber irgendetwas machte ihm immer noch zu schaffen, und er war sich nicht sicher, was es war. *Ich bin doch nicht dermaßen fahrig, nur weil meine Sekretärin sich krankgemeldet hat. Es muss noch irgendwas anderes los sein. Ich spüre es.*

Er ging zur Garderobe, zog das blaue Jackett aus, drapierte es sorgsam über einen hölzernen Bügel und hängte es auf. Er kehrte zu seinem Schreibtisch zurück, griff nach der *New York Times* – die *Times* las er immer zuerst –, setzte sich in seinen bequemen burgunderroten Ledersessel und begann zu lesen: als Erstes die internationalen Nachrichten, dann den Lokalteil, dann die Todesanzeigen, dann ... und sein Instinkt hatte ihn nicht getrogen. Es war ganz entschieden noch etwas anderes los.

Nancy rannte nicht gerade, als sie die zwei Blocks weit zu ihrem Zeitungsverkäufer ging. Sie hatte von Rick Woods bereits erfahren, dass Corinne krank war und dass sie den Tag über als Jacks Sekretärin fungieren würde. Es gab also wahrhaftig keinen Grund, sich bei der Rückkehr ins Büro zu beeilen.

»Betrachte es doch als Aufstiegschance«, hatte Rick gesagt, als sie auf die Neuigkeit hin unwillkürlich ins Telefon geflucht hatte. Sie fürchtete den Gedanken. *Wenn die nicht so gut zahlten, würde ich jetzt einfach weitergehen.* Aber das kam nicht in Frage. Sie brauchte den Job.

Er hatte seinen Sessel zum Fenster gedreht, den Rücken zur Tür, als sie leise sein Büro betrat. Sie ging mit der Zeitung und den Nachrichtenzetteln geradewegs zum Schreibtisch. Es hatte keinen Zweck, sich zu drücken. Sie wussten beide, dass sie zu spät gekommen war und die Zeitung vergessen hatte. Wenn er widerlich sein wollte, dann war sie darauf vorbereitet. Das Schluchzen hörte sie erst, als sie neben dem Schreibtisch stand. Richtige Schluchzer. Seine Schultern zuckten. Sie sah die Zeitung auf seinem Schoß liegen. Die Todesanzeigen. *Jemand ist gestorben, und er ist doch allen Ernstes am Heulen. Vielleicht hat er ja doch eine Mutter gehabt. Vielleicht hat er wirklich Blut in den Adern.* Der Gedanke, dass er ein Herz haben könnte, war fast zu viel für sie. Aber sie hatte ein viel schwerer wiegendes Problem – sie stand mitten in seinem Büro und hatte ihn gerade in einem sehr persönlichen Augenblick überrascht. Was jetzt? Sie konnte nicht auf Zehenspitzen wieder verschwinden, obwohl ihr diese Möglichkeit am verlockendsten schien. Und sie wollte nicht, dass er merkte, dass sie Zeugin dieses einen Moments von Menschlichkeit gewesen war. Aber sie hatte im Grunde keine Wahl, und so verlegte sie sich schließlich darauf, die Zeitung auf seinen Schreibtisch fallen zu lassen und dabei so viel Lärm zu machen, wie sie nur konnte, während sie gleichzeitig so tat, als habe sie nichts Ungewöhnliches gesehen oder gehört.

Er drehte sich bei dem Geräusch rasch um – so plötzlich, dass sie erschrak. Seine roten, verschwollenen Augen spießten sie auf.

»Ich habe die Mitteilungen für Sie hier, aber ich kann auch später noch mal zurückkommen.« Etwas Besseres fiel ihr nicht ein. Er sagte kein Wort. Er war noch immer so überwältigt von seinen Gefühlen, dass er nicht sprechen konnte.

Stattdessen winkte er sie zu einem Stuhl. *O Gott, er will, dass ich bleibe! Ich brauche einen Drink.* Und als ob er ihre Gedanken gelesen hätte, öffnete er eine Schublade in seinem Schreibtisch und holte eine Flasche Jack Daniels und zwei Gläser heraus. Es war nicht das Getränk, das sie sich ausgesucht hätte, schon gar nicht um halb zehn Uhr morgens, aber sie nahm das Glas entgegen und trank gleichzeitig mit ihm einen langen Schluck. Dann goss er ihnen beiden erneut ein. Nach dem zweiten Whiskey begann sie sich etwas entspannter zu fühlen.

»Nancy – Nancy ist doch richtig, oder?«

»Ja, Sir.«

»Nancy, haben Sie jemals jemanden verloren, der Ihnen nahestand? Sehr nahe, meine ich?«

»Ich habe meine Mutter verloren, als ich fünfzehn war.« Das ließ ihn einen Moment innehalten. Sie hatte damit gerechnet. Es schockierte die Leute immer.

»Es tut mir leid, das zu hören.«

»Es ist schon okay. Es ist neun Jahre her. Ich bin darüber weg.«

»Man ist nie darüber weg, Nancy. Mein Vater ist vor zehn Jahren gestorben, und ich bin immer noch nicht darüber weg. Er ist immer noch da – mein strengster Kritiker.«

Nancy konnte es nicht fassen, dass sie diese Unterhaltung mit dem alten Miesepeter führte. Am liebsten hätte sie um einen weiteren Whiskey gebeten, um es durchstehen zu können – und dann stand er plötzlich auf.

»Nancy, Sie und ich müssen zu einer Besprechung außerhalb.« Er ging zur Garderobe hinüber, um sein blaues Jackett zu holen, die Flasche Jack Daniels immer noch in der Hand.

Nancy war verwirrt. Corinne hatte ihn noch nie zu einer Besprechung außerhalb des Büros begleitet – schon gar nicht mit einer Flasche.

»Soll ich Rick Bescheid sagen?«, fragte sie.

»Nein. Um den kümmere ich mich, wenn wir zurück sind.«

Sie holte hastig ihre Handtasche und rannte geradezu hinter ihm her, um ihn vor der Tür noch einzuholen. Die anderen Angestellten sahen sich wortlos an.

Er ließ sie seinen schwarzen Cadillac Coupé de Ville fahren, was sie noch nervöser machte. Er war entscheiden größer als ihr Honda, und nach zwei Whiskey auf leeren Magen war sie sich nicht sicher, wie weit sie ihren Reflexen noch trauen konnte.

»Wohin?«, fragte sie, als sie das Monster erfolgreich aus der Tiefgarage manövriert hatte.

»Haben Sie eine Stammkneipe?«

»Mein Vater hat eine, aber die ist zwanzig Minuten entfernt, drüben in Richtung Homestead.«

»Das klingt phantastisch. Fahren wir da hin.« Sie fuhren schweigend; Nancy konzentrierte sich auf die Straße und versuchte, ein Gespür für das große Auto zu bekommen, Jack wirkte vollkommen versunken und trank geistesabwesend aus der Flasche Jack Daniels. Von Zeit zu Zeit sah sie verstohlen zu ihm hinüber und sah ihn mit Tränen in den Augen ins Leere starren. *Es muss seine Mutter gewesen sein*, dachte sie.

Zwanzig Minuten später hielt sie vor einem schäbig aussehenden Laden, der verlassen zu sein schien. Die Schrift an der Fassade besagte einfach »Fitzpatrick's« – das Wort »Bar« schien nach dem Aussehen des Ladens für überflüssig erachtet worden zu sein. Nancy stieg als Erste aus und ging voran. Als er ihr folgte, konnte Jack nicht anders, als – möglicherweise zum ersten Mal – festzustellen, was für eine bemerkenswerte Figur sie hatte. Ein straffer Torso, feste Muskeln, ausgesprochen attraktiv. *Wo, zum Teufel, war ich eigentlich das letzte Jahr?*, dachte er. Fünf Jahre wären der Sache nähergekommen.

»Hi, Nance!«, rief ihr der Barmann, ein strammer junger Ire, beim Hereinkommen entgegen.

»Hey, Tommy«, antwortete sie eine Spur verlegen. Es war nicht unbedingt gut für die Karriere, wenn man mitten am Tag mit dem Boss im Schlepptau eine Bar betrat und vom Barmann sofort mit dem Vornamen angeredet wurde.

Jack schien es nicht aufzufallen. Er sah sich um und musterte das Lokal. Nancy führte ihn zu einem Tisch an der Rückwand. Er selbst hätte die Bar vorgezogen, aber dies war ihre Kneipe, und somit galten ihre Regeln. Und es war eine gute Kneipe, sehr finster, dunkle Mahagonivertäfelung, schwarze Decke, dunkelgrünes Linoleum auf dem Boden. Das einzige Licht kämpfte sich durch ein paar durchsichtige Stellen an den schmutzigen Fenstern. Die Bar hatte jedenfalls Charakter. Als sie sich auf den alten Holzbänken etabliert hatten, stand Nancy auf, um die Getränke zu besorgen.

»Jack auf Eis?«, fragte sie. Er nickte. Eine Minute später war sie mit zwei Gläsern zurück. »Ich habe mir ein Pastrami-Sandwich bestellt, weil sie hier kein Frühstück anbieten, und ich muss irgendwas essen. Wollen Sie auch etwas?«

»Nein, danke.«

»Und übrigens, nur damit Sie es wissen, Tommy und ich waren zusammen auf der Highschool.« Jack lächelte. Er lächelte *wirklich*, sagte sie sich.

»Ich bin froh, dass Sie es mir gesagt haben. Ich hatte schon fast den Verdacht, Sie nehmen hier Ihr flüssiges Mittagessen ein.« *Ein Scherz!* Er hatte allen Ernstes einen Scherz gemacht! Und es war beinahe ein irischer Scherz gewesen. Sie lachte.

Sie konnte nicht anders. Sie begann sich für den alten Miesepeter zu erwärmen. *Vielleicht hat er ja doch menschliche Züge.*
Danach tranken sie eine Weile schweigend, er immer noch mit dem abwesenden, tränenverhangenen Blick. Nancy wartete noch eine, wie sie fand, angemessene Weile, aber nach drei Jack Daniels war ihre Furcht vor ihrem Arbeitgeber weitgehend verflogen, und sie wollte ein paar Antworten.
»Wer ist gestorben?«, fragte sie.
Einen Moment lang sah er sie einfach nur an, offenbar überrascht von ihrer Direktheit.
»Ein alter Freund«, sagte er schließlich. Die Worte kamen etwas verschliffen heraus. »Ein sehr, sehr lieber alter Freund, zu dem ich vor Jahren den Kontakt verloren habe.« Ein paar Minuten lang schien er wieder weit weg zu sein. Dann begann er zu reden.
»Wir sind zusammen in New York aufgewachsen – haben im selben Haus gewohnt. Er war mein bester Freund.« Er lachte; seine wässrigen blauen Augen leuchteten. Nancy konnte sehen, wie das Lachen ihn in die Vergangenheit zurücktrug. »New York war ein ziemlich aggressiver Ort damals. Wahrscheinlich ist es heute noch schlimmer. Alle paar Blocks eine neue Kleinstadt. Jedes Viertel hatte seine eigenen Typen. Es waren keine richtigen Gangs, aber es waren Typen und Mädchen, die an den Straßenecken herumgelungert und sich wichtig gemacht haben. Es hat dauernd Ärger gegeben, manchmal zwischen den Gruppen, manchmal innerhalb der Gruppen. Und sie hatten eine Hierarchie – die Stärkeren haben auf den Schwächeren rumgehackt. Mikey nicht, der war anders. Er hat sich immer um mich gekümmert. Ich glaube, wenn er's nicht getan hätte, hätten die Jungen aus dem Viertel mich erledigt.

Wissen Sie, ein alter Gemeindepriester hat ihm mal einen Spitznamen gegeben, der ihm gefallen und auf ihn gepasst hat, aber er hat ihn an mich weitergegeben, weil er wusste, ich brauchte das und es würde mir Selbstsicherheit geben. Er hat diese Story dazu erfunden, dass ich eines Tages irgendwann etwas für uns beide tun würde, nur damit ich mich besser fühle in meiner Haut.

Mein ganzes Leben – immer, wenn ich in einer schwierigen Lage war, wenn ich Zweifel an mir hatte – hat mir sein Vertrauen in mich geholfen. Ich wünschte, ich hätte eine Minute mit ihm – nur eine einzige Minute –, um ihm zu sagen, welchen Einfluss er auf mein Leben hatte, ihm zu sagen, dass ich es nicht vergessen habe.«

Die Tränen rannen ihm übers Gesicht, als die Erinnerungen aus ihm hervorströmten. Er sah Nancy nicht mehr an; er sah geradeaus, als sehe er in eine andere Dimension. Dann plötzlich sah er ihr direkt ins Gesicht.

»Die Geschichte habe ich noch nie jemandem erzählt.«

»Ich erzähle es niemandem weiter«, sagte Nancy. »Ich schwör's.«

Jack lächelte. »So habe ich es nicht gemeint. Es ist einfach so, dass ich solche Dinge für mich behalte – zu sehr vielleicht.«

Gerade da tauchte Tommy mit Nancys Roggenbrot mit Pastrami auf. Er warf einen Blick über den Tisch hin und stellte fest, dass die Gläser leer waren.

»Kann ich irgendjemandem noch was bringen?«, fragte er. Er konnte es sich leisten, höflich zu sein; an der Bar stand nur Jilly Newton, und der hatte bereits angefangen, mit sich selbst zu reden.

»Ein Glas Wasser hätte ich gern«, sagte Nancy. Jack nickte nur und zeigte auf sein leeres Glas, um Tommy mitzuteilen, dass er mit dem gleichen Gift weitermachen würde.

»Klar«, sagte Tommy zu beiden und kehrte zur Bar zurück. Nancy folgte ihm mit den Blicken und fragte sich, ob Tommy etwas an sich hatte, das ihr bisher entgangen war. Als sie verfolgte, wie seine mächtige Gestalt sich über den Linoleumboden schob, kam sie zu dem Schluss, dass ihr absolut nichts entgangen war. Tommy war Tommy – niemand, der brillante Konversation machte, aber ein guter Zuhörer und somit ein guter Barmann.

Ihre Gedanken kehrten zu ihrem Arbeitgeber zurück. Sie fragte sich, was geschehen war zwischen Jack Tobin und seinem Freund Mikey vor all den Jahren. Er hatte gesagt, sie hätten den Kontakt zueinander verloren, aber die Art, wie er es gesagt hatte, teilte ihr mit, dass da noch mehr gewesen sein musste. Vielleicht hatte es etwas mit der Traurigkeit zu tun, die der Mann Tag für Tag mit sich herumzuschleppen schien. Aber in nächster Zukunft würde sie auf diese Fragen keine Antwort bekommen. Jack hatte die Augen geschlossen, den Kopf an die dunkle Mahagonitäfelung gelehnt, und war eingeschlafen.

22

Johnny Tobin hatte Patricia Morgan in einem Sandkasten kennengelernt, als er drei Jahre alt gewesen war. Sie wohnten im gleichen Haus, und ihre Mütter waren befreundet. An den meisten Sommertagen nahmen die Mütter ihre Kinder mit in den Central Park und ließen sie dort im Sandkasten spielen, während sie selbst zusammensaßen und redeten.

Johnny war auf dem Spielfeld seiner Schule, an dem Tag, als Billy Maloney Pats älteren Bruder Jimmy in der Pause ins Auge boxte. Jimmy und Billy Maloney waren in der dritten Klasse, zwei Klassen über Johnny und Pat. Billy stand da und lachte, während Jimmy weinend am Boden lag. Pat ging zu Billy hinüber und boxte ihn ins Gesicht, und als er fiel, stürzte sie sich auf ihn und schlug weiter zu, bis eine Lehrerin sie unter Kreischen und Treten wegzerrte. Das Mädchen hatte Temperament.

Pat spielte alle Straßenspiele mit. Niemand wäre je auf den Gedanken gekommen, sie auszuschließen, weil sie ein Mädchen war. Sie war so gut wie jeder andere oder besser, und außerdem hatte niemand den Mut, ihr zu sagen, dass sie nicht mitspielen durfte – außer vielleicht Mikey, und der war es, der sie immer in seine Mannschaft holte. Die drei waren unzertrennlich gewesen, bis sie in die Highschool kamen, wo Pat auf einmal Kurven und Ausbuchtungen entwickelte und begann, Kleider zu tragen. Danach fühlten sich die Jungen unbehaglich, wenn sie mit ihr herumhingen, obwohl sie den

Veränderungen auch wieder nicht vollkommen abgeneigt waren.
»Versteh mich nicht falsch«, sagte Mikey eines Tages zu Johnny, als sie zusahen, wie Pat gesetzt die Straße entlangging, »ich mag Mädchen, vor allem Mädchen, die schöne Kleider tragen und große Titten haben. Ich hätte bloß nie gedacht, dass Pat mal zu denen gehören würde.« Das war vermutlich die beste Erklärung dafür, weshalb sich der Abstand in ihren Teenagerjahren allmählich vergrößert hatte. Die Jungen mochten Mädchen und machten mit Mädchen herum, aber sie würden ganz sicher nicht mit ihrer Patty herummachen.

Jack hatte eine merkwürdige Vorliebe für Totenwachen und Beerdigungen. Sein Großvater väterlicherseits hatte zwölf Geschwister gehabt, und als Kind war es ihm so vorgekommen, als nehme er alle zwei Wochen an einer Totenwache und Beerdigung teil.
Irische Totenwachen waren Familientreffen, und während viel um den Toten geweint wurde, wurde auch viel umarmt und geküsst und gelacht, in der Regel am offenen Sarg, und nach der Beerdigung fand jedes Mal eine Party statt. Natürlich war sie nicht so unbeschwert wie andere Partys, die seine Eltern gaben. In das Gelächter und das Trinken mischten sich Tränen, aber diese Gedächtnisfeiern hatten etwas anderes an sich, etwas Besonderes – die Wärme und Vertrautheit von Angehörigen und engen Freunden. Er war ein Neffe oder Cousin oder Großneffe von fast jedem Menschen im Raum, auch von Leuten, die er kaum kannte, und das machte die Anlässe noch denkwürdiger.
Mike Kellys Beerdigung würde anders sein, das wusste er. Mikes Verwandte waren nicht die seinen, und nach fünfund-

zwanzig Jahren hatte sich jede enge Beziehung, die er vielleicht einmal zu ihnen gehabt hatte, gelöst. Er rechnete mit einem kühlen Empfang. *Was ist das für ein Freund, der sich in fünfundzwanzig Jahren nicht ein einziges Mal meldet?* Er kannte die Antwort, auf die Mikes Angehörige wahrscheinlich verfallen waren, wenn sie überhaupt darüber nachdachten: *Der reiche Staranwalt eben*. Und der Staranwalt hatte nicht einmal ein Gegenargument.

Er sah sie, sobald er den Saal in John Mahoneys Bestattungsinstitut betrat.

Nach all den Jahren erkannte er sie noch mitten aus der Menge heraus. Sie redete mit zwei Leuten, ein Lächeln im Gesicht; ihre Lippen bewegten sich im Rekordtempo. Es war wie Radar – in dem Augenblick, in dem er sie erkannte, sah sie auf, und ihre Blicke trafen sich. Sie entschuldigte sich und kam auf ihn zu. Er versuchte, es nicht zu tun, aber er konnte nicht anders, als sie zur Kenntnis zu nehmen, als sie näher kam. Aus der Entfernung sah sie immer noch gut aus – der hochgewachsene athletische Körper, die schlanken Beine, die hübschen Ausbuchtungen.

Sie breitete die Arme aus.

»Johnny!«, rief sie, als sie ihn umarmte. Jack spürte, wie die Wärme ihn einhüllte. In diesem Augenblick war es ein gutes Gefühl, zu Hause zu sein. Schließlich ließ Pat ihn los. »Ich habe gewusst, dass du kommen würdest«, sagte sie. »Wie lang ist es her – fünfzehn Jahre?« In diesem Augenblick sah Jack sich um und stellte fest, dass noch mehr Leute in der Menge zu ihnen herübersahen und zuhörten. Der kühle, glatte Anwalt aus Miami konnte unter den Leuten, mit denen er aufgewachsen war, immer noch Verlegenheit empfinden.

»Nein, es waren ungefähr zehn – die Beerdigung von meinem Dad.«

»Stimmt ja. Na ja, egal, wie lang es her ist, du siehst phantastisch aus.« Sie spürte sein Unbehagen und griff nach seiner Hand. »Komm, gehen wir Mrs. Kelly und die Jungs begrüßen.«
Bevor er protestieren oder Pat auch nur sagen konnte, wie gut sie aussah – und sie sah gut aus, auch aus der Nähe noch –, standen sie vor Mrs. Kelly, Mikes achtzigjähriger Mutter.
»Mrs. Kelly, Sie erinnern sich doch an Johnny Tobin«, sagte Pat, als sie ihn der alten Dame vorstellte. Jack wusste nicht, womit er zu rechnen hatte. Mrs. Kellys runzliges Gesicht verzog sich zu einem breiten Grinsen.
»Natürlich tu ich das. Ich werde das Gesicht nie vergessen, das du an dem Tag gemacht hast, als Pater Burke angeboten hat, meinen Mike fürs Priesterseminar zu rekrutieren. Ich habe gedacht, *du* würdest gleich eine Herzattacke kriegen.«
Jeder Mensch in Hörweite lachte. Mrs. Kelly drückte ihm die Hand. »Was war es doch, was er dich immer genannt hat – der Bürgermeister?«
»Der Bürgermeister der Lexington Avenue.« Es sah Mikey ähnlich, seine eigene Mutter, die Pater Burkes Worte mit eigenen Ohren gehört hatte, davon überzeugt zu haben, dass der Spitzname zu Jack gehörte.
»Ja, das war's. Danke, dass du gekommen bist«, sagte sie, während ihre sanften Augen ihm direkt ins Gesicht sahen. »Mike wäre froh, zu wissen, dass du da bist.«
Mikes Brüder Danny und Eddie waren ebenfalls da, zu beiden Seiten ihrer Mutter. Danny umarmte Jack, was diesen überraschte. Dies war nicht der Empfang, mit dem er gerechnet hatte.
»Danke fürs Kommen, Johnny. Mike war immer so stolz auf dich – der erfolgreiche Anwalt.« Jack wusste nicht, was er sagen sollte.

Eddie saß im Rollstuhl. Er versuchte zu sprechen, aber es kam nur ein Brabbeln heraus. Er packte Jacks Arm mit der linken Hand und lächelte. Tränen standen ihm in den Augen. Jack legte die freie Hand über Eddies und lächelte zurück.

»Er hatte vor drei Jahren einen Schlaganfall«, flüsterte Pat ihm ins Ohr. »Hat sich nie davon erholt.«

Nachdem er alle Familienmitglieder begrüßt hatte, näherte Jack sich dem Sarg, um sich von seinem Kindheitsfreund zu verabschieden.

Er hatte auf der Fahrt an diesen Augenblick gedacht. Er hatte nicht gewusst, was er empfinden würde. Würde er Mikey nach all den Jahren noch erkennen? Aber die Gefühle begannen an die Oberfläche zu dringen, bevor er auch nur einen Blick in den halboffenen Sarg geworfen hatte. Dies war sein erster Freund gewesen – *mein bester Freund* –, und das war etwas, das die Jahre niemals auslöschen konnten. Er kniete nieder, um ein Gebet zu sprechen, sah in den Sarg und erblickte Mikey. Das rote Haar war verschwunden, ebenso wie die Sommersprossen und das Lächeln – das fröhliche Lächeln, mit dem so viele ihrer gemeinsamen Abenteuer begonnen hatten. Jack begann zu weinen. Das war das Letzte, was er wollte, und er versuchte, die Tränen zurückzuhalten, aber er zitterte sichtlich.

Pat kniete neben ihm, den Arm tröstend um seine Schultern gelegt. Zunächst war er zu aufgewühlt, um sprechen zu können, aber nach einer Weile begann er die Fassung zurückzugewinnen.

»Ich will hier keine Szene machen«, flüsterte er ihr zu.

»Machst du auch nicht. Und wenn du's tätest – wir sind Iren. Wir dürfen das.«

»Ich habe einfach nie wieder einen Freund wie Mikey gehabt.«

»Ich weiß«, sagte sie leise. »Ich auch nicht, außer dir.« Jack sah auf.
»Yeah, du hast recht. Außer dir.«

Später trafen sie sich im McGlade's, obwohl der Name jetzt Pat Herrity's Irish Bar lautete. Der Slogan »Have a Jar at Herrity's Bar« zierte die Fassade. Auch die Inneneinrichtung war gründlich erneuert worden. Sie saßen an einem Tisch an der Rückwand. Jack bestellte ein Guinness, Pat einen Chablis. Die Unterhaltung begann problemlos.
»Ich hab dir das den ganzen Tag sagen wollen, Pat – du siehst toll aus.«
»Danke, Jack!«
»Und was treibst du dieser Tage so?«
»Ich arbeite als Unternehmensberaterin bei Harrel & Jackson. Ich bin jetzt seit fünfundzwanzig Jahren bei denen.«
»Eindrucksvoll«, sagte Jack. »Das ist eine tolle Firma.«
»Yeah, aber sei jetzt bloß nicht zu beeindruckt, weil ich nämlich in zwei Wochen aufhöre. Ich habe die Nase voll. Und was ist mit dir? Wir haben alle gehört, dass du bei einer großen, erfolgreichen Sozietät in Miami bist.«
»Jetzt nicht mehr. Ich bin drauf und dran, mich zurückzuziehen – kann jeden Tag passieren, ich habe nur noch nicht entschieden, wann. Ich ziehe in eine Kleinstadt. Ich werde weiterarbeiten, aber nur, solange es mir Spaß macht.« Jack beschloss, die wenig ruhmreichen Umstände, unter denen er den Posten des Generalstaatsanwalts von Cobb County bekommen hatte, nicht zu erwähnen.
»Wirklich?«, sagte Pat. »Das klingt schön. Bist du verheiratet? Kinder? Ich weiß, dass du vor zehn Jahren verheiratet warst, aber an das mit den Kindern erinnere ich mich nicht.«
Jack lachte. »Ich erinnere mich auch an absolut nichts, aber

die Antworten auf deine Fragen lauten nein und nein. Ich war mehrmals verheiratet, aber es hat einfach nicht funktioniert. Und was ist mit dir?«

Sie waren Freunde, die sich seit Jahren nicht gesehen hatten, aber in diesem Augenblick fühlte Jack sich wohler in seiner Haut als zu irgendeinem Zeitpunkt, an den er sich erinnern konnte.

»Ich habe nie geheiratet«, antwortete Pat. »Ich hatte im Lauf der Jahre in paar Beziehungen, aber sie haben nicht gehalten, so wie bei dir, nehme ich an. Ehrlich gesagt, ich glaube, ich bin auf Dauer etwas anstrengend.«

»Ich auch«, sagte Jack, und sie lachten beide. Der Smalltalk war vorüber.

»Ich habe gelesen, es war Krebs?«

»Yeah, Lungenkrebs, um genau zu sein. Mike hat sich das Rauchen nie abgewöhnen können, und ich kann dir sagen, Johnny, wenn ich sein Leben gelebt hätte, würde ich heute noch rauchen.«

»Weißt du, ich bin nach dem College von zu Hause weggegangen, und danach habe ich ihn bei meinen Besuchen zu Hause nicht mehr getroffen, nicht so, wie ich dich getroffen habe. Ich weiß nicht viel darüber, was er getan hat, nachdem ich weg war.«

»Wie viel Zeit hast du?«, fragte Pat. »Es ist nämlich eine lange Geschichte.«

»Ich habe die ganze Nacht. Und morgen, wenn es sein muss.«

Pat lachte. »Morgen müssen wir auf die Beerdigung, aber ich liefere dir die Kurzversion.«

»Moment noch.« Jack fing den Blick des Kellners auf und bestellte eine weitere Runde. »Hätte nie erwartet, im McGlade's einen Kellner zu sehen.«

»Bernie dreht sich wahrscheinlich im Grab um.« Pat lachte. Als sie Kinder gewesen waren, hatte Bernie McGlade den Laden selbst geleitet. Es hatte auch damals Tische gegeben, aber wenn man etwas zu trinken haben wollte, musste man an die Bar gehen und es holen.

Sie waren ständig hier gewesen, damals, meist deshalb, weil ihre Väter hier gewesen waren. Aber es hatte noch einen anderen Grund gegeben. Je nach Jahreszeit hatte Bernie immer einen Vorrat an Fußbällen, Basketbällen und Basebällen mit Schlägern gehabt, die die Kinder aus der Nachbarschaft mit in den Central Park nehmen durften. Auch dies war ein kleiner Teil des Viertels, den es nicht mehr gab.

»Als er aus dem Gefängnis gekommen ist«, begann Pat, »hat sich Mike irgendwie wieder in das alte Leben hier eingefügt. Sein Onkel hat ihm einen Job im Stahlbau besorgt, und er hat gutes Geld verdient. Wir haben uns an den Freitag- und Samstagabenden alle hier getroffen. Er hatte ein paar harte Kanten im Gefängnis bekommen, die meisten Leute haben es nicht gemerkt, aber ich habe es gesehen. Er war zwei Jahre weg, weißt du.« Jack nickte mit gesenktem Kopf. Dies war der Teil, für den er sich verantwortlich fühlte. Gleich am Anfang – das erste Steinchen des Erdrutschs.

»Er hat angefangen, eine Menge zu trinken – zu viel. Er war dauernd betrunken. Ein paar Mal haben sie ihn fast gefeuert deswegen, aber sein Onkel hat ihn rausgehauen. Anscheinend war der ein großes Tier bei der Gewerkschaft. Jedenfalls hat er diese Puertorikanerin getroffen, Elena – wunderbares Mädchen –, und ist mit ihr ausgegangen, und da hat er sich dann gefangen. Sie haben irgendwann geheiratet und einen Sohn gekriegt. Ich habe gedacht, er wäre endgültig über den Berg, aber da hatte ich mich geirrt. Ein halbes Jahr nach der Geburt seines Sohnes ist es wieder losgegangen, schlimmer als vorher. Ich weiß nicht, ob es der zusätzliche Stress war oder was sonst. Er hat seinen Job verloren. Sie ist geflüchtet – und ich meine wirklich *geflüchtet*. Sie hat ihm nicht mal gesagt, wohin sie geht. Sie ist einfach verschwunden. Und auch danach hat er nicht aufgehört. Er hat weitergetrunken, bis er auf der Straße gelebt hat – ein richtiger Penner. Nachdem er das jahrelang getan hatte, hat er eines Tages einfach aufgehört zu trinken. Es war schwer, da wieder rauszukommen, das kannst du dir ja vorstellen, aber irgendwann hatte er einen Job und eine Wohnung und hat angefangen, sein Leben wieder auf die Reihe zu bringen. Wir haben manchmal zusammen einen Kaffee getrunken, haben ein Mal im Monat gemeinsam gegessen. Es ist ihm gar nicht schlechtgegangen, aber diese Geschichte mit seiner Frau und seinem Kind hat ihn nie losgelassen.«

»Er hat nie was von dem Jungen gehört?«, fragte Jack.

»Lass mich fertig erzählen, ich komme noch dazu«, sagte Pat mit einer abwehrenden Handbewegung. »Einen Geschichtenerzähler darf man nicht hetzen.«

Jack lehnte sich zurück und setzte einen zerknirschten Gesichtsausdruck auf.

»Vor ungefähr zehn Jahren – und die genauen Details weiß ich nicht, Mike hat mir nur von Zeit zu Zeit ein paar Dinge erzählt – hat ihn Marguerite angerufen, die Schwester seiner Frau. Der Junge hatte Schwierigkeiten, und sie haben Geld gebraucht.«

»Und er hatte von seiner Frau und dem Kind nichts gehört, seit sie verschwunden war?«, fragte Jack wieder. Er konnte nicht anders.

»Siebzehn Jahre lang nichts.«

»Na, die hat Nerven.«

»Oder sie war verzweifelt – es hat sich herausgestellt, dass es

Verzweiflung war. Mike hat ihr alles gegeben, was er hatte. Die Schwester, Marguerite, hat auch Geld aufgetrieben, aber anscheinend hat es nicht gereicht. Der Junge hat unter Mordanklage gestanden. Die Anwältin hat das Mandat hingeschmissen, weil sie – ich glaube jedenfalls, es war eine Sie – nicht bezahlt wurde. Der Pflichtverteidiger hat übernommen und allem Anschein nach Mist gemacht, weil der Junge nämlich wegen vorsätzlichen Mordes verurteilt wurde. Er sitzt in der Todeszelle.«

»Todeszelle? Großer Gott!«

»Stimmt genau. Da hört man kein Wort von seiner Frau und seinem Kind, siebzehn Jahre lang nichts – und versteh mich nicht falsch, ich bin der Ansicht, sie hatte vollkommen recht damit, ihn zu verlassen und ein neues Leben anzufangen, ich mache ihr keine Vorwürfe –, und wenn man nach all der Zeit doch von ihnen hört, steht der Sohn unter Mordverdacht und wird schließlich verurteilt. Es wäre genug, um wieder zu trinken anzufangen.«

»Hat er's getan?«, fragte Jack.

»Nein. Er *hätte* wahrscheinlich, aber es ist etwas passiert, das wirklich ziemlich erstaunlich war – eines von diesen Dingen, die nur im wirklichen Leben passieren können. Obwohl sie sich gemeldet hatte und er das Geld geschickt hatte, hat Mike immer noch nicht gewusst, wo seine Frau und sein Kind waren – es ist alles über Marguerite gelaufen. Erst als der Junge verurteilt worden war, hat Elena ihn selbst angerufen. Mike hat mir erzählt, dass sie vollkommen am Ende war. Sie hat sich dafür entschuldigt, dass sie ihn verlassen hatte, sich dafür entschuldigt, dass sie so eine schlechte Mutter gewesen war – sie hat sich dafür bedankt, dass er ihr das Geld geschickt hatte, und ihm gesagt, wo sie lebt.«

»Und was hat er gemacht?«

»Er ist ein paar Tage später hingeflogen – hat seinen Sohn im Gefängnis besucht, hat ein paar Tage mit Elena verbracht und sich mit ihr ausgesprochen. Er hat ihr gesagt, sie hätte jedes Recht gehabt, ihn zu verlassen, und er wäre derjenige, der sich entschuldigen sollte. Als er zurückgekommen ist, hat er mir erzählt, der Junge wäre bezaubernd. Mike hatte sich keine zwei Minuten lang mit ihm unterhalten, als er sich schon absolut sicher war, dass Rudy – er heißt Rudy – das Verbrechen, das sie ihm vorgeworfen haben, im ganzen Leben nicht hätte begehen können. Ja, und er und Elena haben den Rest ihres Lebens mit dem Versuch verbracht, seine Unschuld zu beweisen. Ich weiß von zwei Gnadengesuchen, bevor Elena gestorben ist. Sie ist vor etwa zwei Jahren an Brustkrebs gestorben.

Und weißt du, mitten in diesem wirklich, wirklich üblen Schlamassel habe ich Mike nie glücklicher erlebt. Er war wieder mit Elena zusammen. Er war zwei Mal pro Monat in Florida. Ein paar Mal ist sie sogar hergekommen. Er hat den Jungen oft besucht, und er hat mir erzählt, der Junge – ich sollte wirklich nicht von dem Jungen reden. Zum Teufel, Rudy war damals ja schon fast ein Mann. Jedenfalls hat er mir erzählt, sein Sohn hätte ihn wirklich aufgebaut. Er hat gesagt, Rudy wäre immer gut gelaunt, hätte niemals Angst. Und er war begeistert darüber, dass Mike und seine Mutter ihre Beziehung wieder aufgenommen hatten, ganz unabhängig von den Umständen.«

»Ich frage mich, warum er mich nie angerufen hat«, überlegte Jack laut. »Hat er gewusst, dass ich in Miami bin? Ich hätte doch helfen können.«

»Er hat gewusst, dass du dort warst. Er war immer so stolz darauf, dass du ein erfolgreicher Anwalt bist. Aber als Rudy dann verurteilt war, haben sie eines von diesen Zentren für

Angehörige von Todesstrafe-Kandidaten gefunden, das ihnen kostenlos geholfen hat.«

»Das ist kompletter Blödsinn, und das weißt du auch«, sagte Jack. »Wir wissen beide, warum er mich nicht angerufen hat.« Er starrte Pat ins Gesicht. Sie starrte zurück, ohne etwas zu sagen. Irgendwann sprach sie doch.

»Lass mich mal sehen, ob ich weiß, was dir im Kopf rumgeht und was dir all die Jahre über im Kopf rumgegangen ist. Wenn *du* nicht diese brillante Idee gehabt hättest, das Auto zu klauen, wäre Mikey nicht im Gefängnis gelandet. Und jetzt kannst du noch draufsatteln, dass er dann nicht zum Trinker geworden wäre, dass Elena ihn nicht verlassen hätte und dass Rudy nie in Florida aufgewachsen und dort wegen Mordes verurteilt worden wäre. Na, wie bin ich? Oh, das Wichtigste habe ich ja ganz vergessen. Es ist natürlich alles deine Schuld. Jedes einzelne Detail.«

Er hätte beinahe gelächelt. Wie machte sie es eigentlich, ihn zu durchschauen und so genau ins Schwarze zu treffen?

»Das ist einfach nicht normal. Du und ich, wir haben seit Jahren nicht miteinander geredet, und ich habe das Gefühl, ich rede mit meiner Schwester über etwas, das erst gestern passiert ist.«

»Ja, gewöhn dich daran, Johnny, denn die wichtigen Dinge im Leben sind immer gestern passiert, ganz gleich, wie lang es her ist. Genauso wie mit den Leuten, mit denen man aufgewachsen ist – wir hätten uns noch viele Jahre lang nicht sehen können, und ich könnte trotzdem deine Gedanken lesen.«

»Wann bist du eigentlich so schlau geworden?« Jack hatte das Gefühl, wieder ein Junge zu sein und sie zu necken.

»Erstens mal habe ich diese Gegend hier nie wirklich hinter mir gelassen und habe diese vielen Fragen über Mike mitbekommen. Ich kann dir gar nicht sagen, wie oft er davon geredet hat, dich anzurufen, und ich weiß, dass es dir genauso gegangen ist. Das ist nicht sehr schwer, und niemand ist schuld.«

»Da irrst du dich aber«, sagte Jack. »Ich war nicht im Gefängnis. Mikey schon. Ich war der Erfolgreiche. Es wäre meine Sache gewesen, mich zu melden – meine Pflicht, die Sache zu klären. Und das habe ich nicht getan.«

»Lass dir erzählen, was Mike zu der ganzen Geschichte zu sagen hatte. Er hat gesagt, er ist auf die Idee gekommen, das Auto zu nehmen und einen Joyride zu machen. Er hat es bloß so aussehen lassen, als wäre es deine Idee gewesen. Er hat dich reingeritten, und er hatte nie das Gefühl, dass du dafür verantwortlich warst, dass er im Gefängnis saß.«

»Warum hat er mir das nicht gesagt?«

»Ich habe versucht, ihn dazu zu kriegen, dass er's tut, aber er war genauso stur wie du. Er war der Ansicht, dass du dir dein Leben aufgebaut hattest und mit diesem Mist nicht behelligt zu werden brauchtest. Ich glaube außerdem, er hat gewusst, dass er sich mit dieser Schuldgeschichte selbst etwas vormacht. Zwei Tage vor seinem Tod – er war im Krankenhaus und in wirklich übler Verfassung – habe ich an seinem Bett gesessen. Er hat die Augen geöffnet und mich angesehen und gesagt: ›Wenn Johnny kommt, erzähl ihm von Rudy.‹ Dann hat er die Augen geschlossen und sie nicht mehr geöffnet.«

Die Tränen stiegen Jack wieder in die Augen. Er wartete einen Moment, bevor er antwortete. *In seinen letzten Worten ging es um mich. Woher wusste er, dass ich kommen würde? Warum habe ich ihn nicht angerufen, als er noch am Leben war,* fragte er sich, aber es gab keine Antwort. Er würde niemals eine Antwort bekommen.

»Warum hast du mir das nicht schon früher erzählt? Warum bist du mir mit dem Mist gekommen, dass eines von diesen juristischen Zentren sich um den Fall kümmert?«, fragte er Pat.

»Ich war mir nicht sicher, ob es dir wichtig ist. Ich wusste nicht, ob du es wissen wolltest. Wissen musstest.«

»Und jetzt bist du's?«

Pat nickte.

»Noch zwei Fragen, und dann wechseln wir das Thema. Es ist zu viel für einen Abend. Wenn Rudys Verurteilung jetzt zehn Jahre her ist, muss das Datum für seine Hinrichtung feststehen.«

»In acht Wochen – am zweiundzwanzigsten Oktober, um genau zu sein. Offenbar legen sie solche Sachen gern direkt vor die Feiertage. Damit die Leute ein nettes Gesprächsthema über Thanksgiving haben oder so ähnlich, weißt du.«

»Acht Wochen! Ich kann's immer noch nicht glauben, dass er mir nicht Bescheid gesagt hat.«

»Er hat gewusst, dass du in Miami bist, also hat er wahrscheinlich auch gewusst, dass du kein Strafrecht machst. Vielleicht hat er gedacht, du könntest ihm sowieso nicht helfen.«

»Warum hat er dann noch mal die Augen aufgemacht und dir gesagt, du sollst mir von Rudy erzählen?«

»Ich weiß es nicht, Jack. Vielleicht hat er es sich vor seinem Tod anders überlegt. Vielleicht hatte er eine Vision oder so was.«

Eine Vision, dachte Jack. *Warum hätte er in seinen letzten Minuten eine Vision von mir haben sollen?*

»Wo hat dieser Mord stattgefunden?«, fragte er Pat.

Sie legte die Hand an die Stirn. »Ich kann mich an den Namen der Stadt, in der sie gelebt haben, nicht erinnern. Es war eine kleine Stadt irgendwo in der Pampa, ich weiß noch, dass mir Mike *das* erzählt hat. Irgendwas mit Creek, glaube ich.«

»Bass Creek?«

Pat zeigte mit dem Finger auf ihn. »Das ist es!«

Und jetzt wusste Jack auch, was er die nächsten acht Wochen tun würde.

23

Eine Woche später war Jack in Bass Creek und sah sich auf dem dortigen Immobilienmarkt um. Er kaufte ein Gebäude an der Broad Street, zwei Häuserblocks westlich vom Bass Creek Hotel, direkt am Okalatchee River. Er hatte es schon Jahre zuvor bemerkt, als sein Traum davon, Provinzanwalt zu werden, noch ganz frisch gewesen war. Jetzt war der Traum vorbei – beinahe. Er hatte noch ein paar Monate der Freiheit vor sich, bevor er Staatsanwalt wurde, und er hatte vor, diese Freiheit in den kommenden sieben Wochen nach Kräften zu nutzen. Sein neues Büro war der erste Schritt.

Am nächsten Tag war er wieder in Miami, wo er Nancy in sein elegantes Büro bestellte. Ihre Beziehung hatte sich merklich verändert, seit Corinne keine zwei Wochen zuvor ihren ersten und einzigen krankheitsbedingten freien Tag genommen hatte. Er blieb morgens stehen und redete mit ihr. Manchmal lud er sie in sein Büro ein, und sie saßen dort und schwatzten über alles und jedes – Sport, die Nachrichten, ihr Liebesleben beziehungsweise dessen Nichtvorhandensein, sogar über sein Liebesleben beziehungsweise dessen Nichtvorhandensein. Nancy war vollkommen entspannt in Jacks Gesellschaft und er in ihrer. Der eine gemeinsam verbrachte Vormittag hatte das System von Förmlichkeit und getrennten Sphären zum Einsturz gebracht, das die Firma Tobin, Gleason & Gardner immer aufrechterhalten hatte – zumindest für sie beide.

Andernorts in der Firma allerdings verursachte die Beziehung geradezu Krämpfe. Corinne war fassungslos über den Mangel an Distanz und war mit ihrem Anliegen direkt zu Rick Woods gegangen, der an ebendiesem Morgen mit Jack darüber gesprochen hatte.
»Wissen Sie, Nancy«, sagte Jack, als sie sich gesetzt hatten, »Rick war vorhin da und wollte über unser Verhältnis sprechen.« Er lehnte sich in seinem Sessel zurück, die Füße auf dem Schreibtisch, eine dieser Tage nicht unübliche Haltung.
»Was wohl bedeutet, dass er mich feuern wird«, sagte sie, ohne es wirklich zu meinen.
»Da haben Sie wahrscheinlich recht.«
Nancy war entsetzt. Sie hatte geglaubt, er würde sie schützen. Aber Jack hatte andere Pläne.
»Hören Sie zu«, sagte er, als er ihren Gesichtsausdruck sah. »Ich gehe hier weg, wahrscheinlich schon in den nächsten paar Tagen. Es hängt alles davon ab, wie schnell ich Ordnung in meine Angelegenheiten bringen kann.«
»Wohin gehen Sie?«
»Ich ziehe in eine kleine Stadt namens Bass Creek – je davon gehört?«
»Natürlich. Mein Vater hat mich ein paar Mal mitgenommen, wenn er zum Fischen dorthin gefahren ist.« Jack wusste jetzt, dass er noch einen weiteren Grund hatte, das Mädchen zu mögen: *Sie fischt.*
»Warum gehen Sie dorthin?«, fragte sie.
»Na ja, ich habe immer davon geträumt, eine kleine Kanzlei in der Provinz aufzumachen.«
»Sie? Ein Kleinstadtanwalt?« Die Vorstellung war stärker als ihre Besorgnis. Sie begann zu lachen.
»Warum denn nicht?«, fragte er, während auf seinem Gesicht ein Lächeln erschien.

»Jack, das sind richtige Menschen dort. Sie haben Dreck an den Schuhen. Sie verschütten Kaffee auf Ihren Teppich. Dort leben keine Momma Corinnes.« Jack lachte mittlerweile hemmungslos. Corinne hörte ihn bis in das äußere Büro. Sie fragte sich, was die beiden da drin jetzt wieder trieben. Es war fürchterlich, und es war ihr entsetzlich peinlich.

»Halt, Sie bringen mich um!«, sagte Jack, und dann war er wieder ernst. »Ich habe dies seit einer ganzen Weile geplant, aber ein paar Elemente fehlen mir noch.«

Nancy verstand ihn sofort. »O nein, nicht ich. Ich mache nicht Ihre Momma Corinne. Dafür brauchen Sie jemand anderen«, protestierte sie.

»Überlegen Sie sich's erst mal einen Moment, Miss Impulsiv. Ich biete Ihnen eine zwanzigprozentige Gehaltserhöhung und die gleichen Sozialleistungen wie vorher. Haben Sie eine Ahnung, was Sie mit diesem Geld in Bass Creek alles machen können? Zum Teufel, Sie könnten sich das beste Haus in der Stadt kaufen, mit einer eigenen Wohnung für Ihren Vater, wenn er zu Besuch kommt oder sogar einzieht. Ich sage Ihnen was, ich *kaufe* Ihnen ein Haus. Sie nehmen eine Hypothek bei mir auf und zahlen sie mir zurück.« Jack hatte seine Hausaufgaben gemacht. Er wusste, auf welche Knöpfe er drücken musste und dass er es schnell tun musste. Er sah Nancy an, dass sie das Angebot in Gedanken prüfte, sich ihr eigenes Haus vorstellte und ihren Dad, der dann jeden Tag fischen konnte.

»Warum machen Sie das? Warum ich?«

»Weil ich Sie mag und weil ich mich in meinem neuen Laden wohl fühlen will – ohne diesen ganzen förmlichen Mist. Wir werden hart arbeiten und unseren Spaß dabei haben, und ich verspreche Ihnen, Sie werden eine Menge lernen. Vielleicht werden Sie eines Tages selbst Anwältin.«

Nancy errötete bei dem Gedanken. »Kann ich's mir überlegen? Ich möchte auch mit meinem Dad reden.«
»Natürlich. Überlegen Sie in Ruhe. Ich nehme an, zwei Tage oder so ertrage ich Rick noch.«
Sie lachten wieder. Es war ein gutes Gefühl – unbefangen. Nancy stand auf.
»Ich sage Ihnen in zwei Tagen Bescheid.«

Zwei Wochen später trat Nancy ihre neue Stelle in Bass Creek an. Jack war schon seit einer Woche da. Bevor sie sich endgültig entschied, hatte er ihr erklärt, wie seine Pläne sowohl für Rudys Fall als auch danach aussahen.
»Es kann sein, dass ich ein paar Brücken hinter mir abbreche, bevor das hier vorbei ist – in diesem Fall werde ich auf meinen ursprünglichen Plan zurückgreifen und Kleinstadtanwalt werden. So oder so – Staatsanwalt oder private Kanzlei –, Sie haben eine Stelle bei mir, und Sie bekommen das Gehalt und die Sozialleistungen, von denen wir geredet haben.«
Er hatte auch seine anderen Zusagen wahr gemacht. Eine Woche nachdem sie sich darauf eingelassen hatte, den Job anzunehmen, hatte sie für sich und ihren Dad ein Haus in Bass Creek gefunden. Es war ein zweistöckiges holzverkleidetes Haus mit Dielenböden und einer großen vorderen Terrasse, die von zwei gigantischen Eichen beschattet wurde – ein Haus, von dem sie in Miami allenfalls hätte träumen können. Jack hatte es für sie gekauft. Es hatte eine Einliegerwohnung über der Garage, aber sie hatte bereits entschieden, dass Dad mit ihr im Haus selbst leben sollte. Wenn sie jemals jemanden kennenlernte und sie den Punkt erreichten, an dem sie sich miteinander im Bett wälzen wollten, konnten *sie* ja zu diesem Zweck die Einliegerwohnung verwenden. Das Haus stand leer, und Jack zahlte sofort, und so war der Handel nach we-

nigen Tagen abgeschlossen. Die Hypothek, auf die sie sich damit einließ, war außergewöhnlich großzügig – eine Laufzeit von dreißig Jahren und ein Zinssatz, der deutlich unter dem der Banken lag.

»Und was ist, wenn ich morgen kündige?«, fragte sie, als sie im Begriff war, den Vertrag zu unterschreiben.

»Nichts«, antwortete Jack. »Keine Bedingungen.«

»In Ordnung«, sagte sie und setzte den Stift an. Sie wusste, dass sie ohnehin auf Dauer dabei war.

Er hatte ihr außerdem einen Vorschuss von fünftausend Dollar gegeben, damit sie Möbel kaufen konnte, und ihr die erste Woche freigegeben, damit sie sich in Ruhe einrichten konnte. Als sie ihre Stelle bei Jack antrat, lebten sie und ihr Dad bereits in dem Haus. Sie und Jack hatten noch fünf Wochen, um Rudys Leben zu retten.

An dem Montagmorgen, als Nancy und Jack sich in seinem Büro zusammensetzten, um die Vorgehensweise für die nächsten fünf Wochen zu besprechen – er hinter dem Schreibtisch in seinem neuen weinroten Lederdrehstuhl, sie davor auf einem der ebenso eindrucksvollen, mit weinrotem Leder bezogenen antiken Mandantenstühle –, klopfte jemand an die Tür. Bevor Jack oder Nancy aufstehen konnte, kam Pat Morgan herein.

»Komme ich zu spät zur Besprechung?«, fragte sie, während sich ein breites Lächeln über ihr Gesicht zog. Jack war vollkommen fassungslos.

»Was für eine Besprechung?«, stotterte er.

»Die erste Besprechung mit deinem Ermittlerteam im Fall Rudy Kelly, was sonst?«, fragte sie.

»Woher weißt du, dass wir den Fall Rudy besprechen?«

»Sagen wir einfach, ein kleines Vögelchen hat's mir erzählt.«

Pat sah Nancy an, und beide begannen zu lachen. Jack war immer noch ratlos, und Pat half ihm auf die Sprünge.

»Du hast doch gesagt, ich soll nach Nancy fragen, wenn ich dich im Büro anrufe und du nicht da bist. Das habe ich getan. Und wir sind ins Gespräch gekommen, und sie hat mir erzählt, was du vorhast, und ich habe beschlossen, vorbeizukommen und zu helfen.« Jack wollte unterbrechen, aber Pat sprach bereits weiter.

»Sieh mal, ich habe meine Stelle aufgegeben, genau wie du. Ich weiß im Moment nichts mit mir anzufangen, also habe ich beschlossen, dass ihr meine Hilfe braucht. Ich arbeite systematisch, ich kenne mich mit Zahlen aus, ich kann Computer bedienen, und ich kann kochen und sogar Geschirr spülen.«

Sie setzte sich auf den verbliebenen Besucherstuhl. Jack sah Nancy an. Sie zuckte nur die Schultern, und dann setzte sie ein strahlendes Lächeln auf. Es sah so aus, als sei dies eine Abmachung, die bereits getroffen war.

»Dann ist das wohl erledigt. Wir haben eine Köchin und Tellerwäscherin. Willkommen an Bord, Pat«, sagte er, während er aufstand und um den Schreibtisch herumkam, um sie zu umarmen. »Und darf ich dir meine Chefsekretärin vorstellen, Ms. Nancy Shea?«, und jetzt lachten sie alle.

»In Ordnung, an die Arbeit«, sagte er dann, als sie wieder saßen. »Ich erzähle euch jetzt, mit was wir es zu tun haben. Zwei Anträge auf Revision wurden bereits eingereicht und abgelehnt. Die einzige Möglichkeit, die auch nur eine entfernte Aussicht auf Erfolg verspricht, ist es, neues Beweismaterial vorzulegen – etwas, das bisher nicht zur Sprache gekommen ist und das nachvollziehbare Zweifel an Rudys Schuld aufwirft.

Zunächst mal habe ich vor, alles dokumentierte Material über den Fall zu sammeln, das es gibt. Ich habe schon einen Antrag auf Kopien aller relevanten Akten beim Bundesstaat und beim Büro des Pflichtverteidigers gestellt – sie müssten jeden Tag eintreffen. Ich muss mir diese Informationen durchlesen, bis ich alles, was in der Vergangenheit unternommen wurde, in- und auswendig kenne. Dann müssen wir nach den Lücken suchen. Was wurde übersehen? Welche Spuren wurden nicht verfolgt? Wenn es bei diesem Fall Löcher gibt, müssen wir sie finden. Das ist unsere einzige Chance auf eine Berufung.«

»Und was wäre, wenn wir den Mord aufklären?«, fragte Nancy. »Wäre das nicht noch besser?«

»Unbedingt!«, antwortete Jack. »Aber der geschah vor zehn Jahren. Dass wir den Mord jetzt noch aufklären können, ist im höchsten Maß unwahrscheinlich. Einen Grund für eine Berufung zu finden ist immer noch möglich. Der Zeitplan sieht folgendermaßen aus: Heute in zwei Wochen muss ich meine Unterlagen beim Florida Supreme Court einreichen. Weil es hier um ein Todesurteil geht, wird das Gericht sofort einen Termin festlegen; wahrscheinlich bekommt die Staatsanwaltschaft fünf bis sechs Tage Zeit, um ihre Antwort darzulegen, und die Anhörung wird wieder fünf bis sechs Tage danach stattfinden. Eine Entscheidung müssen sie ein paar Tage vor dem Hinrichtungstermin treffen, denn wenn diese Entscheidung nicht in unserem Sinne ist, können wir's ein letztes Mal mit einem Gnadengesuch beim United States Supreme Court versuchen.

Für die Ermittlungen und alles, was wir an neuen Informationen finden, haben wir also die nächsten zwei Wochen.

Pat, du und Nancy, ihr schafft die nötigen Voraussetzungen, dass wir diese ganzen Informationen verarbeiten können«, fuhr Jack fort. »Sorgt dafür, dass wir die Ausrüstung haben, die wir brauchen – das gesamte Vorgehen muss computerisiert sein, und wir brauchen ein System, mit dem wir ohne Verzögerung auf die Information zugreifen können. Du weißt, was ich meine.«

Pat nickte. »Ich weiß genau, was du meinst. Es wird allerdings teuer werden.«

»Das ist egal. Wir tun einfach, was wir tun müssen, und investieren alles, was wir haben. Noch Fragen?«

»Ja«, sagte Pat augenzwinkernd. »Was hast *du* vor zu tun, bis diese Dokumente hier eintreffen und während *wir* uns den Arsch aufreißen?«

Es war eine Frage, die man Jack bei Tobin, Gleason & Gardner nie gestellt hatte. Er sah zu Nancy hinüber; sie grinste schon wieder. Offenbar gefiel ihr Pats Stil.

»Ich mache etwas, das ich noch nie gemacht habe«, antwortete Jack. »Ich stelle einen Antrag darauf, dass mir ein Mandant zugeteilt wird. Ich habe einen Termin für einen Besuch bei Rudy, morgen Vormittag im Raiford.«

Bevor Jack an diesem Nachmittag in Richtung Florida State Prison aufbrach – das allgemein als Raiford bekannte Gefängnis in der Nähe der Stadt Starke im Nordosten des Bundesstaates –, rief er Pat zu sich ins Büro.

»Wie lang bleibst du?«

»Bis das hier abgeschlossen ist, Jack. Ich bin zu dem Schluss gekommen, dass in meinem Lebenslauf noch der Einsatz für eine gute Sache fehlt.«

»Und wo bist du untergekommen?«

»Im Bass Creek Hotel.«

»Warum kommst du nicht zu mir? Ich habe ein großes Haus direkt am Fluss, fünf Minuten von hier. Jede Menge Platz.«

»Bist du dir sicher, dass ich dir nicht auf die Nerven gehe?«

»Ich habe keine Nerven, auf die du mir gehen könntest.« Sie lachten beide.
»Und du bist dir auch sicher, dass das nicht zu viel wird?«
»Vollkommen. Außerdem hast du schon gesagt, dass du kochen und Geschirr spülen kannst.« Er lächelte. Pat lächelte zurück.
»In Ordnung«, sagte sie mit einem kleinen Nicken. »Angebot angenommen.«
»Gut. Hier sind die Schlüssel. Nancy kann dir zeigen, wo das Haus ist, und dir mit den Koffern helfen. Wir können uns wieder kennenlernen. Es wird Spaß machen.«

24

Jack war ein wenig nervös vor seinem Treffen mit Rudy, und auf der langen Fahrt zum Gefängnis dachte er über die Gründe dafür nach. Vielleicht lag es daran, dass Rudy Mikeys Sohn war, und ihn zu Gesicht zu bekommen konnte all die widersprüchlichen Gefühle wieder an die Oberfläche bringen. Vielleicht fürchtete er auch, Rudy könnte wirklich schuldig sein, und er würde es vom ersten Augenblick an spüren. Oder, die schlimmste Möglichkeit von allen, vielleicht würde er genau wissen, dass Rudy unschuldig war, ihm aber nicht helfen können. Was auch immer der Grund sein mochte, Jack war nervös, und er bekämpfte die Nervosität, indem er frühzeitig in seinem Motel in Starke eintraf und den Rest des Abends damit verbrachte, sich sorgfältig Notizen für das bevorstehende Gespräch zu machen. Die Nervosität war ihm völlig neu, sich Notizen zu machen dagegen war etwas, das er sich schon vor Jahren angewöhnt hatte, um sicherzustellen, dass bei einem Treffen mit einem Mandanten oder Zeugen alle wesentlichen Punkte abgedeckt wurden.

Daneben verbrachte er noch etwas Zeit damit, über einen Anruf nachzudenken, den er unmittelbar vor seinem Aufbruch von seinem alten Freund, dem Gouverneur, erhalten hatte. Es war ein Anruf gewesen, mit dem er gerechnet hatte, wenn auch nicht so früh.

»Jack, Jack, es ist gut, Ihre Stimme zu hören«, sagte Bob Richards, als Jack abnahm. »Herzlichen Glückwunsch zu

Ihrem Ruhestand – ich höre, Sie haben sich bereits in Bass Creek etabliert. Haben Sie schon mal was von Urlaub gehört?«

»Das hier ist Urlaub, Bob. Im Ernst, ich sitze hier in Jeans am Schreibtisch rum und denke über den einen Fall nach, den ich habe.« Er wusste, dass das die Unterhaltung in Gang bringen würde.

»Das ist es, weswegen ich anrufe, Jack – der eine Fall, den Sie bearbeiten. Ich habe gerade einen Anruf von Bill Sampson gekriegt – das ist der Generalstaatsanwalt, der Typ, dessen Stelle Sie übernehmen. Bill sagt, Sie recherchieren den Fall Rudy Kelly. Sie haben eine Kopie der Akten beantragt, sagt er. Haben außerdem auch noch die Akte seines Pflichtverteidigers angefordert, sagt er.«

Das ist ein bisschen ungewöhnlich, dachte Jack. *Das Büro des Pflichtverteidigers hat den Generalstaatsanwalt also über meinen Antrag informiert?*

Bob kam schließlich doch noch zur Sache. »Bill findet es ein bisschen merkwürdig, dass der Mann, den ich zum nächsten Generalstaatsanwalt für den Bezirk ernenne, sich nach einem verurteilten Mörder in der Todeszelle erkundigt.«

Jetzt hätte Jack die nächste Gelegenheit gehabt, dem Gouverneur zu sagen, er solle einen anderen Kandidaten für die Stelle finden. Und er ließ auch diese Gelegenheit verstreichen – auch diesmal wieder, ohne zu wissen, warum.

»Rudy Kelly ist der Sohn eines alten Freundes von mir, Bob. Ich tue ihm einfach einen Gefallen – stelle sicher, dass in der Sache auch wirklich alles seine Ordnung hatte. Sie wissen schon, dass ihm wirklich *Gerechtigkeit* widerfahren ist. Sie und Bill haben doch sicher kein Problem damit, dass es mir um *Gerechtigkeit* geht, oder, Bob? Ich meine, das ist doch der Job eines Generalstaatsanwalts, oder?«

»Natürlich, natürlich – genau das ist es. Ich glaube, Bill ist einfach Strafverteidigern gegenüber ein bisschen misstrauisch. Das gehört bei dem Job dazu. Ich werde ihn anrufen und ihm sagen, Sie vergewissern sich einfach nur, dass alles seine Ordnung hatte – so eine Art Arbeitsurlaub, bis Sie den Job antreten. Das müsste ihm eigentlich einleuchten.«
»Danke, Bob. Sagen Sie Bill doch einfach, ich übe mich ein. Ich muss mich mit dem Strafrecht vertraut machen, und das hier ist keine schlechte Methode.« Am anderen Ende begann Bob zu lachen.
»Gute Erklärung, Jack. Das werde ich Bill erzählen. Rettet todsicher seinen Tag. Hören Sie, tut mir leid, dass ich Sie damit genervt habe. Ich melde mich demnächst mal. Bis bald.«
»Bis bald, Bob.«
Jack hatte die Angelegenheit vielleicht etwas verharmlost, aber er hatte im Grunde die Wahrheit gesagt. Er hatte Bob gegenüber einfach nur nicht erwähnt, was passieren würde, wenn er herausfand, dass der Gerechtigkeit *nicht* Genüge getan worden war.

Raiford lag neun Meilen außerhalb von Starke – ein isolierter Komplex aus Betongebäuden, einige weiß, andere blau, manche davon nicht von Flugplatzhangars zu unterscheiden. Es gab Parkplätze, Sportplätze und auch ein paar Freiflächen, das Ganze hinter glänzenden Maschendrahtzäunen mit Natodraht darüber. Wachtürme mit Scheinwerfern waren strategisch am Zaun entlang verteilt. Wenn ein ehrgeiziger Gefangener es über den Zaun schaffen sollte, würde er sich auf einer offenen Wiese befinden, auf der die Scheinwerfer ihn mühelos entdecken und die Wachleute ihn ebenso mühelos niederschießen konnten.
Jack war am nächsten Morgen frühzeitig da und meldete sich

am Tor, wo der Wachmann ihn zum Hauptgebäude weiterleitete. Von dort aus eskortierte ihn ein weiterer Wachmann, diesmal mit einer Maschinenpistole ausgerüstet, zu einem dreistöckigen Betongebäude. Jack unterschrieb, wurde eingelassen und an einen dritten Wachmann verwiesen, der ihn durch ein Tor aus dicken gelben Eisenstangen zu einem Tor aus dicken grauen Eisenstangen geleitete. Als das erste Tor sich schloss, öffnete sich das zweite.

Von dem Augenblick an, in dem er durch das erste Tor ging und es scheppernd hinter ihm ins Schloss fiel, befand Jack sich in einer fremdartigen Welt aus Beton und Stahl, in der jedes Geräusch widerhallte. Als er dem Wachmann einen langen Gang entlang folgte, fühlte er sich fast überwältigt von dem Lärm – Gebrüll, Geschrei, sogar Weinen und das Scheppern auf- und zufallender Türen, die Hintergrundmusik von Raiford.

Man brachte ihn in einen kleinen Raum, der mit einem grauen Tisch und vier grauen Stühlen ausgestattet war; sie waren alle am Boden festgeschraubt. Der Wachmann sagte ihm, er solle warten, und er setzte sich auf einen der Stühle.

Rudy wurde von zwei Wachmännern in den Raum begleitet. Er trug Handschellen und Fußketten. Es war ein größeres Unternehmen, ihn auch nur in den Raum zu führen und auf den Stuhl zu setzen. Das Geräusch der Ketten, die gegen den Metallstuhl schlugen, war sogar für einen altgedienten Profi wie Jack enervierend. Er war schon früher in Gefängnisse gegangen, um mit Zeugen zu sprechen, aber er war noch nie in einem Hochsicherheitsgefängnis wie Raiford gewesen, und er hatte niemals den Insassen einer Todeszelle befragt.

Einer der Wachmänner blieb neben der Tür stehen. Jack wollte zunächst wegen der Unmöglichkeit einer privaten Unterhaltung protestieren, überlegte es sich aber anders. Er wusste, die einzige mögliche Alternative würde so aussehen, dass er sich durch eine Scheibe mit Rudy unterhalten musste, und das wollte er nicht. Notfalls würden sie eben flüstern müssen.

Rudy sah ihm quer über den Tisch direkt in die Augen, lächelte und streckte eine seiner gefesselten Hände aus, so weit es ihm möglich war.

»Hi, Mr. Tobin.« Jack nahm die Ähnlichkeit sofort wahr. Rudy sah mit seinem dicken, glänzenden schwarzen Haar und der olivfarbenen Haut ganz sicher nicht irisch aus – es waren das Lächeln und die Augen. Nicht ihre Farbe, sondern die Art und Weise, wie sie aufleuchteten, wenn er lächelte. Er hätte nie daran gezweifelt, dass dies Mikeys Sohn war.

»Hi, Rudy. Nennen Sie mich Jack.« Jack musste die Hand fast über den ganzen Tisch strecken.

»In Ordnung, Jack, danke. Wissen Sie, als sie mir gesagt haben, ein Jack Tobin wollte mit mir reden, habe ich keine Ahnung gehabt, wer Sie sind. Dann sind mir die Geschichten eingefallen, die mein Dad erzählt davon hat, wie er als Junge in New York gelebt hat und mit seinem besten Freund Johnny rumgezogen ist – Johnny Tobin.«

»Er hat von mir geredet?«

»Oh, yeah. Hat mir erzählt, wie ihr in den Durchgängen rumgeklettert seid, euch an Busse drangehängt habt, die Feuerleiter runtergeklettert – eine tolle Zeit muss das gewesen sein. Und ich bin richtig geehrt, den Bürgermeister von Lexington Avenue zu treffen.«

Jack lächelte. »Das hat er auch erzählt?«

»Oh, yeah.«

»Hat er auch erwähnt, dass das eigentlich sein Spitzname war?«

»Er hat mir erzählt, dass Pater Burke den Namen gefunden

hat, aber auf Sie hätte er besser gepasst. Er hat mir die ganze Geschichte erzählt.« An der Art, wie er es sagte, merkte Jack, dass Rudy auch von der Voraussage seines Vaters wusste.
Es waren schöne Erinnerungen, und noch schöner war, dass Mikey sie seinem Sohn erzählt hatte. Die Unterhaltung dauerte noch keine fünf Minuten, und Rudy hatte ihn mit seinem Charme und seiner Herzlichkeit bereits für sich gewonnen. Jack wusste instinktiv, dass er nicht mit einem Mörder sprach. Es hätte ihm Spaß gemacht, weiter mit Rudy in Erinnerungen zu schwelgen – aber sie hatten nicht viel Zeit.
»Rudy, wissen Sie, warum ich hier bin?«
»Yeah, ich nehme an, Sie wollen mir auf irgendeine Art helfen. Vielleicht noch ein Gnadengesuch einreichen oder so was.«
»Was halten Sie davon?«
»Na ja, ich werd's Ihnen sagen, Mr. Tobin – Jack meine ich. Eine von diesen Gruppen, die gegen die Todesstrafe arbeiten, hat ein paar Mal versucht, mir zu helfen, aber, hm, Sie merken's ja wahrscheinlich, es hat nicht funktioniert. Wenn man hier drinsitzt, macht man sich da nicht so viele Hoffnungen.«
»Na, ich würde es jedenfalls gern versuchen, Rudy. Es kann ja nichts schaden.«
»Ich bin mir da nicht so sicher, Jack.«
Die Antwort überraschte Jack. Er hatte anfängliche Skepsis erwartet, aber dies war mehr als das – es klang entschiedener. Jack verstand es nicht. Was konnte es schaden? Zum Teufel, er war sich so sicher gewesen, dass Rudy sich von ihm vertreten lassen würde, als er seine Kanzlei eröffnet, Nancy angeheuert und mit der Arbeit begonnen hatte. Wer würde ernstlich eine weitere Chance ablehnen wollen?
»Ich verstehe nicht ganz, Rudy.«

Rudy lächelte. »Hab ich auch nicht erwartet. Wissen Sie, es ist so, Jack. Was mir da Schlimmes passiert ist – es ist eine Menge Gutes dabei rausgekommen. Meine Mom und mein Dad sind wieder zusammengekommen. Ich weiß schon, dass ich im Gefängnis war und all das – das war schwer für sie, verstehen Sie mich nicht falsch. Aber ich weiß auch, dass ich in den Augen von meiner Mom etwas gesehen habe, das vorher nicht da gewesen war, als sie wieder zusammen waren. Sie waren wirklich verliebt, wissen Sie.

Und ich habe meinen Dad kennengelernt. Wir haben nicht viel Zeit zusammen verbracht. Ich meine, wir haben uns nur hier im Gefängnis gesehen. Aber wir haben fast jedes Mal eine richtig gute Zeit gehabt, und in zehn Jahren kommt da schon was zusammen. Und ich habe eine Menge über Sie erfahren.«

Jack wollte antworten, aber Rudy hob die Hand.

»Lassen Sie mich ausreden. Vielleicht wäre das so oder so passiert, ich kann's nicht sagen. Das andere ist – ich habe nie richtige Freunde gehabt außer meiner Mutter. Wahrscheinlich haben Sie das alles gelesen, dass ich langsam bin und so weiter. Wenn ich irgendwas vermisse, dann ist es sie – und mit dem Boot draußen zu sein und die Flussarme auf und ab zu fahren. So wie ich das sehe, Jack – wenn das hier alles vorbei ist, dann werde ich dort sein. Ich verstehe das überhaupt nicht, aber ich bin glücklich, wenn ich daran denke, dass ich ein Teil der Natur sein werde und dass ich dorthin gehe, wo meine Mutter und mein Vater sind. Ich bete nicht um den Aufschub.

Sie können das also versuchen, und wenn es funktioniert, dann nehme ich mal an, es gibt einen Grund, dass ich wieder Teil von dieser Welt werde. Aber wenn nicht, dann will ich nicht, dass Sie sich deswegen Vorwürfe machen. Okay?«

Jack sagte einen Augenblick lang gar nichts. Er nahm Rudys Worte in sich auf. Vielleicht mangelte es Rudy an der Art von Intelligenz, die er in der Schule hätte brauchen können, an einem vorzeigbaren IQ, aber er hatte ein tieferes Verständnis für seinen Platz in der Welt, als die meisten Leute jemals erlangen würden. Er hatte keine Angst davor, den nächsten Schritt zu tun. In diesem Augenblick tat Jack den nächsten Schritt.

»Rudy, ich weiß selbst nicht ganz genau, warum ich dies tue. Ich weiß nur, dein Vater und ich haben uns geliebt und dann zugelassen, dass bestimmte Dinge sich zwischen uns geschoben haben. Ich habe seit etwa fünf Jahren vorgehabt, mich in Bass Creek zur Ruhe zu setzen. Als ich zur Beerdigung von deinem Dad gegangen bin und von dir und deiner Lage hier erfahren habe und wo all das passiert ist, habe ich einfach gewusst, dass es mir bestimmt ist, etwas in der Sache zu unternehmen.«

Rudy nickte, antwortete aber eine ganze Weile nicht.

»Dann tun wir's doch, Jack.« Und dann holte er Luft, als denke er sehr konzentriert darüber nach, was er sagen würde, und versuche, die richtigen Worte zu finden. »Jack, vielleicht musst du das tun, einfach um es zu tun, ich glaube, das verstehe ich schon. Aber wo es hinführt – das ist vielleicht nicht das, was du gewollt hast oder was du erwartest. Okay?«

Jack war sich nicht ganz sicher, was Rudy damit meinte, aber der Wachmann gab ihm zu verstehen, dass die Besuchszeit vorbei war. So nickte er Rudy zu und stand auf, um zu gehen.

»Eine andere Sache noch, Jack. Glaubst du, die Leute können die Zukunft sehen, wenn sie sterben werden?«

Jack nahm an, Rudy spräche über sich selbst, und wusste nicht, was er darauf sagen sollte.

»Ich weiß nicht, Rudy.«

»Weißt du, es ist nämlich so, als mein Dad das letzte Mal zu Besuch gekommen ist, hat er gewusst, dass er stirbt, und er hat etwas wirklich Merkwürdiges zu mir gesagt, als er gegangen ist. Ich hab's absolut nicht verstanden, bis gerade eben. Er hat gesagt: ›Wenn Johnny dich besuchen kommt, sag ihm, wenn er von jetzt an mit dir redet, redet er mit mir.‹«

Jack ging hastig, rannte zu seinem Auto, fuhr durch das Tor hinaus, so schnell er konnte – und als der Natodraht und die Wachtürme außer Sicht waren, fuhr er das Auto an den Straßenrand, stellte den Motor ab und weinte.

25

»Wie ist es gegangen mit Rudy?«, fragte Pat.

»Gut. Er hat Mikeys Lächeln«, sagte Jack und begann ein paar Papiere zu sortieren. Pat ließ sich nicht so leicht abwimmeln.

»Das ist alles? Er hat Mikeys Lächeln? Und übrigens, wir haben ihn seit ungefähr fünfunddreißig Jahren nicht mehr Mikey genannt.«

»Ja, ich weiß, aber in meiner persönlichen Datenbank ist er unter Mikey eingetragen. Und das ist ganz und gar nicht *alles*. Rudy war unglaublich. Warmherzig. Freundlich. Intuitiv. Und er ist unschuldig.«

Pat bemerkte, wie sich sein Kinn vorschob, als er es sagte.

»Wow. Das muss ja eine denkwürdige Unterhaltung gewesen sein. Ich dachte, er ist langsam – leicht zu beeinflussen –, und das hätte zu seiner Verurteilung geführt.«

»Er ist vielleicht langsam nach den Kriterien, nach denen wir üblicherweise Intelligenz messen. Und vielleicht ist er zu vertrauensvoll – glaubt zu sehr an den guten Willen der Leute –, das halten wir in der Regel für einen charakterlichen Fehler. Aber in anderer Hinsicht ist er über sein Alter hinaus weise. Pat, ich möchte, dass du ihn kennenlernst. Ich fahre nächste Woche wieder hin. Warum kommst du nicht mit?«

»Würde ich gern. Ich meine, ich bin nicht gerade scharf auf die Vorstellung, den Todestrakt zu besuchen. Aber ich würde

gern Mikeys Sohn kennenlernen, vor allem nach dem, was du mir jetzt über ihn erzählt hast.«
»Phantastisch«, sagte Jack. »Du wirst sehen, er hat viel von seinem Vater – und dann noch etwas darüber hinaus.«
Von diesem Augenblick an wusste Pat, dass Rudy den besten Rechtsbeistand haben würde, der überhaupt möglich war – jemanden, der mit dem Kopf *und* dem Herzen an ihn glaubte. Es musste wirklich eine denkwürdige Unterhaltung gewesen sein.

Zwei Tage später trafen die umfangreichen Akten von der Staatsanwaltschaft und dem Büro des Pflichtverteidigers ein – in einem Kleinlaster. Jack ließ sie alle an der Wand seines Büros aufstapeln. Er hatte vor, sich die nächsten paar Tage über in diese Akten zu vertiefen.
Am ersten Morgen begann er mit den Polizeiberichten, die gleich im Anschluss an den Mord erstellt worden waren. Ihm wurde schnell klar, weshalb die Ermittlungen sich auf Rudy konzentriert hatten. Er war in der Mordnacht im Haus des Opfers gewesen. Pilar Rodriguez hatte der Polizei eine recht klare Beschreibung geliefert, obwohl sie Rudy bei der Gegenüberstellung nicht identifiziert hatte. Auch Raymond Castro und José Guerrero waren sich bei ihrer Beschreibung sicher gewesen – bevor sie beide verschwunden waren. Das Blut auf dem Teppich und an den Glasscherben gehörte zu Rudys Blutgruppe – aber, zum Teufel, er hatte die häufigste Blutgruppe überhaupt; es besagte nichts weiter, als dass er als Täter nicht auszuschließen war. Aber dann war da noch Rudys Geständnis oder, präziser ausgedrückt, Wesley Brumes Protokoll von Rudys Geständnis. *Gibt es eine Aufzeichnung von diesem Verhör? Und wenn nicht, warum nicht?* Bisher war das der einzige auffallende Aspekt, den er gefunden hatte.

Er las als Nächstes den Bericht des Gerichtsmediziners – nichts, das er nicht schon vorher gewusst hätte. Jemand hatte ihr mit einem Messer mit gezackter Klinge die Kehle durchgeschnitten.

Als er das gesamte Ermittlungsmaterial zwei Mal durchgelesen hatte, das zweite Mal aufmerksamer als das erste Mal, ging er davon aus, dass er eine Vorstellung von den Argumenten der Anklage hatte. Aber irgendetwas nagte an ihm. *Irgendwas steckt in diesem Material, das mir entgangen ist. Irgendwas habe ich übersehen,* sagte er sich. *Vielleicht ist es das. Vielleicht ist es etwas, das* nicht *da ist, das mich stört?*

Er verließ das Büro gegen drei Uhr und nahm sich einige der Akten mit nach Hause. Pat tauchte kurz nach fünf mit Tüten voller Lebensmittel auf. Jack saß auf dem Wohnzimmerfußboden, mit dem Rücken an das Sofa gelehnt. Der Boden ringsum war mit Papieren bedeckt. Er sah aus wie ein Collegestudent – ein etwas spät berufener Collegestudent –, der die Nacht durchzuarbeiten vorhat, um eine Seminararbeit fertigzustellen, von deren Thema er keine Ahnung hatte.

»Wie steht es? Hast du das Rätsel schon gelöst?«, fragte sie.

»Nicht mal annähernd. Ich bin zu den Alligatoren in den Sumpf gesprungen, das ist alles.«

»Okay, ich werde dir heute Abend etwas Schönes kochen – nahrhaft –, damit sie wenigstens zufrieden sind, wenn sie dich fressen.«

»Danke. Aber im Ernst, ich dachte, wir könnten heute zum Essen ausgehen.«

Pat stellte die Tüten auf dem Tisch ab. »Ist mir auch recht.«

»In der Stadt gibt es ein kleines mexikanisches Lokal. Ich gehe gern dahin. Magst du mexikanisches Essen?«

»Sehr, aber jetzt kann ich noch nicht los. Erst laufe ich, dann kommen meine Übungen.«

»Ich wusste gar nicht, dass du läufst.«

»Da dürfte es noch mehr geben, das du nicht von mir weißt, Jackie-Boy.«

»Was hältst du davon, wenn ich mitkomme? Und während du deine Übungen machst, gehe ich schwimmen. Dann können wir essen gehen.«

»Das gefällt mir – ein Planer«, sagte sie, während sie die letzten Einkäufe wegräumte.

Fünf Minuten später hatten sie sich umgezogen und waren auf dem Weg ins Freie. Jack konnte kaum vermeiden, festzustellen, wie fit Pat war: die langen Beine durchtrainiert, der Bauch straff – ebenso wie der Sport-BH, der die »Ausbuchtungen« im Zaum hielt, die er und Mikey vor vielen Jahren bemerkt hatten.

Muss mir das mal näher ansehen, dachte Jack, und dann rief er sich selbst zur Ordnung. *Moment mal, Junge! Das ist Patty, an die du da gerade denkst!*

»Wie weit willst du laufen?«, fragte er, nachdem sie mit den Aufwärmübungen fertig waren. »Ich habe eine Drei-Meilen-Strecke, eine mit fünf Meilen, acht, zehn – such dir was aus.«

»Na ja, ich bin gerade erst angekommen und bin seit ein paar Tagen gar nicht mehr gelaufen – fangen wir mit drei Meilen an?«

»Okay.«

Jack brauchte nicht viel langsamer zu werden, damit Pat mithalten konnte. Sie hielt ein ordentliches Tempo durch. *Etwa achteinhalb Minuten die Meile,* dachte er. Er selbst blieb meist unter acht Minuten, aber dies war in Ordnung. Er würde immer noch in Schweiß geraten, und es machte Spaß, sich unterwegs mit jemandem unterhalten zu können.

Pat wusste, dass er über den Fall sprechen wollte. Er hatte

sich den ganzen Tag mit diesen Akten beschäftigt – er würde es nicht für sich behalten können. Sie beschloss, selbst den Anfang zu machen.

»Was hast du heute rausgefunden?«

Jack zuckte im Laufen die Schultern. Sie rannten am Fluss entlang. Es war ein für Florida typischer Herbstabend – klarer Himmel, kühle frische Luft. Auch auf dem Fluss war es ruhig – ein paar kleine Motorboote, eine Yacht und ein Segelboot tuckerten vorbei, aber insgesamt war es friedlich und still.

»Also«, begann Jack, »Rudy war mit Sicherheit in der Mordnacht im Haus des Opfers, *ungefähr zum Zeitpunkt des Mordes*. Das hat er selbst zugegeben. Aber er sagt, ihm ist schlecht geworden, und er hat versucht, rechtzeitig aus dem Haus zu kommen, um zu kotzen, und dabei ist er gestolpert, hat sein Bierglas zerbrochen und sich in die Hand geschnitten. Dann hat Lucy – das ist das Opfer – ihn rausgeworfen.«

»Sie haben also sein Blut im Haus gefunden?«

»Ja.«

»Und das einzige Blut, das sie sonst noch gefunden haben, gehört dem Opfer?«

»Genau.«

»Hört sich an, als ob du da ein ernsthaftes Problem hättest.«

»Das ist noch gar nichts. Es gibt nur eine Möglichkeit, wie es so passiert sein könnte, wie Rudy sagt, dass es passiert ist – wenn jemand anderes ins Haus gekommen ist, *nachdem* er schon weg war. Nun haben wir drei Typen, die ein paar Häuser weiter gesessen haben. Zwei davon haben gesehen, wie Rudy zu Lucy gegangen ist und später aus der Richtung ihres Trailers gekommen ist – aber die beiden sind seither verschwunden, und die Polizei hat nie Gelegenheit gehabt, mit dem dritten Typen zu reden; der war noch schneller weg.«

»Klingt merkwürdig.«
»Ja, aber dass es merkwürdig klingt, hilft uns nicht weiter. Wenn es irgendeinen Hinweis darauf gäbe, dass an diesem Abend noch jemand anderes in Lucys Haus war – das könnten wir verwenden. Dann würde das Verschwinden dieser drei Typen *wirklich* verdächtig aussehen.«
»Und es gibt absolut nichts in der Richtung?«
»Nein. Die Bullen von hier sind die letzten Idioten. Versteh mich nicht falsch, ich habe auch nicht viel Erfahrung mit Verbrechensschauplätzen, ich habe mein ganzes Leben Zivilrecht praktiziert, und die Geschichte hier ist zehn Jahre her. Aber wenn jemand ermordet wird, vor allem, wenn es ein so brutaler Mord ist wie dieser, dann bleiben in der Regel Spuren zurück – Fingerabdrücke, Fußabdrücke, Haare –, irgendwas eben! Diese Typen haben nichts gefunden. Es sieht fast so aus, als hätten sie die Spuren von Rudys Blut gefunden und sofort aufgehört zu suchen.«
»Es könnte aber auch sein, dass Rudy wirklich der einzige Mensch am Schauplatz war«, merkte Pat an. »Du kannst das nicht einfach ausschließen.«
»Doch, ich kann, wenn ich Rudy glaube. Und ich glaube Rudy.«
Pat antwortete nicht. Sie waren schon wieder beim Haus angekommen, und sie konnte sich an den Lauf kaum erinnern. Es war erstaunlich, wie schnell die Zeit verging, wenn man eine gute Unterhaltung führte. Aber diese gute Unterhaltung ging ihr nach.
Jack hat sich jetzt engagiert, aber was, wenn Rudy wirklich schuldig ist oder wenn es keine Möglichkeit gibt, seine Unschuld zu beweisen? Wie würde Jack das aufnehmen, jetzt, wo er Rudy kennengelernt hat und anscheinend wirklich angetan ist von ihm? Das Wenige, das sie gehört hatte, hörte

sich nach sehr überzeugendem Indizienmaterial für die Anklage an. *Und war da nicht auch noch ein Geständnis?* Mit einem Mal war sie sich nicht mehr so sicher, ob sie Rudy wirklich im Gefängnis besuchen wollte. *Möchte ich jemanden kennenlernen – vor allem, wenn es Mikes Sohn ist –, der bald sterben wird?*

Die Taqueria lag am Rand des Barrio, war aber ein, zwei Grade besser als die Kneipen, die im Barrio selbst als Restaurants dienten. Es gab einen Speisesaal und eine Bar für die »Nur-Trinker«. Das Dekor war wild gemischt, vollkommen übertrieben und entschieden nicht mexikanisch. Ein ausgestopfter Gator hing von der Decke, und die Banner von Florida, Florida State und Miami hingen an den Wänden zwischen Hirschköpfen, ausgestopften Eselhasen und anderen Dekorationsstücken, darunter auch ein rechteckiges Schild mit einer Bierwerbung aus Colorado. An einer der Wände hing ein großes Poster mit dem berühmten Matador El Cordobes – aber auch er war selbstverständlich nicht Mexikaner, sondern Spanier.

Jack und Pat suchten sich einen Tisch in der Ecke zur Linken von El Cordobes und setzten sich. Pat sah sich fasziniert um. »Ich glaube, jetzt habe ich die Redneck-Riviera endlich gefunden«, sagte sie kichernd. Sie waren beide frisch geduscht und trugen Jeans und T-Shirts.

Jack lachte. »Warte – du hast das Essen noch nicht probiert.«

»Ist es so schlecht?«

»Nein, das war ein Scherz. Es ist sogar sehr gut.«

Als der Kellner auftauchte, bestellten sie beide Burritos mit Hühnchen und Dos-Equis-Bier in der Flasche. Das Bier wurde sofort gebracht, und Pat nahm einen langen Schluck. »Es ist eigentlich nicht sehr sinnvoll, drei Meilen zu rennen

und dann Bier zu trinken, oder?«, fragte sie mit einem Lippenschnalzen.
»Doch, und wie«, sagte er, während er seine Bierflasche gegen ihre stieß. »Vom Bier fühlt man sich gut, vom Laufen sieht man gut aus – *und du siehst gut aus.*«
Sie zog die Augenbrauen hoch, dann lächelte sie. »Herzlichen Dank, Jack. Und du sieht auch nicht gerade übel aus, vor allem in diesem Speedo.« Damit war die sehr sparsam geschnittene Badehose gemeint, die er getragen hatte, als er in dem Pool am Haus seine Bahnen gezogen hatte. »Die überlässt nicht mehr sehr viel der Einbildungskraft.«
Jack wurde rot. Plötzlich sah er sich wieder seinem alten Kumpel Pat gegenüber.
»Ich habe nicht gewusst, dass du drauf geachtet hast.«
»Ja nun, habe ich aber.« Sie sah ihm direkt in die blauen Augen.
Jack erwiderte den Blick, und die neue Pat kam wieder zum Vorschein. »Ich auch«, sagte er.
Die Anspannung verflog, als der Kellner die Burritos brachte. Sie aßen schweigend, wobei jeder von ihnen über das nachdachte, was gerade geschehen war. Pat hatte mit Sicherheit nicht vorgehabt, eine Bemerkung zu machen, die so sexuell aufgeladen war. Sie hatte Jack überhaupt noch nie in einem solchen Licht betrachtet – jedenfalls nicht, bevor sie den Mund aufgemacht hatte. *Ich hab ihm einfach nur gesagt, dass er gut aussieht,* sagte sie sich. *Das kann man doch nicht falsch verstehen.* Jack sagte sich währenddessen das Gleiche.
Pat beschloss, das Thema zu wechseln.
»Wie gewöhnst du dich ein in deinem neuen Leben? Ich meine, das hier ist doch sehr anders als Miami und die große Sozietät.«
»Ehrlich gesagt, ich habe überhaupt keine Eingewöhnungs-

zeit gebraucht. Ich habe seit Jahren die Wochenenden hier verbracht. Gewöhnen musste ich mich jedes Mal daran, zurück nach Miami zu gehen. Die große Firma war nie wirklich mein Ding. Ich war erfolgreich, aber ich war unglücklich dabei. Als ich von dort weggegangen bin, war das so, als stiege ich aus einer Rolle aus, die ich zwanzig Jahre lang gespielt hatte. Das hier ist mein wahres Ich. Ich nehme mal an, in Wirklichkeit bin ich ein alter Redneck aus Florida.«

»›Cracker‹, sagen die Einheimischen«, merkte Pat an. »Ich habe mich eingelesen ins alte Florida. Das hier ist eine Crackergegend. Aber du bist keiner, Jack. Du bist der Junge aus der Nachbarschaft, der es zu was gebracht hat, und du hast dich in der Rolle nie wohl gefühlt.«

»Du hast recht. Ich habe eine Menge Zeit verschwendet.«

»Na ja, du hast den Rest deines Lebens Zeit, um es wiedergutzumachen. Meinst du, dein Berufsleben hatte etwas damit zu tun, dass deine Ehen nicht gehalten haben?« Es war eine Frage, die zu stellen sie nicht vorgehabt hatte. Auch diesmal wieder hörte sie die Worte, als sei sie nichts als ein Beobachter ihrer eigenen Gedanken.

»Ich bin mir sicher, dass das zumindest ein Teil davon war. Ich habe viel darüber nachgedacht. Ein Beruf, bei dem Status sehr wichtig ist, bringt seine eigenen Zwänge mit sich. Aber ich glaube sowieso nicht, dass ich der Stoff bin, aus dem man Ehemänner macht. Meine Frauen haben alle das Gleiche gesagt: ›Du bist nicht für mich da. Es ist, als ob du immer woanders wärst. Du redest nicht mit mir.‹ Alle drei haben zu irgendeinem Zeitpunkt genau das zu mir gesagt. Ich habe nicht gewusst, was sie damit meinen. Ich habe gedacht, ich wäre ein guter Ehepartner, ein guter Ernährer. Ich habe geredet. *Wir* haben geredet – jeden Abend. Ich nehme mal an, ich habe nie über meine Gefühle geredet, aber so bin ich eben einfach. Ich streite nicht gern. Wenn ich wütend auf dich bin, mache ich es mit mir selbst ab. Ich brauche dir nicht zu erzählen, dass ich wütend bin und was du alles falsch gemacht hast und wie du meine Gefühle verletzt hast und bla, bla, bla. Ich brauche auch den Mist, der im Büro passiert ist, nicht zu *verarbeiten*. Morgen bin ich darüber hinweggekommen.

Man hat mir vorgeworfen, ich wäre unsensibel, distanziert, ich kehrte alles unter den Teppich – alles Mögliche. Ich habe gedacht, ich benähme mich wie ein erwachsener Mensch, der ein Leben zu leben hat. Aber irgendwann bin ich zu dem Schluss gekommen, dass ich einfach keinen guten Ehemann abgebe.«

Pat nickte wissend und lächelte. »Ich kann dir gar nicht sagen, wie oft meine Freundinnen mir genau das über ihre Männer erzählt haben und meine Freunde über ihre Frauen. Du bist nicht anders, Jack. Das ist ein Problem, das so alt ist wie die Menschheit. Frauen wollen über ihre Gefühle reden, Männer nicht. Frauen fühlen sich anderen näher, wenn sie ihre Empfindungen teilen. Ich weiß nicht, was Männer fühlen, aber sie mögen das nicht. Männer sind eher aufs Machen aus. Sie gehen davon aus, ihre Frauen liebten sie für das, was sie tun, nicht für ihre Worte, während ihre Frauen einfach darauf warten, dass sie ›Ich liebe dich‹ sagen. Ich nehme an, wir wollen starke Männer, die zugleich sensibel sind, aber wenn sie zu sensibel sind, halten wir sie für Schwächlinge. Es kann wirklich ein bisschen kompliziert sein.«

»Ja, und mein Job war kompliziert genug für mich. Zu Hause wollte ich es einfach haben. Aber ich kann dir eines sagen – und ich bin mir sicher, das hast du auch schon ein paar Mal gehört: Keine von ihnen hatte ein Problem damit, die Früchte meiner Arbeit auszugeben.«

»Hört sich an, als ob du mit dem Aspekt noch nicht so ganz abgeschlossen hättest.«

»Wahrscheinlich. Deswegen bin ich allein. Und du? Wie lautet deine Geschichte?«

»Eigentlich gibt es keine. Ich hatte ein paar längere Beziehungen, aber sie sind irgendwie zu Ende gegangen. Ich weiß nicht ganz genau, warum. Ich glaube, ich könnte etwas zu stark und unabhängig gewesen sein für die Männer, mit denen ich zusammen war. Und ich habe mehr Geld verdient als sie, das könnte auch eine Rolle gespielt haben.«

Jack beobachtete sie aufmerksam, während sie sprach. Er bemerkte, wie glatt und weich ihre Haut war. Sie hatte wenig Fältchen im Gesicht und fast gar keine rings um die großen grünen Augen – *wunderschöne grüne Augen,* dachte er. »Na, dann sind sie selber schuld«, hörte er sich sagen und verspürte die dringende Notwendigkeit, einen großen Schluck Bier zu trinken, kaum dass die Worte heraus waren.

»Aber, Jack – nochmals danke. Zwei Komplimente an einem Abend, du meine Güte«, sagte sie und fächelte sich mit der Hand Luft zu.

»Stimmt aber«, murmelte er, verlegen wie ein Teenager beim ersten Date. *Was, zum Teufel, ist hier eigentlich los?,* dachte er.

Pat lächelte nur. Sie wusste, was los war. Ein kleines Feuer war entzündet worden – unerwartet. Aber dies war ein Feuer, das langsam brennen musste, wenn überhaupt. Schließlich stand hier eine Freundschaft auf dem Spiel.

26

Es dauerte noch zwei Tage und zwei Nächte, aber schließlich hatte Jack sich fast jede Akte angesehen. In der letzten Schachtel lagen noch ein paar sehr dünne Akten, die er nicht ansah, aber er war sich sicher, dass er alles Wichtige gelesen hatte. Und beim abendlichen Joggen fasste er für Pat zusammen, was er am Tag herausgefunden hatte. Es half ihnen beiden; Pat erfuhr von allen Details des Falls und gab dieses Wissen am nächsten Morgen an Nancy weiter, und Jack konnte während des Berichts seine Gedanken ordnen und zusammenfassen.

»Du hattest recht, Rudys Strafverteidigerin war eine Frau. Ihr Name ist Tracey James, anscheinend ein richtiger Star mit einer Kanzlei in Vero Beach.« Sie liefen gerade auf dem Wegstück am Flussufer. Es waren keine Boote in Sicht, nur zwei Pelikane, die nebeneinander herschwammen. Ein dritter schoss im Sturzflug ganz in der Nähe ins Wasser, packte einen Fisch und flog davon. Die beiden Schwimmer ignorierten ihn vollständig. *Die haben wohl schon gegessen,* dachte Jack; er wusste, wie erbittert Pelikane sich normalerweise noch um den winzigsten Bissen zankten. *Oder vielleicht sind sie auch verliebt …*

Pat unterbrach den Tagtraum. »Und hat sie's wirklich hingeschmissen, weil sie ihr nicht genug bezahlt haben?«

»Wer?«

»Was glaubst denn du? Diese Tracey James, von der du gerade geredet hast.«

»O ja. Genau weiß ich's nicht. In den Akten steht nur, dass

sie den Fall abgegeben hat, bevor es zur Verhandlung gekommen ist, aber wenn Mike dir das erzählt hat, dann wird's schon so sein. Es ist ja nicht so, als ob ich nie von Anwälten gehört hätte, die ihren Job bloß wegen des Geldes machen. Jedenfalls war das der Grund dafür, dass Rudy bei den Pflichtverteidigern gelandet ist. Bevor sie den Fall abgegeben hat, hatte sie gute Arbeit geleistet. Bei der Voruntersuchung hat sie den Polizeiermittler im Zeugenstand komplett auseinandergenommen. Wenn das Gleiche bei der Verhandlung selbst passiert wäre, wäre Rudy heute wahrscheinlich ein freier Mann.«

»Warum ist es bei der Verhandlung nicht passiert?«

»Weil der Pflichtverteidiger entweder blau oder ein Vollidiot war.«

»Könnte man mit der Begründung nicht eine Revision beantragen?«

»Ja, aber das haben sie schon probiert, und es ist nichts dabei rausgekommen. Anscheinend hat diese Ms. James bei der Voruntersuchung eine sehr interessante Frage aufgeworfen – ob Rudy aufgrund seiner beschränkten Intelligenz und seiner Persönlichkeit überhaupt in der Lage gewesen wäre, sich dem Verhör zu verweigern. Und sie hat die Frage gestellt, ob die Polizei das Verhör hätte abbrechen müssen, als Rudys Mutter dort erschienen ist.«

»Und ich nehme an, der Richter hat sich nicht darauf eingelassen?« Es begann kompliziert zu werden, und Pat gab sich Mühe, am Ball zu bleiben. Glücklicherweise liefen sie an diesem Abend fünf Meilen.

»Doch, hat er. Er hat dem Antrag auf Nichtzulassung des Geständnisses nicht stattgegeben, aber er hat der Verteidigung erlaubt, sämtliche Begleitumstände dieses Geständnisses zur Sprache zu bringen – dass sie Elena in einem anderen

Zimmer haben warten lassen, dass sie Video- und Audiogerät hatten und nichts davon verwendet haben. Und das Geständnis selbst war eigentlich kein Geständnis. Der Ermittler hat Rudy einfach nur dazu gebracht, auszusagen, dass er, wenn er wütend genug wäre, wohl jemanden umbringen könnte.«

»Und du sagst, der Pflichtverteidiger hat nichts von alldem verwendet?«

»Nichts.«

Am nächsten Abend verständigten sie sich auf sieben Meilen. Jack erklärte Pat, wie Anträge auf Revision bearbeitet wurden. Grundlage des ersten der beiden Anträge war der abgeschmetterte Antrag auf Nichtzulassung des Geständnisses gewesen. Der Supreme Court von Florida hatte die Berufung verweigert mit der Begründung, Richter Wentwells Lösung – festzulegen, dass alle Begleitumstände des Geständnisses der Jury vorgelegt werden mussten – sei eine untadelige juristische Maßnahme gewesen. Der zweite Antrag auf Revision nannte als Begründung die Unfähigkeit des Pflichtverteidigers, der es versäumt hatte, die Umstände, unter denen das Geständnis zustande gekommen war, auch nur anzuführen.

»Meiner Ansicht nach war das keine üble Strategie«, sagte Jack. »Das Gericht entscheiden lassen, dass dieses Material hätte verwendet werden können und *sollen,* und dann einen zweiten Antrag hinterherschicken, weil der Pflichtverteidiger es versäumt hat, dieses essenziell wichtige und entlastende Material auch nur vorzulegen.«

»Und wie, zum Teufel, haben sie es dann fertiggebracht, die Revision *nicht* zu kriegen?« Je besser Pat die Umstände des Falls durchschaute, desto wütender wurde sie.

»Du musst dir da über ein paar Dinge im Klaren sein. Es geht hier um mehr, als man zunächst meinen sollte. Erstens: Berufungsgerichte stoßen nicht gern die Urteile anderer Gerichte um. Nur fünfzehn Prozent aller Fälle gehen in der Berufung anders aus als zuvor. Zweitens: In diesem Fall ist der Prozessanwalt ein Pflichtverteidiger. Er ist ein Beamter des Staates, genau wie sein Gegner, der Staatsanwalt. Das Gericht wird nur sehr ungern laut sagen, dass der Pflichtverteidiger sich als unfähig erwiesen hat, seine Aufgabe wahrzunehmen. Und drittens: Die Öffentlichkeit mag die Todesstrafe – was sie nicht mag, sind Aktionisten von Richtern, die sich in die Entscheidungen von Jurys einmischen. Auch Gerichte sind der öffentlichen Meinung gegenüber nicht immun.«

Pat war vollkommen fassungslos über das, was Jack ihr erklärte. Sie liefen gerade durch ein abgelegenes Waldstück, und sie begann zu schreien. »Es geht hier um das Leben eines Menschen! Wer schert sich da um die öffentliche Meinung oder Politik oder den Pflichtverteidiger oder so einen Dreck. Es geht um das Leben eines Menschen!«

Je mehr Pat sich aufregte, desto ruhiger wurde Jack. »Erinnerst du dich an diese alte Psychologiefrage? ›Wenn im Wald ein Baum umfällt und es ist niemand in der Nähe, macht er dann ein Geräusch?‹«

Pat hatte keine Ahnung, worauf hinaus er wollte. Sie war verstört und erregt, und Jack kam ihr mit einer dummen Frage, die nichts mit dem Thema zu tun hatte. »Ja. Und?«, fragte sie gereizt zurück.

»Na ja, in diesem Fall lautet die Antwort auf die Frage nein. Wir wissen, dass bei Mordprozessen, vor allem bei denjenigen, die auf Indizien beruhen – Augenzeugenberichten ohne greifbares Beweismaterial oder wenig Beweismaterial, aber sonst nichts wie in diesem Fall –, etwas Grundlegendes nicht stimmt. Bis zu dreißig oder vierzig Prozent der Angeklagten sind *unschuldig*. Aber die Leute werden trotzdem zum Tode verurteilt, weil niemand hinhört. *Niemanden interessiert es.* Nimm das jetzt nicht persönlich, Pat, aber dich hat es auch nicht interessiert, bevor Rudy dran war. Und mich auch nicht. *Es interessiert niemanden.* Sie richten Kinder hin, geistig zurückgebliebene Leute. Der Staat Texas hat im Lauf der letzten acht Jahre hundertvierzig Leute hingerichtet – und dort haben sie nicht mal ein Pflichtverteidigersystem; die Leute werden von Anwälten vertreten, die das Gericht bestimmt und von denen manche im Gerichtssaal schlafen oder sturzbetrunken auftauchen oder was auch immer. Du siehst hier aus nächster Nähe, wie ein Fall in den Sand gesetzt werden kann, aber es passiert jeden Tag in den Gerichtssälen im ganzen Land. Und es wird weiterhin passieren, so lange, bis die Leute anfangen, *hinzuhören.*«

Als sie zum Haus zurückkehrten, verschwand Pat sofort in ihrem Zimmer. Bei dem Gedanken an Abendessen nach dieser Unterhaltung wurde ihr übel.

27

Jack versuchte mehrmals, über die Auskunft Tracey James' Nummer zu erfahren, um bei ihr anrufen und einen Termin ausmachen zu können. Seltsamerweise war ihre Nummer dort nicht hinterlegt.

Warum steht eine Anwältin nicht im Telefonbuch? Es ergab keinerlei Sinn. Vielleicht hatte sie die Firma verlegt. Vero Beach lag nur eine Autostunde entfernt, und so beschloss Jack, gleich am Montagmorgen hinzufahren und ein paar Erkundigungen einzuholen. *Vor mir kann sie sich nicht verstecken,* dachte er halb im Scherz. *Und überhaupt, warum sollte sie das wollen?*

Seine Fragen wurden kurz nach seiner Ankunft in der Stadt beantwortet. Jacks professionelle Ermittlungstechnik war, vor jeder Anwaltssozietät, die er sah, zu parken, und drinnen zu fragen, wo Tracey James' Kanzlei zu finden war. Die Rezeptionistinnen der ersten drei Kanzleien hatten nie von ihr gehört, und er begann ernstlich an der Existenz der Frau zu zweifeln. Beim vierten Versuch hatte er mehr Glück. *Hartnäckigkeit zahlt sich aus,* dachte er. Er war jetzt seit einer halben Stunde auf der Jagd.

»Ich glaube, jemand von unseren Angestellten hat mal für sie gearbeitet«, sagte die Rezeptionistin bei Blaine & Dewey. Sie warf ihm einen Blick zu, bevor sie verschwand, um ihren Kollegen zu holen – einen Blick, der ihm vorkam, als wisse sie etwas, das er nicht wusste, offenbar aber hätte wissen sollen.

Vielleicht interpretiere ich in die Gesichter auch zu viel hinein, dachte er, wobei er übersah, dass dies der erste ausdrucksvolle Blick gewesen war, den er an diesem Vormittag gesehen hatte.
Fünf Minuten später betrat eine kleine übergewichtige Frau Mitte fünfzig und mit grimmigem Gesichtsausdruck das Wartezimmer.
»Sind Sie der Mann, der nach Tracey James gefragt hat?«
»Ja. Verstehe ich das richtig – Sie haben bei ihr gearbeitet?«
»Bis ganz zum Schluss«, sagte die Frau mit gesenktem Kopf. »Sie war eine gute Vorgesetzte. Hat gut bezahlt.« *Jeder, der gut zahlt, ist ein guter Vorgesetzter*, dachte Jack.
»Bis ganz zum Schluss – wie meinen Sie das?«
»Sie wissen also nicht Bescheid?«
»Worüber?« Er konnte diese Art von Frage-Antwort-Spiel nicht ausstehen.
»Ms. James ist vor einem Jahr bei einem Verkehrsunfall umgekommen.«
Jack hatte das Gefühl, sein Bedauern äußern zu müssen, obwohl er Tracey James nicht gekannt hatte. »Es tut mir leid, das zu hören«, sagte er. Die Frau machte den Eindruck, als würde sie jeden Moment in Tränen ausbrechen.
Vielleicht war Tracey James ja wirklich eine gute Chefin, dachte Jack. »Wissen Sie, wer heute ihre Akten betreut oder Zugang zu ihnen hat? Ich suche nach einer bestimmten Akte in einem Fall, den sie vor zehn Jahren bearbeitet hat – Rudy Kelly.«
Die Frau zuckte nur die Schultern. »Wahrscheinlich ist sie vernichtet worden. Nach drei Jahren wurden bei uns alle alten Akten vernichtet. Nach ihrem Tod sind ihre Fälle alle anderswohin vergeben worden. Ich erinnere mich an diesen Fall, aber ich weiß nicht recht, warum – ich war vor zehn

Jahren noch gar nicht bei Ms. James beschäftigt. Vielleicht sollten Sie mal bei ihrem damaligen Chefermittler nachfragen, Dick Radek.«

»Wissen Sie, wo ich den finde?«

»Nein, es tut mir leid. Halt, Moment, ich glaube, er hat mal etwas davon gesagt, dass er in Stuart lebt – am Wasser. Yeah, er hat gesagt, er hat sich dort angekauft, kurz bevor die Preise an die Decke gegangen sind.«

Viel war das nicht, aber es war ein Anfang. Jack bedankte sich und wollte schon gehen, als ihm noch etwas einfiel. Private Ermittler waren meistens ehemalige Polizisten.

»Wissen Sie, ob Mr. Radek Expolizist war?«

»Yeah, ich glaube schon«, antwortete sie. »Er hat mal erwähnt, dass er früher bei der Polizei von Miami gewesen war.«

Bingo, dachte Jack. »Ich danke Ihnen vielmals«, sagte er und ging.

Dick Radek lebte in einem typischen Mittelklassehaus in Stuart – Ranchstil, drei Schlafzimmer, zwei Badezimmer. Es stand nur zufällig direkt am Ufer des Intercoastal Waterway und fiel dort auf wie ein bunter Hund. Alle Nachbarhäuser waren riesige Villen, jede davon mit einer Yacht hinterm Haus.

»Ich habe den richtigen Zeitpunkt erwischt«, sagte Dick, als er bemerkte, wie Jack von einem Haus zum anderen sah. »Die versuchen seit Jahren, mich hier loszuwerden. Sie kaufen die Grundstücke auf und reißen die alten Häuser ab. Ich kann Ihnen gar nicht sagen, was die mir für dieses Haus schon geboten haben.«

Sie saßen in alten grünen Liegestühlen auf der verglasten hinteren Veranda und blickten über das Wasser. Dick hätte nicht gastfreundlicher sein können, als Jack eine halbe Stunde zuvor an seine Tür geklopft hatte. Er hatte ihn ins Haus und durch das Haus hindurch auf die Veranda gebeten, bevor Jack sich noch richtig vorgestellt hatte. Sobald Jack saß, hatte Dick ihm, ohne erst zu fragen, ein Bier gereicht und auch sich selbst eins geöffnet. Er war seit einem Jahr im Ruhestand, und obwohl sein mächtiger Körper immer noch muskulös war, war unverkennbar, dass er einen großen Teil seiner freien Zeit auf genau diese Art verbrachte. Der Bauch verriet ihn.

»Warum verkaufen Sie nicht?«, fragte Jack.

»Mir gefällt's hier. Außerdem weiß ich genau, dass die sich alle darüber ärgern, dass ich immer noch da bin. Sie wissen schon, der Prolet in der Nachbarschaft. Gefällt mir auch irgendwie. Und was kann ich für Sie tun?«

»Ich vertrete Rudy Kelly.« Jack warf die Worte hin und wartete auf eine Reaktion. Dick sagte nichts.

»Erinnern Sie sich an den Fall?«, fragte Jack nach einer Pause.

»Natürlich.« Ein kühler Luftzug schien durch den Raum zu ziehen. Der nette Kerl, der ihn ins Haus gebeten hatte, begann zu mauern. Jack spürte, es gab da etwas, über das Dick Radek nicht sprechen wollte.

»Ist es Ihnen recht, wenn ich Ihnen ein paar Fragen dazu stelle?«

»Kommt auf die Fragen an.«

»Sehen Sie mal, es sieht so aus, als ob ich gerade einen Nerv erwischt habe. Ich versuche das Leben eines jungen Mannes zu retten, und mir läuft die Zeit davon. Ich betreibe hier einfach nur Ermittlungen, versuche, Informationen zu finden, die meinem Mandanten helfen könnten, sonst nichts. Ich habe sonst kein Süppchen zu kochen, okay?«

Dick schien ihm zu glauben. »Ich höre. Machen Sie schon, stellen Sie Ihre Fragen. Ich antworte, wenn ich kann.«

»Warum hat Tracey James den Fall abgegeben?«

»Geld. Tracey hat nie irgendwas angefasst, wo kein Geld drin war. Ganz ehrlich, ich war überrascht, als sie diesen Fall genommen hat. Diese Frau – Rudys Mutter – hatte kein Geld. Ich habe gedacht, Tracey wird alles aus ihr rausholen, was irgendwie rauszuholen ist.«

»Das hätte sie getan?«

»Oh, sie konnte ein richtiger Blutsauger sein – nur bei dieser Gelegenheit nicht, jedenfalls nicht so sehr wie sonst. Irgendwas hatte dieser Fall an sich. Er ist ihr nachgegangen bis zu dem Tag, an dem sie gestorben ist.«

»Ich weiß nicht, ob ich das richtig verstehe. Sie hat den Fall nicht wegen des Geldes angenommen, aber sie hat ihn wegen des Geldes abgegeben?«

»So in etwa. Tracey war ganz entschieden im Zwiespalt bei dieser Sache. Ich habe so was nie wieder bei ihr erlebt, weder vorher noch hinterher. Sie wollte dieser Frau und ihrem Sohn wirklich helfen. Und ich kann Ihnen noch was sagen, sie hat verdammt gute Arbeit abgeliefert, solange sie den Fall hatte.«

»Ich weiß, ich habe die Akte gelesen. Sie hat diesem Ermittler den Arsch aufgerissen bei der Anhörung.«

»Yeah, das habe ich auch gehört. Ich war ja nicht dabei. Wissen Sie, sie wollte sich den Fall wieder vornehmen, bevor sie umgekommen ist.«

»Was?«

»Yeah. Ich hatte gar nicht gewusst, dass Tracey ein Gewissen hatte, bevor Rudy Kelly aufgetaucht ist. Als er verurteilt wurde, war sie restlos fertig. Sie hat gewusst, dass der Pflichtverteidiger Mist gemacht hatte, und sie konnte es einfach nicht dabei bewenden lassen.«

»Moment mal. Jetzt habe ich den Faden verloren. Sie hat den Fall vor fast zehn Jahren abgegeben – und Sie erzählen mir jetzt, dass sie vorhatte, ihn wiederaufzunehmen?«

»Das trifft's so ziemlich.«

»Warum, nach all den Jahren?« Es war wie Zähneziehen, dachte Jack.

»Irgendwer hat sich bei ihr gemeldet, ich weiß nicht, wer. Sie hat es mir nicht erzählt. Aber ganz gleich, wer's war, er hat ihr wohl irgendwelche Informationen gegeben, von denen sie gedacht hat, sie könnte Rudy damit freibekommen. Sie hat versucht, Rudys Mutter zu finden, und erfahren, dass sie gestorben war. Danach war sie dann erst richtig motiviert – sie hatte das Gefühl, sie hätte die Frau im Stich gelassen. Also hat sie diesen Ermittler angerufen, diesen Wes Brume.«

»Warum denn das?«, fragte Jack überrascht. Die Überraschung sollte gleich darauf zu Unglauben werden.

»Ich glaube, zum Teil wollte sie dem kleinen Dreckskerl einfach nur klarmachen, dass sie wieder da war. Sie hatte immer geglaubt, dass Brume Rudy absichtlich reingeritten hat. Sie hat gewusst, dass sie ihm ziemlich zugesetzt hatte bei dieser Anhörung, und sie wollte ihm wohl ein bisschen Angst machen, ihm mit etwas Glück ein paar schlaflose Nächte bescheren.«

»Sie haben gesagt, *zum Teil* wollte sie ihm zeigen, dass sie noch da war – und der andere Teil?«

»Da bin ich mir nicht sicher – vielleicht wollte sie ihn unter Druck setzen, damit er mit der Wahrheit rausrückt. Vielleicht hat sie geglaubt, sie hätte genug in der Hand, um ihn dazu zu zwingen. War dumm von ihr, das zu versuchen.«

»Das hört sich fast so an, als ob Sie ihr davon abgeraten hätten?«

»O ja. Der Anruf hat nichts gebracht. Es ist ziemlich schwierig, einen korrupten Bullen auf die Art zu irgendwas zu zwingen. Die bringen einen eher um, und ich glaube, das ist genau das, was Brume getan hat. Ich hätte meine Bedenken ein bisschen deutlicher machen sollen, aber ich habe nicht richtig aufgepasst – ich habe nicht gemerkt, wie das alles zusammengehört hat, obwohl ich's hätte merken sollen. Ich war zu dem Zeitpunkt gerade mit einem anderen Fall beschäftigt. Eine Woche nachdem sie Brume angerufen hatte, war sie tot. Hey, noch ein Bier?«

Radek hatte gerade eine Bombe platzen lassen, und Jack war begierig darauf, mehr zu erfahren – nichts lag ihm ferner als der Gedanke an ein weiteres Bier. Aber er merkte, dass dies für Radek nicht einfach war; offenbar versuchte der alte Ermittler, sich die Gefühle nicht anmerken zu lassen. Wahrscheinlich gab er sich selbst die Schuld an Traceys Tod.

»Gern«, sagte er zu Radeks Rücken – der Mann war bereits auf dem Weg in die Küche.

»In der Regel habe ich einen Kühler hier draußen stehen«, teilte er Jack mit, als er mit zwei weiteren Bierflaschen aus der Küche zurückkam. »Hält das Bier kälter. Aber gestern ist mir das Eis ausgegangen, und heute bin ich noch nicht aus dem Haus gegangen.«

»Kommt mir ordentlich kalt vor«, bemerkte Jack nach dem ersten Schluck.

»Das liegt daran, dass ich immer zwei ins Eisfach lege, wenn ich zwei raushole.« *Das wird ein langer Abend,* dachte Jack.

»Und übrigens, wie kommen Sie an die ganze Sache?«, fragte Dick, als er sich wieder bequem in seinem Liegestuhl etabliert hatte.

Jack lächelte und nahm den nächsten Schluck. »Rudys Vater war mein bester Freund. Er ist tot. Sagen wir einfach, ich habe eine Schuld zu begleichen.«

»Ich höre.«
»Ich versuche, Traceys Akte aufzutreiben«, sagte Jack nach einigen Minuten des Schweigens. Dick antwortete nicht. »Sie muss ja noch existieren, wenn Tracey sich den Fall wieder vornehmen wollte«, beharrte Jack. Immer noch keine Antwort von Radek. Jack bemühte sich, ruhig zu bleiben, obwohl er innerlich kochte. »Okay, nehmen wir mal an, eine bestimmte Person hat die Akte, will sie aber nicht rausgeben. Vielleicht könnte ich eine Kopie kriegen? Es könnte einem jungen Mann das Leben retten, das ist alles.«
Dick saß immer noch da und starrte in vollkommenem Schweigen über das Wasser. Nach mehreren qualvollen Minuten sprach er schließlich.
»Ich hab Ihnen vor ein paar Minuten schon gesagt, ich glaube, der gottverdammte kleine Scheißkerl von einem Bullen hat Tracey wegen dieser Geschichte umgebracht.«
»Ich dachte, sie wäre bei einem Autounfall umgekommen.«
»Ist sie auch, aber es war ein verdammt merkwürdiger Autounfall. Zwei Uhr nachts – was macht sie unter der Woche um zwei Uhr nachts auf der Straße? Ich hab die Gewohnheiten von dieser Frau gekannt – unter der Woche ist sie *nie* abends ausgegangen. Es war kein zweites Auto beteiligt. Keine Bremsflüssigkeit in den Bremsspuren. Der Ermittler hat gesagt, die wäre wahrscheinlich aufgrund des Unfalls ausgelaufen, aber ich hab mir den Schauplatz sehr genau angesehen, und ich habe keine Spur von Bremsflüssigkeit gesehen.«
»Sie glauben also wirklich, Brume hat sie umgebracht, um sie zum Schweigen zu bringen?«
»Ich weiß nicht. Nein – yeah, doch, das glaube ich. Wahrscheinlich hatte sie ihn in die Ecke gedrängt, und er ist Bulle. Wenn er was zu verbergen hatte, hat er sie lieber umgebracht.«

In Jacks Ohren klang das nicht schlüssig. Nach allem, was er über den Fall wusste, hatte die Polizei ganz entschieden miserable Arbeit abgeliefert und bei Rudy ihre Zuständigkeiten überschritten, aber das reichte nicht, um jemanden umzubringen – schon gar nicht eine bekannte Anwältin wie Tracey James; es sei denn, sie hätte Informationen gehabt, die den Ermittlern gefährlich werden konnten. Aber wenn sie über derartige Informationen verfügte – warum hatte sie Brume dann überhaupt angerufen?

»Ich habe an der Sache rumgekaut wie an einem Knochen«, sagte Dick. »Ich war nicht gerade ein Fan von Tracey. Sie war ein guter Boss – sie hat gut gezahlt.« Diese Zeile kannte Jack schon. »Aber wie gesagt, meistens ist es ihr bloß ums Geld gegangen, und sie konnte da wirklich rücksichtslos sein. Aber trotzdem – ich bin Ermittler. War Ermittler beim Morddezernat. Die können nicht erwarten, dass ich einfach Ruhe gebe, wenn jemand meinen Boss umbringt. Ich muss rauskriegen, was da los ist.«

»Sie glauben, in der Akte steht etwas, das Ihnen dabei helfen kann?«

»Ich weiß nicht. Ich hab sie hundert Mal durchgelesen. Ich finde nichts. Aber das heißt nicht, dass es nicht da drin ist.«

»Was ist mit der Person, die sich bei Tracey gemeldet hat? Haben Sie rauszufinden versucht, wer das war?«

»Und ob. Ich habe im Terminkalender nachgesehen – habe mir jeden angesehen, der in dem Monat vor ihrem Tod vorbeigekommen ist. Ich habe mit allen Angestellten geredet. Ich habe die Anrufe bei ihr zu Hause und im Büro überprüft. Allen konnte ich nicht nachgehen. Die Firma hatte zu dem Zeitpunkt zwanzig Sachverständige und fünf Anwälte, Anzeigen im ganzen Bundesstaat, Rezeptionistinnen, Partnerkanzleien – das gibt Tausende von Telefonaten im Monat. Ich habe mir jeden Anruf von und nach Bass Creek angesehen, jeden innerhalb von Cobb County, alle Ferngespräche, und ich habe Stichproben bei den anderen gemacht. Gefunden habe ich nichts. Null. Alles, was ich jetzt habe, ist die Akte, und die gebe ich nicht raus.«

Jetzt war es Jack, der sich die Antwort überlegte. Er wusste, er würde Dick etwas anbieten müssen, um die Akte zu bekommen – oder auch nur eine Kopie von ihr.

»Vielleicht können wir uns gegenseitig helfen. Sehen Sie mal, Sie glauben, dieser Bulle hat Ihre Chefin umgebracht. Ich will Rudy freikriegen. Es gibt da keinen Interessenkonflikt. Wenn ich irgendetwas finde, gebe ich es an Sie weiter. Sie machen das Gleiche. Aber lassen Sie mich die Akte kopieren.«

Dick dachte einen Moment darüber nach. »In Ordnung, unten an der Ecke ist ein Kopierladen. Morgen früh gehe ich mit Ihnen hin, und wir kopieren das Ding.«

Er stand auf, ging in die Küche und kam gleich darauf mit zwei weiteren Bierflaschen zurück.

»Es gibt da noch jemanden, mit dem Sie vielleicht reden wollen«, sagte er zu Jack, nachdem er ihm die Bierflasche ausgehändigt und sich wieder hingesetzt hatte.

»Nämlich?«

»Joaquin Sanchez.«

28

Während Jack im Bundesstaat herumreiste und »ermittelte«, hatten Nancy und Pat sich damit beschäftigt, die neueste Computertechnologie zu finden und zu installieren. Dann begannen sie mit der langwierigen Aufgabe, sämtliche Dokumente, die man ihnen zur Verfügung gestellt hatte, einzuscannen und zu speichern. Pat war hier entschieden beschlagener. Nancy hatte ihre Zeit bei Tobin, Gleason & Garner im Wesentlichen mit Tipparbeiten verbracht. Aber es störte sie nicht, sich von Pat Anweisungen geben zu lassen – im Gegensatz zu ihren Vorgesetzten in der Sozietät war Pat eine angenehme Kollegin.

Sie kamen morgens in Jeans oder Shorts zur Arbeit. Der erste Punkt auf der Tagesordnung war immer das Frühstück im nächstgelegenen Lokal, dem Pelican. Sie hatten in der vergangenen Woche mit ihren Besuchen dort begonnen, was bedeutete, dass sie inzwischen *fast* Stammgäste waren. Das Pelican war nicht sehr groß; es war ein ehemaliger Speisewagen, dessen früher einmal glänzende Aluminiumfassade mit den Jahren entschieden an Glanz verloren hatte. Ihre Kellnerin – die einzige Kellnerin – war Dolores.

»Nennt mich einfach Dolly«, hatte sie gleich am ersten Morgen gesagt. »Wir haben keine Tageskarte. Waffeln machen wir hier nicht. Es gibt Pfannkuchen, Eier werden nach Wunsch gemacht, mit Schinken, Speck oder Wurst, und es gibt Cerealien, kalt oder heiß. Wir haben Haferflocken, Weizengrieß, Cornflakes und Special K. Was darf es sein?« Dolly stand einfach da, den Blick auf ihren Notizblock gerichtet, den Stift in der Hand, die schwarze Lesebrille auf der Nasenspitze, einsatzbereit. Pat und Nancy sahen sich an und hätten beinahe losgelacht. Seither waren sie jeden Morgen wiedergekommen und hatten sich immer an denselben Tisch gesetzt.

Inzwischen war Dolly entspannter. »Hiya, Mädels. Das Übliche?«, fragte sie, sobald sie sich gesetzt hatten. Dolly schien sich nie merken zu können, dass Pat zwar jeden Tag das Gleiche bestellte, Nancy aber nicht.

»Wie lang hast du in Miami für Jack gearbeitet?«, fragte Pat Nancy eines Morgens, während sie darauf wartete, dass Dolly die übliche Schüssel Bananenhaferflocken vor sie hinstellte.

»Ungefähr ein Jahr.«

»Wie hat dir die Atmosphäre in der großen Firma gefallen?«

»Fand's furchtbar.«

»Und Jack?«

»Den auch.«

»Wirklich?« Pat lachte. Es machte ihr Spaß, mehr über den »anderen« Jack herauszufinden. »Erzähl mir davon.«

»Er war überhaupt nicht so wie jetzt. Er hätte ein vollkommen anderer Mensch sein können. Er hat nie gelächelt. Er hat nie ein Wort zu mir gesagt, bis zu dem Tag, an dem er in der Zeitung gelesen hat, dass euer Freund Mike gestorben war. Seither ist er einfach toll gewesen – wie ein zweiter Vater.«

Gerade da tauchte Dolly mit Pats Haferflocken und Nancys Speck und Eiern auf. *Junge Leute,* dachte Pat. *Die können wirklich alles essen.*

»Ich hab meinen Vater gehasst«, bemerkte Dolly. Sie sahen sie an, lächelten und warteten höflich, bis sie wieder außer Hörweite war, bevor sie weitersprachen.

»Jacks Benehmen hört sich ein bisschen merkwürdig an – fast wie Dr. Jekyll und Mr. Hyde«, sagte Pat.

»So schlimm war's nicht. Jack war nie eklig. Es war nur, dass er eben nicht da war – innerlich jedenfalls. Weißt du, wie ich das meine?«

»Ich glaube, ja.«

»Jetzt ist er so menschlich, wie ein Mensch nur sein kann. Es ist fast so, als ob der Tod eures Freundes die Schleusen für seine Empfindungen geöffnet hätte. Sieh dir bloß die Art an, wie er diesen Fall bearbeitet. Er ist mit Herz und Seele dabei.«

»Ja, das sehe ich. Aber ich mache mir Sorgen, was passiert, wenn er keinen Erfolg dabei hat.«

»Du meinst, wenn Rudy stirbt?«

»Wenn Rudy hingerichtet wird.«

»Oh, daran möchte ich noch nicht mal denken.«

»Keiner von uns will das«, sagte Pat. »Aber es ist ganz entschieden eine Möglichkeit.«

»Ich glaube einfach nicht, dass Jack das zulassen wird«, sagte Nancy. »Er ist schließlich ein persönlicher Freund vom Gouverneur. Nur für den Fall, dass wirklich das Schlimmste eintritt.«

»Daran hatte ich gar nicht gedacht. Vielleicht hast du ja recht.«

Kaum ins Büro zurückgekehrt, stürzten sie sich in die Arbeit. Während Pat den Computer aufbaute, stellte sie fest, dass Nancy eine der Akten las.

»Eine Menge Informationen auf einmal«, sagte sie.

»Ich weiß. Aber es ist so interessant – die Ermittlungen, die Anhörung, der Prozess.«

»Dir macht dieses juristische Zeug wirklich Spaß, oder?«

»Ja, ich glaube, das wird bei mir was fürs Leben.«
»Im Ernst?«
»Ja. Als Jack mich gefragt hat, ob ich mit ihm kommen will, hat er was davon gesagt, dass ich selbst Anwältin werden könnte. Ich habe mich nie in so einem Licht gesehen, aber nachdem er's gesagt hatte, habe ich angefangen, darüber nachzudenken, und wenn ich mal etwas anfange, höre ich nicht mehr auf.«
»Hast du einen Abschluss?«, erkundigte sich Pat.
»Ich war zwei Jahre auf dem College. In Vero Beach gibt es das Madison College; noch ein Jahr dort, und ich habe meinen Bachelor-Abschluss. In Fort Lauderdale gibt es eine juristische Fakultät, das wären zwei Stunden mit dem Auto. Wenn ich die Seminare auf zwei oder drei Tage die Woche legen kann, könnte ich immer noch in Teilzeit bei Jack arbeiten. Dad kriegt eine Veteranenrente und ist sozialversichert, finanziell würden wir es also schaffen.«
»Wow. Du hörst wirklich nicht mehr auf, wenn du mal irgendwas angefangen hast, stimmt's? Aber von einem Privatleben höre ich bei all den Plänen nichts.«
»Was für ein Privatleben? Ich habe zur Zeit kein Privatleben.«
»Das kann ich mir nicht vorstellen«, sagte Pat. »Ein bildschönes Mädchen wie du?«
»Danke, Pat, aber ich habe in Miami nie wirklich dazugehört. Ich war wohl nicht schick und trendy genug oder so ähnlich. Und Typen in meinem Alter kommen mir immer vor wie komplette Trottel. Sie haben nie viel im Hirn. Keine Substanz, keine Seele.«
»Das ändert sich nicht, wenn sie älter werden, Liebes. Typen mit Substanz sind dünn gesät, ganz unabhängig davon, wie alt man ist. Aber du wirst jemanden finden.«

»Das kann warten, bis ich mit dem Studium fertig bin.«
»Die Liebe wartet auf keinen. Und keine. Wenn es passiert, passiert's«, sagte Pat, den Blick zum Fenster hinaus gerichtet.
Nancy sah sie an und war drauf und dran, sie nach ihrem eigenen Privatleben zu fragen. Aber sie überlegte es sich noch anders. Sie sah Pat an, dass sie noch nicht so weit war.

29

Jack übernachtete von Montag auf Dienstag bei Dick Radek und wachte am Morgen mit einem Kater auf. Er und Dick hatten bis in die frühen Morgenstunden auf der Veranda gesessen, Bier getrunken und die Probleme der Welt gelöst. Jetzt, und angesichts des Hämmerns in seinem Schädel, konnte er sich nicht einmal mehr erinnern, was diese Probleme gewesen waren.

Er duschte rasch, zog die Hosen und das Hemd zum Wechseln an, die er vorsichtshalber eingepackt hatte, und wartete darauf, dass Dick aufwachte, damit sie zu dem Kopierladen gehen konnten.

Sie brauchten etwas über eine Stunde, um die Akte zu kopieren. Danach gingen sie zum Frühstück in ein Lokal. Dann setzte Jack den alten Ermittler an dessen Haustür ab und fuhr weiter nach Indiantown, wo Joaquin Sanchez mittlerweile lebte. Dick hatte ihn am Abend zuvor angerufen, um Joaquin offiziell mitzuteilen, dass Jack vorbeikommen würde. Aber Jack erriet den wirklichen Grund – die Adresse. Dick hatte erst Joaquins Einverständnis eingeholt, bevor er die Adresse herausrückte. *Die halten sich immer noch gegenseitig den Rücken frei.*

Auch Joaquin lebte am Wasser, an einem kleinen Flussarm, der sich zum Lake Okeechobee hinunterschlängelte. Er reinigte sein Boot, als Jack auftauchte. Jack klingelte an der Tür und stand dann zehn Minuten lang davor, bevor er auf die

Idee kam, hinterm Haus nachzusehen. *So viel zum Thema Ermittlerkarriere,* dachte er, während er um das Haus herumging und Joaquin bei der Arbeit antraf.

Joaquin war sehr freundlich. »Viel kann ich Ihnen da nicht sagen«, sagte er. »Ich habe nicht lang an dem Fall gearbeitet.« Aber er hatte am Abend zuvor seinen eigenen Bericht noch einmal gelesen und ging ihn mit Jack zusammen durch.

»Ich persönlich habe nicht den geringsten Zweifel, dass dieser Geronimo Lucy Ochoa umgebracht hat. Rudy war einfach zum falschen Zeitpunkt am falschen Ort. Das Problem ist, Sie haben keine Informationen aus erster Hand. Der Typ, mit dem ich damals geredet habe – Pablo –, der würde Ihnen wahrscheinlich helfen, aber alles, was er weiß, ist Hörensagen.«

»Hat Dick Ihnen erzählt, dass Tracey sich mit jemandem über diesen Fall unterhalten hat, bevor sie umgekommen ist? Jemand, der ihr neue Informationen geliefert hat?«

»Oh, yeah. Er redet seit einem Jahr von nichts anderem mehr. Ich habe versucht, ihn dazu zu kriegen, dass er's einfach mal vergisst – zum Fischen herkommt –, aber stattdessen sitzt er den ganzen Tag auf seiner Veranda und trinkt Bier und gärt vor sich hin. Wissen Sie, es ist nicht einfach für einen Bullen, wenn jemand umgebracht wird, während er Schicht hat. Und Dick ist sich sicher, dass es das ist, was Tracey passiert ist.«

»Und was ist mit Ihnen? Sind Sie sich da auch sicher?«

»Nein. Aber ich war nicht nah dran, und Dick war's. In diesem Geschäft lernt man, sich auf seinen Instinkt zu verlassen. Ich verlasse mich auf Dicks Instinkt.«

»Haben Sie eine Vorstellung davon, wer Tracey angerufen haben könnte?«

Es war unverkennbar, dass Joaquin bereits darüber nachgedacht hatte, denn er antwortete, ohne zu zögern: »Entweder

Raymond Castro oder José Guerrero – das waren die beiden Typen, die in der Mordnacht mit Geronimo zusammen waren. Es ist jetzt zehn Jahre her; vielleicht sind sie inzwischen wieder in die Stadt gekommen, haben das mit Rudy gehört und beschlossen, etwas zu unternehmen. Das ist die einzige Möglichkeit, die mir einfällt.«

Jack bedankte sich bei Joaquin für seine Zeit und wollte schon gehen, als Joaquin noch eine Kleinigkeit einfiel.

»Unmittelbar bevor Tracey den Fall abgegeben hat, hat sie dem Generalstaatsanwalt einen Brief geschickt, in dem es um diesen Geronimo gegangen ist, und meinen Bericht beigelegt. Sie hat mir eine Kopie von dem Brief geschickt, wahrscheinlich, weil es mein Bericht gewesen war. Ich habe noch eine zusätzliche Kopie, wenn Sie sie haben wollen.«

Jack wusste nicht, ob ihm das viel nützen würde, aber er nahm die Kopie und bedankte sich noch einmal bei Joaquin, bevor er nach Bass Creek zurückkehrte.

Am Abend erzählte er Pat beim Joggen von seiner Reise. Sie nahmen eine neue Strecke, die Pat während seiner Abwesenheit entdeckt hatte; es war ein abgeschiedener Pfad durch den Wald. »Insgesamt etwa zehn Meilen, aber wir können ja jederzeit umkehren.«

Jack gefiel der neue Pfad. Sie waren verborgen zwischen hohen Kiefern und alten Eichen. Das Louisianamoos, das von den Ästen der alten Bäume hing, schuf eine etwas unheimliche Atmosphäre, in der sie sich noch einsamer vorkamen.

Jack hatte gleich am Anfang mit seiner Geschichte begonnen, und auf der dritten Meile fasste er bereits die Ergebnisse zusammen. »Tracey James ist also tot, und ihr Chefermittler glaubt, sie ist von Wesley Brume ermordet worden, dem Polizisten, der in Rudys Fall ermittelt hat – eine Theorie, die ich

nicht glaube. Allerdings wollte sie den Fall wirklich wiederaufnehmen. Und sie hat etwas rausgefunden – etwas, von dem sie geglaubt hat, dass Rudy dadurch freikommen und dass es möglicherweise Brume belasten würde. Radek glaubt, das wäre der Grund gewesen, warum Brume sie umgebracht hat. Radek weiß nicht, mit wem Tracey geredet hat, aber er glaubt, dass die Information irgendwo in der Akte steckt, die er da unter Einsatz seines Lebens bewacht. Joaquin ist sich ziemlich sicher, dass es einer von den beiden Typen gewesen sein muss, die gesehen haben, wie Rudy in Lucys Trailer gegangen ist, aber er hat keinen Beweis.
Nachdem ich jetzt mit Radek und Joaquin geredet habe, bin ich mir sicher, dass dieser Geronimo Lucy Ochoa umgebracht hat. Unglückseligerweise ist der Mann, mit dem Joaquin damals geredet hat – dieser Pablo –, inzwischen tot. Ich habe ihn recherchiert, gleich als Erstes, nachdem ich heute zurückgekommen bin.«
»Und was bringt das alles im Hinblick darauf, dass wir Rudys Hinrichtung verhindern wollen?« Das viele Material hatte Pat irritiert. Dass es auf Rudys Unschuld hinwies, war ihr klar. Was ihr nicht klar war, war, wie sie es beweisen sollten.
»Bisher gar nichts. Alles, was ich rausbekommen habe, würde vor Gericht nicht zugelassen. Ich habe im Moment absolut keine Grundlage, auf der ich einen Antrag auf Berufung stellen könnte. Ich muss irgendwas finden, das darauf hinweist, dass dieser Geronimo – oder irgendwer sonst, solange es nicht Rudy ist – an diesem Abend in Lucys Trailer war, und ich muss es schnell finden. In einer Sache bin ich Dick Radeks Meinung – der Beweis steckt in den Akten. Traceys Akte habe ich noch nicht gelesen, aber in denen, die ich schon gelesen habe, muss etwas stecken, das ich nicht gefunden habe.«

»Warum liest du sie nicht noch mal?«
»Ich habe keine Zeit mehr. Morgen lese ich Traceys Akte. Am Tag darauf besuchen wir Rudy. Dann muss ich anfangen, meinen Antrag zu schreiben, obwohl ich eigentlich nichts zu schreiben habe.«
»Du findest irgendwas, da bin ich mir sicher. Hör mal, was die Frage angeht, ob ich mitkomme – ich glaube, du solltest lieber Nancy mitnehmen.«
»Du willst nicht mit?« Jack sah enttäuscht aus.
»Natürlich will ich, aber Nancy steckt tiefer in diesem Fall drin. Ich glaube, sie kann dir besser helfen, weil sie mit den Details vertrauter ist. Sie kommt gar nicht mehr weg von diesen Akten.«
»Ihr könntet ja beide mitkommen.« Sie waren an der imaginären Fünf-Meilen-Markierung bereits vorbei und liefen entspannt weiter, ohne die zurückgelegte Entfernung auch nur zu bemerken.
»Nein«, sagte Pat entschieden. »Ich würde euch nur ablenken. Du musst Nancy sämtliche Informationen geben, die du hast, so wie du es gerade bei mir gemacht hast, und ihr sagen, was noch fehlt.«
»Nancy will doch einfach nur Sekretärin sein.«
»Jetzt nicht mehr, Jack. Du hast das geändert. Du lässt sie glauben, dass sie das Zeug zu einer Anwältin hat. Sie hat alles in die Wege geleitet, um eine zu werden – die Hochschulen recherchiert, alles. Und sie arbeitet an diesem Fall. Nancy findet die Nadel im Heuhaufen, nach der du suchst. Nimm sie mit.«
Jack gab sich nicht so leicht geschlagen, und es hatte nichts mit Nancy zu tun.
»Sie kann ja im Büro bleiben und die Akten durchsehen, während wir Rudy besuchen.«

»Wir können ein anderes Mal gehen. Ich bleibe hier. Ich glaube, sie muss Rudy kennenlernen.«

»Warum sagst du das?«

»Keine Ahnung. Weibliche Intuition wahrscheinlich. Wenn sie Rudy kennengelernt hat, findet sie das, was du suchst.«

Jack wusste, dass die Diskussion abgeschlossen war. Er lachte leise vor sich hin.

»Was?«, fragte sie.

»Ich habe nur gerade an Nancy gedacht. Weißt du, dass ich in ihrem gesamten ersten Jahr in der Firma nicht mit ihr geredet habe?«

»Das hat sie mir erzählt. Sie hat gesagt, du warst ein bocksteifer Anwalt, bis sie dich dabei erwischt hat, wie du in deinem Büro weinst, an dem Tag, an dem du erfahren hast, dass Mike tot ist.«

Jack überlegte einen Augenblick. »Sie hat recht. Der Tag, an dem ich rausgefunden habe, dass Mikey gestorben ist, hat für mich vieles verändert. Ich hatte seit zehn Jahren nicht geweint. Seither habe ich einen kompletten Dammbruch gehabt. Ich bin vollkommen zusammengebrochen, nachdem ich Rudy das erste Mal getroffen hatte. Ich habe auf dem Heimweg geweint, als du hier aufgetaucht bist – ich war so glücklich, dass du da warst. Zum Teufel, gestern Abend hab ich mir in meinem Motelzimmer einen Film angesehen und angefangen zu weinen. Ich bin zu einem heulenden Wrack geworden!« Sie lachten beide.

»Du bist einfach wieder lebendig, Jack. Du hast warmes Blut in den Adern.«

»Vielleicht.« Plötzlich griff er nach ihrem Arm, und sie blieben beide stehen. Er sah sie an, die Hände jetzt auf ihren Hüften. »Ich hab's ernst gemeint, dass ich auf dem Heimweg geweint habe, an dem Tag, an dem du hergekommen bist.

Dass du hier bist, bedeutet mir einfach sehr viel. Ich meine, jetzt bin ich entspannt – zuversichtlich, dass wir dies alles hinkriegen.«

Pat legte ihm die verschwitzten Arme locker um den Hals. »Na ja, du warst auch vor meiner Ankunft nicht gerade ein ängstliches Häschen.«

»Vielleicht nicht, aber dies ist anders – dies hier ist ein Liebesdienst. Und ich habe es gebraucht, dass du ein Teil davon bist.«

Pat sagte nichts dazu. Sie umarmte ihn einfach nur. Und er umarmte sie. Zwischen den hohen Kiefern, den breiten Eichen und dem Louisianamoos lehnten sie sich schweigend aneinander.

Später, nachdem er seine Runden geschwommen war, sich in Shorts, T-Shirt und Flipflops geworfen hatte und zum Lebensmittelladen hinuntergegangen war, um ein paar Steaks zu besorgen, kam Jack auf dem Weg zu seinem Schlafzimmer an Pats offener Zimmertür vorbei. Er warf einen Blick hinein, sah sie aber nicht.

»Jack, könntest du einen Moment hier reinkommen?« Ihre Stimme kam aus dem angeschlossenen Badezimmer. Auch diese Tür stand offen, aber von dort, wo er stand, konnte er nicht hineinsehen.

»Klar, was ist los?«, fragte er, während er das Badezimmer betrat. Pat stand nackt neben der bereits eingeschalteten Dusche. Jack stellte fest, dass all seine Fragen in Bezug auf ihren Körper schlagartig beantwortet waren. Ihr Bauch war flach, die Brüste fest – sie sah fabelhaft aus. Er wusste nicht, was er sagen sollte. Pat übernahm das Reden.

»Ich bin absolut verschwitzt. Wenn ich in die Dusche steige, könntest du mir den Rücken schrubben? Ich komme da nicht dran.«

»Sicher«, sagte er, während er einen Schritt vorwärtstrat.

Sie sah ihn an. »Jack!«

»Was?« *O nein – hab ich ausgerechnet jetzt irgendwas falsch gemacht?*

»Wenn du mir in der Dusche den Rücken schrubben willst, wirst du dich wohl ausziehen müssen!«

»Oh. Ja, stimmt. Einen Moment.«

Aus irgendeinem merkwürdigen Grund hatte er das Gefühl, sich in sein eigenes Schlafzimmer zurückziehen zu müssen, während er sich bereits das T-Shirt über den Kopf zog – als wäre er zu schamhaft, sich vor ihren Augen auszuziehen. Er hatte die Shorts noch an, als ihm klar wurde, wie absurd das war, und er sich auf den Rückweg zu ihrem Bad machte. Jetzt hatte er es außerdem eilig – seine Erfahrung teilte ihm mit, dass Verzug in diesen Fällen schlecht war. Er setzte sich in Trab und versuchte dabei, aus seinen Shorts zu steigen, die mittlerweile auf Knöchelhöhe hingen, mit dem Ergebnis, dass er mit einem dumpfen Schlag auf dem Schlafzimmerboden landete. Pat kam ins Zimmer gestürzt, um zu sehen, was passiert war. Als sie ihn mit dem Gesicht nach unten auf dem Teppich liegen sah, die Shorts um die Knöchel gewickelt, begann sie zu lachen.

Jack kam sich so albern vor, dass er seinerseits lachen musste. Es endete damit, dass sie sich beide vor Lachen bogen – Pat splitternackt in der Badezimmertür, Jack auf dem Boden, die Knie angezogen und bemüht, die Shorts über die Füße zu streifen.

»Das ist eine ungewöhnliche Art von Vorspiel, Jack, aber es ist amüsant.«

Jack lachte inzwischen so sehr, dass er nicht mehr sprechen konnte. Er verlor auch die Befähigung zum Atmen, als Pat einen Arm ausstreckte und sich damit an den Türrahmen lehnte. Das Schlafzimmer war dunkel, aber im Bad brannte Licht, und die Silhouette ihrer Gestalt in der Tür glich der Skulptur einer griechischen Göttin. Jack wurde der Mund trocken.

Er schrubbte ihr den Rücken – und die Vorderseite ebenfalls. Er küsste jeden Quadratzentimeter ihres Körpers, und als er fertig war, ließ sie ihn in ihr Bett. Sie liebten sich langsam und leidenschaftlich. Danach lag Jack einfach in ihren Armen. Er hatte noch nie so empfunden wie jetzt – in den Armen eines Menschen, der ihn besser kannte als er sich selbst, einer Frau, die ihm *durch ihre Handlungsweise* mitgeteilt hatte, dass sie ihn liebte. Er wusste, diese Arme würden ihn niemals loslassen.

30

Am frühen Donnerstagmorgen holte Jack Nancy mit seinem Pick-up an ihrer Haustür ab, um nach Raiford zu fahren. Es war eine lange Fahrt, und sie hatten einen Termin am Nachmittag. Nancy trug einen marineblauen Hosenanzug und sah sehr anwältinnenhaft aus.

»Wo ist der Cadillac?«, fragte sie. »Ich dachte, wir wollten stilvoll auftreten?«

»Den habe ich in Miami gelassen«, sagte Jack. »Mitsamt dem Stil.«

Er hatte ein paar Strippen ziehen müssen, um auch für Nancy eine Besuchserlaubnis zu bekommen. Als er am Nachmittag zuvor im Gefängnis angerufen hatte, war er direkt an den Leiter der Anstalt weitervermittelt worden.

»Wir tun Ihnen jetzt schon einen Gefallen damit, dass wir Ihnen ein Privatzimmer geben, Mr. Tobin. Eine Party können wir da nicht draus machen«, hatte der Mann gesagt.

Jack hegte eine aufrichtige Abneigung gegen Bürokraten, die ihre Macht ausspielten, aber er kannte auch die Knöpfe, auf die man bei ihnen drücken musste.

»Ich habe neulich mit Bob Richards geredet, über meine Ernennung zum Generalstaatsanwalt von Cobb County – die ist in ein paar Monaten fällig –, und wir haben uns dabei auch über die Kooperation unter den Behörden unterhalten. Da kann es wirklich manchmal Probleme geben, und Bob möchte, dass ich eine Sondereinheit abstelle, um die möglichen Ur-

sachen zu identifizieren …« Es war heiße Luft, das typische Kauderwelsch der Verwaltungssprache, aber der Leiter verstand diese Sprache sehr gut.
»Und Sie sagen, Sie sind nur zu zweit?«
»Ja, das stimmt.«
»Ich glaube nicht, dass Ihre Bedürfnisse irgendein Problem darstellen werden.«
»Vielen Dank.«
»Keine Ursache.«

Nancy war vollkommen überwältigt, weil Jack sie zu der Fahrt eingeladen hatte, aber sie versuchte, es sich nicht anmerken zu lassen.
Sie wollte keinerlei Zweifel aufkommen lassen, dass sie in der Lage war, seine Assistentin zu geben. Sie war die halbe Nacht aufgeblieben und hatte Tracey James' Akten gelesen. Einzelne Aspekte des Falls kannte sie inzwischen ebenso gut wie Jack selbst oder besser.
»Ich habe eine Liste mit ein paar Fragen, die ich Rudy gern stellen würde«, sagte sie, als sie auf dem Highway waren und nach Norden fuhren.
»Ich seh sie mir an, wenn wir dort sind«, sagte Jack. »Aber wenn ich Rudy besuche, geht es mir wirklich nicht so sehr um die Umstände dieses Falls. Ich habe auch ein paar Dinge, die ich ihn fragen will, zum Beispiel, worüber er sich mit Tracey James unterhalten hat, als sie ihn besucht hat. Aber davon abgesehen ist es einfach nur ein Besuch.«
»Warum bin dann ich dabei?«
»Du bearbeitest Rudys Fall, also solltest du ihn kennenlernen. Wenn man Leute vertritt, Nancy, dann sollte eine emotionale Verbindung bestehen. Dies ist deine Gelegenheit. Gib mir deine Notizen. Überlass es mir, mich um die Arbeits-

grundlagen zu kümmern. Du konzentrierst dich einfach darauf, Rudy kennenzulernen.«

Vier Stunden später hatten sie das Raiford-Gefängnis erreicht. Der Gefängnisdirektor hatte sein Wort gehalten und entsprechende Vorbereitungen getroffen; der Weg von einem Gebäude zum nächsten und von einem Wachmann zum anderen verlief noch reibungsloser als bei Jacks erstem Besuch. Nichtsdestoweniger sah Jack Nancys Gesicht an, dass sie eine Todesangst hatte, als die erste Stahltür scheppernd aufging und scheppernd wieder hinter ihnen zufiel. Sie war in einem Gefängnis. Auf die Geräusche und Gerüche war sie nicht vorbereitet gewesen. Jack legte ihr den Arm um die Schultern, als sie den Gang entlanggingen, um ihr das Gefühl zu geben, dass sie in Sicherheit war – so sicher wie er selbst jedenfalls.

Sie wurden in denselben Raum geführt, wo Jack das letzte Mal mit Rudy gesprochen hatte. Sie setzten sich auf zwei der am Boden festgeschraubten Stühle und warteten auf Rudy.

Sie hörten ihn bereits, bevor er durch die Tür kam – scheppernder Stahl, rasselnde Ketten, sein schlurfender Gang, der sich vom schweren Schritt der Wachmänner abhob. Zwei von ihnen betraten den Raum als Erste, gefolgt von Rudy, dann kamen noch zwei Wachmänner.

Die verstärken offenbar die Security, je näher der Hinrichtungstermin rückt, dachte Jack. Er warf einen verstohlenen Blick zu Nancy hinüber, die starr auf ihrem Stuhl saß, und tätschelte ihr den Arm.

Sie sah geradeaus wie ein seekranker Angler, als Rudy auf einen der Stühle gegenüber manövriert wurde. Jack wusste, sie würde sich sofort besser fühlen, wenn sie das Lächeln gesehen hätte, das auf Rudys Gesicht aufleuchtete.

»Hey, Jack, wie geht es Ihnen?«, sagte er mit der Gelassenheit eines Mannes, der keine Sorgen hatte. »Und wer ist die schöne Frau?«

Er sah Nancy direkt ins Gesicht, und sie brachte es endlich fertig, seinen Blick zu erwidern. Und in diesem Augenblick spürte sie, wie die Furcht sie verließ. Er war ein schöner Mann, daran bestand kein Zweifel – und dazu dieses Lächeln und das Tanzen in seinen Augen. Sie war fasziniert, aber zugleich ging es tiefer – etwas, das sie noch nie empfunden hatte.

»Ich bin Nancy«, hörte sie sich selbst sagen.

»Freut mich, Sie zu sehen, Nancy. Ich bin Rudy.« Er streckte seine gefesselten Hände aus, und sie schüttelte sie. »Hat Jack Sie mit hier reingezerrt?«

»Nein. Okay, ja und nein. Er hat mich aus Miami mitgebracht.« Sie kam sich vor wie ein Idiot; sie wusste einfach nicht, was sie sagen sollte.

»Dann waren Sie auch bei der großen Firma? Gefällt es Ihnen in Bass Creek?«

»Oh, ich war schon früher in Bass Creek – zum Fischen mit meinem Dad. Mir gefällt es sehr.«

»Sie fischen gern? Ich liebe das Wasser, das ist es – das war es, was ich immer am liebsten getan habe. Ich bin in diesem kleinen Boot rausgefahren, das ich da hatte, aber meistens habe ich nicht gefischt. Ich bin einfach gern da draußen gewesen, habe mich treiben lassen, die Vögel und die Tiere am Ufer beobachtet – ich habe sogar die Gators gemocht. Das war meine Welt, und Jack versucht gerade, mich daran zu hindern, dass ich dorthin zurückgehe.« Er lächelte und sah zu Jack hinüber. »Stimmt's, Jack?«

Jack lächelte zurück. »Ich nehm's an, Rudy.«

Nancy war vollkommen ratlos. »Das verstehe ich nicht. Ich

habe gedacht, wir versuchten, Sie dorthin zurückzubringen?«

»Yeah – tut mir leid. Das tut ihr auch, auf eine Art. Aber ich habe mein Herz daran gehängt, auf eine andere Art hinzukommen. Ich würde gern als Vogel zurückgehen – wie ein Fischadler, der über seinem Reich schwebt.«

»Sie meinen, Sie wollen nicht aus der Todeszelle raus«, sagte sie beinahe im Flüsterton.

Er beugte sich vor, als seien nur sie beide im Raum. »Das kann ich nicht sagen – Jack ist ja da. Und jetzt sind Sie auch da, und ich weiß, dass es dafür einen Grund gibt. Ich bin mir bloß nicht sicher, dass der Grund der ist, mich zu retten. Vielleicht hat es einen anderen Zweck. Etwas, das wir noch nicht sehen können. Aber wenn der Grund doch der ist, mich zu retten«, sagte er, und sie konnte fast spüren, wie seine Augen ihr bis ins Herz sahen, »dann möchte ich leben. Und rausfinden, was es ist, das ich mit dem Rest meines Lebens anfangen soll. Aber wenn es für mich Zeit ist, zu gehen, dann weiß ich, wohin ich gehe und wen ich sehe, wenn ich hinkomme.«

Er hatte die ganze Zeit gelächelt. Nancy wusste nicht, was sie sagen sollte. Es war, als sei dies das erste Gespräch, das sie jemals geführt hatte.

»Wen werden Sie sehen, wenn Sie hinkommen?«, fragte sie, immer noch sehr leise.

»Meine Mom und meinen Dad. Sie warten auf mich«, sagte er, ein Zwinkern in den Augen, während sein Lächeln noch breiter wurde.

Sie hatte plötzlich das Bedürfnis, die Arme über den Tisch zu strecken und ihn zu umarmen. Hier saß sie in diesem kalten, düsteren Gefängnis und sprach mit einem verurteilten Mörder, den sie gerade erst kennengelernt hatte – und sie wusste,

dass dies der Mann war, auf den sie ihr ganzes Leben lang gewartet hatte.
»Woher wissen Sie das? Wie können Sie sich da so sicher sein?«, fragte sie, nicht weil sie an dem gezweifelt hätte, was er sagte, sondern aus aufrichtiger Neugier.
»Wenn man den ganzen Tag allein ist und weiß, was wahrscheinlich bald mit einem passieren wird« – und Nancy senkte den Blick eine Sekunde lang, bevor sie ihm wieder ins Gesicht sehen konnte –, »und wenn man es zulässt, dann kann man Dinge spüren und sehen, die man normalerweise nicht sehen würde. Was ich in Gedanken spüren und sehen kann, das macht mich so sicher.«
»So habe ich es noch nie betrachtet«, sagte sie. Sie hatte jetzt keine Angst mehr, aufrichtig zu sein und zu sagen, was sie dachte. »Aber ich nehme an, wenn ich bald sterben würde, wäre ich froh, zu wissen, dass jemand auf der anderen Seite wartet.«
»Ich werde auf der anderen Seite sein. Ich werde einer von den Leuten sein, die auf Sie warten.«
Sie wusste nicht, was sie sagen sollte. Es war beinahe zu viel, und sie flüchtete sich wieder in die Rolle, auf die sie sich vorbereitet hatte. »Aber wir sind hier, um Sie zu retten, Rudy.«
»Ich weiß, ich weiß – aber es gibt einen Grund dafür, dass ihr hier seid, ob ihr mich jetzt rettet oder nicht, das weiß ich. Es gibt einen Grund dafür, dass wir uns treffen. Ganz gleich, wie es für mich ausgeht, Sie sind jetzt einer von meinen Angehörigen.«
»Und Sie einer von meinen«, sagte sie wieder sanfter und griff nach seinen gefesselten Händen.

Später auf der Heimfahrt sprachen Nancy und Jack über den Besuch.

»Es tut mir leid, Jack. Es tut mir leid, dass ich so viel geredet habe.«

»Das braucht dir nicht leidzutun. Deswegen habe ich dich ja mitgenommen.«

»Aber du hättest Dinge zu besprechen gehabt, und ich habe dir die Zeit weggenommen. Und ich habe das dümmste Zeug geredet – ich weiß gar nicht, wie ich auf all das gekommen bin.«

»Du hast einfach nur auf Rudy reagiert, und Rudy kommt aus einer anderen Welt – einer Welt, die wenige Leute jemals finden.«

»Meinst du das ernst?«

»Absolut.«

»Weil ich das nämlich auch gedacht habe. Es ist, als sähe er Dinge, die sonst niemand sehen kann.«

»Ja«, sagte Jack. »Und dann sagen sie, er wäre langsam. Vielleicht sollten wir alle so langsam sein. Vielleicht würden wir dann ein bisschen klarer sehen. Außerdem hatte ich immer noch genug Zeit mit Rudy, um meine Fragen beantwortet zu bekommen. Unglücklicherweise habe ich nichts Neues erfahren. Wir haben immer noch keine Grundlage für eine Berufung.«

»Ich finde das, was du suchst, Jack. Ich gehe diese Akten heute Abend noch durch. Wenn wir irgendwas übersehen haben, werde ich es finden.«

Jack nickte nur. Er begriff jetzt, warum Pat darauf bestanden hatte, dass Nancy mitkam. Pat hatte instinktiv gewusst, dass der Besuch Nancy inspirieren würde. Und sie hatte auch gewusst, dass er die Unterstützung – das zusätzliche Paar Augen – brauchen würde.

Eine Weile sprachen beide nicht. Jack spürte, dass Nancy in Gedanken die Ereignisse des Nachmittags durchging und versuchte, sich darüber klarzuwerden.
»Er hat die letzten zehn Jahre im Gefängnis verbracht, und er scheint wunschlos glücklich zu sein.«
Jack nickte nur. Er wusste, es würde noch etwas nachkommen.
»Glaubst du, er will wirklich nicht weiterleben?«
»Darüber habe ich ziemlich viel nachgedacht. Und ich bin zu dem Schluss gekommen, dass Rudy ein Musterbeispiel für den ewigen Optimisten ist. Sein Vater war als Junge ganz genau so. Rudy sieht sich dem Tod gegenüber, also gibt er ihm eine positive Wendung. Damit will ich nicht sagen, dass er nicht wirklich Dinge sieht, die wir nicht sehen, oder dass er nicht glaubt, was er da sagt, denn er tut's. Aber wenn wir sein Leben retten, wird er genauso positiv *darauf* reagieren.«
»Was glaubst du, was er gemeint hat damit, es gäbe vielleicht noch einen anderen Grund für die Rolle, die wir bei alldem spielen, einen, den wir noch nicht kennen?«
»Ich habe keine Ahnung. Es ist schon schwer genug, einen Menschen zu verstehen, der sich mit einem Lächeln auf den Tod vorbereitet. Mehr als das kann ich wirklich nicht begreifen.«
Sie machten in einem Schnellrestaurant Pause und aßen schweigend ihre Burger. Als sie wieder auf der Straße waren, war es dunkel.
»Ich habe etwas gespürt zwischen Rudy und mir«, sagte Nancy, als Jack ein paar Meilen vor Bass Creek den Highway verließ.
»Das habe ich gemerkt«, sagte Jack mit einem Blick zu ihr hinüber. »Da war ganz entschieden etwas im Gang zwischen euch beiden.«

»Ich würde so gern ein paar von seinen Lieblingsplätzen auf dem Fluss sehen. So wie er es beschrieben hat, hört es sich paradiesisch an.«

»Ich bin mir ziemlich sicher, genau so sieht er es auch.«

Nancy seufzte. »Wir haben entschieden ein paar Dinge gemeinsam. Sieht mir ähnlich, dass ich den Mann meiner Träume in einer Todeszelle treffe.«

Jack lächelte nur.

31

Nancy rief ihn um sieben Uhr morgens an. Er war mit seinen Sit-ups fertig geworden und hatte sein tägliches Stretchingprogramm zur Hälfte absolviert, als das Telefon klingelte.

»Jack, ich bin's, Nancy.« Als ob er ihre Stimme nicht erkannt hätte. Sie hörte sich entsetzlich aufgeregt an. »Jack, ich bin im Büro, und ich glaube, ich habe das gefunden, nach dem du suchst.«

»Erzähl's mir nicht am Telefon. Ich bin in zwanzig Minuten da.«

»Wer war denn das?«, fragte Pat. Sie war noch im Bett, unmittelbar neben der Stelle, die Jack vor kurzem erst verlassen hatte.

»Nancy. Sie hat irgendwas gefunden.« Er war bereits auf dem Weg ins Badezimmer. Er putzte sich unter der Dusche die Zähne, verzichtete auf die Rasur, zog sich im Rekordtempo an, küsste Pat und machte sich auf den Weg ins Büro.

Nancy sah vollkommen zerfleddert aus. Sie trug noch den Hosenanzug vom Vortag; den Blazer hatte sie ausgezogen, er hing mittlerweile schief über einer Stuhllehne in Jacks Büro, und die weiße Bluse war zerknittert und mit Bürokaffee befleckt. Nancy hatte dunkle Ringe unter den Augen, und er sah ihr an, dass sie todmüde und sehr aufgeregt war.

»Was hast du gefunden?«

»Sieh dir das an.«

Sie reichte ihm eine dünne braune Akte. Er öffnete sie und entdeckte mehrere Blätter, auf denen offenbar Ergebnisse chemischer Laboruntersuchungen standen. Es waren die Ergebnisse von Blut- und Urinanalysen und toxikologische Berichte. Er brauchte einen Moment, um sich darüber klarzuwerden, was er da las. Dann kam ihm schlagartig die Erleuchtung.

»Das ist es! Das war es, von dem ich auf irgendeiner Ebene die ganze Zeit gewusst habe, dass es fehlt – die Laboranalysen im Bericht des Gerichtsmediziners. Wo waren die?«

»In einem von diesen dünnen Umschlägen ganz unten in einem von den Kästen, bis zu denen es beim ersten Durchsehen anscheinend keiner von uns geschafft hat.« Jack erinnerte sich. Er hatte die Ermittlungsberichte sorgfältig gelesen, die dünnen Akten ganz unten im zweiten Kasten aber ignoriert. Er war ganz einfach zu müde gewesen und hatte angenommen, sie könnten nicht wichtig sein.

»Und jetzt wirf mal einen Blick auf das hier.« Sie händigte ihm eine zweite dünne Akte aus. Er öffnete sie und las einen zweiseitigen Polizeibericht – mit dem gleichen Datum wie der Mord – über die mutmaßliche Vergewaltigung von – *Lucy Ochoa*. Sein Herz begann zu hämmern. Er spürte, wie das Blut mit rasender Geschwindigkeit durch seine Adern strömte, während er versuchte, sich zur Sorgfalt zu zwingen, den Bericht langsam zu lesen – und dann die Laborergebnisse ein zweites Mal ansah. Ein Bild begann sich abzuzeichnen – ein höchst verdächtiges Bild.

»Weißt du, was das bedeutet?«, fragte er.

»Ich glaube ja«, sagte sie, während sie beobachtete, wie seine Augen über die Seite glitten. »Obwohl ich die halbe Nacht gebraucht habe, um rauszukriegen, was du da gerade in einer Minute gemerkt hast.«

»Erklär's mir«, sagte Jack in der Hoffnung, sich beruhigen zu können, wenn er ihr nur zuhörte.

»Anscheinend haben sie in der Nacht, in der Lucy Ochoa ermordet wurde, Sperma in ihrem Körper gefunden. Die Blutgruppe war AB. Damit war es eine andere Blutgruppe als bei dem Blut auf dem Teppich, das von Rudy stammte. Also haben sie eine eigene Vergewaltigungsakte angelegt. Ich bin mir nicht ganz sicher, warum. Ich habe das Gefühl, das ist nicht im guten Willen passiert, aber ich verstehe nicht ganz, was es bringen sollte.«

»Bisher hast du vollkommen recht. Und hier ist der Rest. Das Blut und das Sperma haben ihnen ein ernsthaftes Problem beschert. Plötzlich waren zwei Leute am Tatort gewesen. Also haben sie – der Staatsanwalt und die Polizei – beschlossen, das Problem zu eliminieren, indem sie zwei Verbrechen aus der Sache machen. Dadurch, dass sie einen eigenen Vergewaltigungsfall konstruiert haben, brauchten sie die zugehörige Akte der Verteidigung in dem Mordfall nicht zur Verfügung zu stellen. Und weil es sich um Ermittlungen in einem Kriminalfall handelte, der noch nicht abgeschlossen war, wurden die Dokumente nicht öffentlich gemacht – also konnte niemand sie lesen, auch die Presse nicht.

Die Presseleute bekommen zumindest einen Teil ihrer Informationen meist über Anträge auf Einsicht in die Unterlagen. Das hat der Staatsanwalt natürlich gewusst.«

»Und warum haben *wir* die Vergewaltigungsakte bekommen?«

»Wir haben einen Antrag auf Einsicht in alle Dokumente gestellt, die mit Lucy Ochoa oder Rudy Kelly zu tun haben. Die Ermittlungen in dem Vergewaltigungsfall – Ermittlungen, die in Wirklichkeit nie durchgeführt wurden – sind vor Jahren abgeschlossen worden. Sobald sie abgeschlossen waren, wurden diese Dokumente zugänglich. Offenbar hat niemand einen solchen Antrag gestellt, seit die Ermittlungen in dem ursprünglichen Mordfall abgeschlossen wurden.«

»Ich glaube, ich hab's verstanden«, sagte Nancy. Es war kompliziert, und dies war Neuland für sie. Es gab noch einen Gedanken, den sie loswerden musste, bevor er ihr wieder entglitt. »Was ist mit dem toxikologischen Bericht des Gerichtsmediziners? Hätte die Verteidigung den nicht gesehen haben müssen? Und müsste aus dem nicht hervorgehen, dass das Sperma und das Blut nicht zusammenpassen?«

»Müsste es, wenn die Verteidigung den Bericht je gesehen hätte. Man beachte, wie die Überschrift lautet: ›Nachtrag zum Bericht des Gerichtsmediziners‹. Ich möchte wetten, der Gerichtsmediziner war bei dieser kleinen Manipulation eingeweiht. Er hat den toxikologischen Bericht nicht zusammen mit seinem ursprünglichen Bericht abgegeben. Also wurde er auch der Verteidigung nicht ausgehändigt, und der Idiot, der Rudy später vertreten hat, ist nicht auf den Gedanken gekommen, ihn anzufordern. Und bei den Anträgen auf Berufung hat niemand den Widerspruch bemerkt.«

»Was ist mit der Analyse von Rudys Blutprobe? Hätte die nicht auch in den Bericht des Gerichtsmediziners gehört?«, fragte Nancy. Sie kam sich etwas dumm vor, aber sie versuchte immer noch, sich einen Überblick zu verschaffen.

»Nein. Der Gerichtsmediziner befasst sich nur mit der Leiche des Opfers. Das Sperma war in Lucys Leiche. Rudys Blut, das sie auf dem Teppich gefunden haben, wurde von der Polizei analysiert – sie haben ein Labor in Miami beauftragt.«

»Wow – dann sind die beiden verschiedenen Blutgruppen also nie in ein und demselben Dokument aufgetaucht? Was machen wir jetzt?«

»Na ja«, sagte Jack, »jetzt habe ich endlich eine Grundlage für den Antrag auf Revision. Ich bin mir sicher, wenn der Florida Supreme Court erfährt, was der Generalstaatsanwalt und die Polizei da getrieben haben, bekommen wir einen zweiten Prozess, und wenn Rudy einen zweiten Prozess bekommt, wird er nicht wieder verurteilt.«

»Du glaubst wirklich, wir können ihn aus dem Gefängnis holen?«

»Ja, wirklich. Es hat lang gedauert, aber das heute war die Wende, und du, Nancy, hast sie herbeigeführt.«

Nancy wusste nicht, was sie sagen sollte. Sie war begeistert, ja, aber die Aussicht darauf, dass Rudy irgendwann wieder ein freier Mann sein würde, reichte ihr nicht. Sie wollte, dass er jetzt gleich aus dem Gefängnis kam.

»Was machen wir als Nächstes?«, fragte sie noch einmal.

»Als Nächstes schreibe ich diesen Bericht für den Antrag. Wahrscheinlich schaffe ich das in einer Woche. Wie gesagt, ich nehme an, das Gericht wird der Staatsanwaltschaft etwa eine Woche Zeit lassen, um die Antwort zu erstellen, und die Anhörung wird dementsprechend ungefähr eine Woche später stattfinden. Wir werden vor dem Hinrichtungstermin noch ein paar Tage Zeit bekommen, für den Fall, dass wir den nächsten Schritt tun und den Obersten Gerichtshof der Vereinigten Staaten anrufen müssen. Aber ich glaube nicht, dass es so weit kommen wird. Nancy, das war ein phantastisches Stück Arbeit.«

»Und was machen wir inzwischen – zwischen jetzt und dann?«, fragte sie eifrig, wobei sie das Kompliment vollkommen ignorierte.

»Ich werde im Wesentlichen damit beschäftigt sein, diesen Bericht zu schreiben.«

»Okay, dann werde ich noch ein paar Spuren nachgehen.

Vielleicht kriegen wir noch raus, wessen Sperma das war. Wenn es dir recht ist?«

»Natürlich. Aber sei vorsichtig.«

»Werde ich. Ich will einfach nur alles für Rudy tun, was ich tun kann.«

32

In Ordnung, meine Damen, strecken. Ein bisschen höher. Strecken. In Ordnung. Laufen auf der Stelle – Knie nach oben. Komm schon, Nancy, ein bisschen höher kriegst du die Knie noch.« Nancy lächelte und zog die Knie etwas höher. Ihre Trainerin merkte es offenbar immer, wenn jemand in der Lage war, noch ein bisschen mehr zu bringen. Sie war anspruchsvoll!

Sie schien Mitte dreißig zu sein und entsprach nach außen hin exakt der Vorstellung von einer Aerobiclehrerin – eher klein, aber jeder Muskel war makellos durchtrainiert. Nancy fand, sie sähe aus wie eine Mexikanerin, vielleicht auch eine Puertorikanerin oder sogar Indianerin. Sie hatte glatte, cremig schimmernde Haut und langes, seidiges schwarzes Haar, das sie während des Trainings zu einem Knoten hochsteckte. Und sie war ein Quell unerschöpflicher Energie.

Nancy nahm jetzt seit zwei Wochen an dem Kurs teil, und es brachte sie fast um. Aber sie begann bereits einen Unterschied zu sehen. Sie hatte nie zuvor trainiert – es nicht nötig gehabt, wie sie dachte. Jetzt, als der Bauch straffer wurde und Bizeps und Beine an Form gewannen, ging ihr auf, dass dies durchaus zu ihrem Besten sein könnte.

Es war ein kleines Studio in einem Ladengeschäft an der Main Street – Bass Creek war zu klein für ein eigenes Fitnessstudio. Sie waren eine kleine Gruppe von acht Frauen und begannen gerade erst, sich kennenzulernen. Sie trafen sich drei

Mal pro Woche und gingen hinterher meist noch einen Kaffee trinken. An diesem Freitagabend hatten die fünf von ihnen, die nicht verheiratet waren, sich auf einen Drink verabredet.

Nancy hatte sich der Gruppe ursprünglich nicht des Trainings wegen angeschlossen. Sie hatte im Protokoll der Anhörung vor Gericht die Aussage von Maria Lopez gelesen. Maria war zum Zeitpunkt von Rudys Verhör Rezeptionistin bei der örtlichen Polizei gewesen, und zehn Jahre später arbeitete sie immer noch dort, obwohl sie jetzt Verwaltungsassistentin des Polizeichefs war. Nancy war von Marias unverblümter Zeugenaussage beeindruckt gewesen. Sie hatte angenommen, dass man Maria vermutlich unter Druck gesetzt hatte, einige Details dessen, was passiert war, als Rudys Mutter das Verhör zu unterbrechen versuchte, zu »vergessen«. Aber Maria hatte nichts vergessen und hatte auch nicht gezögert, die Details aufzuführen.

Nancy konnte sich vorstellen, dass Maria zehn Jahre später vielleicht immer noch einen üblen Nachgeschmack im Mund hatte angesichts dessen, was damals einem jungen Puertorikaner passiert war. Wenn dem so war und sie an dieses Unbehagen herankam, würde sie vielleicht etwas erfahren können – etwas, das in den Polizeiberichten und Protokollen nicht auftauchte. Also begann Nancy vollkommen harmlose Gründe zu finden, um auf der Polizeidienststelle ein und aus zu gehen – einmal holte sie ein Formular ab, zwei Tage später erschien sie, um einen Strafzettel zu bezahlen, nachdem sie das Auto mit voller Absicht im Parkverbot hatte stehenlassen. Beim zweiten Besuch hatte sie Maria an ihrem Schreibtisch sitzen sehen und sie mit Hilfe des Namensschilds identifiziert, das auf dem Tisch stand. Um fünf Uhr an diesem Nachmittag trieb Nancy sich in der Nähe der Polizei herum, in der Hoffnung, Maria beim Nachhausegehen zu sehen und auf irgendeine Art eine Unterhaltung anfangen zu können. Stattdessen war Maria geradewegs über die Straße und in das Aerobicstudio gegangen. Dass sie die Lehrerin war, hatte Nancy erst herausgefunden, als sie sich am nächsten Tag dort einschrieb.

Als sie zum ersten Mal auf einen Kaffee ins Pelican gingen – Dolly war nicht da, Gott sei Dank –, hatte Maria Nancy gefragt, was sie beruflich trieb, und Nancy hatte ihr erzählt, dass sie als Anwaltssekretärin arbeitete.

»Für wen?«, fragte Maria.

»Jack Tobin. Er ist neu hier.«

Maria hatte den Namen sofort erkannt. »Er wird der nächste Generalstaatsanwalt, aber im Moment bearbeitet er den Fall Rudy Kelly.«

»Ja, genau der«, sagte Nancy und versuchte dabei den Eindruck zu erwecken, dass sie nicht gern über Jack oder ihre Arbeit sprach.

»Dieser Fall ist eine solche Tragödie.« Nancy ging nicht darauf ein – sie nickte nur. Aber ihr Herz hämmerte. *Vielleicht weiß sie etwas.* Dann rief sie sich zur Ordnung. *Bloß nicht zu gierig sein. Wenn da etwas ist, lass sie selbst davon anfangen.*

Am zweiten Abend war Maria etwas gesprächiger geworden.

»Wenn du wüsstest, was bei dem Mordfall damals wirklich passiert ist, du könntest nicht mehr schlafen.«

Nancy hatte den Verdacht, dass es Maria war, die nicht mehr schlafen konnte. Aber auch diesmal beschloss sie, nicht allzu neugierig zu wirken. *Warte bis zum Freitagabend, wenn wir ein paar Gläser getrunken haben.*

Jack brauchte die ganze Woche, um seinen Bericht zu schreiben und ihn so oft zu überarbeiten, bis er ihn halbwegs zufriedenstellend fand. Er faxte ihn an das Gericht und an die Staatsanwaltschaft. Die Berufungsabteilung dort bearbeitete alle Fälle des ganzen Bundesstaates, und Jack hatte gleich zu Beginn Kontakt mit der Behörde aufgenommen, damit der Bericht einem einzelnen Beamten zugeordnet wurde, der dann auch rasch darauf reagieren konnte. Er hatte sich auch wegen des Hinrichtungstermins mit dem Gericht in Verbindung gesetzt, um sicherzustellen, dass der gesamte Ablauf zügig vonstatten ging. Normalerweise konnten Berufungssachen beim Supreme Court drei bis sechs Monate oder sogar noch länger dauern. Dieser Fall dagegen würde innerhalb weniger Tage nach Eingang der notwendigen Dokumente entschieden werden müssen.

Jack wusste aus Erfahrung, dass der erste Bericht der wichtigste Teil des gesamten Berufungsverfahrens war. Er musste klar und präzise sein und die wesentlichen Punkte früh abdecken. Gute Anwälte saßen manchmal wochenlang über einem solchen Bericht, um ihn zu überarbeiten und wieder zu überarbeiten, bis er einem feingeschliffenen Dolch glich, der unaufhaltsam und tödlich in die Versäumnisse der unteren Instanzen fuhr. Jack hatte nicht so viel Zeit, und so konzentrierte er sich darauf, kurz, klar und präzise zu sein.

Die Begründung für den Antrag auf Revision lautete auf Fehlverhalten der Anklage. Der Staatsanwalt, die Polizei und der Gerichtsmediziner hatten sich Jacks Ansicht nach miteinander abgesprochen, um der Verteidigung den Spermabefund vorzuenthalten und damit Rudy Kelly des besten Arguments für seine Unschuld zu berauben – der Tatsache, dass an diesem Abend noch ein anderer Mann in Lucys Trailer gewesen war. Selbst wenn es nicht wirklich eine Verschwörung gewesen war, so argumentierte Jack – durch das Anlegen einer separaten Vergewaltigungsakte war der Verteidigung Material vorenthalten worden, das zumindest für einen berechtigten Zweifel an Rudys Schuld gut gewesen wäre.

Jack wusste, dass das Gericht vermutlich nicht auf ein Fehlverhalten der Anklage entscheiden würde – das geschah sehr selten. Berufungsrichter waren Regierungsbeamte, ebenso wie Polizeibeamte und Staatsanwälte es waren. Sie waren damit von Haus aus voreingenommen, zumindest wenn es um absichtliche Verfehlungen ging. Aber indem er die *Möglichkeit* einer solchen Verfehlung angesprochen hatte, hatte er dem Berufungsgericht eine Gelegenheit gegeben, »den Säugling zu teilen« – ein Ausdruck, mit dem Juristen Entscheidungen beschrieben, die auf irgendeine Art beiden Seiten zugutekamen. Wenn das Gericht in der Frage eines Fehlverhaltens der Anklage gegen Jack entschied, in der weniger gefährlichen Frage des vorenthaltenen Beweismaterials aber in seinem Sinne, konnte es jeder Partei einen Gefallen tun und immer noch zu dem Ergebnis kommen, um das es Jack zu tun war – dem richtigen Ergebnis. Es war eine Taktik, die er schon mehrmals angewendet hatte.

Wie er erwartet hatte, gab das Gericht sofort einen Zeitplan heraus. Der Generalstaatsanwalt hatte sechs Tage Zeit, um im Namen des Staates Florida eine Gegendarstellung zu verfassen. Die mündliche Verhandlung würde fünf Tage später stattfinden. Rudys Hinrichtung war wiederum neun Tage später angesetzt. Ob die Entscheidung jetzt im Florida Supreme Court oder aber vor dem United States Supreme Court fiel, es würde eine Entscheidung in letzter Minute sein, die Rudys Geschick besiegelte.

Ebenso wenig wie Nancy konnte Jack einfach herumsitzen und abwarten, nachdem er seine Eingabe abgeliefert hatte. Er beschloss, alles herauszufinden, was es über den Leiter der damaligen Ermittlungen, Wesley Brume, und den ehemaligen Generalstaatsanwalt Clay Evans IV. herauszufinden gab, und deshalb beide Männer aufzusuchen. Er wusste, dass es keinem praktischen Zweck diente, die Ermittlungen weiterzuführen. Keiner der beiden Männer würde irgendetwas zugeben. Aber etwas drängte ihn zum Weitermachen – er war sich selbst nicht ganz sicher, was genau es war.

Wesley Brume hatte keinerlei Bedürfnis, mit Jack Tobin zu reden. Die ersten drei Anrufe blockte er ab, aber als Jack es auch danach noch versuchte, wusste er, dass er der Unterhaltung nicht dauerhaft aus dem Weg gehen konnte. Dieses Arschloch würde der nächste Generalstaatsanwalt des Bezirks werden, und Wes konnte es sich nicht leisten, ihn sich zum Feind zu machen, bevor der Typ auch nur sein Amt angetreten hatte. So viel Macht hatte er einfach nicht. *Warum der Gouverneur einen rückgratlosen, Dreck fressenden Kriminellenfreund wie diesen Tobin da zum Generalstaatsanwalt ernennt …* Es ergab keinerlei Sinn. Es war, als wäre man mit dem Feind im Bett.

Den vierten Anruf ließ er durchstellen.

»Brume hier.«

»Mr. Brume, mein Name ist Jack Tobin.«

»Ich weiß, wer Sie sind. Ich weiß, dass Sie der neue Generalstaatsanwalt sind. Ich weiß auch, dass Sie im Moment Rudy Kelly vertreten. Was wollen Sie also von mir?«

»Ich würde mich gern mit Ihnen unterhalten.«

»Worüber?«

»Über all die oben erwähnten Punkte.« Jack hatte nicht vor, seine Karten jetzt schon aufzudecken, obwohl er davon ausging, dass Brume genau wusste, was er wollte.

»Also, ich würde es vorziehen, wenn wir das persönliche Treffen aufschieben könnten, bis Sie offiziell als Generalstaatsanwalt an Bord sind.« Grunt hoffte immer noch, dass der Gouverneur zur Einsicht kommen und diese rote Socke abservieren würde.

»Man bekommt auf dieser Welt nicht immer das, was man gern hätte, Mr. Brume. Sie und ich, wir werden zusammenarbeiten. Ich glaube, wir sollten anfangen, uns kennenzulernen. Als der Gouverneur mir diesen Job angeboten hat, haben wir uns über die Notwendigkeit unterhalten, berufliche Partnerschaften aufzubauen.«

Da war sie, die verschleierte Drohung. *Wenn Sie nicht mit mir reden, erzähle ich's meinem Freund, dem Gouverneur, dem ich seit zwanzig Jahren in den Arsch krieche.* Wes hätte am liebsten gekotzt. Diese Politfressen waren doch alle gleich. Der Einzige von ihnen, der halbwegs Mut hatte, war Clay Evans, und der hatte aus dem Fall Kelly einen Job als Bundesrichter herausgeholt. Aber er würde sich wohl mit diesem Typen treffen müssen. Er war erst im vergangenen Jahr Polizeichef geworden und brauchte noch zwei Jahre mit dem Gehalt eines Polizeichefs, um mit der entsprechenden Pension aus dem Polizeidienst ausscheiden zu können. *Außerdem, aus mir kriegt der nichts raus. Ich lasse den ein paar Stunden hier verhungern und schmeiße ihn dann wieder raus.*

Sie trafen sich in Wesley Brumes Büro. Jack wäre neutraleres Gebiet lieber gewesen, aber Grunt bestand auf seinem Büro. Er wollte den Heimvorteil.

»Möchten Sie einen Kaffee, Mr. Tobin?«, fragte Polizeichef Brume, während er sich in seinem Kunstledersessel zurücklehnte und die Füße auf den billigen Pressspanschreibtisch legte.

Jack hätte am liebsten gelacht. Wenn dies Wesley Brumes Vorstellung von Einschüchterung war, dann hatte es die entgegengesetzte Wirkung. Er würde Wesley Brume sehr bald etwas über wirkliche Einschüchterung beibringen.

»Nein, danke.«

»Was kann ich also für Sie tun?«, fragte Grunt, während er sich wieder aufrecht hinsetzte und ein paar Papiere hin- und herzuschieben begann – er war ein sehr beschäftigter Mann.

»Ja nun, ich weiß, dass wir eventuell in Zukunft zusammenarbeiten werden, und ich wollte einfach ein paar offene Fragen aus der Welt schaffen.«

Das Wort *eventuell* hatte die erwünschte Wirkung. *Was, zum Teufel, meint er mit »eventuell«? Versucht er mich einzuschüchtern?* Er beschloss, die Bemerkung zu ignorieren.

»Welche Fragen wollen Sie denn aus der Welt schaffen, Mr. Tobin?

»Ich vertrete Rudy Kelly vor Gericht, und Sie waren der leitende Beamte bei den Ermittlungen in seinem Fall, also ermittle ich gewissermaßen in der Frage Ihrer Arbeit.«

»Und haben Sie irgendwas gefunden, das ich falsch gemacht hätte?«

»O ja, und ich bin noch nicht fertig mit der Recherche.«

Brume schoss das Blut ins Gesicht. Er wusste, sein Versuch, nach außen hin die Ruhe zu bewahren, funktionierte nicht. Sein Gesicht brannte, und seine Schläfen hämmerten. Er beschloss, den Versuch aufzugeben, und zeigte stattdessen mit dem Finger auf Jack.

»Es interessiert mich einen Scheißdreck, was Sie glauben, wer Sie sind, und wie Sie darauf kommen, dass Sie herkommen und mich verdächtigen können, aber ich hör's mir nicht an. Machen Sie, dass Sie hier rauskommen.«

Jack rührte sich nicht vom Fleck. Stattdessen lehnte er sich in seinem Stuhl zurück, wie Grunt es ein paar Sekunden zuvor getan hatte. »Immer mit der Ruhe, Mr. Brume. Niemand wirft Ihnen irgendwelche ungesetzlichen Aktivitäten vor, zumindest jetzt noch nicht. Ich sage lediglich, dass ein paar Fehler gemacht wurden.«

Den letzten Teil bekam Grunt nicht mit. Er war zu sehr damit beschäftigt, an dem »zumindest jetzt noch nicht« herumzuwürgen. Aber Jack ließ ihn nicht allzu lang warten.

»Wir wissen von der eigenständigen Vergewaltigungsakte. Sie spielt eine gewisse Rolle in dem Bericht, den ich dem Supreme Court über ein Fehlverhalten der Anklage vorlege. Ich weiß einfach nicht, wessen Idee das war – Ihre oder die von Mr. Evans. Ich persönlich tippe darauf, dass Mr. Evans die Idee hatte und er den Gerichtsmediziner überredet hat, mitzuspielen. Mr. Evans, oder vielleicht sollte ich sagen Richter Evans, möchte nicht mit mir reden, und ich habe das Gefühl, wenn der Zeitpunkt kommt, diese Fragen zu erläutern, wird er Sie den Wölfen vorwerfen. Also dachte ich, ich komme vorher zu Ihnen und gebe Ihnen Gelegenheit, mir die wahre Geschichte zu erzählen.«

Es folgte ein Augenblick des Schweigens. Brume schwitzte jetzt – schwitzte und kochte innerlich. Jack beschloss, den Druck noch etwas zu erhöhen. Jetzt war er sich sicher, dass Wesley Brume bei dem Unternehmen nur der Handlanger gewesen war. Wenn Tracey James wirklich ermordet worden war, war auch dies nicht Brumes Entscheidung gewesen.

»Oh, und übrigens«, fuhr er fort, »ich weiß, dass Tracey James Sie angerufen hat, bevor sie *umgebracht* wurde – sie hat Ihnen erzählt, sie hätte neue Informationen *und einen Zeugen.*«

»Wer ist der Zeuge?«, platzte Brume heraus.

Die Reaktion klärte ein grundlegendes Problem, das Jack mit

sich herumgetragen hatte, seit Dick Radek seine Anschuldigung geäußert hatte. *Tracey James ist also wirklich ermordet worden!* Er erinnerte sich an das, was Joaquin Sanchez über Radek gesagt hatte: *Ich verlasse mich auf Dicks Instinkt.* Er sah Wesley Brume an und zuckte die Schultern.

Im Kopf von Brume jagten sich die Gedanken. Das Arschloch war eine harte Nuss, aber er musste schließlich bluffen. Er wäre nicht gekommen, wenn er wüsste, wer der Zeuge war. Andererseits hatte er vollkommen recht – Clay Evans würde ihn, ohne zu zögern, fallenlassen. Brume war in Versuchung, aber nur einen Moment lang. Dieser Würfel war schon vor langer Zeit gefallen. Er musste sich an Evans halten. Es wurde Zeit, diese Scharade zu beenden. Er stand auf.

»Wie ich vor ein paar Minuten schon mal gesagt habe, Mr. Tobin. Machen Sie, dass Sie hier rauskommen. Vorläufig sind Sie noch nicht Generalstaatsanwalt. Rennen Sie weiter in der Gegend herum und beschuldigen Sie Polizeichefs und Bundesrichter, ohne dass Sie Beweise haben, und Sie werden's auch nie werden.«

Jack stand seinerseits auf. »Danke für den Tipp«, sagte er und verließ das Büro.

Brume knallte die Tür hinter ihm zu und sank wieder in seinen Kunstledersessel.

33

Am darauffolgenden Samstag nahm Jack Pat zu einer Bootsfahrt auf dem Okalatchee River mit. Er nahm nicht das große Boot, seine Achtundzwanzig-Fuß-Hatteras; er nahm das Dingi, das nicht viel anders aussah als das Dingi, um das Rudy vor all den Jahren gefeilscht hatte.

Pat war bei dem Ausflug ein eher unwilliger Passagier.

»Warum müssen wir um sechs Uhr morgens losfahren?«, beschwerte sie sich. Sie war nicht gerade ein Morgenmensch. Außerdem war es kalt. Sie trug Sweathosen und Parka über dem Bikini.

»Man muss auf dem Wasser sein, wenn die Sonne aufgeht, damit man den Wachwechsel der Natur mitkriegt.«

»Den erlebe ich lieber unter der Bettdecke.«

Jack lachte. »Wenn wir zurückkommen und du immer noch dieser Ansicht bist, dann schulde ich dir was. Wir machen das andere Extrem – ich lade dich ins beste Restaurant in einer Stadt deiner Wahl ein, und wir übernachten in einem Fünf-Sterne-Hotel.«

Pat hatte die Augen geschlossen und träumte, als er sprach; ein seliges Lächeln breitete sich auf ihrem Gesicht aus. Geld hatte ihr nie allzu viel bedeutet, aber es war hübsch, mit einem Mann zusammen zu sein, der die Mittel hatte, Träume wahr werden zu lassen.

»Okay, abgemacht. Und wenn's mir doch gefällt, mache ich einen von *deinen* Träumen wahr.«

Jack sah sie an und lächelte. Er dachte gar nicht daran, den Köder zu schlucken; er würde sich überraschen lassen.
Er ließ den kleinen Außenbordmotor an, und sie tuckerten in die Dunkelheit hinaus. Pat kauerte sich zusammen, legte die Hände ineinander und versuchte, sich warm zu halten.
Der Okalatchee war an der breitesten Stelle kaum fünfunddreißig Meter breit, aber er wurde von großen Booten befahren. Sechs Uhr morgens bedeutete Stoßverkehr der Fischerboote, und Jack musste das unbeleuchtete kleine Dingi sehr vorsichtig manövrieren. Sie fuhren etwa zwanzig Minuten lang dicht am Ufer nach Osten, während Pat die Arme eng um sich legte und wachsam zu den großen Booten hinübersah. Plötzlich steuerte Jack nach rechts, auf dichtes Gestrüpp zu. Pat dachte, er wollte aus irgendeinem Grund am Ufer anlegen, aber stattdessen fuhr er durch das Gestrüpp hindurch und bedeutete ihr nur, sie sollte unter den Zweigen den Kopf einziehen. Sie fuhren in einen schmalen Flussarm hinein, der auf beiden Seiten von Mangroven, Zypressen und hohen Kiefern gesäumt wurde. Jack fuhr noch ein Stück weiter; dann stellte er den Motor ab und ließ das Dingi treiben.
Die Veränderung war verblüffend. Nach dem vielbefahrenen Fluss, dem Motorengeräusch und dem Klatschen der Wellen gegen das Boot hörten sie jetzt das kakophonische Summen Tausender von Zikaden, hin und wieder unterbrochen vom Quaken der Frösche in dem schmalen, dunklen, abgeschiedenen Wasserlauf. Es war unheimlich und fast furchteinflößend.
Sie saßen schweigend im Boot. Pat konnte Jack nur als Schatten erkennen.
Dann begann der Himmel langsam heller zu werden. Die Vegetation ringsum war so dicht, dass sie den Sonnenaufgang

selbst nicht sehen konnten, nur seine Auswirkungen. Es war ein nahtloser Übergang. Das Summen der Zikaden und das Quaken der Frösche verklang allmählich, und zehn oder vielleicht auch fünfzehn Minuten lang herrschte vollkommene Stille. Kurz legte sich Nebel über das glatte schimmernde Wasser.

Alles war still, wie auf einem Foto, und Pat wagte nicht, sich zu bewegen, aus Angst, das Bild zu zerstören. Zum ersten Mal in ihrem Leben spürte sie es, dass sie ein Teil der Natur war wie der Himmel und die Bäume und das Wasser – und die Vögel und Zikaden und Frösche. *Wie viele Morgen habe ich in meinem Leben schon verlebt, und niemals habe ich dies erlebt, nie gewusst, dass es dies gibt.*

Sie sah zu Jack hinüber. Auch er saß reglos da und nahm alles in sich auf.

So rasch das Leben erstorben war, so plötzlich kehrte es zurück. Jetzt konnte sie etwas sehen, nicht mehr nur hören. Reiher stelzten am Ufer entlang oder saßen auf Ästen und beobachteten das Wasser. Weiter oben waren kleinere Vögel unterwegs. Pat entdeckte den Kopf eines Gators dicht am Ufer; er beobachtete konzentriert einen Reiher, der sich Schritt für Schritt von ihm entfernte. Weit über ihnen musterte von einer hohen Kiefer aus ein Fischadler die Welt. Sie sah zu, wie er sich von seinem Ast aus in die Luft schwang, ein, zwei Mal über dem Wasserlauf kreiste und dann plötzlich in einem tödlichen Sturzflug hinunter ins Wasser stieß, um gleich darauf wieder aufzutauchen, einen Fisch in den Klauen.

»Wow!«, rief sie – es war das erste Geräusch, das einer von ihnen in der letzten halben Stunde von sich gegeben hatte. »Das war großartig.«

»Ja«, sagte Jack. »Das wird nie zur Gewohnheit.«

»Du hast die Wette gewonnen«, sagte sie. »Ich hätte das hier wirklich nicht verpassen wollen. Ich habe noch nie so was erlebt. Ich habe wirklich das Gefühl, dass ich ein Teil davon bin. Du weißt schon – der Natur.«

»Ja, ich weiß. Rudy glaubt, er wird hierher zurückkehren, wenn er stirbt.«

»Vielleicht hat er sogar recht.«

»Oh, ich glaube, er hat recht.«

»Nancy sagt, Rudy hätte ihr geraten, hierherzukommen.«

»Das stimmt.«

»Warum hast du sie nicht auch mitgenommen?«

»Weil ich zuerst dich mitnehmen wollte. Und nur dich. Ich möchte es Nancy zeigen, aber ich will noch etwas warten. Wenn das Schlimmste eintrifft und es für Rudy nicht gut ausgeht, könnte dies hier ein Trost für sie sein.«

»Das ist eine gute Idee, aber du glaubst doch nicht wirklich, dass es für Rudy schlecht ausgeht, oder?«

»Ganz und gar nicht«, sagte Jack, gelassene Zuversicht in der Stimme.

Inzwischen hatte die Sonne den Morgennebel aufgelöst und die Luft erwärmt.

Pat zog sich den Parka und die Sweathosen aus. Sie warf einen weiteren Blick in die Runde und beschloss, es dabei nicht bewenden zu lassen. Der Bikini verschwand ebenfalls, und dann stand sie im Boot auf.

»Was machst du eigentlich?«, erkundigte sich Jack mit einem leisen Lachen.

»Ich werde eins mit der Natur«, flötete sie und machte einen Hechtsprung ins Wasser.

»Da drüben ist ein Gator«, bemerkte er, als sie wieder an der Wasseroberfläche erschien, und zeigte zum Ufer hinüber.

»Ich weiß«, sagte sie gelassen. »Warst du nicht derjenige, der mir erzählt hat, dass sie einem nichts tun? Was ist, kommst du jetzt rein oder nicht?«

Jack hätte das kleine Dingi fast zum Kentern gebracht, so eilig hatte er es, sich seiner Kleidung zu entledigen.

Das Gerichtsgebäude des Supreme Court war wie ein römischer Tempel gestaltet; breite Marmorstufen führten zu einem riesigen Eingang hinauf, der von mächtigen runden Säulen flankiert war. Unmittelbar hinter der Tür dagegen wurde man jählings daran erinnert, dass man sich in der modernen Welt befand – durch einen Sicherheits-Checkpoint.

Pat war am Abend zuvor mit Jack nach Tallahassee geflogen und begleitete ihn an diesem Vormittag zu der Anhörung. Sie hatte noch nie an einem Berufungsverfahren teilgenommen. Der Gerichtssaal hatte etwas von einem Hörsaal einer Universität und etwas von einem Konzertsaal. Halbkreisförmige, in Rängen angeordnete Reihen von Zuhörerbänken aus dunklem Mahagoni umschlossen ein Rednerpult in der Mitte. Zu beiden Seiten des Pultes standen Tische und Stühle für die Anwälte. Gegenüber befand sich ein wiederum erhöhtes Podium aus Mahagoni, auf dem die sieben Richter saßen. Der Anwalt am Rednerpult sah zu den Richtern auf, wenn er seine Sache darlegte. Es war ein einschüchterndes Arrangement, und Pat hatte das Gefühl, dass es in genau dieser Absicht gestaltet worden war.

Sie setzte sich in eine der hinteren Reihen und versuchte, so unauffällig zu bleiben wie möglich. An diesem Vormittag wurden drei verschiedene Fälle angehört. Die zuständigen Anwälte saßen auf den Zuhörerbänken unmittelbar hinter dem Rednerpult. Außer Pat gab es keine weiteren Zuhörer.

Rudy Kelly gegen den Staat Florida war der erste Fall, der zur Anhörung kam. Jack wählte den Tisch rechts vom Podium. Er nahm seinen Bericht und ein paar weitere Dokumente aus der Aktentasche, legte sie auf den Tisch und setzte sich, um den Einzug der Juristen des Florida Supreme Court abzuwarten. Der Staatsanwalt tat das Gleiche auf der anderen Seite des Pultes. Genau um neun Uhr war ein Klopfen an der Tür hinter der Richterbank zu hören. Ein Schwarzer in blauer Uniform erschien. »Hört, hört, hört«, donnerte er mit einer prachtvoll tiefen, melodischen Stimme. Die Anwälte erhoben sich augenblicklich; Pat tat das Gleiche. »Das oberste Gericht des Staates Florida tagt. All diejenigen, die Beschwerden vorzutragen haben, können jetzt vortreten.« Während er sprach, betraten die sieben Richter – sechs Männer und eine Frau – den Saal und nahmen ihre Plätze auf dem Podium ein. Als alle saßen, wandte sich Oberrichter Robert Walker an die Anwälte.

»Sie können Platz nehmen«, sagte er. Alle setzten sich. Oberrichter Walker kam gleich zur Sache. »Der erste Fall heute ist *Rudy Kelly gegen den Staat Florida*. Meine Herren, sind Sie so weit?«

Jack stand auf. »Jack Tobin, Rechtsbeistand des Antragstellers Rudy Kelly – ich bin so weit, Euer Ehren.« Sein Gegner folgte seinem Beispiel. »Emory Ferguson vom Büro der Generalstaatsanwaltschaft, Vertreter des Staates Florida. Wir sind so weit, Euer Ehren.«

»Gut«, sagte der Oberrichter. »Mr. Tobin, bitte sprechen Sie.«

Jack trat ans Pult. »Danke, Euer Ehren.« Er hatte kaum ausgesprochen, als die erste Frage kam. Sie stammte von Richter Thomas Flood, dem konservativsten Mann auf der Richterbank und einem entschiedenen Befürworter der Todesstrafe. »Mr. Tobin, entspricht es den Tatsachen, dass dieser Fall schon zwei Mal vor diesem Gericht verhandelt wurde?«

»Das ist richtig, Euer Ehren.«
»Reicht das noch nicht? Sollte mit diesen Anträgen nicht irgendwann Schluss sein?«
»Bei allem Respekt, Euer Ehren, die Antwort ist: nein. Man sollte niemals einen Schlussstrich ziehen, wenn das Leben eines Menschen auf dem Spiel steht und die Möglichkeit besteht, dass Fehler gemacht wurden.«
»Was haben Sie an neuem Material?« Die Frage stammte von Richter Escarrez, einem neuen Mitglied des Kollegiums und konservativen Katholiken; seine Ansichten zum Thema Todesstrafe kannte Jack nicht.
»Also, Euer Ehren, wir haben festgestellt, dass sich in der Scheide des Opfers zum Zeitpunkt ihres Todes Sperma befand. Die zugehörige Blutgruppe entspricht nicht der von Mr. Kelly; es handelte sich also nicht um sein Sperma. Dies war eine sehr wichtige Tatsache, die der Verteidigung seinerzeit nicht zur Verfügung gestellt wurde; sie hätte eine Jury sehr wohl zu der Schlussfolgerung bewegen können, dass noch ein anderer Mensch im Haus des Opfers gewesen war, nachdem Rudy Kelly es verlassen hatte, und dass diese andere Person den Mord begangen hat.«
»Das ist eine etwas gewagte Konstruktion, Herr Anwalt«, sagte Richterin Arquist, die einzige Frau auf der Richterbank und innerhalb des Kollegiums eine der Gemäßigten. »Die Tatsache, dass Sperma in der Scheide des Opfers gefunden wurde, sagt in sich selbst doch noch nichts über den Zeitpunkt aus, oder doch?«
»Ja und nein, Euer Ehren. Hätte das Opfer am Vormittag oder selbst am Nachmittag dieses Tages Geschlechtsverkehr gehabt, hätte es danach vermutlich etwas getan, das das Sperma entfernt hätte – geduscht oder sich saubergewischt. Und selbst wenn sie nichts dergleichen getan hätte, wäre das Sper-

ma nicht mehr nachweisbar gewesen, nachdem das Opfer den ganzen Tag auf den Beinen gewesen war. Und die Beweislage besagt, dass sie an diesem Tag gearbeitet hatte – und auf jeden Fall war sie in dem Gemischtwarenladen gewesen. Es besteht also eine erhebliche Wahrscheinlichkeit, dass der Geschlechtsverkehr an diesem Abend stattgefunden hatte, vermutlich kurz bevor sie ermordet wurde – möglicherweise unmittelbar davor.

Der Gerichtsmediziner wurde bei der Anhörung nicht zu diesem Sperma befragt und hat demgemäß niemals darüber ausgesagt. Und da er inzwischen verstorben ist, gibt es keine Aussage darüber, wann das Opfer Geschlechtsverkehr hatte.«

»Entspricht es den Tatsachen, dass es keine Hinweise auf unfreiwilligen Geschlechtsverkehr gab, etwa Blutergüsse in der Nähe der Vagina oder andernorts am Körper, wie man sie im Zusammenhang mit einer Vergewaltigung erwarten würde?« Das war John McClellan, auch er ein Moderater und ein Befürworter der Todesstrafe. Es saß kein einziger Liberaler auf der Richterbank; Jack wusste, dass er keine Steilvorlagen bekommen würde.

»Das stimmt, Euer Ehren, aber es entscheidet in keiner Weise, ob dieses Material in der Frage nach Schuld oder Unschuld relevant hätte sein können. Zum Beispiel hätte eine Jury zu dem Schluss kommen können, dass jemand das Haus betreten hat, nachdem Mr. Kelly es verlassen hatte, einverständlichen Geschlechtsverkehr mit dem Opfer hatte und es danach umgebracht hat.«

»Gibt es Hinweise darauf, dass sie einen Freund hatte?«, fragte Richter McClellan.

»Nein, Euer Ehren, aber das hat nichts zu bedeuten. Die Indizien besagen, dass sie an diesem Abend entweder einverständlichen Geschlechtsverkehr mit einem Mann hatte, der nicht Mr. Kelly war, oder unfreiwilligen Sex, der keine verräterischen Spuren hinterlassen hat. Auf jeden Fall hatte sie aber Sex mit einem Mann, der nicht Mr. Kelly war, und die Jury hätte zu dem Schluss kommen können, dass dieser Mann sie umgebracht hat. Weil die Verteidigung über dieses Detail nie informiert wurde, hatte sie diese Theorie auch nicht darlegen können.«

»Aber Herr Anwalt, Ihr Mandant hat zugegeben, dass er an diesem Abend ungefähr zum Mordzeitpunkt in dem Haus war. Sein Blut wurde auf dem Teppich gefunden, und wenn ich seine Aussage dem Polizeibeamten gegenüber richtig verstehe, hat er gesagt, er hätte sie umbringen können. Das ist einigermaßen belastend, finden Sie nicht auch?« Das war Oberrichter Walker.

»Auf den ersten Blick, ja, Euer Ehren, aber bedenken Sie bitte, dass Rudy Kelly ein neunzehnjähriger Junge an der Grenze zur geistigen Zurückgebliebenheit war, der bei seiner Mutter lebte, dass seine Mutter bei dem Verhör ausgeschlossen war, dass bei diesem Verhör keinerlei Aufzeichnungsgerät verwendet wurde, obwohl der Polizei von Bass Creek zu diesem Zweck sowohl Audio- als auch Videogeräte zur Verfügung standen, dass die einzige Version dessen, was Rudy sagte, vom verhörenden Beamten stammt und dass derselbe Beamte einen Anteil an der Entscheidung hatte, der Verteidigung die Entdeckung des Spermas vorzuenthalten – wenn Sie bedenken, dass es ohne Rudy Kellys sogenanntes Geständnis absolut kein Verdachtsmoment gibt, nichts –, dann sehen Sie, dass dies eine Argumentation aufgrund einer sehr schwachen Indizienlage ist. Eine, die mit Sicherheit nicht die Todesstrafe rechtfertigt.«

»Das Material, das Sie gerade erläutert haben, steht nicht in den Akten, oder?«, fragte Richter Scott, der einzige Schwarze auf der Bank, ein weiterer Moderater.

»Doch, Euer Ehren. Es ist im Protokoll der Vorverhandlung. Aus irgendeinem Grund hat der Pflichtverteidiger die Jury nie darauf aufmerksam gemacht, unter welchen Umständen dieses sogenannte Geständnis zustande gekommen ist, obwohl der Richter bei der Vorverhandlung entschieden hatte, dass dies relevantes Material war. Vielleicht erinnern Sie sich, dieses Versäumnis des Pflichtverteidigers war die Grundlage des zweiten Antrags auf Revision. Ich hoffe, dieses Gericht erkennt, wie sich die Dinge bei diesem Fall zusammenfügen. Wenn die Jury gewusst hätte, wie dieses ›Geständnis‹ zustande kam, und gewusst hätte, dass die Anklage der Verteidigung den Spermafund vorenthalten hat, hätte sie diesen jungen Mann niemals für schuldig befunden.«

»Das ist eine Ansicht, Herr Anwalt.« Die Stimme gehörte Richter Copell, dem letzten Mitglied des Gerichts. Es war selten, dass sich bei einer halbstündigen Darstellung wie dieser alle Mitglieder des Gerichts zu Wort meldeten, und Jack fand das Interesse ermutigend.

»Jawohl, Sir, aber eine Ansicht, die auf Erfahrung beruht.« Mehrere der Anwesenden waren ehemalige Prozessanwälte, und sie wussten, wer er war.

»Versuchen Sie einen zweiten Prozess zu erreichen, oder wollen Sie Berufung gegen das Todesurteil einlegen?« Die Frage stammte wieder von Oberrichter Walker.

»Das eine oder das andere, Euer Ehren. Wir würden einen neuen Prozess vorziehen, um Rudys Unschuld beweisen zu können, aber wenn Sie das Todesurteil der dünnen Beweislage wegen aussetzen, wird Rudy am Leben bleiben, und wir werden Zeit haben, herauszufinden, wer der zweite Mann

war, und auf der Grundlage dieses Materials einen neuen Prozess anstrengen.«
Es war eine weitere Frage, die Jack ermutigte – sie schien zu zeigen, dass wenigstens einer der Richter bereits unterschiedliche Möglichkeiten erwog.
»Das ist ein ziemlich vernichtender Vorwurf, den Sie da erheben, Herr Anwalt – dass der Staatsanwalt, der Gerichtsmediziner und die Polizeieinheit sich verschworen haben, den Spermafund vor der Verteidigung geheim zu halten –, meinen Sie nicht auch?«
»Doch, Euer Ehren, und es ist kein Vorwurf, den ich leichthin erhebe. Aber über dieses Beweismaterial muss es Diskussionen gegeben haben, und sie müssen sich darüber im Klaren gewesen sein, dass die Verteidigung ein Anrecht auf diesen Befund hatte. Und sie müssen sich einig darüber gewesen sein, diese eigenständige Vergewaltigungsdatei anzulegen – die im Übrigen auch verhindert hat, dass dieses Material öffentlich zugänglich wurde und etwa von einem Journalisten hätte gefunden werden können. Das war sorgfältig überlegt, Richter. Aus diesem Grund erhebe ich diesen Vorwurf.«
Als er an der Reihe war, tat Staatsanwalt Emory Ferguson genau das, was Jack von ihm erwartet hatte. Er ritt auf der Tatsache herum, dass dies der dritte Antrag auf Berufung war und dass irgendwann auch einmal Schluss sein musste. Er erinnerte an die Beweislage, derzufolge Rudy zu dem Zeitpunkt des Mordes im Haus gewesen war und dass *sein* Blut auf dem Teppich gefunden worden war. An diesen Befunden gab es keinen Zweifel. Als Richter Arquist fragte, welchen möglichen Grund die Anklage gehabt haben könnte, eine eigenständige Vergewaltigungsakte anzulegen, gab er eine gut vorbereitete und zunächst plausibel klingende Antwort.

»Wenn man geplant hätte, Material zurückzuhalten, um Mr. Kelly zu belasten, wie mein Kollege hier sagt, hätten sie dieses Material vernichtet. Niemand hätte je davon erfahren. Stattdessen haben sie in dem Wissen, dass zwischen dem Sperma und dem Mord kein Zusammenhang bestand, eine eigene Akte angelegt und das Material aufbewahrt für den Fall, dass noch weitere entlastende Erkenntnisse auftauchen.«

In seiner kurzen Widerlegung erinnerte Jack daran, dass Richard Nixon die Bandmitschnitte aus dem Weißen Haus ebenfalls hätte vernichten können, es aber nicht getan hatte. Es mochte eine törichte Entscheidung gewesen sein, aber das bedeutete nicht, dass er sich nicht der Behinderung der Justiz schuldig gemacht hatte.

Er schloss damit, dass er das Gericht daran erinnerte, was auf dem Spiel stand.

»Wie ich bereits gesagt habe, es geht bei diesem Fall um einen neunzehnjährigen jungen Mann an der Grenze zur geistigen Behinderung, es ist ein reiner Indizienfall, und wir wissen, dass der Verteidigung entlastendes Material vorenthalten wurde. Ein solcher Fall rechtfertigt nicht die Todesstrafe. Wie Sie alle wissen, ist unser Rechtsprechungssystem nicht makellos. Seit 1976, dem Jahr, in dem dieser Bundesstaat die Todesstrafe wieder einführte, wurden achtundfünfzig Menschen hingerichtet, und fünfundzwanzig wurden *aus den Todeszellen entlassen*. Wir wissen, dass mindestens ein Unschuldiger hingerichtet wurde. Das ist keine sehr ruhmreiche Statistik. Es ist eine Statistik, die zu denken geben sollte, wenn man sich die Tatsachen und Umstände des Falles ansieht, der hier vorliegt.«

Draußen vor dem Gerichtsgebäude fiel Pat ihm um den Hals.

»Du warst großartig – mein Ritter in schimmernder Rüstung. Die haben dich mit Fragen bombardiert, und du hast nie eine Sekunde lang gezögert. Ich hätte nicht so schnell reagieren können, wenn es um *mein* Leben gegangen wäre. Ich glaube, du hast gewonnen. Ich glaube, die heben das Urteil auf – oder doch wenigstens die Todesstrafe.«

»Meinst du wirklich?«

»Du etwa nicht? Sie müssen einfach. Ich habe diese Statistik gar nicht gekannt. Sie haben halb so viele Leute wieder entlassen müssen, wie sie umgebracht haben? Das ist ja fürchterlich.«

»Ja, ist es, und ich glaube auch, dass sie zumindest die Todesstrafe aufheben werden, aber manchmal braucht man einfach jemanden, der einem sagt, dass man recht hat.«

»Deswegen bin ich ja hier, Liebling – um dir zu sagen, dass du recht hast.« Sie küsste ihn nachdrücklich auf die Lippen. »Ich bin im ganzen Leben noch nie so stolz darauf gewesen, jemanden zu kennen. Hab ich gesagt, dass du großartig warst? Hab ich gesagt, dass ich dich liebe?« Diesmal war es Jack, der sie küsste.

Im Flugzeug auf dem Rückflug analysierte er die gesamte Anhörung.

»Normalerweise komme ich aus so einer Anhörung immer raus und weiß, dass es da noch etwas gegeben hat, das ich hätte erwähnen sollen. Wenn die Richter mit den Fragen kommen, kann man einfach nicht alles im Kopf behalten. Aber dieses Mal habe ich nicht das Gefühl, dass ich irgendwas vergessen habe.«

»Hast du auch nicht«, sagte Pat. »Du hast jeden Punkt abgedeckt. Mach dir keine Sorgen. Rudy hätte heute keinen besseren Fürsprecher haben können.«

Die Worte schienen ihn zu beruhigen – zumindest für eine Weile. Aber als sie im Bett lagen, musste sie erleben, wie er sich die ganze Nacht herumwälzte. Die Zeit wurde knapp, und die Belastung wurde mörderisch. Ein Mal hörte sie ihn etwas im Schlaf murmeln und beugte sich über ihn, um die Worte verstehen zu können.

»Nicht aufgeben! Nicht aufgeben!«, hörte sie Jack zu sich selbst sagen.

34

Am nächsten Morgen erzählte Pat Nancy bei ihrem Frühstück im Pelican von der Anhörung. Selbst wenn Jack nicht gerade verreist war – ins Pelican brachte Pat ihn nie mit. Dies war ein privater Zufluchtsort für sie und Nancy.

»Morgen, Mädels, wieder das Übliche heute?«, fragte Dolly, etwa zehn Minuten nachdem sie sich gesetzt hatten. Zu diesem Zeitpunkt waren außer ihnen noch exakt drei Leute in dem Lokal. Wenn dies nicht ihr Stammlokal und Dolly nicht ihre inkompetente Lieblingskellnerin gewesen wäre, wären sie wahrscheinlich aufgestanden und gegangen. Aber sie bemerkten es kaum. Es war alles wie immer, und außerdem hatten sie eine Menge zu besprechen.

»Ich ja«, sagte Pat, so wie sie es immer tat.

»Ich möchte pochierte Eier auf Weizenvollkorntoast«, sagte Nancy. Es war das erste Mal, dass sie pochierte Eier bestellte, aber Dolly zuckte mit keiner Wimper.

»Ihr nehmt beide Kaffee?«, fragte Dolly, wie sie es jeden Morgen tat.

»Entkoffeiniert«, antwortete Pat, wie sie es immer tat.

»Cola light«, sagte Nancy – es war das Einzige, was sie regelmäßig bestellte.

Dolly notierte die Getränke, ohne sich anmerken zu lassen, dass sie sich auch diesmal wieder geirrt hatte. Die Frau war jedenfalls konsequent.

»Glaubst du wirklich, sie lassen die Berufung zu, und Rudy

bekommt einen zweiten Prozess?«, fragte Nancy, nachdem Dolly verschwunden war.

»Vielleicht nicht gerade einen neuen Prozess – jedenfalls jetzt noch nicht. Aber ich bin zuversichtlich, und Jack ist es auch, dass sie aus dem Todesurteil ›lebenslänglich‹ machen. Dann haben wir Zeit, um eine noch bessere Verteidigung aufzubauen.«

»Gut, an der arbeite ich nämlich gerade.«

»Wirklich?«

»Wirklich. Ich habe mich mit der Frau von der Polizei angefreundet, und sie erzählt mir alles Mögliche. Ich meine, es ist vorläufig nichts Weltbewegendes, aber sie ist kurz davor. Es ist eigenartig. Jetzt, wo der Hinrichtungstermin immer näher rückt, merke ich, dass sie drauf und dran ist, mir ihr Herz auszuschütten. Sie hat Angst, aber irgendwas in ihr versucht, die Furcht zu überwinden.«

»Was weiß sie denn?«

»Keine Ahnung. Sie hat schon bei der Polizei gearbeitet, als sie Rudy damals verhört haben. Sie hat als Zeugin ausgesagt, damals, als Tracey James versucht hat, die Nichtzulassung seines Geständnisses zu erreichen.«

»Hast du Jack davon erzählt?«, fragte Pat.

»Noch nicht. Nicht, bevor ich nicht irgendwas Konkretes habe.«

»Wir haben nicht mehr viel Zeit, weißt du. Der Hinrichtungstermin ist nächste Woche. Jack könnte sie zum Reden zwingen.«

»Pat, du weißt, dass das nicht funktionieren würde. Die Frau wird reden, wenn sie so weit ist.«

Nancy war mit dem Satz eben fertig, als Dolly Pats Haferflocken mit Banane und für Nancy zwei Spiegeleier mit Wurst und weißem Toast brachte.

Nancy wartete, bis sie wieder außer Hörweite war. »Na, immerhin ist sie der Sache ziemlich nahe gekommen. Ich meine, ich *habe* ja schließlich Eier bestellt.«

Pat begann zu lachen. »Weißt du, ein guter Ermittler muss auch *hinhören* können, wenn jemand Hinweise liefert«, sagte sie zwischen Lachanfällen.

Nancy war etwas ratlos. »Das verstehe ich nicht.«

»Na ja, was fragt uns Dolly denn jeden Tag beim Reinkommen?«

»Sie fragt, ob wir das Übliche wollen.«

»Stimmt – und ich sage immer ja, und du gibst jedes Mal eine Bestellung auf. Stimmt's?«

Ein erleichtertes Lächeln breitete sich auf Nancys Gesicht aus. »Sie will, dass ich jeden Tag Haferflocken mit Banane esse.«

Pat hätte vor Lachen fast ihr Essen ausgespuckt. »Das war gut – aber jetzt hast du's kapiert. Sie will, dass du konsequent bist. Wenn du konsequent bist, wird sie sich daran erinnern, was du bestellst – jedenfalls beim Essen. Das mit den Getränken wird sie wahrscheinlich nie schaffen.«

»Aber was, zum Teufel, schreibt sie dann immer auf ihren Block?«

»Liebesbriefe an den Koch«, sagte Pat. »Ich habe keinen Schimmer.«

Jetzt war es Nancy, die zu lachen begann. Pat war gut für sie – für sie und Jack. Sie waren beide so angespannt, dass sie sich inzwischen wahrscheinlich gegenseitig umgebracht hätten, wenn Pat nicht da gewesen wäre.

»Was?«, fragte Pat, als Nancy sie ansah.

»Nichts.«

»Komm schon. Du wirst's mir schon sagen müssen.«

»In Ordnung«, sagte Nancy. »Ich habe eben nur gedacht, ich

muss wirklich mal in die Küche gehen und nachsehen, wie dieser Koch aussieht.«

Von ihrem Posten hinter der Theke hörte Dolly das Gelächter und sah zu ihnen hinüber. Worüber lachten diese beiden eigentlich dauernd?

35

Die Nachricht vom Supreme Court kam per Fax zwei Tage vor dem Hinrichtungstermin. Es war ein vierzehnseitiges Gutachten, eine Entscheidung, die mit vier zu drei Stimmen gefallen war; die Begründung der Mehrheit war von Richter Flood verfasst worden. »Die Entscheidung einer Jury kann nur auf der Grundlage eines offenkundigen Fehlers umgestoßen werden«, erklärte das Gutachten. Die Frage, ob Rudys Geständnis hätte zugelassen werden sollen, war in einem früheren Antrag bereits geklärt worden; es bestand keine Notwendigkeit, sie noch einmal zu untersuchen. Angesichts des Geständnisses und des forensischen Materials – Rudys Blut auf dem Teppich – waren die Hinweise auf seine Schuld erdrückend, urteilte die Jury. Oberrichter Walker, Richter Arquist und Richter Scott waren anderer Ansicht. In einer abweichenden Meinung, die Richter Walker verfasst hatte, machte sich die Minderheit Jacks Argumentation zu eigen: »Das Vorhandensein von Sperma einer nicht identifizierten Person lässt es fraglich erscheinen, dass Rudy Kelly Lucy Ochoa ermordet hat. Auf der Grundlage dieses zusätzlichen Indizienmaterials würden wir ein Todesurteil aufheben, das von einer Jury gefällt wurde, der dieses Material nicht vorlag.«

Weder Pat noch Nancy brauchte die Stellungnahme zu lesen. Sie erfuhren den Inhalt einfach dadurch, dass sie Jack beobachteten. Er hatte die Seiten aus dem Fax gezogen, sobald sie kamen, und sie in die richtige Reihenfolge gebracht, bevor er zu lesen begann. Sie sahen die Aufregung und die Hoffnung in seinen Augen verfliegen, kaum dass er angefangen hatte. Seine Schultern sanken herab. Die Farbe wich ihm aus dem Gesicht. Er schien immer weiter in seinem Stuhl zusammenzusacken, je länger er las. Nancy rannte aus dem Büro, bevor noch ein Wort gesprochen worden war. Pat trat hinter Jacks Stuhl und begann ihm behutsam die Schultern zu massieren.

»Ich habe gedacht, wir hätten sie«, sagte er nach mehreren Minuten. Seine Stimme klang tonlos. Dann nahm er die sorgfältig geordneten Seiten und knallte sie auf die Schreibtischplatte. »Ich dachte, wir hätten sie!«, brüllte er.

Pat massierte weiter.

Jack legte den Kopf auf die Schreibtischplatte und blieb lange Zeit bewegungslos so sitzen. Pat kehrte an ihren Computer zurück. Sie wusste, dass es immer noch Möglichkeiten gab. Er hatte bereits eine Eingabe an den Obersten Gerichtshof der Vereinigten Staaten verfasst; er brauchte nichts weiter zu tun, als einige Details zu ändern und das Dokument zu faxen. Er hatte das Gericht bereits darüber informiert, dass die Eingabe möglicherweise kommen würde, und auf den Termin der angesetzten Hinrichtung hingewiesen. Und dann gab es noch den Gouverneur. Sie hatten beide Möglichkeiten mehrfach beim Joggen durchgesprochen – es war nicht nötig, dass sie sie jetzt erwähnte. Irgendwann würde Jack handeln.

»Es ist doch erstaunlich«, sagte er schließlich in fast normalem Tonfall, »dass sieben distinguierte Juristen die gleiche Argumentation hören, vier davon aber zu völlig anderen Schlussfolgerungen kommen als die anderen drei.« Pat hätte darauf antworten können, ließ es aber. Dies war ein Ein-Mann-Gespräch. »Es hängt immer an der vorgefassten Meinung – der Grundeinstellung«, fuhr Jack fort. »Man kann über Details und Logik und den ganzen juristischen Kram reden bis zum Jüngsten Tag, aber am Ende läuft es immer auf die persönliche Einstellung raus – die Leute, die für die Todesstrafe sind, gegen die Leute, die sich nicht sicher sind. Gewissheit gegen Zweifel. Und die Gewissheit siegt jedes Mal. Das ist das Problem mit diesem gottverdammten Scheißland. Es wird von einem Haufen Idioten geführt, die sich immer absolut sicher sind, dass sie recht haben.«

Pat sagte immer noch nichts. Sie wusste, er musste seinem Ärger Luft machen, bevor er das Gehirn wieder in Gang bringen konnte. Sie war beinahe überrascht, als er zum Telefon griff und wählte.

»Ist Gouverneur Richards zu sprechen?«, fragte er, ohne sich mit einer Begrüßung aufzuhalten. »Okay, würden Sie ihm bitte ausrichten, dass Jack Tobin angerufen hat? Sagen Sie ihm, es ist eilig. Es geht um Rudy Kelly. Ich faxe ihm die Entscheidung des Supreme Court gleich anschließend durch. Er hat meine dienstliche und meine Privatnummer. Sagen Sie ihm, ich werde den ganzen Tag hier sein und auf seinen Anruf warten.«

Er verbrachte mehrere Stunden damit, die Eingabe an den Obersten Gerichtshof der Vereinigten Staaten zu überarbeiten. Er faxte sie am frühen Nachmittag und rief dann an, um sicherzustellen, dass sie angekommen war, wobei er noch einmal betonte, wie knapp die Zeit war, und auf den Hinrichtungstermin hinwies.

Er rief im Lauf des Tages vier weitere Male im Büro des Gouverneurs an, aber der Gouverneur war nie zu sprechen. »Ich hätte nicht warten sollen«, sagte er am Spätnachmittag zu Pat. »Ich hätte nach Starke fahren und Rudy Bescheid sagen sollen und dann gleich weiter nach Tallahassee und mir dieses Dreckstück persönlich vorknöpfen.«

Pat hätte gern geantwortet, dass er nicht gleichzeitig die Eingabe überarbeiten und die Fahrt hätte unternehmen können. Sie hätte ihm auch gern gesagt, er solle sich beruhigen. Der Gouverneur war möglicherweise ihre letzte Chance. Aber dies war nicht der geeignete Zeitpunkt für gute Ratschläge.

»Er ruft dich an«, sagte sie stattdessen. »Er wird heute Abend anrufen. Wir können gleich morgen früh nach Starke fahren.«

An diesem Abend gingen sie nicht joggen. Jack brachte die fünfminütige Autofahrt zwischen Büro und Zuhause in zwei Minuten hinter sich, und dann saßen sie einfach da und warteten darauf, dass das Telefon klingelte. Es tat dies um Viertel vor acht.

Pat war vollkommen schockiert, als Jack einfach sitzen blieb. Als sie selbst die Hand ausstreckte, hielt er sie zurück.

»Lass es klingeln. Gleich schaltet sich der Anrufbeantworter ein.«

Sie konnte es nicht fassen – da wartete er den ganzen Tag, und dann ließ er den Anrufbeantworter drangehen. *Das muss irgend so ein Machoding sein,* sagte sie sich.

Das Gerät sprang klickend an. »Hier spricht Jack Tobin. Ich bin im Augenblick nicht zu Hause. Bitte hinterlassen Sie mir eine Nachricht, und ich werde Sie zurückrufen, sobald ich kann.«

Das Gerät piepte, und dann hörten sie die unverwechselbare Stimme von Bob Richards.

»Jack, hier ist Bob. Tut mir leid, dass ich's nicht früher geschafft habe. Ich habe den ganzen Tag in Sitzungen gesessen. Ich habe das Gutachten gelesen ...«

Jack nahm ab.

»Hi, Bob.« Er sorgte dafür, dass er eine Spur atemlos klang.

»Bin gerade erst zur Tür reingekommen. Danke für den Rückruf.«

»Keine Sache, Jack. Ich sage Ihnen was, ich habe dieses Gutachten gelesen. Mann, Sie waren so dicht dran. Ein Richter mehr, und Sie hätten es geschafft.« Es klang nach aufrichtiger Anteilnahme.

»Danke, Bob. Hören Sie, dieser Junge ist unschuldig. Ich würde mein Leben darauf verwetten. Ich brauche einfach ein bisschen Zeit, um es zu beweisen. Sie können mir diese Zeit geben, Bob. Sie können diese Hinrichtung aufschieben und mir die Zeit verschaffen, die ich brauche.« Jack hatte sich den ganzen Tag über zurechtgelegt, was er sagen würde. Er wusste, er würde es kurz und direkt machen müssen.

»Jack, bitte versuchen Sie, etwas zu verstehen.« Auch Bob hatte sich wahrscheinlich den ganzen Nachmittag auf das Gespräch vorbereitet. »Ich wünsche Rudy wirklich das Allerbeste. Ich habe gehofft, die würden sich anders entscheiden, weil ich Ihrem Urteil vertraue. Ich habe die Polizeiberichte gelesen. Es gibt offene Fragen. Aber Sie müssen sich meine Position vor Augen führen. Wenn ich diese Hinrichtung bloß um einen einzigen Tag verschiebe, bin ich mein Amt so schnell los, dass Sie glauben werden, ich wäre vor Ihren Augen diffundiert. Nächstes Jahr steht die Wiederwahl an, Jack. Ich kann Ihnen nicht helfen. Ich hoffe, Sie verstehen das.«

Es war genau die Ansprache, von der Jack gehofft hatte, er würde sie nicht hören – aber es war die Ansprache, mit der er gerechnet hatte.

Bob Richards, der Vollblutpolitiker, stand auf jedermanns Seite. Er konnte Jack mitteilen, dass er an die Unschuld seines Mandanten glaubte, und ihm gleich darauf sagen, dass ihm die Hände gebunden waren, und um Verständnis dafür bit-

ten. Jack wusste, dass es aussichtslos war, aber noch konnte er nicht aufgeben.
»Bob, es geht hier um das Leben eines Mannes. Sollte das nicht den Vorrang vor der Politik haben?«
»Es ist nicht meine Entscheidung, Jack. Ich bin der Vertreter der Öffentlichkeit.«
»Die Öffentlichkeit kennt aber die Tatsachen nicht, Bob. Sie kennen sie. Die Öffentlichkeit weiß nicht, wie fehlerhaft das System ist. Sie wissen es – oder jedenfalls sollten Sie es wissen.«
»Es tut mir leid, Jack. Ich kann Ihnen nicht helfen.« Bob Richards legte auf.
Zehn Minuten später führte die Achterbahn, auf der sie sich bewegten, aus den finstersten Tiefen der Verzweiflung wieder steil nach oben. Das Telefon klingelte wieder. Diesmal nahm Jack sofort ab. Es war Nancy.
»Jack, ich habe hier was. Ein dickes Ding.«
Jack unterbrach, bevor sie weitersprechen konnte. »Nicht am Telefon. Komm hier vorbei.«
»Ich bin in einer halben Stunde da.«

Zwei Stunden später klopfte jemand an die Tür. Pat machte auf. Ein Hilfssheriff des Bezirks Cobb County stand draußen. »Guten Abend, Ma'am«, sagte er. »Ist Mr. Tobin zu Hause?«
Noch während er sprach, erschien Jack in der Wohnzimmertür. »Ich bin Jack Tobin. Kann ich Ihnen helfen?«
»Mr. Tobin, es hat einen Unfall gegeben. Ich glaube, Sie kennen eine Ms. Nancy Shea?«
»Ja, das ist meine Sekretärin. Was ist passiert?«
»Es tut mir leid, Sir, aber sie hat's nicht geschafft.«
Es war, als hätten Jack und Pat den ganzen Tag über Schar-

mützel mit dem Gericht und dem Gouverneur ausgefochten, und gerade als sie zu glauben begannen, dass sie es vielleicht überstehen würden, setzte die schwere Artillerie ein. Pat krümmte sich und fiel gegen die Seite der Treppe, die in den ersten Stock hinaufführte. Jack lehnte sich an die Wand und vergrub das Gesicht in den Händen. Der Hilfssheriff lieferte weitere Informationen, weil er nicht wusste, was er sonst tun sollte.

»Sie war noch ungefähr eine Viertelstunde von der Stadt entfernt auf einem Fahrweg in der Nähe der State Road 710, als sie die Kontrolle über das Auto verloren hat. Sie ist gegen einen Telegrafenmast gekracht, und das Auto hat Feuer gefangen.«

»Okay, okay.« Jack nahm sich zusammen. »Wir fahren mit Ihnen dorthin.« Er sah zu Pat hinüber; sie nickte nur. Ihr Gesicht war ausdruckslos.

»Hat jemand ihrem Vater Bescheid gegeben?«, fragte Jack.

»Ich«, sagte der Beamte. »Er war derjenige, der mir gesagt hat, ich soll hierherkommen. Ein Kollege bringt ihn an die Unfallstelle. Ich kann Sie fahren, wenn Sie wollen.«

»Das geht schon«, sagte Jack.

Im Auto begannen sie beide zu weinen, aber keiner von ihnen sagte ein Wort. Jack hätte die Abfahrt fast übersehen – es war tatsächlich ein abgelegener Fahrweg –, aber Pat sah durch die Bäume blitzende Lichter und wies ihn schweigend darauf hin.

Als sie näher kamen, sahen sie Polizisten und Feuerwehrleute und ein paar Rettungssanitäter in der Nähe des Autos herumstehen, und aus einiger Entfernung gafften ein paar Bewohner eines Wohngebietes weiter unten an der Straße herüber. Das Auto war ein verkohltes Wrack, von dem immer noch Dampf aufstieg; Schläuche lagen herum, und Pfützen hatten sich ringsum gebildet. Jack sah, wie eine Bahre mit einem Körper unter einer Plane in einen Krankenwagen geschoben wurde. Ein Polizeibeamter stand neben dem Krankenwagen und schrieb auf einen Notizblock.

Wie lang war sie in dem Auto, bevor jemand gekommen ist? War sie bewusstlos oder – bitte, Gott, nein – eingeschlossen und hat versucht, da rauszukommen? Fragen schossen Jack durch den Kopf wie vergiftete Pfeile. Er musste aufhören, darüber nachzudenken, ob sie gelitten hatte, sonst würde er vollkommen die Fassung verlieren. Die Tatsachen analysieren und logisch durchdenken – das war es, was er tun musste.

Was hat sie hier draußen gemacht? Was wollte sie mir unbedingt sagen? Und, verdammt noch mal, warum habe ich sie nicht reden lassen?

Pat sah Jim Shea ein Stück entfernt im Schatten an einem Baum lehnen. Sie ging zu ihm hin, legte ihm den Arm um die Schultern und versuchte Trost zu spenden, so gut sie konnte. Zwei Wochen zuvor erst hatten Jim und Nancy sie zum Abendessen zu sich nach Hause eingeladen. Sie hatten einen schönen Abend miteinander verbracht; Pat konnte nicht umhin zu bemerken, wie nahe Vater und Tochter sich standen. Seit Nancys Mutter gestorben war, waren sie immer nur zu zweit gewesen.

Er hob den Kopf und sah Pat mit leeren Augen an. »Ich hab ihr den Kanister hinten ins Auto gelegt«, sagte er mit tonloser Stimme. »Ich hab ihr den Kanister hinten ins Auto gelegt«, wiederholte er und sah wieder auf den Boden hinunter.

Pat verstand, was er meinte. Sie konnte ihn nicht daran hindern, sich selbst die Schuld zu geben, also ließ sie einfach den Arm auf seinen Schultern liegen.

Jack erkundigte sich währenddessen nach dem Einsatzleiter. Man verwies ihn an einen großen, dünnen State Trooper, Anthony Burrows. Er stellte sich vor und fragte Trooper Burrows, was passiert war.

»Ganz sicher sind wir uns auch nicht, Mr. Tobin. Aber Blaine Redford ist hier, er ist Experte für Unfallrekonstruktion beim Büro des Sheriffs, und ein Ermittler in Mordangelegenheiten ist auch da. Vielleicht können die Ihnen eher helfen als ich.«

Jack machte sich auf die Suche nach Blaine Redford. Einen Grund zur Erleichterung gab es immerhin – sie befanden sich außerhalb der Stadtgrenzen, er würde sich also nicht mit der Polizei von Bass Creek und mit Polizeichef Wesley Brume befassen müssen.

Redford hielt sich in einiger Entfernung von der Menge auf dem Fahrweg auf, ein Notizbuch in einer Hand und eine Taschenlampe in der anderen, mit der er methodisch die Straße ableuchtete.

»Versuchen Sie rauszufinden, warum sie die Kontrolle über das Auto verloren hat?«, fragte Jack.

»Teilweise«, sagte Deputy Redford, ohne den konzentrierten Blick vom Strahl seiner Taschenlampe zu heben. »Außerdem suche ich auch noch nach …«

»Bremsspuren«, unterbrach Jack.

Jetzt schaute Blaine Redford auf, um zu sehen, wer ihn da so fachkundig ansprach.

»Jack Tobin«, sagte Jack und streckte die Hand aus, bevor ihm klarwurde, dass Deputy Redford keine Hand frei hatte. »Ich bin Anwalt für Versicherungsfragen. Das Opfer, Nancy Shea, war meine Sekretärin. Ich will Sie nicht bei der Arbeit behindern, aber ich bin sehr daran interessiert, herauszufinden, was ihr zugestoßen ist. Ich bin mir sicher, Sie verstehen das.«

Deputy Redford blieb stehen und sah Jack an. »Ich verstehe.

Ich habe selbst eine Tochter. Ich habe vorhin mit ihrem Vater geredet. Ich weiß, dass Sie Antworten haben wollen, aber ich wüsste nicht, was ich Ihnen sagen soll. Ich gehe die Straße jetzt zum dritten Mal ab. Ich finde kein Hindernis. Und keine Bremsspuren.«

»Das ist ziemlich ungewöhnlich – keine Bremsspuren?«

»Nicht unbedingt. Nicht, wenn sie die Kontrolle über den Wagen verloren hat. Ich finde nur einfach keinen Grund, weshalb sie die verloren haben sollte – keine rutschigen Stellen, keine engen Kurven. Es hätte irgendwas Mechanisches sein können, aber bei dem, was von dem Auto noch übrig ist, werde ich es kaum finden. Außerdem sagt ihr Dad, sie hat das Auto wirklich in Schuss gehalten.«

Jack hatte im Lauf seiner Karriere mit genug Spezialisten für Unfallrekonstruktion zusammengearbeitet, um instinktiv zu wissen, dass Officer Redford seinen Job beherrschte. Er ging die Möglichkeiten der Reihe nach durch. Mit diesem Mann konnte man arbeiten.

»Was ist mit einem anderen Auto?«

»Yeah, das hab ich mir auch überlegt«, sagte Redford. »Ein anderes Auto hätte sie von der Straße drängen können. Ein Stück weiter da hinten habe ich im Dreck ein paar Spuren gesehen, die ein bisschen tiefer waren als die anderen. Zwei Autos nebeneinander – wenn sie dort von der Straße abgekommen wäre, wäre sie bei dem Tempo, das sie gefahren ist, direkt an den Telegrafenmast gefahren. Das Problem ist bloß, ich kann nicht sagen, ob die Spuren gleichzeitig entstanden sind. Seither sind noch andere Autos vorbeigekommen, ich rechne also nicht damit, dass ich noch einen klaren Reifenabdruck finde.«

»Wollen Sie damit sagen, Sie glauben, dass sie von der Straße gedrängt wurde?«

»Das kommt mir am wahrscheinlichsten vor, aber Sie würden es im ganzen Leben nicht beweisen können. Nicht, wenn es keine Augenzeugen gegeben hat. Ich habe Detective Applegate von der Mordkommission gesagt, was ich denke. Er fragt zurzeit gerade in der Nachbarschaft herum, aber die Häuser sind alle ziemlich weit weg.«

»Ich verstehe«, sagte Jack. »Aber Sie *werden* versuchen, einen Reifenabdruck von dem zweiten Auto zu bekommen, oder?«

»Gar keine Frage. Die Kollegen von der Spurensicherung sind schon unterwegs. Aber wie gesagt, allzu viele Hoffnungen mache ich mir da nicht.«

»Und was ist mit dem Feuer? Ist es nicht ungewöhnlich, dass ein Auto so in Flammen aufgeht?«

»Absolut. Aber ich habe mit ihrem Vater geredet, und er hat gesagt, er hat den vollen Benzinkanister von seinem Boot hinten ins Auto gelegt, weil er morgen früh fischen gehen wollte. Ich hätte trotzdem nicht erwartet, dass das Auto derartig hochgeht, aber es ist passiert – und der Kanister erklärt auch, warum. Es ist ungewöhnlich, aber nicht unerklärlich.«

Jack gefiel die gründliche Argumentation – der Mann hatte kein Detail übersehen. »Wenn die Person, die sie von der Straße gedrängt hat, den Kanister gesehen hätte, hätte derjenige ganz einfach ein Streichholz ins Auto werfen und zusehen können, wie es hochgeht«, bemerkte Jack.

»Das ist Spekulation auf einem Niveau, das mir nicht zusteht, Mr. Tobin.«

»Ich verstehe Sie. Sagen Sie mal, sind Sie morgen in Ihrem Büro?«

»Yep. Keine Ruh bei Tag und Nacht.«

»Vielleicht kriegen Sie einen Anruf vom Gouverneur. Erzählen Sie dem, was Sie mir erzählt haben, ja?«

»Mach ich«, sagte Redford mit einem etwas verblüfften Gesichtsausdruck. Als Jack sich entfernte, fragte Redford sich, warum um alles in der Welt der Gouverneur ihn wegen eines tödlichen Verkehrsunfalls in Cobb County anrufen sollte.

Jack und Pat fuhren Jim Shea nach Hause. Der Mann war untröstlich und fest davon überzeugt, dass er den Tod seiner Tochter verschuldet hatte. Pat versicherte ihm immer wieder, es sei ein Unfall gewesen. Jack sagte nichts, denn auszusprechen, dass seine Tochter möglicherweise ermordet worden war, würde dem Mann nicht helfen. Pat sorgte dafür, dass er eine Schlaftablette schluckte, sobald sie bei ihm zu Hause ankamen, und sie blieben, bis er eingeschlafen war.

Am nächsten Morgen um sechs Uhr brachen sie nach Starke auf. Sie waren beide völlig benommen, und es lag nicht nur an der durchwachten Nacht. Die Ereignisse rissen sie mit sich fort, und sie konnten nicht über sie nachdenken, aus Furcht davor, dass die Wirklichkeit sie vollkommen lähmen würde. Unterwegs wechselten sie kaum ein Wort. Als sie sich ihrem Ziel näherten, sagte Jack zu Pat, sie sollte mit ihm in das Gefängnis kommen, um Rudy kennenzulernen.

»Du hast mit mir an diesem Fall gearbeitet, und er ist Mikeys Sohn. Und außerdem ist Rudy einfach unglaublich.« Sie begann den Kopf zu schütteln, aber Jack sprach weiter; er brachte jedes Argument vor, das ihm einfiel. Der wirkliche Grund war, dass er einfach überfordert war, ebenso wie Pat selbst. Sie hatten sich die vergangenen vierundzwanzig Stunden gegenseitig gestützt. Jack hatte Angst, ohne Pat an seiner Seite würde er ganz einfach umkippen. Es war ein beunruhigendes Gefühl für einen Mann, der sein Leben in der Mitte eines Gerichtssaals verbracht hatte.

Pat sah geradeaus durch die Windschutzscheibe. »Ich kann nicht, Jack«, sagte sie, nachdem er aufgehört hatte zu reden. »Es ist nicht deinetwegen oder meinetwegen, es ist um Rudys willen. Er wird dich heute brauchen – ihr müsst über die Möglichkeiten reden, die es jetzt noch gibt, und du musst ihm helfen, sich dem zu stellen, was vielleicht auf ihn zukommt. Aber was er bestimmt nicht braucht, ist es, jetzt neue Bekanntschaften zu machen und zu plaudern.«

Jack wusste, dass sie recht hatte. Und er wusste, dass er mehr an sich selbst gedacht hatte als an Rudy. Er sagte nichts mehr dazu.

»Suchen wir uns ein Hotel, und ich schreibe uns ein«, sagte sie. »Du gehst und besuchst Rudy.«

Jack traf sich in dem üblichen Raum mit Rudy. Rudy lächelte noch, aber seine Hände zitterten etwas, und Jack sah eine Spur von Furcht in den sonst so gelassen blickenden Augen. *Er ist also doch noch ein Mensch*, dachte er.

»Sie haben mir von dem Antrag auf Berufung erzählt«, sagte Rudy, als er endlich auf seinem Stuhl saß. Bis auf einen einzigen Mann war seine kleine Armee von Wachmännern verschwunden. »Ich weiß, du fühlst dich schlecht, aber du hast alles getan, was du konntest, Jack.«

»Es ist noch nicht vorbei, Rudy.« Jack wollte ihm keine falschen Hoffnungen machen, aber zugleich wollte er ihm klarmachen, dass es tatsächlich noch eine Hoffnung gab, so schwach sie auch sein mochte. »Da wäre immer noch der Oberste Gerichtshof. Ein Richter wird meine Eingabe lesen, und wenn er oder sie der Meinung ist, es wäre etwas dran, wird die Hinrichtung ausgesetzt, bis ein ordentliches Gericht sich den Fall ansehen kann. Außerdem werde ich den Gouverneur noch mal anrufen. Ich habe neue Informationen, die ich ihm geben muss. Er kann auch einen Aufschub anordnen.«

Jack hatte bereits beschlossen, Nancys Tod nicht zu erwähnen. Rudy hatte im Augenblick schon genug zu verarbeiten. Sollte Rudy fragen, was für Informationen Jack für den Gouverneur hatte, würde Jack improvisieren. Aber Rudy fragte nicht.

»Ich weiß jetzt, wie Jesus sich gefühlt hat«, sagte er stattdessen, nachdem sie ein paar Sekunden schweigend dagesessen hatten. »Er wusste, er geht zu seinem Vater, aber er wollte nicht das Sterben durchmachen müssen, um dorthin zu kommen. So ähnlich fühle ich mich im Moment auch. Ich will auf die andere Seite und bei meiner Mom und meinem Dad sein, aber ich will nicht auf dem elektrischen Stuhl sterben, um dorthin zu kommen.«

Jack nickte nur. Dies war eine Unterhaltung, die er noch nie geführt hatte, und er wollte sie niemals wieder führen müssen. Er hatte keine Antworten und keine tröstenden Worte, aber wenn Rudy reden wollte, dann würde er zuhören.

Er blieb den größten Teil des Vormittags und wäre am Nachmittag zurückgekommen – er hatte lediglich ein Telefonat zu erledigen, den Anruf bei Gouverneur Richards –, aber Rudy schickte ihn weg.

»Jack, ich möchte, dass du gehst. Ich weiß es zu schätzen, was du alles für mich getan hast. Ich weiß deine Freundschaft zu schätzen, aber irgendwie will ich jetzt allein sein. Es würde es mir zu schwer machen, dich da draußen zu sehen, wenn sie mich festschnallen. Ich will einfach die Augen schließen und daran denken, wohin ich gehe.«

Jack hätte gern widersprochen, aber er wusste, dass Rudy recht hatte – in jeder Hinsicht. Sie standen beide auf, und Jack ging um den Tisch herum, um Rudy zu umarmen. Der

Wachmann mischte sich nicht ein. Jack hatte Tränen in den Augen, als er Rudy ins Gesicht sah, vielleicht zum letzten Mal.

»Wenn ich einen Sohn hätte«, flüsterte er ihm ins Ohr, »dann wünschte ich, er wäre so wie du.«

»Ich habe das Glück gehabt, einen Daddy zu haben, der so war wie du, Jack.«

»Ich liebe dich, Rudy.«

»Ich liebe dich auch, Jack.«

Jack wollte zur Tür gehen, aber Rudy hielt ihn noch einmal zurück. »Jack«, sagte er, während er mit den gefesselten Händen ungeschickt in die Tasche griff und einen Umschlag herausholte. »Nimm das hier mit.«

Jack nahm den Umschlag und las die darauf geschriebenen Worte: »Nach meinem Tod zu öffnen.« Er sah Rudy an und nickte. Dann ging er.

Er rief den Gouverneur an, sobald er im Hotel angekommen war. Wie üblich war Bob Richards beschäftigt. Jack hinterließ die Nummer des Hotels und ließ sich von der Sekretärin versprechen, er würde bei der ersten Gelegenheit zurückgerufen werden. »Es geht hier im wahrsten Sinn des Wortes um Leben und Tod«, teilte er ihr mit. Dann legte er sich neben Pat aufs Bett, um auf den Anruf zu warten, und schlief sofort ein. Drei Stunden später stieß Pat ihn an. »Der Gouverneur ist dran.« Er war sofort hellwach und griff nach dem Telefon.

»Bob, danke für den Anruf.« Er hätte den Dreckskerl am liebsten erschossen, aber noch ging das nicht. Solange es überhaupt noch einen Hoffnungsschimmer gab, würde er nett zu ihm sein.

»Was ist los?«, fragte Bob kurz.

»Gestern Abend, ungefähr zehn Minuten nachdem wir telefoniert hatten, hat meine Sekretärin mich angerufen und mir gesagt, sie hätte etwas Entscheidendes gefunden. Ich habe ihr gesagt, sie sollte bei mir vorbeikommen. Zwei Stunden später klopft es an die Tür, und draußen steht ein Deputy, der mir sagt, sie ist tot.«

»Herrgott, das tut mir leid, Jack. Das haben Sie nicht auch noch gebraucht.«

»Ich bin noch nicht fertig, Bob. Der Unfallexperte vom Sheriffsbüro Cobb County, ein Typ namens Blaine Redford – schreiben Sie sich den Namen auf – hat mir gesagt, er hielte es für Mord.«

»Was wollen Sie, dass ich mache, Jack?«

»Ich möchte, dass Sie Blaine Redford anrufen und mit ihm reden. Und wenn er Ihnen sagt, dass Nancy seiner Meinung nach ermordet wurde, möchte ich, dass Sie diese Hinrichtung abblasen. Nancy ist umgekommen, weil sie etwas wusste. Was bedeutet, wir kommen der Sache näher.«

»Welcher Sache, Jack? Glauben Sie am Ende, irgendwer hat Ihrer Sekretärin in den Wäldern aufgelauert und sie umgebracht?«

»Ja. Genau wie sie Tracey James umgebracht haben.«

»Wen? Sehen Sie mal, Jack, ich betrachte Sie als einen Freund. Deswegen melde ich mich jedes Mal, wenn Sie hier anrufen. Aber ich habe einen Bundesstaat zu regieren. Ich kann nicht jeder Spur nachgehen, die Sie finden. Ehrlich gesagt, ich glaube, Sie haben sich da total verrannt. Sie sollten sich ausruhen.«

»Rufen Sie ihn einfach an, okay? Vielleicht haben Sie den Eindruck, dass ich mich verrannt habe, aber hier steht das Leben eines Menschen auf dem Spiel, und Sie sind die einzige Hoffnung, die er – wir – noch haben.«

»Okay, okay, ich rufe ihn an. Aber wenn er keinen Beweis hat, werde ich die Hinrichtung nicht stoppen. Und ich rufe nicht noch mal zurück.« Bob Richards legte auf.

Gegen halb fünf Uhr an diesem Nachmittag rief die Zeitkraft an, die Jack eingestellt hatte, damit sie in seiner und Pats Abwesenheit das Büro hütete. Sie teilte ihm mit, dass gerade ein Fax vom Obersten Gerichtshof der Vereinigten Staaten eingegangen war. Der Antrag auf Aufschub der Hinrichtung war abgelehnt worden.

An diesem Abend schlossen sich Pat und Jack der Nachtwache vor den Toren von Raiford an, um mit anderen Gegnern der Todesstrafe, von denen keiner Rudy jemals begegnet war, zu singen und zu beten.

36

Der Kosename des elektrischen Stuhls von Raiford lautete »Old Sparky«. Der dreibeinige Eichenholzstuhl war im Jahr 1923 von den Insassen gebaut worden, nachdem der Staat Florida zu dem Schluss gekommen war, dass das Hängen eine zu brutale Hinrichtungsmethode war.

Um sechs Uhr am Morgen des 22. Oktober 1996 sangen Jack und Pat draußen vor den Gefängnistoren »Amazing Grace«, während der Gefängnisbarbier Rudy den Kopf, die rechte Wade und einen kleinen Fleck auf der Brust rasierte, wo ein Stethoskop angesetzt werden würde, um festzustellen, ob er tot war. Als der Barbier mit seiner Arbeit fertig war, duschte Rudy und kehrte in eine leere Zelle zurück, wo der Leiter des Gefängnisses, der Kaplan und mehrere Wachmänner warteten. Der Gefängnisdirektor las ihm das Todesurteil vor. Einer der Wachmänner schmierte ihm den kahlen Kopf und die rechte Wade mit einem elektrolytischen Gel ein.

Draußen sangen die Protestierer »Come By Here, Lord«.

Rudy wurde in den Hinrichtungsraum geführt. Der Vorhang wurde zurückgezogen, und zwei Reporter sowie zwei Regierungsbeamte, je ein Repräsentant von Legislative und Exekutive, verfolgten das Geschehen von einem kleinen Zuschauerraum aus. Die Regeln hätten auch den Angehörigen des Opfers zu erscheinen gestattet und ebenso denen des Verurteilten, aber weder für Lucy noch für Rudy war jemand erschienen.

Rudy sah zu den Leuten hinter der Scheibe hinüber und lächelte scheu, als sei es ihm peinlich, was gleich geschehen würde.

Rudy wurde an Kinn, Brust, Armen, Handgelenken, Taille und Beinen an den Stuhl geschnallt. Eine schwarze Kapuze wurde ihm übergestülpt und nach unten gezogen, bis sie das Gesicht verdeckte. Eine Metallkappe mit einem daran befestigten Kabel wurde ihm auf den Kopf gesetzt, und eine Elektrode wurde an seiner rechten Wade befestigt.

Draußen beteten die Menschen das Vaterunser; sie waren bis zu der Zeile »Vergib uns unsere Schuld, wie auch wir vergeben unseren Schuldigern« gekommen.

Um 6:59 Uhr war der Henker auf das Telefon vor dem Hinrichtungsraum fixiert, wo der Gefängnisdirektor stand. Dieses Telefon würde klingeln müssen, wenn ein Aufschub gewährt wurde. Es gab kein Geräusch von sich.

Um exakt sieben Uhr legte der Henker einen Hebel um, und ein Stromschlag von zweitausend Volt traf Rudys Körper. Er bäumte sich auf, stemmte sich gegen Old Sparkys viele Gurte. Dann sank er in sich zusammen. Zwei Minuten später betrat der Gefängnisarzt mit dem Stethoskop in der Hand den Hinrichtungsraum.

Draußen schrie jemand, der ein Radio hatte: »Es ist vorbei!« Leute begannen zu weinen. Jack umarmte Pat, und sie weinten beide.

Dritter Teil

37

Jack brauchte mehrere Wochen, bis er es über sich brachte, den Brief zu öffnen, den Rudy ihn bei ihrem letzten Treffen übergeben hatte. Es war ein kurzer Brief, und Jack sah ihm an, dass er langsam geschrieben worden war, vielleicht im Lauf mehrerer Tage. Die Handschrift war klar und schön.

Lieber Jack,
wenn Du diesen Brief liest, bin ich bei Leuten, die mir sehr wichtig sind – glücklich und zufrieden. Noch einmal danke für alles, was Du für mich getan hast. Jack, Du weißt, ich bin ein einfacher Mensch, aber ich denke über die Dinge nach. Ich glaube, Gott hat uns zu einem bestimmten Zweck hierhergeschickt, und der Zweck war nicht, mich zu retten. Ich glaube, es ist etwas Größeres. Ich glaube, wir sind hier, um die Art zu ändern, wie es für Leute wie mich läuft. Es ist nicht richtig, Jack. Ich glaube, meine Mutter und mein Vater, Du, ich und Nancy – dies war unser Grund dafür, hier zu sein, oder vielleicht einfach einer der Gründe. Ich habe ziemlich viel darüber nachgedacht. Jemand wie ich bekommt Kopfschmerzen, wenn er versucht, das hinzuschreiben. Du bist der Einzige, der noch übrig ist, Jack. Lass dies nicht einfach vorbeigehen. Gib nicht auf, weil ich nicht mehr da bin, Jack. Erinnere dich daran.
Alles Liebe, *Rudy*

Nachdem die Empfindungen abgeebbt waren, begann Jack den Brief in Gedanken auseinanderzunehmen. Er selbst hatte schon Ähnliches gedacht, aber nicht so klar und präzise. *Und sie sagen, er war langsam! Ja, langsam genug, um Dinge zu sehen, die wir anderen einfach übersehen. Woher hat er gewusst, dass Nancy tot war? Warum sagt er mir, ich soll mich daran erinnern? Das ist genau das, was sein Vater mir vor all den Jahren gesagt hat.*

Er traf in diesem Augenblick die Entscheidung, dass er sich an Rudys Rat halten würde, ganz gleich, wohin es ihn führen würde.

Der erste Schritt war, Blaine Redford, den Spezialisten für Unfallrekonstruktion, anzurufen und zu fragen, ob er noch etwas herausgefunden hatte. Er hatte nicht. Jack fragte ihn, was er dem Gouverneur erzählt hatte, woraufhin Redford antwortete, der Gouverneur habe sich nie gemeldet. Als Nächstes rief Jack den Ermittler vom Morddezernat an, Lawrence Applegate, um sich zu erkundigen, ob man etwas darüber wusste, wo Nancy unmittelbar vor ihrem Tod gewesen war. Detective Applegate sagte ihm, sie sei bei Maria Lopez gewesen. Er hatte Maria befragt, und sie hatte gesagt, es sei einfach nur ein freundschaftlicher Besuch gewesen – sie kannten sich aus dem Aerobicstudio.

Jack wusste es besser. Er wusste, dass Maria Nancy etwas gesagt haben musste, von dem Nancy geglaubt hatte, es würde Rudy retten. Und so machte Jack ein paar Tage später, an einem Samstag, einen Besuch bei Maria Lopez. Pat nahm er mit. Er wusste, er würde sie brauchen, obwohl er sich nicht sicher war, warum.

Maria lebte allein in einem Wohngebiet namens Foxtrot außerhalb von Bass Creek. Es war ein hübsches Haus, und Jack konnte sich denken, dass sie sich jeden Cent in ihrem Job als

Verwaltungsassistentin des Polizeichefs zusammengespart haben musste. Aber zugleich wurde er den Gedanken nicht los, dass dies das Haus war, in dem Nancy unmittelbar vor ihrer Ermordung zu Gast gewesen war.

Sie tauschten ein paar höfliche Floskeln aus, aber Maria fühlte sich sichtlich unbehaglich. Pat machte eine freundliche Bemerkung über die Fotos eines Jungen und eines Mädchens, die im Wohnzimmer an der Wand hingen, und Maria erklärte, ihre Kinder seien jetzt erwachsen und lebten in Miami. *Sie muss älter sein, als sie aussieht,* dachte Jack. Maria erzählte Pat – Jack ignorierte sie weitgehend –, dass ihr Mann kurz nach der Geburt der Kinder verschwunden war. Sie hatte sie allein aufgezogen.

Dann begann Jack zu erklären, warum sie hier waren. Ein paar Minuten lang bekam er von Maria die gleiche höfliche, bescheidene Version von »Ich weiß von nichts« zur Antwort, die auch die Polizei von ihr bekommen hatte, aber Jack ließ sich nicht abwimmeln. Dafür hatte er zu viele Menschen verloren.

»Maria, ich weiß, dass Sie Angst haben.« Sie saßen im Wohnzimmer, Maria und Pat auf dem Sofa und Jack auf einem Sessel gegenüber. »Ich weiß, was Sie denken: Wenn sie Tracey James und Nancy umgebracht haben, können sie mich auch umbringen.« Maria warf ihm einen schnellen Seitenblick zu. Jack verstand den Blick.

»Ja, Maria, ich weiß. Ich weiß, dass Nancy ermordet wurde, und ich weiß, dass Tracey James ermordet wurde. Und ich weiß, dass sie wegen Informationen ermordet wurden, die Sie ihnen gegeben haben.« Maria hätte ihm gern widersprochen – zumindest was Tracey James anging. Aber sie wagte es nicht. Sie spielte das Schweigespiel, so lang sie konnte. Jack fuhr fort: »Und ich weiß, dass Sie glauben, Sie könnten als

Nächste dran sein. Schließlich arbeiten Sie für einen der Mörder.«

Maria glaubte, ihren Ohren nicht zu trauen. Jack Tobin hatte ihren Boss, Wesley Brume, gerade des Mordes bezichtigt – etwas, von dem sie wusste, dass es vollkommen der Wahrheit entsprach.

»Und wahrscheinlich sind Sie *wirklich* die Nächste«, sagte Jack ruhig, während er sich vorbeugte. »Sie können nicht einfach nichts sagen, Maria, und hoffen, dass es vorbeigeht. Die Katze ist aus dem Sack, und diese Typen werden keine Ruhe geben, bevor nicht alles aus dem Weg geschafft ist, das sie belasten könnte. Und dazu gehören auch Sie, Maria. Sie brauchen Hilfe, weil diese Leute Sie umbringen werden. Nicht gleich jetzt – in ein paar Monaten vielleicht, wenn der Trubel sich gelegt hat. Die werden einen Unfall inszenieren, und Sie werden umkommen – genau wie Tracey und Nancy. Das ist eine Tatsache.«

Jack beobachtete sie aufmerksam, während er sprach, und suchte nach Anzeichen dafür, dass sie den Ernst der Lage verstand. Verdammt, deutlicher konnte er es jetzt wirklich nicht mehr machen. Aber Marias Gesichtsausdruck änderte sich nicht. Sie sah entweder geradeaus oder auf den Boden. Er hatte ihr so viel Angst gemacht, wie er konnte. Jetzt musste er sein Angebot unterbreiten.

»Wenn Sie mir erzählen, was Sie wissen, dann beschütze ich Sie, Maria. Ich werde keiner Seele davon erzählen, bevor ich nicht einen Plan habe, wie man diese Leute unschädlich machen kann. Ich werde etwas unternehmen. Ich weiß noch nicht, was, aber wenn ich anfange, werden Sie geschützt sein, Maria. Und ich habe die Möglichkeiten, es zu tun. Maria, ich bin Ihre einzige Hoffnung. Helfen Sie mir, damit ich Ihnen helfen kann.«

Maria saß immer noch ausdruckslos auf ihrem Sofa. Jack stand auf, rieb sich die Schläfen und begann auf und ab zu gehen. Als er das andere Ende des Raums erreicht hatte und für einen Augenblick außer Hörweite war, legte Pat Maria die Hand auf die Schulter und sagte leise:

»Maria, Sie müssen jemandem vertrauen. Vertrauen Sie ihm. Er braucht es, Ihnen zu helfen, so sehr wie Sie ihn brauchen. Er hat das Gefühl, dass er Nancy und Rudy im Stich gelassen hat.«

Maria sah Pat in die Augen. Pat hielt den Blick fest. Sie wusste, was die andere Frau dort zu finden hoffte. Sie nickte ihr ermutigend zu. »Reden Sie mit ihm. Sagen Sie ihm, was er wissen will.«

Jack ging immer noch auf und ab, und Pat winkte ihm, er sollte kommen und sich setzen. Als er es getan hatte, begann Maria zu sprechen, aber sie sah ihn nicht an dabei. Sie hielt den Blick auf einen Punkt am Boden in der Nähe seiner Füße gerichtet.

»Zwei Jahre nachdem Rudy für den Mord an Lucy Ochoa verurteilt worden war, haben wir – ich meine die Polizeistelle – einen Brief von einer Abteilung in Del Rio in Texas bekommen. Ich war damals Rezeptionistin und Sekretärin, und zu meinen Aufgaben hat es gehört, die Post aufzumachen. In dem Brief stand, dass sie dort gerade einen Mann namens Geronimo Cruz wegen Vergewaltigung und Mord festgenommen hatten. Es war einfach so, dass er einen in Florida ausgestellten Führerschein hatte, in dem eine Adresse in Bass Creek stand. Es war eine ganz gewöhnliche Anfrage. Sie wollten wissen, ob hier irgendwas gegen ihn vorlag oder ob wir Informationen hätten, die ihnen bei ihren Ermittlungen weiterhelfen könnten.«

Maria sah auf und blickte Jack zum ersten Mal ins Gesicht.

»Ich sollte Ihnen sagen, dass es bei den Latinos in Bass Creek allgemein bekannt war, dass ein Mann namens Geronimo Lucy Ochoa umgebracht hatte. Als ich diesen Brief gelesen hatte, habe ich Wesley – damals war er Sergeant – sofort davon erzählt. Ich wusste, dass er bei dem Mord an Lucy ermittelt hatte. Er hat gleich an Ort und Stelle von meinem Schreibtisch aus den Generalstaatsanwalt angerufen, Clay Evans, und ich habe gehört, wie er ihm von dem Brief erzählt hat. Er hat sich angehört, was Clay Evans dazu gesagt hat, und dann habe ich ihn sagen hören: ›Ich komme gleich rüber‹, und sobald er den Hörer aufgelegt hatte, ist er losgegangen, den Brief in der Hand.«

Sie senkte den Blick wieder auf den Boden. »Danach habe ich nichts mehr davon gehört. Es wurde nie wieder erwähnt. Ich habe den Brief nie wieder zu sehen bekommen.«

Jack konnte zuerst nicht glauben, was er da hörte. Aber nach ein paar Sekunden verstand er. Plötzlich fiel jedes Teil an seinen Platz. Rudys Fall war sehr medienwirksam gewesen. Nicht nur sämtliche Lokalsender hatten über ihn berichtet, sondern auch die überregionalen Medien, wahrscheinlich weil der Mord so ungewöhnlich grausam gewesen war und der angebliche Täter so vollständig dem Typus des Jungen von nebenan entsprochen hatte. Zu dem Zeitpunkt, als dieser Brief aufgetaucht war, war Clay Evans für den Posten eines Bundesrichters im Gespräch gewesen, einfach aufgrund der Aufmerksamkeit, die seine erfolgreiche Arbeit als Staatsanwalt im Fall Rudy Kelly erregt hatte. Wenn dieser Fall nachträglich in sich zusammengebrochen wäre, hätte Clay Evans' Karriere dies ebenfalls getan. *Wahrscheinlich hat er Brume irgendwas versprochen, den Posten des Polizeichefs oder so, und ihn dafür den Brief ins Klo spülen lassen.*

»Warum haben Sie damals niemandem davon erzählt?«,

wollte er wissen – er brüllte fast. Pat warf ihm einen wütenden Blick zu.
»Wem hätte ich davon erzählen sollen? Wer hätte mir geglaubt – einer armen Latinofrau mit zwei Kindern und ohne Mann? Wenn ich den Brief gehabt hätte, hätte ich etwas gesagt. Ohne den Brief konnte ich es nicht riskieren. Ich hatte zwei Kinder, für die ich verantwortlich war. Ich hab's schließlich Nancy erzählt. Ich musste. Ich konnte Rudy nicht sterben lassen, ohne *irgendjemandem* davon zu erzählen. Und jetzt sehen Sie, was die ihr angetan haben – *und* Tracey James.«
Maria schluchzte. Pat legte tröstend die Arme um sie.
»Jack, du musst aufhören damit!«, sagte sie. »Es ist nicht ihre Schuld. Sie hat nichts getan.«
Aber Jack dachte an Nancy und an Rudy. Und in seiner Frustration brachte er es nicht fertig, Mitgefühl für Maria aufzubringen. *Sie ist für ihr Schweigen belohnt worden! Sie ist Verwaltungsassistentin des Polizeichefs! Weiß sie eigentlich nicht, wofür sie den Job gekriegt hat?* Aber der rationalere Teil seines Gehirns wusste, dass Pat recht hatte. Maria hatte nichts gesagt, weil sie Angst gehabt hatte, und vermutlich hatte sie die Situation vollkommen richtig eingeschätzt: Niemand hätte ihr geglaubt. Und die Gefahr für sie und ihre Kinder war sehr real – Tracey James und Nancy hätten dies bezeugen können, wenn sie noch am Leben gewesen wären.
»Es tut mir leid, Maria. Ich habe es nicht so gemeint. Ich nehme an, ich bin immer noch ziemlich mitgenommen. Hören Sie – bis auf weiteres sollten wir vielleicht so tun, als hätten wir diese Unterhaltung nie geführt.«
Maria sagte nichts. Ihre Schluchzer waren abgeebbt, aber ihr liefen immer noch die Tränen übers Gesicht.

Zwei Wochen später fiel Jack ein Plan ein. Bob Richards hatte angerufen, um die Harmonie wiederherzustellen.
»Wie geht es Ihnen, Jack?«, fragte er in seinem mitfühlendsten Tonfall. Jack wollte ihm gerade mitteilen, er solle gehen und sich ins Knie ficken, als ihm ein Gedanke kam.
»Okay so weit, Bob, danke für die Nachfrage.« Der Gouverneur setzte gerade dazu an, etwas gleichermaßen Unaufrichtiges zu sagen – offenbar konnte er nicht anders –, als Jack seine Frage abfeuerte. »Hab ich den Job noch, Bob? Oder bin ich zu weit gegangen?«
»Ich bin mir nicht sicher, Jack. Ich wusste nicht, dass Sie ihn noch wollen.«
»Doch, ich will ihn – das heißt, wenn Sie ihn mir noch geben wollen.«
»Lassen Sie mich überlegen. Ich melde mich in ein paar Tagen.«
Es war eine gute Vorstellung gewesen, wahrscheinlich weil er keine Zeit zum Üben gehabt hatte. Danach war es nicht weiter schwierig gewesen, die Angelegenheit zum Abschluss zu bringen. Er hatte David Williams angerufen, einen Senator des Staates Florida, der aus Miami stammte, und einen alten Bekannten, den er in der Vergangenheit unterstützt hatte, auch politisch. David war mittlerweile Senatspräsident. Jack bat ihn, bei Bob Richards ein gutes Wort für ihn einzulegen. Als Nächstes rief er ein paar reiche Männer an, die den Wahlkampf des Gouverneurs unterstützten, und äußerte die gleiche Bitte. Es war sehr uncharakteristisch für ihn, und er kam sich eine Spur schleimig vor, aber er sagte sich, dass es einem guten Zweck diente. Ende der Woche war ihm der Posten des Generalstaatsanwalts wieder sicher.

Er und Pat statteten Maria Lopez einen weiteren Besuch ab, nachdem Jacks Zukunft gesichert war.
»Ich fange in ein paar Wochen als der neue Generalstaatsanwalt an, und ich hätte gern, dass Sie bei mir arbeiten.« Dieses Mal war es Jack, der auf dem Sofa saß, so dass er Maria nicht unmittelbar gegenübersaß. Pat hatte den Sessel genommen. Es war ein Manöver, auf das er nie verfallen wäre, wenn Pat es nicht vorgeschlagen hätte.
Ich muss diese Frau wirklich in Reichweite behalten, dachte er und lächelte in sich hinein.
»Ich kann nicht«, sagte Maria, einen Unterton von Verzweiflung in der Stimme. »Wenn ich bei Ihnen anfange, werden sie wissen, dass ich mit Ihnen geredet habe. Sie werden mich umbringen.«
»Maria, ich werde sehr bald etwas gegen diese Leute unternehmen. Den genauen Zeitpunkt weiß ich noch nicht, weil erst gewisse Dinge passieren müssen, über die ich keine Kontrolle habe. Mehr als das kann ich im Augenblick nicht sagen. Aber wenn sie Wind davon bekommen, dass ich etwas gegen sie plane, dann sind Sie in Gefahr, ganz gleich, wo Sie zu diesem Zeitpunkt arbeiten.« Jack merkte, er war nicht sonderlich erfolgreich bei seinem Versuch, sie zu beruhigen.
An diesem Punkt griff Pat ein. »Maria, der Plan sieht vor, dass Sie nicht nur für Jack arbeiten, sondern auch bei uns leben. Nicht dauerhaft – wir werden Sie nicht bitten, Ihr Haus aufzugeben –, aber so lange, bis dies alles abgeschlossen ist. Wir haben ein großes Haus, und es werden zwei Polizeibeamte im Ruhestand – ehemalige Leute von der Mordkommission von Miami – dort sein, die uns rund um die Uhr bewachen. Einer von ihnen wird Sie und Jack jeden Tag zur Arbeit fahren und dort auch wieder abholen. Wir werden es für Sie so ungefährlich machen, wie wir können.«

»Ich weiß nicht. Was ist mit meinen Kindern?«
Pat hatte gewusst, dass sie vollkommen überfordert sein würde und dass sie zuerst an ihre Kinder denken würde.
»Darüber haben wir nachgedacht«, schaltete Jack sich wieder ein, »dass sie sich vielleicht Ihre Kinder vornehmen würden.« Pat sah ihn warnend an, aber diesmal wusste er, worauf er hinauswollte. »Wir haben ihre Lebensumstände recherchiert, und wie Sie wissen, hat weder Carlos noch Maria einen festen Partner. Keiner von ihnen hat sich schon für eine bestimmte Laufbahn entschieden. Wir könnten sie zeitweise umsiedeln und mit neuen Identitäten ausstatten. Wir haben die nötigen Ressourcen, um das zu tun.« Er erwähnte nicht eigens, dass dieser Teil des Plans höchst inoffiziell vonstattengehen würde.
Maria sah ihn wortlos an, als wollte sie fragen: *Ist das nicht illegal? Sind Sie nicht der künftige Generalstaatsanwalt?*
Jack erwiderte den Blick und lächelte. Er zuckte die Schultern. »Ich habe nicht vor, diesen Job sehr lang zu machen. Nur eben lang genug, wenn Sie verstehen, was ich meine. Was sagen Sie also dazu, Maria? Es ist kein narrensicherer Plan, aber Sie und Ihre Kinder werden so sicher sein, wie Sie unter den Umständen nur sein können – denn ob Sie sich jetzt darauf einlassen oder nicht, bei mir zu arbeiten und mit uns zusammenzuleben, in dieser Stadt wird sehr bald die Hölle los sein, und Sie werden mittendrin sein.« Pat stieß einen gereizten Seufzer aus, aber Jack war überzeugt davon, dass er der Frau gegenüber ehrlich sein musste.
»Ich könnte mich weigern zu reden«, sagte Maria ruhig.
»Sie würden Sie trotzdem umbringen«, antwortete Jack. »Sie werden das Risiko nicht eingehen. Schon gar nicht, nachdem sie bei den anderen Morden so erfolgreich waren.«
Maria schwieg eine Weile. Schließlich holte sie tief Luft und

seufzte. »Ich nehme an, mir bleibt keine Wahl. Und was wird aus mir, wenn dies erledigt ist und Sie wieder gehen?«

»Ich verlasse diese Stadt nicht, und Sie werden immer eine Stelle bei mir haben.«

Aus irgendeinem Grund schien dies die Sache zu besiegeln. Ihr Gesichtsausdruck entspannte sich sichtlich. Jack sah zufrieden zu Pat hinüber, und sie warf ihm einen Blick zu, der ihm mitteilte, wie nahe daran er gewesen war, alles zu ruinieren.

Zwei Wochen später, am Morgen des Montags, der zugleich Jacks erster Tag im Amt des neuen Generalstaatsanwalts von Cobb County war, kam Wesley Brume ins Büro und fand mitten auf seinem Schreibtisch einen unbeschrifteten weißen Umschlag. Er öffnete ihn und las den Brief darin:

Sehr geehrter Chief Brume,
hiermit kündige ich mit sofortiger Wirkung meine Stelle in Ihrem Büro.
Es hat Spaß gemacht, für Sie zu arbeiten.
Mit freundlichen Grüßen, *Maria Lopez*

Wesley Brume war fuchsteufelswild. Als er am nächsten Tag erfuhr, dass Maria Lopez eine Stelle bei Jack Tobin angenommen hatte, ging er an die Decke.

38

Ein paar Wochen nachdem er sein Amt als Generalstaatsanwalt angetreten hatte, Ende Januar, als die Angestellten sich an die neuen Umstände gewöhnt hatten und sich in Gegenwart des neuen Chefs halbwegs wohl fühlten, nutzte Jack eine Gelegenheit, für ein paar Tage aus der Stadt zu verschwinden. Er hatte die Reise bis in alle Einzelheiten geplant, hatte persönlich den Gefängnisleiter der zuständigen Abteilung des Texas Department of Criminal Justice angerufen und sich einen Termin für ein Gespräch mit Geronimo Cruz geben lassen. Er hatte dem Mann erklärt, dass er herauszufinden versuchte, ob Geronimo Cruz etwas mit dem Mord an Lucy Ochoa zu tun hatte. Er erwähnte nicht eigens, dass Rudy bereits für dieses Verbrechen hingerichtet worden war und dass er vorhatte, im Nachhinein den Polizeichef von Bass Creek und einen Bundesrichter für Rudys Tod haftbar zu machen. Diese Details hätten sich höchstwahrscheinlich darauf ausgewirkt, wie viel Kooperation er erwarten konnte. So aber war der Gefängnisleiter hocherfreut, einem Kollegen in der Verbrechensbekämpfung bei der Aufklärung einer weiteren Straftat behilflich sein zu können. Als Jack ihm mitteilte, er würde einen Gerichtsschreiber und einen Kameramann mit einer Videokamera mitbringen, für den Fall, dass Cruz sich zum Reden entschloss, hätte er beinahe ins Telefon gelacht. Cruz war eine harte Nuss. Er würde überhaupt nichts sagen. Aber das erwähnte der Gefängnisleiter Jack gegenüber nicht. Wozu einen Mann entmutigen, der sich so leidenschaftlich für die Gerechtigkeit einsetzte?

»Na sicher, bringen Sie sie mit«, sagte er gedehnt. »Und wenn wir helfen können …«

Das Ellis-Gefängnis lag außerhalb von Huntsville. Es war eine Hochsicherheitsanlage mit fast zweitausend Insassen. Alle Hinrichtungen des Bundesstaates fanden hier statt, und Geronimo Cruz, der im Jahr 1994 der Vergewaltigung und des Mordes schuldig gesprochen worden war, bewohnte eine der Todeszellen.

Jack ließ den Gerichtsschreiber und den Kameramann an der Rezeption zurück, erklärte dem Wachmann dort aber, dass er sie vielleicht kürzestfristig brauchen würde, und bat ihn, die Formalitäten jetzt gleich zu erledigen. Der Wachmann musste den Gefängnisleiter anrufen, um sich dies genehmigen zu lassen, was ein paar Minuten dauerte und Jack fuchsteufelswild machte. *Scheißbürokratie! Da bereitet man nun alles und jedes vor, und dann kann man wieder von vorn anfangen, sobald man an Ort und Stelle ist …* Irgendwann war alles erledigt, und Jack ließ sich von dem Wachmann erklären, wie er sich mit ihm in Verbindung setzen konnte.

»In Ihrem Raum ist ein Telefon an der Wand«, sagte der Mann. »Nehmen Sie ab, und es klingelt hier am Tisch. Ich schicke Ihre Leute dann rein.«

»Wenn Sie in die Pause gehen, würden Sie das Ganze bitte der Ablösung erklären? Wenn dieser Typ reden will, brauche ich die beiden augenblicklich. Sie verstehen das, oder?«

»Jawohl, Sir.«

Bevor Jack ging, ließ er den Gerichtsschreiber und den Kameramann im Warteraum die gesamte Ausrüstung vorbereiten. »Wenn ich Sie rufe, müssen Sie einsatzbereit sein, verstehen Sie?« Beide nickten, ohne von der Arbeit aufzusehen. Es war nicht die militärische Reaktion, die er von dem Wachmann bekommen hatte, aber diese Leute hatten ihre eigenen Interessen – wenn etwas schiefging, würden sie nicht bezahlt werden. Jack ging davon aus, dass sie einsatzbereit sein würden, wenn sie gebraucht wurden.

Der Zugang zu den Zellen erfolgte auf fast die gleiche Art wie in Starke. Jack brachte ein Gittertor und dann noch eines hinter sich. Er wurde einen schmalen Gang entlang und in einen Raum geführt, der etwas größer war als der in Starke, aber ebenfalls einen Metalltisch und vier am Boden festgeschraubte Stühle enthielt.

Die müssen alle Gefängnisarchitekten in die gleiche Designklasse stecken, dachte Jack. Er war jetzt in ausgesprochen guter Stimmung und freute sich geradezu auf die Begegnung mit Geronimo Cruz. Aus irgendeinem Grund wusste er, sie würden Gemeinsamkeiten entdecken.

Ein paar Minuten nachdem er den Raum betreten hatte, hörte er, wie die Wachmänner Cruz den Gang entlangführten; die Ketten gaben ein vertrautes Rasseln von sich. Als sie ihn auf einen der Stühle manövrierten, war Jack in Gedanken sehr weit weg – er überlegte sich, wie er Cruz dazu überreden sollte, für ihn auszusagen.

Geronimo Cruz wirkte größer, als er mit seinen gut eins achtzig war, weil er so dünn und drahtig war. Er hatte leicht gebräunte Haut und einen sauber gestutzten Schnauzer und Kinnbart. Seine Augen waren groß und glasig, als hätte er vor dem Frühstück ein paar Joints geraucht, und auf seinem Gesicht lag ein Lächeln. Aber es hatte keinerlei Ähnlichkeit mit Rudys offenem, aufgeschlossenem Lächeln. Es war bösartig und hämisch. Jack hatte Polizisten sagen hören, sie könnten es spüren, wenn sie in der Gegenwart eines Killers waren. Er selbst spürte es in dem Augenblick, als Geronimo Cruz zur

Tür hereinkam. Er spürte, wie eine Woge von Adrenalin durch seine Adern strömte und wie sein Herz zu hämmern begann. Es war, als wisse sein Körper, dass die Gefahr nahe war. Aber er dachte an den Zweck seines Besuchs und nahm wahr, wie eine Ruhe ihn überkam, die fast an die von Rudy erinnerte. Er hatte Pläne für Geronimo Cruz, und er würde sie verfolgen, ganz gleich, was geschah.

»Mr. Cruz, mein Name ist Jack Tobin. Ich bin Generalstaatsanwalt von Cobb County, Florida, und ich bin hier, weil ich im Fall der Ermordung einer Frau namens Lucy Ochoa in der Stadt Bass Creek im Jahr 1986 ermittle.« Ein höllischer Satz, aber Jack sprach ihn aus und hielt danach einfach den Mund. Cruz sagte auch nicht gleich etwas. Er sah Jack einfach nur an, und dann kicherte er ein paar Mal. »Dann ermitteln Sie mal«, sagte er und lehnte sich auf seinem Stuhl zurück.

»Ihren Namen haben wir nach dem Mord von zwei Männern bekommen, Raymond Castro und José Guerrero. Sie haben gesagt, Sie wären mit Lucy zusammen gewesen und wären in der Mordnacht in ihren Trailer gegangen.« Cruz kicherte wieder, dieses Mal lauter. Er wusste, dass Jack log. Ray und José hatten seinen Familiennamen nicht gekannt, und er hatte mit ihnen geredet, nachdem sie bei der Polizei ausgesagt hatten. Er war sich sicher, dass sie niemals gesagt hatten, er wäre in Lucys Trailer gegangen. Ebenso sicher war er sich, dass sie nach der ersten Vernehmung nie wieder mit der Polizei geredet hatten. Tatsächlich hatte er selbst die Stadt erst verlassen, nachdem sie schon fort waren.

»Dann sind Sie also hier, um mich zu verhaften, oder was? Worauf haben Sie die ganze Zeit gewartet?«

»Nicht ganz. Jemand anderes ist für diesen Mord verhaftet und verurteilt worden.«

»Warum reden Sie dann mit mir?«
»Weil ich glaube, der Mann, den sie verurteilt haben, wurde zu Unrecht verurteilt.«
»Und Sie wollen jetzt, dass ich gestehe, damit dieser andere Typ aus dem Gefängnis kommt? Wer ist er, Ihr Sohn oder was?«
Jack ignorierte die Bemerkung. »Ich will, dass Sie gestehen, aber nicht, damit jemand anderes aus dem Gefängnis kommt. Der Mann, den sie verurteilt haben, ist schon hingerichtet worden.«
Cruz zögerte einen Moment, weil er sich nicht sicher war, richtig gehört zu haben. Dann begann er zu lachen. »Sie machen Witze, oder? Sie wollen, dass ich einen Mord gestehe, für den schon jemand anderes verurteilt und hingerichtet worden ist?« Jack nickte. »Mann, wenn Sie mir ein bisschen was von dem Shit besorgen könnten, den Sie rauchen – ich wäre Ihnen ewig dankbar. Das Zeug hier drin ist nämlich Dreck.«
Jack ignorierte auch dies. Bisher verhielt Cruz sich genau so, wie er erwartet hatte.
»Hören Sie mal zu. Sie sitzen hier wegen Vergewaltigung und Mord in einer texanischen Todeszelle. Ihre Gnadengesuche sind abgeschmettert, und Ihr Hinrichtungstermin ist in etwa drei Monaten. Ich bin sicher, Sie wissen, dass die hier in Texas ihre Leute wirklich hinrichten.«
»Na und? Bloß weil ich sowieso sterbe, soll ich Ihnen zuliebe noch einen Mord gestehen? Wofür? Damit Sie sich toll vorkommen können?«
Jack beugte sich vor und senkte die Stimme. Die Wachleute nahmen keine Notiz davon; vielleicht war es ihnen egal, solange der Gefangene sich ordentlich benahm.
»Passen Sie auf«, begann Jack. »Ich habe den Jungen vertreten, den sie hingerichtet haben. Sein Name war Rudy Kelly.

Er war zur Hälfte Puertorikaner und hat in der Nähe von Lucys Wohnung in einem Gemischtwarenladen gearbeitet. Heute bin ich der Generalstaatsanwalt von Cobb County. Ich habe Grund zu der Annahme, dass der Beamte, der damals die Ermittlungen geleitet hat, und der damalige Generalstaatsanwalt über Sie Bescheid gewusst haben – oder zumindest später von Ihnen erfahren und trotzdem nichts getan haben, um Rudys Hinrichtung zu verhindern. Sie haben Rudy sterben lassen, um sich mit einer erfolgreichen Ermittlung schmücken zu können. In der Folge ist einer von ihnen Polizeichef geworden und der andere Bundesrichter. Ich habe vor, die beiden wegen Mordes anzuklagen, aber als Erstes muss ich klarstellen, dass Sie Lucy umgebracht haben. Ich kann das auch ohne Ihre Mithilfe tun; ich kann eine Blutprobe nehmen und die DNA mit dem Sperma vergleichen lassen, das sie bei Lucy gefunden haben. Sie haben dieser Frau in Del Rio mit der gleichen Sorte gezackte Klinge die Kehle durchgeschnitten wie damals Lucy. Ich glaube, eine Jury dürfte in der Lage sein, all diese Teilchen zu einem überzeugenden Bild zusammenzusetzen, aber es wäre viel eindrucksvoller, wenn ich ein Geständnis auf Video hätte, in dem Sie erklären, wie der Mord passiert ist. Ich glaube, mit Ihrer Aussage ist es wahrscheinlicher als ohne sie, dass die Jury diese beiden Männer schuldig spricht.«

Cruz' glasige Augen wurden weit, während er zuhörte.

»Scheiße auch!«, rief er, als Jack fertig war. »Sie sind ein richtiger Wolf im Schafspelz, Mr. Generalstaatsanwalt. Ich glaube nicht, dass die es mögen, wenn ihr Typen euch gegenseitig fertigmacht, wissen Sie das? Schon gar nicht, wenn's bloß um ein paar Latinoärsche geht wie mich und diesen Jungen, diesen Rudy. Als Nächstes ist vielleicht *Ihr* Arsch dran.«

Jack merkte, dass er zu ihm durchgedrungen war. »Um meinen Arsch kümmere ich mich schon. Was ist jetzt? Machen Sie mit oder nicht?«

Geronimo Cruz hatte in seinem ganzen Leben nichts gestanden. Aber dies war verlockend. Nichtsdestoweniger, er brauchte etwas dafür. Er musste immer etwas bekommen. Es musste einen Aspekt geben, den er manipulieren konnte. Er konnte dies nicht einfach umsonst tun.

»Ich sag Ihnen was«, sagte er, während er sich seinerseits vorbeugte. »Wenn Sie mir versichern können, dass ich am Ende des Prozesses noch da bin und zu sehen kriege, wie diese Wichser verurteilt werden, dann mache ich's.«

»Kann ich nicht, Geronimo. Ich kann Ihnen versichern, dass ich mir den Arsch aufreiße, damit der Prozess in den nächsten drei Monaten stattfindet, und wenn ich das nicht schaffe, dann stelle ich einen Antrag, um Ihre Hinrichtung aufzuschieben. Ich glaube nicht, dass das viel bringen würde, denn die hier legen Wert darauf, die Leute termingemäß umzubringen, und niemand wird mir helfen wollen, auch die Richter nicht. Aber wenn es nötig wird, werde ich's versuchen.«

»Gefällt mir, dass die Arschlöcher es nicht mögen, was Sie da machen, und Ihnen nicht helfen wollen. Sie geben mir Ihr Wort, dass Sie diesen Antrag stellen werden, um meine Hinrichtung aufzuschieben?«

»Ja, das tue ich.«

»Hier in Texas?«

»Ja.«

»Kommen Sie hierher und setzen sich selbst dafür ein?«

»Wenn Sie mir eine unter Eid abgelegte Videoaussage geben, mache ich das mit Sicherheit.«

Cruz überlegte einen Augenblick. Er wusste natürlich, dass Jack ihn möglicherweise verarschte. Aber er kannte jede Art von Verarsche, die es gab, und zu Jack passte das alles nicht.

»Ach, scheiß drauf, machen wir's.«
Jack griff nach dem Telefon an der Wand und hoffte, dass nicht plötzlich noch irgendwelche bürokratischen Hindernisse auftauchen würden, die es zu überwinden galt. Cruz war bereit zu reden. Jede Verzögerung, selbst eine Verzögerung von nicht mehr als einer Viertelstunde, konnte die gesamte Abmachung über den Haufen werfen.
Der Wachmann von vorhin war noch da. »Sie sind unterwegs«, sagte er zu Jack. Fünf Minuten später waren der Gerichtsschreiber und der Kameramann im Raum, zusammen mit Jack, Geronimo und den beiden Wachmännern, um das Geständnis aufzuzeichnen.
Geronimo Cruz genoss seinen großen Moment in vollen Zügen. Der Gerichtsschreiber vereidigte ihn. Er sah direkt in die Kamera und begann klar und präzise zu sprechen. Er tauschte sogar das spöttische Grinsen gegen einen ernsten und reuigen Gesichtsausdruck aus. Er teilte der Kamera mit, dass es ihm leidtat, dass jemand anderes für ein von ihm begangenes Verbrechen gestorben war. Auf Jacks Frage hin erklärte er, er hätte früher gestanden, hätte er gewusst, dass Rudy in der Todeszelle saß. Er erwähnte, dass er in Texas auf seine Hinrichtung wartete und dass man ihm für seine Zeugenaussage keine Zugeständnisse gemacht hatte. Und dann erzählte er ihnen, wie es passiert war, von dem Moment an, in dem er Rudy von Lucys Trailer her die Straße hatte entlangtorkeln sehen, bis zu dem Moment, als er das Messer aus der Hosentasche gezogen und Lucy die Kehle durchgeschnitten hatte, als sie beide unmittelbar vor dem Höhepunkt waren.

39

Jack hatte ein großes Haus, aber es hatte nur vier Schlafzimmer. Als Maria Lopez, Dick Radek und Joaquin Sanchez bei ihm einzogen, beschlossen er und Pat, ihre Sachen aus dem Gästezimmer in Jacks großes Schlafzimmer zu bringen.

»Wir leben ja nicht wirklich zusammen. Wir teilen uns einfach nur das Schlafzimmer«, sagte er mit sachlicher Miene.

»Ganz meine Meinung. Es ist eine Notwendigkeit und ein vorübergehender Zustand. Es verpflichtet zu nichts.«

»Genau«, stimmte er ihr zu. »Und es ist ja nicht so, als ob wir nicht sowieso jede Nacht miteinander geschlafen hätten.«

»Und zusammen geduscht, schon um Wasser zu sparen.«

»Genau«, sagte er, wobei er allmählich die Fassung zu verlieren begann. »Wir machen das als Zugeständnis an den Rest des Teams.« Und sie lachten beide los.

Joaquin holte sein Boot vom anderen Seeufer herüber und ließ es auf dem freien Platz an Jacks Steg liegen, um fischen gehen zu können. Er und Dick erarbeiteten einen Tagesplan, der es Joaquin gestattete, von sechs bis neun Uhr morgens zu fischen. Dann begleitete einer von ihnen Jack und Maria zur Arbeit, während der andere mit Pat zu Hause blieb. Joaquin schlief tagsüber, während Dick das Haus bewachte. Joaquin war ein Läufer, und so war er es, der Jack und Pat abends beim Joggen begleitete, eine kleine 22er in den Bund seiner Shorts geschoben. Das Arrangement funktionierte die ersten drei Wochen; dann versuchte Pat es mit Meuterei.

»Ist diese Rund-um-die-Uhr-Bewachung eigentlich wirklich nötig?«, fragte sie eines Morgens beim Frühstück, als gerade alle anwesend waren. »Ich meine, Dick, ich mag dich, und dich auch, Joaquin, aber muss ich euch wirklich noch mitnehmen, wenn ich Unterwäsche kaufen gehe? Der einzige Moment, in dem ich überhaupt noch das Gefühl habe, allein zu sein, ist, wenn ich morgens dusche, wenn Jack und Maria im Büro sind.«

Dick und Joaquin sahen konzentriert auf ihr Frühstück hinunter. Sie hatten beide genug Erfahrung, um häusliche Auseinandersetzungen zu erkennen. Diese Fragen musste Jack beantworten.

»Ich weiß nicht, was ich dir jetzt sagen soll, Liebling«, begann er. Er wusste, für Pat war dies am schwierigsten; sie konnte sich nicht in einen normalen Büroalltag flüchten, wie er und Maria es konnten. »Die einzige Möglichkeit, wie wir sicherstellen können, dass nicht noch jemand umkommt, ist, uns ständig über unseren jeweiligen Aufenthaltsort auf dem Laufenden zu halten. Du bist in Gefahr, weil du in meiner Nähe bist. Wenn du die Stadt verlassen würdest – sagen wir mal, ein paar Wochen nach New York gehen –, wäre wahrscheinlich alles in Ordnung. Ich glaube nicht, dass irgendwer dir dorthin folgen würde. Wenn du dich also ein bisschen eingesperrt fühlst, mach doch einfach eine Reise. Hat jemand noch andere Ideen?«

Dick und Joaquin sahen nicht einmal von ihren Tellern hoch.

»Klingt gut«, sagte Dick schulterzuckend.

»Stimmt«, murmelte Joaquin hinter seinem Kaffeebecher hervor.

Jack machte den Fehler, eine kleine Anzüglichkeit anbringen zu müssen. »Die arme Maria muss jeden Morgen mit mir zur Arbeit fahren *und* jeden Tag mit mir zu Mittag essen.« Der

Ausdruck »arme Maria« kam bei Pat nicht allzu gut an. Maria merkte es sofort, und sie brachte mehr Geschick mit als Jack, wenn es darum ging, die Lage zu retten.

»Die Leute im Büro fangen auch schon an zu reden«, bemerkte sie. »Und du machst es nicht besser, Jack, wenn du mir jedes Mal den Arm um die Schultern legst, wenn wir zur Tür rein- oder rausgehen.« Sie wussten alle, dass dies dazugehörte – aller Welt zu zeigen, dass Jack und Maria pausenlos zusammensteckten. Die Leute, die sie beobachteten, mussten die entsprechenden Schlüsse ziehen. »Aber mach dir keine Sorgen, Pat, ich stehe nicht auf Gringos.«

Pat lächelte und schoss umgehend zurück. »Das haben wir alle gemerkt«, sagte sie mit hochgezogenen Augenbrauen, was alle zum Lachen brachte außer Joaquin, der ein wenig errötete. Zu irgendeinem Zeitpunkt während der ersten zwei Wochen hatten er und Maria zusammengefunden. In der dritten Woche hatte er plötzlich seine morgendlichen Fischereiausflüge aufgegeben. Sie waren davon ausgegangen, dass er einfach ausschlief, bis er eines Morgens aus Marias Zimmer gekommen war. Niemand sagte etwas bis zu einem Frühstück einige Tage später. Jack und Pat steckten die Köpfe zusammen, und Maria und Joaquin warfen sich über den Tisch hinweg verstohlene Blicke zu, als Dick plötzlich herausplatzte: »Ich komme mir vor wie das fünfte Rad am Wagen hier!«

Jack hätte fast seine Haferflocken ausgespuckt, als er loslachte.

»Ich könnte dich mit Dolly im Pelican verkuppeln«, erbot sich Pat, »ich habe gehört, sie ist solo.« Sie hatte sich angewöhnt, Dick zum Frühstück ins Pelican mitzunehmen, wenn die anderen früh ins Büro aufbrachen.

»Ich weiß nicht, ob ich mich daran gewöhnen könnte, jeden

Abend gefragt zu werden, ob ich das Gleiche will wie immer«, gab Dick zurück, und die anderen hätten beinahe Tränen gelacht.

Das Problem allerdings war damit nicht gelöst.

»Willst du dir Urlaub nehmen? Einfach ein paar Wochen hier rauskommen?«, fragte Jack.

Pat zögerte. »Ich glaube nicht. Ihr kommt alle mit den Gegebenheiten klar, also werde ich das ja wohl auch können. Aber, Jack, wann ist dies zu Ende? Oder, was ich eigentlich fragen sollte – wann fängt es an?«

»Sobald ich eine Gelegenheit finde, Pat, das verspreche ich. Sobald ich eine Gelegenheit finde.« Pat nickte. Sie wusste, dass er sein Bestes tat, obwohl sie nicht genau wusste, was er mit einer *Gelegenheit* meinte. Es gab Dinge, die Jack für sich behielt.

»In Ordnung«, erwiderte sie seufzend. »Aber wenn das hier vorbei ist, dann nimmst du mich mit nach Europa.«

»Zum Teufel, wenn das hier vorbei ist, nehme ich uns alle mit nach Europa.«

40

Jacks »Gelegenheit« ergab sich schließlich zwei Monate später. Er hatte einen aggressiven jungen Juristen namens Todd Hamilton geerbt, der seit zwei Jahren bei der Staatsanwaltschaft gearbeitet hatte, als Jack sein neues Amt antrat. Hamilton brachte sämtliche besonderen Kennzeichen eines potenziellen Superstars in seinem Metier mit. Er war klug, wortgewandt, attraktiv – und er besaß ein Paar gigantischer *cojones*. Obwohl er es müde geworden war, die üblichen Kleinstadtvergehen zu bearbeiten, hatte er nicht etwa die Koffer gepackt und sich auf den Weg nach Miami gemacht; er war geblieben und hatte sich in die korrupte Kehrseite von Cobb County verbissen. Er steckte bereits mitten in einer größeren Sache, als Jack seine Arbeit aufnahm.

In dem Maß, in dem Miami, Fort Lauderdale und die Palm Beaches unaufhörlich wuchsen und wuchsen, ging den großen Grundstücks- und Immobilienfirmen der Grund und Boden aus, mit dem sie ihre Geschäfte machten. Nach Süden und Osten konnten sie nicht expandieren – es war schwierig, Einfamilienhäuser und Hochhäuser mit Eigentumswohnungen im Atlantischen Ozean zu bauen. Nach Norden konnten sie sich auch nicht ausdehnen – bis Fort Pierce und Vero war alles mehr oder weniger zugebaut. Also besannen sie sich auf den Schlachtruf der frühen Pioniere von vor über hundert Jahren und gingen nach Westen. Aber selbst im Westen stießen sie auf gewisse Probleme, darunter eine flächenmäßig recht ausgedehnte landschaftliche Besonderheit namens Everglades. Nördlich der Everglades allerdings lag der Lake Okeechobee, und es dauerte nicht allzu lang, bis das Land am Seeufer in ihren Augen nach erstklassigen Grundstücken für die baldige Erschließung auszusehen begann. Die Immobilienhaie begannen sich das Land zu Spottpreisen unter den Nagel zu reißen, was die wenigsten Leute bemerkten. Zum Unglück für die Spekulanten gehörte Todd Hamilton zu denjenigen, die es taten.

Es gibt immer ein paar Kinderkrankheiten zu überwinden, wenn man ein überwiegend ländliches Gebiet in den Vor-Vor-Vor-Vorort einer Riesenstadt umwandeln möchte – lästige Hemmnisse wie Flächenplan und Landnutzungsbeschränkungen, Umweltschutzvorschriften und Ähnliches, die erst aus der Welt geschafft werden müssen. Politiker müssen ausgezahlt werden, sowohl auf staatlicher als auch auf lokaler Ebene, und man muss sich um die für den Umweltschutz zuständigen Beamten kümmern. Auch die Vertreter einer Reihe weniger wichtiger Behörden müssen ihren Anteil bekommen, obwohl dieser Anteil – dem Platz dieser Leute in der Hackordnung entsprechend – in der Regel kleiner ausfällt. Große Hunde fressen als Erste.

Während alle Welt sich am öffentlichen Trog den Bauch vollschlug, machte Todd Hamilton sich Notizen und verfolgte die Spur des Geldes. Zu dem Zeitpunkt, als er an Jack herantrat und ihn bat, eine Grand Jury einzuberufen und ringsherum Anzeige zu erstatten, konnte Hamilton die Geldströme von vier verschiedenen Firmen, die Land in Cobb County erworben hatten, zu den privaten Bankkonten von Senatoren und Mitgliedern des Repräsentantenhauses, Beamten der staatlichen Umweltkommission und einer Reihe anderer Parasiten offenlegen – in Millionenhöhe. Er konnte auch genau benennen, wo Flächennutzungspläne aufgehoben und Baugenehmigungen in geschützten Feuchtgebieten und Küstenregionen erteilt worden waren, ohne dass es nachvollziehbare Gründe dafür gab.

Jack war geradezu ekstatisch, als Todd ihm sein Material vorlegte, aber nicht aus den naheliegenden Gründen. Jack hatte die ganze Zeit gewusst, was das größte Hindernis sein würde, wenn er Wesley Brume und Clay Evans vor Gericht stellen wollte: die Zustimmung einer Grand Jury zur Anklageerhebung zu bekommen. In Florida kann ein Generalstaatsanwalt die meisten Verbrechen auf der Grundlage der »Information« bearbeiten, was nichts anderes bedeutet, als dass es ihm freisteht, selbst zu entscheiden, ob hinreichende Gründe vorliegen, um gegen jemanden Anzeige zu erstatten. Nur in einem einzigen Fall ist der Generalstaatsanwalt verpflichtet, die entsprechende Entscheidung einer Grand Jury einzuholen, nämlich dann, wenn die Möglichkeit besteht, dass die Todesstrafe verhängt wird. Da Jack beabsichtigte, sowohl Evans als auch Brume des vorsätzlichen Mordes anzuklagen, würde es nötig sein, eine Grand Jury einzuberufen und sie entscheiden zu lassen, ob die vorliegenden Fakten für die Anklageerhebung ausreichten – und hier lag das Problem. Es war Aufgabe des ranghöchsten Richters des zuständigen Bezirks, die Grand Jury einzuberufen, und der ranghöchste Richter von Cobb County war Bill Sampson, Jacks unmittelbarer Vorgänger im Amt des Generalstaatsanwalts. Und Bill Sampson würde *niemals* eine Grand Jury zu dem Zweck einberufen, sie über eine Strafanzeige gegen Clay Evans, einen amtierenden Bundesrichter, und Wesley Brume, einen Polizeichef, abstimmen zu lassen.

Allerdings *müssen* Grand Jurys einberufen werden, wenn es um Anklageerhebung in Fällen von vorsätzlichem Mord geht; sie *können* einberufen werden, um das vorliegende Material in allen möglichen Vergehens- und Verbrechensfällen zu begutachten, und sie werden oft einberufen, wenn es um Anklageerhebung in weitreichenden und bedeutenden Fällen geht wie etwa dem Korruptionsfall, in dem Todd Hamilton gerade ermittelte. In einem solchen Fall schützt die Entscheidung der Grand Jury den Staatsanwalt vor Vorwürfen wie dem der Unfairness oder der politischen Befangenheit. Bill Sampson würde keinerlei Probleme damit haben, eine Grand Jury einzuberufen, um einen Korruptionsfall zu prüfen. Sobald diese Grand Jury allerdings beisammen war, konnte Jack sie auffordern, ihr Urteil zu jedem Fall abzugeben, den er geprüft haben wollte. Und dies war die »Gelegenheit«, die er Pat gegenüber erwähnt hatte.

Trotzdem wartete er noch ab, bis die Grand Jury einen Monat lang Zeit zum Arbeiten gehabt hatte, bevor er Todd Hamilton mitteilte, dass sie bei der Bearbeitung des aktuellen Falls eine kurze Pause einlegen würden, um der Jury noch einen anderen Fall zu präsentieren.

Mit anderen Worten, er zündete die Lunte.

41

Jack wandte sich an einem Montagmorgen zum ersten Mal an die achtzehn Mitglieder der Grand Jury, als sie ausgeruht und, so hoffte er jedenfalls, aufmerksam waren.

Er teilte ihnen mit, dass er ihre Zustimmung brauchte, um Anklage wegen Mordes gegen den ehemaligen Generalstaatsanwalt und den Leiter der Ermittlungen im Fall Rudy Kelly zu erheben. Beide Männer hätten gewusst, dass Rudy Kelly höchstwahrscheinlich unschuldig war, hätten aber Zeugenaussagen manipuliert und Beweismaterial unterschlagen, um eine Verurteilung zu erreichen, und sich später geweigert, den wirklichen Mörder zu verhören, weil sie das Urteil nicht aufheben lassen wollten, das sie auf diese Weise zustande gebracht hatten. Sie hatten Rudy Kelly auf dem elektrischen Stuhl sterben lassen, ohne die Tatsachen auch nur zu prüfen, aufgrund derer er aus dem Gefängnis entlassen worden wäre.

Jack legte der Jury das Material dar, das er auch bei dem Prozess vorlegen wollte: dass drei Männer sich in der Mordnacht ein paar hundert Meter vom Schauplatz entfernt aufgehalten hatten, dass zwei von ihnen noch in dieser Nacht befragt wurden und dann verschwunden waren, dass der dritte, ein Mann namens Geronimo, nie befragt und auch niemals gefunden worden war.

Er erzählte ihnen von Rudy – einem sehr liebenswerten jungen Mann, geistig ein wenig zurückgeblieben, der in der Mordnacht Lucy Ochoa besucht hatte. Er erzählte von Wesley Brumes Verhör und dem sogenannten Geständnis, das Wesley Brume schriftlich notiert hatte, ohne die mühelos verfügbaren Aufzeichnungsgeräte zu Hilfe zu nehmen.

Nachdem er einen Überblick über den Fall gegeben hatte, lenkte er das Augenmerk der Jury auf die spezifischen Details, die Evans und Brume belasteten. Das erste davon war die Vergewaltigungsakte.

»Man hat Sperma in Lucy Ochoas Scheide gefunden«, erklärte er. »Und die zugehörige Blutgruppe – die DNA-Analyse gab es damals noch nicht – war nicht die gleiche wie bei dem Blut auf dem Teppich, das Rudy dort hinterlassen hatte, als er gestolpert war und sich in die Hand geschnitten hatte. Sie haben diese Information in eine eigene Vergewaltigungsakte gesteckt und Rudys Anwälten nichts davon gesagt.« Die nächsten beiden Sätze sprach er mit sorgfältiger Betonung aus, damit jedes Wort ankam: »*Es war der Beweis dafür, dass in der Mordnacht noch ein anderer Mann in Lucys Haus gewesen war, und diesen Beweis haben sie vor der Verteidigung verborgen. Diese Vergewaltigungsakte wurde erst im vergangenen Jahr entdeckt.*«

Als Nächstes sprach Jack über den Brief, den Tracey James an Clay Evans geschrieben hatte, bevor sie den Fall abgab, und in dem sie ihm mitteilte, dass einer der drei Männer, die in dieser Nacht auf der Straße gewesen waren – der Mann namens Geronimo, der verschwunden war, bevor er befragt werden konnte –, fraglos der Mörder gewesen war. Er erzählte, dass Tracey ihrem Brief Joaquin Sanchez' Bericht über seine Unterhaltung mit Pablo Gonzalez beigelegt hatte.

Er zitierte wörtlich zwei Sätze aus dem Brief: »*Lassen Sie den Jungen frei oder verschieben Sie wenigstens den Prozess, bis wir gemeinsam untersuchen konnten, wer und wo dieser Ge-*

ronimo ist. Lassen Sie uns zusammenarbeiten, damit hier der Gerechtigkeit Genüge getan wird.«

Der dritte wichtige Beweis war die bevorstehende Zeugenaussage von Maria Lopez, der zufolge die Polizei von Bass Creek zwei Jahre nach Rudys Verurteilung einen Brief der Polizei von Del Rio erhalten hatte, der sie über die Verhaftung eines gewissen Geronimo Cruz wegen des Verdachts auf Vergewaltigung und Mord informierte.

»Laut der Aussage von Ms. Lopez hat Wesley Brume daraufhin sofort bei Clay Evans angerufen und ihm von dem Brief erzählt; dann ist er zu Mr. Evans' Büro gegangen. Es gibt keinen Hinweis darauf, dass die Polizei von Del Rio jemals eine Antwort bekommen hat, und der Brief ist verschwunden.«

Die abschließenden Elemente waren das Geständnis und die Blutprobe von Geronimo Cruz.

»Sie werden eine Videoaufnahme sehen, in der Geronimo Cruz unter Eid aussagt. Er beschreibt in allen Einzelheiten, wie er Lucy Ochoa ermordet hat. Wir haben bei Mr. Cruz, der wegen der Vergewaltigung und Ermordung einer anderen Frau in einer texanischen Todeszelle sitzt, einen Bluttest vorgenommen. Seine DNA entspricht der DNA des Spermas, das bei Lucy Ochoa gefunden wurde. Es besteht keinerlei Zweifel daran, dass er ihr Mörder ist.

Es besteht auch keinerlei Zweifel daran, dass der Staat Florida einen unschuldigen jungen Mann hingerichtet hat«, sagte Jack abschließend. »Beweismaterial wurde absichtlich zurückgehalten; anderes Beweismaterial wurde absichtlich ignoriert. Die Leute, die dies getan haben, ob sie selbst Gesetzeshüter sind oder nicht, sollten für ihre Handlungsweise zur Verantwortung gezogen werden und die Strafe bekommen, die sie verdienen.«

Die Präsentation hatte etwas von einem Abschlussplädoyer, und genau dies hatte Jack auch beabsichtigt. Er vertraute auf die Bereitschaft von Jurys viel eher als auf die von Richtern, couragierte und richtige Entscheidungen zu treffen, aber er musste sie gleich von Anfang an davon überzeugen, dass dies die richtige Entscheidung sein würde. Ebenso wie Richter Bill Sampson würden die Geschworenen zunächst sehr vorsichtig reagieren, wenn es darum ging, gegen einen Generalstaatsanwalt und einen Polizeibeamten eine Strafanzeige auszustellen. Aber anders als Bill brauchten sie sich keine Sorgen um ihren eigenen Job zu machen, wenn sie es taten.

Er begann bereits am Nachmittag mit der Vorstellung seines Falls. Er las ihnen die Zeugenaussage vor, die Wesley Brume bei der Anhörung gemacht hatte, dann die Aussagen von Rudys Schulleiter Bill Yates und seinem Arbeitgeber in dem Gemischtwarenladen, Benny Dragone. Die Kombination von Aussagen ließ Wesley Brume als eine hinterhältige Natter erscheinen. Als Nächstes präsentierte er seine Dokumente – eine beglaubigte Kopie der Vergewaltigungsakte und Tracey James' Brief an Clay Evans mit dem beigelegten Bericht von Joaquin Sanchez. Als Nächstes kam etwas, das er am Morgen nicht erwähnt hatte – eine persönliche Zeugenaussage von Charley Peterson, dem Pflichtverteidiger, der Rudy bei dessen Prozess vertreten hatte.

Jack hatte große Mühe gehabt, Charley Peterson zu finden, ihn aber schließlich mit Hilfe eines Verwandten aufgespürt. Charley hatte die Rechtspflege nicht freiwillig aufgegeben. Sein Alkoholkonsum hatte irgendwann solche Ausmaße angenommen, dass man ihm die Zulassung aberkannte – etwas, das Jack nicht gewusst hatte, als er den Antrag auf Revision des Verfahrens stellte. Ein wegen Trunkenheit suspendierter Pflichtverteidiger wäre ein weiteres Argument für Rudys

Unschuld gewesen. Inzwischen war Charley trocken und rehabilitiert und lehrte an einem kleinen College im westlichen North Carolina. Als Jack ihn angerufen und ihm von der Vergewaltigungsakte erzählt hatte, war er so wütend geworden, dass er sich erboten hatte, auch ohne Vorladung zu kommen und auszusagen.

Charley Peterson wusste, dass er wegen seiner Trinkerei eine gewisse Mitverantwortung an Rudys Tod trug, und hatte vor, es wiedergutzumachen, indem er ehrlich und mit großem Nachdruck aussagte. Er erzählte den Geschworenen der Grand Jury, dass er nie von der Vergewaltigungsakte erfahren hatte und dass er, hätte er von ihr gewusst, den Spermafund bei der Verhandlung angeführt hätte. Seine Aussage war von Bedeutung, weil er bewies, dass außer Rudy noch jemand anderes in Lucys Trailer gewesen war. Peterson war überzeugt davon, dass die damalige Jury Rudy niemals verurteilt hätte, wenn sie von diesem Detail gewusst hätte.

Jack ließ den Tag mit Charley Petersons Aussage enden. Er würde am nächsten Morgen gleich als Erstes Maria aufrufen und mit Geronimo Cruz' Videogeständnis seine Präsentation des Falls abschließen.

Jack hatte sich einen Plan zurechtgelegt, um den Erfolg des Unternehmens zu sichern. Er wusste, die Juroren würden sowohl Clay Evans als auch Wesley Brume Gelegenheit geben wollen, ihre eigene Version der Geschichte darzulegen. Er wusste auch, dass Evans, sobald er vorgeladen wurde, den Gouverneur anrufen würde, und es bestand immerhin die Möglichkeit, dass Bob Richards Jack auf der Stelle feuern würde. Jack hatte gewisse Beweismittel, mit denen er den Gouverneur vermutlich würde überzeugen können, keine derart drastischen Schritte zu unternehmen, aber er konnte die Möglichkeit nicht völlig ausschließen. Ein Teil seines

Plans war es, den Fall zum Abschluss zu bringen, bevor Evans oder Brume auch nur ihre Vorladung erhielten. Dann würde die Grand Jury über das Material verfügen, das sie brauchte, um der Anklageerhebung zuzustimmen – selbst wenn Jack zu diesem Zeitpunkt bereits gefeuert sein sollte.
Der andere Teil des Plans sah vor, sich den Gouverneur direkt vorzunehmen. Er ließ Maria einen Termin mit Bob Richards ausmachen – am Mittwochmorgen um zehn Uhr. Dann traf er die nötigen Vorbereitungen beim Büro des Sheriffs, um Clay Evans die Vorladung zustellen zu lassen, bevor Wesley Brume seine bekam – am Mittwochmorgen um halb zehn.

Clay Evans rief den besten Strafverteidiger an, den er kannte, als er die Vorladung erhielt. Dann griff er wieder zum Telefon und rief Bob Richards an. Er kannte den Gouverneur flüchtig von gesellschaftlichen Ereignissen her, aber die beiden Männer standen sich nicht nahe, und Evans verschwendete nicht viel Zeit, bevor er Bob Richards wissen ließ, dass dies kein privater Anruf war.
»Wissen Sie eigentlich, was dieser durchgeknallte Wichser, den Sie da zum Generalstaatsanwalt ernannt haben, machen will?«
»Jack Tobin meinen Sie?«
»Wen sonst? Er hat hier unten in Cobb County eine Grand Jury einberufen und versucht, Anklage gegen mich zu erheben wegen des Mordes an diesem Kelly-Jungen, den sie hingerichtet haben!«
Bob Richards traute seinen Ohren nicht. »Sie machen Witze.«
»Hört sich das nach einem Witz an? Der Typ ist vollkommen durchgedreht, Bob, und er ist Ihr Problem.«
»Ich glaub's einfach nicht.«

»Sollten Sie aber. Und irgendwas unternehmen sollten Sie auch, und zwar schnell. Sie wissen doch, dass Grand Jurys Wachs in den Händen von Anklägern sind. Sie sollten den Dreckskerl lieber feuern, bevor die wirklich die Anklage absegnen, sonst ist hier die Hölle los, verlassen Sie sich drauf.«

»Regen Sie sich ab, Clay. Ich kümmere mich darum. Er sitzt im Moment gerade bei mir im Vorzimmer. Ich feuere ihn gleich jetzt und rufe Sie zurück. Machen Sie sich keine Sorgen, ich erledige das.«

»Na hoffentlich.«

Bob Richards war fuchsteufelswild, als er auflegte.

Er wollte keinen Bundesrichter im Nacken sitzen haben. Er wusste außerdem, dass diese Geschichte ganz, ganz groß in den Nachrichten auftauchen würde. Er musste versuchen, dies alles im Keim zu ersticken, bevor es ein Eigenleben entwickelte. Er griff wieder zum Telefon und brüllte seine Sekretärin an, sie sollte ihm augenblicklich Jack Tobin hereinschicken.

Jack betrat Bob Richards' Büro mit einem Lächeln im Gesicht. Er sah dem Gouverneur an, dass der die schlechte Nachricht bereits gehört haben musste. Das Lächeln veranlasste den sonst so beherrschten Politiker, endgültig die Fassung zu verlieren.

»Sie Dreckskerl! Sie haben mich reingelegt! Sie hatten das schon die ganze Zeit geplant, stimmt's?« Er wartete die Antwort nicht ab. »Und jetzt kommen Sie hier reingesegelt mit diesem scheißfreundlichen Grinsen im Gesicht. Wozu sind Sie eigentlich hier? Sie wissen, dass ich Sie feuern werde, oder? Haben Sie sich auch nur im Traum eingebildet, ich würde Ihnen erlauben, diese Anklage zu erheben? Sie müssen doch verrückt sein!«

Jack stand einfach nur da und hörte zu. Er hatte damit ge-

rechnet – mit der Wut und der Empörung, und diese machten das, was er als Nächstes tun würde, nur umso vergnüglicher.
»Machen wir doch einen Spaziergang, Bob.«
»Wozu?«
»Ich finde es ein bisschen stickig hier drin.«
»Ich habe keine Lust auf einen Spaziergang mit Ihnen.«
»Ich glaube schon. Ich glaube, Sie werden hören wollen, was ich zu sagen habe, bevor Sie irgendwas Übereiltes tun.«
Diese Feststellung ließ Bob Richards innehalten. Er war wütend, er hatte *beinahe* die Beherrschung verloren, aber Jack hatte recht. Er würde mit Sicherheit nichts tun wollen, das seiner politischen Karriere schadete. Er wusste nicht, was Jack im Schilde führte, aber er würde es sich wohl anhören müssen.
»Gehen wir in den Garten«, schnappte er und marschierte an Jack vorbei und zur Tür hinaus.
Als sie im Garten waren, wandte Richards sich wieder Jack zu. »Also, was haben Sie zu Ihrer Verteidigung zu sagen, bevor ich Sie feuere?« Auch diesmal wartete er nicht auf die Antwort. »Haben Sie eigentlich eine Ahnung, was zum Teufel Sie da angerichtet haben? Sie versuchen eine Anklageerhebung gegen einen amtierenden Richter wegen Mordes durchzusetzen? Sind Sie eigentlich wahnsinnig?«
»Vielleicht, aber Sie werden mich nicht daran hindern.«
»Soll das eine Drohung sein, Jack?«
»Genau das ist es, Gouverneur. Es freut mich, dass Sie es erkannt haben.«
»Und womit glauben Sie, mir drohen zu können?« Richards spielte dieses Spiel offensichtlich nicht zum ersten Mal. Er wollte Jacks Karten sehen.
Jack holte einen kleinen Kassettenrekorder aus der Jackentasche und schaltete ihn ein. Bob Richards hörte seine eigene

Stimme auf der Kassette eines Anrufbeantworters; sie teilte Jack mit, dass er Rudy für unschuldig hielt, dass er aber aus politischen Gründen nichts für ihn tun konnte. Richards wusste bereits von Geronimo Cruz' Geständnis, weil Jack ihm – und jedem Richter des Florida Supreme Court – eine Kopie auf Video geschickt hatte, zusammen mit den Ergebnissen der DNA-Analyse. Er brauchte nicht lange, um sich die Dinge zusammenzureimen. Wenn die Öffentlichkeit herausfand, dass der Staat Florida einen unschuldigen Mann hingerichtet hatte und dass er, der Gouverneur, an die Unschuld des Mannes geglaubt hatte, sich aber aus politischen Gründen geweigert hatte, die Hinrichtung zu verhindern – das würde sein Ende sein.

Richards ging zum Gegenangriff über.

»Das ist eine illegale Aufnahme eines Telefongesprächs, und Sie versuchen mich zu erpressen.«

Jack lächelte. »Hm, da haben Sie sowohl recht als auch unrecht, Bob. Sie irren sich, wenn Sie sagen, dass die Aufnahme illegal ist. Mein Anrufbeantworter hat sich eingeschaltet, bevor ich abgenommen habe. Genaugenommen haben Sie mir aufs Band gesprochen, bevor ich den Hörer abgehoben habe. Sie werden kaum behaupten können, dass die Unterhaltung ohne Ihr Wissen aufgezeichnet wurde. Aber Sie haben vollkommen recht damit, dass dies Erpressung ist, denn wenn Sie mich feuern, dann schicke ich eine Kopie dieses Bandes an jeden Nachrichtensender in Amerika. Das wird eine Geschichte für die landesweiten Nachrichten, Bob. Alle Welt wird schockiert sein, dass ein Gouverneur ein Todesurteil zu politischen Zwecken genutzt hat, und Sie werden politisch ein Ausgestoßener sein.«

Das Gebaren des Gouverneurs änderte sich schlagartig. Seine Wut erlosch, als habe jemand den Dimmer betätigt.

»Warum machen Sie das, Jack? Ich habe gedacht, wir wären Freunde. Ich habe mich krummgelegt, um Ihnen diesen Job zu verschaffen.«

»Den Teufel haben Sie getan, Bob. Sie haben mir den Job gegeben, weil Sie wissen, dass ich Leute kenne, die Ihnen helfen können, die nächste Sprosse zu erreichen. Bei diesem Posten hier geht es um Politik und sonst gar nichts, und wir beide wissen es, also ersparen Sie mir doch die Phrasen. Und wagen Sie es nicht, mich Ihren Freund zu nennen. Rudy Kelly war mein Freund. Sein Vater, Mike Kelly, war der beste Freund, den ich je hatte. Ich habe gebettelt. Ich habe Sie angefleht, das Leben dieses jungen Mannes zu retten, und Sie haben mich abblitzen lassen. Nennen Sie mich nie wieder Ihren Freund.«

»Ich weiß nicht, was ich machen soll. Ich habe gerade erst mit Clay Evans telefoniert. Er will, dass ich Sie feuere, und ich habe gesagt, ich würde es tun.«

»Na ja, rufen Sie ihn eben zurück und sagen Sie, Sie würden das juristische Verfahren seinen Lauf nehmen lassen. Sagen Sie ihm, dass Sie wissen, dass er vollkommen rehabilitiert wird. Dann machen Sie das Gleiche wie bei mir und legen auf.«

»Und was ist mit der Presse? Das wird doch eine riesige Sache!«

»Mit Sicherheit. Der Presse können Sie das Gleiche erzählen. Recken Sie Ihr kantiges Kinn vor und erzählen Sie denen, dass Sie nicht daran denken, in das Verfahren einzugreifen. Sagen Sie, diese Nation ist auf Gesetze und nicht auf Menschen gegründet – es ist eine Frage des Prinzips. Sie mögen persönlich entsetzt sein über das, was Sie da gehört haben, aber Sie können sich nicht einmischen. Dieses Zeug beherrschen Sie doch, Bob.«

Richards überhörte den Sarkasmus in Jacks Stimme. »Sie meinen, das funktioniert?«

»Unbedingt. Sehen Sie, wenn die beiden nicht verurteilt werden, können Sie sagen, das System hat sich bewährt. Und wenn sie verurteilt werden, können Sie das Gleiche sagen. Sie können in der Sache nicht verlieren, Bob.«

Richards ging einen Moment lang schweigend den Gartenweg entlang und rieb sich mit der rechten Hand das Kinn. Dann blieb er plötzlich stehen und sah sich nach Jack um. »Was ist mit dem Band?«

»Ich gebe es Ihnen, wenn der Fall abgeschlossen ist – vollständig abgeschlossen, Berufung und alles.«

»Auch wenn Sie verlieren?«

»Auch wenn ich verliere.«

»Was habe ich für eine Garantie?«

»Das ist das Problem dabei, Bob. Sie müssen mir vertrauen, und ich weiß, dass es für Leute wie Sie schwer ist, jemandem zu vertrauen.«

»Was habe ich für eine Wahl?«

»Gar keine, wenn Sie in der Politik bleiben wollen.«

Die Schultern des Gouverneurs sackten herab, als er sich wieder abwandte und sich von Jack entfernte. Er war geschlagen, und sie wussten es beide. »In Ordnung, Jack, abgemacht. Aber lassen Sie mich nicht im Stich.«

»Machen Sie sich da keine Sorgen, Bob. Sie sind es nicht, auf den ich es hier abgesehen habe.«

42

In Miami ging das Gerücht, dass Jimmy DiCarlo ein gemachter Mann war, und Jimmy tat nichts, um dieses Gerücht zu zerstreuen. Er war Strafverteidiger und hatte sich auf Drogenhandelsfälle spezialisiert, und unter seinen Mandanten waren mehrere Mafiabosse. Jimmy war in Wirklichkeit selbst jüdischer Abstammung. Seine Mutter hatte sich von seinem Vater Jacob Bernstein scheiden lassen, als Jimmy vier Jahre alt gewesen war. Zwei Jahre später hatte sie Giovanni DiCarlo geheiratet, der von allen Joe genannt wurde und ein Schreiner aus Brooklyn gewesen war, und er hatte Jimmy adoptiert, als der Junge zehn war.

In Jimmys Welt war die Wahrheit eine Kombination aus Klarsichtigkeit, Manipulation, Einschüchterung und allem, was sonst noch vonnöten war, wenn man eine Geschichte auf die richtige Art erzählen wollte.

Wenn die Leute glauben wollten, dass er ein gemachter Mann war, dann hatte er nichts dagegen. Es half ihm bei der Arbeit. Ankläger, die nicht gerade Weltverbesserer waren, die einfach nur ihre Jahre in dem Job ableisteten, bis die private Kanzlei winkte, legten sich normalerweise nicht mit einem Mann an, dessen Verbindungen so gut waren wie die Jimmys. Sie akzeptierten seine Version der Wahrheit, wo immer es ihnen möglich war, und folgerichtig verbrachten Jimmys Mandanten wenig Zeit im Gefängnis. Wenn nötig, hatte Jimmy auch keine Hemmungen, eine Tasche mit Bargeld an einem verschwiegenen Ort abzuliefern, um den Deal unter Dach und Fach zu bringen. Schließlich gab es einerseits die Wahrheit, und dann gab es noch die mit Geld glasierte Wahrheit.

Jimmy war aufgrund eines Sportstipendiums nach Miami gekommen, obwohl er nie eine Minute in einem Spiel verbracht hatte. Er war ein großer Mann, über eins neunzig groß. In seinen »sportlichen« Zeiten hatte er es auf hundertzwanzig Kilo gebracht, ein Defensive Tackle, der nicht schnell genug war – und im Übrigen auch nicht genug Motivation hatte –, um es in die Starting Lineup zu schaffen. Nichtsdestoweniger war sein Büro mit Footballsouvenirs aus seinen »aktiven« Zeiten dekoriert. Jeder, der das Zimmer betrat, musste zu dem Schluss kommen, dass Jimmy seinerzeit der Star seiner Mannschaft gewesen war. Es war alles eine Frage der Wahrnehmung.

Mittlerweile war Jimmy ein spielfreudiger Junggeselle, der ein paar Abende die Woche die Clubs abklapperte und sich regelmäßig Filet mignon und ähnliche ausgesuchte Delikatessen gönnte. Obwohl er immer noch muskulös wirkte, war Jimmy in die Breite gegangen – er wog mittlerweile an die hundertfünfzig Kilo. Um sich sein jugendliches, viriles Aussehen zu erhalten, trug er ein Korsett, das den Bauch in Richtung Brust schob, färbte sein dickes Haar pechschwarz und trug es mit viel Gel straff nach hinten gekämmt. Wenn er in einem seiner vielen schwarzen Armanianzüge steckte, mit goldenem Krawattenclip, goldenen Manschettenknöpfen und goldener Rolex geschmückt und den Hals in einen steifen weißen Kragen gezwängt, erregte Jimmy Aufmerksamkeit.

Er sah tough aus; er sah erfolgreich aus. Er sah außerdem so aus, als werde er jeden Moment explodieren.

Jimmy war schon des Öfteren in Clay Evans' Gerichtssaal erschienen, und Richter Evans war immer von seinem Auftreten beeindruckt gewesen. Jimmy hatte eine nachdrückliche, kräftige Stimme, der man sich nicht entziehen konnte. Wenn er vor einer Jury stand oder sich einen Zeugen vornahm, stand immer er im Zentrum der Aufmerksamkeit. Es war schwer, ihm nicht zu glauben, weil er seine Sache mit so viel Nachdruck vertrat.

Unter den Leuten, die im Bundesgericht von Miami ein und aus gingen, wurde gemunkelt, dass einige von Jimmy DiCarlos Taschen voller Geld irgendwann auch ihren Weg zu Clay Evans gefunden hatten. Aber derartige Theorien wurden meist zu später Stunde und nach vielen Drinks geäußert, wenn der Betreffende sich genug Mut angetrunken hatte, um auszusprechen, was er sonst nicht ausgesprochen hätte. Niemand hätte derlei am hellen Tag gesagt, aus Angst davor, dass Jimmy es herausfinden könnte.

Obwohl Jimmy ein paar Mordanklagen bearbeitet hatte, waren sie nicht seine Stärke. Clay Evans allerdings war das gleichgültig. Jimmy war stark, intelligent und schlagfertig, und er tat alles, was nötig war, um seine Fälle zu gewinnen. Er war der Mann, von dem Clay Evans sich selbst *und* Wesley Brume vertreten sehen wollte.

Am späten Mittwochabend, kurz nach seiner Rückkehr aus Tallahassee, erhielt Jack einen Anruf.

»Hallo?«

»Sie sind drauf und dran, mich zu einem reichen Mann zu machen, und ich wollte mich nur melden und danke sagen.«

Jacks Privatnummer stand nicht im Telefonbuch, und er kannte so ziemlich jeden Menschen, der ihn je zu Hause anrief. Aber die Stimme am anderen Ende erkannte er nicht.

»Wer spricht da?«
»Oh, tut mir leid«, sagte die Stimme mit öligem Sarkasmus. »Ich habe vergessen, mich vorzustellen. Mein Name ist Jimmy DiCarlo.«
Jack wusste, wer er war, beschloss aber, das Spiel mitzuspielen.
»Jimmy DiCarlo, Jimmy DiCarlo ... ich weiß von einem Anwalt in Miami, der so heißt.«
»Am Apparat.«
»Und was kann ich heute Abend also für Sie tun, Jimmy?«
»Wie gesagt, ich rufe an, um mich zu bedanken, weil Sie mich zu einem reichen Mann machen werden.«
»Tatsächlich?«
»Mit Sicherheit. Wenn Sie meine Mandanten wegen Mordes anklagen und der Fall abgeschmettert wird, sind Sie mein Privatbesitz. Stimmt es, dass Sie gut zwanzig Millionen Dollar wert sind?«
Jack ignorierte die Frage. »Eine Grand Jury wird Ihre Mandanten anklagen, Jimmy, nicht ich. Aber trotzdem, herzlichen Glückwunsch zu dem Job. Er ist mit Sicherheit besser als diese ewigen Drogendealer.«
Jack merkte, dass er einen wunden Punkt erwischt hatte. »Wie auch immer«, sagte Jimmy knapp, bevor er zu seinem Thema zurückkehrte. »Einen amtierenden Richter des Mordes zu bezichtigen – so was ist mein feuchter Traum. Ich werde Ihren Arsch auf Millionen verklagen.«
»Ist das nicht ein bisschen voreilig, Jimmy? Bei Ihrer Goldsuche steht Ihnen noch eine Kleinigkeit im Weg, nämlich ein Strafprozess. Es ist ein geschicktes Manöver, was Sie da gerade machen – hier anrufen und Furcht und Zweifel säen. Aber Sie können sich den Atem sparen. Ich habe mein Geld nicht beim Gänseblümchenpflücken verdient. Gibt es vielleicht

noch einen anderen Grund für Ihren Anruf?« Jack kannte die Antwort auf diese Frage bereits.

»Stimmt, den gibt es. Meine Mandanten haben kein Interesse daran, bei der Scharade mitzuspielen, die Sie da vor der Grand Jury aufführen. Gibt es eine Möglichkeit, wie wir die Formalitäten mit der Anwesenheitspflicht, um das Recht zur Aussageverweigerung in Anspruch zu nehmen, umgehen können?«

Jack wusste, er konnte sie zur Anwesenheit zwingen, nur um sie zu ärgern, aber er wollte seine Anklageschrift so schnell wie möglich haben, nachdem jetzt alle Welt wusste, was er trieb.

Nicht, dass Jimmy DiCarlo sich den Gefallen damit verdient hätte, dass er spätabends bei ihm anrief und ihm drohte, aber es ging hier nicht um Jimmy. Trotzdem würde er ihn nicht einfach damit durchkommen lassen.

»*Wie man Freunde gewinnt und Menschen beeinflusst* – ist das Buch zufällig von Ihnen, Jimmy? Sie rufen mich mitten in der Nacht zu Hause an, beleidigen mich und wollen dann einen Gefallen von mir haben. Das ist reichlich dreist. Ich hoffe, Sie praktizieren diese Methode auch im Gerichtssaal.«

»Verlangen Sie, dass wir auftauchen, oder nicht?«, knurrte Jimmy.

Er wurde des Spiels überdrüssig, das er selbst angefangen hatte.

»Ach was«, sagte Jack. »Schicken Sie mir einfach einen Brief, in dem Sie erklären, dass Ihre Mandanten ihr Recht auf Verweigerung jeglicher Aussage wahrnehmen, dann brauchen sie nicht aufzutauchen.« Aber er war noch nicht fertig. »Es gibt da noch einen Grund, weshalb Sie sich bei mir bedanken sollten, Jimmy.«

»Oh, und der wäre?«

»Ich werde Sie berühmt machen. Wenn diese Anklageerhebung durchkommt, wird das etwas für die landesweiten Nachrichten – vielleicht sogar für die internationalen. Bis dieser Fall abgeschlossen ist, kennt jeder Mensch in Amerika Ihren Namen.«

»Da haben Sie wahrscheinlich recht«, sagte Jimmy. Ihm war bisher noch gar nicht aufgegangen, dass dies möglicherweise seine Chance war, ein landesweit bekannter Strafverteidiger zu werden.

»Die Sache hat nur einen Nachteil«, zog Jack ihn auf.

»Und der wäre?«

»Sie sollten es besser nicht vermasseln. Guten Abend, Jimmy.« Jack legte auf.

Die Grand Jury bestätigte die Anklage wegen vorsätzlichen Mordes gegen Clay Evans und Wesley Brume am darauffolgenden Freitagnachmittag. Die Entscheidung erschien erst am Montag in den Nachrichten, sorgte dann aber für einen erheblichen Knall. CNN leitete die Abendnachrichten damit ein, und NBC, CBS und ABC erwähnten sie in ihren Sendungen.

Am Dienstag wimmelte es in Bass Creek bereits von Übertragungswagen, Journalisten und Kamerateams. Jack hatte gewusst, dass der Fall Medieninteresse mit sich bringen würde – er hatte nur nicht gewusst, in welchem Ausmaß.

Er wollte, dass der Mord an Rudy ins öffentliche Bewusstsein rückte, und er wusste, dass er seinen Teil dazu beitragen musste, und so gab er am Dienstagnachmittag sein erstes Interview vor der Presse.

»Ich kann über die Details des Falls nicht reden«, sagte er zu der Journalistin, einer Blondine, die aussah, als könne sie seine Tochter sein. »Aber ich kann Ihnen sagen, dass bei der

Anklage gegen diese Männer der Rahmen des Gesetzes zur Gänze ausgeschöpft werden wird. Die Botschaft dieser Anklageerhebung sollte sein, dass niemand über dem Gesetz steht.«

»Haben Sie mit dem Gouverneur gesprochen? Besteht nicht die Möglichkeit, dass er Sie Ihres Amtes entheben wird, wenn Sie Anklage gegen einen amtierenden Richter erheben?« Jetzt wusste Jack, dass jemand ihr diese Fragen vorgegeben hatte. Er beantwortete nur die zweite davon.

»Ich glaube, der Gouverneur wird den juristischen Prozess seinen Gang nehmen lassen. Er ist ein Mann von großer Integrität. Er wird sich dem Lauf der Gerechtigkeit nicht in den Weg stellen.«

Zum gleichen Zeitpunkt rezitierte Bob Richards in Tallahassee die gleichen Sätze, die Jack ihm vor ein paar Tagen nahegelegt hatte.

»Jack Tobin ist ein fähiger Jurist, und ich bin mir sicher, dass die Angeklagten ebenfalls fähige Juristen haben. Wenn sie unschuldig sind, wird das Verfahren ihre Unschuld erweisen.«

Jimmy DiCarlo war der Letzte in der Reihe, der seinen Standpunkt kundtat, aber seine Aussage war die einprägsamste von allen und somit diejenige, die am Morgen die Zeitungsberichte einleitete.

»Jack Tobin hat Rudy Kelly vertreten. Er ist bis vor den Supreme Court gegangen und hat verloren. Rudy Kellys Hinrichtung war ein Fehler, aber ein Fehler, der auf vielen Ebenen begangen wurde. Jack Tobin kann dies nicht hinnehmen. Er sucht jemanden, dem er die Schuld geben kann. Er sollte diesen Fall nicht bearbeiten.«

In seinem schwarzen Armanianzug, dem weißen Hemd und der silberfarbenen Krawatte, das schwarze Haar zurückgestrichen, sah Jimmy aus wie ein in die Breite gegangener Hollywoodstar.

Der Tag war für Jack und Maria nicht zu Ende, als sie das Büro verließen. Dick saß am Steuer, als sie in die Einfahrt von Jacks Haus einbogen und sich dem nächsten Zirkus gegenübersahen – einer Schar von Reportern, Übertragungswagen und Schaulustigen, die den vorderen Rasen einnahmen.

»Sieht so aus, als ob das stille, behagliche Leben zu Ende wäre«, bemerkte Dick.

»Das wird sich bald gelegt haben«, antwortete Jack.

Aber eine Woche später waren die Leute immer noch da, und die Bewohner des Hauses begannen, sich wie bei einer Belagerung vorzukommen. Jack, Pat und Joaquin konnten nicht joggen gehen, und Dick, der mit dem Trinken aufgehört hatte und wieder trainierte, seit er den Job angenommen hatte, konnte nicht schwimmen. Niemand konnte aus dem Haus gehen, um auch nur irgendetwas zu tun. Selbst das Einkaufen war zu einem größeren Unternehmen geworden. Und es war kein Ende in Sicht. Nach der Anklageerhebung mussten Verhaftungen erfolgen, die Beklagten mussten sich schuldig beziehungsweise unschuldig erklären, Anträge mussten eingereicht werden. Es gab immer noch genug Material, das die Presse bei der Stange hielt.

»Ich muss irgendwas tun«, sagte Jack eines Abends, als er neben Pat im Bett lag. »Ich kann das nicht allen hier monatelang zumuten.«

»Hast du da irgendwelche Ideen?«

»Ja, es gibt da einen Typen, mit dem ich früher mal fischen gegangen bin, Steve Preston. Er hat eine große Ranch – Tausende von Hektar. Sein Sohn war sein Vorarbeiter, und als der geheiratet hat, hat Steve ihm ein großes Haus gebaut, ein paar

Meilen von seinem eigenen Haus entfernt. Na ja, aber die Schwiegertochter wollte nicht, dass ihr Mann Rancher bleibt, und sie sind nach Atlanta gezogen, und er hat einen Job bei Coca-Cola angenommen. Steve war sehr enttäuscht.
Soviel ich weiß, steht das Haus immer noch leer. Steve hat es mir gezeigt, als es noch im Bau war. Es ist ein sehr großes Haus – größer als sein eigenes. Ich glaube, ich rufe ihn morgen mal an und frage ihn, ob er es vermieten würde.«
»Das wäre eine Abwechslung«, sagte Pat sachlich. »Hast du schon mit den anderen darüber geredet?«
»Noch nicht. Ich wollte erst mit dir sprechen. Was hältst du davon?«
»Ich nehme an, es ist okay, wenn du es für nötig hältst.«
»Ich muss irgendwas unternehmen. So kann es nicht weitergehen. Pat, warum verschwindest du nicht eine Weile von hier. Machst Urlaub.«
Pat setzte sich im Bett auf und sah ihn an. Einige Minuten lang sagte sie nichts, und er wusste nicht, ob er etwas gesagt hatte, das sie ärgerte.
»Jack, wie fühlst du dich im Moment?«
»Wie meinst du das?«
»Ich meine, du steckst mitten in diesem Fall. Du hast eine Menge durchgemacht. Wie fühlst du dich?«
Jetzt war es Jack, der zögerte. Er stemmte sich hoch und sah ihr in die Augen.
»Nancy und dann Rudy zu verlieren war entsetzlich für mich, und ich weiß, dass es dir genauso geht. Aber ich habe mich trotzdem noch nie so lebendig gefühlt wie jetzt. Ich kann allen Ernstes spüren, wie das Blut durch meine Adern fließt. Ich weiß, dass wir das Richtige tun.« Mit einem Mal blitzten seine Augen. Er begann seine Worte mit Gesten zu unterstreichen. »Und es ist nicht einfach nur die Tatsache,

dass Rudy unschuldig war und dass unser Strafrechtssystem fehlerhaft ist. Es geht jetzt um mehr als das. Ich sehe die Unschuldigen und die Schuldigen. Es ist, als wäre ich eben erst geboren worden und sähe mir zum ersten Mal die Welt an. Ich weiß, dieser Eindruck ist nichts Neues. Die Leute sagen das schon seit Jahren. Aber für mich ist es neu. Wir fragen uns nie, warum die Menschen Morde begehen. Wir betrachten sie nicht mal als Menschen. Es schert uns nicht, ob sie aufgewachsen sind wie Tiere, in Dreck, Elend und Hoffnungslosigkeit. Wir fragen uns nicht, ob die Mutter drogenabhängig war oder auf den Strich gegangen ist oder ob ihre Typen ihren Sohn jeden Abend verprügelt haben – ich mache keine Witze, bei vielen von diesen Leuten ist das der *normale* Hintergrund. Wir fragen nicht, weil wir's nicht wissen wollen – weil wir dann vielleicht eine Verantwortung hätten. Es ist einfacher, die Leute einfach umzubringen.

Nein, es geht nicht mehr nur um Rudy, und es geht nicht darum, ob ich gewinne oder verliere, denn, ehrlich gesagt, wahrscheinlich verliere ich. Das ist es, was ich den Rest meines Lebens tun werde. Das ist es, was Rudy mir in seinem Brief zu sagen versucht hat.«

Er holte tief Luft, und Pat glaubte, er sei fertig, aber er war es nicht. Noch nicht. »Diese neue Sicht der Dinge – betrifft mein ganzes Leben. Ich sehe Leute, wie ich sie noch nie gesehen habe. Mir liegt an ihnen, wie mir noch nie an ihnen gelegen hat. Ich sehe dich. Ich liebe dich so sehr, dass es wehtut. Ich habe noch nie so für jemanden empfunden. Hast du irgendeine Ahnung, wovon ich eigentlich rede?«

Pat strich ihm vorsichtig über die Wange. »Ja, Jack, ich weiß. Ich weiß es schon seit langem. Deswegen gehe ich auch nicht weg von hier. Ich glaube, die anderen denken genauso, aber vielleicht solltest du es trotzdem zur Sprache bringen – nur

um ein Gespür dafür zu bekommen, wie sie alle dazu stehen.«
»Ich glaube, du hast recht.«
»Aber heute Abend nicht mehr«, sagte sie, während sie ihn sanft auf die Lippen küsste. »Heute Abend gehörst du mir.«
Jack legte die Arme um sie, und sie sanken wieder in die Kissen.

Bevor er mit den anderen reden konnte, ergab sich ein anderes Problem, das ihn veranlasste, alles zu überdenken, das er am Abend zuvor zu Pat gesagt hatte. Dick und Joaquin brachten es beim nächsten Frühstück zur Sprache.
Sie saßen um den Esszimmertisch, jeder mit seiner eigenen Zeitung beschäftigt, und aßen Rührei und Hackfleischauflauf, die Joaquin gemacht hatte. (Die getrennten Zeitungen waren Pats Idee gewesen. »Wenn jeder morgens seine eigene Zeitung hat«, hatte sie gesagt, »dann werden sie sich wohler fühlen, eher wie zu Hause.«)
»Hast du diesen Artikel über dich gelesen?«, fragte Joaquin.
»Mal reingesehen«, antwortete Jack. »Das ist ein Haufen Lügen.«
»Jack, da steht, du hast als Strafverteidiger so viele Leute um ihr Geld gebracht, dass manche davon dich umbringen wollen.«
»Ich habe im Lauf meiner Karriere schon ein paar Morddrohungen gekriegt, aber nichts von der Sorte, was da drinsteht. Das ist bloß Sensationsmache.«
Dick und Joaquin sahen sich einfach nur an. »Er kapiert's nicht«, sagte Dick.
»Was kapiere ich nicht?«
»Jack, die Story ist lanciert worden.«
»Und?«

»Und somit hat es einen Grund gegeben, sie zu lancieren.«
»Ja, um meinen Ruf zu schädigen. Na und? Ich bin ein großer Junge, ich werd's überleben.«
Dick sah wieder zu Joaquin hinüber und hob resigniert die Hände. Joaquin wusste, dass jetzt er an der Reihe war.
»Jack, was glaubst du, warum jemand eine Story lanciert, die behauptet, dass es da draußen scharenweise Leute gibt, die dich gern umbringen würden?«
»Weiß ich nicht. Wahrscheinlich gehört das zu ihrer Verteidigungsstrategie.«
»Denk doch mal darüber nach. Dein Gegenanwalt ist Jimmy DiCarlo. Jimmy DiCarlo ist ein Gangster. Ich weiß, theoretisch vertritt er bloß Gangster vor Gericht, aber wir wissen alle, dass er entweder selber einer ist oder zumindest Leuten nahesteht, die ihren Lebensunterhalt damit verdienen, dass sie andere Leute umbringen.« Joaquin legte eine Atempause ein, und Dick sprang in die Bresche. Es war wie in den alten Zeiten, als sie gemeinsam in Mordfällen ermittelt hatten.
»Wenn du ermordet würdest, wäre der Hauptverdächtige vor Erscheinen dieses Artikels entweder Evans oder Brume gewesen. Und damit war das Risiko, dem du und Pat und Maria ausgesetzt seid, einigermaßen kalkulierbar.«
Jack begann zu verstehen. »Oh, ihr glaubt also, die haben diesen Artikel lanciert, um noch ein paar mögliche Verdächtige für so einen Fall ins Gespräch zu bringen? Jetzt hört mal zu, Jungs, ist das nicht ein bisschen weit hergeholt?«
»Kann man so nicht sagen.« Das war wieder Joaquin.
Jack sah die beiden nur an. »Ihr meint das wirklich ernst, oder?«
»Todernst«, sagte sie beinahe gleichzeitig.
»Okay, okay, nehmen wir mal an, ihr habt recht. Was sollen wir also machen?«

»Wenn sie dich umbringen wollen«, führte Dick aus, »dann werden sie's wahrscheinlich auf der Fahrt zur Arbeit oder zurück versuchen.« Jack war sich inzwischen darüber im Klaren, dass die beiden dies bereits besprochen haben mussten. »In einer Nebenstraße oder so. Wir waren schon immer der Meinung, dass das der gefährlichste Abschnitt deines Tages ist.«

»Und von Marias Tag und von demjenigen, der mich gerade fährt!«, explodierte Jack. Dick und Joaquin nickten. »O nein. Das wird jetzt wirklich zu gefährlich. Ich muss damit aufhören.« Gerade da kam Maria aus ihrem Zimmer und setzte sich dazu.

»Warum die ganze Aufregung?«, fragte sie. Pat, die gerade die Treppe herunterkam, schloss sich an.

»Ja, was ist hier eigentlich los?«

»Die beiden hier glauben, Jimmy DiCarlo wird versuchen, mich umbringen zu lassen«, sagte Jack leichthin, so als bäte er jemanden, ihm den Toast herüberzureichen.

»Was!«, rief Pat.

»Ihr macht Witze!«, sagte Maria.

»Nein, tun wir nicht«, erklärte Dick. »Wir halten das für möglich.« Maria und Pat sahen sich ungläubig an.

»Ich blase die ganze Sache ab«, verkündete Jack. »Ich werde den Fall heute abgeben.«

»Haben wir dazu eigentlich gar nichts zu sagen?«, fragte Maria. Die anderen sahen sie einigermaßen überrascht an. »Seht mal, ich wollte ursprünglich nichts mit dieser Sache zu tun haben, aber jetzt stecke ich drin, und ich kann's zwar nicht erklären, aber es ist ein gutes Gefühl. Ich glaube einfach, ich tue das Richtige.« Pat warf Jack einen verstohlenen Blick zu, als wollte sie sagen: *Siehst du, ich hab's dir doch gesagt.* »Außerdem hast du, Jack, mal zu mir gesagt, die werden keine

Ruhe geben, selbst wenn dieser Fall abgeschmettert wird. Irgendwann werden sie sich mich trotzdem vornehmen.«

Jack sah zu Joaquin hinüber, der zustimmend nickte. Auch Dick nickte. »Was machen wir also?«, fragte Jack.

»Nachdem ich aus dem Polizeidienst raus war, habe ich unter anderem als Leibwächter gearbeitet. Für die Reichen und Berühmten«, erzählte Joaquin. »Viele von ihnen hatten Autos, die von vorn bis hinten kugelsicher waren. Spezialanfertigung. Man kann sie in New York bestellen. Werden innerhalb einer Woche geliefert, sogar noch schneller, wenn man dafür bezahlt. Allerdings sind sie teuer, und ich würde zusätzlich noch ein paar kleinere Änderungen vornehmen lassen.«

Jack fragte nicht nach den Veränderungen – das war Dicks und Joaquins Spezialgebiet. »Vergiss mal das Geld«, sagte er. »Würde so eine Spezialanfertigung das Problem lösen?«

»Teilweise«, antwortete Dick. »Im Büro bist du sicher, aber dieses Haus ist immer ein bisschen problematisch gewesen. Wir sind Zielscheiben hier drin, obwohl ich mir nicht vorstellen kann, dass jemand irgendwas probiert, solange diese vielen Menschen da draußen rumhängen. Wenn es passiert, wird es mitten in der Nacht passieren. Wir brauchen außerdem noch mehr Schusswaffen. Darum kann ich mich kümmern.«

»Über das Problem mit dem Haus habe ich schon nachgedacht, obwohl ich eigentlich andere Gründe dafür hatte«, sagte Jack, mit einem Blick zu Pat. »Ich habe einen Freund, der mir möglicherweise ein leerstehendes Ranchhaus vermieten würde. Es wäre groß genug, und es hat gesicherte Zäune und Tore.«

»Das würde gehen«, nickte Joaquin. »Wann können wir einziehen?«

»Ich rufe ihn heute noch an.«
»Und ich rufe bei den Autohändlern an«, sagte Joaquin.
Bevor er vom Tisch aufstand, sah Jack jedem von ihnen ins Gesicht.
»Seid ihr euch alle sicher, dass ihr das wollt?«
Sie nickten alle.

43

Clay Evans und Rudy Brume wurden nicht auf die Art und Weise verhaftet, wie es bei Leuten wie Rudy geschah. Man erwies ihnen die Aufmerksamkeit und Höflichkeit, die Berühmtheiten und Leuten aus den obersten Gesellschaftsschichten vorbehalten waren. Zu einem vorher abgemachten Termin erschienen sie vor Gericht, wo sie offiziell verhaftet wurden; sie erklärten sich für nicht schuldig, und die Kaution wurde auf jeweils zweihundertfünfzigtausend Dollar festgesetzt, eine Summe, die der ebenfalls anwesende Kautionsagent sofort zahlte. Keiner der beiden musste sich auch nur in Sichtweite einer Gefängniszelle begeben. Das Einzige, was sie hinter sich bringen mussten, war die Meute von Journalisten und Fernsehkameras vor dem Gerichtsgebäude und eine Ansammlung von Bürgern, von denen viele ihnen zujubelten.

Bei dieser ersten Anhörung nutzte Jimmy DiCarlo die Gelegenheit, einen Antrag auf Ablehnung der gesamten Anklage einzureichen, womit Jack gerechnet hatte. Vor dem Gerichtsgebäude sonnte Jimmy sich danach in seinem neuerworbenen Ruhm, indem er der Presse von seinem Antrag erzählte, woraufhin die Meute wild wurde. Sie hatten zwar keine Ahnung, worum es bei dem Antrag überhaupt ging, aber jemand hatte etwas unternommen, und die andere Seite würde darauf reagieren müssen, und sie konnten über jede Reaktion berichten. Jimmy, der auf der Vortreppe stand und über seinen An-

trag redete, Jack, der in seinem Büro saß und ihn kommentierte. Es war wie ein Tennismatch, nur dass der Einsatz höher war.
Jack hatte von Anfang an gewusst, dass es einige juristische Hindernisse zu überwinden gab, wenn er seinen Fall überhaupt vor die Jury bringen wollte. Das größte Problem war die Frage der Immunität. Ein Staatsanwalt genießt absolute Immunität bei allem, was er im Rahmen eines von ihm bearbeiteten Falles unternimmt, unabhängig von seiner persönlichen Motivation. Ein Polizeibeamter steht in der Hierarchie etwas tiefer und genießt nur eingeschränkte Immunität. Es lief darauf hinaus, dass Jack aufgrund des Materials, das er hatte, vermutlich Grunt unter Anklage stellen konnte, nicht aber Clay Evans, es sei denn, er konnte den Richter davon überzeugen, dass hier ein Ausnahmefall vorlag. Er hatte eine Grundlage für eine solche Argumentation, und es kam nur darauf an, ob der Richter sich darauf einlassen würde oder nicht. Der Richter – auch das war ein Aspekt des Problems. Jack hatte keine Ahnung, wer der Richter sein würde. Bill Sampson hatte die Voruntersuchung geleitet, aber den Prozess selbst würde er nicht leiten, dessen war Jack sich sicher. Bill war der ehemalige Generalstaatsanwalt von Cobb County. Er war der direkte Nachfolger von Clay Evans gewesen und hatte eng mit Wesley Brume zusammengearbeitet. Unter normalen Umständen wäre das so übel nicht gewesen – Wesley kennen hieß ihn verabscheuen. Aber Bill war in seinem gegenwärtigen Job noch zu neu, und der Fall war zu brisant. Er würde ihn mit Sicherheit abgeben. Aber an wen?
Diese Frage war es, die Jack beschäftigte, als er Jimmy Di-Carlos Antrag auf Abweisung der gesamten Anklage las. Der Antrag war ausschließlich auf der Frage der Immunität aufgebaut. Es gab noch einen weiteren Punkt, der Jack Sorgen

machte, etwas, das Jimmy der Presse mitgeteilt hatte – dass nämlich Jack selbst diesen Fall nicht bearbeiten sollte. Dass er zuvor Rudy vertreten hatte, war ein problematischer Aspekt. Das Gericht konnte entscheiden, dass der Mann, der Rudys Strafverteidiger gewesen war, jetzt nicht Anklage gegen dessen ehemaligen Ankläger erheben durfte. Er hatte bereits zu viele Rollen innerhalb dieses Falls gespielt. Wahrscheinlich würde der Richter diesen Aspekt nicht ansprechen, wenn Jimmy ihn nicht vor Gericht zur Sprache brachte, aber seine Aussagen vor der Presse ließen befürchten, dass er genau das vorhatte.

Jack beschloss, diesen Teil nach Möglichkeit außerhalb des Gerichtssaals zu erledigen. Als eine Journalistin ihn auf Jimmys Bemerkungen ansprach, reagierte er damit, dass er Jimmy provozierte.

»Es hört sich an, als wollte er mir nicht im Gerichtssaal begegnen. Wenn er mich auf diese Weise loswird, bekommt er wahrscheinlich einen Ankläger mit weniger Erfahrung. Es ist eine sehr nachvollziehbare Argumentation.«

Jack ging davon aus, dass Jimmy seine Vorgehensweise ändern würde, wenn man seine Männlichkeit ins Spiel brachte und ihn – selbstverständlich auf die denkbar höflichste Art – der Feigheit bezichtigte. Es funktionierte.

Als die junge Journalistin dann zu Jimmys Büro rannte und ihn darüber informierte, dass Jack ihn einen Feigling genannt hatte, tappte Jimmy geradewegs in die Falle.

»Ich denke gar nicht daran, mir einen anderen Gegner als Jack Tobin zu wünschen«, erklärte er. »Ich werde meinen Spaß dabei haben, ihn auseinanderzunehmen – ich meine selbstverständlich, seine Argumentation vor Gericht auseinanderzunehmen.«

Jack lächelte, als er das Interview in den Elf-Uhr-Nachrichten verfolgte. Er war froh, dass Clay Evans sich Jimmy als Anwalt ausgesucht hatte. Nicht weil Jimmy dumm gewesen wäre oder irgendetwas dieser Art – er war ein sehr fähiger Anwalt. Aber zugleich war er der sprichwörtliche Elefant im Porzellanladen. Seine Erfolge erzielte er meist durch Aggressivität und Einschüchterung. Jack hoffte, sich Jimmys Aggressivität zunutze machen zu können und ihn auszumanövrieren. Der Anfang war gemacht.

Natürlich gab es noch einen anderen Gegner, dessentwegen er sich Gedanken machen musste, nämlich Clay Evans selbst. Evans war bekanntermaßen faul. Er hatte jeden Posten, den er jemals bekleidet hatte, durch politische Beziehungen bekommen, aber er war kein Dummkopf. Evans hatte ein Hirn und verstand es, hinter den Kulissen die Fäden zu ziehen. Jack konnte bereits seinen Beitrag zu alldem erkennen. Es war unverkennbar Evans' Entscheidung gewesen, sowohl sich selbst als auch Wesley Brume durch Jimmy DiCarlo vertreten zu lassen. Grunt hätte sich die Honorare, die DiCarlo verlangte, gar nicht leisten können. Evans war offensichtlich zu der Ansicht gekommen, dass Brume sein größtes Problem war. Sollte Grunt sich darauf einlassen, im Austausch gegen eine Strafmilderung gegen ihn auszusagen, konnte Evans in ernsthafte Schwierigkeiten geraten. Polizeichef Brume hätte in einem solchen Fall allerlei zu erzählen; dieses Szenario war also nicht ganz ausgeschlossen. Indem er sie beide von demselben Anwalt vertreten ließ, hatte Evans verhindert, dass ein solcher Deal jemals zustande kommen würde. Es war ein kluger Schachzug, der Jack Respekt abnötigte. Wenn er den Köder auslegte, würde er ihn für Evans ebenso auslegen müssen wie für Jimmy.

Kurz nach der Besprechung mit seinen Mitbewohnern rief Jack Steve Preston an. Steve war entzückt, von ihm zu hören. Ja, das Haus seines Sohnes stand immer noch leer. Jack konnte es mieten, wenn er wollte. Steve hatte Verständnis für die näheren Umstände und versicherte Jack, niemand, der auf der Ranch arbeitete, würde erwähnen, dass er und seine Hausgemeinschaft dort lebten.

»Es ist teilmöbliert, Jack – das Wohnzimmer, ein Schlafzimmer und ein Fitnessraum. Mein Sohn ist ein Fitnessfreak. Vielleicht kommen Sie einfach mal vorbei und sehen es sich an und überlegen sich, was Sie sonst noch brauchen. Jederzeit – die Einfahrt hat ein elektronisch gesteuertes Tor, und ich kann Ihnen die Karte geben, wenn Sie herkommen.«

Jack fuhr mit Pat und Dick hin. Steves Haus war eine Viertelmeile vom Tor entfernt, und sie mussten ihn von dort aus benachrichtigen.

»Herrgott, das ist mal eine Anlage«, schwärmte Dick, als sie Steve begrüßt hatten und über offene Grasflächen zu ihrem neuen Zuhause fuhren, das zwei Meilen vom Tor entfernt lag.

»Was riecht hier so komisch?«, fragte Pat mit gerümpfter Nase.

»Das sind die Kühe, Großstadtkind«, zog Jack sie auf. »An die wirst du dich gewöhnen müssen. Aber sie kommen nicht bis ans Haus. Nur auf der Hin- und Rückfahrt riecht man sie.«

»Das hier ist fast perfekt, Jack«, sagte Dick. »Nur eine Straße, die raus- und reinführt. Wir sehen jeden, der kommt, schon Meilen vorher.«

»Steve sagt, er wird uns die Nebenstraßen nach Bass Creek zeigen, damit auch niemand uns aus der Stadt hierherfolgen kann.«

»Das ist gut«, sagte Dick, aber er wusste, dass sie mit Profis zu tun hatten; die Leute würden herausfinden, wo sie jetzt lebten und wie sie hin- und zurückfuhren. Er erwähnte es nicht. Das Wichtigste war, dass sie sie kommen sehen würden.

Das Haus war wirklich riesig, und sie verbrachten eine Stunde damit, zu entscheiden, wer wo unterkommen würde. Pat hatte einen Block mitgebracht und notierte eifrig, was sie brauchen würden, um das Haus bewohnbar zu machen.

Am nächsten Morgen um vier Uhr fuhr sie nach Miami und verbrachte den Tag damit, dort Wäsche, Möbel, Küchengeräte und so weiter zu bestellen. Zwei Tage später hielt ein riesiger Laster vor der Tür, und eine Umzugsfirma begann, unter Pats Anleitung auszuladen.

Das umgebaute Auto traf erst nach zwei Wochen ein. Offenbar hatten Joaquins Sonderwünsche einige Zeit in Anspruch genommen. Es war eine schwarze Mercedes-Limousine und kostete zweihunderttausend Dollar.

»Das Ding wird in Bass Creek auffallen wie ein bunter Hund«, bemerkte Jack.

»Macht nichts«, sagte Joaquin. »Es ist eine Festung. Da geht nichts durch.«

»Ich bin immer noch der Meinung, dass das ein bisschen übertrieben ist. Jimmy DiCarlo glaubt, er hat einen todsicheren Fall. Zum Teufel, er freut sich schon darauf, mich zu verklagen, wenn das hier vorbei ist! Und er hat einen Antrag auf Abweisung der Klage eingereicht und glaubt, er kommt damit durch. Warum, um alles in der Welt, sollte entweder er oder einer seiner Mandanten das alles aufs Spiel setzen, indem sie mich umzubringen versuchen? Das ergibt doch keinen Sinn.«

Joaquin antwortete für sich selbst und für Dick. »Unsere

Aufgabe ist es nicht, zu entscheiden, was bei deinem Fall sinnvoll aussieht und was nicht, Jack. Unsere Aufgabe ist es, auf die vorliegenden Tatsachen zu reagieren, und dieser Zeitungsartikel hat uns gezeigt, dass jemand möglicherweise einen Mordversuch vorbereitet. Und du könntest recht haben – wahrscheinlich hast du sogar recht –, wenn du sagst, dass sie es vermutlich nicht gerade jetzt probieren werden. Aber ich habe genug Fälle erlebt, um zu wissen, dass es manchmal bloß einen Moment dauert, bis alles komplett vor die Hunde geht, und wenn dieser Fall für sie schlecht aussieht, dann werden sie versuchen, dich umzubringen. Und sie werden versuchen, meine Maria umzubringen. Ich lasse nicht zu, dass das passiert.«

Jack war nicht überzeugt. »Ich weiß nicht. Es kommt mir alles so unwirklich vor.«

»Vertrau uns, Jack«, meldete sich Dick zu Wort. »Wir haben in dieser unwirklichen Welt gelebt.«

Jack entdeckte Joaquins kleine Modifikationen bei seiner ersten Fahrt von der Ranch in die Stadt.

»Wozu sind diese Löcher da gut?«, fragte er, als er ein Loch in der Mitte der Windschutzscheibe entdeckte. Im Rückfenster, im Fenster auf der Beifahrerseite und im Rücksitzfenster auf der Fahrerseite waren ebenfalls Löcher. Sie waren mit kleinen Glasscheiben abgedeckt, die sich auf die Seite schieben ließen wie die Klappe eines Türspions, nur dass die Löcher hier größer waren.

An diesem Tag war Dick der Fahrer. »Denk doch mal darüber nach. Wir sind auf der Straße. Wir geraten in einen Hinterhalt. Wir haben diese Schusswaffen, aber wie sollen wir sie verwenden? Die Fenster runterkurbeln?«

»Was für Schusswaffen?«

»Sieh mal unter der Bank hinten nach.«
Jack klappte den Sitz hoch und sah etwas, das nach vier Maschinenpistolen und mehreren Kästen Munition aussah.
»Was sind denn das – AK-47er?«
»Stimmt.«
»Und diese anderen Dinger da?«
»Nachtsichtbrillen.«
»Warum sind von jedem vier Stück da?«
»Weil bis zu vier Personen gleichzeitig im Auto sitzen können. Solange wir sowieso die ganze Zeit hier draußen in der Pampa rumhängen, werden Joaquin und ich dir, Pat und Maria beibringen, wie man mit einer AK-47 umgeht«, sagte Dick mit breitem Grinsen.
Jack schloss die Augen und schüttelte ein paar Mal den Kopf. Er hatte die Security diesen beiden überlassen, weil er sichergehen wollte, dass niemand in Gefahr geriet. Jetzt kam er sich vor wie der Hauptdarsteller in einem absurden Theaterstück.

Während Jack und die anderen ihr häusliches Leben den Gegebenheiten anpassten, nahm das Verfahren gegen Wesley Brume und Clay Evans seinen Lauf.
Wie Jack erwartet hatte, warf Bill Sampson das Handtuch und bat den Obersten Gerichtshof des Bundesstaates, einen Richter im Ruhestand mit der Führung des Prozesses zu beauftragen. Es gab in Florida Hunderte von Richtern im Ruhestand, von denen die meisten mit siebzig Jahren aufgehört hatten, weil dies ihr Pensionsalter war, die aber durchaus willens waren, noch zu arbeiten. Sie sprangen ein, wenn irgendwo wegen Krankheiten, Todesfällen, Urlaub oder aus Gründen wie dem hier vorliegenden ein Richter gebraucht wurde. Es blieb dem Obersten Gerichtshof überlassen, einen

Richter zu beauftragen. Er beauftragte Harold Stanton aus Miami.

Jack wusste natürlich, wer Richter Stanton war, aber er hatte nur in zwei Fällen direkt mit ihm zu tun gehabt, und beide lagen Jahre zurück. Richter Stanton hatte sich seinen Namen in Strafprozessen gemacht, und es war ein Name, den man kannte. Sein Spitzname war Hang'Em High Harry. Man sagte von ihm – hinter seinem Rücken selbstverständlich –, dass er niemals weniger als die Höchststrafe verhängte und noch nie einen Angeklagten getroffen hatte, der nicht schuldig gewesen wäre. Beides waren überspitzte Darstellungen von Harry Stantons Ruf als sehr konservativem Juristen.

Im ersten Moment glaubte Jack, Hang'Em High Harry könnte der beste Mann für seinen Fall sein, aber er beschloss, den Eindruck zu überprüfen. Zu diesem Zweck rief er seinen alten Freund Harley Booker an.

Harley Booker war achtzig Jahre alt und hatte über ein halbes Jahrhundert lang in Miami Straf- und Zivilrecht praktiziert. Zu seinen großen Zeiten war er als der Anwalt der Anwälte bekannt gewesen, weil er der Erste war, an den sich ein erfahrener Prozessanwalt wandte, wenn er selbst in Schwierigkeiten steckte. Harley war ganz einfach der Beste in seinem Fach gewesen.

Inzwischen war er mehr oder weniger im Ruhestand, hielt sich aber nach wie vor jeden Tag ein paar Stunden lang in seinem Büro auf.

»Haaalo«, ertönte Harleys tiefe Stimme mit dem Südstaatenakzent aus dem Hörer. Seine Sekretärin war vor Jahren in Pension gegangen.

»Hi, Harley, hier spricht Jack Tobin.«

»Jackson, mein Junge, zum Teufel, wie geht's?« Außerhalb des Gerichtssaals war Harleys Ausdrucksweise so exzentrisch wie seine Persönlichkeit. Vor Gericht war er ein ebenso distinguierter wie bodenständiger Rechtsphilosoph.

»Prima, Harley, wirklich prima, aber ich könnte etwas Unterstützung brauchen.«

»Glaub ich dir keine Sekunde lang. Ich hab noch nie jemanden getroffen, der vor Gericht kompetenter wäre als du. Außer mir, natürlich.«

»Das weiß ich schließlich selbst. Du hast mir ein paar Mal die Hosen runtergezogen.«

»Da warst du ja auch noch jung und dumm, Jackson. Du hast ein paar Lektionen gebraucht, aber nicht die Sorte, die in deinen Büchern steht. Was hast du für ein Problem?«

»Na ja, ich weiß nicht, ob du das weißt, Harley, aber ich bin jetzt Generalstaatsanwalt von Cobb County.«

»Ich weiß es erst, seit ich dich und Jimmy DiCarlo jeden Abend in den Nachrichten beim Schlagabtausch sehen kann. Weiß nicht viel über den Fall, aber ich kann dir sagen, er wird schon nervös.«

»Es ist ein Mordfall.«

»War bloß ein Scherz, Partner, ich weiß alles drüber. Ich hab mir immer gedacht, Clay Evans ist ein krummer Hund. Aber ich muss ehrlich sein, ich wäre wirklich nie draufgekommen, dass er ein Mörder ist. Geschieht ihm recht, Jimmy DiCarlo als Anwalt zu haben – Jimmy hat das Arschloch jahrelang geschmiert, jetzt fließt das Geld auch mal in die andere Richtung. Entschuldige, was war doch gleich die Frage?«

»Wir haben gerade Hang'Em High Harry als Richter zugeteilt gekriegt. Ich wollte bloß wissen, ob das die gute oder die schlechte Nachricht ist.«

Harley dachte eine Minute lang nach. »Also, auf den ersten Blick sieht es aus, als hättest du Glück gehabt, Partner, aber ich würde mal sagen, du steckst mit dem Arsch im Scheißeimer, und zwar fest.«

Niemand brachte die Dinge so auf den Punkt wie Harley.

»Warum sagst du das?«

»Na ja, Partner, er hat es mit Recht und Gesetz, aber er ist auch einer von der Sorte, die immer auf Nummer sicher geht, wenn du verstehst, was ich meine.«

»Da bin ich mir nicht so sicher.«

»Er ist so korrekt, dass er seine Unterhosen stärkt. Kein Fehltritt rechts, kein Fehltritt links. Immer mitten auf der Straße – Gott, das Gesetz und das Sternenbanner. Mich hat er gehasst, weil ich mich nicht an die Regeln gehalten habe. Hat mich mal gefragt ›Harley, warum vertreten Sie all diese Verbrecher?‹«

»Was hast du geantwortet?«

»Hab das Arschloch einfach stehenlassen.«

Es war gar nicht einfach, eine präzise Antwort aus Harley herauszubekommen, er liebte die Kunst der Konversation zu sehr. Jack wusste, irgendwann würde er seine Informationen bekommen. Er musste nur am Ball bleiben. »Ich verstehe immer noch nicht, warum er mir bei diesem Fall gefährlich werden kann.«

»Weil du die gottgewollte Ordnung des Universums störst, Junge. Man verklagt keinen Ankläger, schon gar nicht, wenn er inzwischen Bundesrichter ist. Ein Bulle, damit könntest du durchkommen, aber du hast ein bisschen zu hoch gegriffen. Junge, ich glaube, Hang'Em High Harry reißt dir den Arsch auf.«

Das war es nicht, was Jack zu hören gehofft hatte, aber er musste wissen, woran er war. »Du hast gesagt, er hat dich nicht gemocht, Harley. Wie hast du dich um ihn herummanövriert?«

»Gute Frage, Jackson. Hab doch gewusst, dass du es aus mir rausholst. Ich hab das Arschloch gleich von Anfang an wissen lassen, ich gehe in die Revision, wenn er bei seinen Urteilen jemals seine Befugnisse überschreitet. Er ist unglaublich stolz drauf, dass sie ihm in keiner Revision je ein Urteil umgestoßen haben. Er hält sich für so eine Art Intellektuellen, aber in Wirklichkeit liegt es nur daran, dass er sich nie im Leben exponiert. Er hat niemals irgendwas riskiert! Immer auf Nummer sicher! Ich will damit nicht sagen, dass er dümmer ist als ein Stück Vieh oder irgend so was. Wahrscheinlich ist er klüger als ein Esel, allerdings nicht viel.«

»Am besten geht man ihn also an, indem man ihn wissen lässt, dass die Sache juristisch sehr zweifelhaft ist?«

»Das ist ein Anfang, Jackson, das ist ein Anfang. Aber du musst dem Mann auch was geben. Mach ihm ein bisschen Angst, damit er dir zuhört – er will ja seine Erfolgsgeschichte nicht ruinieren lassen –, aber gib ihm auch eine Lösung. Du weißt schon – ein Bedürfnis schaffen und es dann befriedigen.«

»Hab's verstanden. Danke, Harley!«

»Noch was«, fuhr Harley fort. »Lass die Nebelmaschine zu Hause. So was hasst er. Gib ihm klare Tatsachen. Sag ihm, was du hast. Lass Jimmy den Dreck schleudern – du weißt, er wird's tun.«

»Ist Jimmy wirklich ein Gangster, wie sie alle sagen?«

»Nee, der ist schlimmer. Ein Möchtegerngangster. Aber er ist gefährlich, Junge. Wenn das Geld stimmt, gibt es nichts, was er für einen Mandanten nicht täte. Behalt das im Gedächtnis.«

»Mache ich. Noch mal danke, Harley.«

»Zum Teufel, du kannst mich jederzeit anrufen, Junge. Ich

freue mich drauf, zuzusehen, wie du den alten Jimmy da draußen ausweidest.«

Jack saß noch ein paar Minuten neben dem Telefon und lachte vor sich hin. Harley war ein Original – und ein Quell der Information.

44

Jack hatte keine Gelegenheit, Richter Stanton persönlich zu treffen, bevor der Antrag auf Abweisung der Klage verhandelt wurde. Es war seltsam – dies war einer der wichtigsten Momente des gesamten Falls, und er war nicht nervös. Er hatte sein juristisches Memorandum verfasst, bevor er auch nur die Grand Jury einberufen hatte. Jetzt brauchte er nichts mehr zu tun, als seine Recherchen noch einmal zu überprüfen und sich Strategien zu überlegen. Und Letzteres bedeutete vor allem, Harleys Tipps in die geplante Vorgehensweise einzubauen.

Was Jimmy DiCarlo anging, so hatte er eine neue Leidenschaft entdeckt – das Fernsehen. In der Woche vor der Anhörung brachte er es fertig, jeden Abend in einem der großen Sender und mindestens einem Kabelkanal zu erscheinen. Auch die Presse hatte ihren Spaß daran. Eine gute Story wie diese lieferte Futter für die Kabeltalkshows und Schlagzeilen für die Zeitungen. Am Morgen der Anhörung wimmelte es in der Umgebung des Gerichtsgebäudes von Übertragungswagen, »Fachleuten«, Fernsehkameras, Journalisten und Scharen von Normalbürgern.

Jack verstand die Medienpräsenz; was er nicht verstand, waren die Zuschauer. Welches Interesse hatten sie an alldem? Wollten sie wirklich sehen, wie der Gerechtigkeit Genüge getan wurde? Der überraschendste Moment kam für ihn, als er und Jimmy DiCarlo die Stufen zum Gerichtsgebäude hinaufgingen; Jimmy wurde bejubelt wie ein Filmstar, während er selbst nur Pfiffe und Buhrufe zu hören bekam. Nichtsdestoweniger würde er sich die Gelegenheit nicht entgehen lassen, sich die Situation zunutze zu machen. Am oberen Ende der Treppe trat er dicht an Jimmy heran.

»Die lieben Sie, Jimmy. Aber wenn Sie heute gewinnen, dann war's das. Der Haufen da, das ist gar nichts verglichen mit dem, was bei der Verhandlung auftauchen wird.« Er wartete nicht auf die Antwort. Er ging geradewegs weiter in Richter Stantons Diensträume.

Bisher hatte Jimmy all seine Maßnahmen zuvorkommenderweise vorher angekündigt. Jack hoffte, er würde dabei bleiben. Jimmy hatte in der Vorwoche einen weiteren Antrag eingereicht, in dem er darum bat, die Anhörung öffentlich zu machen, aber Richter Stanton hatte den Antrag am nächsten Tag abgeschmettert. Er würde den Presseleuten keine Gelegenheit geben, aus seinem Gerichtssaal einen Zirkus zu machen, zumindest jetzt noch nicht. Er gestattete einer einzigen Journalistin, mit in das Anhörungszimmer in seinen Diensträumen zu kommen, nachdem er sie kurz und deutlich darüber informiert hatte, sie solle sich hinsetzen und den Mund halten, und wenn sie irgendetwas tat, das die Anhörung auch nur im Geringsten störte, würde er sie vom Gerichtsdiener vor die Tür setzen lassen.

Es war nicht üblich, dass Mandanten solchen in den Diensträumen abgehaltenen Anhörungen beiwohnten.

Obwohl Clay gern teilgenommen und seine juristischen Kenntnisse beigesteuert hätte, entschied er sich dagegen. Er mochte einer der Angeklagten sein, aber er war zugleich auch ein amtierender Bundesrichter, und es bestand durchaus die Möglichkeit, dass Richter Stanton es übelnehmen würde, wenn er dort auftauchte und juristische Ansichten äußerte. Es war ein unnötiges Risiko. Jimmy konnte alles Nötige durchaus allein erledigen.

Im Anhörungszimmer setzten sich die beiden Anwälte einander gegenüber an einen langen Tisch, der im rechten Winkel an den Schreibtisch des Richters stieß. Der Sekretär saß zur Linken des Richters, und die Gerichtsschreiberin hatte ihren Platz am Ende des Tischs, wo sie sowohl die Anwälte als auch den Richter beobachten konnte. Der einzige weitere Mensch im Raum war die Journalistin, und sie saß auf einem Stuhl in der Ecke und bemühte sich, keinen Laut von sich zu geben. Um Punkt neun Uhr vormittags betrat Richter Stanton durch eine Seitentür den Raum und nahm hinter seinem Schreibtisch Platz.

»Sind wir so weit?«, fragte er, ohne jemandem im Raum zu begrüßen.

»Die Verteidigung ist bereit, Euer Ehren«, sagte Jimmy.

»Die Anklage ist so weit, Euer Ehren.«

»Gut. Mr. DiCarlo, Sie sind der Antragsteller, sprechen Sie bitte.«

Jimmy verbrachte die nächste halbe Stunde damit, die Tatsachen aufzuzählen, wobei er sich bei Bedarf auf das Gutachten der Grand Jury bezog, und begann dann juristische Details zu erörtern.

Jack fiel auf, dass Jimmys übliche temperamentvolle Rhetorik vollkommen fehlte. Der Mann schien einfach nur das Pflichtprogramm abzuhaken. Offenbar wollte er nicht, dass sein öffentlicher Auftritt gleich wieder endete, selbst wenn er seine Mandanten damit einem Mordprozess auslieferte. Jacks Saat schien aufzugehen. Und Clay Evans hatte einen taktischen Fehler begangen, als er seinem Anwalt gestattete, allein zu der Anhörung zu gehen. Jack lachte in sich hinein. Es war ein hübsches ironisches Element bei der ganzen Angelegenheit – dass ein korrupter Richter von seinem korrupten Anwalt in die Patsche geritten wurde.

»Ich stimme Mr. DiCarlo in den meisten Punkten zu, Euer Ehren«, sagte Jack, als er an der Reihe war. »Der Ankläger genießt bei der Ausübung seines Amtes absolute Immunität, unabhängig von seinen eigenen Motiven. Aber es geht in diesem Fall um das, was diese beiden Männer zwei Jahre *nach* Abschluss des Prozesses gegen Rudy Kelly getan haben. Man hat ihnen Hinweise darauf vorgelegt, dass ein anderer Mensch schuldig war, und sie haben dieses Beweismaterial zurückgehalten. Das Ergebnis war, dass Rudy Kelly, ein unschuldiger Mann, auf dem elektrischen Stuhl gestorben ist. Allein diese Tatsache hebt diesen Fall aus der Sphäre der Immunität heraus, die ein Ankläger normalerweise genießt.«

»Aber gibt es denn genug Hinweise darauf, dass ihre Handlungsweise kriminell war?«, fragte der Richter.

Jack stürzte sich auf die Frage.

»Das Gericht hat vollkommen recht damit, sich auf diese Frage zu konzentrieren. Dieses Gericht weiß aufgrund der Tatsachen, die in dem Antrag nicht bestritten werden, dass Lucy Ochoa in der Mordnacht Geschlechtsverkehr mit einem anderen Mann als Rudy Kelly hatte *und* dass sich in der Mordnacht ein Mann namens Geronimo in derselben Straße aufhielt und gerade ein Bier trank, als Rudy Lucys Trailer verließ. Die Polizei hat mit diesem Geronimo niemals geredet, *weil er unmittelbar nach dem Mord verschwunden ist.* Zwei Jahre nach Rudys Verurteilung erhielt die Polizei von Bass Creek einen Brief von der Polizeidienststelle in Del Rio, Texas, in dem stand, dass man dort gerade einen Mann namens Geronimo Cruz wegen Vergewaltigung und Mordes verhaftet hatte und dass er einen Führerschein mit einer Adresse in Bass Creek besaß. Sie wollten wissen, ob die Polizei von Bass Creek irgendwelche Informationen über diesen Mann hatte, die bei der Anklageerhebung helfen könnten. Ich habe eine Zeugin, die sagt, dass Wesley Brume Clay Evans unmittelbar nach Eingang dieses Briefes anrief und dann sofort mit dem Brief in der Hand in sein Büro ging. Danach bekam die Polizei von Del Rio niemals eine Antwort, und der Brief ist verschwunden. Reicht das für ein Urteil aus? Ich werde diese Frage jetzt nicht erörtern. Reicht es aus, um den Fall einer Jury vorzulegen? Ich werde nicht einmal dies jetzt behaupten. Reicht es aus, um den Fall zur Verhandlung zuzulassen? Ja nun, das Gesetz sieht vor, einen Fall zu verhandeln, wann immer möglich. Nur in seltenen Ausnahmen sollte ein Fall vor der Verhandlung abgewiesen werden. Wenn Sie diesen Fall zur Verhandlung zulassen, Euer Ehren, dann wird das Interesse der Öffentlichkeit wahrgenommen, dem Gesetz wird Folge geleistet – und Sie können immer noch dem Vorschlag meines Kollegen stattgeben, wenn er während des Prozesses den Antrag auf Freispruch stellen sollte. Zudem werden wir auf diese Art vielleicht neue Informationen erhalten. Bei jeder Verhandlung kommt etwas ans Licht, mit dem man nicht gerechnet hat. Vielleicht kann jemand bei der Polizei von Del Rio uns etwas über diesen mysteriösen Brief erzählen. Ich weiß es nicht.«

Es war eine sehr kurze Argumentation, aber sie gab dem Richter mehrere Möglichkeiten, wie Harley es Jack nahegelegt hatte.

»Haben Sie etwas dazu zu sagen, Mr. DiCarlo?« Jimmy war geradezu begeistert von Jacks Ausführungen. Er würde seinen Prozess bekommen und damit einen weiteren Monat lang in den Nachrichten bleiben – und er konnte die Angelegenheit immer noch durch einen Antrag auf Freispruch entscheiden lassen. Es war perfekt. Aber das konnte er dem

Richter natürlich nicht sagen. Er hätte sehr wirkungsvoll argumentieren können, dass es nicht eben fair war, seinen Mandanten einen traumatischen Prozess zuzumuten, wenn es nicht genug Beweismaterial gab, um sie zu verurteilen. Er hätte es tun können – aber er ließ es bleiben.

»Im Augenblick nicht, Euer Ehren.«

Richter Stanton senkte den Kopf und rieb sich die Schläfen, um anzudeuten, dass er angestrengt nachdachte. Tatsächlich leuchtete ihm Jacks Argumentation ein. Man entschied einen Fall nicht vor der Verhandlung, wenn er nicht vollkommen an den Haaren herbeigezogen war. Und er konnte den Fall auch nach Prozessbeginn immer noch über einen Antrag auf Freispruch abweisen – und genau das hatte er vor zu tun.

»Gut. Ich werde diesen Fall jetzt nicht abweisen. Ich stimme zu, das Gleiche kann bei Bedarf auch über einen Antrag auf Freispruch noch erreicht werden. Diese Entscheidung ist in keiner Weise so zu verstehen, dass genug Beweismaterial vorhanden ist, um den Fall einer Jury vorzulegen. Habe ich mich klar ausgedrückt?«

Beide Anwälte antworteten, sie hätten verstanden.

»Wenn wir schon einmal hier sind, warum holen Sie nicht Ihre Terminkalender heraus, meine Herren, und wir einigen uns auf einen Termin für die Verhandlung. Was meinen Sie, wie lang sie dauern wird?«

»Eine Woche«, sagte Jack.

»Zwei Wochen«, konterte Jimmy.

»Zwei Wochen?«, spottete der Richter. »Wozu brauchen Sie zwei Wochen, Mr. DiCarlo? Es gibt keine forensischen Befunde abzuwarten. Wir wissen, wie das Opfer zu Tode gekommen ist. Zum Teufel, wir wissen sogar durch wen. Wollen Sie den Henker des Bundesstaates aussagen lassen, *wie* er die Hinrichtung durchgeführt hat?«

»Nein, Sir«, antwortete Jimmy etwas kleinlaut. Er hatte keine Antwort für den Richter. Er wollte einfach nur, dass der Prozess zwei Wochen dauerte.

»Aus meiner Sicht der Dinge ist die Sache sehr einfach«, fuhr der Richter fort. »Die Frage ist, ob Ihre Mandanten Rudy Kelly mit voller Absicht auf dem elektrischen Stuhl haben sterben lassen. Mr. Tobin hier wird eine Argumentation auf der Grundlage von Indizien vorbringen müssen, er könnte also ein paar Tage Zeit brauchen. Die einzige Entscheidung, die Sie zu treffen haben, ist die, ob Sie Ihre Mandanten in den Zeugenstand rufen oder nicht – immer vorausgesetzt, ich weise den Fall nicht ab, wenn Mr. Tobin mit seinem Plädoyer fertig ist. Ist diese Zusammenfassung korrekt?«

»Hört sich für mich so an, Euer Ehren«, sagte Jack.

»Ja, Sir«, sagte Jimmy bescheiden. Er begann sich zu fragen, ob er seinen Antrag vielleicht eine Spur zu kampflos aufgegeben hatte.

»In Ordnung, sagen wir also eine Woche. Es wird wahrscheinlich einen Tag dauern, bis wir eine Jury beisammenhaben. Große Probleme sehe ich da nicht. Wenn nötig, dehnen wir das Auswahlverfahren in die nächste Woche aus, aber vornehmen sollten wir uns das nicht. Je schneller wir diesen Medienzirkus beenden, desto besser. Wie viel Zeit brauchen Sie, um sich auf die Verhandlung vorzubereiten?«

»Wir sind so weit, Euer Ehren«, sagte Jack. »Ich werde eine Woche brauchen, um die Zeugenvorladungen wegzuschicken, aber das ist alles.«

»Wie steht es mit Ihnen, Mr. DiCarlo? Brauchen Sie noch ein paar Monate, um jede einzelne Fernsehsendung abzuklappern?« Der Richter meinte es unverkennbar scherzhaft, und so fassten es auch alle Anwesenden auf; selbst Jimmy lachte.

»Ich kann in zwei bis drei Wochen fertig sein, Euer Ehren.

Ich muss ein paar Dinge überprüfen.« Jack wusste genau, wovon er redete. Den kleinen Hinweis über die Polizei von Del Rio hatte er mit voller Absicht untergebracht, um Jimmy etwas Nützliches zu tun zu geben. Solange Jimmy falsche Fährten verfolgte, würde er nicht die wirklichen Überraschungen aufdecken, die auf ihn warteten.

»Gut. Dann legen wir den Prozessbeginn also auf heute in drei Wochen. Und lassen Sie mich noch dies sagen – meine Herren, Sie sind zwei gute Anwälte. Ich werde Ihnen der Öffentlichkeit gegenüber keinen Maulkorb verpassen. Aber versuchen Sie bitte, die persönlichen Spitzen unter Kontrolle zu halten. Wir wollen unseren Prozess nicht in der Presse führen, in Ordnung?« Er sah Jimmy ins Gesicht, als er sprach.

»Jawohl, Sir«, antwortete Jack.

»Klar, Euer Ehren«, sagte Jimmy, wobei er kaum hingehört hatte. Draußen warteten Kameras auf ihn.

45

Kurz nach der Anhörung geschah zu Jimmys großer Enttäuschung etwas Erstaunliches. Die Presseleute gingen nach Hause, und die Menschenmengen rings um Jacks Büro und das Gerichtsgebäude zerstreuten sich.

»Woher sind diese Leute eigentlich gekommen?«, fragte Jack den Rest der Gruppe eines Abends beim Essen. »Die waren nicht aus Bass Creek.«

»Vielleicht gibt es Gruppen von Sensationsjägern, die von einem Ereignis zum nächsten ziehen?«, schlug Pat vor.

»Ja, oder vielleicht werden die auch von der Presse für ihre Anwesenheit bezahlt«, lautete Dicks Theorie. »Ohne Menschenmenge keine Sensation.«

»Du wirst im Alter ganz schön zynisch, Liebling«, bemerkte Joaquin mit missbilligendem Schnalzen und drohte ihm mit dem Finger.

»Spar dir den ›Liebling‹, ich bin nicht deine Freundin.«

»Gott sei Dank«, sagte Jack. »Ich weiß nicht, ob Maria jetzt schon damit klarkäme.« Sie lachten; es war das erste Mal seit langer Zeit, dass sie alle ihren Spaß hatten. »Ich glaube, jetzt können wir uns wirklich eine Weile entspannen«, fügte Jack hinzu. »Die Gaffer sind verschwunden, und Jimmy bekommt seinen Prozess; ich glaube, der Druck ist erst mal weg.«

Dick und Joaquin wurden schlagartig ernst und sahen sich an. Keiner von ihnen sagte etwas, aber jeder wusste, was der andere dachte. Joaquin antwortete für sie beide. »Der Druck ist nicht weg, Jack, nur weil die Gaffer weg sind und Jimmy DiCarlo seinen Prozess bekommt.«

»Das verstehe ich nicht.« Jack hatte das Gefühl, dies jetzt zum hundertsten Mal zu sagen. Er hielt sich selbst für einen geschickten Strategen, aber diese beiden lebten in einer Welt, die ihm vollkommen unbekannt war.

Dick lieferte die nötige Nachhilfe. »Denk doch mal nach, Jack. Jimmy DiCarlo hatte nichts mit den Morden an Tracey oder Nancy zu tun. Dass er jetzt zufrieden ist, weil er seinen Prozess bekommt, bedeutet nicht, dass die Gefahr vorbei ist.«

Jack überlegte einen Moment lang. »Du meinst, Evans oder Brume sind vielleicht weniger glücklich über das, was bei der Anhörung herausgekommen ist, und einer von ihnen oder beide könnten die Sache selbst in die Hand nehmen?«

»Genau das!«, rief Joaquin. »Wir müssen auf diese Möglichkeit vorbereitet sein.« Die Euphorie war verflogen, und Jack spürte wieder die vertraute Enge in der Brust, mit der sie alle schon seit Wochen lebten.

»Das habe ich mir überlegt«, sagte Jack. »Ich frage mich, ob die beiden zusammengearbeitet haben oder ob einer von ihnen diese Morde allein begangen hat.« Darauf hatte niemand eine Antwort.

Trotz Dicks und Joaquins düsteren Ahnungen waren die nächsten Tage sonnig und erholsam, und sie alle begannen, sich besser zu fühlen. Jack und Maria fuhren zur Arbeit wie üblich, verließen das Büro aber früher, Jack, um nach Hause zu gehen und mit Pat zu joggen, Maria, um sich Joaquin auf seinem Fischerboot anzuschließen. Dick fand Trost im Trainingsraum, in dem eine Hantelbank, ein Trainingsrad und ein Stepper standen. Dick war früher Gewichtheber gewesen, und es machte ihm Spaß, seine Bekanntschaft mit der Trainingsbank zu erneuern. Er mochte auch das Rad, machte um den Stepper aber einen großen Bogen.

Am dritten Tag ihres Quasi-Urlaubs verkündete Joaquin beim Abendessen einen Plan. »Maria und ich machen einen kleinen Urlaub, wenn das in Ordnung ist, Jack. Ich möchte sie mit zu mir nach Hause nehmen.«

Jack war ein wenig überrascht, aber er war sich klar darüber, dass es eine gute Idee war. Warum sollten sie alle hier herumhängen müssen, nur um die Wartezeit vor Prozessbeginn hinter sich zu bringen? »Fabelhafte Idee. Solange ihr drei oder vier Tage vor der Verhandlung wieder hier seid, damit ich Maria auf ihre Zeugenaussage vorbereiten kann.« Er sah zu Maria hinüber, die versuchte, ihr breites Lächeln zu verbergen. Es war nicht schwer zu erraten, dass sie sich darauf freute, Zeit allein mit Joaquin verbringen zu können.

Später, kurz bevor sie schlafen gingen, drängte Jack Pat noch einmal dazu, ebenfalls Urlaub zu machen. »Es gibt absolut keinen Grund, warum wir uns die ganze Zeit hier um die Ohren schlagen sollten«, sagte er so nachdrücklich, wie er konnte.

»Und wohin sollte ich gehen?«, erkundigte sie sich milde.

»Wohin du willst, Pat. Flieg für ein paar Wochen nach Europa und entspann dich an der Riviera.«

»Ohne dich könnte ich mich gar nicht entspannen, Jack. Ich hab's dir schon mal gesagt – das hier machen wir zusammen.« Sie warf das Kissen, das sie aufgeschüttelt hatte, aufs Bett, schlug die Decke zurück und machte Anstalten, hineinzuklettern. »Moment mal.« Sie hielt inne, ein Knie auf dem Bett. »Warum kommst du eigentlich nicht mit? Du hast hier nichts zu tun, und du könntest die Erholung brauchen.«

»Kommt nicht in Frage, Pat. Ich habe einen Prozess, auf den ich mich vorbereiten muss.«

»Jack, du hast dich seit Monaten auf diesen Prozess vorbereitet. Du könntest das im Schlaf erledigen! Die einzige Möglichkeit, wie du noch besser vorbereitet sein könntest, wäre, entspannt und ausgeruht zu sein.«

Er war drauf und dran, zu widersprechen, als ihm aufging, dass sie recht hatte. Das einzige Vorhaben, das für die nächsten drei Wochen noch angestanden hatte, war gewesen, nach Möglichkeit einen Aufschub der Hinrichtung von Geronimo Cruz zu erreichen. Der Staat Texas hatte mittlerweile aber von selbst beschlossen, die Hinrichtung zu verlegen – offenbar gab es noch ein paar andere Leute, die umgebracht werden mussten, bevor Geronimos Nummer aufgerufen wurde –, und somit war Jacks Terminkalender leer.

»Okay, nehmen wir an, wir machten zehn Tage Urlaub – wohin sollen wir gehen?«

»Weiß ich nicht. Irgendwohin«, sagte Pat, überrascht über den plötzlichen Sinneswandel.

Er dachte ein paar Minuten lang nach, während er ins Bett stieg und die Decke hochzog. Dann drehte er sich mit einem breiten Lächeln zu ihr um.

»Du siehst verdächtig zufrieden aus«, sagte sie argwöhnisch. »Raus damit.«

»Na ja«, begann er, »wir sind beide irischer Abstammung, und keiner von uns hat jemals Heimaterde betreten.«

»Irland«, sagte sie nachdenklich. »Das ist eine phantastische Idee.«

Sie erzählten den anderen am nächsten Morgen von ihren Plänen. »Wir sind nur zehn Tage weg, aber wir könnten die Pause wirklich brauchen. Und du auch, Dick«, sagte Jack.

»Ich glaube, ich bleibe hier«, sagte Dick. »Mir gefällt's hier. Versteht das nicht falsch, ich mag euch Typen, aber ich glaube, ich kann ein bisschen Einsamkeit und offenes Land vertragen. Vielleicht frage ich Steve, ob ich mir ein Pferd leihen darf, und spiele ein paar Tage lang Cowboy. Ich war als Junge ein ganz guter Reiter und würde es gern wieder ausprobieren.«

Joaquin und Maria verschwanden bereits im Lauf des Vormittags, und Pat und Jack buchten für den nächsten Tag einen Last-Minute-Flug mit Aer Lingus. Sie verbrachten die Zeit hauptsächlich an der irischen Westküste, in Galway und Killarney und einer kleinen Stadt namens Clifden.

Eines Morgens verließen sie Killarney, um eine Autofahrt über den Ring of Kerry zu machen. Sie waren den ganzen Tag gefahren, und beide wünschten sich eine Pause, als Jack bei einem ländlichen Gemischtwarenladen kurz vor einer Brücke anhielt, um sich nach Erfrischungen umzusehen. Der Laden hieß Tobin's, und die Brücke führte zu einer kleinen Insel vor der Küste hinüber. Jack nahm den Namen des Ladens als ein Zeichen dafür, dass sie die Brücke überqueren und die Insel erkunden sollten.

»Vielleicht habe ich ja Verwandte in dieser Gegend«, sagte er zu Pat. Es war genau die Art von Umweg, die sie in diesem Urlaub ständig machten. Pat hatte recht gehabt – Jack hatte sich entspannt.

Es gab auf der Insel nur eine einzige Straße, aber glücklicherweise waren kaum Autos unterwegs. Sie fuhren eine Viertelstunde und erreichten ein pittoreskes kleines Dorf, wo sie zu Mittag aßen und dann einen Spaziergang machten. Die St. Ambrose geweihte Kirche bildete den Mittelpunkt des Dorfes. Pat begann auf die offene Kirchentür zuzugehen, als ziehe der Ort sie magisch an. Jack folgte ihr. Die Kirche war vermutlich mehrere hundert Jahre alt, aber sie war frisch gestrichen worden. Der Holzboden war uneben und knarrte, als sie zum Altar gingen, einem schlichten Mahagonitisch mit einem dicken weißen Tuch darauf und einer weißen Kerze an jedem Ende. Das Mittagslicht, das durch die bunten Glasfenster hereinsickerte, ließ die Farben in der Luft tanzen und verstärkte den Zauber des Augenblicks.

»Es ist so schlicht und so schön. Es ist wundervoll«, sagte Pat ehrfürchtig flüsternd, als sie sich über die Kommunionbank lehnte. Jack wusste, dies war der Zeitpunkt, und dies war der Ort.

Pat glaubte, er wollte ein Gebet sprechen, als er auf die Knie sank, aber als sie zu ihm hinuntersah, blickte er zu ihr hinauf, und er hielt etwas in der Hand – einen Ring, den er in Galway gekauft hatte. Er wusste nicht, was er sagen würde, bevor er sich sprechen hörte.

»Patricia Eileen Morgan, Freundin fürs Leben und Liebe meines Lebens – hier in dieser schlichten Kirche in der Heimat unserer Vorfahren verspreche ich dir meine Liebe und Treue mein Leben lang und bitte dich um deine Hand.«

Pat hatte geglaubt, dieser Augenblick sei vor langer Zeit an ihr vorbeigegangen. Jetzt wusste sie, dass es vollkommen war. Hier an diesem Ort, in diesem Land, mit diesem Mann.

»Ja, Jack. Ich gebe dir meine Hand und mein Herz. Ich liebe dich, wie ich noch nie im Leben jemanden geliebt habe, mehr als ich jemals geglaubt habe, lieben zu können. Und ich werde dich immer lieben.«

Er nahm sie so fest in die Arme, dass er glaubte, etwas zu zerbrechen, aber es störte sie nicht. Sie lachten und weinten und umarmten und küssten sich. Und dann hielt er sie etwas von sich, nahm ihre Hand, sah ihr in die Augen mit einem Blick, den sie nie vergessen würde, und schob ihr den Ring auf den Finger.

Sie kamen an einem Mittwochnachmittag nach Hause und wurden von Joaquin, Maria und Dick empfangen. Es war, als käme man nach Hause zu seiner Familie, und alle umarmten einander. Pat hatte den Ring abgenommen, um die Überraschung hinauszuzögern; darauf hatten sie sich geeinigt. Sie wollten den Augenblick würdig begehen.

»Gehen wir heute Abend doch in die Taqueria«, schlug Jack vor. »Wir können das Ende der Ferien und den Anfang von einer Menge harter Arbeit feiern.« Joaquin klärte die Frage mit Dick ab, über die übliche wortlose Verständigung der beiden. Dick zuckte die Schultern, als wolle er sagen: *Warum nicht?* Mehr brauchte Joaquin nicht.

»Okay, klingt gut.« Es gab da sowieso etwas, das er und Maria den anderen mitteilen wollten.

Beim Abendessen und bei ein paar Bier lachten sie und erzählten sich die Geschichte ihrer jeweiligen Abenteuer.

»Ich habe das Gefühl, meine Zeit als Cowboy ist vorbei«, gestand Dick. »Ich war mit draußen und habe geholfen, ein paar Jungbullen einzufangen, und mein Pferd hat einen Schreck gekriegt und mich abgeworfen. Den Rest der Zeit bin ich dann im Pick-up in der Gegend rumgefahren.« Sie lachten alle. Dick war ein Meister, wenn es darum ging, sich über sich selbst lustig zu machen.

»Ich hab einen Barsch gefangen«, meldete sich Maria unerwartet zu Wort. »Einen großen.«

»Stimmt«, bestätigte Joaquin. »Es ist ein mexikanischer Barsch, der Bier trinkt, und manchmal raucht er sogar Zigarren.« Er teilte Zigarren an die Männer aus, während er sprach. »Und heute Abend möchte ich meine Freunde bitten, mit Maria und mir zu trinken und zu rauchen und unsere Verlobung zu feiern.«

Bei all den freudigen Ausrufen stiegen Dick die Tränen in die

Augen. Er war glücklich für seinen Freund. Pat beugte sich vor und küsste Maria, die bereits den Verlobungsring hervorgeholt hatte und ihn herumzeigte. Pat fing Jacks Blick auf, und er nickte und lächelte. Man hatte ihnen die Show gestohlen. Jacks Blick sagte Pat, dass er ihrer Meinung war – sie konnten mit der Ankündigung auch noch einen Tag warten. Joaquin und Maria hatten das Recht auf ihren großen Moment.

»Eine Flasche von Ihrem besten Champagner«, sagte Jack zu der Kellnerin, und auf diese Flasche folgten noch weitere Flaschen, denn die Feier für Maria und Joaquin dauerte noch einige Stunden.

Viel später, als sie die einzigen Gäste waren, die sich noch im Lokal aufhielten, holte Joaquin das Auto, und Dick ging zur Tür. Die beiden Männer konnten sich amüsieren, aber sie vergaßen darüber niemals ihre Aufgabe. Am Eingang des Restaurants ließ Dick die beiden Frauen und Jack hinten ins Auto steigen, während Joaquin auf der Fahrerseite stand, geschützt durch die offene Autotür, und über die Straße hinweg das dichte Unterholz auf der anderen Seite nach verdächtigen Anzeichen absuchte.

Diese Typen können sich manchmal wirklich in dieses Zeug reinsteigern, dachte Jack, aber er respektierte die beiden zu sehr, um den Gedanken weiterzuverfolgen.

Und dann änderte sich von einem Augenblick zum nächsten alles. Schüsse krachten, und wie in Zeitlupe verfolgte Jack, wie Joaquin neben dem Auto zusammensackte. Dick verfiel in den Autopilot-Modus, erfasste die Situation in einem Sekundenbruchteil und war dann neben Joaquin. Er zog ihn hoch und begann ihn ins Auto zu schieben, ohne auf die Gefahr für sich selbst zu achten.

»Jack, zieh ihn rüber auf die Beifahrerseite!«, brüllte er. Jack griff über die Lehne und begann Joaquin zur Seite zu ziehen, so gut er konnte. Dick saß bereits am Steuer, und sie jagten davon.

»Die Notaufnahme ist nur fünf Minuten entfernt«, sagte er mit einem kurzen Blick nach hinten zu Maria, die völlig schockiert war. »Ich glaube nicht, dass er gefährlich verletzt ist«, fügte er hinzu, während er den Blick wieder auf die Straße richtete. »Die Tür hat ihn geschützt.«

Wenige Augenblicke später hatten sie die Notaufnahme erreicht, und Dick trug Joaquin hinein – geradewegs am Empfangstisch vorbei und durch die Doppeltür ins Innere, wobei er brüllte: »Schussverletzung! Wir brauchen einen Arzt. Dieser Mann stirbt!« Er wusste, wie er sich die nötige Aufmerksamkeit verschaffen konnte. Zwei Ärzte kamen aus unterschiedlichen Richtungen angelaufen.

»Was ist passiert?«, fragte der erste.

»Er ist von einem Heckenschützen vor einem Restaurant angeschossen worden. Er verliert Blut.«

»Legen Sie ihn auf den Tisch«, sagte der zweite Arzt. Er wirkte älter und erfahrener, und er schnitt Joaquin bereits das Hemd auf, während sie ihn noch auf dem Tisch zurechtrückten. Dann begann er ihn zu untersuchen; die Hände bewegten sich fachkundig über Joaquins Brustkorb.

»Die Lunge ist kollabiert, und er blutet innerlich. Wir müssen operieren. Schwester, Schwester!«, brüllte er. Eine Krankenschwester tauchte auf. »Wir brauchen eine Bluttransfusion, und schaffen Sie diesen Mann rauf in den OP. Sagen Sie Dr. Cutler über den Pager, wir treffen uns dort.« Er wandte sich an Dick, Jack, Pat und Maria, die im Gang standen. »Ich muss los. Wir führen eine Notoperation durch. Ich sage Ihnen Bescheid, sobald ich kann.« Er verschwand durch eine Tür, die zu einem Treppenhaus führte; sie sahen, wie er, immer drei Stufen auf einmal, die Treppe hinaufzustürzen begann.

Ein Angestellter führte sie in ein Wartezimmer im Krankenhaus selbst, und dort begannen sie ihre Nachtwache – eine Nachtwache, die tatsächlich fast die ganze Nacht dauern sollte.

Sie saßen schweigend beisammen; niemand wollte die Furcht in Worte fassen, die sie alle gepackt hatte.

Pat sah die Gefühle auf Jacks Gesicht. Der Mann konnte bei seiner Mission nicht noch einen weiteren Todesfall verkraften.

Gegen fünf Uhr morgens erschien endlich der Arzt bei ihnen.

»Wir haben die Blutung gestoppt und die Lunge geflickt«, sagte er müde. »Aber er hat eine Menge Blut verloren. Wir glauben, er schafft's trotzdem. Es wird eine Weile dauern. Und übrigens, unten sind ein paar Polizisten, die sich mit Ihnen unterhalten wollen.« Er gab Pat und Maria die Hand und ging. Dick packte Jack am Arm und zog ihn in eine Ecke des Zimmers.

»Ich rede nicht mit der Polizei. Du wirst's tun müssen, aber sag denen nichts.«

»Werde ich auch nicht. Ich glaube, Brume war's.«

»Ich auch«, sagte Dick. »Aber warum glaubst du das?«

»Na ja, ich will hier nicht ins Detail gehen, wegen der Verhandlung. Aber ich glaube, dass Brume auf eigene Rechnung Tracey und Nancy umgebracht und Joaquin angeschossen hat – nicht er selbst natürlich, aber doch ohne Mitwirkung von Clay Evans.«

»Das war ein Scharfschütze«, sagte Dick. »Da bin ich mir sicher. So einen Schuss aus der Entfernung bringt nur ein Scharfschütze an. Ich war selber mal einer. Ich werde überprüfen, ob irgendwer in Brumes kleiner Einheit früher Scharfschütze bei der Army war.« Er wandte sich ab, um zu gehen, aber Jack packte ihn am Arm.

»Mach nichts Übereiltes, Dick.«

Dick Radek musterte ihn. »Ich hab hier angeheuert, damit du deinen Job zu Ende bringen kannst, und ich werde dir helfen, die Leute zu beschützen, so wie ich's versprochen habe. Aber ganz gleich, wie dein kleiner Prozess ausgeht, Herr Anwalt, wenn er vorbei ist, sind diese Jungs tot.«

46

Sowohl die Presse als auch die Zuschauer tauchten am ersten Tag des Prozesses wieder auf. Jack traute seinen Augen nicht, als er die Übertragungswagen sah, die auf dem kleinen Platz vor dem Gerichtsgebäude von Cobb County standen. Jimmy DiCarlo war bereits da; er hielt auf der Treppe Hof inmitten einer Gruppe von Reportern und Kameraleuten. Jack kam in Hörweite an ihm vorbei, sein eigenes Gefolge im Schlepptau, das ebenfalls auf ein Interview hoffte.

»Diese Ungerechtigkeit wird diese Woche noch zu Ende sein«, hörte er Jimmy sagen. »Meine Mandanten werden rehabilitiert werden, und dieses ganze Fiasko wird sich als das erweisen, was es ist – der persönliche Rachefeldzug eines einzelnen Mannes.« Sein Timing war makellos; in genau diesem Moment sah er Jack ins Gesicht.

Die Aufmerksamkeit der Journalisten verlagerte sich augenblicklich auf Jack, in der Hoffnung, er würde reagieren. Sie stürzten sich geradezu auf ihn.

»Jimmy sagt, dies ist ein persönlicher Rachefeldzug«, schrie ein Reporter, während er ihm zugleich ein Mikrofon vors Gesicht hielt.

Jack blieb nicht stehen. »Das mag Mr. DiCarlos Ansicht sein. Zu Mr. DiCarlos Pech wird dieser Fall aber im Gerichtssaal verhandelt und nicht hier draußen auf der Treppe.« Er ging weiter; ins Gebäude hinein musste er sich buchstäblich den Weg durch die Menge bahnen.

Richter Stanton hatte angeordnet, dass die Öffentlichkeit während der Auswahl der Jury ausgesperrt blieb; als Jack es also ins Innere geschafft hatte, hatte er zunächst seine Ruhe. Es gab in dem Gebäude nur zwei Gerichtssäle, und der Prozess fand in dem größeren Saal statt. Es war ein düsterer alter Raum mit hoher Decke, lärmenden Ventilatoren, knarrenden Dielen, knarrenden alten Mahagonibänken, in denen sonst die »Gemeinde« saß, und einem wuchtigen erhöhten Mahagonitisch, hinter dem der Richter thronte. Die Akustik war miserabel, aber beide Anwälte waren mit lauten, donnernden Stimmen gesegnet und würden keinerlei Schwierigkeiten haben, sich Gehör zu verschaffen.

Wesley Brume und Clay Evans waren bereits im Gerichtssaal und warteten nervös darauf, dass Jimmy DiCarlo sein Schlussplädoyer auf der Vortreppe zu Ende brachte. Er kam ein paar Minuten nach Jack hereingeschlendert wie ein Mann auf dem Weg zu einem sonntäglichen Picknick.

Richter Stanton traf Punkt neun Uhr ein und wartete draußen, damit der Gerichtsdiener ihn ankündigen konnte. »Bitte erheben Sie sich! Das Bezirksgericht für Cobb County, Florida, tagt. Wer diesem Gericht etwas vorzutragen hat, möge näher treten und gehört werden.«

Die Förmlichkeit war eigentlich unnötig, weil außer den Anwälten und den Angeklagten niemand im Raum war, aber Jack mochte das Zeremoniell. Der alte Hang'Em High Harry kam herausgeschlurft, bevor der Gerichtsdiener mit seinem Auftritt ganz fertig war. »Sind wir so weit?«, fragte er, nachdem er ihnen bedeutet hatte, sie sollten sich setzen.

»Die Anklage ist bereit, Euer Ehren«, sagte Jack, während er kurz wieder aufstand.

»Die Verteidigung ist bereit«, antwortete Jimmy DiCarlo etwas lässiger.

»Hat jemand Anträge zu stellen, bevor wir die Kandidaten für die Jury einlassen?«

Beide Anwälte verneinten.

»Wie hätten Sie es gern, Gentlemen? Wir können Einzelbefragungen durchführen oder alle Kandidaten in den Saal bitten und sie sämtliche Fragen anhören lassen. Das würde die Auswahl fraglos beschleunigen. Ich selbst habe kein Problem mit dieser Methode, weil ich nicht glaube, dass bei diesem Fall jemand in die eine oder andere Richtung voreingenommen ist. Die Auswahl müsste eigentlich einigermaßen schnell und glatt vonstattengehen.«

Beide Anwälte stimmten zu.

»Das ist ja kein übler Anfang, meine Herren. Schließen Sie sich nur immer meiner Meinung an, dann haben wir diesen Prozess bald hinter uns.« Er wandte sich an den Gerichtsdiener. »Holen Sie die Kandidaten rein.«

Die ursprüngliche Gruppe bestand aus fünfzig unbescholtenen Bürgern, die nach dem Zufallsprinzip aus der Liste der Wahlberechtigten ausgewählt worden waren. Sie nahmen auf den Bänken Platz, die sonst für die Zuhörer bestimmt waren.

Jack begann mit seinen Fragen. Er stellte jedem potenziellen Geschworenen ein paar Fragen über dessen Leben, seinem oder ihrem Ehepartner, die Kinder, den Beruf; dann begann er nach dem zu forschen, was ihn wirklich interessierte.

Jacks Überzeugung nach war die Auswahl der Jury weniger ein Auswahl- als ein Ausscheidungsprozess. Er hatte die ursprüngliche Gruppe nicht bestimmt, und er konnte nur eine begrenzte Anzahl von Kandidaten zurückweisen, ohne Gründe angeben zu müssen. Er musste also Fragen stellen, mit denen er diejenigen Geschworenen identifizierte, die er nicht haben wollte. Somit konzentrierte er sich auf Fragen zur Verbrechensbekämpfung und zum Rechtssystem – Fragen wie: *Glauben Sie, dass es Polizeibeamte gibt, die die Persönlichkeitsrechte anderer verletzen, sagen wir, indem sie sie bei der Festnahme misshandeln oder ein Geständnis erzwingen?* Kandidaten, die sich nur mit Mühe vorstellen konnten, dass derlei geschah, wurden sofort von seiner Liste gestrichen. Oder: *Glauben Sie, dass manche Generalstaatsanwälte Beweismaterial vorenthalten, um Verurteilungen zu erreichen?* Über Fragen wie diese konnte er bereits die Verhandlung einleiten, ohne sein Material vorlegen zu müssen. Oder: *Hätten Sie ein Problem damit, einen Polizeibeamten zu verurteilen, der ein Geständnis erzwungen oder Beweismaterial vorenthalten hat? Hätten Sie ein Problem damit, einen Richter zu verurteilen, wenn aus dem Beweismaterial hervorginge, dass er schuldig ist?* Die meisten Leute hatten mit der zweiten Frage ein Problem. Richter waren hochangesehene Leute, und Bundesrichter standen auf einem noch höheren Sockel. Jack wusste, er würde mit Kandidaten leben müssen, die zugaben, mit der Verurteilung eines Richters ein Problem zu haben, aber sagten, sie würden es tun, wenn die Beweislage es verlangte.

Richter Stantons Voraussage erwies sich als korrekt. Es war nicht allzu schwierig, eine zwölfköpfige Jury für die Verhandlung zu finden. Um fünf Uhr nachmittags waren die Geschworenen ausgewählt.

»Wir fangen gleich morgen früh mit den Eröffnungsplädoyers an«, teilte Richter Stanton den Anwälten mit, nachdem die Jury entlassen worden war. »Seien Sie bitte um halb neun hier, für den Fall, dass einer von Ihnen einen Antrag einreichen will.«

Auch hier wieder erwies sich die Voraussage des Richters als korrekt – Jimmy DiCarlo reichte pünktlich am nächsten Morgen um halb neun einen umfangreichen Antrag auf Nichtzulassung von Beweismaterial ein. Es war ein taktisches Manöver – Jimmy versuchte, Jack nervös zu machen, bevor die Verhandlung auch nur begonnen hatte.

Sie waren in den Diensträumen des Richters. »Gibt es einen Grund dafür, dass wir diese Fragen jetzt besprechen sollen, Mr. DiCarlo?«, fragte der Richter. »Draußen sitzt eine Jury und wartet darauf, dass wir anfangen.« Es war ein Satz, den sowohl Jack als auch Jimmy während ihrer Laufbahn schon oft gehört hatten. Richter versuchten immer, die Anwälte zur Eile anzuhalten, indem sie die Jury anführten. Jimmy ließ sich nicht beirren.

»Jawohl, Euer Ehren, den gibt es. Ich möchte nicht, dass Mr. Tobin in seinem Eröffnungsplädoyer unzulässiges Material anführt. Deshalb brauche ich jetzt eine diesbezügliche Entscheidung.«

»Können Sie etwas genauer werden, Mr. DiCarlo?«

»Ja, Euer Ehren. Anhand der Zeugenliste glaube ich, dass Mr. Tobin versuchen wird, eine Zeugenaussage darüber zu bekommen, wie Chief Brume Rudy Kellys Geständnis erwirkt hat. Diese Aussage mag bei Mr. Kellys Prozess relevant gewesen sein, aber in diesem Fall ist sie vollkommen irrelevant.«

Der Richter sah Jack an. »Trifft das zu, Mr. Tobin? Haben Sie vor, den Zeugen darüber aussagen zu lassen, wie Rudy Kellys Geständnis erwirkt wurde?«

»Jawohl, Euer Ehren, und ich werde Ihnen auch sagen, warum ich dies für relevant halte. Wir haben vor, darzulegen, dass Mr. Brume und später auch Mr. Evans von Anfang an versucht haben, Rudy Kelly zu Unrecht zu belasten. Sie haben dies systematisch betrieben, bevor Rudy Kelly auch nur verhaftet wurde. Es ist sehr relevant, dieses Bemühen aufzuzeigen. Ich versuche nicht, eine Nichtzulassung des Geständnisses zu erreichen, wie Tracey James es bei der Anhörung zu dem ursprünglichen Mordprozess versucht hat. Ich versuche zu beweisen, wie die Einstellung dieser Männer von Anfang an ausgesehen hat.«

»Es ist zu lang her, Richter. Man würde über zehn Jahre zurückgehen müssen. Es ist ganz einfach nicht fair.«

»Warum ist das nicht fair?«, fragte Jack. »Die Zeugen sind hier. Wir haben ein Protokoll ihrer damaligen Aussagen. Sie können sie ins Kreuzverhör nehmen. Sie können die seither vergangene Zeit sogar als Argument anführen. Es ist relevant, Richter.«

Richter Stanton überlegte einen Augenblick. »Ich tendiere in diesem Fall dazu, Mr. Tobin zuzustimmen. Die Absicht ist relevant, und die vergangene Zeit ändert daran nichts. Dies ist ein Indizienprozess, und ich glaube, es obliegt mir, Hinweise auf die Absicht zuzulassen. Antrag abgewiesen. Gibt es noch etwas zu besprechen, bevor wir die Jury hinzuziehen?«

»Nein, Euer Ehren«, antwortet Jimmy DiCarlo.

»Okay, Gentlemen, dann gehen wir raus und stellen uns dem bewundernden Publikum.«

Die Anwälte und die Angeklagten wurden vom Gerichtsdiener in den Saal geführt; der Richter blieb zurück. Der Saal war zum Bersten gefüllt. Die Bänke, auf denen am Vortag die potenziellen Geschworenen gesessen hatten, waren jetzt mit aufgeregten Zuschauern gefüllt, die sich auf die Show freuten. Als die Anwälte Platz genommen hatten, kündigte der Gerichtsdiener den Richter an und nahm neben der Tür Aufstellung. Sekunden später klopfte der Richter von außen drei Mal an die Tür, um dem Gerichtsdiener sein Stichwort zu geben.

»Hört, hört, hört, das Bezirksgericht für Cobb County im

Staate Florida tagt – verhandelt wird der Fall Florida gegen Wesley Brume und Clay Evans unter dem Vorsitz des ehrenwerten Harold Stanton. Bitte erheben Sie sich.« Bei den letzten Worten betrat der alte Mann in seiner ganzen Majestät in wallendem schwarzen Talar den Saal. Es war eine prachtvolle Vorstellung.

»Setzen Sie sich«, sagte der Richter, während er seinen eigenen Platz auf dem Podium einnahm. Er wartete, bis die Zuschauer sich gesetzt hatten, und las ihnen dann als Allererstes die Leviten. »Wenn Sie ächzen, stöhnen, auch nur ein Wort sagen, Ihre Gefühle auf welche Art auch immer äußern, werde ich Sie aus diesem Gerichtssaal entfernen lassen, haben Sie mich verstanden?« Einige murmelten zustimmende Worte und nickten, aber der größte Teil des Publikums saß da wie festgefroren. Richter Stanton verstand es, die Machtverhältnisse klarzustellen. Als Nächstes wandte er sich an die Presseleute in den beiden vordersten Reihen. »Keiner von Ihnen rennt zwischendurch ins Freie, um den Kollegen draußen auf der Straße Informationen zukommen zu lassen, haben Sie mich verstanden? Sie kommen mit allen anderen rein und gehen mit allen anderen raus, ist das klar?« Die Journalisten nickten, aber Harry war noch nicht fertig. »Und wenn ich eine Kamera auch nur zu *sehen* kriege, wird die Person, die sie in der Hand hat, augenblicklich verhaftet.« Er fragte nicht noch mal nach, ob sie diese Ankündigung verstanden hatten; er sah lediglich zum Gerichtsdiener hinüber, ohne jeden Zweifel daran, dass er die Dinge klargestellt hatte, und forderte ihn auf, die Jury hereinzuholen.

Der Gerichtsdiener verschwand und kam Minuten später mit vierzehn Geschworenen zurück, den zwölfen, die den Fall zu entscheiden hatten, und zwei Zweitbesetzungen – neun Männer und fünf Frauen, wobei die Zweitbesetzungen ein

Mann und eine Frau waren. Jack gefiel die Zusammenstellung. Männer neigten eher dazu, Angeklagte schuldig zu sprechen. Jimmy DiCarlos Ansicht nach neigten sie eher dazu, die Rechtsvertreter zu unterstützen. Es würde sich erst herausstellen müssen, wer recht hatte.

In der Regel hielt Jack seine Eingangsplädoyers gern kurz. Er gab den Juroren genug Material, um sie für die Frage zu interessieren, aber nicht zu viel, damit sie weiter zuhörten. In diesem Fall allerdings war es wichtiger, den Brunnen möglichst früh zu vergiften. Er beschloss, ihnen *fast* alles vorzulegen, was er hatte.

Jack ging mit leeren Händen zum Pult. Er verbrachte einen Moment damit, so zu tun, als suche er den richtigen Standort. In Wirklichkeit wartete er darauf, dass die Geschworenen eine Spur ungeduldig wurden und sich auf ihn konzentrierten. Es war ein Trick, den er vor vielen Jahren als junger Anwalt gelernt hatte. Als der richtige Zeitpunkt gekommen war, sah er von seinen Schuhspitzen auf und jedem von ihnen ins Gesicht.

Er begann damit, dass er ihnen von Rudy erzählte.

»Rudy Kelly war neunzehn Jahre alt, und jeder hat ihn gemocht. Er hat niemals etwas Falsches getan. Rudy hat in einem Gemischtwarenladen gearbeitet, für einen Mann namens Benny Dragone. Sie werden Benny noch kennenlernen. Er tritt als Zeuge auf.« Er führte bereits eine Unterhaltung mit ihnen, als sei niemand sonst im Saal. »Nun war Rudy, wie man so sagt, ›ein bisschen langsam‹. Sein ehemaliger Schulleiter Bill Yates wird Ihnen noch erzählen, dass er intellektuell nicht in der Lage war, die Highschool abzuschließen, weil er so langsam war. Er hat statt der Abschlussurkunde ein Anwesenheitszertifikat erhalten. Deshalb hat er auch in dem Laden gearbeitet. Es war der einzige Job, den er bekommen hat.

Mr. Yates wird Ihnen auch mitteilen, dass Rudy so nett war, dass er mit jedem geredet hat. Aus diesem Grund hat Mr. Yates damals auch Officer Brume, einem der Angeklagten, gesagt« – Jack unterbrach sich, um auf Wesley Brume zu zeigen, der wie auf ein Stichwort hin auf seinem Stuhl herumzurutschen begann –, »er hat also Mr. Brume gesagt, er solle nicht mit Rudy sprechen, ohne dass Rudys Mutter anwesend war, etwas, das auch Mr. Dragone Officer Brume gegenüber noch einmal betont hat.

An diesem Punkt sollte ich Ihnen erzählen, dass Rudy tatsächlich Lucy Ochoa besucht hat, die junge Dame, die damals ermordet wurde, und in der Nacht, in der sie ermordet wurde. Rudy zufolge hatte Lucy ihn an diesem Abend zu sich in ihren Trailer eingeladen. Während seines Besuchs ist er gestolpert und gefallen und hat sich dabei in die Hand geschnitten. An ebendiesem Abend haben ein paar Häuser weiter drei Männer gesessen und Bier getrunken. Sie hießen Raymond Castro, José Guerrero und Geronimo Cruz. Die Polizei hat zwei dieser Männer, Raymond Castro und José Guerrero, kurz nach dem Mord befragt. Wer nie befragt wurde, war Geronimo Cruz. Das ist wichtig, weil ein paar Wochen nach dem Mord alle drei Männer verschwunden sind, und von Mr. Castro und Mr. Guerrero hat man seither nichts mehr gesehen und gehört.

Auf der Grundlage einer Beschreibung, die eine Frau namens Pilar Rodriguez und die beiden Männer, die ich eben erwähnte, geliefert hatten, beschloss Officer Brume, Rudy zum Verhör abzuholen. Er ging in den Laden, wo Rudy arbeitete, und sprach dort mit Benny Dragone. Benny wollte Rudy nicht mit Officer Brume mitgehen lassen, weil er ihm nicht getraut hat. Aber Officer Brume hat Mr. Dragone mit einer Inspektion durch das Gesundheitsamt gedroht, und Mr. Dra-

gone hat nachgegeben, etwas, das er bis zum heutigen Tag bitter bereut. Brume hat Rudy mit zum Polizeirevier genommen, aber bevor er mit dem Verhör beginnen konnte, ist Rudys Mutter Elena dort aufgetaucht und hat verlangt, ihren Sohn sehen zu dürfen. Sie haben sie im Wartezimmer sitzen lassen, während das Verhör seinen Lauf nahm. Elena ist vor einigen Jahren an Brustkrebs gestorben. Sie werden die Zeugenaussage zu hören bekommen, die sie bei einer früheren Verhandlung über diesen Vorfall gemacht hat.
Die Polizei von Bass Creek verfügte zu diesem Zeitpunkt über hochwertige Audio- und Videoaufzeichnungsgeräte, die mit dem Geld des Steuerzahlers angeschafft worden waren, ausdrücklich zu dem Zweck, Zeugenaussagen und Geständnisse aufzuzeichnen. Der Mord an Lucy Ochoa war der grausigste und der spektakulärste Mord, der in Cobb County jemals geschehen war. Und trotzdem hat Officer Brume es versäumt, als er sich mit Rudy zum Verhör hingesetzt hat, dieses Verhör auf Video oder auf eine Kassette aufzunehmen. Officer Brume hat Rudys Geständnis auf einem gelben Block mitgeschrieben und von ihm unterschreiben lassen. Und das Geständnis war in Wirklichkeit gar kein Geständnis. Rudy hat zugegeben, dass er an diesem Abend in dem Haus gewesen war, und zugegeben, dass er sich in die Hand geschnitten hatte, aber er hat Officer Brume auch gesagt, dass Lucy höchst lebendig war, als er das Haus verließ. Allem Anschein nach hat Officer Brume danach noch weitergedrängt, denn er hat auf seinen gelben Block geschrieben, Rudy hätte gesagt, er könnte Lucy umbringen, wenn sie ihn wütend genug machte, und er würde sich vielleicht nicht daran erinnern. *Er könnte Lucy umbringen, wenn sie ihn wütend genug machte.*« Jack wiederholte die Worte, um die Bedeutung klarzumachen. »Und das war das sogenannte Geständnis von Rudy

Kelly. Sie haben eine Blutprobe genommen und mit einem Blutfleck in Lucys Trailer verglichen, und schließlich haben sie Rudy verhaftet und des Mordes an Lucy Ochoa angeklagt.

Nun besaß man bei der Polizei allerdings noch anderes, sehr wichtiges Material, von dem man nichts gesagt hat. Tatsächlich wusste bis vor kurzer Zeit – zehn Jahre nach dem Mord – niemand etwas davon. In der Scheide von Lucy Ochoa wurde Sperma gefunden, was bedeutet, dass sie an diesem Abend Geschlechtsverkehr gehabt hatte, und die Blutgruppe des Spermas war eine andere als die des Blutes auf dem Teppich, das von Rudy stammte. Der Gentest war damals noch nicht verfügbar, sie konnten also nicht versuchen, die DNA zu vergleichen, aber sie wussten, dass noch jemand anderes im Haus gewesen war. Und was haben sie mit diesem Material getan? Ja nun, sie haben eine eigene Vergewaltigungsdatei angelegt, und Rudys Anwälte haben nie von dem Sperma erfahren. Die Tatsache, dass noch ein anderer Mann in Lucys Haus gewesen war und Sex mit ihr gehabt hatte, wurde der Verteidigung vorenthalten.« Jack hatte den Eindruck, dass auch diese Tatsache wiederholt werden sollte. »Und durch die Anlage dieser eigenen Akte wurde dieses Material vor aller Welt versteckt.

Die Argumentation, die der Ankläger – also Mr. Clay Evans« – Jack nahm sich die nötige Zeit, hinüberzugehen und der Jury Clay Evans zu zeigen – »gegen Rudy Kelly ins Feld führte, war gelogen, denn sie beruhte auf der Grundprämisse, dass Rudy Kelly an diesem Abend der einzige Mann in Lucy Ochoas Trailer gewesen war.«

Jimmy DiCarlo reichte es an diesem Punkt. Er sprang auf. »Euer Ehren, ich erhebe Einspruch. Der Kollege macht hier eine Zeugenaussage. Er teilt der Jury seine eigene Meinung mit, obwohl er weiß, dass dieses Urteil mit allen dargelegten Tatsachen vom Obersten Gerichtshof des Staates Florida bestätigt wurde. Das ist ungebührlich.«

»Treten Sie näher«, sagte der Richter mit einer Handbewegung zu den Anwälten. Als sie am Podium angekommen waren, nahm er sich zunächst Jimmy DiCarlo vor. »Herr Anwalt, wenn Sie noch einmal in öffentlicher Sitzung Einspruch gegen einen *Aussagegehalt* erheben, werde ich Sie wegen Missachtung des Gerichts belangen. Sie stehen auf, erklären, dass Sie Einspruch erheben, und bitten, näher treten zu dürfen. Wenn Sie in diesem Saal eine Bühnenshow aufführen, kommen Sie ins Gefängnis dafür. Haben Sie mich verstanden?«

»Ja, Euer Ehren«, antwortete Jimmy. »Aber ich musste etwas unternehmen. Einmal Gesagtes kann nicht mehr ungesagt gemacht werden.« Der Richter konnte seinen Standpunkt nachvollziehen. Jack machte eine Zeugenaussage, und Jimmy hatte diese Aussage nicht unkommentiert hinnehmen können.

»Er hat recht, Mr. Tobin. Billige Kniffe wie dieser sollten unter Ihrem Niveau sein.«

»Ich bitte um Entschuldigung, Euer Ehren«, sagte Jack. »Ich hätte sagen sollen, dass eine Zeugenaussage belegen wird, dass die vom Ankläger vorgetragene Argumentation gelogen war, denn Charley Peterson, Rudys damaliger Pflichtverteidiger, wird in diesem Sinne aussagen.«

»Nicht in diesem Prozess. Das hieße, in der Aussage eine Meinung über eine letztendliche Tatsache äußern, und das werde ich nicht zulassen. Wenn Sie versuchen, diese Zeugenaussage zu bekommen, werde ich dies als Missachtung des Gerichts werten. Haben Sie mich verstanden?«

»Jawohl, Euer Ehren.«

»Gut. Machen wir also weiter. Ich werde der Jury vorher noch eine Anweisung geben. Und, Mr. Tobin, kommen Sie allmählich zum Ende. Dies ist die Einführung, nicht das Schlussplädoyer.«

»Ja, Euer Ehren.«

Die Anwälte kehrten an ihren jeweiligen Platz zurück, und Richter Stanton wandte sich an die Jury. »Meine Damen und Herren, ich habe Mr. DiCarlos Einspruch stattgegeben. Sie werden Mr. Tobins letzte Aussage, dass die von der Anklage im Fall Rudy Kelly vorgetragene Argumentation gelogen war, nicht berücksichtigen. Der Oberste Gerichtshof des Staates Florida hat in dieser Frage entschieden.«

Jack war verärgert. Er war der Ansicht, so weit hätte der Richter in seiner Anweisung nicht zu gehen brauchen. Aber er hatte Wichtigeres zu bedenken – er stand immer noch vor der Jury.

»Wie ich bereits sagte, in der Argumentation des Anklägers wurde das in Lucy Ochoas Vagina gefundene Sperma nicht erwähnt, und Rudys Pflichtverteidiger hat nie davon erfahren.« Er machte eine Pause, um zu sehen, ob Jimmy DiCarlo auch diesmal wieder von seinem Sitz hochschießen würde, aber Jimmy war zu intelligent, um den Köder zu schlucken. »Und so wurde Rudy wegen vorsätzlichen Mordes zum Tode verurteilt.

Das war im Jahr 1986. 1988 ging bei der Polizei von Bass Creek ein Brief von der Polizeistelle in Del Rio, Texas, ein. Dort hatte man einen Verdächtigen in einem Fall von Vergewaltigung und Mord verhaftet, der einen in Florida ausgestellten Führerschein mit einer Adresse in Bass Creek bei sich trug. Der Brief war eine allgemein gehaltene Anfrage, um herauszufinden, ob der Mann in Bass Creek wegen irgendwelcher Vergehen gesucht wurde oder ob die Polizei von Bass Creek Informationen hatte, die den Kollegen in Del Rio hätten helfen können. Der Name des Verdächtigen war Geronimo Cruz.

Maria Lopez war zu diesem Zeitpunkt Sekretärin des Polizeireviers, und sie öffnete den Brief aus Del Rio. Sie machte sofort Wesley Brume auf ihn aufmerksam, der seinerseits sofort Clay Evans anrief.« Jack zeigte auf jeden der beiden Angeklagten, als er seinen Namen aussprach. »Ms. Lopez hörte, wie Mr. Brume zu Mr. Evans sagte, er würde sofort vorbeikommen, und sah ihn mit dem Brief in der Hand losgehen. Laut Aussage von Ms. Lopez wurde der Brief danach nie wiedergesehen – er ist mit Sicherheit nicht in Rudys Akte abgelegt worden –, und die Polizei von Del Rio bekam nie eine Antwort.

Sie werden von Geronimo Cruz noch hören. Sie werden sein auf Video aufgenommenes Geständnis des Mordes an Lucy Ochoa sehen. Sie werden darüber hinaus erfahren, dass die DNA des Spermas, das an Lucy Ochoa gefunden wurde, der DNA von Geronimo Cruz entspricht. Es besteht nicht der geringste Zweifel daran, dass er der Mann ist, der Lucy Ochoa ermordet hat.

Es geht in diesem Fall um einen Polizeibeamten und einen Staatsanwalt, die so wild entschlossen waren, Rudy Kelly wegen Mordes verurteilt zu sehen, dass sie selbst ein Geständnis verfasst, Beweismaterial vor der Verteidigung geheim gehalten und sich geweigert haben, die Polizei von Del Rio zu kontaktieren, aus Angst, die Verurteilung könnte nicht zustande kommen. Das Ergebnis ihrer Tätigkeit – und absichtlichen Untätigkeit – war es, dass Rudy Kelly am zweiundzwanzigsten Oktober 1996 in Florida auf dem elektrischen Stuhl hingerichtet wurde.«

Jack hatte sich kaum gesetzt, als Jimmy DiCarlo auf den Beinen war, im Gerichtssaal auf und ab ging und seiner Entrüstung über die Bemerkungen Ausdruck verlieh, die Jack über seine Mandanten gemacht hatte.

»Meine Damen und Herren, meine Mandanten haben ihr ganzes Berufsleben im Dienst der Öffentlichkeit verbracht. Wesley Brume ist heute Polizeichef der Gemeinde Bass Creek, der er all die Jahre lang gute Dienste geleistet hat. Clay Evans wurde zum Bundesrichter berufen, nachdem er viele Jahre lang als Staatsanwalt in Cobb County gewirkt hatte. Der Fall Rudy Kelly ist nur einer von Tausenden von Fällen, die diese beiden Männer im Lauf der Jahre erfolgreich abgeschlossen haben.

Wurden im Fall Rudy Kelly Fehler begangen? Ja. Ist eine Tragödie geschehen? Ja. Aber das bedeutet nicht, dass zwei gewissenhafte Beamte eines Verbrechens beschuldigt werden sollten – und ganz sicher nicht eines Mordes. Es gibt da ein paar Dinge, die Mr. Tobin Ihnen in seinem recht langwierigen Eröffnungsplädoyer nicht erzählt hat. Zum Beispiel hat er Ihnen nicht erzählt, dass er Rudy Kellys Anwalt war, bevor er Staatsanwalt wurde; also kann er kaum behaupten, dass er hier als unparteiischer Vertreter der Anklage agiert. Er hat Ihnen nicht erzählt, dass nicht weniger als drei Anträge auf Berufung beim Florida Supreme Court eingereicht wurden, wo alle Tatsachen, die er soeben genannt hat, vom Obersten Gerichtshof dieses Bundesstaates geprüft wurden – und alle drei Anträge wurden abgewiesen. Er hat Ihnen nicht erzählt, dass er den dritten dieser Anträge persönlich eingereicht und dabei praktisch die gleichen Argumente vorgetragen hat, die er Ihnen auch heute Vormittag aufgezählt hat – die eigenständige Vergewaltigungsakte. Und der Antrag wurde abgewiesen. Er hat Ihnen nicht erzählt, dass er sich in der Sache persönlich an den Gouverneur dieses großartigen

Bundesstaates gewandt und ihm sämtliche Tatsachen des Falles vorgetragen hat, um ein Gnadengesuch zu erwirken. Und die Bitte wurde abgeschlagen.
Es ist eine Tatsache, dass Rudy Kelly in der Mordnacht und um den Zeitpunkt des Mordes in Lucy Ochoas Trailer war. Sein Blut wurde dort gefunden. Sie wurde mit einem gezackten Messer umgebracht. Ein gezacktes Messer wurde in Rudys Schlafzimmer gefunden. Und Rudy hat zugegeben, dass er sie umgebracht haben könnte, ohne sich daran zu erinnern. Das alles ist ziemlich belastend.
Dies war eine Tragödie. Und auf jeder Ebene der Behörden wurden Fehler begangen. Aber diese beiden Männer für ein Verbrechen zu verurteilen wäre eine weitere Tragödie. Machen Sie diesen Fehler nicht.«
Es war eine kurze Antwort auf Jacks lange Darlegung der Tatsachen, aber sie war höchst wirkungsvoll. Jimmy DiCarlo stolzierte förmlich zu seinem Platz an der Seite seiner beiden Mandanten zurück.
Der Richter entließ das Gericht in die Mittagspause, sobald Jimmy mit seinem Eröffnungsplädoyer fertig war.
Es heißt, ein guter Prozessanwalt kann einen Fall mit dem Eröffnungsplädoyer gewinnen und die Jury von seinem Standpunkt überzeugen, bevor er auch nur einen Fetzen Beweismaterial vorgelegt hat.
Jack hatte gehofft, genau dies zu tun, aber die düsteren Mienen von Pat und Dick, die vor dem Gericht auf ihn warteten, teilten ihm mit, dass Jimmy DiCarlo möglicherweise den Spieß umgedreht hatte.
»Er war ziemlich überzeugend, stimmt's?«, fragte Jack.
»Es ist noch nichts entschieden«, sagte Pat und streckte die Hand aus, um ihm über die Schulter zu streichen.
»Es kommt nicht darauf an«, sagte Dick.

»Deine Zeugen werden sie überzeugen«, versicherte Pat, aber er merkte, dass sie selbst nicht recht daran glaubte.

Nach der Mittagspause versuchte Jack, mit keinem anderen als Wesley Brume zu beginnen. Er trat an die Richterbank, bevor der Gerichtsdiener die Jury hereingeholt hatte.

»Ich würde gern Mr. Brume in den Zeugenstand rufen, Euer Ehren.«

»Mr. Tobin, ich weiß, dass Sie sich Ihren Ruf nicht im Strafrecht erworben haben, aber es gibt ein paar Grundregeln, die Sie eigentlich kennen müssten. Der Angeklagte braucht nicht auszusagen, und Sie können ihn nicht in den Zeugenstand rufen, um Ihre Argumentation zu beweisen.« Jimmy DiCarlo, der bei dieser nichtöffentlichen Besprechung hinter Jack stand, kicherte laut. Die Bemerkung war scherzhaft gemeint gewesen.

Jack machte eine Pause, um ihnen den Spaß zu gönnen. Dann kam er zur Sache.

»Euer Ehren, Mr. Brume hat bei der Anhörung vor zehn Jahren bereits ausgesagt. Ich glaube, ich kann seine Zeugenaussage von damals ins Protokoll aufnehmen lassen. Ich bitte lediglich um die Erlaubnis, Mr. Brume in den Zeugenstand zu rufen und ihn seine Antworten von vor zehn Jahren vorlesen zu lassen.« Jimmy lachte nicht mehr.

»Euer Ehren, ich erhebe Einspruch. Mein Mandant hat das Recht, nicht in den Zeugenstand zu treten.« Am Gesichtsausdruck des Richters sah Jack, dass Harry Stanton das Manöver zu schätzen wusste. Jimmy begann bereits Boden zu verlieren.

»Mr. DiCarlo, Sie werden mir wohl darin zustimmen, dass Mr. Brumes unter Eid abgelegte Zeugenaussage hier zulässig ist, oder?«

»Jawohl, Euer Ehren.«

»Auf welcher Grundlage erheben Sie also Einspruch?«
»Relevanz, Euer Ehren. Die Aussage, die Mr. Brume in einer Anhörung über die Nichtzulassung von Beweismaterial vor zehn Jahren gemacht hat, ist für dieses Verfahren irrelevant, und sie könnte nachteilig sein.«
»Nachteilig?« Der Tonfall des Richters war ungläubig. »Die von einem Polizeibeamten unter Eid abgelegte Aussage könnte heute nachteilig für ihn sein – ist es das, was Sie sagen wollen, Herr Anwalt?«
Jimmy war ein guter Prozessanwalt; seine Stärken waren seine Persönlichkeit, seine Stimme und seine Aggressivität. Die Fähigkeit, logisch zu analysieren, gehörte nicht dazu.
»Vielleicht wäre sie nicht nachteilig, Euer Ehren, aber sie ist mit Sicherheit irrelevant für die Fragen, die hier behandelt werden.«
»Was haben Sie dazu zu sagen, Mr. Tobin?«
»Euer Ehren, ich würde sagen, seine Aussage wird etwa zehn Minuten dauern. Wir könnten einen Probelauf machen, ohne dass die Jury dabei ist, und Sie können entscheiden, ob die Aussage relevant ist.«
»Das hört sich vernünftig an. Machen wir es doch so. Mr. Brume, treten Sie bitte in den Zeugenstand. Mr. Tobin, haben Sie eine Kopie von Mr. Brumes Aussage, aus der er vorlesen kann?«
»Jawohl, Euer Ehren, und ich habe auch eine Kopie für Sie und für seinen Anwalt. Wie Sie hier sehen können, wurde mehrfach eine Frage gestellt, bei der man drei oder vier Mal nachhaken musste, um eine Antwort zu bekommen. Ich habe dies im Interesse der Kürze und Klarheit zu vermeiden versucht, indem ich die relevanten Fragen und Antworten markiert habe. Mit Ihrer Erlaubnis, Euer Ehren, werde ich diese Fragen vorlesen, die ursprünglich von Rudys Anwältin, Ms.

Tracey James, gestellt wurden, und Mr. Brume wird daraufhin seine eigenen Antworten vorlesen. Ich gehe außerdem davon aus, dass das Gericht die Jury vorher darauf hinweisen wird, dass diese Aussage vor zehn Jahren in einem anderen Verfahren gemacht wurde und dass Mr. Brume damals der Ermittler war, der den Mord an Lucy Ochoa untersuchte, dass er also einfach seine frühere Aussage vorliest.«

»Ich verstehe«, sagte der Richter, während er das Dokument studierte. »Sehr gut. Machen wir weiter.« Richter Stanton begann die Sache Spaß zu machen. Es war unverkennbar, dass Jack die gesamte Szene vorausgesehen hatte, bevor der Prozess begann. Dies würde ein echter Kampf werden.

Wesley Brume trat in den Zeugenstand, und Jack begann damit, seine Aussage bei der Anhörung von vor zehn Jahren durchzugehen. Als Erstes brachte er Bill Yates, den Leiter von Rudys Highschool, zur Sprache.

»Hat Mr. Yates Ihnen erzählt, dass Rudy sehr entgegenkommend war, dass er Ihnen in allem zustimmen würde, was Sie sagen, dass Sie ihn fairerweise nicht verhören sollten, wenn nicht entweder seine Mutter oder ein Anwalt anwesend war?«

Brume hatte schon damals versucht, der Frage aus dem Weg zu gehen, war aber irgendwann in die Ecke getrieben worden und hatte eine klare Antwort gegeben.

»Er hat nichts davon gesagt.«

Als Nächstes war Benny Dragone, Rudys Arbeitgeber in dem Gemischtwarenladen, an der Reihe.

Die Frage hatte gelautet, ob Brume Benny mit dem Gesundheitsamt gedroht hatte, um Rudy zum Verhör mit zur Polizei nehmen zu können. »Das ist nicht wahr. Das würde ich niemals tun«, hatte Brume daraufhin gesagt.

Jack stellte klar, dass Brume mit dem Verhör um 3:18 Uhr

nachmittags begonnen hatte, und ließ ihn den Abschnitt seiner Aussage vorlesen, demzufolge er mit Rudys Verhör fast fertig gewesen war, als dessen Mutter Elena auf der Polizeidienststelle erschien. Danach ging er zu den teuren Video- und Audioaufzeichnungsgeräten über, die die Stadt Bass Creek für polizeiliche Verhöre angeschafft hatte.

»Wie lang hätten Sie gebraucht, um den Gang entlangzugehen, das Video oder die Audiokassette oder beides zu holen und sie einzulegen, bevor Sie mit dem Verhör anfangen?«

»Drei bis fünf Minuten.«

»Ist es richtig, dass mein Mandant, als Sie ihn zum Verhör abgeholt haben, bereits ein Verdächtiger in einem Mordfall war?«

»Ja.«

»Und er war zu diesem Zeitpunkt der einzige Verdächtige?«

»Ja.«

»Und ist es richtig, Detective Brume, dass dies in den über zwanzig Jahren, die Sie jetzt bereits als Polizeibeamter bei dieser Abteilung tätig sind, das abscheulichste Verbrechen ist, bei dem Sie jemals ermittelt haben?«

»Gar keine Frage.«

»Haben Sie Rudy eine schriftliche Aussage ablegen lassen?«

»Nein, aber ich habe ihn meine Notizen durchlesen und unterschreiben lassen.«

»Haben Sie ihm gesagt, er soll sie unterschreiben?«

»Ja, natürlich.«

»Hatte er Gelegenheit, Änderungen vorzunehmen?«

»Ich verstehe nicht.«

»Es ist doch sehr einfach, Officer Brume, haben Sie ihm Gelegenheit gegeben, Ihre Notizen zu überarbeiten?«

»Natürlich nicht.«

Nach dieser Antwort wandte Jack sich an den Richter.

»Das ist alles, Euer Ehren. Es ist wohl offensichtlich, dass ich diese Aussage verwende, um in Mr. Brumes eigenen Worten die Umstände darzulegen, unter denen die ursprüngliche Untersuchung des Falles stattfand. Es ist genau das, was ich der Jury in meinem Eröffnungsplädoyer mitgeteilt habe.«

Der Richter sah nicht einmal zu Jimmy DiCarlo hinüber, um dessen Reaktion zu ermitteln. »Na, ich bin der Ansicht, dass das relevant ist. Holen wir die Jury rein. Mr. Brume, Sie können bleiben, wo Sie sind.«

Clay Evans sprang von seinem Stuhl auf. »Euer Ehren, das kann ja wohl nicht Ihr Ernst sein. Das ist für die Anklage gegen uns nicht relevant.«

»Setzen Sie sich hin, Mr. Evans«, sagte der Richter. »Dies ist mein Gerichtssaal, und Sie sind der Angeklagte. Wenn Sie etwas zu sagen haben, können Sie es Ihrem Anwalt zuflüstern. Ich will Sie nicht wegen Missachtung des Gerichts belangen müssen.« Der Richter winkte dem Gerichtsdiener zu, die Jury hereinzuholen.

Die Geschworenen kamen im Gänsemarsch herein, und der Richter instruierte sie genau so, wie Jack es vorgeschlagen hatte. Er teilte ihnen mit, dass diese Aussage ursprünglich vor zehn Jahren im Rahmen eines anderen Verfahrens gemacht worden war und dass sie vom Ankläger und vom Angeklagten Brume gelesen werden würde. »Aber behalten Sie bitte im Gedächtnis, meine Damen und Herren«, sagte Richter Stanton zu den Geschworenen, »dass dies seinerzeit die beeidigte Aussage von Officer Brume war.«

Sie wiederholten die Verlesung des Protokolls Wort für Wort, und Jack genoss jede Sekunde davon. Wenn Jimmy DiCarlo durch die Ausbrüche seiner Mandanten nicht so abgelenkt gewesen wäre, hätte er vorschlagen können, dass Jack allein der Jury das Protokoll vorlesen sollte, womit er seinen Mandanten aus dem Zeugenstand hätte holen können; der Richter hätte sich zweifellos darauf eingelassen. Aber natürlich wäre das Ganze dann viel weniger wirkungsvoll gewesen, und als die kleine Lesung mit verteilten Rollen ihren Lauf nahm, beglückwünschte Jack sich dazu, dass er damit durchgekommen war – und dass er auf diese Weise dafür gesorgt hatte, Wesley so doppelzüngig wirken zu lassen, wie er vor zehn Jahren schon gewirkt haben musste.

Nach Wesley Brumes Auftritt ließ er Schulleiter Bill Yates aufrufen.

Yates erzählte der Jury, dass er mittlerweile im Ruhestand war, dass er sich aber an das Gespräch mit Wesley Brume vor zehn Jahren erinnerte. Rudys Tod hatte ihn unverkennbar mitgenommen. Er hatte bei seiner Aussage Tränen in den Augen. Er und Jack hatten sich zuvor zusammengesetzt und sich auf die Aussage vorbereitet. Als sie den Auftritt im Zeugenstand durchgesprochen und sogar geprobt hatten, hatte Jack fast wörtlich die gleichen Fragen gestellt, die vor zehn Jahren Tracey James gestellt hatte, und jetzt gab der Schulleiter fast exakt die gleichen Antworten.

»Mr. Yates, Sie waren während der gesamten vier Jahre, die Rudy die Highschool von Bass Creek besucht hat, der Leiter dieser Schule, ist das richtig?«

»Ja.«

»Und hat Officer Wesley Brume Sie vor zehn Jahren besucht, um Ihnen Fragen über Rudy zu stellen?«

»Ja.«

»Und könnten Sie dem Gericht den Grund für diesen Besuch mitteilen?«

»Er wollte von mir erfahren, wie Rudy als Schüler gewesen war.«

»Und was haben Sie ihm erzählt?«

»Ich habe ihm erzählt, dass Rudy ein sehr netter und motivierter junger Mann war, aber ein bisschen langsam. Nicht geistig behindert, aber langsam. Wenn ich mich recht erinnere, war sein IQ irgendwas um fünfundsiebzig. Die Schule von Bass Creek war klein, wir hatten keine speziellen Einrichtungen für Kinder wie Rudy; wir haben einfach für ihn getan, was wir konnten. Nach zwei Jahren haben wir Rudy in ein berufsvorbereitendes Programm geschickt. Er hat nie den Highschoolabschluss gemacht, er bekam nur eine Anwesenheitsbescheinigung.«

»Hat Detective Brume Ihnen gesagt, warum er sich nach Rudy erkundigt hat?«

»Ja. Er hat gesagt, Rudy wäre möglicherweise unter den Verdächtigen bei dem Mord an Lucy Ochoa.«

»Wie haben Sie darauf reagiert?«

»Ich glaube, ich habe ihm gesagt, da müsste ein Irrtum vorliegen. Ich habe Rudy damals gut gekannt, und ich habe niemals daran geglaubt, dass er zu so etwas imstande sein könnte.«

»Hat Detective Brume Ihnen gesagt, dass er Rudy verhören würde?«

»Ja.«

»Was meinten Sie dazu?«

»Ich weiß noch, dass ich ihm gesagt habe, dass bei so etwas Rudys Mutter anwesend sein sollte oder dass ein Anwalt dabeisitzen sollte. Ich habe ihm erklärt, wie nett und entgegenkommend Rudy ist und wie naiv er sein konnte. Ich habe auch gesagt, Rudy würde nicht wissen, wie er sich selbst schützen könnte. Er würde auf jede Frage antworten, die jemand ihm stellt, sogar wenn das nicht in seinem Interesse wäre.«

»Hat es einen Grund dafür gegeben, dass Sie ihm das gesagt haben?«

»Ja, sicher. Ich bin einfach davon ausgegangen, dass er eine faire Untersuchung betreiben wollte, und ich habe gedacht, dass dies etwas war, was er wirklich wissen sollte.«

»Ich habe keine weiteren Fragen, Euer Ehren.«

»In Ordnung«, sagte Richter Stanton. »Mr. DiCarlo, wollen Sie den Zeugen ins Kreuzverhör nehmen?«

Jimmy und Clay Evans hatten sich im Voraus über den Auftritt des Schulleiters verständigt und dabei entschieden, dass sie bei einem Kreuzverhör nichts gewinnen konnten.

»Keine Fragen, Euer Ehren.«

Als Nächster kam Benny Dragone, und Jack hatte ihn ebenso auf eine Wiederholung seiner früheren Zeugenaussage vorbereitet wie Mr. Yates.

»Erinnern Sie sich an den Tag, an dem Detective Brume Rudy Kelly zum Verhör abgeholt hat?«, fragte Jack, nachdem die einführenden Fragen abgehandelt waren.

»Ja.«

»Wo waren Sie zu diesem Zeitpunkt?«

»In meinem Laden. Rudy war bei mir angestellt. Er hat die Kasse bedient. Ich hatte ihm den Job gegeben, weil ich seine Mutter Elena kannte. Ich wollte ihr damals einen Gefallen tun.«

»Was wissen Sie noch über diesen Tag?«

»Detective Brume wollte Rudy mit zur Polizeidienststelle nehmen und verhören. Ich habe zu ihm gesagt, ich würde ihn nicht mit Rudy reden lassen, bevor ich nicht mit Rudys Mutter gesprochen hatte.«

»Warum haben Sie ihm das gesagt?«

»Ich habe gewusst, dass er Rudy als Verdächtigen in dem Mord an Lucy Ochoa betrachtet hat, und ich habe ihm nicht getraut. Ich habe Brume nie getraut, und ich habe gewusst, Rudy würde allein nicht mit ihm umgehen können.«

»Und wie hat Mr. Brume reagiert?«

»Na ja, wie ich Rudys Anwältin damals schon gesagt habe, Brume hat mir gedroht. Er hat gesagt, er würde mir das Gesundheitsamt vorbeischicken und meinen Laden überprüfen lassen. Und ich habe genau gewusst, was er damit meint.«

»Was hat er denn gemeint?«

»Er hat damit sagen wollen, er bringt mich in Schwierigkeiten, wenn ich nicht mitspiele.«

»Also haben Sie mitgespielt?«

»Yeah. Und ich hab's seither immer bereut.«

»Keine weiteren Fragen, Euer Ehren«, sagte Jack und kehrte an seinen Tisch zurück.

»Mr. DiCarlo, Kreuzverhör?«

»Nein, Euer Ehren.«

»Gut. Dann machen wir für heute Schluss. Meine Damen und Herren Geschworenen, ich muss Sie noch einmal darauf hinweisen, dass Sie mit niemandem über diesen Fall reden dürfen. Lesen Sie keine Zeitung, sehen Sie nicht fern und hören Sie kein Radio. Erörtern Sie den Fall nicht mit Ihren Lebenspartnern. Verstehen Sie mich?« Alle nickten. »Das Gericht vertagt sich.« Der Richter griff zum Hammer. »Ich erwarte Sie alle morgen um Punkt neun Uhr. Die Anwälte möchte ich um acht Uhr dreißig hier sehen, für den Fall, dass Ihnen über Nacht etwas einfällt, das Sie mit mir besprechen wollen, bevor wir anfangen.« Genau so hatte er auch die Auswahl der Jury abgeschlossen. Richter Stantons Stil war jedenfalls konsequent, dachte Jack, während er seine Papiere einsammelte.

47

Jack war höchst zufrieden mit der Art und Weise, wie der erste Tag des Prozesses verlaufen war, vor allem nach den Eingangsplädoyers. Er hatte Jimmy DiCarlo aus dem Tritt gebracht, indem er Wesley Brume in den Zeugenstand geholt hatte, und er hatte durch die Aussagen von Bill Yates und Benny Dragone klargestellt, dass Brume erst durch Manipulation erreicht hatte, dass er allein mit Rudy sprechen konnte, und dass er später unter Eid über die näheren Umstände gelogen hatte. Morgen würde Maria ihre Aussage über weitere Lügen und Manipulationen machen, und dann würde sich die Aufmerksamkeit auf die Vergewaltigungsakte und Clay Evans' Rolle verlagern. An diesem Punkt würden die ersten Funken fliegen, dessen war er sich sicher. Nach dem ersten Tag war er allerdings überzeugt davon, dass DiCarlo und Evans keinerlei Bedenken hatten, Wesley Brume den Wölfen zum Fraß vorzuwerfen. Armer Brume, er hatte es noch nicht einmal gemerkt.

Er hatte Maria nicht gesehen, seit Joaquin angeschossen worden war. Sie verbrachte ihre Tage und Nächte im Krankenhaus, wo man ihr in Joaquins Zimmer ein Bett aufgestellt hatte. Dick war am Nachmittag dort gewesen, um sich zu erkundigen, was Joaquin für Fortschritte machte.

»Wie geht es ihm?«, fragte Jack auf der Heimfahrt.

»Wie gehabt. Er ist noch nicht aufgewacht, und Maria macht sich Sorgen deswegen, aber ich habe mit dem Arzt geredet, und er sagt, es ist alles in Ordnung. Er sagt, Joaquin ruht sich aus, er wird aufwachen, wenn er so weit ist.«

»Das ist phantastisch«, sagte Jack. »Ich will nicht gefühllos klingen, Dick, aber geplant war, dass Maria morgen früh als erste Zeugin aussagt. Ich weiß nicht, was ich jetzt machen soll. Ich habe nicht mit ihr geredet. Ich habe sie nicht vorbereiten können.«

»Du brauchst sie auch nicht vorzubereiten, Jack. Sie wird die Wahrheit sagen. Ich fahre sie hin. Ich setze erst dich ab und hole sie dann ab. Wir haben das schon abgesprochen. Wenn sie mit der Aussage fertig ist, fahre ich sie wieder ins Krankenhaus.«

»Danke, Dick.«

An diesem Abend massierte Pat ihm den Rücken und versuchte, ihn zu entspannen, aber es war aussichtslos; Jack war angespannt wie ein Stahlseil.

Irgendwann versuchte sie es auf eine andere Art. »Es ist gutgegangen heute.«

»Ja, ist es, aber morgen ist der entscheidende Tag. In diesem Metier kann alles von einer Sekunde zur nächsten zum Teufel gehen.«

»Dann werden wir wohl einfach ein Gebet sprechen müssen.«

»Oder zwei.«

Dick setzte Jack früh am nächsten Morgen ab und verschwand wieder, um Maria zu holen. Jack war sich nicht allzu sicher, ob er einen der beiden in nächster Zukunft wieder zu sehen bekommen würde. Maria hatte ihren eigenen Kopf, und im Augenblick hatte sie nur ein Anliegen in diesem Kopf – für Joaquin da zu sein.

Er hatte am Abend zuvor Charley Peterson angerufen und

ihn gebeten, früh aufzutauchen – nur für den Notfall. Es war nicht weiter ungewöhnlich, dass die Reihenfolge der Zeugen innerhalb einer Verhandlung umgestellt wurde. Er selbst hatte es schon oft getan, vor allem bei Sachverständigen, die als Zeugen aussagten, Ärzten etwa. Aber dieser Fall war anders. Er war überzeugt davon, dass er eine makellos logische Abfolge von Zeugenaussagen brauchen würde, um die Jury zu überzeugen.

Jack und Jimmy DiCarlo wurden pünktlich um acht Uhr dreißig in die Diensträume des Richters geführt. Stanton war in ausgesprochen aufgeräumter Stimmung. Jack merkte, dass ihm die Sache Spaß machte, aber er wusste nicht, ob das ein gutes oder ein schlechtes Zeichen war.

»Irgendwelche Anträge heute Morgen, meine Herren? Neue Theorien, die Sie über Nacht ausgebrütet haben?«

»Nein, Sir«, antwortete Jimmy.

»Nein, Euer Ehren«, sagte Jack.

»In Ordnung. Mr. Tobin, wie viele Zeugen haben Sie noch?«

»Drei, Euer Ehren. Den letzten davon auf Video.«

»Gut, gut. Dann dürften Sie heute wohl fertig werden. Mr. DiCarlo, haben Sie schon entschieden, wen Sie aufrufen wollen?«

Jimmy hatte Geronimo Cruz' Videogeständnis gesehen. Es war höchst eindrucksvoll, und er wollte nicht, dass die Jury es zu sehen bekam. Jetzt war vermutlich der beste Zeitpunkt, um Einspruch dagegen zu erheben.

»Noch nicht ganz, Richter. Ich weiß, dass ich mindestens einen Zeugen haben werde, aber, Euer Ehren, ich möchte Einspruch gegen Mr. Tobins Video erheben – das Geständnis von Geronimo Cruz. Wir können als Tatsache festhalten, dass Mr. Cruz Lucy Ochoa ermordet hat. Das Video brauchen wir dazu nicht.«

Richter Stanton sah Jack an. Die Sache wurde spannend. Er unterhielt sich bestens.

»Was haben Sie dazu zu sagen, Mr. Tobin?«

»Ich hätte gern, dass die Jury es sieht, Euer Ehren. Um jeden Zweifel auszuräumen.«

»Fraglos hätten Sie das gern, aber wenn Mr. DiCarlo den Inhalt als Tatsache akzeptiert, wüsste ich nicht, warum das nötig sein sollte.«

»Es sind die spezifischen Details, Euer Ehren. Er erzählt genau, wie er es getan hat, und die Jury wird in der Lage sein, diese Informationen zu beurteilen – auch im Zusammenhang mit dem Material, das der Polizei nicht nur während der Verhandlung, sondern auch zwei Jahre später zur Verfügung stand, als sie erfuhr, dass Cruz in einer texanischen Gefängniszelle saß.«

Der Richter wandte sich an Jimmy DiCarlo.

»Das ist durchaus ein Gesichtspunkt, Mr. DiCarlo.«

»Wir akzeptieren die Tatsachen als solche. Er kann der Jury eine Zusammenfassung dieser Tatsachen vorlesen. Es würde eine Menge Zeit sparen, Euer Ehren.«

»Es ist aber nicht das Gleiche, Euer Ehren. Es hat nicht die gleiche emotionale Wirksamkeit.«

»Das ist mir durchaus klar, Mr. Tobin, aber es geht hier nicht um emotionale Wirksamkeit, es geht um die Tatsachen. Wenn Mr. DiCarlos Mandanten willens sind, diese Tatsachen anzuerkennen, brauchen wir das Cruz-Video nicht.«

»Euer Ehren, ich glaube, ich habe das Recht, es zu zeigen.«

»Das glaube ich nicht. Ich glaube, dies liegt in meinem Ermessen. Ich werde die Frage jetzt nicht entscheiden. Ich werde Ihnen etwas Zeit geben, sich einen besseren Grund einfallen zu lassen als den, den Sie mir gerade genannt haben, aber ich möchte den zu dem Zeitpunkt hören, wenn Sie Mr. Cruz'

Aussage präsentieren, und ich möchte, dass Sie beide eine Darlegung der Tatsachen für den Fall erarbeiten, dass ich gegen Sie entscheide, Mr. Tobin. Haben Sie mich verstanden?«
Jack hatte das Gefühl, einen Schlag in die Eingeweide bekommen zu haben – einen Schlag, mit dem er nicht gerechnet hatte, obwohl er es hätte tun sollen. Er hatte keinen Präzedenzfall, den er hätte anführen können, und keine Zeit, um einen zu recherchieren. Er brauchte das Video der emotionalen Wirkung wegen, die es hinterlassen würde. Die Jury musste Geronimo Cruz sehen, musste begreifen, was er getan hatte und wie er es getan hatte, um zu verstehen, was Rudy zugestoßen war und wie bösartig die Handlungsweise der Angeklagten gewesen war. Eine Zusammenfassung der Tatsachen vorzulesen würde dafür nicht ausreichen.
»Haben Sie mich verstanden, Mr. Tobin?«, wiederholte Stanton in nachdrücklicherem Tonfall.
»Jawohl, Euer Ehren.«
»Okay, gehen wir in den Gerichtssaal.«
Der Richter betrat den Saal gemeinsam mit den Anwälten. Heute war von Förmlichkeit keine Rede. Als alle Anwesenden sich gesetzt hatten, ermahnte er die Zuschauer, wie er es am Vortag getan hatte, und sagte dem Gerichtsdiener, er solle die Jury hereinholen.
Jack war noch aus einem anderen Grund nicht in Bestform. Er hatte sich beim Gerichtsdiener erkundigt und erfahren, dass Maria noch nicht da war. Er würde den Tag also mit Charley Peterson als erstem Zeugen einleiten müssen.
Charley trug einen olivgrünen Anzug und wirkte vollkommen gelassen, als er vortrat, vor dem Gerichtsdiener Aufstellung nahm und den Eid ablegte.
»Würden Sie bitte fürs Protokoll Ihren Namen nennen?«, begann Jack.

»Charles Nickleby Peterson.«
»Und wo sind Sie beschäftigt, Mr. Peterson?«
»Am Carolina Christian Teacher's College.«
»Was tun Sie dort?«
»Ich bin Professor der Politikwissenschaft.«
»Und haben Sie einen professionellen Abschluss?«
»Ja, ich habe einen Bachelor-Grad und einen juristischen Abschluss von der Georgetown University.« Jack hatte die Hoffnung, dass die Hochschulabschlüsse die Jury beeindrucken würden, denn was als Nächstes kam, würde es mit Sicherheit nicht tun.
»Mr. Peterson, Sie waren früher einmal Pflichtverteidiger hier in Cobb County, ist das richtig?«
»Ja, das war ich.«
»Und Sie haben Rudy Kelly bei seinem Prozess wegen vorsätzlichen Mordes vertreten, entspricht das den Tatsachen?«
»Jawohl.«
Jack nahm die Vergewaltigungsakte, die bereits als Beweismaterial zugelassen war, ging zu dem Zeugen hinüber und reichte sie ihm. »Mr. Peterson, ich habe Ihnen gerade Beweisstück Nummer zwei der Anklage gegeben, und ich möchte Sie bitten, einen Blick daraufzuwerfen.« Charley überflog die Akte und sah wieder zu Jack auf, als er fertig war.
»Haben Sie dieses Dokument schon einmal gesehen?«
»Ja, zum ersten Mal habe ich es gesehen, als ich vor der Grand Jury ausgesagt habe.«
»Wissen Sie, was es ist?«
»Jawohl. Es ist eine Vergewaltigungsakte. Offenbar hat die Polizei in Lucy Ochoas Leiche nach ihrer Ermordung Sperma gefunden und aus irgendeinem Grund sowohl eine Mordakte als auch unabhängig davon eine Vergewaltigungsakte angelegt.«

»Haben Sie etwas von dieser Vergewaltigungsakte gewusst, als Sie Rudy Kelly vertreten haben?«
»Nein, das habe ich nicht.«
»Haben Sie einen Antrag gestellt, um sich vom Staat das gesamte Beweismaterial im Mordfall Lucy Ochoa vorlegen zu lassen, als Sie Rudy Kelly vertreten haben?«
»Ja, das habe ich.«
Jack reichte ihm ein weiteres Dokument. »Können Sie Beweisstück Nummer drei identifizieren?«
»Ja, das ist mein Antrag auf Einsicht – allgemeinverständlich ausgedrückt mein Antrag auf die Aushändigung des gesamten Beweismaterials.«
»Hat die Anklageseite Sie jemals darüber informiert, dass an Lucy Ochoas Leiche Sperma gefunden wurde?«
»Nein.«
»Wäre das für Sie von Bedeutung gewesen?«
Jimmy DiCarlo war einen Sekundenbruchteil später bereits auf den Beinen. »Einspruch, Euer Ehren. Einladung zur Spekulation.«
»Abgewiesen. Sie können die Frage beantworten, Mr. Peterson.«
»O ja, vor allem angesichts der Tatsache, dass die Blutgruppe sich von der Rudys unterscheidet, was bedeutet, dass in dieser Nacht noch jemand anderes in dem Trailer war. Es war buchstäblich der Unterschied zwischen einem Schuldspruch und einem Freispruch.« Jack konnte kaum fassen, dass der Richter diese Aussage zuließ, aber er stellte rasch die nächste Frage, bevor Jimmy beantragen konnte, die Antwort zu streichen. Er reichte Charley Beweisstück Nummer vier der Anklage.
»Haben Sie dieses Dokument schon einmal gesehen, Mr. Peterson?«

»Ja, das ist der gerichtsmedizinische Bericht, der von der Anklägerseite bei Rudy Kellys Prozess vorgelegt wurde.«
»Wer war damals der Gerichtsmediziner?«
»Harry Tuthill.«
»Wo ist Harry Tuthill jetzt?«
»Er ist tot.«
»Ist an diesem Bericht irgendetwas Ungewöhnliches?«
»Ja.«
»Können Sie der Jury mitteilen, was es ist?«
»Zunächst mal ist hier keine Laboranalyse dabei. Das an der Leiche gefundene Sperma wird nicht erwähnt. Kein Wort über die Blutgruppe.«
»Hatten Sie vor dem Mord an Lucy Ochoa schon einmal einen gerichtsmedizinischen Bericht von Mr. Tuthill gesehen?«
»Jede Menge. Zu diesem Zeitpunkt war ich seit fünfzehn Jahren Pflichtverteidiger. Harry war seit fünfundzwanzig Jahren Gerichtsmediziner. Morde waren in Cobb County nicht sehr häufig, aber sie sind vorgekommen, und die Berichte waren immer von Harry.«
»Okay, und bei den Berichten, die er in der Vergangenheit vorgelegt hatte – waren die toxikologischen Ergebnisse dabei?«
»Immer.«
»Hatten Sie schon als Pflichtverteidiger gearbeitet, bevor Sie die Stelle des Pflichtverteidigers in Cobb County übernommen haben?«
»Ja, ich war zehn Jahre lang im Büro des Pflichtverteidigers in Miami tätig.«
»Sie haben insgesamt also fünfundzwanzig Jahre Berufserfahrung?«
»Das ist richtig.«

»Haben Sie jemals einen gerichtsmedizinischen Bericht in einem Mordfall gesehen, in dem ein bedeutsames Detail wie Sperma in der Scheide unerwähnt geblieben ist?«

»Nein.«

»Wäre es für die Anklage auf irgendeine Art von Vorteil gewesen, diese eigenständige Vergewaltigungsakte anzulegen, abgesehen von den Punkten, die wir bereits besprochen haben?«

Jimmy DiCarlo war schon wieder auf den Beinen. »Einspruch, Euer Ehren. Spekulation.«

»Abgewiesen. Der Zeuge kann die Frage beantworten.«

»Ja nun, durch die Anlage einer eigenständigen Vergewaltigungsakte, von deren Existenz niemand erfahren hat, wurde sichergestellt, dass der Spermafund nicht entdeckt werden konnte, etwa durch einen Antrag auf Einsicht in die Akten. Es ist eine Möglichkeit, diesen Aspekt geheim zu halten.«

Jimmy DiCarlo war fuchsteufelswild. »Euer Ehren, ich beantrage, die Frage und die Antwort zu streichen!«

»Abgewiesen, Mr. DiCarlo. Fahren Sie fort, Mr. Tobin.« Jack konnte seine Glückssträhne nicht fassen. *Vielleicht hat Hang' Em High Harry ja so eine Ahnung, dass die Typen schuldig sind. Er weiß jedenfalls genau, was für ein Spielchen sie spielen.*

Jack beschloss, die Sache damit bewenden zu lassen. Inzwischen musste die Jury ein einigermaßen klares Bild bekommen haben.

»Keine weiteren Fragen, Euer Ehren.«

Jimmy DiCarlo war auf den Beinen, bevor Richter Stanton ihn auch nur fragen konnte, ob er den Zeugen ins Kreuzverhör nehmen wollte.

Ein paar Sekunden lang rechnete Jack damit, dass er zu Charley hinübergehen und ihn erwürgen würde. Tatsächlich blieb

Jimmy aber etwa einen halben Meter von Charley entfernt stehen.

»Mr. Peterson, haben Sie zurzeit die Zulassung, um als Anwalt in Florida zu arbeiten?«

»Nein.«

»Haben Sie sie anderswo?«

»Nein.«

»Und was ist der Grund dafür, dass Sie die Zulassung nicht haben?«

»Sie ist mir aberkannt worden.« Ein kollektives Keuchen ertönte von den Zuschauerbänken, gefolgt von vereinzeltem Gemurmel. Bis zu diesem Augenblick waren die Zuhörer weitgehend still gewesen. Jack sah zur Geschworenenbank hinüber und entdeckte auch dort schockierte Gesichter. Er hatte erwogen, die Frage bei der Zeugenvernehmung zur Sprache zu bringen, und hatte sich dagegen entschieden. Es war ein unverzeihlicher Fehler gewesen. Richter Stanton betätigte den Hammer.

»Ruhe! Ruhe!«, brüllte er. »Ich werde Sie alle aus dem Gerichtssaal entfernen lassen, wenn es nötig ist!« Das Gemurmel ebbte ab. »Mr. DiCarlo, fahren Sie fort.«

»Danke, Euer Ehren. Und weshalb hat man Ihnen die Zulassung aberkannt, Mr. Peterson?«

»Trinkerei.« Die nächste Reaktion von der Zuschauerbank. Der Richter klopfte mit dem Hammer.

»Ich möchte Sie warnen, meine Herrschaften.« Aber die Leute waren schon wieder still; einige Zuhörer beugten sich erwartungsvoll vor und hofften wohl auf die nächste Sensation.

»Sie waren Alkoholiker?«, fuhr Jimmy DiCarlo fort. Er stand jetzt unmittelbar vor Charley Peterson. Charley ließ die Schultern hängen.

»Ja«, sagte er ruhig.
»Und waren Sie auch Alkoholiker, als Sie Rudy Kelly vertreten haben?«
»Ja.«
Jimmy DiCarlo kehrte zu seinem Tisch zurück, griff nach einem Dokument und händigte es Charley aus.
»Werfen Sie einen Blick auf dieses Schriftstück, Mr. Peterson. Wir haben es als Beweisstück der Verteidigung Nummer eins vorgelegt.« Charley sah auf das Dokument hinunter und dann wieder auf.
»Bevor Sie heute diesen Gerichtssaal betreten haben, haben mehrere Zeugen über die Methoden ausgesagt, die Mr. Brume angewandt hat, um Rudy Kelly zu verhören. Das Dokument, das Sie gerade in der Hand halten, ist eine Anweisung von Richter Wentwell, dem Richter, der der Anhörung im Fall Rudy Kelly vorsaß; sie besagt, dass Sie bei Rudy Kellys Prozess Zeugen zu der Frage aussagen lassen dürfen, wie sein Geständnis erzielt wurde, stimmt das?«
»Ja, das stimmt.«
»Haben Sie das getan? Haben Sie Rudys Schulleiter Mr. Yates oder seinen Arbeitgeber Mr. Dragone hinzugezogen, wie Mr. Tobin es getan hat?«
»Nein, das habe ich nicht.«
»Wäre es bei Mr. Kellys Verteidigung nicht hilfreich gewesen, das zu tun?« Jack hatte keine Ahnung, worauf Jimmy DiCarlo mit diesen Fragen hinauswollte.
»Das wäre es sicher.«
»Haben Sie es versäumt, dies zu tun, weil Sie zu diesem Zeitpunkt getrunken haben?«
»Wahrscheinlich.«
Jimmy DiCarlo nahm den gerichtsmedizinischen Bericht in die Hand. »Und dieser Bericht, von dem Sie bei der Verneh-

mung gerade eben ausgesagt haben, dass er mangelhaft ist. So mangelhaft, dass Sie in all Ihren Jahren der beruflichen Praxis niemals etwas Vergleichbares gesehen haben. Haben Sie damals irgendjemanden auf diese Tatsache aufmerksam gemacht?«

»Nein.«

»Als der Gerichtsmediziner im Zeugenstand war, haben Sie ihn da gefragt, wo der Rest des Berichtes war – spezifisch, wo die toxikologischen Ergebnisse waren?«

»Nein.«

»Haben Sie den Staatsanwalt, Mr. Evans, danach gefragt?«

»Nein.«

»Und Sie haben es versäumt, dies zu tun, weil Sie zu diesem Zeitpunkt betrunken waren – trifft das zu, Mr. Peterson?«

»Wahrscheinlich.«

»Hatten Sie Anteil an einem der Anträge auf Berufung nach Rudy Kellys Verurteilung?«

»Nein.«

»Aber Sie haben gewusst, dass mindestens ein solcher Antrag gestellt werden würde?«

»Wahrscheinlich.«

»Wahrscheinlich? Wissen Sie von einer Verurteilung wegen vorsätzlichen Mordes, bei der nicht mindestens ein solcher Antrag gestellt wurde?«

»Nein.«

»Sie haben also gewusst, es würde ein Antrag gestellt werden?«

»Ja.«

»Haben Sie jemals eine eidesstattliche Erklärung oder eine beeidigte Zeugenaussage abgegeben, dass Sie zu diesem Zeitpunkt nicht die Kompetenz hatten, Rudy Kelly zu vertreten?«

»Nein.«

»Haben Sie es jemals getan, bevor Rudy Kelly hingerichtet wurde?«

»Nein.«

»Sie sind also mehr als jeder andere für Rudy Kellys Verurteilung und Hinrichtung verantwortlich, nicht wahr, Mr. Peterson?«

Jetzt war es an Jack, aufzuspringen. »Einspruch, Euer Ehren. Es ist nicht Mr. Peterson, der hier unter Anklage steht.«

Und es war an Jack, Harry Stantons Zorn zu spüren zu bekommen. »Abgewiesen! Der Zeuge wird die Frage beantworten.«

»Ich nehme an, das stimmt«, sagte Charley. Er war so weit im Zeugenstuhl zusammengesackt, dass sein Kinn fast seine Brust berührte.

»Hat jemand Sie jemals eines Verbrechens angeklagt?«

Jack war wieder auf den Füßen. »Einspruch!«

»Stattgegeben. Der Zeuge wird diese Frage nicht beantworten«, entschied Richter Stanton.

»Ich habe keine weiteren Fragen an diesen *Zeugen*, Euer Ehren«, sagte Jimmy höhnisch, wandte Charley den Rücken zu und kehrte an seinen Tisch zurück.

»Zweitvernehmung?«, fragte der Richter. Jack zögerte, aber nur eine Sekunde lang.

»Mr. Peterson, hat Clay Evans vor dem Kelly-Prozess gewusst, dass Sie ein Alkoholproblem hatten?«

»Ja.«

»Woher wissen Sie das?«

»Er hat im Lauf der Jahre ein paar Mal etwas in dieser Richtung zu mir gesagt.«

»Zum Beispiel?«

»Ein Mal hat er gesagt, er hätte gehört, dass ich ein ganz ordentlicher Anwalt gewesen wäre, bevor ich in die Flasche gekrochen bin. Ein anderes Mal hat er gesagt, ein Mandant, der mich als Anwalt bekäme, könnte seinen Arsch auch gleich aufgeben.«

»Und diese Bemerkungen sind vor dem Fall Rudy Kelly gefallen?«

»Ja.«

»Man hat sich also darauf verlassen, dass Sie betrunken sein würden?«

»Einspruch!«

»Stattgegeben. Der Zeuge wird diese Frage nicht beantworten.« Aber Jack hatte bekommen, was er wollte. Er musste die Jury auf die Möglichkeit aufmerksam machen. *Einmal Gesagtes kann nicht mehr ungesagt gemacht werden,* dachte er – Jimmys Worte ein paar Tage zuvor.

»Keine weiteren Fragen, Euer Ehren.«

»Sie sind entlassen, Mr. Peterson. Herr Anwalt, rufen Sie Ihren nächsten Zeugen auf.«

Jack sah zum Gerichtsdiener hinüber, der ihn mit einem Kopfschütteln darüber informierte, dass Maria noch nicht eingetroffen war.

»Euer Ehren, dürfen wir näher treten?«

»Kommen Sie schon her«, sagte der Richter mit einer Armbewegung.

Als sie die Richterbank erreicht hatten, setzte sich Jack noch einmal für das Videogeständnis von Geronimo Cruz ein. »Richter, ich habe noch eine einzige Zeugin außer Mr. Cruz, und sie ist noch nicht hier. Wir hatten keine Zeit, um eine Zusammenfassung der Tatsachen auszuarbeiten. Das Videogeständnis ist vierunddreißig Minuten lang. Ich würde sagen, eine Zusammenfassung zu erstellen und auszuschreiben, um sie dann der Jury vorzulesen, würde mindestens doppelt so lang dauern. Wenn ich mir also Mr. DiCarlos Wunsch nach Effizienz zu eigen machen darf, es würde viel schneller gehen, wenn wir das Video zeigen.«

Der Richter hatte keine Lust auf lange Diskussionen. »In Ordnung, Mr. Tobin, legen Sie das Band ein und bringen Sie's hinter sich. Aber Ihre letzte Zeugin sollte besser hier sein, wenn es durchgelaufen ist. Wenn wir uns dieses Video aus Gründen der Zeit und Effizienz ansehen, dann werden Sie diesen Prozess auch nicht um eine Sekunde verzögern, weil Sie ein Problem mit Ihren Zeugen haben. Habe ich mich klar ausgedrückt?«

»Ja, Euer Ehren.«

Nachdem er die Geräte vor der Jury aufgebaut und die Kassette eingelegt hatte, winkte Jack Pat zu, die im hinteren Teil des Zuschauerraums saß.

»Du musst ins Krankenhaus gehen und herausfinden, wo Maria bleibt. Wenn sie in einer halben Stunde nicht da ist, ist dieser Fall vorbei.«

»In Ordnung, ich renne rüber«, sagte Pat und wandte sich zum Gehen. *Gott sei Dank ist sie Läuferin,* dachte Jack. *Und das Krankenhaus ist nur drei Häuserblocks entfernt.* Dick hatte das einzige Auto, und er war bereits dort. Jack konnte jetzt nichts anderes mehr tun, als warten.

Er konzentrierte sich darauf, die Gesichter der Geschworenen zu beobachten, während sie das Video ansahen. Sie verfolgten es sehr aufmerksam, was ein gutes Zeichen war. *Wenn Maria es jetzt noch rechtzeitig schaffen würde, dann könnten wir diese Dreckskerle vielleicht verurteilen.*

Drei Häuserblocks entfernt spielte sich ein anderes Drama ab. Am frühen Morgen hatte sich Joaquins Zustand verschlechtert. Sein Herz hatte ausgesetzt; ein Code Blue wurde erklärt, und Notmaßnahmen wurden eingeleitet. Dick war eingetroffen, als sie in vollem Gang waren. Ärzte und Schwestern drängten sich um Joaquins Bett. Maria stand in einer Ecke und schien zu beten. Es war vollkommen undenkbar, dass er sie in diesem Augenblick zum Gehen würde überreden können. Er konnte nicht einmal fragen.

Sie hatten die Elektroden auf Joaquins Brust mehrfach unter Strom gesetzt, bevor das Herz wieder zu schlagen begann. Minuten später waren die Ärzte und Schwestern verschwunden, als seien sie Geister gewesen. Dick hatte im Leben viele Code Blues zu sehen bekommen, aber er konnte sich nie an sie gewöhnen. Und dieser hier war etwas anderes – es war sein bester Freund, der da auf dem Bett lag und durchgeschüttelt wurde wie eine Puppe.

Als Pat eintraf, standen sie beide am Bett und beteten das Ave-Maria. Sie war atemlos vom Rennen und blieb etwas abseits stehen, bis sie fertig waren.

»Was ist passiert?«, fragte sie.

»Sein Herz hat ausgesetzt«, antwortete Dick.

»Ist er jetzt okay?«

»Es sieht so aus. Die Schwester hat gesagt, die Lebenszeichen sind stabil.«

Pat wusste, es würde so gut wie unmöglich sein, Maria von seinem Krankenbett fortzulocken, aber sie musste es versuchen. »Maria, wir haben eine Viertelstunde, um ins Gericht zu gehen, oder der Fall ist gelaufen. Alles, für das Joaquin, du, Dick und Jack gearbeitet haben, wird umsonst gewesen sein, wenn du nicht aussagst.« Sich selbst erwähnte sie nicht, obwohl sie wusste, dass sie ebenso Teil davon gewesen war wie alle anderen.

»Ich kann ihn jetzt nicht allein lassen«, sagte Maria verzweifelt.

»Du musst. Joaquin würde es so wollen.« Sie verabscheute es, Joaquin so zu benutzen, aber es gab keine andere Möglichkeit.

Maria sah Dick an.

»Geh«, sagte er. »Ich bleibe hier. Pat hat recht, er würde wollen, dass du gehst.« Er holte die Schlüssel aus der Tasche und wollte sie Pat geben.

»Wir haben keine Zeit, das Auto zu holen. Wir müssen zum Gericht hinüberrennen und hoffen, dass wir rechtzeitig da sind.«

Der Gerichtsdiener schob das Fernsehgerät aus dem Raum, als sie schwer atmend im Gerichtssaal eintrafen. Pat sah die Erleichterung auf Jacks Gesicht.

»Rufen Sie Ihren nächsten Zeugen auf«, sagte der Richter.

»Die Anklage ruft Maria Lopez.«

Maria ging nach vorn und ließ sich vom Gerichtssekretär vereidigen.

»Bitte nennen Sie für das Protokoll Ihren Namen«, sagte Jack. Maria antwortete nicht. Ihr Gesichtsausdruck war abwesend.

»Ma'am« – der Richter beugte sich vor –, »Sie müssen die Frage beantworten.«

»Maria Lopez«, sagte sie. Sie wirkte immer noch benommen.

»Und, Ms. Lopez, wo sind Sie zur Zeit beschäftigt?«

»Ich bin Sekretärin im Büro des Staatsanwalts.«

Jack beschloss, ein Stück weit die Führung zu übernehmen.

»Sie arbeiten zur Zeit als meine Sekretärin, ist das richtig?«

»Ja.«

»Und bevor Sie für mich gearbeitet haben, haben Sie bei der Polizei von Bass Creek gearbeitet, trifft das zu?«

»Ja.«
»Und Sie haben im Besonderen für den Angeklagten, Wesley Brume, gearbeitet, ist das richtig?«
»Ja.«
»Als seine Sekretärin?«
»Ja.« Die Suggestivfragen waren vorbei. Jetzt musste sie sich konzentrieren.
»Wie lang haben Sie bei der Polizei gearbeitet, Ms. Lopez?« Keine Antwort. Jack wiederholte die Frage. »Wie lang haben Sie bei der Polizei gearbeitet, Maria?«
»Einspruch, Euer Ehren.« Jimmy DiCarlo war auf den Beinen. »Der Kollege behandelt die Zeugin zu vertraulich.« Maria sah Jimmy DiCarlo an, dann Clay Evans neben ihm, dann Wesley Brume, den Kerl, von dem sie wusste, dass er ihren Joaquin angeschossen hatte.
»Fünfzehn Jahre«, sagte sie, bevor der Richter auf den Einspruch reagieren konnte.
»Herr Anwalt, Sie werden die Zeugin nicht mit dem Vornamen ansprechen«, sagte der Richter zu Jack. »Und, Ma'am, warten Sie bitte mit der Beantwortung von Fragen, wenn Einspruch erhoben wurde. Verstehen Sie?«
Maria drehte den Kopf und sah dem Richter ins Gesicht. »Ja, Sir.« In diesem Augenblick wusste Jack, dass sie wieder da war.
»Ms. Lopez, würden Sie der Jury erklären, welche Funktionen Sie bei der Polizei von Bass Creek innehatten?«
»Die ersten sieben Jahre war ich Rezeptionistin. Danach bin ich Sekretärin geworden. Am Ende war ich Mr. Brumes Sekretärin.«
»Ms. Lopez, ich möchte mit Ihnen den vierundzwanzigsten Januar 1986 durchgehen. Welche Stellung hatten Sie zu dieser Zeit inne?«

»Ich war Rezeptionistin.«
»Und welche beruflichen Aufgaben hatten Sie zu dieser Zeit?«
»Ich habe das Telefon bedient, die Post geöffnet, die Ablage gemacht, manchmal etwas getippt – solche Arbeiten.«
»Erinnern Sie sich noch, was an diesem Tag passiert ist?«
»Ja.«
»Und warum erinnern Sie sich daran?«
»Ich habe als Zeugin darüber ausgesagt, im März desselben Jahres, glaube ich, und Sie haben mir erst vor kurzem ein Protokoll meiner Aussage gezeigt.«
»Was ist an diesem Tag passiert?«
»Mr. Brume hat Rudy Kelly zum Verhör zur Polizeidienststelle gebracht, und später ist seine Mutter Elena gekommen und hat verlangt, ihren Sohn sehen zu dürfen.«
»Wissen Sie noch den genauen Zeitpunkt, zu dem sie gekommen ist?«
»Ja, es war drei Uhr sechzehn nachmittags.«
»Und warum erinnern Sie sich so genau an die Uhrzeit?«
»Weil Elena verlangt hat, dass ich sie aufschreibe. Meine Notizen sind Teil der Ermittlungsakten, glaube ich. Außerdem habe ich es vor kurzem erst in meiner eigenen Zeugenaussage gelesen.«
»Haben Sie Elena damals gestattet, ihren Sohn zu sehen?«
»Nein.«
»Warum nicht?«
»Mr. Brume hat mich entsprechend instruiert. Irgendwann ist ein anderer Ermittler, Del Shorter, herausgekommen und hat mit ihr gesprochen, aber es ist ihr nie gestattet worden, nach hinten zu gehen und ihren Sohn zu sehen. Detective Brume hat ihn im Verhörraum befragt.«
Hier änderte Jack die Richtung. Er hatte einen als Beweis-

stück Nummer sechs bezeichneten Brief, den er Maria aushändigte. Es war Joaquins Kopie des Briefes vom zweiten Mai 1986, den Tracey James an Clay Evans geschrieben hatte. Joaquin hatte ihn Maria gegenüber eines Tages erwähnt, und sie hatte daraufhin gesagt, dass sie ihn in Wesley Brumes Büro gesehen hatte. Danach hatte sie Jack davon erzählt. Bis zu diesem Zeitpunkt hatte Jack nicht gewusst, dass er den Brief als Beweisstück verwenden konnte. Tracey war tot, und Clay würde vermutlich nicht aussagen. Joaquin hatte seine Kopie erhalten, aber Joaquin konnte nicht aussagen, dass Tracey den Brief an Clay geschickt oder dass Clay ihn erhalten hatte. Damit, dass Maria den Brief in Brumes Büro gesehen hatte, war die Verbindung hergestellt. Jack wusste, die Frage der Zulässigkeit des Briefes würde trotzdem schwierig werden.

»Haben Sie dies hier, Beweisstück Nummer sechs, schon einmal gesehen?«

»Ja, das habe ich.«

»Was ist es?«

»Es ist ein Brief mit Datum vom zweiten Mai 1986 von Tracey James an Clay Evans.«

»Und wer ist Tracey James?«

»Sie war die Anwältin, die Rudy Kelly vertreten hat, bevor der Pflichtverteidiger seinen Fall übernommen hat.«

»Und wann haben Sie diesen Brief gesehen?«

»Um die Zeit, als er geschrieben wurde, wahrscheinlich nur ein paar Tage später. Clay Evans ist auf die Polizeidienststelle gekommen, um mit Mr. Brume zu sprechen, was er vorher noch nie getan hatte. Sie haben in seinem Büro geredet, und ich bin hineingegangen, weil Detective Brume etwas unterschreiben musste, das sofort abgeschickt werden sollte. Der Brief hat auf dem Schreibtisch gelegen. Während Mr. Brume das Dokument durchgelesen hat, das er unterschreiben sollte, habe ich den Brief gelesen. Ich habe ihm über die linke Schulter gesehen dabei. Als ich aus dem Zimmer gegangen bin, habe ich Mr. Brume sagen hören: ›Das kann die doch nicht ernst meinen.‹ Mr. Evans hat nichts dazu gesagt, oder jedenfalls nichts, das ich gehört hätte.«

Jack wandte sich an den Richter. »Euer Ehren, ich würde diesen Brief gern als Beweisstück einreichen.«

»Ich habe mehrere Einwände«, meldete sich Jimmy DiCarlo zu Wort.

»Treten Sie näher«, sagte der Richter.

Als sie vor der Richterbank standen, begann Jimmy mit seiner Litanei der Gründe, weshalb der Brief nicht als Beweisstück zugelassen werden sollte.

»Ich habe diesen Brief noch nie im Leben gesehen, Richter.«

»Ich habe ihn Ihnen geschickt«, sagte Jack, »als ich auf Ihren Antrag auf Offenlegung geantwortet habe. Er ist auf meiner vorläufigen Liste von Beweismaterialien aufgeführt.«

»Haben Sie noch weitere Gründe?«, fragte der Richter.

»Er ist Hörensagen, und außerdem kann er diesen Brief nur entweder über meinen Mandanten oder über Ms. James präsentieren, und mein Mandant sagt nicht aus.«

Der Richter sah Jack an. »Gegenargumente?«

»Euer Ehren, Tracey James ist tot, und es gibt Ausnahmen bei der Hörensagenregel, wenn ein Mensch tot ist. Außerdem ist dieser Brief kein Hörensagen, denn er wird ja nicht wegen des Wahrheitsgehalts seines Inhalts vorgelegt. Er wird lediglich als Beweis dafür vorgelegt, dass er abgeschickt wurde und angekommen ist.«

Der Richter sah Jimmy an, der offensichtlich keine Ahnung hatte, wie er darauf reagieren sollte. Hätte er die richtigen Fragen gestellt, dann hätte Jimmy erfahren können, dass Clay

Evans die Polizeidienststelle an diesem Tag mit dem Brief in der Hand verlassen hatte und dass der Brief, den Jack Maria gezeigt hatte, Joaquins Kopie gewesen war, aber Jimmy war zu verwirrt, um so rasch zu denken.

Und trotzdem gab der Richter zu Jacks Überraschung dem Antrag statt.

»Ich werde ihn nicht zulassen, Mr. Tobin. Dieser Brief basiert ausschließlich auf einem Bericht, den Joaquin Sanchez, Ms. James' Ermittler, über seine Unterhaltung mit einem Mann namens Pablo verfasst hat. Dieser Bericht ist ganz fraglos Hörensagen. Die Unterhaltung, die diese beiden Männer geführt haben, war fraglos Hörensagen. Ein Brief, in dem Ms. James schreibt, dass dieser Geronimo der Mörder war, und der auf dieser *unzulässigen* Aussage beruht, ist aus diesem Grund ebenfalls Hörensagen.«

»Aber Euer Ehren«, sagte Jack, »ich präsentiere den Brief doch nicht aufgrund seines Wahrheitsgehalts.«

Der Richter lächelte Jack an. Es war ein »Erwischt!«-Lächeln. »Mr. Tobin, ich praktiziere die Juristerei seit fast fünfzig Jahren. Ich kann Ihnen gar nicht sagen, wie oft ich diesen Einwand schon gehört habe, und ich verstehe ihn immer noch nicht so ganz. Insofern – werden wir bei unserer Analyse doch ein bisschen konkreter. Sie wollen den Brief vorlegen, damit die Jury erfährt, dass Clay Evans damals im Mai 1984 von Tracey James darüber informiert wurde, dass Geronimo Cruz der Mörder war, aber Sie wollen ihn nicht deshalb vorlegen, um aufzuzeigen, dass er der Mörder war, sondern lediglich, um zu zeigen, dass Evans darüber informiert wurde, ist das richtig?«

»Genau, Euer Ehren.«

»Folgendes Problem habe ich damit, Mr. Tobin. Sie wollen diesen beiden Männern zu ihrem Nachteil die Kenntnis dieser Information zuschreiben, obwohl diese Information nicht zulässig und somit irrelevant ist, argumentieren aber, dass das in Ordnung ist, weil Sie den Brief ja nicht wegen seines Wahrheitsgehalts einreichen. Das ist juristische Hochleistungsgymnastik, Herr Anwalt.«

Jack wusste, dass der Richter recht hatte. Was Jimmy DiCarlo anging, so hätten die beiden anderen ebenso gut Griechisch sprechen können. Er hatte nicht die geringste Vorstellung, wovon sie eigentlich redeten.

Der Richter wandte sich an die Jury. »Meine Damen und Herren, ich habe entschieden, dass dieser Brief als Beweisstück unzulässig ist, und ich instruiere Sie hiermit, jede Zeugenaussage zu ignorieren, die über diesen Brief gemacht wurde. Er sollte bei Ihren Erwägungen keinerlei Rolle spielen.« Dann wandte er sich wieder an Jack. »Herr Anwalt, bitte fahren Sie fort.«

»Danke, Euer Ehren. Ms. Lopez, ich würde gern weitergehen ins Jahr 1988. Welche Funktion hatten Sie zu diesem Zeitpunkt bei der Polizei?«

»Ich war immer noch Rezeptionistin.«

»Hatten Sie die gleichen beruflichen Aufgaben?«

»Ziemlich genau, ja.«

»Hat die Polizeidienststelle im Jahr 1988 einen Brief von der Polizei von Del Rio, Texas, bekommen?«

»Ja. Ich erinnere mich nicht an das genaue Datum, aber es gab einen Brief von der Polizei von Del Rio, und weil es zu meinen Aufgaben gehörte, die Post zu öffnen, habe ich auch gesehen, worum es darin ging. Sie hatten einen Mann namens Geronimo Cruz verhaftet, weil er verdächtigt wurde, eine Frau vergewaltigt und ermordet zu haben, und sein Führerschein war in Florida ausgestellt worden und hat eine Adresse in Bass Creek angegeben. Der Grund dafür, dass sie an unsere Polizeidienststelle geschrieben hatten, war der, dass sie wissen wollten, ob er hier Vorstrafen hatte oder wegen irgendwelcher Vergehen in der Gegend gesucht wurde. Wir haben ständig Anfragen dieser Art bekommen – es war ein ganz typischer Brief.«

»Wenn es eine typische Anfrage dieser Art war, warum erinnern Sie sich dann daran?«

»Weil er etwas mit dem Fall Kelly zu tun hatte, und das war der spektakulärste Fall, den wir jemals hatten.«

»Woher haben Sie gewusst, dass er etwas mit dem Fall Kelly zu tun hatte?«

»Also, Geronimo war einer der Zeugen, die nach dem Mord an Lucy verschwunden waren. Die meisten Leute im Barrio waren sich sicher, dass Geronimo der wirkliche Mörder war, und deshalb war es mir wichtig.«

Mit der letzten Aussage war sie zu weit gegangen, und Jack wusste es. Hätte er noch Gelegenheit gehabt, sie auf die Aussage vorzubereiten, hätte sie einen solchen Fehler nie gemacht.

Jimmy DiCarlo ließ sich die Gelegenheit nicht entgehen. »Einspruch, Euer Ehren. Ich beantrage, die Antwort als Hörensagen und der Frage nicht entsprechend zu streichen. Richter, dürfen wir näher treten?« Jimmy war fuchsteufelswild.

»Kommen Sie schon«, sagte Richter Stanton müde.

Jimmy stürzte förmlich nach vorn. »Das ist indiskutabel, Richter. Sie hat gerade für die gesamte Nachbarschaft ausgesagt. Ich beantrage einen Freispruch wegen Verfahrensmängeln!«

Der Richter sah Jack an, der sofort reagierte. »Ich stimme zu, ihre letzte Aussage war unangebracht, Euer Ehren. Aber ich glaube, Sie können die Jury instruieren, das zu ignorieren.

Ich glaube nicht, dass man hier von Verfahrensmängeln sprechen kann.«

»Ich auch nicht, Mr. Tobin, aber seien Sie bitte sehr vorsichtig. Sie wollen sicher nicht, dass Ihre gesamte Argumentation den Bach runtergeht.«

»Jawohl, Euer Ehren.«

Jimmy war noch nicht fertig. »Aber Euer Ehren, die Jury hat es gehört. Man kann es nicht mehr aus ihrem Gedächtnis löschen.«

»Ich habe entschieden, Mr. DiCarlo. Machen wir weiter. Ich werde die Jury entsprechend instruieren.«

Jimmy gab immer noch nicht auf. »Aber Euer Ehren …«

»Noch ein Wort, Mr. DiCarlo, und ich belange Sie wegen Missachtung des Gerichts. Ist das klar?«

»Ja, Sir.«

Die Anwälte kehrten an ihre Plätze zurück, und der Richter wies die Jury an, die letzte Aussage zu ignorieren. Auch Maria wurde ermahnt. »Ms. Lopez, bitte machen Sie nur Aussagen über Dinge, die Sie wissen, nicht über Gerede aus der Nachbarschaft oder dergleichen, verstehen Sie?«

»Ja, Euer Ehren.«

»Fahren Sie fort, Herr Anwalt.«

»Was haben Sie mit dem Brief getan?«

»Ich habe Detective Brume sofort davon erzählt.«

»Und was hat er getan?«

»Er hat gesagt, ich soll das Büro des Generalstaatsanwalts anrufen. Ich habe gehört, wie er dem Generalstaatsanwalt, Mr. Evans, von dem Brief erzählt hat. Und dann hat er gesagt, er würde sofort vorbeikommen, und ist aus dem Büro gerannt – ich nehme an, zum Büro des Generalstaatsanwalts.«

»Was ist mit dem Brief passiert?«

»Er hat ihn mitgenommen.«

»War dies ein Brief eines Typs, den man normalerweise irgendwo abgelegt hätte?«

»Ja. Wahrscheinlich in der Kelly-Akte.«

»Und haben Sie den Brief abgelegt?«

»Nein. Ich habe ihn nie wieder zu sehen bekommen.«

Das Gemurmel im Zuschauerraum begann erneut. Richter Stanton betätigte seinen Hammer ein Mal. »Ruhe!«, brüllte er mit einem drohenden Blick zu den Zuhörern hin.

Jack merkte, dass der Moment richtig war, und sagte: »Keine weiteren Fragen, Euer Ehren.«

»Kreuzverhör?« Die Frage war kaum gestellt, als Jimmy auf den Beinen und auf dem Weg zu Maria hinüber war.

»Ja, Euer Ehren«, sagte er, wobei er so nahe an sie herantrat, wie er konnte, ohne dass es zu offensichtlich nach Einschüchterung aussah.

»Ms. Lopez, ich möchte auf Ihre neue Beschäftigung bei Mr. Tobin eingehen. Entspricht es den Tatsachen, dass Sie Ihre Stelle bei Mr. Tobin gleich am ersten Tag seiner Arbeit als Generalstaatsanwalt für Cobb County angetreten haben?«

»Ja, das trifft zu.«

»Und es war derselbe Tag, an dem Sie bei der Polizei gekündigt hatten, richtig?«

»Ja.«

»Und wie lang hatten Sie bei der Polizei gearbeitet – fünfzehn Jahre?«

»Ja, das stimmt.«

»Und Sie haben fristlos gekündigt – das ist ziemlich abrupt, oder nicht?«

»Ich weiß nicht, wie Sie das meinen«, sagte sie, während sie ihm direkt ins Gesicht sah.

»Ist es fair, wenn ich sage, dass Sie Mr. Brume nicht gemocht haben?«

»Ja, das ist fair«, antwortete sie, während sie an Jimmy vorbei zu der fetten kleinen Kröte am Tisch der Verteidigung hinübersah.

»Und Sie mochten die Art und Weise nicht, wie er den Fall Kelly bearbeitet hat, stimmt das?«

»Nein, ich mochte sie nicht.«

»Im Besonderen hat Ihnen die Art nicht gefallen, wie Rudys Mutter Elena behandelt wurde, als sie damals Ende Januar 1986 in die Polizeidienststelle gekommen ist?«

»Nein, sie hat mir nicht gefallen.«

»So respektlos hätte man eine weiße Frau dort nicht behandelt, oder?« Jack hätte Einspruch erheben können, aber er ließ die Frage durchgehen. Die Jury hatte ein Recht darauf, die Wahrheit zu erfahren.

»Nein, das hätte man nicht«, antwortete Maria mit einem weiteren Blick zu Wesley hinüber.

»Und es hat Ihnen auch nicht gefallen, wie Mr. Evans den Fall Rudy Kelly bearbeitet hat, stimmt das?«

»Ja.«

»Und das haben Sie Mr. Tobin gesagt?«

»Ja, das habe ich.«

»Und haben Sie es ihm gesagt, bevor er Generalstaatsanwalt wurde?«

»Ja.«

»Und Sie und er hatten Ihre Kündigung bei der Polizei bereits geplant, *bevor* er Generalstaatsanwalt wurde, richtig?«

»Ja.«

»Weil er Ihnen schon vor seiner Ernennung zum Generalstaatsanwalt und vor seiner Einberufung der Grand Jury gesagt hatte, dass er diese beiden Männer anklagen würde, richtig?«

»Ja.«

»Weil er bereits wusste, dass sie schuldig sind?«

»Ja.«

Wie die meisten Anwälte, die im Kreuzverhör eine Glückssträhne erwischen, wusste auch Jimmy DiCarlo nicht, an welchem Punkt er hätte aufhören müssen. Er hatte ein Double erzielt, sein Runner war unterwegs zur dritten Base und hätte sie mühelos erreicht, aber Jimmy wollte den Homerun, und so fragte er weiter.

»Wo leben Sie zurzeit?«

»Auf einer Ranch außerhalb der Stadt.«

»Und leben Sie mit Mr. Tobin zusammen?« Jack glaubte sich verhört zu haben. Maria zögerte.

»Es ist nicht, dass ...«

Jimmy unterbrach. »Einfach nur ja oder nein, Ms. Lopez. Leben Sie mit Mr. Tobin zusammen?«

»Ja.«

»Und leben Sie außerdem auch mit einem Mr. Joaquin Sanchez zusammen, der früher gelegentlich für Ms. Tracey James gearbeitet hat?«

»Ja«, sagte sie; ihre Stimme zitterte.

»Und trifft es zu, dass Sie mit Mr. Tobin und Mr. Sanchez seit dem Tag zusammengelebt haben, an dem Sie die Polizeidienststelle verlassen haben, um für Mr. Tobin zu arbeiten?«

»Ja.«

»Ich habe sehr aufmerksam zugehört, als Sie Ihre Aussage über den Brief gemacht haben, der 1988 von der Polizei von Del Rio einging. Haben Sie gesagt, Mr. Brume hätte Sie im Büro des Generalstaatsanwalts anrufen lassen, nachdem er den Brief gelesen hatte?«

»Ja.«

»Hat er Ihnen gesagt, Sie sollten für ihn beim Büro des Generalstaatsanwalts anrufen?«

»J-a«, sagte sie, mit einem fragenden Zögern in der Stimme. »Nicht Mr. Evans?«
»Nein, ich glaube, er hat nicht spezifisch Mr. Evans' Namen genannt, aber ich habe gewusst …«
Jimmy unterbrach sie wieder. »Haben Sie gehört, wie Mr. Evans sich gemeldet hat?«
»Nein. Ich hatte das Telefon schon an Mr. Brume weitergegeben.«
»Und sind Sie einfach davon ausgegangen, dass Mr. Brume mit Mr. Evans geredet hat, oder haben Sie Mr. Brume tatsächlich Mr. Evans' Namen aussprechen hören?«
»Ich bin davon ausgegangen, dass er mit Mr. Evans geredet hat, weil Mr. Evans der einzige Generalstaatsanwalt war, der den Fall Kelly bearbeitet hat.«
»Sie haben also nicht gehört, dass er Mr. Evans' Namen ausgesprochen hätte?«
»Nein.«
»Und als Mr. Brume zu Ihnen gesagt hat, Sie sollten das Büro des Generalstaatsanwalts anrufen, hat er Ihnen keinen Grund dafür genannt, oder?«
»Nicht ausdrücklich, nein.«
»Sie sind einfach davon ausgegangen, dass es wegen des Briefes gewesen sein musste, den er gerade gelesen hatte, richtig?«
»Ja.«
»Sie haben den Inhalt der Unterhaltung nicht gehört, richtig?«
»Na ja, ich habe Mr. Brume sagen hören, er würde sofort vorbeikommen, aber natürlich konnte ich nicht hören …«
»Sie haben Mr. Brume einfach nur sagen hören: ›Ich komme sofort vorbei‹?«
»Das ist richtig.«
»Wie viele Staatsanwälte hat es im Jahr 1988 neben Mr. Evans

im Büro des Generalstaatsanwalts für Cobb County gegeben?«

»Vier.«

»Und trifft es zu, dass die Polizeidienststelle regelmäßig mit all diesen Staatsanwälten zu tun hatte?«

»Ja.«

»Und das traf auch auf Mr. Brume zu? Er hat regelmäßig mit all diesen Staatsanwälten gesprochen, richtig?«

»Ja.«

»Und er ist auch ins Büro der Staatsanwaltschaft gegangen, um mit diesen Leuten zu sprechen, richtig?«

»Von Zeit zu Zeit.«

»Er hätte also auch jeden anderen dieser Staatsanwälte aus einem vollkommen anderen Grund anrufen können, oder nicht?«

»Das glaube ich nicht.«

»Aber Sie wissen es nicht mit Sicherheit, oder?«

»Nicht mit Sicherheit, nein.«

»Und Sie haben keinerlei spezifische Hinweise darauf, mit Ausnahme Ihrer eigenen Vermutungen, dass Mr. Evans am Telefon war oder dass Mr. Brume losgegangen ist, um mit Mr. Evans zu sprechen – und mit spezifischen Hinweisen meine ich, dass Sie niemals gehört haben, dass Mr. Brume Ihnen gesagt hätte, Sie sollten Mr. Evans ans Telefon holen, dass Sie niemals Mr. Evans' Stimme am Telefon gehört haben und dass Sie niemals gehört haben, dass Mr. Brume Mr. Evans' Namen ausgesprochen hätte, während er telefoniert hat, ist das richtig?« Jimmy rasselte den Satz herunter wie ein Maschinengewehr.

»Ja, das ist richtig. Ich habe nichts von alldem gehört. Aber er hat den Brief gelesen und mir gleich danach gesagt, ich soll für ihn bei der Generalstaatsanwaltschaft anrufen.«

»Keine weiteren Fragen, Euer Ehren.« Jimmy warf einen arroganten Blick zu Jack hinüber, als er zu seinem Platz zurückkehrte, als wollte er sagen: *So nimmt man jemanden ins Kreuzverhör.* Aber der Blick brachte Jack nicht aus der Fassung. Er stand bereits auf, als Richter Stanton fragte: »Zweitvernehmung?«

»Ja, Euer Ehren. Danke.« Jack stand neben Maria, aber er sah zum Tisch der Verteidigung hinüber und Jimmy DiCarlo ins Gesicht. »Ms. Lopez, der Anwalt der Verteidigung hat Sie gerade gefragt, ob Sie mit mir zusammenleben, seit Sie angefangen haben, für mich zu arbeiten, und Sie haben dies bestätigt. Gibt es einen bestimmten Grund, weshalb Sie zu mir gezogen sind?«

Jimmy war augenblicklich auf den Beinen. »Einspruch, Euer Ehren. Dürfen wir näher treten?«

»Nur zu, nur zu.« Richter Stanton hatte einen gereizten Gesichtsausdruck aufgesetzt, war aber unverkennbar gespannt darauf, was jetzt kommen würde. Der ganze Saal schien sich vorzubeugen in der Hoffnung, etwas aufzuschnappen.

»Euer Ehren, dies ist irrelevant«, sagte Jimmy, bevor er die Richterbank auch nur erreicht hatte. »Ich weiß nicht, was sie jetzt sagen wird, aber ich glaube, es könnte nachteilig sein.«

»›Ich glaube, es könnte nachteilig sein‹ – das ist eine Formulierung, die ich bei einem Einspruch noch nicht gehört habe. Was sagen Sie dazu, Mr. Tobin?«

»Ja nun, Euer Ehren, das ist eine Tür, die Mr. DiCarlo aufgestoßen hat. Ich habe nicht eine einzige Frage darüber gestellt, wo Ms. Lopez lebt. Mr. DiCarlo möchte der Jury den Eindruck vermitteln, dass Ms. Lopez, Mr. Sanchez und ich in einer Art bizarrer Dreierbeziehung leben, will ihr aber nicht erlauben zu erklären, weshalb sie sich in meinem Haus aufhält – weil das für seine Mandanten nachteilig sein könnte.

Das hätte er sich überlegen sollen, bevor er diese Frage stellt und uns alle in Verruf zu bringen versucht.«

»Ich stimme Ihnen zu«, bemerkte der Richter. »Mr. DiCarlo, Sie haben diese Tür aufgestoßen, jetzt werden wir wohl sehen müssen, wohin sie führt. Einspruch abgewiesen.«

Jack ging zurück ans Pult. Jimmy DiCarlo kehrte an seinen Tisch zurück, wo Clay Evans ihn wütend anstarrte.

Jack wiederholte seine Frage. »Ms. Lopez, gibt es einen Grund, warum Sie zu mir gezogen sind?«

»Ja. Ich hatte Angst. Ihre Ermittlerin, Nancy Shea, war bei mir zu Besuch, und ich hatte ihr das Gleiche erzählt, was ich hier vor Gericht ausgesagt habe. Sie ist umgekommen, kaum dass sie mein Haus verlassen hatte.«

Der Gerichtssaal explodierte, und die Geschworenen sahen fassungslos aus. Mehrere Journalisten sprangen auf und versuchten über ihre Kollegen hinwegzuklettern, um den Mittelgang zu erreichen. Innerhalb von Sekunden herrschte Chaos, und nichts, das Richter Stanton tun konnte, brachte es unter Kontrolle. Nachdem er mehrmals den Hammer betätigt und aus Leibeskräften »Ruhe!« gebrüllt hatte, wies er die Gerichtsdiener an, den Saal zu räumen.

Es dauerte mehrere Minuten, bis alle draußen waren. Allmählich ebbte der Lärm ab, als der Saal sich leerte, und die verbliebenen Anwesenden – der Richter, die Anwälte, die Angeklagten, die Zeugin, die Jury und die Angestellten des Gerichts – blieben in vollkommener Stille zurück.

Jimmy DiCarlo stand auf. »Euer Ehren, dürfen wir näher treten?«

»Kommen Sie her«, sagte der Richter, ohne ein Zeichen der Ungeduld erkennen zu lassen. Es gab kein Publikum mehr, dem er etwas vormachen musste.

»Euer Ehren, ich möchte meinen Einspruch gegen diese Fragen wiederholen. Ich beantrage, die Antwort zu streichen, und ich beantrage, diese Verhandlung wegen Verfahrensmängeln zu beenden. Wir sind nicht hier, um den angeblichen Mord an dieser Nancy, wer das auch immer ist, zu untersuchen. Die Zeugin hat meine Mandanten gerade mehr oder weniger eines Mordes bezichtigt, der mit der Frage, die vor diesem Gericht verhandelt wird, nichts zu tun hat, und wenn das nicht nachteilig für sie ist, dann wüsste ich nicht, was es sein sollte.« Jimmy brüllte beinahe, als er zum Ende kam.

»Vorsicht, Herr Anwalt. Bitte behalten Sie im Gedächtnis, mit wem Sie gerade reden. Mr. Tobin, haben Sie eine Erwiderung?«

»Jawohl, Euer Ehren. Die Zeugin hat als Reaktion auf eine vollkommen akzeptable Frage genau das getan, was von einer Zeugin erwartet wird – sie hat Tatsachen genannt. Keine persönlichen Ansichten, keine persönlichen Schlussfolgerungen, einfach nur Tatsachen nach bestem Wissen. ›Ich hatte Angst‹ – Tatsache. ›Nancy Shea hat mich besucht, und ich habe ihr erzählt, was ich dem Gericht erzählt habe‹ – Tatsache. ›Nancy Shea ist umgekommen, kaum dass sie mein Haus verlassen hatte‹ – Tatsache, Euer Ehren«, sagte Jack; er hatte Mühe, seinen Ärger zu beherrschen, und die letzten drei Worte spuckte er förmlich aus.

»Mr. DiCarlo, ich stimme Ihnen zu, diese Aussage lässt Ihre Mandanten nicht gerade im besten Licht erscheinen, aber das ist Ihr Problem. Sie haben sich auf dieses recht abschüssige Gelände begeben – nicht ich und nicht Mr. Tobin. Ihr Einspruch ist abgewiesen, Ihr Antrag ebenfalls und Ihr Argument der Verfahrensmängel desgleichen. Wäre da sonst noch etwas?«

»Nein, Euer Ehren.« Jimmy hatte den unverkennbaren Gesichtsausdruck eines Juristen, der gerade seinen Meister gefunden hat.

»Dann machen wir doch weiter.«

Jack kehrte ans Pult zurück. »Ms. Lopez, weshalb hat Mr. Sanchez in meinem Haus gelebt?«

»Er und Dick Radek leben dort. Sie sind Polizeibeamte aus Miami im Ruhestand und wurden von Ihnen als Leibwächter engagiert.«

»Keine weiteren Fragen, Euer Ehren.«

Jimmy hatte die Beherrschung zurückgewonnen – er war ausgesprochen hartnäckig – und war schon wieder auf den Beinen und unterwegs in Richtung Zeugenstand, und so fragte ihn der Richter gar nicht erst, ob er seinerseits noch Fragen hatte. »Diese Nancy Shea – Mr. Tobins Ermittlerin –, sie ist bei einem Autounfall umgekommen, richtig?«

»Ja.«

»Einem Unfall?«

»Hat man jedenfalls gesagt.«

»Und ›man‹ ist in diesem Fall das Büro des Sheriffs und somit eine vollkommen andere Behörde als die Polizei von Bass Creek?«

»Ja.«

»Aber Sie glauben ihnen nicht, oder?«

»Nein.«

»Keine weiteren Fragen.«

Jack wollte das letzte Wort haben. »Euer Ehren, darf ich gegenfragen? Ich habe nur noch ein, zwei Fragen.«

»Machen Sie's kurz.«

»Wo ist Joaquin Sanchez jetzt?«, fragte Jack Maria. Sie erkannte das Stichwort.

»Im Krankenhaus. Er wurde neulich Abend angeschossen, nachdem wir auswärts gegessen hatten.«

»Das war kein Unfall, oder doch?«
»Einspruch, Euer Ehren.«
»Treten Sie näher.«
»Wurde wirklich auf diesen Mann geschossen?«, fragte der Richter Jack.
»Ja, Sir«, antwortete Jack. »Es war kein Unfall.«
»Euer Ehren ...«, begann Jimmy, aber der Richter unterbrach ihn. »Mr. DiCarlo, ich neige dazu, Ihnen zuzustimmen – wir können immer nur einen Mord auf einmal verhandeln –, aber Sie stoßen immer neue Türen auf. Ich sage Ihnen etwas, ich werde Ihrem Antrag stattgeben und die Jury anweisen, diese letzten Fragen über Joaquin Sanchez zu ignorieren, und ich werde keine weiteren Fragen mehr stellen lassen. Das ist vollkommen aus dem Ruder gelaufen. Mr. Tobin, sind Sie fertig?«
»Ja, Sir, die Anklage hat abgeschlossen.«
»Mr. DiCarlo, sind Sie bereit, Ihre Position vorzutragen? Haben Sie Zeugen, die Sie aufrufen wollen?«
»Ich habe mindestens zwei, Richter – möglicherweise zwei weitere. Ich würde gern morgen früh anfangen, wenn das möglich ist. Und ich habe einen Antrag auf Freispruch.«
»Okay. Ich mache hier Schluss, sobald Mr. Tobin offiziell abgeschlossen hat. Seien Sie morgen um neun Uhr hier. Oh, und Mr. DiCarlo, Ihr Antrag ist abgewiesen. Ich werde ihn erwägen, wenn das gesamte Material vorgelegt wurde, einschließlich des Widerlegungsmaterials.«
»Ja, Sir«, antworteten die Anwälte im Chor.

An diesem Nachmittag aßen Jimmy DiCarlo und Clay Evans ein verspätetes Mittagessen in Jimmys Hotelzimmer.
»Ich glaub's einfach nicht, dass Sie das getan haben!«, brüllte Clay Evans, sobald der Zimmerkellner verschwunden war.

»Was getan habe?«, fragte Jimmy, obwohl er genau wusste, wovon Clay sprach. »Ich musste sie im Zeugenstand erledigen.«
»Es war nicht nötig, mich gleich mit zu erledigen! Sie hatten sie doch erledigt – Sie sind einfach zu weit gegangen. Jetzt hält mich der Richter für einen Killer. Er wird den Fall der Jury geben, und dann bin ich dran – ich kann's denen doch ansehen!«
»Wir haben noch eine Chance.«
»Was für eine?«
»Sie könnten aussagen. Sie und Brume könnten sagen, Sie haben diesen Brief niemals bekommen, Sie wissen gar nicht, wovon Maria Lopez überhaupt redet.«
»Sie haben's immer noch nicht kapiert, Sie dämlicher Wichser.«
»Was kapiert?«
»Tobin will, dass wir aussagen. Er wartet. Er hat irgendwas in der Hinterhand. Sie können Brume aussagen lassen, wenn Sie wollen, aber mich kriegen Sie nicht mal in die Nähe des Zeugenstands. Ich lasse es darauf ankommen.«
Jimmy antwortete nicht gleich. Er biss ein riesiges Stück von seinem Sandwich mit Corned Beef ab und kaute; dann sah er zu Clay hinüber.
»Es gibt noch eine andere Möglichkeit.«
»Nämlich?«
»Sie würde erfordern, dass *Sie* einen von diesen Beuteln mit Geld bei *mir* abliefern.«
»Wie viel?«
»Zweihundertfünfzigtausend Dollar.«
Einen Moment lang kam Clay der Gedanke, dass Jimmy die ganze Geschichte zu dem einzigen Zweck eingefädelt hatte, ihm am Ende dieses Angebot machen zu können. Und er

hatte dem Dreckskerl schon zweihunderttausend Dollar für die mieseste Verteidigung gezahlt, die er jemals gesehen hatte. *Aber nein, so schlau ist er nicht. Er ist bloß an den falschen Gegenanwalt geraten.*

»Und was kriege ich für mein Geld?«

»In diesem Fall haben Sie die Anklage eliminiert, wenn Sie den Ankläger eliminieren. Kein anderer hätte diesen Prozess auch nur angestrengt.«

»Das ist eine Sache, die Brume nicht kapiert hat. Er hat versucht, jeden umzubringen außer Tobin.«

»Sind Sie sich sicher, dass es Brume war?«, fragte Jimmy.

»Wer soll es sonst gewesen sein? Aber ich frage mich wirklich, warum der fette kleine Ficker alle Welt umbringt. Er weiß, dass da was im Busch ist. Wo sind eigentlich die ehrlichen Leute geblieben?«

Jimmy verschluckte sich fast an seinem Sandwich. »Wenn Sie interessiert wären, könnte ich für morgen früh etwas arrangieren«, sagte er, ohne auf die Tirade einzugehen. »Diese Typen sind Profis, die schießen nicht daneben. Und Sie und ich geben hinterher eine Pressekonferenz auf der Vortreppe.«

»Ich habe nichts zu verlieren. Ich bin dran. In Ordnung, machen wir's.«

»Sie kennen den Ablauf ja. Wir machen es so wie immer. Nur dass diesmal *Sie* um Mitternacht einen Beutel mit zweihundertfünfzigtausend Dollar auf Ihre hintere Veranda stellen.«

»Können Sie mir nicht ein paar Tage Zeit lassen? Die Banken schließen in zwei Stunden, und ich brauche über eine Stunde, um nach Miami zu fahren!«

»Geht nicht, Euer Ehren. Diese Leute sind keine Bankiers. Die machen die Dinge in bar ab.« Jimmy hielt es für unnötig, Clay zu erzählen, dass sein eigener Anteil satte hunderttausend Dollar betragen würde. Diese Summe, zusammen mit dem Anwaltshonorar von zweihunderttausend, bedeutete, dass die Dinge sich für Jimmy recht gut anließen, ganz gleich, wie der Prozess ausgehen würde.

Später an diesem Tag machte Jimmy einen Besuch bei seinem zweiten Mandanten, Wesley Brume. Er hatte Clay zwar eine Garantie gegeben, aber es war immer ratsam, einen Plan B zu haben. Für den unwahrscheinlichen Fall, dass Jack Tobin am nächsten Tag im Gerichtssaal erscheinen würde, brauchte er Wesley Brume als Zeugen.

Wes' Einschätzung der Ereignisse des Tages war deutlich schmeichelhafter als die von Clay Evans.

»Am Ende ist es nicht besonders gut gelaufen, oder?«

»Ach was, das gehört zum Geben und Nehmen bei einem Prozess einfach dazu. Morgen ist ein neuer Tag, und wir haben für Jack Tobin ein paar Überraschungen auf Lager.«

»Dieses Arschloch sollte mal eine Lehre verpasst kriegen.«

»Stimmt, Wesley, und Sie wären der richtige Mann, um ihm die zu verpassen.«

»Ich?«

»Ja, Sie. Sie sind Polizeichef hier in Bass Creek. Die Leute müssen von Ihnen hören. Sie müssen die Wahrheit erfahren. Sie müssen wissen, dass Maria Lopez lügt.«

»Was ist mit Clay? Der ist doch der Bundesrichter.«

»Der ist außerdem ein Weichei. Sie wissen das – Sie haben jahrelang mit ihm zusammengearbeitet. Er hat einfach nicht die Eier, die es braucht, um hinzugehen, den Eid abzulegen und den Mund aufzumachen. Sie schon.«

Grunt begann sich am Kopf zu kratzen. Jimmy DiCarlo hatte fraglos recht mit seiner Einschätzung – woher kannte der Mann ihn eigentlich so gut? Er hatte nur ein einziges Mal mit dem Typen geredet, und das war ein Telefongespräch von fünf Minuten Länge gewesen. Um den ganzen Anwaltskram hatte Clay sich gekümmert und ihm gesagt, er sollte sich keine Gedanken deswegen machen. Wie auch immer. Wes hatte keine Bedenken wegen der Zeugenaussage. Er ging davon aus, dass die Probleme bereits aus der Welt geschafft waren. Er konnte Maria Lopez eine Lügnerin nennen, erklären, dass der Brief nur in ihrer Einbildung existierte, und die Angelegenheit war erledigt. Eine Sache allerdings gab es, die er vorab geklärt haben wollte.

»Sie haben mit der Polizei von Del Rio geredet, oder?«

»Yeah, und die haben keinen Beleg für so einen Brief. Der Mann, der ihn geschrieben haben würde, kommt morgen her. Er wird sagen, dass er sich nicht entsinnen kann, den Brief geschickt zu haben, und ihn auch nirgends in den Akten hat.«

»In Ordnung, ich sage aus. Ich habe ja nichts zu verlieren, oder?«

Außer deinem Leben, du Trottel, aber Jimmy sagte einfach: »Im Moment nicht.«

48

Dick erkannte das Arrangement, lang bevor die Dinge ihren Lauf zu nehmen begannen. Sie hatten die Ranch verlassen und waren auf einer Nebenstraße unterwegs in die Stadt. Es war fast acht Uhr, und die Sonne war bereits aufgegangen. Jack und Pat saßen auf der Rückbank; Jack ging seine Notizen durch, in der Hoffnung, dass dies der Tag werden würde, auf den er gewartet hatte – der Tag, an dem er sowohl Wesley Brume als auch Clay Evans ins Kreuzverhör nehmen konnte.

Dick und Joaquin hatten drei unterschiedliche Routen in die Stadt ausgearbeitet, die sie abwechselnd abfuhren. Auf diesen Strecken kannten sie jede Straßenbiegung, jede Einmündung, jedes Blatt an den Bäumen – jede Stelle, an der ein Hinterhalt möglich war.

Als Dick das Auto um eine Biegung lenkte und weiter vorn die Motorhaube eines Wagens in der Einmündung einer Nebenstraße entdeckte, wusste er sofort, dass etwas im Gang war.

»Jack, hol die Waffen raus.«

»Was?«

»Hol die Waffen raus!«, brüllte Dick. »Die werden uns hier überfallen.« Pat war zur Seite gerutscht, und Jack kramte hastig die AK-47er unter der Bank hervor. »Ein Auto wird vor mir auf die Straße fahren«, erklärte Dick sehr ruhig und sehr schnell. »Sobald ich bremse, wird ein Auto hinter uns auftauchen. Jack, schieb den Lauf durch das Loch, wie ich's dir gezeigt habe, und fang an zu schießen, sobald sie aussteigen. Warte, bis sie draußen sind. Versuch, jemanden zu treffen. Ich nehme das vordere Auto. Ich versuche, ein paar Leute umzubringen, und dann fahre ich los. Seid drauf vorbereitet. Pat, du bleibst unten.«

Jack reichte Dick eine Waffe und hielt die Mündung seiner eigenen Maschinenpistole an die Öffnung in der hinteren Scheibe. Er wartete.

Es geschah wie in Zeitlupe, und es geschah genau so, wie Dick es vorausgesagt hatte.

Das Auto, das er von weitem gesehen hatte, fuhr auf die Straße hinaus und blockierte sie. Dick trat auf die Bremse, und ein weiteres Auto tauchte hinter ihnen auf und schnitt ihnen den Rückweg ab.

Drei Männer stiegen aus dem vorderen Auto, Uzis im Anschlag, und eröffneten das Feuer. Die Kugeln prallten von dem Mercedes ab. Dick erwiderte das Feuer durch das Loch in der Windschutzscheibe und traf alle drei. Inzwischen waren zwei Männer aus dem hinteren Auto ausgestiegen; sie feuerten schon beim Aussteigen. Jack schoss zurück und traf einen von ihnen. Plötzlich setzte sich der Mercedes mit einem Ruck in Bewegung; Dick rammte den Cadillac vor ihnen weit genug zur Seite, dass er um ihn herummanövrieren konnte. Dann jagte er davon.

»Meinst du, sie folgen uns?«, fragte Jack, während er durch das hintere Fenster Ausschau hielt. Pat war immer noch auf dem Fußboden.

»Nein«, antwortete Dick gelassen. »Die wissen gar nicht, was schiefgegangen ist. Die bleiben, wo sie sind, und lecken ihre Wunden.«

Jack half Pat hoch, und sie sahen sich an, als wollten sie ein-

ander fragen: *Was, zum Teufel, ist eigentlich gerade passiert?* Es kam ihnen vor wie ein Traum. Und jetzt waren sie wieder unterwegs zum Gericht, fast so, als sei nichts geschehen.
Ungefähr zur gleichen Zeit brachte Jimmy DiCarlo, flankiert von seinen Mandanten, eine halbstündige improvisierte Pressekonferenz auf der Vortreppe des Gerichtsgebäudes zu Ende, in der er die Voraussage gemacht hatte, dass seine Mandanten rehabilitiert werden würden.

Jimmy hatte die feste Angewohnheit, jeden Morgen vor Beginn der Verhandlung in die Herrentoilette des Gerichtsgebäudes zu gehen und sich herzurichten. Dieser Morgen war keine Ausnahme. Jack war noch nicht aufgetaucht, und so ging er davon aus, dass alles nach Plan verlaufen war.
Er stand vor dem Spiegel und kämmte sich, als plötzlich wie aus dem Nichts Dick Radek neben ihm erschien. Außer ihnen war niemand im Raum.
Dick sagte in den Spiegel: »Wenn noch mal jemand einen von meinen Leuten auch nur mit dem Kühler streift, bringe ich dich um.«
Jimmy blieb gelassen. Er musterte Dick, als sei der ein Klumpen Schmutz auf der Straße.
»Geh mir aus dem Weg«, sagte er, während er sich in Bewegung setzte, um den kleineren Mann zur Seite zu schieben.
Eine Sekunde später stand er mit dem Rücken an der Wand, während Dick Radeks linke Hand seinen Mund bedeckte und die Rechte ihm eine Pistole an die linke Schläfe hielt. Sie hatte einen Schalldämpfer.
Jimmy hatte das plötzliche Bedürfnis zu pinkeln, obwohl er genau das wenige Minuten zuvor getan hatte.
»Dich werde ich umbringen, Held. Nicht deine Mandanten«,

fauchte Dick durch die zusammengebissenen Zähne. »Willst du das Geld noch ausgeben können, das du an diesen Arschlöchern verdient hast?« Jimmys Augen quollen ihm fast aus dem Kopf, als er zu nicken versuchte. »Folgendes machst du jetzt. Du holst dein Handy raus und rufst an, wen du anrufen musst, und sagst ihm, dass es vorbei ist.« Dick nahm die Hand von Jimmys Mund und trat zurück; der Pistolenlauf zeigte jetzt auf Jimmys Brust.

»Jetzt?«, fragte Jimmy; die Stimme war fast ein Wimmern.

»Jetzt.«

Jimmy wählte eine Nummer. Ein paar Sekunden später sagte er: »Es ist vorbei. Ruf sie alle zurück.« Und drückte den Ausknopf.

»Ich bin einer von vielen«, sagte Dick ruhig. »Du weißt, wie das Spiel geht. Wenn mir oder einem von meinen Leuten nach dem heutigen Tag etwas passiert, bist du tot. Du wirst nicht verschwinden können. Du wirst dich nicht verstecken können. Und du wirst dein Geld nicht ausgeben können. Wenn du glaubst, ich bluffe, dann lass es einfach darauf ankommen.«

Dick drehte sich um und verließ den Waschraum.

Im Gerichtssaal arrangierte Jack seine Dokumente für den Tag. Er stellte fest, dass Clay Evans ihn mit überraschter Miene beobachtete.

»Mr. Evans, Sie sehen ja aus, als hätten Sie einen Geist gesehen«, sagte Jack. Clay Evans schaute weg.

Gerade da betrat Jimmy DiCarlo den Gerichtssaal. Es war nicht sein üblicher Auftritt. Er war bleich und sah ein wenig mitgenommen aus.

»Was, zum Teufel, ist hier los?«, flüsterte Clay, als Jimmy neben ihm Platz nahm.

»Ich weiß nicht. Sieht aus, als hätte es Komplikationen gegeben.«

»Was ist mit meinem Geld?«, fragte Clay.

Jimmy zuckte die Schultern. »Keine Sorge. Es ist noch nicht vorbei«, log er.

Für ihn war es vorbei. Er hatte seinen Anteil.

In diesem Moment kam der Richter herein. Er hatte mit den Anwälten allein sprechen wollen, hatte aber die Gerichtsdiener nicht mehr rechtzeitig benachrichtigen können, und jetzt war der Gerichtssaal voll.

»Meine Herren, treten Sie bitte näher.«

Jimmy und Jack traten an die Richterbank. Jack hatte Mühe, ruhig zu bleiben. Er wagte es nicht, den Mann anzusehen, der da neben ihm stand, den Mann, von dem er wusste, dass er an diesem Vormittag versucht hatte, ihn umbringen zu lassen. Stattdessen konzentrierte er sich auf Richter Stanton und hörte zu, wie dieser seiner Anklage den nächsten Tiefschlag versetzte

»Ich habe die ganze Nacht darüber nachgedacht, und ich habe beschlossen, dem Antrag der Verteidigung stattzugeben und diese Verhandlung wegen Verfahrensmängeln zu beenden.«

Jack nahm sofort an, dass sie es irgendwie geschafft haben mussten, den Richter unter Druck zu setzen. Er hätte brüllen mögen, aber er sagte nichts. »Der Verlauf war zu chaotisch«, fuhr der Richter fort. »Wir haben erst vor drei Tagen angefangen. Ich habe die Kandidaten für eine neue Jury für heute Vormittag bestellt, und in einer Stunde können wir von vorn anfangen. Das sollte Ihnen die Zeit geben, die Sie brauchen, um Ihren Zeugen Bescheid zu sagen. Jack, ich weiß, dass Sie Charley Peterson von außerhalb haben anreisen lassen – ist er schon wieder weg?«

»Nein, Richter.«
»Gut. Wir können den Samstag dazunehmen, wenn Sie wollen. Bis zum Samstagabend sollten wir wieder an dem Punkt sein, an dem wir jetzt sind. Wie gesagt, es ist nur eine Verzögerung von drei Tagen. Jack, Sie bezeichnen die Argumentation der Verteidigung in Ihrem Eröffnungsplädoyer nicht als gelogen, und Sie sorgen dafür, dass Maria Lopez nicht darüber redet, was die ganze Nachbarschaft über Geronimo Cruz gewusst hat. Mr. DiCarlo, Sie fragen Ms. Lopez nicht, wo sie lebt und mit wem sie zusammenlebt – verstanden?«
»Ja, Sir.« Jimmy hatte Mühe, seine Begeisterung zu verbergen. Dass der Richter Jack mit dem Vornamen angesprochen hatte, war ihm entgangen.
»Gut. Ich mache das wirklich nicht gern, aber wir brauchen hier eine faire Verhandlung, und wir brauchen ein sauberes Protokoll für den Fall, dass in die Berufung gegangen wird.« Er sah Jack ins Gesicht, als er dies sagte. »Und drei Tage Verzögerung sind so schlimm nun auch wieder nicht, wenn man es recht bedenkt.«
Clay Evans war halbwegs glücklich damit, dass der ganze Prozess von vorn anfing, aber er kam nicht darüber hinweg, dass er gerade eine Viertelmillion Dollar für nichts ausgegeben hatte.

Sie stellten an diesem Donnerstag ihre Jury zusammen, und am Freitag und Samstag präsentierte Jack seine gesamte Argumentation noch einmal von vorn. Sie war nicht so spontan, wie sie es zuvor gewesen war. Auf den Zuschauerbänken ertönte kein Keuchen – alle Welt wusste, was kommen würde. Jack rief Maria dieses Mal an ihrem vorgesehenen Platz in der Reihenfolge auf, und er nahm Jimmys Kreuzverhör von Charley Peterson die Spitze und die Wirkung, indem er schon vorher in der Zeugenvernehmung etablierte, dass man Charley die Zulassung als Anwalt aberkannt hatte – was Charley sehr viel glaubwürdiger wirken ließ. Aber zugleich verlor Jack sein gesamtes Material über Nancys Ermordung und den Mordversuch an Joaquin – Informationen, die nur durch Jimmy DiCarlos Fehler ans Licht gekommen waren. Trotzdem waren die Aussichten in seinen Augen gar nicht schlecht, als sie am Samstag Schluss machten.

»Ich sehe Sie dann also alle am Montagmorgen«, sagte Richter Stanton. Der alte Mann ging inzwischen entspannter und vertrauter mit den Anwälten um, oder jedenfalls mit Jack, und Jack war zu der Überzeugung gekommen, dass Stanton die Entscheidung mit den Verfahrensfehlern tatsächlich nur zu dem Zweck getroffen hatte, ein sauberes Protokoll zu bekommen.

Würde der Richter den Fall der Jury zur Entscheidung übertragen? Jack wusste es noch nicht. Aber er hatte ihm Gelegenheit gegeben, den Fall vorzubringen.

Den Sonntag verbrachte Jack mit Pat draußen auf der Ranch. Am Vormittag gingen sie joggen – eine lange Strecke, etwas, das sie in letzter Zeit nicht hatten tun können. Als sie zurückkamen, hatten sie das Haus für sich allein. Maria war immer noch bei Joaquin im Krankenhaus, und Dick spielte irgendwo Cowboy mit Steve Preston.

Das Ranchleben hatte es Dick entschieden angetan. In jüngster Zeit hatte er jede Gelegenheit genutzt, auf ein Pferd zu steigen oder sich mit Steves Leuten um die Rinder zu kümmern. Es gab ein vages Gerücht, dass Steve eine Schwester hatte, die sich auf der Ranch aufhielt, nachdem sie vor ein paar Monaten ihren Mann verloren hatte, aber es war nicht mehr als ein Gerücht; Jack konnte sich nicht einmal mehr erinnern, wo er es gehört hatte.

»Joaquin hat's dir erzählt«, sagte Pat. »Kurz bevor er angeschossen wurde.« Sie lagen entspannt im Bett, nachdem sie sich lang geliebt hatten – auch dies etwas, das sie beide vermisst hatten.

»Glaubst du, er steckt dauernd da drüben, weil er das Cowboydasein mag, oder ist es die Schwester?«, fragte Jack die Expertin. Es machte Spaß, über Alltagsdinge zu reden.

»Oh, ich glaube, er mag das Cowboydasein sehr, aber die Schwester ist ganz entschieden ein Faktor.«

»Woher weißt du das?«

»Es ist einfach die Art, wie er sich vorbereitet, bevor er geht. Er duscht jedes Mal, zieht immer saubere Jeans an. Neulich hab ich gesehen, wie er sich die Haare in den Nasenlöchern ausgezupft hat.«

»Au!«, rief Jack. »Das ist zu viel!«

»Du würdest das nicht für mich tun?«

»Ich habe eines von diesen batteriebetriebenen Dingern, die das erledigen«, erklärte Jack sachlich. »Aber wenn Zupfen die einzige Möglichkeit wäre, würde ich mit Sicherheit auch das für dich tun.«

Er packte sie und drückte sie fest an sich, und sie lachten beide. Dann küsste er sie, weil sie so nahe war. Und dann berührte er sie, weil sie so nahe war. Und dann küsste er sie wieder und wieder …

»Und was passiert morgen?«, fragte Pat später, als sie es immerhin bis in die Küche geschafft hatten, um etwas Essbares zu finden. Es war zwei Uhr nachmittags, und Jack aß Haferflocken.

»Ich weiß nicht. Vielleicht passiert gar nichts. Vielleicht verzichtet er komplett auf die Vernehmung der Angeklagten.«

»Auf was hoffst du?«

»Ich hoffe, sowohl Brume als auch Evans treten in den Zeugenstand. Ich habe meine Argumentation die ganze Zeit darauf ausgerichtet. Ich glaube, Jimmy würde sie gern aufrufen. Diese Schießerei neulich sieht für mich aus wie ein Zeichen dafür, dass sie nervös sind. Montag müsste eigentlich interessant werden.«

Die Presseleute mussten gespürt haben, dass dramatische Entwicklungen bevorstanden, oder vielleicht waren sie auch einfach nur deshalb da, weil sich der Prozess dem Ende zuneigte, aber Reporter aller großen Sender und von CNN hatten sich vor dem Gericht eingefunden. Alle wollten Interviews, und Jimmy DiCarlo versuchte, jedem von ihnen den Gefallen zu tun. Jack stahl sich durch einen Nebeneingang ins Gebäude.

»Heute wird es ein Feuerwerk geben«, teilte Jimmy seinen Zuhörern mit, ging aber nicht ins Detail. »Sie werden einfach abwarten müssen.«

Jimmy begann, sich vor den Kameras ausgesprochen heimisch zu fühlen – so heimisch, dass er sich bereits vorstellen konnte, einer dieser juristischen Experten beim Fernsehen zu werden.

Der Richter betrat pünktlich um neun Uhr den Gerichtssaal. Alle anderen saßen da und warteten auf ihn.

»Irgendwas zu erledigen, bevor wir die Jury hereinholen?« Niemand sagte etwas. Aus irgendeinem Grund verursachte das dem Richter ein flaues Gefühl. »In Ordnung«, sagte er zum Gerichtsdiener. »Holen Sie die Jury herein.« Die vierzehn Geschworenen kamen im Gänsemarsch herein.

Als sie sich gesetzt hatten, wandte der Richter sich an Jimmy DiCarlo.

»Herr Anwalt, bitte rufen Sie Ihren ersten Zeugen auf.«

Jimmy stand auf. »Danke, Euer Ehren«, sagte er, wobei er sich ganz danach anhörte, als wolle er eine Rede halten. »Die Verteidigung ruft Jack Tobin in den Zeugenstand.« Im Gerichtssaal brach prompt die Hölle los. Alles redete durcheinander. Jack sah zur Jury hinüber. Die Geschworenen beobachteten den Zuschauerraum. Sie waren zu dem geworden, was sie sein sollten – Beobachter, die alles und jedes zur Kenntnis nahmen.

Außer dem Anwalt der Verteidigung war Jack vermutlich der einzige Mensch im Saal, der nicht überrascht war. Er hatte die Möglichkeit durchaus in Betracht gezogen.

Der Richter versuchte verzweifelt, die Ordnung wiederherzustellen. Er war in der Presse unter Beschuss geraten, nachdem er den Gerichtssaal hatte räumen lassen, und war entschlossen, es nicht noch ein Mal zu tun.

»Ruhe! Ruhe! Wollen Sie das Gebäude verlassen?« Er betätigte den Hammer, während er sprach. Es dauerte fünf Minuten und erforderte vier Gerichtsdiener, die Ordnung wiederherzustellen.

»Meine Herren, bitte treten Sie näher.« Richter Stanton fiel unverzüglich über Jimmy her.

»Wir hätten uns in meinen Diensträumen treffen können, Sie hätten mir sagen können, was Sie zu tun vorhaben, und wir hätten die Sache dort abmachen können. Aber nein, Sie müssen sich ja produzieren, Mr. DiCarlo. Sie müssen alle Welt hysterisch machen. Und auf welcher Grundlage rufen Sie eigentlich den Ankläger in diesem Prozess in den Zeugenstand?«

»Er ist ein Zeuge, Euer Ehren. Seine Motive dafür, diese Anklage zu erheben, dürfen hinterfragt werden. Er hätte in diesem Fall niemals die Anklage vertreten dürfen.«

»Dann hätten Sie beantragen sollen, dass ihm der Fall entzogen wird. Das ist die korrekte Vorgehensweise unter solchen Umständen. Sie rufen ihn nicht einfach mitten im Prozess als Zeugen auf. Jack, was haben Sie dazu zu sagen?«

»Er hat über die anderen Zeugen bereits etabliert, dass ich Rudy vertreten habe und dass ich zum Beispiel mit Maria über ihre Anstellung bei mir gesprochen habe, bevor ich hier als Generalstaatsanwalt angefangen habe. Ich weiß nicht, was er sonst noch hören will.«

Der Richter sah wieder zu Jimmy hinüber. »Also?«

»Ich denke aber, die Jury sollte es von Mr. Tobin selber hören.«

Plötzlich begann Richter Stanton zu lächeln. »Manchmal sollte man aufpassen, was man sich wünscht, Mr. DiCarlo; am Ende bekommt man es noch.« Er lehnte sich zurück, das Lächeln immer noch im Gesicht. »Ich werde es erlauben. Jack, treten Sie in den Zeugenstand.«

»Ja, Euer Ehren.«

»Ich werde mit der Jury reden, bevor Sie anfangen, Mr. DiCarlo.«

»Ja, Euer Ehren.«

Der Richter informierte die Geschworenen darüber, dass sie Jacks Aussage wie die jedes anderen Zeugen behandeln sollten. »Wie Sie sehen, sitzt kein zweiter Anwalt neben Mr. Tobin, und es dürfte ihm schwerfallen, sich selbst ins Kreuzverhör zu nehmen, deshalb werde ich Mr. Tobin beim Beantworten der Fragen eine gewisse Freiheit einräumen. Herr Anwalt, bitte fahren Sie fort.«

»Danke, Euer Ehren.« Jimmy nickte dem Richter zu. Dann ließ er Jack der Jury erzählen, wie lang dieser bereits in seinem Beruf arbeitete und wie er der Generalstaatsanwalt von Cobb County geworden war. Jack beschränkte sich auf die wesentlichen Punkte.

»Sie haben Rudy Kelly vertreten, ist das richtig?«

»Ja.«

»Und Sie haben ihn bei seinem an den Obersten Gerichtshof gerichteten Antrag auf Berufung vertreten? Seinem dritten derartigen Antrag, richtig?«

»Ja.«

»Und haben Sie dort nicht sämtliche Argumente bereits vorgetragen, die Sie hier in diesem Gerichtssaal vortragen – die eigenständige Vergewaltigungsdatei, das Geständnis, Geronimo Cruz?«

»Nein, das habe ich nicht. Euer Ehren, wenn ich erklären dürfte?«

»Sprechen Sie, Mr. Tobin.«

»Die Frage vor dem Obersten Gerichtshof war, ob Rudy schuldig war oder nicht. Die Handlungsweise dieser beiden Männer, der Angeklagten in diesem Prozess, war nur insofern von Bedeutung, als sie sich auf das Urteil – schuldig oder unschuldig – auswirkte. Ich hatte zu diesem Zeitpunkt Geronimo Cruz' Geständnis nicht. Ich wusste nichts von dem Brief aus dem Jahr 1988, als ich vor den Obersten Gerichtshof ging, und ich wusste auch nicht, dass man ihn hatte verschwinden lassen. Das war der springende Punkt, verstehen Sie. Als wir Cruz gefunden hatten, hatten wir auch seine DNA, wir haben ein Geständnis bekommen, und die Anklage gegen Rudy ist in sich zusammengefallen. Nachdem wir Cruz hatten, wurde klar, was diese beiden Männer getan hatten.«

In diesem Augenblick hatte Clay Evans das dringende Bedürfnis, Jimmy zu erdrosseln. Er hatte sich dagegen ausgesprochen, Jack Tobin als Zeugen aufzurufen, bis er blau im Gesicht gewesen war.

»Der Typ verspeist Sie doch zum Frühstück, Jimmy.«

»Nein, tut er nicht. Mit dem werde ich fertig.« Jimmy war sehr selbstsicher gewesen, und Clay hatte nachgegeben. Jetzt, als er im Gerichtssaal saß und Jack zuhörte, wusste er, dass er einen schwerwiegenden Fehler gemacht hatte. Eine einzige Frage, und Jack hatte die Anklage gegen ihn und Brume auf den Punkt gebracht.

Jimmy ignorierte Jacks Antwort.

»Entspricht es nicht den Tatsachen, dass Sie den Job des Generalstaatsanwalts zu dem einzigen Zweck angenommen haben, um Anklage gegen diese beiden Beamten zu erheben?« Jimmy gestikulierte zu den beiden zusammengesunken dasitzenden Gestalten hinüber, die vom Tisch der Verteidigung aus zurückstarrten.

»Nein, und wenn ich das erklären dürfte, Euer Ehren?«

Der Richter kicherte geradezu. »Nur zu, Mr. Tobin.«

»Ich habe mit Maria Lopez gesprochen, bevor ich den Job angenommen habe, und sie hat mir von dem Brief erzählt, den sie im Jahr 1988 von der Polizei von Del Rio bekommen hatten; ich wusste also, dass etwas verschwiegen worden war, und hatte vor, der Sache nachzugehen, sobald ich im Amt war. Ich hatte nicht mit Cruz gesprochen, bevor ich Generalstaatsanwalt wurde, und ich hatte keine DNA-Probe von ihm, also wusste ich vor meinem Amtsantritt nicht, dass er der Mörder war. Hätte ich die Stelle angenommen, wenn Rudy freigesprochen worden wäre? Wahrscheinlich nicht. Ich gebe zu, dass ich von dem Gedanken besessen war, alles darüber herauszufinden, warum ein unschuldiger junger Mann durch den Staat umgebracht worden war, und diejenigen zur Verantwortung zu ziehen, die dafür verantwortlich waren. Ich hatte vor, dies zu tun.«

»Und Sie haben dem Gouverneur von diesen Plänen nichts erzählt, oder?«

»Nein.«
»Und das war der wesentliche Grund, weshalb Sie den Posten des Generalstaatsanwalts angenommen haben, richtig?«
»Ja.«
»War es der einzige Grund?«
»Ich würde sagen, ja. Ich hatte bereits zugesagt, den Posten anzunehmen, bevor ich irgendetwas über Rudy wusste, aber nach Rudys Tod habe ich den Job nur noch angenommen, um herauszufinden, was mit ihm passiert war und, wenn es kriminell war, gegen die Verantwortlichen vorzugehen.«
»Keine weiteren Fragen.«
Jimmy warf Clay einen Blick zu, der sagte: *Und, hatte ich recht?* Er hatte ihm zuvor erklärt, dass er beweisen wollte, dass Jack das Amt des Generalstaatsanwalts unter Vorspiegelung falscher Tatsachen angetreten hatte, und Jack hatte mehr oder weniger das gesagt, was Jimmy vorausgesagt hatte – unter anderem. Aber es war die Wirkung dieser *anderen* Dinge – der Tatsache, dass es Jack um Gerechtigkeit für einen unschuldigen Mann gegangen war –, die Jimmy nicht erkannte, die Clay aber überdeutlich in den Gesichtern der Geschworenen sah. Er starrte wütend zurück und wünschte sich, Jimmy umbringen zu können.
»Rufen Sie Ihren nächsten Zeugen auf«, sagte der Richter zu Jimmy.
»Die Verteidigung ruft Wesley Brume.«
Jimmy vermied Fragen danach, wie Rudys Geständnis zustande gekommen war. Er ließ Wesley der Jury erzählen, wie viele Jahre er der Polizei von Bass Creek treue Dienste geleistet hatte und wie viele verschiedene Dienstgrade er bekleidet hatte; dann kam er zur Sache.
»Erinnern Sie sich daran, jemals einen Brief von der Polizei von Del Rio bekommen zu haben?«

»Nein, Sir. Ich habe nicht gewusst, dass es Del Rio gibt, bevor ich den Namen hier im Gerichtssaal gehört habe.«

»Hätten Sie im Jahr 1988 einen Brief von der Polizei von Del Rio bekommen, in dem ein Mann namens Geronimo erwähnt wurde, würden Sie sich dann daran erinnern?«

»Ja, das würde ich.«

»Was Sie sagen, ist also dies – die ›Tatsachen‹, die Maria Lopez in ihrer Aussage beschrieben hat, sind nie passiert?«

»Genau das sage ich.«

»Keine weiteren Fragen.«

»Ihr Zeuge«, sagte der Richter und sah dabei aus, als würde er als Nächstes nach einer Tüte Popcorn greifen und sich im Sessel zurücklehnen.

Jack hatte seit einer ganzen Weile auf diesen Moment gewartet. Aus irgendeinem Grund kam ihm, als er zum Pult ging, eine Jugenderinnerung in den Sinn. Damals war er selbst das Opfer gewesen, und seine Freunde hatten sich dem Widerling entgegengestellt, der sein Leben zu besudeln versucht hatte.

Er erinnerte sich, wie Mikeys älterer Bruder Danny sich über Assistant Scoutmaster Daly gebeugt hatte, ein Jagdmesser in der Hand, und gesagt hatte: »Und dann wirst du verschwinden.« Er sah den schwammigen kleinen Ermittler im Zeugenstand an und dachte daran, was allein dieser Mann Rudy angetan hatte. Es wurde Zeit, dafür zu sorgen, dass Wesley Brume verschwand.

Er begann damit, dass er die Jury an die Glaubwürdigkeitsprobleme erinnerte, die Grunt bereits gehabt hatte.

»Mr. Brume, Sie waren anwesend, als Bill Yates ausgesagt hat, dass er Sie aufgefordert hat, Rudy nicht in Abwesenheit seiner Mutter zu verhören?«

»Ja, ich erinnere mich.«

»Sie bleiben dabei, dass er nichts dergleichen zu Ihnen gesagt hat?«

»Ja.«

»Und Sie haben gehört, wie Mr. Dragone ausgesagt hat, dass Sie ihm mit dem Gesundheitsamt gedroht haben?«

»Ja.«

»Sie bleiben dabei, dass Sie das nicht getan haben?«

»Ja.«

»Und Sie haben gehört, wie Ms. Lopez ausgesagt hat, dass Rudys Mutter Elena am vierundzwanzigsten Januar 1986 um drei Uhr sechzehn nachmittags auf die Polizeiwache gekommen ist, um Ihr Verhör ihres Sohnes zu unterbinden. Es steht in ihren Notizen, sie hat sich die Uhrzeit aufgeschrieben. Erinnern Sie sich an die Zeugenaussage?«

»Ja, ich habe gehört, dass sie das ausgesagt hat.«

»Und aus Ihren eigenen Notizen von dem Verhör geht hervor, dass Sie mit der Befragung um drei Uhr achtzehn nachmittags angefangen haben, ist das richtig?«

»Ja.«

»Und Sie bleiben dabei, dass Sie, als Elena bei der Polizeistation eintraf, mit dem Verhör von Rudy fast fertig waren?«

»Als ich wusste, dass sie da war – ja.«

»Ich bin mir nicht sicher, dass ich Ihre Antwort verstehe.«

»Sie kann ja da gewesen sein, und ich habe nichts davon gewusst.«

»Sie bestreiten also Ms. Lopez' Aussage, dass sie Sie sofort angerufen hat, um Ihnen zu sagen, dass Elena da war?«

»Ich bestreite alles, was Ms. Lopez sagt.«

»Sie haben vorhin im Verhör durch meinen Kollegen etwas gesagt, das ich sehr interessant fand – Sie haben gesagt, Sie würden sich an einen Brief aus dem Jahr 1988 erinnern, wenn in ihm eine Person namens Geronimo erwähnt worden wäre, ist das richtig?«

»Ja.«

»Liegt das daran, dass eine Person namens Geronimo ein Zeuge im Fall Rudy Kelly gewesen war, danach aber verschwunden war?«

»Ja.«

»Und was hätten Sie getan, wenn Sie einen Brief aus Del Rio gesehen *hätten*, in dem ein gewisser Geronimo aus Bass Creek als Vergewaltiger und Mörder identifiziert wurde? Hätten Sie Verbindung mit der Polizei von Del Rio aufgenommen?«

»Unbedingt.«

»Hätten Sie Mr. Evans Bescheid gesagt?«

»Entweder ihm oder jemandem in seinem Büro. Ich kann nicht sagen, dass ich speziell ihm Bescheid gesagt hätte.«

»Aber Sie haben diesen Brief aus dem Jahr 1988 nie bekommen?«

»Nein.«

»Keine weiteren Fragen.«

Jimmy DiCarlo schloss seine Verteidigung mit Philip Sheridan ab, einem Sergeant von der Polizei von Del Rio.

»Welche Funktion haben Sie bei Ihrer Polizeidienststelle im Jahr 1988 bekleidet, Sergeant?«

»Ich habe den Schriftverkehr gemacht.«

»Wenn Ihre Stelle im Jahr 1988 einen Brief an eine andere Abteilung geschickt hätte, in dem man sich nach einem Verdächtigen erkundigte – wer hätte diesen Brief geschickt?«

»Das hätte ich gemacht.«

»Haben Sie irgendeine Dokumentation einer Anfrage, die 1988 an die Polizei von Bass Creek geschickt wurde?«

»Nein. Und ich habe unser Archiv gründlich durchsucht.«

»Und erinnern Sie sich persönlich daran, einen Brief an die Polizei von Bass Creek geschickt zu haben?«

»Nein.«

»Keine weiteren Fragen.«

»Kreuzverhör, Mr. Tobin?«

»Nein, Euer Ehren, aber ich möchte darum bitten, dass der Zeuge anwesend bleibt. Vielleicht rufe ich ihn als Widerlegungszeugen auf.«

»In Ordnung. Mr. Sheridan, wenn Sie bitte im Zeugenzimmer warten würden, vielleicht rufen wir Sie noch einmal herein. Es wird nicht lang dauern. Weitere Zeugen, Mr. DiCarlo?«

Jimmy verständigte sich ein letztes Mal mit Clay Evans, in der Hoffnung, dass Clay doch noch nachgeben und in den Zeugenstand treten würde. Aber Clay schüttelte den Kopf. Er dachte gar nicht daran, sich einem Kreuzverhör durch Jack Tobin auszusetzen.

»Keine weiteren Zeugen, Euer Ehren.«

»Widerlegung, Mr. Tobin?«

»Ja, Euer Ehren.«

»Rufen Sie Ihren ersten Widerlegungszeugen auf.«

»Die Anklage ruft Del Shorter.«

Clay Evans merkte, wie Grunt neben ihm hin und her zu rutschen begann. Er zumindest fühlte sich ein Stück weit rehabilitiert, seit er wusste, dass Grunt ihn angelogen hatte. Zu irgendeinem Zeitpunkt hatte Brume erfahren, dass Del Shorter für die andere Seite aussagen würde, hatte es aber vor Clay geheim gehalten. Jack Tobin hatte darauf gewartet, dass sie beide aussagen würden, um dann Del Shorter in den Zeugenstand zu holen und sie beide an den Pranger zu stellen. Clay hatte sich somit die Demütigung erspart, sich von Jack

Tobin im Zeugenstand sezieren zu lassen, aber sonst nicht allzu viel. Dieser Prozess war ein Alptraum. Jimmy DiCarlos Verteidigung war die übelste Leistung gewesen, die er jemals erlebt hatte, und jetzt holte Jack Del Shorter und versetzte ihnen den Gnadenstoß. Clay dachte an seine Entscheidung, Jimmy DiCarlo anzuheuern und ihm zweihunderttausend Dollar zu zahlen – und an seine zweite Entscheidung, eine Viertelmillion zu zahlen, um Jack ermorden zu lassen. *Noch nie hat jemand für so wenig so viel bezahlt …*

»Ich bin im Ruhestand und lebe seit zehn Jahren in Utah«, teilte Del der Jury mit.

Jack verzichtete darauf, zu erzählen, wie er Del gefunden hatte. Es war für die Jury vollkommen uninteressant. Er hatte zwei Leute eigens zu dem Zweck eingestellt, sämtliche Telefonate durchzugehen, die Tracey im letzten Monat vor ihrem Tod geführt hatte. Durch sorgfältige Recherche hatten sie herausgefunden, dass einer der Anrufe aus dem Haus von Dels Schwester in Stuart gekommen war. Jack war selbst hingefahren. Die Erfahrung hatte ihn an seinen ersten Besuch bei Maria Lopez erinnert. Dels Schwester hatte zugegeben, dass Del bei ihr zu Besuch gewesen war und in einem Anfall von schlechtem Gewissen Tracey James angerufen hatte, aber als Tracey umgekommen war, hatte er Angst bekommen und war nach Utah zurückgekehrt – und dort, so hatte Grunt angenommen, würde er für den Rest seines Lebens bleiben.

»Im Jahr 1986 war ich Wesley Brumes Partner.«

Woraufhin er sich darauf verlegte, Wesley und, wo immer sich die Gelegenheit bot, Clay in den Boden zu stampfen, indem er Jacks Fragen beantwortete.

»Officer Brume hat mich am vierundzwanzigsten Januar 1986 nach vorn geschickt, um mit Elena Kelly zu reden und sie zu beschäftigen, während er ihren Sohn verhört hat. Als sie dahintergekommen ist, was ich mache, hat sie verlangt, ihren Sohn sehen zu dürfen. Ich habe ihr erklärt, dass sie keine Anwältin ist.«

Auf die Fragen zu der Vergewaltigungsakte hin gab Del seine eigene Komplizenrolle zu.

»Wir haben gewusst, dass wir die Informationen über das Sperma verstecken. Deshalb haben wir die Vergewaltigungsakte angelegt. Es hat überhaupt keinen Hinweis auf eine Vergewaltigung gegeben. Wes war nicht schlau genug, um von allein auf die Idee zu kommen. Er hat mir unmittelbar nach einer Besprechung mit Clay Evans davon erzählt … Der Gerichtsmediziner hat auch mitgespielt. Er muss mitgespielt haben.«

Der entscheidende Schlag war der Brief aus dem Jahr 1988, aber selbst jetzt noch, nachdem er Jimmy mehrfach hatte dastehen lassen wie einen Idioten, gab Jack nicht alles preis, damit Jimmy Gelegenheit hatte, beim Kreuzverhör in die Falle zu tappen.

»Ich habe von dem Brief gewusst. Ich habe ihn gesehen, als Maria ihn Mr. Brume gezeigt hat. Sie haben gewusst, dass ihr Kriminalfall damit zum Teufel gehen würde. Evans war damals schon als Bundesrichter im Gespräch, und Brume hat gehofft, es würde irgendwas für ihn rausspringen, wenn Clay den Job kriegte. Was ja auch passiert ist.«

Jimmy DiCarlo hatte im Kreuzverhör nichts zu verlieren. Er nahm sich Del Shorter nach besten Kräften vor.

»Sie waren also beteiligt an diesem – diesem kriminellen Unternehmen – ist es das, was Sie dieser Jury gerade erzählen?«

»Ja.«

»Und ich gehe davon aus, dass Sie Mr. Tobin schon vor dem heutigen Tag von Ihrem Anteil daran erzählt haben?«

»Ja.«

»Und Sie sind nie eines Verbrechens beschuldigt worden, oder?«

»Nein.«

»Obwohl Sie, wenn Sie zu irgendeinem Zeitpunkt mit Ihrem Wissen herausgerückt wären, Rudy Kellys Hinrichtung hätten verhindern können?«

»Ja.«

»Sie sind für seinen Tod ebenso verantwortlich wie irgendjemand sonst, richtig?«

»Ja, das bin ich.«

»Vielleicht sogar mehr?«

»Die Frage verstehe ich nicht.«

»Sie haben den Anruf von Maria Lopez am vierundzwanzigsten Januar 1986 entgegengenommen. Sie haben entschieden, Wesley Brume nicht mitzuteilen, dass Rudys Mutter draußen ist und verlangt, ihren Sohn sehen zu dürfen. Sie haben die Entscheidung getroffen, sie hinzuhalten!«

»Nein, das habe ich nicht! Das habe ich nicht!«

»Und Sie waren es, der die Idee mit der eigenständigen Vergewaltigungsakte hatte!«

»Nein, das war ich nicht!«

»Ach nein? Warum ist die Akte von Ihnen unterschrieben? Warum steht dort, und ich zitiere: ›Nach Auffassung des Ermittlers sollten die Ermittlungen in diesem Vergewaltigungsfall unabhängig von den Ermittlungen des Mordfalls betrieben werden‹?«

»Das weiß ich nicht. Wahrscheinlich, weil Brume es so haben wollte.«

»Oder weil Sie es so haben wollten.«

Jimmy machte durchaus Fortschritte. Jack hatte seinen Spaß daran, weil er wusste, was kommen würde. Clay Evans hatte mittlerweile aufgegeben. Er wusste, dass das Spiel vorbei war und dass Jimmy Jack ganz einfach nicht gewachsen war. Er hatte eine üble Entscheidung getroffen und teuer dafür bezahlt; zumindest konnte er sich am Ende zurücklehnen und Jimmys Ausweidung verfolgen.

»Sie haben gewusst, dass Jack Tobin der Sache gefährlich nahe kommt, also haben Sie sich mit Ihrer Freundin Maria Lopez zusammengetan und diesen Brief von der Polizei von Del Rio aus dem Jahr 1988 erfunden, von dem Sie dann Mr. Tobin erzählt haben, damit nicht Sie angeklagt würden.«

»Das ist nicht wahr!«

»Es hat nie so einen Brief gegeben, Mr. Shorter, und das wissen Sie ganz genau.«

»Das ist nicht wahr, Mr. DiCarlo, ich habe nämlich eine Kopie davon. Ich habe eine Kopie gemacht und aufgehoben. Ich weiß selbst nicht, warum. Vielleicht habe ich einfach gedacht, ich könnte sie eines Tages noch brauchen.«

Jimmy DiCarlo war sich nicht sicher, ob er die Antwort richtig verstanden hatte. Und in diesem Moment hätte Clay Evans den inkompetenten Trottel, dem er sein Leben anvertraut hatte, mit Vergnügen erschossen.

Del Shorter holte ein Papier aus der Jackentasche und streckte es Jimmy hin. Jimmy machte keine Anstalten, auch nur in seine Nähe zu kommen.

»Nehmen Sie den Brief, Mr. DiCarlo«, sagte der Richter leise, und Jimmy nahm ihn schließlich entgegen.

»Diesen Brief hätten Sie gestern tippen können. Die Unterschrift ist unleserlich«, sagte Jimmy nach einem kurzen Blick auf das Papier. Fragen wurden schon lange nicht mehr gestellt.

»Habe ich aber nicht«, gab Del zurück.

»Und Sie wissen nicht, ob Wesley Brume Clay Evans gegenüber jemals von diesem Brief gesprochen hat, richtig?«

»Nein.«

»Keine weiteren Fragen.« Jimmy warf den Brief mit einer abfälligen Geste aufs Pult und kehrte an seinen Tisch zurück, als habe er Del Shorter im Kreuzverhör vollkommen vernichtet. Er hörte nicht einmal, wie Jack Philip Sheridan in den Zeugenstand zurückholte.

»Mr. Sheridan, ich habe hier einen Brief mit Datum vom sechzehnten Juni 1988, der angeblich von Ihrer Polizeidienststelle stammt. Die Unterschrift ist ein bisschen schwer zu entziffern. Könnten Sie bitte einen Blick darauf werfen und sehen, ob Sie diese Unterschrift identifizieren können?« Jack reichte Philip Sheridan den Brief.

»Das ist meine Unterschrift«, sagte Sheridan, nachdem er sich den Brief angesehen hatte.

»Und hat Ihre Abteilung regelmäßig solche Briefe verschickt, wenn Sie den Eindruck hatten, dass ein Verdächtiger aus einem anderen Bundesstaat stammte?«

»Ständig.«

»Wie lang werden solche Briefe bei Ihnen aufgehoben?«

»Das kommt darauf an. Wir haben eine sogenannte Unerledigt-Akte. Wenn auf einen Brief keine Antwort kommt, dann bleibt er erst mal in der Unerledigt-Akte, und nach drei Jahren wird er dann vernichtet. Wenn er beantwortet wird, kommt er in die entsprechende Ermittlungsakte und wird aufgehoben.«

»Nachdem Sie jetzt also Ihre eigene Unterschrift auf dieser Kopie identifiziert haben, können Sie rekonstruieren, was mit diesem Brief passiert ist?«

»Ziemlich genau. Wahrscheinlich haben wir ihn abgeschickt, aber nie eine Antwort bekommen, und nach drei Jahren wurde er aus der Akte entfernt. Deshalb habe ich auch ausgesagt, dass ein solcher Brief bei uns nicht dokumentiert ist.«

»Danke, Officer Sheridan. Keine weiteren Fragen, Euer Ehren.«

Jack ließ den Brief als Beweismittel eintragen, trotz Jimmy DiCarlos lautstarker Proteste.

»Zweitvernehmung?«, fragte der Richter. Er lächelte beinahe. Jimmy war endlich im Bilde.

»Nein, Euer Ehren.«

»Weitere Zeugen, Mr. Tobin?«

»Nein, Euer Ehren. Die Zeugenvernehmung der Anklage ist abgeschlossen.«

Jimmy war auf den Beinen, bevor Jack den Satz beendet hatte. »Wir erneuern unseren Antrag auf Freispruch, Euer Ehren.«

Von den Zuschauer- und Pressebänken ertönte wahrhaftig ein kurzes Kichern.

»Es ist jetzt halb zwölf«, sagte der Richter mit einem Blick auf die Armbanduhr. »Ich werde die Jury in die Mittagspause entlassen, und dann sprechen wir über Ihren Antrag auf Freispruch.« Er wandte sich an die Geschworenen. »Meine Damen und Herren, ich werde Ihnen heute ein ausgiebiges Mittagessen gewähren. Sie brauchen erst um dreizehn Uhr dreißig zurück zu sein. Dann werden Sie die Abschlussplädoyers zu hören bekommen. Ich habe den Verdacht, dass Sie am späten Nachmittag beraten werden. Behalten Sie meine Anweisungen im Gedächtnis. Sprechen Sie weder mit Außenstehenden noch untereinander über den Fall. Ich wünsche Ihnen einen guten Appetit.«

»Okay«, fuhr der Richter fort, nachdem die Geschworenen den Saal verlassen hatten. »Ich mache es kurz, damit Sie es während des Mittagessens durchkauen und Ihre Abschlussplädoyers bei Bedarf entsprechend modifizieren können. Die Klage gegen Clay Evans ist abgewiesen.« Ein leises Murmeln ging durch den Gerichtssaal. Richter Stanton ignorierte es. »Mr. Evans war der Ankläger im Fall Rudy Kelly. In dieser Funktion genießt er absolute Immunität. Die einzige Möglichkeit, wie er auf kriminelle Weise für einen Mord an Rudy Kelly verantwortlich sein könnte, wäre, wenn er *nach Abschluss* des Verfahrens an einem illegalen Unternehmen beteiligt gewesen wäre, das den Zweck verfolgte, Rudy Kelly hinrichten zu lassen. Ich habe mir alle Zeugenaussagen sehr aufmerksam angehört, und es gibt keinen Beweis dafür, dass Mr. Evans von dem Brief der Polizei von Del Rio aus dem Jahr 1988 gewusst hat. Maria Lopez ist die beste Zeugin der Anklage, was diesen Punkt betrifft, und sie hat ausgesagt, dass sie keinen wirklichen Beweis dafür hat, dass Wesley Brume mit Clay Evans über den Brief geredet hat. Auch Mr. Shorter hat zugegeben, dass er keinen derartigen Beweis hat. In Ermangelung einer solchen entscheidenden Verknüpfung muss ich die Klage gegen Mr. Evans abweisen.

Was Mr. Brume angeht, so ist seine Immunität begrenzt, und das gegen ihn vorliegende Material ist hinreichend belastend, um die Klage gegen ihn der Jury zu übertragen.

Das war's. Das ist meine Entscheidung. Mr. Evans, Sie können gehen. Alle anderen erwarte ich um Punkt halb zwei zurück.«

Jimmy war geradezu ekstatisch. Er wollte Clay Evans die Hand schütteln, überlegte es sich aber anders, als er Clays wütenden Blick sah.

»Wir haben diesen Fall trotz Ihrer Verteidigung gewonnen, nicht wegen ihr. Wenn ich in den Zeugenstand getreten wäre, wie Sie es vorgeschlagen haben, säße ich jetzt da wie Brume dort drüben und wartete auf mein Todesurteil. Machen Sie's gut, Jimmy. Und tauchen Sie nie wieder in meinem Gerichtssaal auf.«

Jimmy wusste genau, es war nicht so gemeint. Sobald er wieder auf seiner Richterbank saß, würde Clay auch den alten Jimmy beziehungsweise dessen Geld wiedersehen wollen, und alles würde vergeben und vergessen sein. Im Augenblick allerdings würde er, ohne auch nur in die Nähe seines zweiten Mandanten zu kommen, hinausgehen auf die Vortreppe des Gerichtsgebäudes zu seiner nachmittäglichen Pressekonferenz, wo er jedem, der es hören wollte, erklären würde, wie er den Freispruch für Clay Evans erwirkt hatte. Niemand erkundigte sich nach Wesley Brume.

Am Spätnachmittag nach den Abschlussplädoyers und einer knappen Stunde der Beratung sprach die Jury Wesley Brume schuldig. Und am nächsten Tag, als der Prozess die Phase der Festlegung des Strafmaßes erreicht hatte, sprachen die Geschworenen sich für lebenslängliche Haft ohne die Möglichkeit einer vorzeitigen Entlassung aus, und der Richter schloss sich an. Sie hätten die Todesstrafe verhängt, aber Jack hatte bei seinen Diskussionen mit ihnen eine Sache klargestellt.

»Rudy und ich haben uns mehrmals darüber unterhalten«, sagte er. »Und wir waren uns einig darüber, dass die Todesstrafe in diesem Land sehr willkürlich verhängt wird, und auch darüber, dass unser System der Rechtsprechung zu unbefriedigend ist, als dass wir überhaupt eine Todesstrafe haben sollten – Sie wissen, was in Rudys Fall passiert ist. Deshalb weiß ich, Rudy würde sich von mir wünschen, dass ich Sie bitte, Wesley Brume zu lebenslänglicher Haft zu verurteilen und nicht zum Tode.«

Und sie hatten sich auf seine – auf Rudys – Bitte eingelassen.

Als alles vorbei war, sah Richter Stanton zu Jack hinüber und nickte ihm zu. Jack verstand die Botschaft, die in diesem Nicken enthalten war. Dadurch, dass er den Prozess wegen Verfahrensmängeln abgebrochen und mit einem sauberen Protokoll von vorn begonnen hatte, hatte er sichergestellt, dass die Anklage gegen Wesley Brume solide und unangreifbar war. Brume konnte jetzt bis zum Jüngsten Tag Anträge auf Berufung stellen, ohne etwas zu erreichen. Was Clay Evans betraf, so war die Anklage gegen ihn immer ein gewagtes Unternehmen gewesen. Immerhin hatte Stanton Jack Gelegenheit gegeben, seine gesamte Argumentation vorzutragen, und er hatte die Chance genutzt, einem möglichst großen Publikum vorzuführen, was für ein Mann Clay Evans war. Er hätte die Aufgabe natürlich gern zu Ende gebracht und Evans mit Hilfe eines sauber gedrehten juristischen Seils den Hals gebrochen, aber die Rechtslage hatte es nicht zugelassen. Jack hatte entschieden ein Problem mit einer Rechtslage, die es Evans gestattet hatte, sich herauszuwinden – nicht aber mit dem Richter. Die Einschätzung seines Freundes Harley hatte sich nur zum Teil als zutreffend erwiesen. Harry Stanton hatte man deshalb noch nie ein Urteil umgestoßen, weil er ebenso hart arbeitete wie die Anwälte, um sicherzustellen, dass alles seine Ordnung hatte.

Jack verließ den Gerichtssaal an diesem Tag nicht, als alle anderen es taten. Er brauchte einen Moment des Alleinseins. Vor vielen Jahren hatte Mikey zu ihm gesagt, eines Tages würde er etwas Großes vollbringen, und es würde dabei um sie beide gehen. Und jetzt konnte er an nichts anderes denken als daran, dass er Rudy nicht hatte retten können und dass Clay Evans nicht verurteilt worden war. Aber er hatte es mit Herz und Seele versucht, und er hätte sein Leben gegeben, um es zu vollbringen.

Was war es doch gleich, das Mikey vor all den Jahren zu ihm gesagt hatte? »*Und wenn es vorbei ist – weil du's nämlich zu*

Ende bringen wirst, ganz gleich, was es ist, du bringst alles zu Ende, was du anfängst –, dann will ich, dass du dich an diesen Tag erinnerst und an das, was ich dir gesagt habe.«
Der Prozess war vorbei, aber *es* war nicht zu Ende. In gewisser Hinsicht hatte *es* gerade erst begonnen.
Er suchte seine Papiere zusammen, schob den Stuhl unter den Tisch und verließ den Gerichtssaal. Er wusste, er würde zurückkommen.

Epilog

Jack und Pat teilten den anderen schließlich doch noch mit, dass sie heiraten würden. Es war zwei Wochen nach der Verhandlung. Sie waren alle in Joaquins Krankenhauszimmer versammelt. Joaquin hatte gerade die Erlaubnis erhalten, nach Hause zu gehen, und wartete auf den Mann mit dem Rollstuhl. Dick war ebenfalls da, und alle waren in gelöster Stimmung.

»Warum heiraten wir nicht gleichzeitig?« Es war Maria, die den Vorschlag machte. »Ich meine, wir haben uns ja sozusagen alle gleichzeitig verliebt.«

Pat gefiel der Gedanke. »Wir könnten es auf der Ranch machen und Steve und seine Familie dazu einladen – einschließlich seiner Schwester.«

Woraufhin alle Dick ansahen.

»Okay, okay, ich treffe mich mit Steves Schwester. Aber ich schließe mich euch nicht gleich am Altar an«, teilte Dick ihnen mit. »Ich sollte euch allen sagen, dass ihr in meinem Haus heiraten werdet. Ich habe Steve ein Angebot gemacht, und ich habe seine mündliche Zusage, was mir reicht. Ich werde hier viel glücklicher sein.«

»Machst du den Trauzeugen für mich?«, fragte Joaquin.

»Sonst findest du ja doch keinen«, gab Dick zurück.

»Ich hätte euch beide gern als Trauzeugen«, sagte Jack.

Pat sah Maria an. »Und würdest du meine Trauzeugin sein, Maria?«

»Natürlich, Pat, aber ich muss meine Tochter nehmen, sonst hätte ich dich gefragt.«
»Das verstehe ich. Dann ist das also abgemacht. Wann wollt ihr heiraten?«
»Ich brauche mindestens einen Monat Rekonvaleszenz«, sagte Joaquin mit einem Zwinkern. »Mit Marias Unterstützung, natürlich.«
»Werd jetzt nicht frech, sonst besorge ich dir eine ältliche Pflegerin«, sagte Maria, und alle lachten. »Ich melde mich wegen dem Termin, Pat.«

Sechs Wochen später fand sich eine kleine Festgesellschaft zusammen – darunter auch Steves Schwester, eine hübsche, sympathische Frau Mitte vierzig –, als Jack und Pat und dann Joaquin und Maria sich Liebe und Treue gelobten. Danach gab es einen kleinen Empfang im Haus.
»Ich bin froh, dass ich dir den Laden vermietet habe«, sagte Steve zu Jack, als er mit ihm anstieß. »Ich habe schon gedacht, hier würde alles verrotten. Jetzt habe ich einen Käufer, und vielleicht bleibt das Haus trotzdem in der Familie.« Sie lachten beide.
Was für ein wunderbarer Tag, dachte Jack. *Was für wunderbare Leute.*

Sechs Monate nach dem wunderbaren Tag hielt Clay Evans vor seinem Lieblingscoffeeshop in der Nähe seines Hauses in einem noch ländlichen Teil von Homestead, einem Vorort von Miami. Er tat dies jeden Morgen, um sich einen Becher Kaffee mit ins Auto zu nehmen. Als er das Gebäude wieder verließ, hörte jemand etwas, das er später als ein Geräusch wie von einem Knallfrosch beschrieb. Es kam aus dem Waldstück auf der anderen Straßenseite. Clay Evans war augen-

blicklich tot – die Kugel durchschlug seinen Schädel und zerfetzte ihm das Gehirn. Das Geschoss stammte aus einer nicht registrierten Waffe, und die Polizei fand keinerlei Hinweise darauf, wer der Täter gewesen sein konnte, obwohl manche Leute sagten, der Schuss hätte nur von einem Scharfschützen abgefeuert werden können.
Der Fall wanderte schließlich in die Akte mit den ungeklärten Mordfällen, ein Schicksal, das auch den vier auf einer abgelegenen Landstraße in Cobb County erschossenen Männern bereits zuteil geworden war.

An einem frühen Morgen ein paar Wochen nach Ende des Prozesses fuhren Jack und Pat und Nancys Vater Jim vor Sonnenaufgang in Jack kleinem Beiboot auf den Fluss hinaus. Sie hatten zwei Urnen mit der Asche von Nancy und Rudy dabei. Ein paar Meilen flussabwärts bog Jack im rechten Winkel von dem vielbefahrenen Hauptarm in einen schmalen Wasserlauf ab, der auf beiden Seiten von dicken Mangroven und hohen Kiefern gesäumt war. Er fuhr ein Stück weit den Flussarm entlang und stellte dann den Motor ab. Minutenlang saßen sie im Dunkeln und horchten auf das Zirpen der Zikaden und das Quaken der Frösche. Als die Sonne aufzugehen begann, wurde es still. Jack nickte Jim und Pat zu, und sie stellten die Urnen nebeneinander, kippten sie über das Wasser und drehten sie, so dass die Asche sich im Fallen mischte. Als sie fertig waren, saßen sie schweigend beieinander und horchten auf die Stille, bis die Stimmen des Morgens sich erhoben. Vögel tauchten am Ufer auf und über ihnen in der Luft, und Jack wollte eben den Motor anlassen, als etwas geschah, das keiner von ihnen jemals wieder vergessen würde. Zwei Fischadler schwangen sich aus den Wipfeln der hohen Kiefern in die Luft und kreisten zwei Mal über

dem kleinen Kanal; dann standen sie mit schlagenden Flügeln über dem kleinen Boot, bevor sie verschwanden.
Nach ein paar Minuten startete Jack das Boot und fuhr den Wasserlauf hinab. Pat wandte den Blick von der Uferlandschaft ab, um ihn anzusehen. Ein Lächeln lag auf seinem Gesicht, und Tränen standen in seinen Augen, und er murmelte etwas vor sich hin.
»Was?«, fragte Pat sanft.
Jack hatte Mühe, die Worte herauszubringen.
»Jetzt bin ich mir sicher«, sagte er.
»Sicher?«
»Dass ich Mikey sagen kann, ich werde mich erinnern. Ich werde mich immer erinnern.«